SOMBRAS QUE CRUZAN AMÉRICA

SOMBRAS QUE CRUZAN AMÉRICA

GUILLERMO VALCÁRCEL

HarperCollins Español

Sombras que Cruzan América

© 2018 por HarperCollins Español
Publicado por HarperCollins Español, Estados Unidos de América.

© 2017, Guillermo Valcárcel
Publicado de acuerdo con Pontas Literary & Film Agency por HarperCollins Ibérica, S.A.

Diseño de cubierta: *Mario Arturo*
Imágenes de cubierta: *Dreamstime.com y Depositphotos*

Editora-en-Jefe: *Graciela Lelli*

ISBN: 978-1-41859-958-4

Impreso en Estados Unidos de América

18 19 20 21 22 LSC 7 6 5 4 3 2 1

ÍNDICE

1

SINCRONICIDADES

A modo de ejemplo citaré un suceso que yo mismo observé. Una señora joven a la que estaba tratando tuvo, en un momento crítico, un sueño en el que le daban un escarabajo dorado. Mientras me contaba el sueño me senté de espaldas a la ventana, que estaba cerrada. De pronto oí un ruido detrás de mí, como un ligero golpeteo. Me di la vuelta y vi un insecto que golpeaba contra el cristal por la parte exterior. Abrí la ventana y cogí al animalito en el aire al entrar. Era lo más parecido al escarabajo dorado que se encuentra en nuestras latitudes: un escarabajo escarabeido, la centonia dorada común, que en contra de sus costumbres había sentido, sin duda, la necesidad de entrar en una habitación oscura en ese preciso momento. He de admitir que no me había sucedido nada parecido ni antes ni después y que el sueño de la paciente ha permanecido como algo único en mi experiencia.

C. G. Jung. *Sincronicidad como principio de conexiones acausales.* 1952

De pronto volvió a soñar con ella. Pero ya no era una niña menuda y graciosa como entonces, sino una preadolescente alarga-

9

da y precoz como lo son en las latitudes tropicales, de tal vez once o doce años, de acuerdo con lo que correspondería en la realidad. La observó sin saber si aquel era su rostro actual, pero adivinó que era ella igual que se sabe todo en los sueños, como una verdad anunciada desde un lugar que no conocemos. Lo supo a pesar de que con probabilidad no la habría reconocido de cruzársela por la calle, y más tarde se dio cuenta de que en el sueño tal vez ni había visto su cara, que tal vez ni tuviera.

Escuchó una voz débil e insegura que no salía de su boca y le alcanzaba como un eco: «No estoy muerta». Las palabras fluyeron hacia él en forma de niebla y sintió al recibirlas frío en la espalda, pero no pudo volverse. Algo en aquel lugar le preocupaba. Algo inexplicable se acercaba como una amenaza, una presencia abstracta que surgía desde un punto indeterminado y le hacía mantenerse en guardia. El fantasmal susurro de la niña se diluyó y la sintió disgregarse; ya no había nadie frente a él, pero sabía que no se había marchado. Intuyó que ella deseaba huir y comprendió que un peligro inimaginable llegaba en su busca. Sus músculos se tensaron y un olor nauseabundo fue llenando el espacio. Más adelante se preguntaría si había existido, si es posible soñar con olores o era una simple sugestión, pero en aquel momento se convirtió en algo físico, una señal desconocida que anunciaba una verdad aterradora.

Ella volvió a hablar sin mover los labios de ese rostro que tal vez no existía: «No estoy muerta», y su tímida voz infantil se confundió con el horror que llegaba, el horror del que deseaba salvarla pero que crecía en torno a ellos como una nube de insectos, envolviéndola, engulléndola, borrándola ante su ojos e impidiéndole moverse, casi ni respirar ante una oscuridad que ocupaba el espacio del aire, y sintió su pecho aplastado, los pulmones vacíos, el corazón luchando por bombear de tal modo que… Abrió los ojos y despertó.

Palpó la cama buscando la solidez de la realidad con cierta falta de equilibrio y desorientado, con la triste certeza de haberla abandonado, como si despertar hubiera sido en sí una traición. Y con la vista aún borrosa, la mirada fija en el techo, repitió su nombre varias veces: «Michelle. Michi», tratando de volver a su recuerdo infantil y separarla de aquella siniestra bruma. Pero no podría despegarse de esa inquietud en toda la jornada.

Se quedó tumbado un tiempo incierto preguntándose cuándo había sido la última vez que se había asustado por una pesadilla, cuándo se había agarrado a las sábanas con miedo de ser arrastrado, ¿con doce, trece años? Y por último pensó en ella, en Michi: morenita y pequeña como un muñeco, corriendo tras él con cuatro años y pasos de pato, el vestido botando al viento como un dibujo animado, riendo como loca, el pelo negro enmarañado por los mofletes, los ojos café y los rasgos latinos que le asegurarían la belleza de su madre cuando creciera. El temor se tornó en melancolía. No había vuelto a soñar con ella aunque la recordaba a menudo, con cada niño que veía hacer una gracia. No comprendía cómo la había recreado en un entorno tan lúgubre, y le provocaba más desazón aún haberla imaginado con la que suponía sería su edad actual, incorpórea como un espíritu, prisionera de algún miedo propio. Michelle. Donde quiera que estuviera.

Volvió a la realidad, miró el reloj y se escandalizó de la hora, las nueve, de no haber oído el despertador, de haber dormido con el sol en alto y sobre todo de que Ari se hubiera marchado sin avisarle. Pero era así, su lado de la cama estaba vacío y su hueco frío. Ari llevaría una hora fuera y por algún motivo le había dejado dormir sin razón aparente. Deambuló por la casa incapaz de centrarse, como si ese sueño le hubiera infectado, y más extrañado aún de no encontrar rastro de ella. Era evidente que había cocinado su propio desayuno y había lavado sus cacharros, como cuando estaba enfadada. Volvió a hacer memoria de la noche anterior y no recordó nada anormal. Se habían quedado en casa cuadrando las cuentas trimestrales, habían visto un par de capítulos de la serie a la que estaban enganchados y Ari se había acostado agotada. Cuando él llegó a la cama ella dormía y no la despertó. Ni siquiera habían tenido sexo. No encontraba razón para algún cambio. Por fin, des-

11

concertado como si acabara de aterrizar en su propia vida, se encaminó a la oficina.

El recorrido no era largo. Lo más pesado era abandonar el área residencial, que a esas horas parecía deshabitada; tras pasar la avenida Madison, enmarcada por torres de oficinas, el bulevar Franklin desembocaba en el parque comercial en el que se encontraba su negocio, una discreta parcela de una sola altura en forma de herradura con pequeños establecimientos de los que la mitad se encontraban desocupados. Allí se localizaba su escaparate, casi indistinguible junto a una tienda de mascotas y con el ancho justo para el rótulo: *GONZÁLEZ BAIL BONDS FIANZAS 24/7*. El apellido y su bilingüismo habían funcionado como reclamo los primeros años, pero hoy en día cualquier fiador sabía que debía manejarse en español, empezando por la misma Ari, que lo dominaba con corrección. A esas alturas la empresa funcionaba más por la inercia generada que por su propio empuje, y eso les preocupaba. Aparcó el todoterreno junto a la *pick-up* de ella y la pudo ver de espaldas a través del ventanal. El local era estrecho y profundo y se dividía en dos espacios iguales, el despacho de Ari que funcionaba como recepción y, separado por una mampara, el suyo, en el que lo más habitual era no encontrarlo porque la mayor parte del tiempo lo pasaba fuera trayendo o llevando reclusos. Cuando entró, Ari atendía una llamada.

—¿Cuál es el delito del que acusan a su hijo? Sí, entiendo. Lo más importante ahora es que no se ponga nerviosa, nosotros estamos para ayudarla…

Ethan lo aprovechó para escabullirse a su mesa con un esquivo alzado de cejas.

—¿Conoce el funcionamiento de las fianzas? Entiendo. *OK*, bien. ¿Que ya hemos pagado la fianza de su hijo antes? ¿Cómo se llamaba? Sí, ya recuerdo, el chico del tatuaje de Batman. ¿Y qué…? Ah, que es su otro hijo, el pequeño. La compadezco, señora. Bueno, mire, si ya nos conoce puede ir adelantando para ganar tiempo, los impresos se los puede descargar de la página web y… sí, correcto.

Sí, el aval y el diez por ciento. Exacto. Sí, de acuerdo, aquí la esperamos. También para usted. Sí, que tenga suerte, sí, sí. Adiós.

Él dudaba de qué hacer a continuación. No paraba de darle vueltas y seguía sin encontrar motivo para el posible enojo de Ari, pero si no era imaginación suya, con su arrebatado carácter lo mejor en un momento como ese era mantenerse lejos; por otro lado, si no estaba molesta el método más efectivo para enfadarla sería preguntarle si lo estaba. Así que se veía en un callejón sin salida, o con una única salida que pasaba por el escritorio de ella, que era lo mismo. La escuchó colgar y se descubrió sin saber cómo reaccionar. Antes de que lo decidiera, ella se colocó en el quicio de la puerta.

—No me has saludado.

Ethan dio un pequeño respingo.

—Hola, cariño. Es que te vi ocupada.

—Sí, claro. Digo ahora que he terminado.

Podía ser que no estuviera molesta después de todo. Había iniciado la conversación sin darle opción para preguntarle si lo estaba, lo que tomó como un favor porque lo más probable era que tampoco se hubiera atrevido.

—¿No te ha llamado el Oso?

—No, hace unos días que no hablo con él.

—Qué raro. Me llamó a mí para pedirnos que le acompañes en una búsqueda hoy. Me pidió que te avisara para que lo recojas en su casa.

Ethan le dedicó una mirada interrogativa que ella le devolvió aumentada.

—¿Y por qué no me ha llamado a mí?

—Eso me pregunto yo.

—Debe de estar preocupado por algo.

Ari asintió dos veces.

—Eso pienso. Si no, no te evitaría por teléfono. Siempre tiene ese miedo de que le vayas a descubrir y se lo saques antes de verte. —Adoptó un dejo irónico—. Sigue sin enterarse de lo obtuso que eres para la intuición.

13

Así pues, Ari estaba resentida. Pero Ethan no pensaba averiguar el motivo, teniendo una excusa tan buena prefería ignorar el comentario, pasar el día fuera y cuando se vieran por la noche con un poco de suerte no haría falta ni mencionarlo.

—¿Qué te dijo?

—Un chico que faltó a juicio. No entendí si era por posesión o por no pagar la pensión de su hijo, porque estaba nervioso y se embrolló para explicarlo.

—Estará en preventiva por una de las dos, ¿cómo queda el pago?

—Son quinientos dólares. ¿Crees que necesitará dinero?

A Ethan se le escapó una risilla autosuficiente.

—¿El Oso? Pues está apañado.

Ari se puso a la defensiva.

—¿Por qué te tienes que reír?

—No me río de ti. ¿Qué dinero va a necesitar de nosotros?

Se mostraba molesta, vulnerable.

—Vamos, ya conozco esa mirada.

—No empieces otra vez, no te he mirado de ninguna manera.

Ari se contuvo y Ethan se mostró respetuoso. El control de la ira para ella era una batalla constante en la que hacía tiempo él no ayudaba.

—Estamos un poco nerviosos.

Ari balbuceó la respuesta.

—No ha pasado nada.

Su tono no reflejaba rabia sino cansancio. Él replicó sin pensar.

—Creo que deberíamos irnos un par de días a la montaña, olvidarnos de todo. A la cabaña a la que fuimos aquella vez, el tipo nos la dejaría tirada de precio.

—¿Y quién iba a llevar esto?

Ethan se encogió de hombros. Lanzaba sus ocurrencias y se encogía de hombros. Era su modo de hacer. Era un buen táctico, se le daba bien planear el futuro, y tenía ideas brillantes, Ari lo sabía, pero era perezoso para resolverlas, necesitaba ayuda, un brazo ejecutor que se encargara mientras él se perdía en otro nuevo proyecto. Ari lo entendía muy bien, lo había entendido desde el día que lo conoció, antes de que Michelle lo abandonara, cuando él ni había reparado en su presencia, cuando no era más que una adolescente cargada de problemas.

Ethan se le acercó y la abrazó precavido ante su reacción, sin pretender besarla. A esas alturas nada de la relación se iba a arreglar con un beso, pero su intuición solía acertar. Ari recibió el cuerpo cubriendo su espalda, regalándole su calor y dándole la seguridad que necesitaba. Eso le hizo percibir la rigidez de su propio cuello, la tensión que descendía hasta los hombros, los nervios acumulados tras una mala época que él había rematado esa noche repitiendo entre sueños el nombre de su antigua amante. Sus músculos se relajaron bajo el contacto sostenido y sin bajar la guardia sintió cómo sus defensas se vencían, cómo se abandonaba sin permitirle notarlo. Cuando él se apartó volvió el frío.

—Entonces iré a ver al Oso. Supongo que comeremos juntos.

—Adiós.

Y ella se quedó de nuevo sentada, mirando al espacio vacío sin saber describirse todas las cosas que odiaba de sí misma. Sin saberse explicar su propia incapacidad para comunicarse.

Ethan condujo arrepintiéndose de lo dicho, como siempre. Tal vez Ari no lo supiera, pero había adquirido ese poder sobre él. Él podía resultar locuaz y convincente, podía callarla o desquiciarla, pero cuando se quedaba solo, los silencios de Ari, sus razones, a veces simples, mal expresadas, volvían para golpearlo y se repetían una y otra vez cargándolo de culpa. ¿Por qué se cebaba en su baja autoestima? ¿Por qué necesitaba dañarla?

Ethan había caído en esa vida, en el sentido más estricto de la palabra, siendo tal como él solía decir, «un imbécil de veinte años con ganas de aventura y necesidad de que le partieran la cara». Lo segundo lo había conseguido; lo primero, alguna vez. Después de una muy conflictiva relación con su padre, un diplomático que le había llevado a vivir por distintos países durante su infancia, Ethan había acabado escapando de casa varias veces, coqueteando con el menudeo de drogas duras y viviendo una temporada en la calle de la que solo consiguió sacar sinsabores y amargura. Hasta los dieciséis años la vida se le había presentado como un camino delineado y dirigido, algo que su hermana mayor había aceptado sin discusiones y él había enfrentado buscando la diferencia, la emoción y la intensidad. El tipo de planteamientos, reflexionaba ahora, que uno se puede hacer mientras hay dinero en casa. Y como el dinero era algo con lo que siempre había contado, era lo único que no buscaba. Ethan pasó su primera adolescencia peleándose con el mundo que le había tocado conocer, renunciando a sus beneficios y sus obligaciones, y la segunda peleando por encontrar el lugar que le dictaba su imaginario, el de los barrios, que en ese momento para él era lo auténtico, el espacio en el que la verdad existía. Pasó de grupo en grupo los años suficientes para ser traicionado, que le rompieran la nariz dos veces, traicionar él, decepcionarse y aprender que la mentira y la miseria no eran exclusivos de la jaula de cristal en la que le habían criado. Y por último, para comprender que, de todos modos, él pertenecía a la calle.

Por una casualidad, con veinte años le dieron la oportunidad de entregar al traficante que le había empleado durante meses y después se había acostado con su novia en su misma cara, que le había burlado y le había robado lo prometido, y no dudó por un momento. Se convirtió en confidente para un cazarrecompensas por celos y amor propio, y acabó pidiéndole trabajo por el mismo rechazo que había sentido hacia su ambiente familiar. Después de conocer los estratos más bajos del tráfico de drogas, en un arrebato juvenil se volcó al otro extremo y decidió convertirse en el perseguidor de sus antiguos compañeros. Sin dificultad aprobó los cursos necesarios, se sacó las licencias y se zambulló en un nuevo mundo de aventuras que acabó por mostrarse como el más triste de todos. Lejos de perseguir a peligrosos narcotraficantes, acabó localizando a tristes fugitivos que en la mayoría de los casos reaccionaban como perros arrastrados a la perrera; no solo frente a él sino frente a todo el sistema. Y esos desahuciados, como animales callejeros, trataban igual a los que se encontraban bajo su bota, a menudo los niños que dependían de ellos. Así había conocido a Ari y al maltratador que las mantenía a ella y a su hermana Sasha, cuando aún era como un paquetito embutido en un pañal que la seguía de un lado a otro cambiando el equilibrio a cada paso.

Ethan no había tardado en instalarse como fiador para evitar los espectáculos más lamentables. Si le preguntasen hoy en día en qué consistía su trabajo respondería que en ayudar a la gente a evitar la cárcel, no en llevarla. La mayor parte de las búsquedas de custodiados no correspondían a huidas sino a descuidos, olvidos, miedo. El grueso de los demandados que no volvían para el juicio correspondía a unos inconscientes cuya última intención era crearse más problemas con la justicia, seres incapaces de sobrellevar su día a día con el mínimo control y que se veían superados por todas sus decisiones vitales, siempre equivocadas. Personas cuyo delito era ser irresponsables, que atendían de manera civilizada cuando llamaba y le acompañaban más asustados que molestos, a veces avergonzados y otras llorando. El ambiente en el que se movía no era de criminales y mafiosos sino de infelices y fracasados luchando por sobrevivir bajo un régimen que se les ponía más cuesta arriba cada día. Con los años, Ethan no había desarrollado un instinto de caza, sino una dolorosa empatía por los perdedores. En un sistema en el que veía ir a prisión a los más débiles, lo que no funcionaba debía ser el propio sistema.

Con esa previsión, Ari había vuelto a estudiar para terminar el instituto y el plan era que comenzase Derecho ese mismo curso, algo a lo que se dedicaba con una perseverancia inimaginable en ella unos años antes. La madurez que había alcanzado desde que la conociera también le resultaba inaudita. Aunque no tenían aún un plan concreto, la intención de cambiar y las buenas expectativas de sus estudios los mantenían esperanzados. Y mientras tanto el negocio aguantaba con sus altibajos sobreviviendo gracias a parches como los trabajos del Oso, que les ayudaban a cerrar muchos meses. En lógica debía ser Ethan quien contratara al Oso para encontrar fugitivos, pero eso ocurría muy pocas veces, así que al final acababa él de vuelta como ayudante suyo.

Se detuvo delante de un bucólico ejemplo del *American way of life*: fachada Boston, jardín delantero, tono pastel y buhardilla con ojo de buey, y tocó el claxon tres veces. La entrada se abrió y se asomó Candy destrozando la postal: chaleco y pantalones de cuero, tatuajes dibujando los fibrosos brazos y el pelo azabache recogido en moño sobre la cabeza. Le saludó con una mano y le indicó que no podía dedicarle más tiempo, tenía trabajo. El umbral se mantuvo vacío unos segundos y enseguida fue ocupado por el voluminoso cuerpo del Oso, que hacía honor a su nombre. Su aspecto, empero, era el opuesto al de ella: traje de lino color crema, zapatos de veinticuatro horas en lugar de las botas de campaña y, eso sí, el pelo largo hasta la base del cuello, que nunca se cortaría, engominado hacia atrás. El Oso, que con sus casi dos metros y ciento treinta kilos siempre había sentido inseguridad sobre su físico, vivía en una búsqueda sin fin de su propia estética que le conducía a los resultados más variopintos, y ahora, cercano a los cincuenta, se había decidido por un aspecto que en su mente le otorgaba la respetabilidad de un ejecutivo y en la realidad lo hacía parecer un gigante vendedor de biblias con chaleco antibalas. Se introdujo con cierta incomodidad y le saludó con un escueto «Hola». El Oso hablaba con frases cortas y directas, con un tono parcialmente mecánico que impresionaba a los fugados y facilitaba las entregas. El sistema judicial ofrece mejores espacios para escapar que un armario de cuatro cuerpos armado y blindado. Antes de arrancar compartió la documentación con su amigo.

—Mira, este es el chico. Veintiún años, una hija de dos.

—Ya lo veo. Joder, ya estoy aburrido de esa gente, ¿para qué tienen niños como si tuvieran perros? Los abandonan para que crezcan en la calle, como la madre de Ari, tres hijos de tres padres y todos criados sin ella. No se puede ser más bastardo. Y lo digo con el debido respeto, que en paz descanse. ¿Vamos a buscarlo a casa de su madre o de su novia?

En un ochenta por ciento de los casos la persecución se reducía a esas dos preguntas. La mayor parte de los camellos de barrio vivía en casa de sus padres aunque superasen la treintena, no podían independizarse y sus rutinas consistían en comer allí, socializar y pasar las noches con la parienta, y si habían salido de la cárcel o estaban en busca y captura, con mayor garantía. No tenían otro sitio al que ir, no sabían moverse fuera y sus previsiones de futuro rara vez superaban el siguiente fin de semana. Frente a la ley se escudaban en que no podían sacarlos sin una orden judicial y que nadie se iba a molestar en pedirla para ellos. Era como vivir en un juego en el que allí estaban a salvo, y las reglas las aprendían en las películas, ni se molestaban en averiguar si eran ciertas. Entre tanto se cargaban de juguetes electrónicos y ropa deportiva de marca y seguían vegetando, ignorando qué sería de ellos el siguiente mes.

—En casa de la madre. Luego irá a ver a la novia, pero allí está la bebé y prefiero evitarlo.

Esa era la respuesta. La novia lo habría denunciado por la cría y ahora se la mostraba cada noche para que jugasen y lo cubría de *miamores* y bendiciones. En los malos momentos llamaban a la policía y en los buenos se olvidaban y seguían su camino mientras la justicia seguía el suyo por otro lado, y cuando se reencontraban por otro delito menor, otra pelea, quedaban sentenciados. Entonces uno podía aparecer a detenerlo en presencia de la misma chica que lo había condenado y ella lloraría, gritaría y se arrastraría, amenazaría y a veces se pondría violenta; huidas intempestivas, golpes, peleas, y si el reo conseguía salir fuera, el caos: llegarían vecinos, conocidos y socios. Eran los únicos momentos en que la situación podía descontrolarse. Ethan había estado envuelto en suficientes tiroteos como para temerlos. Había aprendido a soportar largas charlas con pareja, padres, primos y su retahíla de quejas sobre cómo los había tratado la vida, cualquier cosa por conseguir que se entregaran, hasta aguantar que la novia los siguiera en su propio coche sin dejar de dar voces y con los niños. Siempre los niños, aterrados.

—Estoy de acuerdo. Vamos allá.

Aparcaron a dos manzanas de la casa, en una cuesta que les permitía dominar el perímetro.

—¿Lo ves? El maletero que asoma por allí es el suyo, tiene un Toyota.

—¿Lo aparca en la calle de atrás? El tipo es un genio de la seguridad.

El Oso dejó la chaqueta bien doblada en el asiento trasero, descendieron con los chalecos identificativos y las armas a la vista y recorrieron el paseo sin cruzarse con nadie. Las capturas no consisten en persecuciones por autopista sino en horas de coche, vigilancias, avisos a la policía para indicar la situación del sospechoso y grotescas peleas cuando hay mala suerte. A medida que bajaban el silencio se les hizo más presente, y al alcanzar el porche era casi sólido, con ojos invisibles escrutando desde ambas aceras. El patio delantero estaba plagado de juguetes infantiles, un par de sillas de playa y una piscina individual desinflada, y la pintura de la fachada, caída a jirones, daba muestra del abandono. No se veía luz a través del portal, que tenía un bastidor con mosquitera como refuerzo, ni por la ventana de la cocina. Ethan localizó un timbre y lo presionó sin resultado. Retiró el bastidor y llamó con los nudillos mientras gritaba al interior.

—¿Hola? ¡Toc, toc! ¿Hola?

El Oso no dudó.

—Están dentro.

Ethan palmeó con fuerza.

—¡Hola! ¡Buenos días!

Tras unos segundos de espera golpeó con una rotundidad que hizo temblar la endeble carpintería. Una voz muy castigada farfulló algo ininteligible. Él respondió.

—¡Buenos días! ¿Tyrone?

La voz se acercó a la puerta. Correspondía a una mujer mayor.

—¿Eh?

—Buenos días, señora. ¿Va todo bien?

—¿Eh?

—Necesitamos que nos abra.

—¿Quién es? ¿Quién está ahí?

—Necesitamos que nos abra, por favor.

—¿Quién es? Esta es mi casa.

—Somos agentes oficiales. Aquí tiene las identificaciones, si abre podrá verlas.

—Esta es mi casa.

—Claro que sí, señora. Lo que necesitamos…

—Aquí estoy yo.

Mientras Ethan hablaba a través del contrachapado, el Oso reculó unos pasos para estudiar el piso superior.

—Sabemos que tiene a Tyrone con usted. Debemos recogerlo para evitarle más problemas.

—¡Aquí estoy yo!

—Si colabora va a ser mucho mejor para él, señora.

—Él no está aquí.

—Sabemos que está con usted.

—No, no está.

—¿Y sabe dónde está?

—Ay mi pobre niño, mi niño. Él no ha hecho nada, ¡quién lo va a saber mejor que yo que soy su madre!

—No dudamos de su inocencia, pero si no acude al tribunal solo va a empeorarlo.

—¡Él no ha hecho nada!

—No discutimos eso, señora. ¿Podría abrirnos?

—Mi niño no ha hecho nada. Hay un juez que lo odia y lo quiere encerrar.

Atendiendo a la deriva de la conversación, el Oso se alejó hasta la calzada para alcanzar una visión global.

—Si yo ya sé que tiene que ir donde el juez, y yo se lo diría, pero no puedo porque no está.

21

—La comprendo. ¿Y su novia? ¿Sabe si sigue viendo a su novia?

—Ay, no, mi pobre hijo. ¡Cómo va a tener novia con la injusticia que le hacen! Y una bebé que ha dejado.

—Usted no tiene ni idea de dónde puede estar.

—Sí, sí, en Alaska. Se marchó a Alaska, siempre se quejaba del calor que hace aquí.

A Ethan se le escapó una carcajada. De Florida a Alaska. No había encontrado un estado más lejano.

—Y no tiene dirección ni teléfono, por supuesto.

—No, ¡cómo va a tener! Mi pobre niño… ¡Si está en Alaska!

—Mire, señora, esto es una investigación criminal. Si usted me dice que su hijo no se oculta en casa y los vecinos nos dicen lo contrario es encubrimiento, no sé si me entiende. Quiero que me escuche porque sé que piensa que le está haciendo un favor, porque lo quiere. Pero le voy a explicar lo que pasa si sigue sin…

Un silbido corto del Oso le alertó. Se giró y lo vio señalar desde la otra acera. El chico debía de haber saltado por la parte trasera. Ethan abandonó el monólogo y se reunieron a la carrera.

—¿Crees que habría abierto?

—Nunca.

—¿Y por qué seguías hablando?

—Si no, ¿cómo íbamos a sacarlo?

Cuando arrancaron, el objetivo había desaparecido. Apretó el acelerador a fondo hasta el cruce, donde tampoco llegaron a verlo. A la derecha creyó percibir algo, apenas un reflejo que reverberó sobre el asfalto antes de desaparecer y una imperceptible línea gris en el aire.

—*OK*, me la juego a todo o nada. ¿Qué dices?

Y sin esperar respuesta dio un volantazo en esa dirección. Dos cruces más allá entró en su campo visual. Un Corolla desvencijado con pegatinas que imitaban un Dodge giraba en una bocacalle a la izquierda. Se detuvieron un semáforo atrás para darle ventaja y lo siguieron a distancia. Un par de kilómetros más tarde, sin que aparentara haberlos descubierto, aparcó junto a un bar que no conocían y desapareció dentro. La edificación, de una sola planta, ocupaba toda la manzana.

—¿Dividimos? ¿Entro por la cocina?

—No sabe que lo seguimos. No hará falta.

—Aficionados…

Empujaron el portón, tras el que una cortina negra impedía el paso de la luz. El local era amplio, con decoración irlandesa, una barra longitudinal a la derecha que se doblaba antes de los baños y multitud de mesas con luces independientes, ahora vacías. Al fondo, dos marcos con el cartel de privado y ventanas altas y ahumadas que tamizaban la entrada del sol hasta dejarla irreconocible. El camarero los observaba desde el interior y en la última esquina dos sombras parecían disfrutar un desayuno tardío. Ethan y el Oso tomaron nota de los tres y mostraron sus Remington 870 cargadas con cartuchos no letales.

—Buenos días. Buscamos a Tyrone, el muchacho que acaba de entrar.

El barman señaló el baño. Ambos sonrieron.

—Vaya, se escapó sin mear.

Cuando se aproximaban, uno de los clientes se incorporó.

—Quién lo iba a decir, ¡el Oso y Ethan!, menuda sorpresa.

Lo reconocieron de inmediato.

—¡Tony!

—No me lo puedo creer, ¡Tony!

—¿Hace cuánto tiempo?

Tony abrazó al Oso. Todo el mundo conocía al Oso, y a pesar de su aspecto, Ethan no recordaba a nadie que no lo quisiera. La conversación se animó unos momentos hasta que sonó el secador de manos y surgió el muchacho, alegre de escuchar la algarabía. De pronto reconoció los dos chalecos y le venció un mareo frío, como si su novia le hubiera dicho que esperaba otro bebé. Titubeó sin llegar a comprender la imagen, buscó la mirada de Tony, que le devolvió el silencio por respuesta, y sus captores le atajaron con las escopetas bajas y ánimo distendido.

—Hola, Tyrone, hemos venido a buscarte. Tienes que acompañarnos.

—Las manos a la espalda, por favor.

El Oso le invitó a volverse mientras sacaba las esposas. El detenido se giró con sumisión e inmediatamente le lanzó una patada y salió corriendo a través de las mesas. Ethan suspiró, arrojó su escopeta al Oso, que ni se había enterado de la patada, y se lanzó tras él.

Tyrone corrió volcando las sillas que encontraba tras de sí hasta llegar a la pesada cortina que apartó con rabia, molesto porque le entorpecía; golpeó el portalón con el hombro y el impulso lo tiró a la acera, donde apoyó una mano, luego la otra y pudo levantarse justo para volver a correr. En lugar de dirigirse a su Corolla, decidió cruzar el callejón, única escapatoria posible.

Ethan se encontró un bosque de sillas derrumbándose y saltó por encima de las mesas, que por suerte no eran muy endebles. La tercera se dobló dejándolo en el suelo, se alzó dolorido y brincó hacia la salida a tiempo de ver la cortina caer con solidez, pasó por debajo librándose del estorbo y pudo atravesar el hueco con la hoja aún batiéndose, recuperando el espacio perdido en esos dos movimientos y dejando a su presa al alcance. Vio al chico recuperar el equilibrio dando dos pasos con sus manos y ese lapso fue suficiente, se lanzó a sus tibias y lo placó en el momento en que empezaba a cruzar.

Tyrone lanzaba un pie cuando sintió la prensa en las piernas y se fue hacia adelante. Las palmas frenaron el golpe de manera instintiva, pero aun así su cara aterrizó quemándose con el asfalto ardiente al sol del mediodía. Ethan se sentó sobre él a horcajadas y lo esposó sin recibir resistencia. El chico aún se pasaba la lengua por la boca averiguando si se había roto algún diente y preguntándose qué le había ocurrido. El Oso los alcanzó y lo introdujeron en el todoterreno.

—Lo hacen porque lo ven en la tele. Los *realities* nos han jodido.

Conversaban como si fueran solos.

—Te invito a almorzar después de la entrega. Estaba pensando en lo de antes… ¿Alguna madre te ha entregado a su hijo?

—No, nunca… Mentira, una vez una sí que nos dijo dónde se escondía, pero no era por colaborar, era para que no siguiera con su novia. Le echaba la culpa de todo, estaba segura de que, si pasaba un tiempo entre rejas, la chavala lo dejaría, y ella se sentiría más tranquila.

—Será una broma.

—Sí, una broma. Fue capaz de enchironar a su hijo con tal de apartarlo de una fulana que no le gustaba. La gente está muy mal.

—¿Y qué pasó después?

—¿Cómo quieres que lo sepa? A ver si te crees que voy a visitarlos cuando salen.

—¿Por qué no? Yo lo hago con algunos, son buenos chicos, han formado un grupo de reinserción.

—Oso, eres único…

Tan pronto dejaron a Tyrone, Ethan se sintió libre para hablar.

—Oso, no quería mencionarlo delante del paquete, pero… era Tony.

—Sí, me impactó verlo.

—Yo no conocía el local.

—Ni yo, Tony se está escondiendo.

—¿Crees que le preocupó vernos?

—Seguro. Sabe que no lo buscamos, pero no sabe si lo comentaremos con alguien.

Se dirigieron a una franquicia de falsa comida mexicana.

—Pensé que había dejado la ciudad.

—Y yo. En su situación no es inteligente quedarse.

—Pero todo su negocio está aquí. Si ese Tyrone dependía de él, puede que ahora tenga un problema.

—¿Crees que cantará?

—Dudo que lo sepan, pero si se enteran y le ofrecen un trato, Tony está jodido. ¿En cuánto está su recompensa ahora?

—No lo sé. Mira Ethan, quería... quería contarte...

Ethan le vio trabarse y supo que por fin iban a llegar a la cuestión que le quemaba y que había dilatado toda la mañana.

—M... Michelle me escribió.

Recibió el nombre como un latigazo. Michelle. De todos los motivos que podía sospechar era el único imposible. Michelle. Su sonido seguía doliendo como un golpe. Su incomodidad se evidenció y el Oso le respondió sin que él abriera la boca.

—Lo sé. Yo... tampoco me lo imaginaba. M-me envió un correo. Tenía que tener guardada mi dirección. A lo mejor también la tuya.

—Eso no importa. Seguro que la tiene.

Michelle. No imaginaba que le sacudiría de esa manera. Tampoco imaginaba que volvería a oír hablar de ella. Hacía seis años que no mantenían contacto, puede que algo menos. Ella había seguido enviándole correos electrónicos y alguna carta que él nunca respondió, y en algún momento se dio por enterada y se detuvo. Michelle había salido de su vida como había entrado, sin pedir permiso y avasallando. Michelle era el infierno. Eso era lo que él recordaba. Así veía ahora su relación, los continuos altibajos, las peleas, los cambios de humor, los celos injustificados. Cuatro años en los que no se había dedicado a nada más, no había podido dirigir su vida en otra dirección. Michelle era extrema en todos los sentidos: una belleza latina racial y exuberante con un carácter explosivo e incontrolable que existía para ser adorada y necesitaba cada minuto de atención, que volcaba toda su energía en ocupar el espacio vital de su amante, y tenía mucha. Ethan lo recordaba más como una adicción que como amor, algo que no le hacía disfrutar pero sin cuya dosis diaria no podía sobrevivir, y así se sintió cuando se fue, como un adicto, como si hubiera muerto.

Después de una temporada de peleas y desaires más intensa de lo habitual, algo de lo que él ya había perdido perspectiva, una tarde desapareció con la niña. Más adelante le escribiría admitiendo que había vuelto con ella a Centroamérica, que le seguía queriendo pero no como antes, y que había preferido actuar así para hacerlo menos doloroso. No le explicó que se había marchado siguiendo los pasos de un galán barato que la había conquistado para que le pagase el billete y que la abandonó al aterrizar el avión. El vividor, que le había prometido convertirla en su reina, no había contado con que ella se fuera a plantar en el asiento contiguo, y menos con una hija de seis años. Ethan se enteraría de ese extremo un tiempo más tarde, a través de terceros, y para él sería como morir de nuevo. Michelle le había mentido como tantas otras veces, había decorado la realidad de su abandono como hacía con todo en su vida, pero, al final, ni siquiera cuando lo superó pudo odiarla, porque Michelle era la principal víctima de sí misma.

—¿Por qué te escribió? ¿Te pidió que hablaras conmigo?

—Sss-sí. No le he respondido.

—¿Qué te contó?

El Oso se pasó la mano por la frente sin saber cómo continuar. Trató dos veces de arrancar la frase hasta ser capaz.

—H… han secuestrado a la niña. A Michi. La raptaron cuando volvía de la escuela hace tres días, y no son capaces d-de encontrarla. No han pedido rescate ni han contactado con ella. Se la llevaron y se acabó. Ha ido a la policía y a un detective, y lo que le dicen no es nada bueno. Nn-no sabe qué hacer. Estaba desesperada.

Como una explosión de luz, el sueño volvió a la memoria de Ethan inundándola, vívido, inquietante, como si despertara en ese momento. Lo zarandeó y le mostró que algo se le escapaba de las manos. Seis años sin saber de las dos y de pronto soñaba con la niña cuatro horas antes de recibir la noticia. Su rostro se debió descomponer porque el Oso se preocupó.

—¿Estás bien? Lo siento, tío. Yo… a mí me impresionó también. Yo sé que era como tu hija. No sé. En lo que quieras, tío, yo te apoyo. Lo que quieras hacer, lo que sea.

—No, no es eso, es que… —La imagen se formaba en su interior y se sentía girar como en un tiovivo. Michi hablando con una voz casi adolescente desde un rostro que no reconocía, «No estoy muerta», con un sonido que parecía flotar en el espacio sin salir de su boca. Lo revivía una y otra vez, y por un momento llegó a sentir que le faltaba el aire.

—No, no es… —repitió mecánico—, ¿no te contó nada más? ¿No dio más detalles?

—Solo eso. Lo escribió todo seguido, sin puntos, como enajenada. Solo lo contaba y me pedía que te lo dijera. *«Díselo a Ethan por favor Yo no puedo»*.

—¿No te pidió ayuda ni dinero?

—No. No pedía nada. Que te lo contara. Me pareció que intentaba resignarse. No le dieron esperanzas, una niña que desaparece en Centroamérica, ellos saben lo que significa. Y sé que tú también. Lo siento tanto. —Le tembló el labio.

Ethan se descubrió con una seguridad que no comprendía, como si la información le llegara desde fuera.

—No está muerta. Michi está viva. —Y al decirlo se hacía consciente de que negaba la lógica, que el asesinato era la única opción.

¿De qué otro modo podía acabar un secuestro en una de las tierras más peligrosas del mundo si ni siquiera habían pedido rescate? ¿Y qué rescate iban a pedir si la familia era pobre? Cualquier profesional, empezando por él mismo, les habría aconsejado comenzar la búsqueda por los depósitos de cadáveres. Sin embargo, de algún modo esa idea ni había cruzado su mente. No lo había dudado por un momento.

—Está viva. No sé dónde está, pero sigue viva.

Los ojos del Oso se abrieron con una incredulidad que rayaba la estupefacción.

—Sé que suena loco, perdóname. ¿Puedes enseñarme el correo en tu móvil?

—Por supuesto, amigo.

Ethan lo leyó. Era un texto largo, errático y redundante que parecía escrito de corrido, sin correcciones, con apenas puntuación, sin el estilo habitual de Michelle aunque con gran parte de sus expresiones, y que explicaba atropellado y confuso todo lo ocurrido. Tres días atrás una amiga que volvía con Michi de la escuela la había llamado llorando. Un coche las había interceptado por el camino y los ocupantes se habían identificado como amigos de Michelle madre, dando muestras claras de conocerla y ofreciéndose a llevar a su hija al hospital pues había sufrido un accidente. A pesar del sobresalto, Michi había reaccionado con la impropia madurez que la caracterizaba y había rehusado a subir, pero los secuestradores no le habían dado opción y la habían arrebatado con cierta facilidad, desapareciendo al instante. La amiga, presa del *shock*, no había sido capaz de describir ni siquiera el color del coche, y todo acababa allí. El correo no explicaba nada más del asalto ni qué pasos habían seguido en las primeras y decisivas horas. En lugar de eso Michelle se aferraba con desesperación a la posibilidad de que realmente la conocieran, obviando la táctica que sin duda habían utilizado y que sigue siendo de las más efectivas con los niños, sonsacarles el nombre de los padres y repetirlo para engañarlos aprovechando su inocencia. El asesino en serie Ted Bundy había utilizado ese método con su última víctima, otra niña de también doce años.

El correo continuaba sin orden ni concierto mentando a un detective al que describía como un santo sabio que la ayudaba, sin especificar si lo había contratado, si estaba realizando pesquisas o solo le había dado consejo, y remataba repitiendo una y otra vez que nadie la podía odiar tanto, y que aunque fuera así, que era impensable que pudieran dañar a Michi para atacarla a ella. Mencionaba a Dios repetidas veces, tanto para darle las gracias como para exhortarlo en su ayuda, y eso también sorprendió a Ethan, pues, si bien sabía que era católica, nunca la había visto expresarlo con tanta vehemencia. Concluyó que, en un caso de tal desesperación, acudir a las creencias más básicas sería parte del proceso. Al final, tras uno de los escasos puntos del escrito, cerraba con el ruego al Oso de que se lo contara, ya que ella no se sentía capaz.

Ethan, conociéndola bien, buscó entre líneas, pero no encontró acusaciones, reproches ni mensajes velados, no le pedía nada. Era un grito desgarrado, el aullido de una madre desamparada que después de tres días de angustia se desahogaba. Tal vez lo único que pedía era una mentira, un ánimo que apuntalase una búsqueda sin esperanza.

Por un lado le frustró que no se lo hubiera enviado a él, no solo por su relación sino por la que había mantenido con Michi. Por otro era lo más lógico, no le había contestado durante años y ahora no tendría cuerpo para enfrentarse a un nuevo silencio. Lo leyó tres veces y sintió su columna helarse con cada nueva pasada.

—¿Se lo has contado a Candy?

—No. Pensé que tenías que ser el primero.

Los dos callaron. ¿Qué debía hacer? Cuando había hablado antes de las paternidades irresponsables no se había dado cuenta de que se refería a las dos Michelle. Ahora lo entendía. Aunque no recordara el sueño lo había tenido presente todo el tiempo, ellas eran el ejemplo más claro. Michi, cuyo padre las había abandonado antes del nacimiento y que había heredado el nombre como refuerzo de su propiedad única, acostumbrada a vivir en la inseguridad y el movimiento continuo, rodeada de amantes, encuentros ocasionales, caraduras y aventureros a menudo no fiables, a veces peligrosos; el resultado de la inestabilidad que había forjado un carácter templado y una sensatez que llegaba a asustar, la única defensa con la que contaba frente al mundo. Michi, la hija invisible que se había instalado sin hacer ruido y sin querer lo había convertido en su familia, lo que por un lado ayudó a su madre, que por primera vez la vio feliz y tutelada, y por otro provocó ciertos fantasmas de celos. Michelle creaba la necesidad insatisfecha en Ethan y Michi lo colmaba con su amor infantil. El equilibrio era precario pero funcionó cuatro años en los que creció y se sintió amada y protegida. Y entonces, cuando había comenzado los trámites de adopción —el posible matrimonio era otro tema de discusión constante—, desaparecieron.

La pérdida de Michi fue tan dolorosa como la de Michelle, si no más. En muchos aspectos fue la causante de su depresión, y también de que *a posteriori* fuera tan reservado ante una futura paternidad. La desaparición de un niño es mucho más desoladora que la de un amante: la ansiedad por cuidarlo y protegerlo, por estar presente en todo momento y compartir su vida, por evitarle cualquier trastorno, la extraña necesidad de entregarle todo a cambio de su felicidad egoísta. De pronto ella no volvió a estar. La herida nunca había cicatrizado y él agradecía que Ari aún no hubiera planteado seriamente el tema de su maternidad.

Había un secreto en la superación de aquella ruptura que Ethan no había compartido con nadie y le atormentaba. No solo Michelle le había escrito. Michi le envió cartas desde pocas semanas después de su partida, pero nunca fue capaz de responderlas. Cuando encontró la primera en su buzón la confundió con una de su madre hasta que adivinó la letra infantil, y la sacudida fue tan dolorosa que no pudo abrirla. Vivió durante meses atemorizado ante la posibilidad de recibir otra, y llegaron tres más. Sufrió un bloqueo incomprensible. La necesitaba con tal intensidad que esa debería haber sido su mayor ilusión, pero los sobres le transmitían una angustia atroz que lo devoraba e inutilizaba durante días. Al final se trasladó para no saber si seguía escribiendo. No se deshizo de ninguna carta igual que no las abrió, las guardó en una caja de viejos papeles y trató de olvidarlas. Ese falso silencio le sirvió para estabilizarse y la presencia de Ari se incrementó hasta convertirse en su nueva pareja, pero el miedo no se había curado, se había calmado con un cierre de compromiso sobre el que inició su nueva vida sin plantearse qué ocurriría si volvía alguna vez.

—No sé qué pensar. No sé qué hacer.

Y de pronto había vuelto. Como en un espejo deformante, como una broma grotesca: la ausencia de la niña, ahora por un crimen, y sus mensajes no pedidos, ahora sueños producto de su imaginación. Se le revolvió el estómago. Sabía que era su mente, pero algo en él se empeñaba en creer que era real. Algo de él quería pensar que era real, se dijo, buscarle una explicación para justificar que no había ocurrido lo que ellos sabían que había ocurrido. Sin darse cuenta lo repitió en voz alta, algo que no le había ocurrido antes.

—…que no ha ocurrido lo que sabemos que ha ocurrido.

El Oso se preocupó al verlo tan desorientado.

—Vamos a casa, tomemos un café con Candy y decidamos qué hacer. Cuando lo tengamos claro hablas con Ari, o si lo prefieres lo hacemos nosotros.

Ari. Esa era la pieza que faltaba en el puzle. La chica que había ocupado el lugar de Michelle, que le daba tal pavor que su sola mención la ponía de mal humor. Le sobraban razones. La había conocido siendo menor de edad y había compartido con él los momentos más sórdidos de esa relación mientras vivía una vida brutal en la calle. Hasta mucho después no le había admitido que había estado enamorada de él desde el primer momento, y para ella Michelle no era solo la mujer que lo había empujado a la autodestrucción, era un fantasma, un rival invisible que se había convertido en un tabú. Michelle ejemplificaba todas las faltas que Ari sentía en sí misma, y Michi apenas existía para ella, era una sombra fugaz a la que no había prestado atención y que también creaba un terrible agravio comparativo con su hermana Sasha. Era indiscutible que con Sasha no había existido otro camino, que habían hecho lo correcto, pero la comparación se hacía inevitable, y tan dolorosa para ella como había sido la pérdida de Michi para él.

—No. Perdona, estaba divagando. Creo que ya me aclaro. ¿Me ayudarás?

—Lo que digas.

—Necesito… —Ethan sudaba—. Necesito ver a mi contable. ¿Me acompañas?

El Oso se envaró, alarmado.

—¿En qué estás pensando?

—Lo sabes tan bien como yo.

—¿Te quieres ir? ¿Y qué vas a hacer allí? No lo veo. No lo veo, Ethan.

—Es solo una idea. Y lo primero que tengo que hacer es ver si me lo puedo permitir.

—Nosotros te podemos prestar.

Ethan se revolvió.

—¿Estás de broma? ¿Has pensado la cantidad? Pueden ser semanas, meses. No podríais aunque quisierais. ¿Y le dirás a Candy que me vais a dejar dinero para ir a buscar a Michi? Ya tienes suficientes problemas.

—Puede ser. Pero tampoco necesitas ver a tu asesor, sabes lo que te va a decir.

—Salgamos, me estoy agobiando.

Ethan abandonó el local y, en lugar de dirigirse al coche, caminó calle abajo hasta la esquina y subió de nuevo. El Oso le esperó junto a la puerta. Volvió a bajar y subió otra vez. El Oso podía escuchar su respiración acelerándose con cada vuelta. A la cuarta, Ethan lucía rojo como si hubiera corrido media hora, y se agachó para tomar aire. El Oso no se movió.

—¿Estás bien?

—¡Uf! ¡Uf! ¡Uf! Sí. ¿Sabes lo que pienso?

—Creo que tendrías que consultarlo con la almohada. Al menos hablarlo con Ari.

—¡Uf! ¡Uf! —Ethan sentía su tensión dispararse, la adrenalina subiendo como el gas de una bebida carbonatada, el miedo expandiéndose—. ¿Qué otra oportunidad tenemos? Si volvemos mañana, Tony no estará.

—¿Y si ya se ha ido?

—Entonces tendré que pensar en otro plan.

—Ethan, es una locura, las cosas no se hacen así.

—¿Cuánto dinero es, Oso?

—No lo sé.

—Es suficiente para pagar el viaje. ¿Tú llevarías la oficina con Ari unas semanas?

—Ethan, haré lo que me pidas, pero es una locura. Y es Tony, tío. No podemos hacerlo con Tony. ¿Cómo nos van a mirar después?

—No tengo otra oportunidad, eso lo pensaré luego. No puedo dejarlo ir, me lo acaban de poner en bandeja, ¿y sabes qué?, estoy dudando de si es una casualidad. Están pasando cosas que no entiendo, y si no lo hacemos ahora y no puedo… No digo que me vaya a ir a buscar a Michi —le costaba hablar y le temblaban las manos—, no digo que vaya a ir con seguridad, digo que necesito poder hacerlo. Si mañana decido que voy y no lo encontramos… Si quiero ir y no puedo pagarlo… Dios, si no hago nada por ella, ¿cuántos años me puedo estar arrepintiendo?

El todoterreno entró al aparcamiento, donde aún aguardaba el Corolla de Tyrone.

—Hay que tener cuidado con el barman, nos queda de espaldas y tendrá un arma.

—Si tenemos suerte será un bate.

—Si tenemos suerte. Tampoco sabemos si habrá alguien en el almacén o clientes.

—Eso nos podría venir bien.

Ethan se mostraba sombrío.

—Debemos cubrir las puertas. ¿Entramos los dos por delante o envolvemos?

—Ni siquiera sabemos si está. Vamos los dos.

Apartaron la cortina con lentitud para adaptarse a la penumbra del lugar. La hora de sobremesa no invitaba a visitar un local como ese y seguía vacío. Localizaron al barman y comprobaron de inmediato que Tony no se había marchado. Su compañero anterior había desaparecido y se encontraba solo frente a una tableta electrónica en la que escribía con desgana. Un par de mesas más allá dos jóvenes tomaban una cerveza, pero no dudaron de que se trataba de dos gregarios que esperaban órdenes. Les seguía preocupando más el camarero, a todas luces un profesional; los muchachos les recordaban a Tyrone, fanfarrones más dados a la huida que al enfrentamiento. Tony alzó la vista y su gesto cambió. La sonrisa se le agrió pero trató de mantener la compostura.

—No esperaba que volvierais.

Ethan evitó la diplomacia:

—Tony, tienes que acompañarnos. Es una operación mía, el Oso no tiene nada que ver.

El Oso apuntó al barman y él a los dos chicos de la mesa, que no reaccionaron. Ninguno apuntaba a Tony, que le respondió con ironía.

—Entonces se podía haber quedado en su casa. —Se incorporó mostrando que iba desarmado—. Oso, si no estás en esto puedes marcharte. Me iré con Ethan sin dar problemas.

Pero el Oso no le prestó atención, atento a sacar al empleado, que se negaba.

—Vamos, no me hagas entrar.

Ethan se acercó a Tony sin dejar de apuntar a los dos peones, que se iban cargando de electricidad. Lo seguían con ojos desorbitados y habían soltado las cervezas sin saber dónde dirigir las manos, que les temblaban. A medida que se desarrollaba, la situación se volvía más inestable. Si el objetivo del Oso seguía sin colaborar y entraba a buscarlo, les daría la espalda, y eso preocupaba a Ethan; los cuatro adultos tenían claros sus papeles, pero ellos no parecían conocer el suyo. Podían comportarse y esperar órdenes de Tony o podían hacerse los héroes e intentar detenerlos, o mucho peor, podían asustarse y entonces sus reacciones serían imprevisibles. Y eso era lo que estaba ocurriendo. Ethan lo veía llegar y Tony no hacía nada por detenerlo, así que decidió dirigirlos él.

—Vosotros dos, quietos ahí. Las manos muy altas, vamos, al techo. Quiero verlas.

Buscaron la autoridad de Tony, pero no les indicó nada. Se encontraban perdidos y él dejaba que la confusión creciese. Cruzaron una mirada fugaz y Ethan aprovechó su zozobra para aumentar la presión.

—¡Las putas manos! ¡O no me oís!

El Oso, tratando de mantenerse frontal a ellos, se arrimó a la barra para inmovilizar a su oponente, pero este se echó atrás un palmo, lo justo para salir de su alcance. Molesto, resopló y de un golpe barrió las copas con escándalo. El barman comprendió la amenaza y se congeló. Los secuaces brincaron como dos gatos y uno tropezó arrastrando con él la mesa, las dos cervezas, el servilletero y un plato, armando un estruendo que reverberó por los rincones. Tony dio un paso instintivo y Ethan giró el arma hacia él.

—Quieto.

El Oso los miró, emitió un gruñido y con una agilidad insospechada se abalanzó sobre la barra para agarrar al camarero, al que alcanzó por el cuello de la camisa. El primer chico trastabilló arrastrado por la mesa y tropezó sobre su silla, cayendo hacia atrás y empujando a su compañero, que fuera de sí se dejó ir tras el tablero y guiñando los ojos se sacó del pantalón un revólver que nunca había utilizado, apuntó a ciegas hacia los extraños y apretó el gatillo sintiendo cómo se le congestionaba la nariz. El primer disparo tronó con un estrépito seco y desató el breve caos. Tony se abalanzó sobre el banco para resguardarse y Ethan lo bloqueó, el segundo chico se ovilló tras el respaldo de su silla y empezó a gritar tapándose la cabeza, el barman se soltó del Oso y el tirador siguió disparando al aire sin abrir los ojos. El Oso giró la Remington en dirección a los estallidos pero de inmediato volvió al camarero, que se arrastraba bajo la barra tratando de sacar algo. Asomó la culata de una Mossberg que cogía con ambas manos. Ethan pudo tirar del pelo a Tony y levantarlo. Una botella estalló a dos metros del Oso con el tercer disparo, que volvió a ignorar. Ensordecido por los gritos de pánico del chaval, apuntó al camarero y elevó su voz con la firmeza de la amenaza.

—¡Sácala y te reviento!

El pistolero aleatorio de algún modo dirigió su revólver a la fuente del sonido e instintivamente disparó las tres últimas balas. El Oso se encontraba de perfil apuntando a su rival, que había soltado la recortada. El primer proyectil impactó en su chaleco sin riesgo, pero los dos siguientes entraron con limpieza por el flanco, bajo las cinchas del protector. Lanzó un aullido entrecortado y se derrumbó entre las banquetas multiplicando la confusión. Tony gritó algo entre la barahúnda y Ethan vio caer a su mejor amigo, que quedó enganchado entre el reposapiés y una banqueta con su arma a un metro. Con esa imagen en la retina enfiló el cañón hacia la mesa y disparó. La explosión retumbó con el humo y las esquirlas regando el ambiente. El tirador soltó el revólver sin saber qué había llegado a provocar. Ethan se volvió a tiempo de ver alzarse al camarero, que aprovechaba la circunstancial ventaja. No le dio opción de reaccionar y tiró a la columna de madera que sostenía el cielo del mostrador, apenas a medio metro de él, que sintió la detonación al lado, la abrasión de las postas en su mejilla, la metralla del vidrio y la madera volando como dardos en todas direcciones, atravesando su carne, el pánico ante el bramido que le ensordecía. Ethan, casi tan enajenado como él, utilizó la fracción de segundo que le permitía la situación, aguantó la tensión sintiendo cómo las piernas le flaqueaban, cómo se le atoraba la voz, y mantuvo la frialdad suficiente para no disparar de nuevo.

—¡Tírala! ¡Tírala! ¡Las manos arriba!

Estiró el pelo de Tony sin dejar de apuntar a su sirviente, que soltó la Mossberg sin haberla utilizado y se colocó las palmas en la nuca con resignada paciencia.

—¡Fuera! ¡Sal de ahí! ¡Vosotros al suelo, joder! ¡Al suelo, las manos a la espalda!

Tony obedecía sus órdenes, pero ambos reaccionaban mecánicamente, con movimientos aprendidos que carecían de significado. Ambos seguían un patrón establecido con la atención en otro punto, hipnotizados por el volumen inerte de su amigo. El Oso había caído y su cuerpo se adivinaba entre las nubes de polvo que ascendían y la lluvia de finas astillas que se demoraban con el viento, flotando como partículas por el salón igual que las cenizas en una fiesta popular.

El Monstruo

El Monstruo se observó en el espejo retrovisor del camión. Le gustaba llamarse así, Monstruo, mirarse así, sentir su poder antes de atacar. Su rostro hueco, su mirada fija, penetrante, le gustaba decir, era una palabra que una mujer le había regalado antes de conocer su verdadera naturaleza, y le excitaba usarla, aunque no comprendiera por completo su significado. «Penetrante». Se veía como un conquistador invencible, un amo omnipresente que paseara por tierras hasta donde abarcaba la vista, campos de hembras que eran suyas, eran su posesión. Él las dominaría con su mirada, porque era «penetrante» y después les mostraría su terrible poder. Era un destructor implacable, una fiera sin conciencia ni piedad que les enseñaría, que debía enseñarles hasta dónde alcanzaba la grandeza de su mal. El Monstruo era un mensajero imponente y tenebroso, y tras sus ojos *penetrantes* se ocultaba un potencial de muerte y dolor como ellas no podían imaginar. Supuraba lleno de rencor aunque le gustaba pensar que era solo otra faceta de su inmensidad, no su impulso primario. No sentía odio por sus víctimas, ni siquiera desprecio, en el fondo de su pútrida alma, ellas no eran más que un reflejo de la necesidad de su ego. Él era su señor y podía agredirlas a su antojo como se rompe un juguete. Fascinado ante su propia mirada, convencido de que en la palabra «penetrante» se escondía un sentido obsceno y perturbador, se retiró la camisa estudiando las cicatrices de su torso, que acarició con lubricidad. Volvió a vestírsela y se sintió preparado, ansioso por actuar.

Encendió el motor de la máquina y la bestia comenzó a respirar con el olor de los mil pozos de petróleo que la alimentaban, con el grave rumor de su amenaza. El camión tronó al alcanzar la cuesta, cuando saltó el compresor como un martillo del infierno que anunciaba su presencia golpeando al mundo. Satisfecho de sí mismo, regodeado en su brutalidad, alcanzó el chamizo que se levantaba un par de metros por encima de la carretera. Ya había caído la noche y la zona suburbial se encerraba en un tenso silencio. Las casetas de tablones y techos de chapa, la mayor parte conectadas al alumbrado público, mostraban tenues luces que dibujaban las juntas verticales, y múltiples voces televisivas invadían el silencio nocturno, pero nadie se asomaba al exterior. En esas favelas latinas, el exterior de la noche pertenecía a los monstruos como él.

La chabola se abrió y se asomó la muchacha de semblante famélico y endurecido, el abundante pelo negro envolviendo el cuello como una boa de plumas y unos zapatos rojos de tacón que resultaban imposibles en esa pista de tierra. Observó el camión coqueta y desafiante y desplegó la pierna derecha mostrando la cremallera de su minipantalón, cortado por las ingles, con desparpajo. La abatió varias veces como un luminoso que se anunciara y habló con un acento rudo y portuario:

—¿'tonses, qué, papi? ¿Se anima esta noche, viejo?

El Monstruo se relamió. Dos noches de buenos pagos para ablandarla, para confiarla. Las putas jóvenes se confiaban pronto.

—Subí, mamita. Hoy *ti* voy a enseñar mi palacio.

La chica rio con una carcajada masculina.

—¡No, papito! Mi mami no me deja irme con extraños. Es aquí.

El Monstruo descendió de un salto, orgulloso de mostrar sus botas vaqueras relucientes, que se cubrieron con un manto de polvo, y su camisa blanca abierta. Ropa que ella no conocía y le produjo un extraño resquemor. Él lo percibió.

—¿Vio, mami? Son buenas, ¿sí? Tocalas, dale, tocalas sin miedo. Cuestan más de quinientos dólares, toditas a mano, cada una es una serpiente, hechas para mí.

La chiquilla las miraba con más curiosidad a medida que escuchaba el precio, aunque le seguían pareciendo igual de ridículas, y se le ocurrió que tal vez ese desgraciado tuviera algo interesante que robar en su viejo tráiler. Él, confundiendo su curiosidad con admiración, le tomó con suavidad la barbilla.

—Hoy quiero en mi cabina, mamita. Eso me enciende vivo, rica. Además, yo ya no soy un extraño.

La adolescente apartó la cara con desagrado mientras ponderaba el riesgo frente al posible beneficio. Ante la discusión, una nueva figura se instaló en el hueco de la entrada desde el interior. El Monstruo sonrió a la silueta cuyo gesto resultaba indescifrable al contraluz.

—Dele, doña, decile a tu hija que conmigo está segura.

Y sacando unos billetes, más del triple que las visitas previas, se los plantó en la mano dejando a ambas boquiabiertas. La alcahueta trató de disimular pero no pudo evitar contarlos y pasarse la lengua por los labios. El Monstruo se sintió crecer y clavó las pupilas en la chiquilla con la improbable intención de impresionarla. Ella las recibió con la dureza de una niña de la calle y él le volvió a hablar sintiéndose irrechazable.

—¿Vio mis ojos penetrantes?

Ella reaccionó con un gesto de extrañeza, a punto de reírse. Se volvió a su madre, que le respondió con un imperceptible asentimiento, y lo tomó de la mano.

—*Pos* claro, sos un bravo.

Pero el Monstruo era consciente de su burla, que le hería como un insulto, encendiendo aún más su resentimiento. «Ahora vas a aprender quién es el que manda, puta. Ahora vas a aprender el miedo».

Tras montar en el camión, la chica abrió la guantera y la revisó con descuido.

—¿No me regalás un chicle? Ahí hay un descampado donde se está muy rico…

Él no respondió y esperó a alejarse dos kilómetros. La agarró por el cabello con una rabia como ella no había conocido a pesar de su experiencia y le enfrentó la mirada ignorando la carretera.

—Mirame, zorra. ¡Mirá mis ojos! ¡Son penetrantes! ¡Yo te voy a enseñar!

Y la golpeó contra el salpicadero tres veces con tanto impulso como era capaz mientras el camión descontrolado trazaba violentas eses de un lado al otro de la calzada. La soltó para retomar el control y la chiquilla, escupiendo sangre y con la nariz doblada, se giró para abrir la portezuela, que no respondió a sus intentos. El Monstruo, que conocía esa respuesta, rio con prepotencia y se sintió esponjar, llenar la cabina con su presencia mientras ella se reducía al tamaño de un cachorro. Un cachorro que él, el inmenso demonio, aplastaría sin piedad. Lanzando de nuevo la mano a su pelo, le gritó con toda la capacidad de sus pulmones.

—¡Soy el Monstruo! ¡YO SOY EL MONSTRUO!

La cafetería olía a desinfectante y las luces eran frías y escasas, otorgándole una condición desangelada y enfermiza. Las paredes blancas con dos líneas desdibujadas remataban la sensación y la distancia de los techos y la amplitud del espacio rebotaban el apagado rumor de las conversaciones. Parejas y grupos con rostros demacrados se dispersaban aquí y allá; y el eco de sus diálogos, bajos y consternados, los convertía en conjuntos fantasmales. Ethan pensó que de algún modo el local parecía adecuado para esas situaciones. Los que se sentaban allí esperaban o sufrían; cuando las noticias eran buenas, uno no bajaba a la cafetería del hospital a celebrarlo. Se le pasó por la cabeza que había algo intencionado en el desamparo que generaba, algún tipo de empatía con la orfandad de los visitantes. El aspecto se atenuaba por una cristalera que comunicaba con el jardín y prometía unas mañanas de veredas bañadas en sol, pero era ese sol el que había carcomido sus paramentos y la había convertido en una cáscara vacía. Tuvo la idea de que por algún motivo esos lugares solo se conocen de noche, con luz macilenta y frío en los brazos. Candy volvió a entrar y con ella la realidad en su rostro más amargo.

—La enfermera dice que va a seguir sedado hasta mañana y que nos vayamos, que no hacemos nada.

—Prefiero quedarme contigo.

—No me molesta que te vayas. En realidad lo prefiero, tal como se marchó Ari creo que os queda un rato para hablar.

—No creo que seamos los protagonistas ahora.

—Pues sí. Bueno, tú eres el protagonista, porque este desastre, esta situación de mierda no existiría si no te hubiese pegado esa crisis de vengador. En serio, Ethan, ¿en qué coño estabais pensando? Y digo estabais porque, cuando ese puto gordo se despierte, él también se va a llevar lo suyo. Me lo has contado tres veces y sigo sin entenderlo. Me acuerdo mucho de la pequeña Michi, y sabes lo que la quiero, pero, de verdad, ¿te das cuenta de lo que has dicho? Pareces un enajenado.

Ethan no respondió. No les había hablado de su sueño, solo les convencería más de que había perdido la cabeza. Y lo entendía a la perfección, él en su lugar habría reaccionado igual. En vez de intentar explicarse se limitaba a guardar silencio porque ya daba lo mismo, la gravedad de lo que acababan de vivir le había hecho resignarse a abandonar su plan. Algo en su mente se había descolocado tras esas casualidades tan seguidas, generándole la idea de que algún tipo de destino le obligaba a tomar una decisión, que de algún modo Michi dependía de él. Hasta que los hechos le abrieron los ojos. Los primeros instantes habían sido de los más angustiosos de su vida, esperando a la ambulancia que se había llevado al Oso, al que él mismo había tenido que ayudar a subir a la camilla. Después las complicaciones legales, los interrogatorios, la reacción de Candy, la angustia, el pánico y la furia, y la espera. La agotadora y tensa espera. Habían tenido suerte y la trayectoria tangencial de las balas no había causado daños importantes, aunque el chaleco había impedido que salieran y eso había complicado las heridas. Hasta después de que Ari se fuera chillándole no había comprendido lo lejos que había llevado su delirio. Y todo aquello le provocaba un doble sentimiento de culpa, por Michi, por Ari y el Oso. Cualquier decisión significaba dañar o abandonar a alguien.

—Ya está olvidado. No me voy a mover de aquí. Ari no aceptaría llevar el negocio si me voy y de todos modos no podría hacerlo sola.

Candy sacó otro cigarro con el que golpeó la cajetilla dos veces.

—¿Así? ¿Ya está? ¿Porque Ari no podría mantener el negocio?

—Sabías que no tenía opción. No es algo que tenga que decidir.

—Pues no sé, joder, Ari es tu pareja, no Michelle, ¿verdad?

—Nunca tragaste a Michelle.

—No estamos hablando de eso, sino de la reacción de tu pareja a que te vayas a visitar a tu ex a otro país.

—Nunca tragaste a Michelle.

—Pues no, la verdad. Me parece una zorra, ahora y entonces, pero supongo que es algo que veo yo porque soy la mala.

—Esa es tu visión. Yo puedo pensar que nunca la soportaste, y que además nuestra pareja funcionó muy mal, lo cual…

—Eres muy indulgente para describirla así.

—Lo cual, decía, me hace feliz porque significa que me proteges y que adoras a Ari y sois muy buenas amigas.

—Ethan, eres un tío cojonudo y te quiero un montón, pero a veces eres un gilipollas de cuidado. Y mira, no te voy a llevar la contraria porque siempre consigues darle la vuelta, pero suponiendo que tengas razón en todo y que tú eres imprescindible para buscar a Michi, podías haber pedido a Ari que te acompañara y a nosotros mantener el negocio; sabes que ella no se habría negado, contigo es demasiado razonable. No te voy a andar rompiendo las pelotas, pero te convendría pensar en lo que te juegas. Ari no es la chiquita que te miraba boquiabierta engatusando a los demás con tus discursos, ni la que usaste para salir adelante cuando Michelle te dejó tirado, y parece que eres el único que no se ha dado cuenta.

—Nunca usé a Ari.

—Es cierto, pero te la encontraste en tu cama cuando la necesitabas, y nunca te pidió nada a cambio. Puede que sea mejor así, puede que haya crecido demasiado para ti.

Ari se lavaba los dientes. Se preguntaba si había reaccionado en exceso en la clínica, si había sido egoísta estallando por aquella historia de Michelle en vez de dejarlo enfriar, pero la había enloquecido. Había llegado acongojada por el Oso, al borde de las lágrimas, y de repente, tan pronto como lo habían estabilizado, Ethan y Candy salían con aquella broma pesada sobre la recompensa, el viaje, la niña secuestrada y como protagonista, ¡bam!, Michelle, allí en medio de nuevo, presidiendo el panorama. Ari comprendía la brutalidad de la noticia, no tenía nada que discutir si era cierta, incluso podía justificar el arranque de irse a buscarla, a fin de cuentas era la impulsiva oficial del grupo, pero el engaño se había desenredado en su cabeza según oía los datos cada vez más incongruentes: el *e-mail* al Oso en vez de a Ethan, el encuentro casual con Tony la misma mañana que se enteraban, la entrega de ese posible confidente que justificaba la improvisación... Había destejido la aberrante trama a medida que Ethan desplegaba esa labia con la que siempre la había embaucado, con la que embaucaba a todos. Pero esta vez no. Esta vez había llegado tarde.

Lo escuchaba sin decidirse a revelar a Candy que era una patraña, que se había pasado la noche entera oyéndolo repetir su nombre en sueños: «Michelle, Michelle», tan asustado que lo había intentado despertar sin éxito hasta que se había marchado cabreada. Lo escuchaba creyéndose su propia fábula y a su amiga aceptándola con una credulidad ilógica en ella, y se preguntaba cómo destaparlo sin gritarle lo que opinaba de él. En realidad primero intentó ayudarle a deshacer la invención antes de que empeorara, le explicó que no importaba si Michelle le había escrito a él y no al Oso, incluso que lo tuvieran planeado desde días atrás y les hubiera salido mal, y hasta habría justificado que la evitaran por su fuerte carácter y su hipersensibilidad con el tema. «Sé que sería culpa mía», pero él se cerró en su versión y llegó a responderle que no era momento para elucubrar. Esa desautorización tan cargada de intenciones fue lo que no soportó. Escrutó a Ethan y por un momento le pareció no reconocerlo. Habían tenido muchas peleas, pero nunca la había tratado con aquella frialdad, con tal cinismo, como un mentiroso compulsivo convencido de que no pueden descubrirlo, y se preguntó si de verdad lo conocía o solo había visto una máscara todos esos años.

La relación se había deteriorado los últimos meses y habían llegado a dudar de su futuro, pero lo intentaban. Sabían que las dificultades económicas no ayudaban, pero luchaban. Si algo le había enseñado Ethan era a discutir las cosas, a controlarse para dialogar, y sobre todo a admitirlas, a no esperar a que se pudrieran. Y de pronto estaba allí, con ese gesto de sinceridad infalible ahora vacío de sentido, podía ser que ensayado ante un espejo. Y comprendió que si le había destapado una mentira de ese calibre podían haber sido docenas, cientos, porque no era una mentira piadosa sino sobre Michelle. ¿Por qué inventarlo? ¿Cuánto tiempo llevaban en contacto sin que ella lo supiera? ¿Cuál era el verdadero motivo del tal viaje? Ari se había sentido arrinconada frente a ese hombre al que creía conocer y la trataba como a una idiota, por momentos como a una loca. Y esas preguntas la habían asaltado como una jauría chismosa, una jauría que la aterraba porque todas eran razonables. Ari había sentido la desolación de descubrir que había vivido una farsa. Se enfureció, desde luego, y le gritó, pero no le había dejado adivinar sus verdaderos motivos. En lugar de destrozarlo todo, en vez de mandarlo a la mierda y volverse violenta como en su primera juventud, se había contenido. Había aprendido del mejor maestro, y en eso no le podía estar más agradecida. Se había guardado la perplejidad, la consternación y la rabia, y se había marchado. No se había expuesto. Si había sido tan inepto como para no entenderlo, no se lo iba a poner más fácil. Por el camino aún había buscado posibilidades que lo excusaran: confusiones, olvidos, tal vez una buena voluntad que no entendía. Pero cada vuelta la conducía de nuevo a lo obvio: engaño, traición, mentira, infidelidad, ingratitud, vileza y soledad. Las voces gritaban verdades que la desgarraban por dentro, y no podía acudir a Candy, que seguía en el hospital con un panorama peor. Sin poder compartir una herida tan íntima, se encerró en el baño rogando para que él tardara mucho, y lloró como hacía años que no lloraba, como una niña

45

presa de una multitud de sentimientos que la confundían, del odio al desamparo.

Una hora más tarde se encontraba más relajada y había decidido seguir adelante con aquello hasta exponer su falsedad, su miseria. Había cenado en cinco minutos y se había ido a lavar la boca, confiando en que él no volviera hasta el día siguiente, cuando escuchó las llaves y su saludo. Se quedó paralizada, nerviosa como si llevaran meses sin verse, y su único reflejo fue echar el cerrojo.

Ethan entró al dormitorio con pasos cansados y se sentó en la cama. Miró la puerta cerrada y por un momento deseó estar al otro lado y abrazarla. Pensó en qué decir y se sintió al mismo tiempo ridículo, molesto y culpable. Por un lado no comprendía lo que le había ocurrido en las últimas veinticuatro horas y se veía arrastrado por el tren de sus actos antes que por sus decisiones, le molestaba tener que explicar cada gesto como si hubiera cometido una falta, y le había irritado por encima de todo la infantil actitud de Ari, como si le hubiera confesado una infidelidad delante de Candy, o peor, que la misma Candy fuera cómplice. Con el Oso fuera de peligro y asumida toda la responsabilidad por la torpeza de la detención, se sentía invadido y fiscalizado, teniendo que justificarse por querer ayudar en algo que le tocaba de manera tan profunda, sobre todo cuando no se trataba de una discusión trivial, sino de la vida de una niña. Por otro lado le martilleaba la explicación de Candy: cómo había excluido a Ari desde el principio, y le avergonzaba. Pensaba en ella, en su evolución juntos, la imperceptible modificación de los roles con que empezaron su relación, como una erosión que los había difuminado, y en que al tiempo que ella maduraba, él había retrocedido. Y temía las palabras de Candy, que ella hubiera crecido por encima de él mismo.

Ari había sido muy difícil. Desde pequeña había tenido que lidiar con problemas que no correspondían a su edad, y los había superado con una entereza casi injustificable. Así la había conocido Ethan, y la había aceptado sin preguntar, como él hacía, como él era. ¿Y cómo era ella ahora? Se había convertido en un enigma para él, su propia pareja era una desconocida, a la que deseaba llegar y al mismo tiempo le intimidaba. ¿Qué podía asustarle más que la duda de saber quién era su novia? ¿No era ese miedo el que había visto en muchos matrimonios que envejecían juntos? Individuos que se refugiaban en la rutina compartida para evitar asomarse a la persona con la que dormían. Sus propios padres. Ethan tenía miedo de asomarse al acantilado que ocultaba a Ari y descubrir que ya no había sitio para él allí. Por eso, ante su pueril descontrol en el hospital, después de la indignación inicial había sentido ternura. Había vuelto a ver a la chiquilla insegura y agresiva que había conocido, había visto una última muestra de indefensión y lo había llenado de gratitud y la necesidad de compensarla. Había recordado que la amaba. Pero la voluntad se desmoronaba a la hora de comunicarse. La brecha entre ambos se abría cada vez más. Farfulló sin saber qué decir.

—¡Hola!

Ari emitió un breve gorgojeo mientras se enjuagaba.

—Candy se va a quedar toda la noche. ¿Has cenado?

—Sí. Tienes una lasaña en el horno.

—Gracias. No… bueno, de todo lo que hablamos. No voy a ir. No hay ningún viaje. No entiendo cómo se me ocurrió. Me doy cuenta de que fue una locura, pero… me gustaría que me entendieras. La noticia…

Ari salió. Ella también vio a un Ethan distinto al que conocía, inseguro, tan desnudo ahora y tan diferente al que había encontrado en el hospital, desencajado pero firme, falsamente dialogante e inamovible. Dudaba de quién era el verdadero Ethan y a quién había amado, o si lo seguía amando. Si le hubiera preguntado no habría sabido responder y tampoco quería averiguarlo. Desde hacía un tiempo, en el correr de días que se mezclaban unos con otros, meses que se fundían hasta desaparecer, podía llegar a olvidarlo y dejarse llevar, pero al final volvía ese cambio entre los dos, ¿dónde estaba el Ethan que le había descubierto la música, le había enseñado a hablar español? A veces parecía volver a incluirla en alguno de sus proyectos, hasta que se perdía de nuevo en la cotidianeidad; entonces, cuando se daba cuenta de que ya no estaba con ella podía irritarla, hacerle pensar que aquello había muerto, que ya no valía la pena, y le descubría un nuevo detalle que justificaba otra espera. Pero ¿espera para qué? ¿Para que volviera aquel Ethan? ¿Cuál era el verdadero Ethan? Esa era la pregunta que la atormentaba en un espacio sordo de su mente y que en el hospital se había hecho dolorosamente viva. Allí había saltado aquella traición que la había dejado desvalida, y había respondido como en sus primeros días, con la violencia de un animal callejero.

Ari se mantuvo expectante, pero Ethan no encontró más palabras. Arqueó las cejas y la observó con un sentimiento indistinguible pero que le dio cierta comodidad. Ella se encogió de hombros.

—Lo siento yo también. Me comporté como una estúpida. Lo celebro. Siento mucho lo de Michi, pero celebro que te quedes.

Se acercó y él la rodeó con los brazos sin levantarse, sintiendo su vientre contra la mejilla. El abrazo duró poco. Ella retrocedió y él la dejó libre y se marchó hacia la cocina. Ella quiso decirle que se quedara, pero no lo hizo. Se preguntó por qué lo había apartado. Se preguntaba si le creía. ¿Cuál era el verdadero Ethan? ¿Cómo sacar aquello adelante? Pero quería sacarlo. Con una sola frase la había reconfortado. Era como un mal sueño que había durado una jornada. Quería tomarlo de la mano y marcharse, hablar, resolver. No se resignaba. Ellos tenían un sentido. Tenían que tenerlo.

Se metió en la cama sabiendo que él no entraría. Cenaría viendo algo en la tele y se quedaría durmiendo en el sofá. Era una reminiscencia de sus primeros tiempos. Ella era muy temperamental y en determinadas situaciones, no solo enfados, ansiedad, crisis, le pedía espacio, necesitaba respirar, y él se marchaba a dormir al sofá y en verano alguna vez a la hamaca. En uno de sus hábitos de caballerosidad hispana, él había decidido ser el que se moviera y dejarle la cama a ella, y por repetición y costumbre, en momentos tensos como aquel lo adoptaba como método preventivo. Ella podría acercarse y pedirle que la acompañara, no haría falta ni hablar, bastaría con pasar y besarle la mejilla, acariciarle la mano. Pero no lo hizo. No pudo explicarse por qué, pero no lo hizo.

Una hora o dos más tarde, entre sueños sintió el cuerpo caliente acomodándose junto a ella. Se volvió y percibió la forma entre las sábanas. Ethan le susurró.

—Duerme.

Y se giró satisfecha de que hubiera roto su acuerdo tácito.

Ethan sintió la oscuridad cercándole. La percepción de peligro. No sabía con quién estaba pero sabía que eran conocidos. Extrañado intentaba centrarse en las personas, pero de algún modo no podía verlos aunque sabía que estaban allí. Continuó avanzando y pensó que no sabía si antes se había movido, o cuándo había comenzado ese movimiento. Pronto se encontró lejos de aquel lugar, solo, sin nadie a su alrededor. El pasillo (¿desde cuándo se encontraba en un pasillo?) continuaba estrechándose y oscureciéndose a medida que el eco de las voces se alejaba. Centrándose en el sonido dedujo que provenía de una fiesta. Exacto, estaba en una fiesta que acababa de abandonar y se deslizaba («deslizar» le pareció la palabra adecuada) por un pasillo angosto y poco alumbrado. Un temor indefinido volvió a crecer en él y comprendió que aquello era un sueño. «Debo despertarme», se repitió, y recreó el gesto de incorporarse con la esperanza de empujar a su cuerpo para huir de aquella opresión, pero nada ocurría porque no se encontraba en su cama sino de pie, en aquel pasillo. «Es un sueño, es un sueño y puedo despertarme». El temor crecía a medida que se adentraba en la oscuridad y se acercaba a una puerta cerrada a la que no quería llegar. Reconocía la sensación de peligro y sabía que debía levantarse. «Tengo que despertarme». Se sabía tumbado en la cama, junto a Ari, pero no era capaz de moverse, de salir de aquella prisión. La puerta se abrió y él continuó bajando unas escaleras que aumentaban su miedo con cada peldaño. «Es un sueño, no es real». Y empezó a escuchar los susurros. Los ruidos de la fiesta (¿qué fiesta?) habían muerto por completo y el recuerdo fantasmal de dos voces femeninas empezó a llenar el espacio. Con ellas llegaron las presencias, invisibles, ocultas. Las dos voces se hicieron más cercanas y Ethan se preocupó porque lo pudieran revelar ante aquello que acechaba. Porque sabía que lo revelarían, y trató de silenciarlas sin hacer ruido. «Es un sueño», se dijo, «yo puedo modificarlo porque yo lo estoy soñando», «es solo mi miedo». «Puedo decidir cambiarlo y despertar». Pero uno de los susurros se hizo claro en su cabeza como si le hablasen al oído, aunque seguía estando solo. Era la voz de Michi, desde el principio había sabido que era ella. Otra voz femenina la empujaba a encontrarlo. Alguien la dirigía, le pedía que le hablase, no sabía si para ayudarla o para atraparlo a él. La voz se hizo nítida y él no podía hacer nada por evitarla.

—No avances más o te descubrirán.

—Tu voz, Michelle. Te oirán hablar.

—Ahora no pueden. Ahora están ciegos, preocupados por el fuego.

—No puedo parar, no puedo evitarlo.

—Sí puedes, eso es parte de tu sueño. Si no lo haces te encontrarán.

Al oír esas palabras un escalofrío le recorrió la espalda. Su piel se erizó y sintió un terror informe que bajaba helándolo desde la nuca. Entonces se detuvo. Todo se detuvo. Las escaleras en las que se encontraba parecían congeladas y pudo percibir un lejano resplandor.

—¿Lo ves? Te paraste. Pero si te mueves ellos te encontrarán. Y no volverás nunca.

—¿De dónde, Michelle? ¿Dónde estás?

—No lo sé, en otro país. Al sur.

—¿Por qué no puedo verte?

—Porque no estás aquí. Ella sí. Y tú llegarás. Ahora tienes que prepararte.

—¿De qué me estás hablando? ¿Qué quieres que haga?

—Vienen dos y buscan el pasillo. Oigo cómo salen. Pero yo los veo por ti. No tienes que tener miedo de ellos, no saben que te hablo.

—¿Esos son los hombres que te han secuestrado? ¿Son los hombres que te asustan?

—Me da miedo el otro. El otro me da mucho miedo.

Y creyó escuchar un ligero sollozo en su timbre.

—¿Quién es el otro, Michelle?

—Es uno de ellos. Dice que es un hombre, pero yo sé que no. Es uno de ellos, y si me encuentra me llevará.

Ahora Michi lloraba con claridad, con lágrimas de pavor.

—Tranquila Michelle, nadie te va a llevar a ningún lado. Voy a ir a buscarte.

Ella no hablaba, solo lloraba tratando de mantenerse en silencio. Contuvo el aliento.

—¿Vendrás a buscarme?

—Claro, pero necesito que me ayudes, necesito saber dónde estás. Algo.

La voz de Michi se llenó de aristas, como si hubiera cristalizado, como si las ondas que provocaba se hubieran convertido en polígonos que dañaban sus oídos.

—Ahora él se acerca. Te tienes que ir. Él te llevará conmigo.

Ethan sentía el espanto de la niña creciendo, entrando en él, contagiándole, y trató de tranquilizarla.

—Michelle, escucha, no va a pasar nada. Lo estás soñando.

Pero la voz dejó de ser suya. Un gemido monstruoso la engulló y se convirtió en un baladro demoniaco.

—¡VETE!

Abrió los ojos aterrado y no consiguió tranquilizarse durante unos largos minutos. El dormitorio a oscuras y la casa en silencio. Un perro distante ladraba a cualquier cosa. Junto a él, Ari respiraba con lentitud. La madrugada natural. Tragó saliva y se levantó para ir al baño. Decidió acudir al de invitados para no despertarla. Le temblaban las piernas y sintió aprensión al salir. Le escandalizaba caminar asustado como si tuviera siete años, pero se veía incapaz de controlarlo. Encendió la luz del pasillo y la del cuarto de baño, y buscó en el espejo temiendo encontrar algo extraño. Nada distinto de lo normal. Se censuró incrédulo, ¿cómo podía sufrir una crisis de pánico?, pero el miedo no remitía. Mientras orinaba se aclaró un poco y se corrigieron los fosfenos de su campo de visión. Se empapó la cara bajo el grifo y al levantarla se encontró la silueta en el reflejo. A un par de metros una figura acechaba en las sombras desde la mezcla entre la realidad y el sueño. Dio un respingo y se giró en tensión. La figura se retiró un paso y le preguntó.

—¿Estás bien?

Ari se había despertado y había seguido las luces. Ahora lo observaba somnolienta y alarmada. En un primer momento él no fue capaz de contestar, buscando un rastro tras ella, como si aún estuviera atrapado con sus fantasmas.

—¿Ethan? ¿Estás bien?

Como saliendo de un trance, Ethan quiso explicarse y calmarla sobre su estado, pero las palabras parecieron surgir por sí mismas sin su intervención.

—Yo… ha sido un sueño, solo un sueño. Ella… ella está viva. Y voy a buscarla. No, no… ya sé que no está bien, pero voy a ir a buscarla. Tengo que… Me voy, Ari. Perdóname, por favor, o ven conmigo. Voy a buscar a Michi.

2

LOS NIÑOS PERDIDOS

«Un jomi siempre caminaba con una jaina porque nosotras andábamos las armas, ellos adelante y nosotras con las armas. Así para el robo, para asaltar un taxista, nosotras teníamos que pajiar al taxista, para así cualquier onda, un asalto en una joyería nosotras bandereábamos, así, porque de nosotras no se chivean y de ellos sí».

«Por ejemplo, para secuestrar a nosotros nos ocupaban para que investigáramos dónde vivía la persona, dónde trabajaba, qué hacía, a qué hora salía de la casa, a qué horas regresaba, por dónde caminaba y todo eso... Una vez me buscaron para seguir a un señor que secuestraron aquí [...] lo seguí dos semanas, les di la información y cabal, se hizo el secuestro».

Interpeace Regional Office for Latin America. *Violentas y violentadas. Relaciones de género en las maras Salvatrucha y Barrio 18 del triángulo norte de Centroamérica.* 2011

Ari se lavaba los dientes de manera metódica. Abría el grifo, humedecía la pasta sobre las cerdas, aunque Ethan le había dicho mil veces que no era necesario, y se frotaba con fruición durante varios minutos. Se perdía en el ritual mientras se miraba en el espejo. La vista se le desenfocaba y su mente divagaba dejando a la mano moverse sola, trazando espirales por las encías casi por inercia mientras recordaba cualquier situación como en un duermevela, arrullada por el rumor del agua corriendo que... Entonces Ethan se acercaba desde atrás y le cerraba el grifo, arrancándola de golpe de su ensimismamiento. Esto a Ari siempre le había molestado, pero ahora la sacaba de quicio. Sabía que estaba mal, que debía ahorrar agua y usarla para enjuagarse, que debía frotarse uno o dos minutos en seco, abrir la llave y eliminar la espuma. Ari sabía todo sobre reciclar y ser ecológico, y lo hacía todo, lo único que olvidaba era el puto monomando mientras se lavaba los dientes, y Ethan siempre estaba allí para recordárselo. Se había convertido en una pequeña disputa doméstica, en una de esas gotas que golpean siempre en el mismo punto de la relación y la van mellando. Ari solo quería que Ethan la dejara en paz, que le permitiera tener su jodido despiste. Que la olvidara esos tres minutos que soñaba despierta.

Esos recuerdos cargados de frío rencor vuelven a su mente, y descubre desanimada que el rencor también está tornando en añoranza. Ha sido consciente del maldito chorro desde el primer segundo y le resulta imposible abandonarse. Estudia el puñetero aparato y calcula la cantidad de agua que puede malgastar. Y tiene que cerrarlo. Las superpoderosas multinacionales tiran diecisiete litros por cada uno que fabrican de bebida azucarada y ella tiene que preocuparse por el desperdicio que provoca con un hilo casi imperceptible. Ahora que Ethan no está ya no puede disfrutar ni de esa evasión. Ni siquiera esa intimidad es suya. Hasta eso se ha llevado. Ahora que Ethan no está, su ausencia llena todos los rincones.

La ruptura definitiva se dio la misma noche de su enajenado despertar en plena madrugada. Ethan intentó explicarse y le habló de sus pesadillas bajo la promesa de no mencionárselo a nadie, le aclaró su irracional pálpito, casi un convencimiento de que la niña estaba viva y se comunicaba con él, y la decisión inamovible de ir a buscarla. No le pidió que le creyera pero sí que le acompañara. Ella intentó lo primero pero no pudo. Ni se planteó lo segundo. Alguien debía mantener una cierta cordura. Intentó razonar y le propuso visitar a un terapeuta, tal vez la ayuda que necesitaba tenía que ver con el trauma de la noticia, no con una realidad. El error se evidenció enseguida. Ethan reaccionó como no le había visto antes: convirtió su cuestionamiento en un recordatorio de cada pérdida de control suya y en un segundo estaba juzgándola a ella. Él nunca había esgrimido cuentas pendientes antes y eso le dio conciencia de lo perdido que estaba. Ari comprendió que manteniendo la serenidad dominaría la discusión, pero la discusión le daba lo mismo y mantener la frialdad nunca había ido con ella. Ethan le recordó lo difícil que era, lo complicada que resultaba la vida a su lado y sacó a pasear toda su condescendencia hasta que ella mordió el anzuelo.

—Eres muy difícil.

—¡Pues claro que soy muy difícil! ¿Y qué? Ya lo sabías y así querías vivir conmigo, no te justifiques por eso. ¡Yo soy la adicta, la irresponsable! Pero no te he vuelto a joder, acudo a mis putas reuniones y tú me preguntas qué tal mientras ves la tele, no me he ido a buscar a ningún amante. ¡Deja en paz tu pasado ya!

—Yo te he ayudado en todo lo que necesitaste. ¿Quieres que vuelva a ir a las reuniones contigo?

—¡¡QUIERO QUE TE CALLES DE UNA PUTA VEZ!!

Ari evita en lo posible recordar aquella disputa. Al oír su propio grito se hizo consciente de que nunca habían llegado antes a esa agresividad. Con cualquiera menos con él. Y sintió un nuevo miedo, el de que fuera un punto de no retorno.

—Tienes razón, tal vez por eso no está funcionando. ¿O no te estabas dando cuenta? Es tan fácil llegar y tenerme en casa…

—Creo que va a ser mejor para los dos…

—Déjalo. Nunca he sido celosa y no me vas a convertir en lo que no soy. Te vas a marchar y no voy a impedirlo. Puedes justificarte como quieras. Michelle te llamó pidiendo ayuda y vuelves como un perro.

—Así es como lo ves tú.

—Pues sí. Y tendrás razón, como siempre. Me voy a tomar un café. No necesito esto. No pienso perder más tiempo ni más energía en esta mierda. Puedes hacer lo que quieras, pero lo vas a hacer solo.

Se marchó a un *dinner* veinticuatro horas para aclararse y Ethan se quedó buscando vuelos sin tomarla en serio, con la ceguera de creer seguro algo que ya se ha perdido.

Por la mañana se habían sentado de nuevo y ella, después de reflexionarlo, tranquila y pausada, le había explicado la situación en lo que le incumbía. *Su* situación. Se había acostumbrado a que sus propias actitudes lo fueran en relación a él, a favor o en contra pero siempre como respuesta, su compañera o su antagonista, y ese rol se había agotado. Ya no podía más. Cerrado aquel capítulo se planteaba su futuro, y resultaba independiente de lo que él fuera a hacer. Habían cruzado el límite en el que el centro vital de cada uno ya no estaba compartido con el otro. Podía comprender el doloroso motivo de lo que consideraba un delirio pasajero, pero era demasiado tarde para seguir siendo la ayudante perfecta.

Ari se comprometió a dirigir el negocio mientras él no estaba, si no podía ser con el Oso se buscaría la vida, y a entregárselo cuando volviera. Utilizaría ese plazo para mudarse a otra casa, a fin de cuentas aquella la había encontrado él, y para cambiar de trabajo, no le importaba ser camarera siempre que pudiera seguir sus estudios. Le apetecía instalarse cerca de Sasha y poderla ver a diario, sobre todo ahora que se acercaba a la adolescencia. Quería estar presente en un momento tan delicado, era algo en lo que había pensado mucho aunque aún no lo habían discutido. Y sobre todo, recalcó al terminar, no se trataba de ningún ultimátum pues la decisión no dependía de nada de lo que fuera a hacer él, incluso si se hubiera replanteado quedarse. De hecho era una invitación al viaje. Ella ganaba el tiempo necesario para proceder con calma y le aseguraba la logística para llevarlo a cabo.

En ese momento Ethan vislumbró la verdad de los hechos. Enmudeció y no se atrevió a acercarse para tocarla. Hasta el día de su marcha no volvió a tocarla. Se turnaron para dormir en el sofá y no volvió a recordar haber soñado. Compró el billete por un precio absurdo para dos días más tarde y ella le apoyó en la decisión, no tenía sentido posponerlo por una cuestión de presupuesto cuando lo que se jugaba era tan grave como su creencia en la vida de la niña.

Cuando el Oso recuperó la consciencia charlaron y le repitió la narración de Ethan con tanta exactitud que consiguió confundirla. Ari ya no sabía qué era cierto ni qué creer, y la marcha de Ethan, que veía como un alivio hasta entonces, se convirtió en un tormento a medida que se acercaba. Él vivió las últimas jornadas con ansiedad, organizando el viaje en un plazo que rozaba lo imposible y le impidió convalidar el permisos de armas, y mucho menos solicitar el porte de la suya. Llegó a temer quedarse en tierra y se vio superado sobre todo en las últimas horas. Hacia el final, Ari prefería estar en la oficina antes que en su hogar, que le parecía ya deshabitado. Se comportó como el contrapeso de serenidad que él necesitaba, mostrándose cordial y activa, pero la última noche, cuando la partida se le hizo inevitable, sintió romperse su vida por dentro.

Candy se ofreció para trasladarlo al aeropuerto y Ari aceptó de buen grado. No le acompañó para despedirlo y en su último encuentro le ofreció la mejilla y le devolvió un breve abrazo mientras le deseaba suerte. Los vio desaparecer y la invadió un vacío que la empujó a llorar, desencajada ante lo que le ocurría. Deambuló por las habitaciones en busca de algo que no iba a encontrar hasta que de manera natural se sentó a hacer lo que mejor sabía. Al contrario que él, tal vez no fuera una gran estratega, la imaginación no era su fuerte y su experiencia vital tampoco la ayudaba para planear el futuro, pero donde él se atoraba era donde ella brillaba, y ese era uno de los secretos por los que habían funcionado tan bien, en lo personal y lo laboral. A ojos de los demás Ari parecía existir para resolver problemas e improvisar soluciones, era algo que le veían como una cualidad innata, pero ella sabía que no era así, se trataba de una virtud adquirida por necesidad que le había permitido sobrevivir junto a su hermana pequeña, la optimización de recursos inexistentes, como descubrir qué iban a comer a diario o dónde iban a dormir. Ante cualquier situación visualizaba una salida o una respuesta, como cómo resolver la separación de su pareja defendiendo el negocio de ambos mientras él se dedicaba a perseguir quimeras por el mundo. Y siguiendo su instinto, esa mañana desperdiciada la convirtió en una nueva fuente de conocimientos, tanto para ella como para él. Sin premeditación, sin explicarse por qué, se sentó delante del ordenador, entró en Internet y comenzó a buscar. No había pensado en hacer nada de eso mientras Ethan estaba presente, pero tampoco pensó en quedarse a llorarlo cuando se marchó. Arrancó la andadura con sumas de términos como «secuestro Centroamérica» o «desapariciones América Central». Las primeras referencias le arrojaron unas descripciones con las que los dos estaban familiarizados: pandillas y, sobre todo, maras.

El llamado triángulo norte de Centroamérica, compuesto por El Salvador, Guatemala y Honduras, se encuentra, desde los años noventa, sometido por unas bandas denominadas «maras» que se extienden desde las ciudades y se comportan como modernas mafias con una agresividad desconocida en otros grupos criminales. Sus miembros, que ya alcanzan los centenares de miles, se reclutan entre adolescentes desahuciados y niños de la calle, habiendo descendido los ritos de iniciación hasta los diez años e incluso menores; la esperanza de vida se recorta de la misma manera, superando pocos de ellos la treintena. Su existencia queda ejemplificada por uno de sus tatuajes estándar consistente en tres puntos en triángulo que describen «mi vida loca», el destino que aguarda a los mareros: la cárcel, la muerte o el hospital. El propio término «mara», de origen incierto, se asocia a la marabunta, inmensos enjambres de hormigas depredadoras que se expanden invadiendo y devorando todo lo que encuentran a su paso.

Su nacimiento no se produce a raíz del contrabando, como en

el caso de la ley seca o los cárteles en Colombia, y recuerda más al de organizaciones como la Cosa Nostra. A lo largo de los años setenta y ochenta del siglo XX, las guerras que asolaron esa región provocaron unas oleadas migratorias que alcanzaron el sur de los Estados Unidos. En las grandes ciudades como Los Ángeles, estos emigrantes fueron extorsionados por las pandillas existentes, a las que se unieron en determinados casos y de las que se protegieron en otros creando sus propios grupos, que a su vez derivarían en bandas. La delincuencia se multiplicaría con el tráfico de drogas hasta culminar a principio de los noventa con deportaciones masivas. Estados Unidos se deshizo del problema devolviendo a su patria a muchos pandilleros crecidos en sus calles que apenas hablaban español o incluso lo desconocían. Estos aterrizaron en sociedades destruidas que no recordaban, sin ficha policial y convertidos en modelos de modernidad para la juventud local. Miles de huérfanos encontrarían su espacio en las novedosas estructuras que les ofrecían, las maras. En un ambiente de violencia secularizada a través de generaciones, redes familiares desarmadas y un Estado ausente, el caldo de cultivo resultó idóneo, y el extremo de crueldad y nihilismo que alcanzaron llegaría a asustar a sus propios correligionarios de Estados Unidos, país que les dio origen.

Hoy en día su poder desafía la capacidad de los gobiernos en provincias enteras, lo que hace considerarlos, al igual que a México frente al narco, estados fallidos. Su actividad económica se basa en la extorsión a negocios, familias y transportes y puede incluir las drogas o usarlas como método recaudatorio, cobrando impuestos a los vendedores a cambio de permitirles ejercer en los barrios que controlan. La lucha por esos barrios desata constantes batallas en las que las fuerzas policiales parecen reducidas a intercesores. Centroamérica se ha convertido en el lugar más violento del mundo sin una guerra declarada.

Ari averiguó que los secuestros, que son tomados como otra actividad mercantil, si no son organizados por la clica, la unidad de base en la zona, sí son, como mínimo, permitidos, autorizados y utilizados como fuente de ingresos. A través de las redes sociales encontró dos tipos de testimonios: en un extremo, blogs y cuentas de Twitter de denuncia que, ignorando el riesgo, hacen el trabajo que la prensa profesional escatima: informar de la verdad desde dentro exponiendo la corrupción y connivencia con los poderes locales, activistas que se juegan la vida y la han pagado en no pocos casos; y en el otro, cuentas de Facebook e Instagram de niñatos que se jactaban de pertenecer a bandas. Poco amigos de la escritura, se mostraban obsesionados con verse fuertes retratándose con pistolas, coches modificados y la parafernalia asociada al gansterismo. Reconoció el patrón de sus propios años en la calle más envilecido y mísero. La mayor parte se veían fabulando y los pocos que ofrecían verosimilitud, más por el modo de relacionarse con sus parejas, a las que entre obtusas declaraciones de amor amenazaban con armas automáticas ante una posible infidelidad, eran carne de cañón, «gatilleros» menores de edad sin preparación ni esperanza. Los jefes, que se enriquecen mientras sus esbirros mueren de hambre, no se pavonean por las redes sociales, los dirigen desde la cárcel según las versiones gubernamentales y desde despachos públicos según muchas evidencias. Sin pretenderlo, Ari se había vuelto a poner en marcha.

Compartió sus averiguaciones con Ethan, y el enlace que establecieron, de exclusivo apoyo profesional, sedó parte del daño. Ahora, varios días más tarde, sale a diario pero evita compartir su estado. Le sobra la compañía, en especial la masculina, pero no es la soledad, sino la ausencia, el duelo que vive. Conoce ambas a la perfección. La soledad no es individual, es genérica, tiene que ver con el miedo y actúa como una presión abstracta que se cierra sobre la garganta y destruye la autoestima. La ausencia es una herida profunda en el pecho, nace de algo conocido, es concreta y única, y el dolor que produce es agudo y estridente, acompañado de falsas sensaciones de retorno, como el síndrome del miembro fantasma. Ari, que vio morir a su madre de sobredosis con catorce años, ha convivido con las dos, y se siente desconcertada porque creía haber superado esa fase.

Los montes entre el trópico y el ecuador forman sinuosos cuerpos arbolados como dioses durmientes cubiertos de vello vegetal. Sobre esos míticos seres, que con las lluvias torrenciales pierden laderas completas como si cambiaran el pelaje, la presencia humana parece anecdótica. Los habitantes deben sobrevivir como la nada que son, a lo que se añade la inveterada pobreza que los salpica tras siglos de injusticia. Los más pobres en la tierra más rica.

Tras alcanzar una de estas cumbres, el Monstruo se dirigió a un poblado que había vigilado durante semanas, después de la confirmación del cliente, y que ya había analizado meses antes, con la promesa del encargo. Recorrió la estrecha carretera que bordeaba el volcán, con espacio apenas para cruzar el tráiler con un coche, y aparcó en el tramo para frenadas al final de una curva, una media luna de polvo y grava en el borde exterior del rellano, de cara al abismo. Bajo sus ruedas, centenares de metros descendían en un continuo techo de selva salpicado por tejados de zinc y recortes de pequeñas plantaciones de subsistencia. Desde su escaso refugio inspeccionaba el trayecto, recostado, fumando y controlando los bohíos que se diseminaban sobre el asfalto al que se unían por senderos apenas caminables por los que también desaguaban, chamizos de madera y chapa, bahareque en el mejor de los casos, de uno o dos cuartos separados por un tablero de aglomerado con huecos sin vidrio haciendo las veces de ventana, chapas abisagradas como persianas, cocinas de leña en el exterior y altares con crucifijos en ciertos puntos visibles. *Jesús protege este hogar.* Los animales domésticos se movían libres y las gallinas correteaban fuera del vial cada vez que pasaba un vehículo. Los locales caminaban al *abarrote* o más abajo, a la escuela, incómodos con su falta de oportunidad pero adaptados a su vida. Una motocicleta subió con un tipo gordo y tres niños, uno delante y los otros dos detrás, agarrados con la laxitud de la costumbre. El Monstruo juzgó todo esto y rio para sí. Se reía de su indigencia y los despreciaba.

A una cierta distancia se levantó la contraventana de uno de los huecos y enfrentó la mirada de un lugareño de rostro enjuto y gesto duro que preguntaba y desafiaba al mismo tiempo. Se maldijo por su descuido y se reincorporó sobre el asiento arrojando el cigarro. Se maldijo porque la época de bonanza le había hecho relajarse, volverse visible, y era un riesgo que no podía aceptar, debía salir rápido y evitar recorrer esa comarca en los siguientes meses. No le sería difícil, una vez cumplido el encargo nada le interesaba en esa piojosa tierra de muertos de hambre. Tan pronto tuviera el bulto debería duplicar las placas, repintar y tal vez procurarse un cambio de remolque, no tenía problema, sabía con quién hablar para conseguirlo antes de llegar a la frontera. Mientras se reubicaba para arrancar volvió a encontrar la mirada; el hombre estrecho, flaco y sin musculatura aparente, pero también sin gota de grasa, producto puro de fibra y nervio, el patriarca de brazo seco e inclemente rubricado con tatuajes verdosos que apoyaba en el marco afianzando su posesión, el aprendiz criado a golpes y crecido con el sabor de su propia sangre, el macho del lugar que se asomaba a afirmar su territorio frente a la presencia extraña, lo marcaba.

El Monstruo no era estúpido, calibró sus posibilidades sin engañarse, diciéndose que no debía temer a esa figura pellejuda que, en teoría, y así se lo repetía, debería poder manejar sin problemas, pero ese individuo cuya edad sin duda era inferior a la que aparentaba, había experimentado lo que correspondía a su piel, no a sus años, y eso el Monstruo lo entendía tan bien como su cuerpo lo había expresado, y sabía también que alguien que nunca ha tenido más que ese chamizo y una breve familia no tiene más que perder en defenderlo. Encendió el motor asegurándose de resultar convincente en la casualidad, vulgar y olvidable, y encaró el descenso bajo la tutela acuciante que, sabía, no le abandonaría hasta desaparecer en la espesura. Molesto y ultrajado se ocultó en un predio cercano a la escuela que le permitiera acechar a su presa sin ser visto, y dejó la rabia subir jurándose que era por el inesperado cambio de plan, no por la humillación recibida. Rebuscó entre el colchón superior hasta encontrar su último trofeo, sacó los zapatos rojos en los que la sangre seca formaba una costra granate y opaca y se excitó con su solo tacto. El placer inundó sus sentidos y sintió disiparse la indignación.

Cuando Ethan cerró los ojos, agotado por el estrés de los últimos días, se encontraba en el pasado, en Estados Unidos, en el final traumático de algo que no debía terminar; cuando los abre, sobresaltado por el aviso de aterrizaje, se encuentra en el presente, arribando a otro país que en muchos niveles es otro mundo, una realidad que desconoce si le pertenece, inexplorada e inquietante, hablada en su segunda lengua y atada a algunas de sus memorias más amargas. Allí nada de lo vivido hasta hace unas horas existe, pero tampoco consigue separarse de Ari, no consigue arrancarla de sí aunque sospeche que ella ya lo haya hecho. Y ese dolor, ese hueco que le brota en las entrañas se une a la tensión de reencontrarse con su antigua amante. Se le descompone el estómago, que no ha aceptado comida desde el desayuno, y por momentos piensa que puede vomitar, que le va a ocurrir antes de la llegada. Pero no ocurre. El funcionario de aduanas sella su pasaporte con desinterés y le desea una feliz estancia, y en el control de equipajes la maleta atraviesa el escáner mientras dos policías que discuten entre ellos casi se olvidan de recoger su formulario de declaración de ingreso.

Al salir a la recepción, a través de docenas de viajeros y familiares surge ella como la protagonista entre los figurantes de una película, de pie tras el cordón de acceso, absorta con gesto infantil, inmóvil y exuberante, semejando una modelo ignorante de serlo, exhibiendo una gracia y un estilo a los que no resulta ajeno ninguno de los varones que la rodea ni sus mujeres, que se cargan de odio hacia ellos. Allí está Michelle, embutida en un vestido estampado que marca sus curvas con el atractivo de una virgen pagana, alzada sobre unas sandalias cerradas con cintas hasta media tibia que muestran los dedos igual que un delicado premio y acaban en unas plataformas que nivelan su baja estatura, radiante en una descuidada posición que carga de sensualidad, con la cadera elevada en un costado y la cabeza ligeramente inclinada al otro, con aire inocente y coqueto, la negra melena lacia sobre los hombros, los gruesos y amplios labios en un inconsciente beso, en *trompita* como dicen ellos, la mirada perdida en sus propios pensamientos, las finas y perfiladas cejas relajadas sin marca de expresión y los ojos almendrados y oscuros fijados en un horizonte inexistente. Hasta que aparece él y su horizonte cambia. Cuando Michelle encuentra a Ethan entre la multitud nada perceptible se modifica en su rostro, se reduce a microgestos que solo él sabe distinguir: sus pupilas dejan de ser vidriosas y se contrastan adoptando el brillo del interés mientras los labios cambian a una sonrisa de dulzura casi indescifrable, y todo en ella habla de la ilusión, el nerviosismo y la sinceridad de su bienvenida. Ethan recibe al verla un súbito golpe de adrenalina, un escalofrío en la espalda que se convierte en debilidad en las rodillas. «Como un chiquillo», se dice, tan patético como un chiquillo. Michelle se adelanta un único paso, sin carreras ni aspavientos, manteniendo la dignidad que él siempre recordó, que sigue arrastrando la atención de los otros pasajeros, y con seguridad seductora ataja a Ethan, lo detiene un instante y él vuelve a escuchar su timbre grave y envolvente después de seis años.

—Ethan… esto es tan importante para mí… Bienvenido.

Con cierta precaución se le aproxima y su inconfundible aroma inunda la realidad. Le roza un beso en la mejilla con labios frescos y apenas húmedos y de inmediato lo rodea con un cariñoso abrazo, como es la costumbre en el trópico. Un abrazo intenso que dura varios segundos y en el que él siente sus manos acariciándole la espalda, su cabeza colocada en el cuello, su respiración en su pecho. Y con ellos el olor de Michelle invadiéndolo, copando la sala del aeropuerto, con el torrente de sensaciones que lo acompañan.

—Hola, Michelle.

—Es tan increíble volver a verte.

—Y a ti.

—Estás… estás tan distinto, tan… guapo. —Michelle se ruboriza.

—Gracias, tú estás igual que siempre. —Y ambos vuelven a abrazarse con extrañeza.

Junto a Michelle aparece un personaje que desagrada a Ethan: un muchacho alto y desgarbado, de hombros estrechos y brazos delgados con camiseta de tirantes adornada con collares, pantalones con la cintura por debajo del culo sobre los que asoman por completo unos calzoncillos de marca, la piel surcada por tatuajes obvios y mil veces repetidos, gafas de sol anchas de espejo, múltiples anillos, pendientes y un corte de pelo mostrando dibujos que corona una gorra semiesférica con visera plana. No se le ve peligroso, pero no por falta de voluntad, es del tipo que Ethan ha detenido mil veces y sabe manejarlos bien, pero le inquieta que se les acerque uno de estos ejemplares sin haber salido del aeropuerto, le hace temer que el nivel de riesgo pueda ser alto incluso en los espacios seguros. Entonces Michelle lo presenta destrozando sus expectativas:

—Ethan, este es mi hermano pequeño, Beto. ¿Recordás que te hablaba de él?

Ethan queda desencajado.

—Eh… —Vuelve a revisar al espantajo y su molestia crece—. Sí, claro, pero era mucho más pequeño, era un niño…

Michelle responde con una risa preparada.

—¡Obvio! ¡Pero creció! Ya es mucho más grande. ¿Lo ves qué grande se nos hizo?

Beto le saluda sin interés y Michelle continúa su explicación.

—Beto me prestó su carro para venir a buscarte y me pidió que quería acompañarme porque le emocionaba conocerte, por tanto que le conté de vos. Dígale, Beto.

La respuesta de Beto, una suerte de bufido que deja escapar concentrado en su iPhone, no respalda sus palabras. Ethan lo ignora.

—Pero si tú conducías. ¿Ya no conduces?

—Obvio que sí. El que no maneja es Beto, yo le llevo a los lugares, pero él me pidió acompañarme para conocerte.

Ethan le otorga carta de realidad.

—No eres muy hablador, chaval.

A lo que contesta con otro soplido autosuficiente que puede significar cualquier cosa. Ethan comprueba que su actividad se limita a revisar el historial de Snapchat.

Michelle le reprende en el cogote como a un niño.

—Es muy tímido, pero ya vas a ver qué bien, es bien bueno.

El vehículo se asemeja al dueño tanto como es esperable: coreano de baja gama pero atiborrado de vinilos adheridos haciendo las veces de pintura para personalizarlo, y complementado con unas led azules bajo la carrocería que otorgan al vientre un brillo eléctrico y fantasmagórico. Ethan arquea las cejas al comprender que va a viajar dentro.

—Vaya, muy bonito. Veo que lo tienes… *tuneado*, ¿no?

—*Customizado, bro.*

En el trayecto, Beto, que no ha dudado en sentarse en el asiento del copiloto y dejar a Ethan detrás, cuando se aburre del teléfono se lanza a hablarle con la misma comodidad con que había mantenido el mutismo.

—¿Todo bien?

—Sí, gracias. ¿Y tú qué tal?

—¿Verdad que sos *bodyhunter*?

—Bueno, algo así.

—¿A cuántos ha matado?

—He disparado a algunas personas y herido a muy pocos, pero no he matado a nadie. ¿Y tú, Beto?

Beto capta la ironía y ríe aspirando por la nariz y profiriendo un gruñido poco contagioso. Michelle lo desautoriza con una reacción que impresiona tanto a Ethan como a él.

—Eso no son cosas para hablar tan así, como que no importa.

Beto vuelve a reír para mostrar su independencia, pero lo calla sin alzar la voz.

—Ya, Beto. Dije ya.

Y el coche se sume en un silencio incómodo durante un trecho. Ethan no reconoce esa puritana reacción en Michelle, quien le tuvo que acompañar dos veces al hospital, una por herida de bala, y sobrellevaba su oficio con perfecta entereza. Michelle, que compartía con él sus aventuras de detenciones riendo cuando él reía, justificando más allá de lo que él hacía. Puede que no se trate de la misma Michelle y puede, cavila, que la disposición con la que la ha encontrado no sea tan frívola como aparenta. En un parpadeo vuelve a ser ella y le sonríe por el retrovisor.

—Hablemos de cosas bonitas. Viera qué buena carne le preparó mi mamá de bienvenida. Ojalá que vengás con hambre.

—Muchas gracias, estaré encantado.

—Ya verás todos los que van a venir.

—¿Los que van a venir?

—La familia, y los amigos que te recuerdan. ¡Vieras toda la gente que te quiere por aquí! Va a estar mi hermano Andrés.

—¿Viene Andrés?, pero ¿cuánta gente va a ser?

—Pues… ¿como veinte?

—¿En serio? —A Ethan se le agría el humor aunque intenta ocultar la incomodidad.

—¿Te parece mal? ¿Hicimos mal? —Michelle se tensa con una sobrerreacción inesperada. Se pone nerviosa ante la posibilidad de haberse equivocado—. ¿Lo anulo? ¡Tenés razón! Beto, decile a mamá que hay que anular. No sé qué pensaba, estaba tan feliz de tenerte. Quería…

—No, Michelle, tranquila. Relájate. Está perfecto. Estoy muy feliz de ver a Andrés, pero pensaba que sabiendo para lo que vengo, no sé, que sería mejor una cierta discreción, nunca se sabe…

—Tenés razón. Yo… la idea del asado fue de Beto, estaba tan emocionado con que *llegués*, aunque no te lo parezca. Y a mí me pareció *superdulce*. Vendrán hasta su novia y su familia para conocerte.

Beto se siente orgulloso del crédito:

—Buena nota, *man*.

—Está perfecto. No te preocupes por nada de lo que he dicho. Estoy seguro de que va a ser genial. ¿Me localizaste un hotel cercano?

—¿Qué decís de un hotel? Vos te quedás en casa. Eso ni lo vamos a discutir, ya el cuarto está preparado con todo y *closet* para ti.

A medida que avanza la conversación, Ethan se siente más atrapado en una tela de araña en la que teme perderse, rodeado por una ciudad de amplias avenidas y rascacielos alternados con residenciales privados, y descendiendo por las colinas sinuosos hormigueros de chabolas superpuestas desde las que niños semidesnudos ignoran el tráfico. Abandonan la autopista y se adentran por los núcleos más alejados a través de viales estrechos con altas aceras para las riadas y viviendas populares que mezclan adobe y teja con prefabricados y fibrocemento, incrementando la percepción de improvisación y temporalidad. Al fondo, los picos se recortan bajo un cielo cobalto que recorren oscuras nubes de tormenta de un mar a otro y ocultan de manera alterna un sol duro e inmisericorde. Es una lengua de tierra crecida entre los mayores océanos del planeta, a los que se enfrenta con la insolencia de la brevedad, y así cría a sus vástagos, resignados y supervivientes, voluptuosos y reprimidos, inocentes y criminales. Solo hay un modo de comprender Centroamérica, y es empaparse de ella. Hay que empaparse del seco polvo de su fértil selva, la crueldad de su agresiva belleza, la desolación de su desierto de hombres y sobre todo de la amenaza de sus volcanes y la violencia de sus terremotos, las dos fuerzas que la diezman y la mantienen sobre las aguas.

La red urbana se divide en colonias y en una de las más humildes se encuentra la casa de la madre de Michelle, doña María, en la que convive con ella y Beto. Las colonias funcionan como un espejo deformante del modelo estadounidense. Las *suburbias* del norte, repetitivas y pulcras, patrones ordenados e impersonales, se convierten aquí en calles polvorientas e inhóspitas decoradas por mezclas incontroladas de fachadas pobres pero vistosas, cromáticas, ajadas y rodeadas con mallas y alambres de espinos que recuerdan el miedo constante. Un contraste de dolor y vitalidad que solo se puede encontrar en los trópicos.

Así, la choza de doña María, verde caribe, se asoma entre otra azul celeste y una granate. Ancha y de escaso fondo, con un breve camino de entrada entre dos parterres inexistentes y un patio trasero de tierra separado por una valla de otros tres idénticos, cuenta con un aseo exterior que nadie utiliza, un modesto salón y cuatro dormitorios con un solo baño, cocina y cuarto de lavado anexo.

Cuando aparcan, doña María sale con grandes alharacas y clama el saludo segura de ser vista por los vecinos, que hacen en gran parte vida en sus puertas, al aire pero ocultos del sol de mediodía. De estructura fina aunque obesa, abandonada en el físico pero maquillada con detalle, curtida y avejentada, le dedica un beso pastoso de familiar vieja y le ofrece mil bendiciones entregándole la postal de un santo.

—No sabe el bien que nos hace aquí, *m'hijo*. Dios *me* le acompañe y Dios le saque con bien a la niña de esta. Dios quiera todo salga bien y Dios *me* le guarde.

En ella percibe la misma coquetería que en su hija tamizada por exabruptos beatos y parabienes adecuados a la asexualidad que se exige a la vejez, pero sin la bondad que a pesar de todo sí encuentra en Michelle. La misma Michelle que para su sorpresa lo abandona a las albricias de su familia y se dirige al interior con una humildad nada habitual en ella. Cuando por fin consigue seguirla a través de la red de lisonjas de la anfitriona, la descubre preparando un aperitivo tras acomodarle la maleta, distribuirle la ropa y apartar la que precisa plancha. A Ethan le incomoda esa servidumbre, pero los demás reaccionan con naturalidad.

—Michelle, ¿qué haces?

Doña María se interpone.

—Sentate, *m'hijo*. Dejala que haga, a ella le gusta así.

No es cierto, piensa él, nunca la vio comportarse de esa manera.

—Michelle, ven con nosotros, tenemos que hablar de Michi; necesito fotos, saber…

—Ella no sabe. Su hermano Andrés, él le dirá. Él se hace cargo de todo.

Michelle vuelve al salón con una jarra de zumo.

—Es verdad, Andrés ha vuelto con nosotros. Es el que más me ayuda.

Doña María vuelve a cortarle.

—¿Quiere una cerveza mejor que el fresco? Es cas, lo preparó Michelle, pero preferirá una cerveza, que le va a caer bien rica después del viaje tan molesto. Yo no sé cómo es eso del avión, pero estará cansado. ¡Ay, el miedo que me dan esas cosas! Si quiere puede tumbarse mientras que no vienen los otros.

Beto tercia en su propio interés.

—Yo sí le entro a una birrita, mamita.

—Vos no, Beto. Qué va a pensar don Ethan que es esta casa.

Ethan toma un vaso.

—Con el refresco está bien.

La madre le ofrece una fuente con plátano y yuca fritos.

—Ya verá qué buena carne. Viene mi yerno Jonathan a prepararla, que es un maestro con las carnes.

—¿Su yerno?

—El hermano de Leidy, la novia de Beto. Viera qué buena es la muchacha. Viven a unas cuadras no más de aquí, en la colonia trece, del otro lado.

Michelle, que no ha llegado ni a sentarse, se retira.

—Bueno, yo voy a comprar el hielo y lo que falta antes que lleguen. Los dejo aquí y mi mamá se *los* explica todo, qué tanto hicimos hasta ahora y lo que sabemos.

Doña María clava en Ethan una mirada intrigante.

—Contratamos un detective, ¿sabe?, el mejor de la ciudad, Dios me le bendiga.

Ethan busca a Michelle, pero ella lo evita y se dirige al macarrónico automóvil.

—Espera, Michelle, te acompaño. Aún no he tenido tiempo ni de saludarte.

Beto se despereza y se levanta desganado.

—'*Ta* bien, dale pues.

—No, Beto, prefiero ir con tu hermana si no te importa. Así podéis preparar la fiesta.

El gesto no permite confusión y la madre lo saluda con falsa alegría.

—¡Con gusto, don Ethan! Michelle, vos sabés lo que falta, no te equivoqués.

Al separarse de los dos apéndices, Ethan siente librarse de un ancla.

El primer tramo Michelle no habla, inmersa en algún tipo de pensamiento, o en la rara tristeza que parece envolverla desde que llegó a los dominios de su familia. Tras unos minutos prudenciales, Ethan retoma la conversación.

—¿A quién se le ocurrió la carne con invitados, Michelle?

—A Beto. Lo siento, sé que no es buena idea, pero a mi mamá le encantó. Es el pequeño, y es su niño. Luego pensé que te podría gustar por ver a los amigos.

—Está bien, no te fustigues. Prefería pasar desapercibido, pero por otro lado también me hace ilusión verlos, y supongo que tu madre y Beto se lo contarían igual a todo el que conozcan, así que tampoco perdemos nada. Lo que me sorprende es que venga Andrés. Creía que no tenía relación con ellos.

—Ya lo conoces. Llevaba años sin venir, pero en cuanto oyó del secuestro *se llegó* y se sentó y nos dijo que él se hacía cargo de todo y que lo que necesitara y… —Michelle se emociona al explicarlo— y él me dijo que por qué no te había llamado. Y fue cuando le escribí al Oso, por como me dijo Andrés, vos sabés cómo es de bueno. Sigue sin hablar ni a mi mamá ni a Beto, que desde que creció pues ya ni se tratan, pero él está en todas, él es el único que pienso que me ayuda en todo lo que se le da. Yo… ¿qué puede hacer una sin un hombre que la apoye, cierto?

Ethan no reconoce a la Michelle liberada y autónoma que admiraba, y se pregunta si era aquella o es esta la Michelle real, o si ambas son máscaras de otra persona. Teme no saber si la conoció. Es un temor que siempre le acompañó y aflora al encontrarse con esa nueva faceta, tal vez una Michelle distinta. ¿No es esa la esencia de la seducción, crear el personaje que el otro anhela? Como un camaleón, Michelle dibujó la imagen de su deseo, la musa ausente, la novia cercana pero nunca entregada. ¿Cuáles eran sus verdaderos intereses, sus auténticas necesidades? Ethan se desvivía por cubrirlas, convencido de ni siquiera rozarlas. ¿En qué pensaba ella? Aquella duda nunca obtuvo más respuesta que los hechos consumados, y él quedó atrapado en la pregunta como todos los amantes desechados. ¿Qué le había faltado para conquistarla?, ¿en qué había sido insuficiente? Michelle pasó a ser el fantasma de lo perdido, la sombra inalcanzable, el retrato de lo que no pudo conseguir. Nunca supo descifrar los caminos que había recorrido para dominarlo. Hoy sabe que solo le mostró un rostro de sí misma, que nunca pudo verla en su ser como no ven la verdad los enamorados aunque la enfrenten cien veces.

—Jamás te había oído hablar así.

Michelle se encoge de hombros.

—El mundo es así.

Llegan al supermercado donde ella sigue un plan de compras rápido y concreto.

—Me sorprende oírte decir eso. Recuerdo cuando no querías atarte, no sabías si podías convivir con alguien después del padre de Michi, no sabías si te querías casar, no querías perder tu libertad…

—Yo no cambié. Las cosas pasan en ciertos momentos. Y mirá quién me dice, vos tampoco supiste vivir solo. Desde que conocí a esa chiquita Ari sabía que sería un problema. Yo lo hice mal, pero todo habría acabado igual.

—¿Que habría acabado? Te fuiste sin decir palabra.

—Sabía que esa niña se acabaría metiendo. Nada más me adelanté.

—¡¿Te adelantaste?!

—Te pido perdón, no supe hacerlo. Fui una cobarde, y lo estropeé todo. Me lo he repetido tantas veces, lo hice todo tan horrible… Nunca me lo perdoné.

—¿Lo habrías cambiado?

—Sí, obvio.

Ethan recibe un impacto inesperado. Tras la confesión, Michelle, con gesto apesadumbrado, se acerca y lo rodea de nuevo con los brazos. Se le une con ternura y él no puede evitar ser consciente de la presión de sus pechos. Se siente invadido y turbado. Michelle susurra.

—Si lo pudiera cambiar, querido, si pudiera cambiarlo todo… Me habría quedado contigo. Pero nada sería distinto.

—¿Y eso por qué?

—Esa muchacha habría entrado de todos modos.

Él se aparta.

—Eso te lo inventas ahora para justificarte.

—¿Y no te dije entonces?

—Sí, pero…

—Las mujeres sabemos esas cosas.

El trasnochado discurso de las diferencias, de las intuiciones infalibles.

—No tienes razón y lo sabes.

—No te gusta que diga que nosotras no nacimos para estar solas, pero usted es el que se fue a vivir con esa chica. Yo sí vivo sin hombres, aprendí a vivir sin ellos. Los hombres aquí no son buenos, son machistas, lo sabés, y no se preocupan por nosotras, te olvidan como el papá de mi pequeña, no les importan ni sus hijos, y te abandonan. Me decís que nunca me habías oído hablar así, pero yo no busqué más compañía y vos sí. ¿Ahora pensás que me comporto distinto a como recordás?

—No sé, Michelle. Contigo nunca sé.

—No sabés si soy como entonces pero mirá, Andrés me retiró la palabra por culpa de Randall, que fue el mayor error de mi vida, pero cuando platicamos ya todo se arregló. Ya viste.

Randall. El nombre que se le atraganta cada vez que lo escucha. El cantamañanas, el guaperas muerto de hambre con ínfulas de músico que apareció con su guitarra viviendo de prestado y acabó arrastrando a Michelle de vuelta a su país para abandonarla con un «yo nací para ser libre». El cazador cazado. Un buscavidas cuyo motor vital era la conquista y el engaño, el alimento de su ego como única adicción. Randall rompía parejas, obtenía beneficios de las mujeres y desaparecía dejando tras de sí un rastro de odios que le impedía deshacer su camino. No hubo nada relacionado con el amor en aquella historia, se trató de una demostración de poder. El macho latino que se jactaba de conquistar a cualquier hembra con su canción y se impuso demostrar que podía levantarle la pichoncita en su propia casa. Si Ethan lo volviera a ver no sabe lo que le haría.

—Sé el daño que te causé. Estaba como loca, pero eso se murió. Te lo he dicho. Si hubiera podido lo habría cambiado todo. Ahora estaría allí, ojalá y contigo, y con Mi... a salvo.

Se le quiebra la voz y a Ethan le parece reconocer su único sentimiento sincero desde que ha llegado, pero de inmediato recupera la entereza para volver con su discurso.

—Eso, lo que dije sobre los hombres. No todos los hombres son igual. Aquí sí, son así de machistas, pero yo ya sé que hay hombres que comparten de verdad su vida contigo, que te hacen ser feliz. Yo tuve una vida así y la arruiné, y sé que esas oportunidades no vuelven a aparecer. Por eso prefiero estar sola.

El almíbar. Ethan reconoce los gestos: la caída de ojos, los mohínes, el modo de retorcer la culpa... sigue siendo una maestra de la manipulación. Y la estudia igual de sorprendido: sumisa, tradicional, sin la garra que poseía. ¿Cambió con los años o siempre fue así y no supo leerla? ¿Tal vez solo podemos abandonar ciertos roles lejos de nuestro origen? Y a Ethan se le antoja horrible, tener que renunciar a la proyección de quien podrías haber sido por el peso de tu familia.

—Michelle, no le des más vueltas a lo que pasó, no he venido por eso.

—Qué importa. Ahora estás aquí y todo está bien. Ahora estoy tranquila. Ahora sé que todo saldrá bien. Vos hacés que todo salga bien.

—Yo no puedo hacer milagros.

—Lo sé, bruto. Y no pensés que me hago ilusiones, pero estás aquí conmigo, ayudándome. A partir de ahí todo es ganancia.

Michelle recupera la risa envolvente y mientras guardan las bolsas en el maletero se atreve incluso a hacerle cosquillas en el cuello. Ethan aprovecha la fluidez del momento para volver al tema que elude de continuo.

—¿Quién es el detective que dijo tu madre?

—No sé. Eso luego lo ves con Andrés, sé que ya sacó cita para mañana, para visitarlo.

—Vendrás con nosotros.

—No, yo trabajo a esa hora. Eso lo lleva Andrés.

—No entiendo nada. ¿Por qué intentas ignorar el tema?

—Yo no ignoro nada, pero Andrés vino a ayudarme y mirá, me, me… eso me hace bien, todo está bien. Y ahora con los dos…

—Cuéntame qué ocurrió exactamente. Cuéntame esa tarde, qué pasó, qué hiciste. No entiendo tu silencio.

—Con Andrés, él lo sabe todo, él lo tiene…

Michelle se apresura para entrar pero Ethan la retiene. Ella trata de liberarse con poca fuerza, evitando su mirada.

—Ay, dejame, van a llegar y nosotros todavía…

—Mírame. Háblame de Michelle.

—Yo quiero…

—Háblame de tu hija. He venido para buscarla. ¿Dónde está Michi? ¿Por qué no dices ni su nombre? ¿Qué ocurría antes del secuestro? ¿Qué puedo saber que nos ayude? ¡¿Por qué no quieres saber nada?! ¡Háblame de ella!

—Y-yo… yo… mi… mi niña…

Michelle se deshace en una explosión de dolor que deja a Ethan descolocado. Su rostro se congestiona en un gesto agónico y se dobla sobre sí misma, las articulaciones se le vencen como las de una muñeca y se derrumba en peso muerto al piso, como si hubiera perdido el control de su cuerpo a pesar de seguir consciente. Ethan la sujeta por las manos pendiente de no dejarla caer, evitando que se golpee la cabeza, pero se desploma como presa de una lipotimia, como si el inconsolable llanto que la asola robase el resto de su energía. Él la acompaña con lentitud al suelo, donde se desmadeja incapaz de hacer más que sollozar repitiendo: «Mi niña, mi niña…».

Ethan no recuerda otro sonido tan desolador, el desgarro de una madre por su hija, y se siente estúpido porque solo es capaz de compararlo con una imagen que estremeció su infancia, una perra cuyos cachorros metieron en una bolsa y arrojaron a un río. Nunca la olvidó encadenada, tirando hasta cortarse el cuello, mordiendo los eslabones hasta quebrarse los colmillos, presa de una desesperación que superaba la capacidad de su físico. Y por último, olvidada sobre el pasto como un cadáver con los ojos opacos, siguiendo el inacabable cauce del río. Aquel animal muerto en vida le recuerda a Michelle, que ahora no es más que un pelele al que él protege de desintegrarse en el pavimento de un aparcamiento cualquiera. Allí, ignorando a la gente que pase, ignorándolo a él, se ahoga en un pozo cuyo fondo parece no existir. Llora sin descanso moqueando e hipando sin rastro de vergüenza ni dignidad; su sufrimiento es tal que llega a ver cómo se le llagan los labios, cómo se rajan al contacto del aire perlándolos con pequeñas gotas de sangre. Michelle grita en su interior y de su grito solo un resto inaudible puede alcanzar el aire, acompañado de un hilo de baba que humedece el cuello de su vestido.

Pasan más de diez minutos antes de que sea capaz de moverse, y tan pronto se recupera se levanta como un resorte tapándose la cara y sin decir palabra se encierra en el utilitario, donde se estudia en el espejo y con impecable pulcritud saca toallas del bolso, se limpia el maquillaje y se aplica un colirio para restablecer el tono traslúcido de los ojos. Ethan, incapaz de decidir qué hacer, espera junto a la portezuela hasta que ella, de nuevo protegida por la felicidad plástica, baja la ventanilla y le invita a subir.

—Perdóname. Se nos ha hecho tardísimo, tenemos que volar.

Él entra desconcertado. Ella da salida al momento.

—¿Hablarás con Andrés? Él sabe.

—Claro.

—Buenísimo. Yo sé que son los únicos que están de verdad. A partir de ahí todo es ganancia.

Y vuelven en dirección a una fiesta que se le revela como la perfecta metáfora del sinsentido que lo absorbe.

El asado pasa lento mientras el sol se decide a bajar y el sofocante calor permite un respiro. Algunos vecinos se acercan y le asaetean con preguntas que le hacen dudar de sus verdaderas intenciones. Doña María disfruta con aire petulante entre sus invitados presentando al investigador gringo que va a dar con el paradero de su nieta. El que además, Ethan lo puede oír con claridad cuando se aleja, le pidió la mano a Michelle y ella se permitió el lujo de rechazar. Tras varios comentarios cargados de intención, la anfitriona asume que el efecto conseguido no es el que pretendía y maldiciendo la envidia opta por cambiar de tema.

Lo peor para Ethan es la llegada de la novia de Beto, Leidy, y su familia, un compendio de lo más bajo que esperaba encontrar en esa sociedad. Jonathan, el hermano mayor, encargado de la carne y evidente espejo en el que se refleja el propio Beto, actúa como un reyezuelo paseando por sus posesiones, admirado por su cuñado y mimado por doña María, que se desvive en atenderlo y vende su labor en la parrilla como un esfuerzo impagable, casi avergonzada de permitir ese ultraje. Su hermana Leidy, la novia de Beto, lo ronda comportándose como su mantenida, y algo en su modo de tratarla despierta en Ethan las peores sospechas. La madre de ambos se entretiene en una esquina con un niño de apenas dos años al que llaman Patito y cuya progenitura no llega a entender, si es de una hermana ausente, del propio Jonathan o de la misma madre, que a pesar de su aspecto sí podría tenerlo por edad biológica. Algo en esa familia resulta insano a un nivel profundo y tiene la rara sensación de ser el único que lo percibe. A pesar de su intento por librarse de ellos, también lo asedian con cuestiones que circulan entre lo banal y lo entrometido. Tarda poco en aprender que él no es el protagonista del evento más allá de la información que los invitados pretenden sacarle con escasa delicadeza: ¿cómo piensa encontrar a la niña?, ¿con quién va a hablar?, ¿tiene pistas? Llega a recibir ofertas de contactos con autoridades, unas corruptas y otras honradas, lo que según cada interlocutor parece igual de conveniente. Como compensación, poco antes de que los comensales se despidan, doña María anuncia orgullosa que su hijo mayor, Andrés, ha llegado.

Andrés se acerca a Ethan y ambos sonríen con nostalgia. A fin de cuentas, de algún modo él es el responsable de esa aventura. Andrés entró en Estados Unidos como inmigrante ilegal siendo casi un niño, lo descubrieron en la frontera, lo retuvieron de manera ilegal y lo expulsaron. Y volvió. Es inútil enfrentar la perseverancia de la desesperación con muros y vigilancia. Ethan no sabe lo que pasó en esos viajes, nunca lo compartió, pero el fondo herido de su mirada lo expresa por sí mismo. Muchos años después, ya residente, retomó el contacto con su madre y sus hermanos menores, uterinos, con los que su relación sería mucho más parental que fraternal. Facilitó el traslado con papeles a Michelle, y a través de él se conocieron. Después del abandono cortó su relación con ella y aun así nunca dejó de seguir la evolución de su sobrina, en cuya capacidad no solo mental sino moral siempre guardó una confianza ciega. Por fin, cuando la mejora económica de su país lo permitió y se consideró preparado, se instaló de nuevo y retomó su vida que continúa ahora con una serie de *pacas* de su propiedad y dos hijos a los que mantiene estudiando en los Estados Unidos. Ethan sabe que, si alguien ha apuntalado la búsqueda y puede afrontar el pago de un detective privado, es él.

Andrés es bajo y achatado, se diría recortado, además de en altura, en las extremidades: longitud de dedos, de cuello, en todas sus dimensiones parece limitado por un tope invisible que provoca una sensación compacta y ruda. Siempre viste traje y las mangas y perneras, rectas y breves, parecen convertirse en tubos adheridos al tronco. Su cabeza brilla alopécica y su único adorno es un profuso bigote que muestra serias canas a los lados. Ese blanqueo y las bolsas bajo los ojos son los únicos detalles que prueban su envejecimiento, y a Ethan se le estremece el corazón por el tiempo pasado. Se abrazan con sonoros manotazos y el recién llegado se sirve una bebida gaseosa ignorando al resto de presentes, que actúan con forzada naturalidad ante el desplante. Ethan brinda con su cerveza.

—¿Y la birra?

—Dejé de tomar. En la congregación no es permitido.

—¿Congregación?

—Aprendí mucho al volver. Abandoné las creencias de mi familia que tan poco me ayudaron, ahora acudo al culto evangélico y mi vida ya cambió por completo. Allí aprendí que el guaro no es permitido por el amor de Dios Cristo. Cabal que es bendición.

—Veo que han cambiado muchas cosas en estos años.

—Eso me ha hecho mejor creyente y más cercano a Dios, pero yo recuerdo que eso no era mucho para usted, cierto.

—Bueno, ya hemos tenido esta conversación más veces.

—Recuerdo todo. Yo no lo olvido, además de ser un privilegio considerarlo mi amigo, usted es un buen hombre, y mi esposa nunca se olvida de pedir por usted.

Ethan siente una rara honra en el cumplido. No porque recen por él en una ramificación cristiana de la que sabe muy poco, sino porque su interlocutor, una de las pocas personas que ha respetado en su vida, después de doce años en los que nunca le tuteó y seis sin verse, es la primera vez que le habla de amistad, y es una consideración que tal vez no le ha visto tener con nadie fuera de su familia.

—He venido solo para saludarle. Me voy ya pues nada debo hacer aquí y mañana tendremos tiempo para hablar. Estaré para recogerle veinte para las nueve; hasta entonces, tome. —Le entrega un móvil básico.

—Tengo mi *smartphone*, muchas gracias.

—Este tiene una tarjeta con un número prepago para que estemos comunicados. Se lo he cargado con una poca plata, también que si es que el suyo está liberado y quiere usarlo, pues se la cambia y en paz. Igual de todos modos guárdelo, va a ser su número mientras esté por aquí.

—Muchas gracias. Va a ser un placer volver a trabajar juntos.

—Es un gusto tenerle de nuevo con nosotros, y yo le ayudaré en todo lo que me sea dado aunque ya no sé nada de ese negocio, ahora me dedico a la ropa americana.

Con la marcha de Andrés se apagan los rescoldos de la reunión y la familia se queda sola con Leidy, que se encierra con Beto en su cuarto. Michelle termina de recoger y se abandona con su madre a la televisión nacional, regida por un escabroso informativo, se diría pensado para asustar a la población. Ethan se retira para ducharse después del movido día y acomodarse antes de dormir.

Tan pronto se aparta del ruido ambiente, los acontecimientos le caen como una cascada y su perplejidad no hace más que aumentar. Su mayor inquietud viene del esquivo comportamiento de Michelle, cuyos constantes saltos de registro no comprende. Casi puede apreciar un cambio físico cuando la trata delante de su familia, y la percepción de encontrarse frente a ella y frente a una extraña es constante y alterna. Recuerda el aparcamiento. Nunca la había visto tan expuesta y desvalida. Nunca, después de convivir durante años, se le había mostrado con tanta intimidad. Tan real. Y su siguiente pensamiento es para Ari y la verdad brutal que vomita en cada uno de sus actos. La confusión crece.

Cuando sale del baño escribe a Ari por WhatsApp, pero abandona tras comprobar que no le llegan los mensajes. Pregunta a Candy por el Oso y, tras una breve charla, ella le comenta que Ari salió con unos amigos, y él se siente estúpido ante el impulso de preguntarle con cuáles. Se contiene y el remedio es peor que la enfermedad. Se queda espiando el teléfono hasta que se ilumina la señal de mensaje leído. Y no ocurre nada más. Espera una eternidad y se frustra. Ari lo ha visto y lo ha ignorado. Entra en una tormenta de ideas. Está seguro de que su saludo daba pie al inicio de una conversación, y el silencio de ella le dibuja una Ari en plena fiesta que tal vez… Un golpe en la chapa del tejado lo sacude. Deja el terminal y vigila. Al golpe lo siguen varias réplicas. Son pasos. Levanta la vista y calcula que dos o tres personas caminan sobre la casa. Sale al salón y encuentra a Michelle y su madre acurrucadas en el sofá con el volumen del televisor al mínimo y rogándole por mímica que no haga ruido. Ethan aguarda y escucha. Los envuelve el sordo murmullo del aparato. No asoma luz por la puerta de Beto, él y la novia deben de estar dormidos, o por lo menos a oscuras y en silencio. Las zancadas cruzan sobre ellos de un extremo a otro y las acompañan risas púberes y agudas. Trata de calmar a las dos mujeres pero lee la angustia en sus rostros. Busca en torno a sí algún arma y Michelle le lee el pensamiento, lo lleva con sigilo a la cocina, saca un cuchillo y se lo entrega transmitiéndole su temblor. Se resguarda en su torso dejándose abrazar, tiritando como un cachorro, ovillándose en su cuello en busca de seguridad. Ethan le acaricia el pelo, pero la aparta con delicadeza para ganar libertad de movimientos y seguir la línea de las pisadas.

De pronto una piedra se estrella contra la ventana, que estalla en añicos con un estruendo que sobresalta el silencio nocturno. La puerta de Beto se abre de golpe y sale en calzoncillos, con un bate metálico y gesto desquiciado. Ethan calcula que estaría fumando algo y ha entrado en paranoia. Le señala que no hay nada que temer y el chico, con los ojos enrojecidos, baja la guardia. Doña María emite gemidos trémulos y Leidy se asoma drogada, cubriéndose con la sábana y demudada del susto. Ethan aguarda. Todos aguardan sin moverse y nada pasa. Todo se ha esfumado, los pasos, las risas, la tensión, como una sugestión colectiva de la que quedan los vidrios rotos como única evidencia. Ethan se acerca con cautela a la entrada, pero la madre le pide en un sollozo que no abra.

—No, *m´hijo*, mejor no. Así mejor.

Tras un cuarto de hora de nerviosa vigilancia, cuando quedan seguros del final de la agresión, Michelle vuelve con una escoba para barrer los cristales y doña María apaña un mantel para cubrir el agujero. Ethan la ayuda, Beto y Leidy se encierran de nuevo y el arreglo se extiende otros diez minutos de silencio grave que Michelle acaba por romper.

—Es... es... No es la primera vez que ocurre, Ethan, no te tenés que preocupar.

La madre la recrimina.

—Así no, *m'hija*. Así no.

—Le iba a explicar, mamita. Es cierto que así no. Las colonias... En fin, las colonias no fresa, las que los alquileres no valen quinientos, o miles de dólares... poco a poco las maras se meten, las dominan y las convierten en territorio mara.

—Esta no es.

—Es verdad, mamá. Esta colonia es tranquila, pero la trece, la de Leidy, ya es mara. Cuando llegan a una colonia se instalan en una casa vacía, o asustan a la gente y la abandonan. Esas son las casas *destroyer*. Ellos se quedan y viven allí como en comuna, pero muy pobres, sin poder ni pagarse ni la comida, y eso, para pagarse lo mínimo para ellos y sus hijos, es lo que basurean por ahí, robando o pidiendo a la gente, porque los chantajes de los negocios y los buses se los mandan a sus jefes. Allí ya tienen una, y no sabemos cuánto tardarán, pero aquí también la van a tener.

—No digás así, hija, que es llamar al demonio.

—Es lo que va a pasar, mamá. Andan mucho por los tejados, siempre se mueven por arriba, se la pasan hablando por el celular, incluso a veces duermen en el techo en vez de dentro por si llega la policía. Siempre allí, platicando, y los halcones, que son los niños más pequeños, también, vigilando a todo el que llega. ¿Pensás que no sabían que estabas? Lo saben todo. Aquí aún la gente sale afuera y vive, pero en la trece ya solo se guardan en las casas, por si hay balacera, o aun algo peor.

—¿Entonces esto lo han hecho más veces?

—Lo de andar por arriba sí, alguna vez, aunque Jonathan dice que en su casa es todas las noches, pero lo de romper la ventana nunca...

—Se reían.

—Sí, se reían.

—Es por mí, ¿verdad? Aunque no quieras decirlo. Ha sido el recordatorio de que saben que estoy aquí.

—Quién puede saber…

Pero el semblante de Michelle no le engaña.

—Si era por mí, tal vez no nos molesten más en lo que queda de noche.

Los tres se retiran con precaución. Cuando Ethan entra en su cuarto comprueba el teléfono de manera instintiva. Ari no ha respondido.

El sol despunta poco después de las cinco y el cuerpo de Ethan, aún cansado, aún con tiempo para seguir durmiendo, reacciona y se pone en marcha. Él, molesto, lo sigue. Doña María le cocina un desayuno regional a base de huevos, arroz y frijoles, y Michelle se marcha para trabajar antes de que lo termine. Cuando Andrés pasa a recogerlo, Beto y Leidy no han salido del dormitorio. Circulan por calles estrechas en las que mujeres de edad avanzada palmean tortillas de maíz en puestos colocados en serie. Enfilan la circunvalación y se desvían entrando en una de las zonas empresariales más modernas, salpicada por edificios inteligentes vigilados por vigilantes con recortadas y conserjes serviciales. Ethan aprovecha el trayecto para inquirir a Andrés antes del encuentro.

—¿Quién es este tipo? ¿Cómo lo contactasteis?

—Es famoso, y bien bueno. Lo han contratado muchos ricos para solventar secuestros, y no falla.

—¿Involucrado?

—No, pero dicen que tiene muchos contactos en la policía y en las pandillas, y por eso puede negociar con unas sin tener problema con las otras. Algún secuestro dicen que lo arregló por las malas, y le pido perdón por contarle tan feo, pero que le pagó a la mara por el permiso y allí entró él y los mató a los que quisiera, Dios los haya perdonado. Pero lo que más hace es asegurar los pagos y que el levantado regrese con bien. No se casa con nadie, de ahí viene su fama, si la ve clara lo dice, y si no, pues también lo avisa. El problema para nosotros son las platicas, que no dan para más. Sus servicios son muy caros y por la que nos cobra, pues poco más que una vigilancia nos han prometido.

—Comprendo.

El despacho se encuentra en un piso alto dentro de una torre que en sus dos plantas inferiores es un centro comercial cuajado de restaurantes y tiendas. El acceso, a través de ascensor, se realiza en dos esquinas en las que hay que identificarse en un mostrador atendido por unas solícitas azafatas y al menos tres guardas armados. Una vez arriba, tras un corredor chapado en mármol, entran en una oficina minimalista; la recepción se comunica con una sala mediana con cuatro puestos de trabajo y al fondo una puerta de madera noble anuncia el despacho del dueño. La grandilocuencia de la estructura, las carpinterías y los suelos espejados contrastan con las separaciones de cartón yeso en las que se adivinan las faltas y las cabezas de tornillos, perdurando esa idea de provisionalidad que impregna el ambiente. La secretaria los invita a seguirla y son conducidos al interior. El detective, superando los cincuenta, orondo pero ágil, con escaso pelo tratando de ocultar la coronilla, vestimenta a medida, semblante pícaro y mirada profunda, se levanta de su sillón de piel para saludarlos con cordialidad.

—Entonces usted será Evan.

—Ethan.

—Ethan, disculpe. Le voy a contar, sentía curiosidad por encontrarlo. A su acompañante ya tengo el placer. Un gusto de nuevo, don Andrés.

—Un gusto, tenga buenos días.

—Tome, don Ethan, mi tarjeta. Adrián Calvo para servirle. ¿Desean algo, un café?

—Un café, gracias.

—Negro, ¿cierto? Estamos en la tierra del café. ¿Azúcar o sustituto? Mi secretaria nos los traerá en un instante. ¿Qué tan bien lo ha tratado mi país hasta ahora?

—Bien, supongo. Aún estoy un poco de aterrizaje.

—Ah, sí, los vuelos. Y eso que es poco cambio horario. Me dijo don Andrés que usted es investigador, amigo personal de la familia y que va a seguir su propia línea de trabajo, y que le preste tanta ayuda como me sea posible. ¿Es correcto?

—Bueno, no estoy seguro. Usted es el que conoce el terreno. Me parecería más lógico que lidere la investigación y yo le ayude, pero no sé qué honorarios ha cobrado ni hasta dónde puede profundizar.

La secretaria entra con las bebidas y Adrián Calvo se abstiene de hablar en su presencia, pero su rostro se ha iluminado con la réplica. Tan pronto sale retoma la charla con una afabilidad distinta.

—Permítame… perdone la pregunta, pero ¿dónde aprendió español? Es… casi no parece gr… estadounidense.

—Puede decir gringo, no me asusta. Mi padre era español. En mi infancia viajamos mucho y viví un tiempo en España.

—Bien, bien, me gusta. Por eso su acento y su forma de hablar. No le voy a mentir, don Ethan, me sorprende su respuesta, pero me agrada. No tiene complejo *Avatar*. Eso que me cuenta explica mucho.

—Se lo agradezco, aunque no estoy seguro de entenderlo.

—Ya trabajé con gringos antes, y me encontré un problema. No sé si es por Hollywood. ¿Suele ver muchas películas?, me encantan, las veo todas. Pero cuando se marchan a otro país… ¿vio *Avatar*?

—Como todo el mundo.

—Yo le echo la culpa a las películas. Si quieren hacer una película defendiendo a los indios, al final es un gringo el que los lidera porque son brutos. Si el gringo se llega a otro país, digamos, acaba salvándolo él solo, si se llega a otro planeta, también. Esa imagen no les hace bien, pueden creérsela. Hace tres años cayó un detective gringo a buscar a una surfa que desapareció en unas vacaciones sin dejar huella, y venía con el complejo *Avatar*.

—¿No la encontró?

—Oh, ella apareció sola, cuando el negro marihuano que la había enamorado se cansó de cogérsela. La dejó por una alemana menopáusica que le prometió llevárselo con ella, y llamó llorando a su papá.

—Bueno, un final feliz.

—Para el detective no. Nadie iba a pagar por él. Era un chelo alto y seguro de sí mismo que había visto muchas películas. Por no aburrirle con el cuento, le ofrecimos colaborar, pero pensó que lo *hiciera* mejor solo, y se metió donde el narco, a lo Bruce Willis. No supimos más. Si no va a los sitios peligrosos aquí se vive bien, playas maravillosas, selvas vírgenes y gente dulce y campesina dispuesta a ayudar de manera desinteresada, pero en las zonas de guerra… allí los gringos también desaparecen. En un país distinto uno nunca es el más listo.

—Gracias por la advertencia.

—Pienso que no la necesita. Ahora que nos entendemos, déjeme repetirle la pregunta antes de entrar en el caso, ¿hay algo en lo que pueda ayudarle en su estancia aquí? Entre profesionales.

Ethan decide confiar, al menos en parte, en ese ser extraño que parece enarbolar la sinceridad como un arma.

—Necesito una pistola.

—¿Está seguro?

—Sí. Ayer tuvimos un aviso. Creo que estoy en un lugar dominado por la mara. No pienso enfrentarme a nadie, pero, por lo que vi, prefiero estar cubierto.

—¿Se va quedando donde la abuela?

—Sí, doña María.

—Será la Matapatria. No sé si esas colonias ya serán suyas, pero andan cerca. Esos cantones les pertenecen. Verá muchos grafitis como MP o MP12 por ahí, son sus siglas. Mara Matapatria zona 12. ¿Qué ocurrió?

Ethan les repite de manera sucinta el encuentro nocturno. Los pasos por el tejado, la ventana, el miedo.

—*Seh*, qué vara. Le conseguiré una pistola limpia y sin serie. Pero lleve cuidado. Un *ferro* ilegal es un *ferro* ilegal aquí y en *todo lado*. Igual, eso no significa que han ido a por usted. Los mareros a menudo se desplazan por los tejados en sus colonias. Y la ventana, pues sí, es un modo de asustarlos porque saben que hay alguien que no conocen, pero no creo que sea por la niña. No pienso que la doce vaya en esas.

—No lo entiendo. ¿La mara no sería nuestra primera línea de investigación?

—Pues… ¿y le *hubieran* roto la ventana en vez de dejarlos *pazconeados* a balazos? Tómelo como una buena señal, no tener a la mara metida sería lo mejor que nos pudiera pasar. Mientras no me *le* maten yo diría que vamos por el buen camino.

—Eso es todo un alivio. Pero si no es la mara, ¿por dónde empezar a buscar?

—Se *los* voy a explicar como lo pienso. Lo primero, se lo pregunto en confianza porque no está la mamá cerca, porque ella se pondría muy nerviosa si me oye, ¿está seguro de que es un secuestro?

Ethan titubea. Se gira hacia Andrés, que fija la mirada en el suelo con gravedad.

—No sé nada. Realmente no sé nada.

—Mire, hay muchos niños que se mandan con un coyote para el norte, para los Estados. Hay mamás incluso que los animan, los sacan con los polleros, les pagan la plata para que no se queden aquí…

—No, no es el caso.

—Según me contaron la niña vivía en una colonia pobre, la mamá trabaja en un *call center* y su tío el pequeño… por dicha ya lo conoce.

Ahora Calvo es el que busca la complicidad de Andrés, pero este ha decidido no salir de su silencio y parece guardar el reverencial y triste respeto de un campesino frente al patrón. Ethan se mantiene firme sin explicar sus motivos.

—Sí, ya lo conozco, pero no creo que sea el caso. Se la llevaron de la calle, la metieron en un coche.

—Sí, me sé el cuento. Es el que contó la otra niña, ¿me copia? Digamos, es una niña de la misma edad, no hay nada más, no hay placa, no hay restos, desapareció. Mi obligación es pensar en más posibilidades.

—Me parece correcto, pero por ahora centrémonos en la opción del secuestro.

—Como mande. Mire, por hacerla corta, las maras no se dedican a los secuestros, pero en sus puntos no se puede hacer nada sin su permiso, lo que *se quiere decir* que si se la llevaron, alguien les pagó el derecho. Como le contaría don Andrés, yo he tenido ciertos contactos con ellas, pero eso no es igual a que sea bueno para nosotros. Una cosa es contacto y otra poder. Sería muy riesgoso mostrar interés por una niña por la que aún no han hablado, lo probable sería que pidieran mucha plata sin que sepamos si de verdad la tienen, o recuperarla en una caja y no saber nunca qué ocurrió. ¿Vio mi *punto*? No podemos acudir a las maras porque seguro sería contraproducente, y de todos modos son intermediarios. Y eso es lo que me preocupa desde el principio, ¿por qué no han pedido rescate en tantos días?

—Puede que vaya a preguntar una tontería, pero ¿no existen otros móviles?

—Es un negocio. Nadie organiza una operación si no va a obtener ganancia. Espían a las familias que sospechan que pueden pagar, lo cual tampoco es una garantía porque sus informadores son de los mismos sitios, y *han* habido secuestros basados en errores, mentiras y envidias. Esos acaban muy mal. Cuando descubren que no hay plata dejan de tener motivo para mantener a la víctima, y menos para arriesgarse a una posible identificación. Esas no vuelven. Ojalá y las encuentran en un río un tiempo después. Pero además esta niña no vivía en un condominio privado, no viajaba con chofer, nadie la atraparía por dinero.

Andrés se cierra más en sí mismo. Ethan se levanta, estira las piernas y se establece un tenso silencio hasta que apunta lo que todos están pensando.

—El problema es averiguar cuál fue el motivo.

El detective carraspea ante lo que va a explicar.

—En este país desaparecen muchas güilas por desgracia. No es seguro que anden solas por la calle. Supongo que sabrá, se trata de una plaga, es terrible.

—Algo he leído.

—Si me pregunta a mí, el motivo principal para una desaparición como esta, digamos, no es un secuestro, sino una violación. Si un grupo de mareros la asaltó para divertirse…

—«Divertirse» suena un poco ligero para una violación.

—Pues ya le va a tomar costumbre. Si la atacaron y la chiquita peleó, y aun si no peleó y uno se fue muy bravo, con la *peda* de fumar piedra o así, lo más probable es que esté enterrada en cualquier vertedero y aparezca hasta que la descubra un maje. Si no fuera eso, los otros motivos más habituales son una venganza privada, abusos dentro de la misma familia… todos para mí acaban en el mismo punto.

—Está muerta y no la vamos a encontrar.

—Esa es.

—Pero nada de eso coincide con lo que contó su amiga.

—Tanto así. Por eso lo pienso como le digo. Digamos, cuando un solo detalle no se corresponde con todos los demás, es el primero que pongo en duda.

—No es un detalle, es nuestra única versión. No hay otra. ¿La entrevistó?

—No bien me contrataron.

—¿Y qué le dijo?

—Ahí tiene la grabación. Lo mismo que ya sabe. Un auto, unos hombres que la llamaron por su nombre… es un secuestro profesional, de los que hacen para un objetivo vigilado y preparado. Y también como los que se ven en las novelas. Es fácil de inventar para una niña. Podría ser si ya *pidieran* rescate, pero no es así. Y me puede creer que eso es lo primero, no se tardan ni minutos en llamar.

—Seguiré planteándolo como un secuestro. ¿Qué posibilidades nos abriría?

—Lo obvio es esperar a la llamada y negociar, es lo que da más seguridad para recuperarla. Como no podemos, sería perseguir al grupo que *puedan* haberlo hecho, pero se esconden muy bien, es muy difícil detectarlos, pueden ser tres, cuatro personas, y les basta con tener una bodega para encerrarla. Es buscar una aguja en un pajar, y le suma que muchas veces son policías, y que si pagaron mara, es lo mismo que decir que los protegen. Eso no significa que no podamos actuar contra ellos, con la mara es tan fácil como que todo se repara con plata, pero puede ser demasiada para nosotros. Si es capaz de explicarme qué tanto es así que alguien hiciera esa inversión por esa niña, yo podría pensar en los siguientes pasos.

—Creí que me iba a dar respuestas, no a pedírmelas.

—Avatar. Me está pidiendo que me crea una idea inverosímil y se queja de que no le pueda dar respuestas sobre ella.

—Póngase en mi lugar. Si he venido hasta aquí solo puedo aceptar que está viva.

El detective recupera la sonrisa.

—Me acaba de ganar. ¡Jajaja! No se me ocurrió un argumento tan bueno. Le puedo discutir todo menos eso. Está bien, gana, yo pensaría lo mismo. Vea, yo ya me he planteado todas las opciones posibles. Si le digo lo que pienso le diría que ha sido un familiar o alguien próximo, pero de nuevo eso sería asumir que está ultimada, y sé que no quieren aceptarlo. Si me quedo con que sigue viva, la única opción es buscar a quien la tenga ahora. Si no han pedido rescate es que otro por ella, y con el tiempo que ha pasado, digamos, ya *tuviera* que haber cambiado de manos. En casos similares no las retienen más de veinticuatro horas. Si buscamos al cliente evitaremos molestar a la mara y enfrentarnos con una banda de secuestradores.

—Empiezo a pensar que ha hecho los deberes. ¿Y quién podría pagar por algo así?

—Descartando el entorno cercano nos queda la trata de personas. Pienso en pederastas, adopciones ilegales en el extranjero, pero ya era demasiado mayor, robo de órganos o prostitución, y para eso tienen más facilidad en zonas rurales. Yo no apostaría por las dos últimas.

—De acuerdo. ¿Cuándo empezamos las pesquisas?

—Le esperé para consultarle, pero no para trabajar. Mis chicos ya llevan una semana en ello. Si se tratara de una red incluso *tuviéramos* suerte, para ellos es mercancía y la podríamos recuperar. La sacarían por la frontera y ya andaría fuera, han pasado demasiados días. Eso no ocurrió. Eso no lo pueden hacer sin la ayuda de ciertos funcionarios que cobran las mordidas, y mis contactos con emigración son sólidos. Ya pagué los pesos por preguntar, y no *han* habido movimientos.

—¿No existe la posibilidad de que la puedan trasladar sin el control de los aduaneros corruptos?

—¿Y para qué? No es un solo viaje, es un negocio. Se juegan demasiado, así es más seguro y barato.

—¿Y un particular?

Calvo se lo piensa unos instantes y asiente dándole la razón.

—*Seh*, un particular en su carro que cruzara con la güila escondida… Sí, *pudiera* ser. Entonces les puedo devolver su plata y volvernos cada uno *pa* su choza porque ahí sí, ya es igualito que si estuviera muerta. Nunca más la veremos. Ya tan lejos no puedo llegar.

—Tiene razón. Partamos de que no la han sacado del país.

—Eso estuve pensando estos días. Quién iba a pagar desde dentro. Para vergüenza nuestra y suya, aquí se ocultan gringos y europeos que vienen a buscar niños. Por lo general no necesitan recurrir a la fuerza, en *todo lado* hay gente tan pobre en dinero y moral como para ceder los suyos, no voy a entrar en esas cosas, pero si uno de esos la conoció, se encaprichó y tiene la plata… ya he conocido más casos.

—¿Y tiene algún modo de acceder a ese mundo?

—Me extraña. Ya tengo a su candidato. Hay un gringo que lleva más de cinco años entrando y saliendo por todos los países de Centroamérica. Dos veces han estado por echarle el lazo y se ha escapado. Lleva tanto que se convirtió en el eje de los grupos de pedófilos. Digamos, lo contactan y él los mueve y los informa, y le pagan bien. Vive de eso. Lo he localizado otras veces pero durante meses se desapareció. Cuando me trajeron el caso lo primero que hicimos fue rastrearlo y por fin lo encontraron mis chicos ayer. Si me da otro día para asegurar las fuentes y confirmar sus horarios, podemos irrumpir en su casa.

—Me parece perfecto.

—Entonces mañana le llamaré para concretarle. No me parece la mejor pista pero es la única que le puedo ofrecer. Por última vez se *los* repito, yo sé lo que les cuesta pagar este servicio, y me considero honesto y no quiero engañarlos. Por ahí no la vamos a encontrar. Si me dieran permiso para investigar a la familia o la clica estoy seguro de que sacaría algo, y solo me *faltara* averiguar por qué mintió la otra pequeña, si por miedo o encubrimiento. Casi siempre es un adulto cercano, y si fueron mareros también lo sabré. Al menos podrán enterrarla. Si no es consuelo, que sea el alivio de acabar la incertidumbre.

Ethan acepta la peculiar honradez de ese truhan y de alguna manera se le hace simpático.

—No se preocupe más. Vamos a por ese bastardo. Ha hecho un gran trabajo.

Tras la visita, Andrés le invita a quedarse con él y acompañarle a inspeccionar sus comercios, algo que él agradece frente a la alternativa de volver con doña María y la parejita mientras Michelle trabaja. De camino recibe contestación de Ari: lo saluda, le menciona sus avances y le pregunta por su adaptación a ese mundo. La lectura le provoca alegría y un cierto vacío en el estómago, y a pesar de reducirse a dos sencillas frases, las relee varias veces como si guardaran un mensaje oculto.

Lo primero de lo que le habla Andrés es de la confianza.

—¿Qué opina del detective?

—Conoce su trabajo mejor que nosotros, de eso no hay duda.

—¿Qué tanto se fía?

—Tanto como alcance su tarifa. ¿Por qué me preguntas eso, no lo has contratado tú?

—Yo no cubro todos los gastos. Fue idea de Michelle.

—Pero no lo habrá pagado ella sola.

—Discúlpeme porque bien sabe que no me gusta entrometerme en la vida de los demás, pero ¿se fía de mi hermana?

—¿Crees que oculta algo sobre el caso?

—Pienso que no. Pero no es solo eso, ella siempre vive con sus mentiras. ¿Cómo la ha encontrado estos días?

—Aún no lo sé. No entiendo lo que le ocurre. Bueno, es fácil de imaginar, pero aun así. La veo demasiado entera. Apenas hemos hablado.

—No sabe lo que piensa. Nadie sabe. No la vio la primera semana, andaba enajenada, olvidaba las cosas, las confundía. Pasó tres días sin probar bocado. Yo la vigilaba, sobrevivía por el café, la quise llevar al hospital pero ella tenía miedo de que la drogaran y olvidarse de Michi. Aceptó comer a cambio de que no la internaran. Cuando al fin usted anunció que venía, renació. Lo convirtió en su salvador.

—Yo le expliqué la situación real y pareció comprenderla.

—Sigue sin conocerla. Lo idealizó. Ahora se sostiene por esa ilusión. Es como si en su cabeza todo va a acabar bien porque usted ha llegado. Entiéndame, yo pienso que llamarlo era lo más inteligente, pero me da miedo lo que puede pasar si al final acaba como sabemos que puede, Dios no lo permita.

Andrés se debate antes de volver a hablar.

—Cálleme si lo merezco, pero ¿de verdad usted la quiere tanto? Perdóneme, pero es tan extraño… tenerlo conmigo, buscando…

—Tranquilo. Prefiero que preguntes. No he venido por Michelle, es Michi a la que busco. Es mi obligación. No hay más motivo. Y no voy a parar hasta encontrarla.

Andrés muestra emoción poco común en alguien tan reservado.

—Estoy tan agradecido de tenerlo aquí. Me... su caridad me conmueve porque nada le obliga a acompañarnos. La niña, usted no la vio estos años, tiene un don. Es distinta al resto de la familia, mejor que cualquiera de nosotros; tiene un talento para socorrer a la gente. Es especial como lo fue mi abuela.

—Michelle me contó de ella. Vuestra familia era... ¿húngara?

—Sí. Mi abuela era un ángel, pero mi mamá... Qué importa, el Señor ha bendecido a esa niña y yo no voy a renunciar a mi responsabilidad de tío. Ya vio que la creen muerta, que prefieren que lo esté para no remover las cosas. Viven con miedo. Yo no los temo, no me importa más que recuperarla, estar en paz con Él, conmigo mismo. Si me han de matar moriré tranquilo, sin la vergüenza de la cobardía.

El viaje termina en un bar con paredes de lienzo ajado y suelo en damero granate y crema, una arquitectura de principios de siglo xx de la que quedan pocos ejemplos, como del mismo público del local, todos varones de edad superior a Andrés, que al acudir allí se salta los rígidos mandatos de su iglesia aunque no pruebe el alcohol. Ethan le acompaña por compromiso, resintiendo el cansancio acumulado, y la visita se alarga por horas que se le hacen inacabables entre charlas de fútbol, partidas de ajedrez a las que dos de los parroquianos parecen adictos y una peculiar ausencia de comentarios sobre mujeres o sexo, temas no adecuados para su gusto. El ánimo tradicionalista, austero y en cierto modo solemne de Andrés parece extenderse a sus colegas, entre los que Ethan se aburre. Los jugadores se enzarzan en una partida tras otra y el tablero parece el mismo reloj por el que los presentes se rigen. Cuando el último juego finaliza, todos se recogen y Ethan, el único con cerveza, lo celebra entre bostezos.

El clamor de la escuela se había apagado. Aún se oían gritos infantiles a lo lejos, pero la zona se encontraba libre de apariciones indiscretas. Por fin, después de la mala racha, la suerte parecía sonreírle. Se cargó de paciencia y mantuvo la vigilancia, inmóvil e invisible. Era muy bueno en su labor, preciso y sin errores, por eso lo contrataban. Nunca había recibido una visita de la policía, nadie lo había relacionado con las desapariciones y seguía cruzando Latinoamérica limpio de antecedentes, pero eso se debía a sus precauciones y las había relajado en exceso. Decidió reimplantar todas sus rutinas de seguridad para recuperar la confianza.

Las horas de espera dieron resultado y la niña apareció con la compra, pero, como si la fortuna aún quisiera ponerlo a prueba, la acompañaba una amiga que se debía de haber encontrado en el abarrote. Se planteó posponerlo otra noche, pero decidió seguir adelante y no arriesgarse a permanecer expuesto por aquel poblacho. No era la primera vez que se enfrentaba a una situación similar, y bien pensado no le molestaba la idea de hacerse con un segundo paquete para su disfrute. Por eso mismo su acercamiento fue más sinuoso de lo habitual y estuvo a punto de perderlas antes de que alcanzaran la curva que lo protegía de las primeras viviendas. Cuando iban a sobrepasar el límite que se había impuesto, apretó el paso y consiguió situarse a su par, descubrió la barra y asestó un golpe seco en la nuca de la acompañante, que se desplomó según su cálculo. Antes de que la pieza reaccionase, le cubrió boca y nariz con el pañuelo y le inyectó el calmante en el cuello. La niña pataleó y tuvo dificultades para atajar las latas de comida sin que golpeasen el suelo. Manteniendo la calma, la alzó y la trasladó en volandas cargando la bolsa en la otra mano para no correr más riesgos, la operación era la prioridad y no podía comprometerla. Alcanzó la cabaña en ruinas y atravesándola llegó al camión escondido entre la maleza. Los esfuerzos de la pequeña iban perdiendo intensidad a medida que el químico surtía efecto y pudo introducirla con relativa facilidad. La subió al colchón y aún forcejearon unos instantes hasta que la ató y amordazó con el cuidado necesario. Por fin, cuando aseguró el objetivo, decidió volver a por la otra y desaparecer de allí sin despertar sospechas.

Se deslizó de nuevo por los matojos y, tras comprobar que la carretera permanecía vacía, se asomó para descubrir horrorizado que el cuerpo había desaparecido. Se quedó petrificado unos instantes antes de tomar una decisión. Era imposible que se hubiese recuperado con tanta facilidad. Volvió a comprobar su reloj, toda la operación no le había llevado más de cinco minutos. Había frenado la descarga del golpe para evitar matarla y dominaba la técnica para conocer el daño que causaba, esa mocosa no debería haberse despertado hasta encontrarse muy lejos de allí, asegurada y preparada para su uso. Tal vez se escoró en el último momento y evitó parte del impacto, pero no, él se habría dado cuenta, él no se equivocaba. De pronto su mente se esclareció y corrió desesperado al vehículo para escapar de aquella montaña maldita. La habían recogido. Estaba claro, cómo no se había dado cuenta, algún podrido campesino pulgoso muerto de hambre habría bajado a buscar algo con lo que tomar, que era lo único que hacían esos *indios*, la encontraría tirada y se la habría llevado. Eso había ocurrido, pensaría que le había pasado cualquier cosa y la habría trasladado al médico o al curandero o lo que tuvieran esos *indios* atrasados, y trató de reír con la idea, pero no se encontraba de humor. Tenía el tiempo que la furcia tardara en recobrarse y explicar que iba acompañada. Se encaramó desde su asiento, comprobó que el bulto seguía inconsciente y arrancó ansioso por dejar aquella aldea hedionda antes de que un policía pueblerino escuchase que habían agredido a dos niñas y decidiese hacerse el héroe.

Si le persiguieran tendría que matarlos, se dijo, como tenía que haber matado a aquel *indio* cerote que lo retó desde su ventana, y con la garantía de encontrarse ya en pleno descenso, camino de la autopista, repitió a gritos con intención denigrante:

—¡*Indio, indio*! ¡Todos son unos *indios*! ¡Tenía que haberlo matado! —Golpeaba la lámina superior de la cabina para despertar a su rehén, aunque sabía que no era posible—. ¡¿Lo oís, puta?!—Si su amiga era capaz de decir algo tenía que desaparecer, tenía que alcanzar la ciudad y ya no lo encontrarían nunca—. ¡Puta, maldita puta! —Volcaba su frustración con el volante—. ¡Indios! ¡Hijueputas indios, cochinos, sucios! —Convertía el término en un insulto racista que dedicaba a personas con su mismo color de piel—. Y vos te salvás porque sos un encargo, si no ya ibas a aprender a temerme. —Cegado por su odio a aquella ladera en la que todo le había salido torcido—. La otra perra no sabe de lo que se libra. ¡Puta! —Esperaba que hubiera muerto, o que quedara malparada, impedida, deseaba con todo su rencor haberle dañado el cerebro de manera irreparable—. Todo lo que le pase, aún tiene suerte de no estar aquí la puta. —Y perdió de vista el bosque húmedo tapado por el humo que las chimeneas, cercando el paravientos, dobladas como serpientes, proyectaban manchando el aire, sucio y pastoso como el negro monólogo que vomitaba.

En el trayecto de regreso, Ethan se siente vencido. Andrés se despide y en el corto tramo hasta la cancela incluso le cuesta mantener el equilibrio. Michelle lo recibe tierna y atenta pero la escucha a través de un embudo invisible, y tras mantener una breve conversación que apenas comprende, se excusa para entrar en el dormitorio. Ella le ofrece mejor salir a tomar el aire y él acepta inseguro. Se asoman a la colonia ya oscura pero todavía, le tranquiliza irónica, segura para pasear; la bordean y ella demuestra haber acertado, la brisa le reanima por momentos. El diálogo crece como una hiedra, charlan sobre cualquier cosa y los temas se mezclan y saltan de unos a otros como si no tuvieran tiempo suficiente en una vida para tratar todo lo que los conecta. El encuentro le reanima y Michelle le invita a cenar «formalmente» entre las risas de ambos, ofreciendo el coche de Beto si es capaz de soportar el bochorno y con el compromiso de dejarle pagar a ella. De hecho ya ha elegido un restaurante que le quiere mostrar. Ethan está a punto de aceptar, pero sabe que, a pesar de su aparente recuperación, el agotamiento no le va a permitir llegar al postre y le pide que lo trasladen al día siguiente. Se despide por segunda vez dejándola resignada y algo solitaria y entra en la habitación extraño, casi ingrávido, en un estado de irrealidad que lo domina como si no hubiera dormido desde el aeropuerto. Consigue desnudarse con movimientos mecánicos, se tumba sobre la colcha sin apagar la luz, tratando de aclararse sobre los últimos acontecimientos, y antes de descansar la cabeza en la almohada su consciencia se desvanece en el olvido.

Como le ocurriera la noche anterior, Michelle descubre que no puede dormir. Hace ya dos semanas que apenas duerme, desde que desapareció su pequeña, y agradece a su piel la discreción con que oculta el desgaste, pero estas dos noches la razón ha cambiado. Por primera vez desde que arrancó su pesadilla se ha sentido reconfortada, y ha sido la presencia de Ethan la que la ha tranquilizado. Michelle cierra los ojos y vuelve a sentir los abrazos que él le ha regalado y cree poder oler de nuevo su pecho, el aroma dulce y amargo de su hombría, y un cosquilleo asoma en su interior. Le apena no haber tenido aún más tiempo juntos, y también lo teme, el momento de las preguntas que, sabe, tarde o temprano llegará. Ethan queriendo saber todo, Ethan sin darle espacio para respirar. Y vuelve a centrarse: ese es el Ethan del pasado, era otro hombre en otro momento, un ser con unos potenciales maravillosos que no supo explotar y al que perdían sus debilidades. El que descansa a pocos metros de ella no es aquel. Este Ethan ha reinstalado el orden en su vida con su sola presencia, él ha aflojado el nudo que aprieta su garganta desde que le robaron a Michi. Y siente fuertes ganas de sentarse con él y charlar de nuevo, sin miedo a las preguntas porque él ahora no necesita respuestas, es un hombre de verdad y la quiere junto a él en su presente, compartiendo sus sentimientos. La envuelve un ligero vértigo por las sensaciones que nacen en su vientre y la emociona la posibilidad de sentarse juntos a oscuras y expresarse como dos entes libres, oírse y acompañarse, apoyar su cabeza en su recio pectoral y sentir cómo su nudo se relaja, cómo su carne se abre libre de la tensión y florece. Tal vez debería ir a verlo, pagarle unos minutos de los que le debe. Llegar, conversar y volver a dormir a su cuarto liberada de la tensión que la atenaza. Sí, Ethan sabrá librarla de la tensión como ha hecho desde que llegó.

Cierra los ojos y lo visualiza. En su recuerdo vuelve a ser atractivo, como el día que lo conoció, puede que más. La memoria de entonces se sigue entrometiendo en el presente –ningún hombre la había tratado con esa ternura y esa comprensión–, y Michelle la ignora conscientemente. Este Ethan no es aquel. Ahora es grande, poderoso. Sus recuerdos obstruidos en el bucle neurótico del pasado: si era el hombre perfecto, ¿por qué no se excitaba con él?, es decir, sí se excitaba y tenían sexo, pero ¿por qué no se volvía loca?, ¿por qué no le habría seguido al fin del mundo como siguió a Randall? Con Ethan nunca tuvo la sensación de ser conducida por su señor, dirigiendo la situación. Sabía que, si volvía con él, todas las *doñas*, empezando por su madre, palidecerían envidiosas de que consiguiera un dueño como aquel: sí, mamá, nos vamos a casar y me iré a vivir con él, le vamos a dar una educación en inglés a la pequeña Michi para que no crezca en esta ciudad de miseria. Pero las palabras se las lleva el viento, y cuando llegó Randall ella volvió a encontrarse con un paladín que la dominaba de verdad, que le decía dónde debía ir y dónde no, que en realidad no le decía nada, pero ella lo adivinaba. Randall viajaba de un lado a otro libre como el viento y ella debía seguirlo, atenta para obtener un momento de su atención, para que no la olvidara. Así era Randall, tan artista, tan entregado, y ella debía estar allí presente, mostrarle su amor para que bajara a compartir su grandeza con ella. Pero se perdía a veces; ella sabía que no era culpa suya, él era disperso, lo rodeaban montones de perras que querían llevárselo a la cama, y tarde o temprano caía, no lo podía evitar. Vuelve a recordar la cama con Ethan, ningún hombre le había practicado sexo oral como él, no muchos se lo hacían, y ninguno con su tacto, con la capacidad de llevarla al multiorgasmo, pero eso tampoco le parecía muy masculino, y a pesar de las olas de placer que la barrían, no llegaba a sentirse cómoda. Ella arrodillada delante de su macho, eso era otra cosa, pero el hombre, el hombre bajando hasta su pubis nunca acabó de parecerle correcto.

Era una cuestión de vibraciones, siempre lo supo y ahora lo tiene claro. Ella y Randall vibraban en una frecuencia complementaria, como el padre de su hijo, era una lástima que los hombres que había conocido en su misma vibración fueran unos buscavidas que no supieran amarla y la abandonaran de aquella manera, cuando ella había tenido tantos pretendientes, tantos como le siguen saliendo. Michelle sabe que tiene una vibración malva, una vibración muy femenina que excita la masculinidad, su madre le enseñó que no era culpa de ellos y debía perdonarlos, que incluso su padrino no tenía culpa si ella emitía esa vibración y ya casi se había convertido en una mujercita, que el buen varón no era capaz de controlarse porque él mismo vibraba con un rojo de pasión, y seguramente por eso se le había acercado de aquella manera con su primera sangre, los besos, sus babas cubriéndola y sus manos buscándola, y a fin de cuentas, por suerte, no había llegado a hacerle nada malo. Debía agradecerle esa contención. Fue entonces cuando Michelle aprendió la atracción que provocaba en ellos, y conoció el miedo de andar por la calle, a los gritos e insinuaciones de cualquier desconocido, a los tocamientos agresivos, a no poder volver sola de una fiesta por el riesgo de un ataque, a aceptarlo como una carga gracias a su madre, que le explicaba que ellos no tienen malicia, es su naturaleza, que la culpa era de la hembra por encender su virilidad, y al mismo tiempo era el poder que tenía para manejarlos, y que ella por su atractivo era la más culpable de todas, y también la más poderosa. Y aunque Michelle luchó durante años por huir de esas enseñanzas hasta escapar de su patria, la impronta que se recibe en la infancia es muy difícil de erradicar.

Michelle vuelve sobre Ethan y recuerda cómo estudió su vibración cuando estaban juntos. La vibración de Ethan era anaranjada como un durazno, suave y tierna como volver al hogar, pero sin la autoridad que ella necesitaba para ser manejada, como le habían inculcado. La vibración de Ethan era un espacio en el que podía descansar y recomponerse, pero su vibración malva, tan femenina, necesitaba un complemento más enérgico, como la vibración azul marina de esos dos amantes que ella había perseguido y la habían despreciado. Tan egoístas pero tan machos.

Lo que llama la atención de Michelle desde que se reencontraron es el cambio en la vibración de él. Ella sabe perfectamente que las vibraciones evolucionan con la edad, que el tono rosado de su malva se fue perdiendo a medida que abandonó su doncellez y que desde su maternidad se convirtió en un violeta cada vez más saturado, pero al volver a ver a Ethan juraría que la base de su vibración es distinta, no solo ha cambiado de tonalidad, sino de color. Sabe que lo tiene que investigar con la lectura de sus piedras, pero casi podría jurarlo, Ethan vibra en otro color. ¿Podría ser que un hombre cambie tanto? ¿Podría ser que él se convirtiera en el compañero que realmente necesita? Si no lo conociera y lo viera por primera vez, estaría segura de que su vibración es azul, aún no sabe de qué claridad, pero azul definitivamente.

La necesidad de sentarse junto a él y aspirar su aroma crece dentro de ella como un capullo que despunta y colma su interior, que casi la angustia. Por momentos la urgencia de sentir su abrazo es casi dolorosa, y recuerda su viejo interrogante: sería un buen padre, no es lo que yo necesito, sino lo que necesita Michi. ¿Y qué haría ahora? ¿Cómo conjugarlo con su nueva situación, cómo la cambiaría? ¿Qué le contaría a él o a…? Entierra esas ideas confusas y la iluminan memorias olvidadas de él jugando con la niña, con las raras sensaciones que le producía verlos, ¿por qué jugaban tanto, por qué estaba siempre con él? Se arrepiente de habérselo recordado, que no era su papá de verdad, se arrepiente de sus celos y también escapa de esas realidades. Algo la mantiene despierta, algo más allá del miedo y los nervios, más allá de encontrarse juntos en otra época. La conexión se establece esa noche y lo sabe. Confía en su intuición, confía en los centros vibratorios que le describen sus piedras, y decide que debe compartir con él, recibe el eco de la energía entre ambos, que vuelve a fluir y la empuja a acercarse, aunque se responde que no es sexual, no tiene nada que ver, es la llamada de la energía que confluye, la energía positiva de ambos que se convierte en una columna de luz blanca que sube al infinito y los une. Cuando sale de su cuarto cae en la cuenta de que con la excitación del momento no ha pensado qué hacer si su cuarto está apagado, si él duerme; se pregunta si debe despertarlo, pero se tranquiliza pensando que su intuición no se equivoca y es la madre Pachamama que le manda la energía la que va a hacer que él la espere, que se mantenga despierto como ella sin conocer el motivo, que no es otro que volver a vivir la comunión de sus energías, que son dos luces, la de ella blanca y la de él azulada, pero sin sexo, el sexo no tiene relación con este... y en ese momento comprueba que su intuición no se ha equivocado, como siempre, y por eso la ha mandado a buscarlo, pero no por su unión energética, sino porque la necesita de algún modo. Ethan está en peligro aunque aún no comprende cómo.

La puerta de su dormitorio está abierta y la lámpara colgando del techo alumbra mientras se tambalea de un lado a otro, como si la hubiera golpeado, el catre vacío y las sábanas revueltas, la maleta abierta y desde cierto punto unas gotas de sangre que marcan un camino directo al patio. Michelle se asusta de la sangre, pero la curiosidad es mayor que el miedo y la empuja a seguir el rastro, que conduce al aseo exterior, junto a la valla trasera, que también tiene la luz prendida y la puerta entreabierta, por la que puede observar una sombra, la inconfundible sombra de Ethan bajo la bombilla, inmóvil frente al pequeño espejo.

Michelle se acerca cada vez más asustada, porque comprende que algo en esa figura, en el modo de moverse de Ethan, que acerca y aleja las manos de su rostro como hipnotizado, no es de él. Ethan está de pie, delante de ella y, sin embargo, algo en él no le pertenece. Y la nuca se le eriza a medida que se acerca, pero no se detiene, se olvida de energías y creencias y se enfrenta sola, bajo el brillo naranja de un filamento incandescente en la oscuridad nocturna, al rostro de su antiguo novio, que surcan ahora tres rajas longitudinales por las que brillan unos hilos de sangre que gotean hasta el suelo. Horrorizada observa cómo Ethan, con la mirada fija en el espejo, los ojos en sí mismo sin llegar a verse, centrados en algo más allá, algo inexistente al otro lado de esa pared, levanta la mano de manera mecánica y se mutila el rostro con su cuchilla de afeitar sin un gesto. Michelle no se atreve a gritar, sintiendo de manera real su dolor, y temor por lo que le pueda estar ocurriendo. Luchando con el pánico que la paraliza, se aproxima y le detiene con delicadeza la mano, que no lucha. Ethan se queda así, inmóvil como un muñeco al que se le acabara la cuerda, con la mirada perdida en su propia imagen, las pupilas inertes y el gesto rígido, sin otro movimiento que su respiración, sin parpadear durante un lapso antinatural. Ella consigue preguntar con un tono apenas audible.

—¿E-Ethan? ¿Eres tú? ¿Estás bien?

Ethan responde con tremor gutural. La palabra del sueño que nace de su pecho.

—Ella está viva.

Michelle aguanta el llanto tratando de mantener el silencio. Con ambas manos se tapa la boca y las lágrimas las cruzan hasta bajar por su cuello.

—¿Michi?

—Sí. Ella está viva, pero sufre. La sala es muy extraña, casi no la entiendo, como un aula de escuela antigua. —Y cierra los ojos volviendo al silencio, como si vacilara. Michelle llora por su hija, por él, por el dolor que ve y recibe—. Sí, creo que es el aula de una escuela. Las ventanas son estrechas y muy altas, de madera, pero no entra la luz. Michelle tiene mucho miedo, y la otra niña también.

—¿Está con otra niña? ¿Las dos están bien?

—No, aún no ha llegado. La otra niña tiene mucho miedo, y su voz le llega a veces, pero aún está muy lejos. Ellos están contentos de eso, es lo que esperan.

—¿Quiénes son ellos, son los que la han secuestrado?

A medida que habla su timbre se torna grave, extraño a él, como un trance que absorbe sonidos de otro mundo y los transporta por su boca. Algo deja de ser él y la sensación de escuchar a otro ser incrementa el miedo de ella.

—No lo sé. Ellos están allí. Sus almas son negras, siniestras, pero uno es peor. Creo que no pertenece al mundo real. Los demás no lo ven, no saben que está con ellos.

—¿Y Michi, ella lo sabe?

Antes de que pueda responder, algo la sobresalta por la espalda.

—¡Michelle! ¿Pero qué ocurre aquí? —Su madre, cubierta con el batín, se acerca y observa horrorizada a Ethan.

—¡Virgen santa! ¿Pero qué le ha pasado a este pobre muchacho? ¡Cristo bendito, si está todo cortado! ¿Y usted qué hace que no le ayuda? ¿Por qué no sos capaz de hacer nada bueno? Despertá *m'hijo*, tranquilo que estás soñando, es una pesadilla, tenés que despertar, bonito.

Se acerca a trazarle una cruz en la frente como a un niño, pero Ethan la enfrenta con los ojos abiertos y vueltos, vacíos, lechosos.

—No lo es. Ella está viva, ahora, en este instante, encerrada en aquella prisión.

La señora salta hacia atrás espeluznada, como enfrentada al mismísimo ángel de la muerte. Aun así, mientras se santigua acierta a preguntar, más por confirmar que sigue siendo él y no corren riesgo que por conocer la respuesta.

—¿Cómo sabés, amor?

—Ahora mismo yo estoy allí. Con ellos.

3

CARIBE

Don Juan, tras escuchar atentamente todos los detalles, concluyó
que yo sufría de pérdida del alma. Le dije que tenía estas alucinaciones
desde la vez que fumé los hongos, pero él insistió en que eran cosa nue-
va. Dijo que antes yo tenía miedo y «soñaba cosas sin sentido», pero
que ahora estaba en verdad embrujado. La prueba era que el ruido de
los aviones en vuelo podía arrastrarme. Por lo común, dijo, el ruido de un
arroyo o de un río puede atrapar a un embrujado que ha perdido el
alma y arrastrarlo a su muerte.

Carlos Castaneda. *Las enseñanzas de don Juan.* 1968

En la mesa de desayuno todo es silencio. Doña María retira del
agua los tamales que había preparado como agasajo para el invitado, pero ningún comentario saluda su actividad. Leidy y Beto, que
esta vez han decidido acompañar al resto, continúan hipnotizados
con la luz que asoma por la rendija del baño, donde Michelle ha
vuelto a conducir a Ethan para curarle el corte que se ha reabierto
al tomar el café. Sobre el hule aún se distingue el bermellón de la
sangre, que no ha terminado de desaparecer, y tres gotas intactas en

el suelo señalan su trayecto. Cuando se abre la puerta, la pareja ya ha devorado la mitad de su plato y la madre, que no ha tenido cuerpo para tocar el suyo, se levanta para servirles.

Ethan les sonríe y se sienta, pero nada cambia en ese silencio que pesa como una mala noticia. Doña María le explica algo sobre el chile y le invita a condimentarlo con cierto tiento, y él agradece el exotismo de ese plato habitualmente reservado para Navidad, pero cada frase empeora porque suena ajena y forzada. Por fin los novios se levantan, salen bajo cualquier excusa y a doña María se le dibuja un puchero antes de hablar.

—Le... ¿le duele?

Ethan soporta tres gasas unidas por vendas que le cruzan toda la cara sobre tres tajos profundos, y una independiente sobre otro más superficial, que es el que se le ha abierto varias veces.

—No, con el calmante apenas lo noto.

—¿Y... y cómo se verá?

—La enfermera dijo que alguna señal quedará, pero que sería hasta atractiva, ¿te acuerdas, Michelle? —Ethan ríe un poco y los cortes le tiran por las mejillas. A Michelle en cambio no le hace gracia.

—Sí. Vieras mamá qué descarada. Lo estaba ligando sin pena ninguna.

—Por suerte tengo seguro de viaje y no hubo ningún problema. Además con esa nueva cosa que me pusieron ya no hace falta ni quitar los puntos.

—Adhesivo cutáneo.

—Eso, gracias. Se caerá solo.

Pero doña María no participa de su tono distendido. Se aclara la garganta y la voz se le desdibuja por momentos.

—Hijo mío, yo sé que ha venido a ayudarnos y Dios me le proteja y me le bendiga en todo lo que haga, pero eso que pasó anoche no es de Dios. Yo no sé si es por mi hija, que ha faltado en algo al Altísimo...

—Mamita, yo...

—¡No replique! Esto ya lo hablamos usted y yo, Michelle. Yo no sé qué fuera aquello de anoche, pero no era católico, y don Ethan, usted me perdone, pero no es verdad que hablaba con ninguna niña. No puedo saber qué era, pero casi me lleva el alma del susto, y yo tengo aquí al hermano de ella, y las veces que viene su novia, y los dos son inocentes y yo no puedo permitir que vean esas cosas. En mi casa no.

—No se preocupe, señora, ya lo habíamos previsto. Mientras me atendían llamamos a Andrés, y vendrá a buscarme en un rato. Él me ha encontrado otro lugar y voy a seguir las gestiones desde allí. Les vendré a ver a diario para contarles, pero creo que es lo que tenía que haber hecho desde el principio.

—No sabe cómo lo siento, *m'hijo*, y qué dicha si no fuera así, pero...

—Tranquila. Es mejor para todos.

Michelle, que ha pedido un cambio de turno para atender a Ethan, se queda junto a él y no le permite moverse mientras le prepara la maleta, lo cuida y le acaricia la cara para dulcificarle el dolor. Ethan, adormilado por el calmante, se deja hacer y apenas comentan banalidades, ninguno vuelve al tema que pende como un fantasma sobre ellos. Qué ocurrió la noche anterior.

A la hora del almuerzo Andrés se libera lo suficiente del negocio como para ir a buscarlo y por fin se despiden de las dos mujeres, ya que Michelle entra a su turno.

—Hoy saldré muy tarde, querido, pero me gustaría tanto verte mañana y poder hablar más descansados. Y recordá que te debo una cena. —Y sella su frase con un beso muy dulce en el poco espacio libre que muestra su rostro.

Por el camino, Andrés le explica que le ha localizado un apartamento que se renta por semanas y se encuentra en una de las expansiones modernas de la ciudad, un lugar lejano de la influencia mara, algo que alegra a Ethan, pero para su sorpresa donde se detienen es en un hotel de gama media en pleno centro. Andrés le pide paciencia y sin explicarle más pasan por recepción, donde recogen la llave de una habitación ya alquilada. Ethan le sigue confundido.

—¿Qué significa esto?

—Pues lo que yo siempre pensé que teníamos que hacer, pero se empeñaron en que se quedara en la casa; con su permiso, a mí me parecía ridículo que venga para estar allí atrapado.

—Y a mí, pero no entiendo qué hacemos en un hotel si íbamos para un apartamento.

—Eso ya también lo tengo cerrado, pero aquí le dejé cuatro días pagados, y también tenga para este, que se guarda abajo, en el parqueo, el muchacho sabe cuál es.

Y le entrega la llave de un coche.

—¿Pero te has vuelto loco? No pienso aceptar nada de esto, no voy a dejar que lo pagues todo como si fuera tu invitado.

—Es menos de lo que piensa, yo no lo pago todo.

—Me da exactamente igual.

Andrés lo toma por el brazo con delicada firmeza.

—Usted sabe cómo lo respeto, pero si me escucha se lo explicaré. Y luego ya decide.

Ethan cede y le permite seguir.

—Conozco un hombre. Él sabe más que nosotros, es muy listo, estudió mucho, fue inspector de policía hasta que se pensionó, es mi amigo desde niños y si me lo permite toda mi confianza está en él, yo le confío en todo, y él ya sabe, yo ya le conté y nos puede ayudar, gracias a lo más grande. Pero nadie puede saber, él ya me dijo, ni Michelle.

—Sigues sin fiarte de ella.

—No es ella, son los que la rodean. El Señor nos da libertad de elegir, y ellos eligen mal, por maldad o por ignorancia. Pero eso no importa, ya mi amigo aceptó ayudarnos, por eso lo llevé ayer para la partida del bar, para que él pudiera conocerlo, y así me dijo, que correcto, que se mandará, lo vio bien y le gustó. Yo sabía, porque Dios nunca nos deja abandonados y era su voluntad.

—¿Tampoco te fías del detective?

—Ni tan así, pero hay más modos de hacer las cosas, yo sé, yo lo he visto a mi amigo. Calvo investigará lo suyo, todos lo conocen, ya todos saben, pero mi amigo hará por su camino, y yo doy gracias por tenerlo con nosotros, ya verá como al fin y también agradece. Nadie más que usted debe saber, ni yo mismo.

Le muestra un nuevo teléfono básico que deja sobre la cama.

—Si acepta se comunicarán por este. Tiene grabado el número que él usa, así me dijo, y que no debe hablar con ningún otro, ni conmigo. Y cuando vuelva a casa de mi mamá no debe sacarlo del bolsillo ni mostrarlo, ni dejarlo en ningún lado ni aun guardado, ni dejarlo solo si Michelle le visita aquí.

—Tampoco se va a poner a registrar mi equipaje.

Andrés arquea las cejas dubitativo.

—Él me dijo de traerle antes al hotel y de dejarle el carro rentado, y así pues los primeros días se tiene que quedar aquí y después ya se podrá pasar al apartamento y ya, pues como ustedes decidan.

—¿Por qué?

—Él sabe. Si acepta me marcharé para avisarle y lo llamará de vuelta.

—Entonces tú no estarás en esto.

—Así lo dijo y yo le hago caso en todo.

Ethan se sorprende de encontrar esa confianza ciega.

—Si tú le crees, qué voy a pensar yo.

Se despiden y pasa un tiempo organizándose y dudando. No comprende el gregarismo de Andrés hacia ese enigmático personaje que actúa como un espía de telenovela, y se debate en esas cavilaciones hasta que un timbre ahogado le llama la atención. El nuevo terminal se desplaza vibrando sobre la colcha. El nombre del contacto en la pantalla se reduce a «*celular*». Durante unos segundos sigue su camino por los patrones de la tela hasta que decide descolgarlo.

—¿Aló?

—Buenas tardes, don Ethan.

—¿Quién llama?

—Puede decirme Suárez.

—Nadie del bar de ayer se llamaba así.

—Correcto. Pero ahí me conoció. Cuando me vea sabrá.

—¿Y eso cuándo será? No me gusta tanto el misterio.

—Pronto. Hoy mismo.

—Bien. Espero sus instrucciones.

—La primera es que nunca llamará a este número ni a ningún otro. Yo lo llamaré. Todo lo que quiera contarme puede hacerlo por mensaje, los leeré todos, pero no debe llamarme. Ese será nuestro código, si me llama sabré que ha sido comprometido y lo están obligando. Tampoco debe responder llamadas de otro número.

—¿Y si usted está comprometido? ¿Cómo lo sabré?

Suárez ignora la pregunta.

—Si quiere que nos veamos debe salir en veinte. Tome el carro que le dejaron y lo llamo en quince.

—¿Por qué tanto secretismo? Estamos buscando a una niña, no...

—Pienso que tiene una sombra. ¿Me dejará averiguarlo?

Recibe la sospecha como un jarro de agua fría. No le gusta el paternalismo de su interlocutor, pero tiene que darle la razón.

—Está bien. Esperaré.

En el garaje encuentra un Rav 4 gris perla, un *todocamino* muy extendido que no llama la atención por ningún motivo, y se sienta hasta la nueva llamada.

—¿Preparado para salir?

—Motor encendido.

—Correcto. Debe colocar el celular con el parlante y le iré indicando. Es importante que si lo siguen piensen que viaja solo y no habla con nadie. Y cuando llegue a donde le digo, esté seguro de que deja las puertas traseras sin cerrar, pero sin que lo vean. Eso es lo más importante.

—¿Como para que lo roben?

—Ya tenía que haber salido.

Ethan deja el teléfono entre sus piernas y sube la rampa. Continúa por una populosa avenida hasta una gran rotonda en la que descubre que el único modo de entrar es lanzarse en el primer hueco forzando a frenar a los que circulan por dentro. En el tiempo que tarda en decidirse lo sobrepasan dos taxis y recibe una lluvia de pitidos de los conductores que le siguen. Por fin la rodea y sale por la izquierda para llegar a una calle de menor envergadura pero mayor tráfico en la que la comunicación entre coches se convierte en una sinfonía: la gente se pita para llamarse la atención como un ladrido, los educados con un toque corto para ceder el paso y los beneficiados para agradecerlo, los hombres a las mujeres que caminan como un grito obsceno y los más frustrados a todo aquel que consideran un estorbo, incluidos los peatones, como si cualquier infracción que no sea suya la tomaran como una afrenta personal. Esos mismos son los que después lo adelantan invadiendo la acera si lo creen conveniente. Ethan siente un ánimo cambiante. El tránsito se mueve entre lo pintoresco y lo brutal.

—¿Pero qué ocurre? ¿Por qué pita todo el mundo así?

La voz de Suárez le responde desde el altavoz.

—¿Ha visto qué pequeña la tienen mis compatriotas?

Ethan no comparte del todo la observación. El volumen de las atestadas calles latinas supera con creces su tolerancia, pero esa misma confusión muestra su vitalidad a cada paso, como la misma selva reproducida en el ecosistema urbano. Bordea un enorme centro comercial con tiendecitas asomadas a su fachada como rémoras alimentándose de sus sobras y que vuelcan grandes amplificadores al exterior con música estridente y voceros anunciando sus ¡fabulosas ofertas!, y una marea de gente que cruza para entrar o salir incrementando el caos. Pasa junto a un camión que descarga en doble fila despreciando las imprecaciones que le caen, y a medida que sigue las instrucciones de Suárez se da cuenta de que está rodeando el edificio por completo. Frente a él, pasados unos minutos, vuelve a asomar el camión en descarga.

—¿Damos una vuelta de seguridad?

—Me facilitará el trabajo.

—De acuerdo. Lo he entendido. ¿Cuántas vueltas quiere que dé?

—Cuando lo necesite, le indicaré.

Acompañado por su guía, Ethan describe una vez más el mismo recorrido entre peatones que esquivan su carrocería y aún una tercera hasta que recibe la instrucción de entrar al garaje en la siguiente oportunidad. Cuando enfila el acceso, el camión ya ha desaparecido. Suárez le indica la planta a la que debe subir y, una vez allí, la plaza a la que debe dirigirse.

—Ahora marche a una tienda de repuestos de celulares muy grande que hay en la esquina opuesta y compre un cargador para el suyo. Después vuelva y le indicaré. No olvide no echar el seguro.

—No necesitaba el recordatorio.

Ethan cruza una galería entre espacios publicitarios que se le hace más ruidosa que la calle por las hordas de estudiantes que la han convertido en su particular barrio y trasladan allí, especialmente a la zona de comidas, su teatral modo de entender la vida, y por fin vuelve con su estúpida misión cumplida. Al abrir el coche comprueba que el seguro ha sido activado desde dentro y lanza un fugaz vistazo al asiento posterior, donde puede percibir un bulto tumbado. Se sienta y arranca sin traicionar su discreción. Una voz lo saluda desde atrás.

—Puede volver al hotel.

—Espero que la vuelta le haya dado resultado.

—Tiene una sombra. Por dicha es muy bruta.

Cuando aparca a salvo de miradas indiscretas, Suárez se incorpora para saludarle y Ethan lo reconoce con sorpresa: un señor de edad algo avanzada con una bonita cabellera cana y buena envergadura, se adivina el cuerpo de un atleta en su juventud, bastante pálido para los cánones locales y con una mirada dulce que en nada aventura al investigador que presumía. Se trata de uno de los jugadores de ajedrez de la noche anterior, alguien que en su encuentro previo se le antojó un profesor retirado o un sabio que vencía a sus amigos una partida tras otra con cierta condescendencia, un personaje que apenas discutió con los demás concentrado en su juego y que, adivina, también usó como coartada para camuflar su auténtico interés, estudiarlo a él.

—Un gusto verlo de nuevo, don Ethan.

—Eh… el gusto es mío. No me esperaba que fuera usted.

—Eso es bueno. ¿Qué le ha pasado en la cara?

—Es muy largo de contar.

—¿No nos incumbe?

—No nos incumbe. ¿Y bien?

—¿Y bien?

Los dos se analizan con la misma distancia.

—Esperaba que me contara. Estoy deseando oírle.

—No tengo mucho que contarle, y no debe demorarse en subir a su cuarto. Conozco el caso y tengo los detalles. Ya Andrés me explicó, y me pidió ayudarles.

—Eso me dijo. Y que era policía, aunque para serle sincero no lo parece.

—Correcto. Eso también es bueno.

—*OK*. ¿Y por qué va a hacerlo? ¿Le paga?

—No. Y a usted tampoco. ¿Por qué lo hace usted?

—Mis motivos son personales.

—Los míos también.

—Usted no tiene relación con esa niña.

—Y usted tampoco. Los dos ayudamos a Andrés, que es su familiar. Si está interesado en mi colaboración seguiré adelante, y si no, nos despedimos aquí. Ustedes buscan una chiquita y yo vine a observarlo a usted. A veces entendemos más mirando al que hace una cosa que a la cosa. Así aprenden los niños.

Ethan se siente invadido por su conversación a pesar del tono comedido y el rostro inmaculado, puede que justo por eso, por la clase de discurso que lo acompaña.

—De acuerdo. Explíqueme.

—Han contratado a ese detective. Es muy bueno, lo conozco.

Pero él siempre mirará por delante de ustedes, tiene que demostrarles que va primero. Yo en cambio puedo ir por detrás, buscando lo que se les queda en el camino. Por eso pensé que con el revuelo que le han montado desde que llegó, si tiene razón y sigue viva, lo fácil era que alguien lo espíe para ver qué ondas. Por eso el hotel. Por eso el carro.

—Me ha convertido en el cebo de mi propia investigación.

Suárez quita importancia al asunto con un encogimiento de hombros.

—Hice lo que no ha hecho su detective tan caro. Vigilarlo a usted en vez de al resto de la ciudad. Es más barato y ha dado mejores resultados. ¿No se dio cuenta por sí mismo? Pensé que se dedicaba a esto.

—En realidad estoy acostumbrado a seguir, no a que me sigan.

—Pues tenga cuidado. Aquí las reglas son otras.

Por un lado, reflexiona Ethan, sus consejos no son distintos de los de Calvo, pero en comparación le resultan impertinentes.

—¿Y qué ha averiguado? ¿Quién es mi sombra?

—Eso aún no lo sé. No tengo los medios de su detective, pero ya descubrí un carro, una placa. Necesito que estos días se haga visible, que se mueva. Eso me ayudará.

—Me quiere seguir usando de cebo. No sé cuánto me gusta su sistema.

—Usted siga su investigación y yo haré la mía. Cada uno llegará a una conclusión.

—Entonces puedo avanzar sin esperar a sus resultados.

—Yo les reportaré a Andrés y usted si obtengo algo. Si no, igual no pierde nada.

—Andrés dijo que no iba a estar en esto.

—Correcto. Si necesito ayuda lo llamaré a usted, no a él, pero igual tengo que reportarle. Es mi amigo. Es su tío.

Ethan responde con un dejo de ironía.

—Puede contar conmigo siempre que no le moleste que me sigan.

—Yo me ocuparé de eso.

—De acuerdo. ¿Buscará también en las maras?

—Si es mara solo le podrá ayudar Calvo, es el único que puede tratar con ellos. Pero a mí no me lo parece. ¿Qué le hace pensar que es mara? Ellos no lo seguirían como lo están haciendo. —Suárez le ofrece la mano—. Eso sería todo.

Ethan se la estrecha sin confianza.

—No estoy seguro…

—¿De que sea todo?

—De todo lo que me ha dicho.

—Correcto. Ya le dije que si no me quiere, nos despedimos y no volverá a verme.

—Eso no significa que no siga trabajando para Andrés.

A Suárez se le escapa el primer esbozo de sonrisa al sentirse descubierto.

—¿Y si es así?

—Entonces prefiero tenerlo cerca. Saber lo que averigua.

—Entiendo que eso es un acuerdo.

—Es necesidad.

—Nunca he visto acuerdos sin necesidad.

Ethan puede leerlo juzgando su actitud, analizando sus puntos débiles como si preparara una plausible confrontación. Se separan.

Pasa dormitando víctima de los calmantes hasta la hora de cenar, en la que se esfuerza por salir del hotel de manera palpable y marcar sus movimientos. Y se siente ridículo. Durante la cena, Calvo le confirma la cita para el día siguiente y se ofrece a recogerlo, algo que él declina educado. Y de improviso entra un mensaje que lo infarta: Ari le escribe. En ese preciso instante a través de miles de kilómetros, ella le escribe y la imagina de una manera casi mágica conectada a él, mirando su pantalla y preguntándole si está. Ethan se llena de una felicidad inocente, casi infantil, y responde de inmediato. Ella le explica que va a salir pero no quiere alargarlo y lo emplaza para tres horas más tarde si le parece bien, porque le gustaría charlar. De pronto la fecha se ilumina y todo lo sucedido, empezando por el encuentro con ese tal Suárez, se le antoja una gran noticia.

Por la noche, con los ojos cerrándosele, aguanta hasta que ella aparece. Comienza explicándole sus avances y Ethan siente su búsqueda como una conexión íntima, como una declaración maravillosa que no se ajusta a la realidad pero le ilusiona. En mitad del chat le entra un cariñoso mensaje de Michelle deseándole buenas noches y suspirando por no tenerlo cerca en ese momento, por no poder colocarle la mano en su corazón para que perciba cómo late gracias a él y lo hace zozobrar. Y durante unos minutos alterna dos conversaciones que confunden sus sentimientos. Ari no resulta melosa ni cercana, no es su estilo, pero su involucración le provoca una percepción de comunidad profunda, y Michelle no sale de la retórica del galanteo, pero su pericia en esos lances, rematada por una foto que le envía desde la cama lanzándole un beso en una estudiada postura que no muestra nada pero invita sobremanera a la imaginación, es capaz de atrapar la atención de casi cualquiera, y Ethan es más sensible que otros a sus esfuerzos. La suerte se vuelca hacia la charla con Ari y, cuando Michelle se despide, esa inconsciente excitación que deja en su mente se transforma en una mayor atención y detallismo en cada frase, derivando las respuestas hacia algo que acaba por convertirse en un coqueteo y que Ari termina con un brusco: *¿Te vas a poner a ligar conmigo ahora? ¿En serio? No me decepciones.* Ethan no llega a responder y ella se desconecta. Después de eso se queda un largo rato sin conciliar el sueño.

La pinta de Adrián Calvo con su traje chaqueta embutido en un chaleco de kevlar tiene algo de cómico y de peligroso. Lo acompañan tres ayudantes protegidos de la misma manera sobre sudadera, pantalones negros y botas militares, y que portan dos AK-47 y un MP7 que los emparentan por igual con las bandas de narcos y con los grupos de operaciones especiales. Ofrecen un aspecto agresivo y paramilitar que no convence a Ethan. Cuando Calvo lo ve llegar da un respingo.

—¿Pero qué le ha pasado? ¿Se peleó con un gato?

—Un accidente casero.

—Espero no tener sus accidentes, qué miedo. Digamos, si quería pasar desapercibido no está haciendo su mejor esfuerzo.

—Puede llamarlo un esfuerzo no recompensado.

—Espero que no lo recordemos en otras circunstancias. ¿Quiere uno de estos?

Le ofrece un chaleco que él toma con desgana.

—¿Cree que es necesario?

—De ninguna manera, pero impresiona. Si quiere puede dejarlo, ya sabe lo que sudan esas cosas.

Sube con ellos a dos Rover negros que acaban de configurar su imagen de grupo armado. Ethan se fija en que las matrículas aún son de fábrica.

—¿No tienen identificación?

Calvo sonríe.

—Aquí no hay problema con eso. Y mejor así, ¿cierto?

Dejan atrás la capital y se adentran en las lomas norteñas, salpicadas por urbanizaciones de alto nivel que se enlazan mediante parques comerciales. Poco después discurren por un urbanismo disgregado, como de pueblo, y se introducen por una calle que corta una garita con barrera en la que se aburre un portero uniformado. Ethan observa los carteles que anuncian en cada esquina: *Esta comunidad dispone de vigilancia privada*. El guarda se acerca a preguntar al conductor del primer vehículo y mantienen una corta conversación que este remata con una amigable sonrisa y la entrega de varios billetes. El asalariado levanta la aguja y la pequeña caravana atraviesa el control. Aparcan cerca de una casita de campo amparada por inmensos arbustos que le confieren un tono bucólico. Los cinco comandos descienden y se esconden bajo unos pasamontañas que culminan su imagen de terroristas. Ethan camina el último, justo detrás de Calvo, que se seca el pecho con un pañuelo de hilo mientras bufa en sordina.

—Qué calor, qué agobio da esto...

—¿Vamos a llamar así a la puerta? Supongo que la apalancaremos.

Le responde con un amago que deja adivinar una sonrisa bajo la tela opaca.

—Todo es puro teatro.

Un estallido de poca potencia los sobresalta desde la cerradura, que salta por los aires. Los tres ayudantes entran a la carrera, apuntando y gritando mientras inspeccionan cada cuarto. Ethan escucha la risa ahogada del detective.

—El plástico nos gusta más para los extranjeros, se asustan más.

Y se adentran siguiendo a sus compañeros con Calvo enredado en una disertación sobre los métodos para acongojar a un sospechoso. Ethan toma nota de la vivienda, colorida y fresca, surtida de plantas y tamizada por venecianas con una agradable decoración étnica que la dibuja como un espacio íntimo y acogedor. Al pasar por un dormitorio descubre el trípode de una cámara que le provoca resquemor. En el salón, con un amplio ventanal que se asoma a la foresta, los tres encapuchados sujetan a un hombre en la treintena cuya sien aplastan con una rodilla contra el suelo. Su jefe les indica con la mano y lo sueltan. Junto a él descansan dos discos duros que trataba de esconder cuando lo atraparon. Calvo los señala y uno de ellos abre una mochila de la que saca un ordenador portátil al que los conecta.

Ethan observa la operación y comprende que nadie tiene la menor prisa. No parecen esperar la visita de la policía ni la denuncia de algún testigo. Entiende el ambiente de impunidad en que se encuentra y que en ese instante juega a su favor pero que puede volverse en contra en cualquier momento.

La apariencia del asaltado no tiene relación con el estereotipo que imaginaba, obesidad mórbida, acné adulto o falta de higiene, sino con el de un surfista atractivo con gafas de moda que sin camiseta presenta un torso musculado y afeitado, una barba recortada al detalle y una mata pelirroja enmarañada que le confiere una expresión soñadora. Es del tipo que no debería tener problema para encontrar compañía del sexo que prefiera. En lugar de eso, suda rogando en inglés que no accedan a los secretos de los discos que buscaba ocultar. El segundo encapuchado vuelve de algún cuarto con otro portátil, este propiedad del detenido.

—La contraseña, pendejo.

Él trata de mostrar ignorancia, pero solo consigue que se agache para gritarle en la cara. —¡*Password*! ¡Hijueputa!

La deletrea entre sollozos y Ethan se fija en que no le provocan el menor daño. Incluso el modo de sujetarlo resulta amable y no le dejará señales. Son profesionales y tienen clara la naturaleza de su expedición, que parece limitarse a la violencia verbal y que demuestra ser más que suficiente.

Los dos especialistas navegan por los ordenadores mientras el tercero lo mantiene en el suelo y Calvo deambula por la casa rebuscando, más curioso que preocupado. Acceden a cientos de carpetas y se entretienen en las que podrían corresponder por fecha de creación. Dentro de cada una, fotografías de niñas de distintas edades posando vestidas y desnudas en todo tipo de posiciones, en general descuidadas. Durante unos minutos el propietario niega conocerlas, hasta que comienzan a borrarlas y reacciona pidiendo a gritos que se detengan. Su gemido atrae la atención de Calvo, que andaba enredado con su propio iPhone. Por el camino dedica una mirada justificativa a Ethan

—No se crea que chateaba, yo no hago esas cosas. No me entero con estos aparatos.

El retenido sigue gimoteando. Calvo le acosa sin dejar de pelearse con su móvil.

—Parece que ahora sí ya son suyas, ¿cierto? Vamos a borrarlas todas.

—No, por favor. Ellas son mis ángeles. Yo no les hago mal, yo les *regala*, yo les *ayuda a ellas*. Solo las fotos *este camino, déshabillé*. Ellas saben, mamás saben, son bonitas y seguras…

La voz le tiembla. Los captores reaccionan a su patetismo con desagrado. Calvo por fin encuentra lo que buscaba.

—¡Aquí! —Se vuelve a Ethan—. Ya le iba a preguntar si no traía fotos de la cría, vea que no me aparecían.

Y su aclaración le hace caer en la rara cuenta de que no volvió a pedir una imagen de Michi, como si no la necesitara para confirmar lo que ya sabía. Con el temor de preverlo se aproxima a Calvo, que gira la pantalla para mostrársela.

—Con esto de sobra para que la reconozca, ¿cierto?

Él asiente porque sabe que no debe delatar su acento y sobre todo porque confirma su temor. Llevaba seis años sin verla pero podría haberla descrito cinco minutos antes y no habría errado en el menor detalle. Un perturbador *déjà vu* lo invade ante la noción de lo que ya intuía, ha hablado con ella al menos dos noches en las últimas semanas, y podría describir su tono de voz con la misma exactitud con la que recordaba su cara.

Ajeno a su incomodidad, Calvo comienza el interrogatorio en español con la clara intención de aumentar la mortificación del interpelado, al que le cuesta seguirle.

—¡¿Dónde está?! ¿Dónde la tenés, mamador? ¡Decime o te voy a sacar las bolas por la boca!

El corruptor llora y jura que no la ha visto en su vida, que no sabe de lo que le están hablando, y su sinceridad los convence muy a su pesar.

—Sabemos que las vendés, hijo de la grandísima puta, a pervertidos como tú, saco de mierda. Decinos a quién la *vendistes* o te vas a acordar de nosotros.

Desde el suelo intenta hacerse entender como puede.

—No… nunca la vi. Yo prometo. Ellos… nadie, nadie aquí pagó por esa niña. Yo prometo…

—¡Queremos los nombres de tus clientes! ¡Ellos nos dirán la verdad después que te matemos!

—Todos están aquí —pide permiso para sacar su teléfono del bolsillo—, y en mi *computer*, pero yo prometo, nadie hizo nada a esa chica. Pueden comprobar.

—¿Por qué estás tan seguro?

—Ella es… *too old*.

Adrián se echa atrás asqueado y sale fuera. Ethan lo sigue tras comprobar que las pesquisas de los archivos tampoco dan resultados. Calvo se quita el verdugo para fumarse un cigarro.

—Nos llevaremos el material, pero ya le vio la cara. Se *los* dije.

—Sí, no es él. ¿No hay más caminos, no hay otra gente?

—Siempre la hay. Pero esta era nuestra mejor jugada.

—La policía no va a aparecer.

El detective le ofrece su sonrisa de niño travieso.

—Mirá, nos dieron una hora y aún casi que nos queda media. Volvamos adentro y lo vamos a hacer llorar como la puta que lo parió.

—¿Y después?

—Después nos vamos yendo a la casita que hay que almorzar. Yo ya le voy a informar de todos los pasos que vamos a dar.

—No, me refiero a él. ¿No lo entregará a la policía?

—¿A cuál? ¿Al comisario que pagamos para estar aquí? Es el mismo al que paga él cada mes para evitar que nada salga a la luz, ninguna foto ni denuncia a un juez, pues entonces sí *estuviera* perdido. Si pregunta a la gente de los alrededores no le hablarán mal, es generoso con las niñas y sus familias, y ninguna se ha quejado. ¿Me va a decir que eso no ocurre en otros sitios? La hipocresía no es exclusiva ni del primer mundo ni del tercero. Pero eso no es lo que me impide matarlo aquí mismo. Si vos querés, podés hacerlo.

Calvo se suelta los cierres del chaleco e introduce su mano por debajo sacando una pistola de calibre medio que le entrega.

—Es el *fierro* que me pidió. Limpia, limada, indetectable. Nosotros nos vamos y damos el aviso de que está libre y sin daños. Él llamará a los *chepa* que lo guardan y vendrán a consolarlo: «Cómo no nos llamó antes, papito», «Nosotros lo protegemos, mi rey», y cobrarán de todos, de él y de nosotros. Digamos, si yo no lo entregara o le pasara algo, mañana apareceré envuelto en un plástico en una cañería, pero nadie sabe de vos. Te dejamos un carro sin placas, esperás a que se vayan y ya. Nadie te conoce, nadie te busca. Entrás, le disparás y te vas, tan simple.

Ethan no responde y el detective arroja y aplasta su cigarro antes de continuar su razonamiento.

—Hay otra razón para mantenerlo. Le sonará feo, pero es útil. No es la primera vez que tenemos que buscar un niño. Él es el centro de las redes de pedófilos extranjeros, por lo menos lo tenemos localizado y es débil. Es duro, ¿cierto? El mundo no es lo que nos gustaría, yo sé. Es duro.

El taladro repiquetea penetrando su mente y llenándola de luz como un motorcillo cuya finalidad sea desmontarle el cerebro. Ethan comprende fastidiado que estaba dormido y el sol riega las cortinas con unos rayos que apenas despuntan. El chirriante motorcillo sigue golpeteando su cráneo hasta que por fin lo reconoce, es la vibración de un teléfono desde el cajón de la mesilla de noche. Bonito modo de despertarse. Lo abre y reconoce el terminal que le entregó Suárez bailando alegremente de una esquina a otra. El interlocutor le suena igual de incómodo que el motorcillo.

—Tenemos un problema.

Ethan, que en el fondo deseaba escuchar esa frase, aún bosteza cuando responde.

—¿Ya le han descubierto?

—No sea necio. Obtuve los datos de su sombra, y la conoce en persona.

El tono le suena poco convincente y solo piensa en orinar:

—¿Ahá?

—Se llama Leidy Durán Zamora y es la novia del tal Beto, al que supongo que recuerda porque es el tío menor de nuestro objetivo, Michelle. La chiquita lo seguía a usted y después se reunía con su hermano, un tal Jonathan que he podido comprobar que se junta con compañías poco recomendables. ¿Así o mejor?

Ethan se incorpora despierto por completo, como si hubiera entrado en agua fría.

—¿Cuál es el problema? ¿Qué saben ellos?

—Hasta ahora nada. Ayer conseguí el celular del chavalo.

—¿Habla del número? Yo se lo podía haber dado.

—Hablo del celular. Por una poca de plata una güila bonita lo ligó y salió del bar con todo y teléfono. La ayudó un poco de química en la copa. El pendejo aún andará dormido sin saber qué le pasó ni lo que le falta. Eso nos puede ayudar.

—Ya me está cansando. Cuénteme lo que ocurre.

—Cuando tuve la confirmación comuniqué con don Andrés y le conté. Le pedí paciencia y esperar a que nosotros arreglemos.

—¿Por qué no me llamó a mí antes? ¿Por qué no nos juntamos los tres? Por supuesto que hay que esperar, tenemos que seguirlos y darle la vuelta a la situación.

—Don Andrés aceptó, pero su conciencia no quedó tranquila. Fue a consultar con su pastor y le respondió que hay que arreglar a través del diálogo y la verdad. En las sombras y con la mentira solo actúa la serpiente. Me llamó hace unos minutos para contarme. Al colgar le he contactado.

—¡Andrés no puede ir a hablar con ellos!

—Correcto. Así le dije.

—Tenía que haberlo parado.

—Por eso le hablo. Soluciono tan rápido como surge el problema, pero no respondía al teléfono.

—¡Me tenía que haber llamado a mí primero!

—He cumplido según mi deber con el orden que me corresponde. No se habló de cambiarlo en ningún momento.

Ethan está a punto de explotar ante la petulancia del investigador y su incapacidad para asumir sus errores dedicándose a enfatizar los de los demás. Lo invaden unas irreprimibles ganas de encajarle un puñetazo.

—¡Sabe que ha sido una cagada! ¡Admítalo!

—Nadie aquí se equivoca, ni siquiera Andrés, cada uno ha tomado una decisión y es el peso que acarrean. Se llaman consecuencias. ¿Quiere discutir sobre el tema o resolverlo?

Cuelga antes de insultarle y busca el otro aparato para intentar detener a Andrés, en lo que tarda unos minutos que se le hacen eternos. Recuerda muy bien su rigidez moral y sus últimas conversaciones le convencen de que ha empeorado. Teme lo mismo que Suárez, que nada pueda detenerlo. Por fin, la línea, y antes de dos timbres, la voz de Andrés, que responde en movimiento.

—Buenos días, don Ethan.

—¡Andrés! Andrés, escucha, detente un momento, ¿dónde estás?

Habla tratando de vestirse, a saltos de un lado a otro de la habitación.

—Le llamó Suárez y le contó. Yo sé. Sé que no está de acuerdo con lo que hago, pero debe perdonarme, el Señor sabe que es lo adecuado y Él nunca se equivoca.

—*OK, OK*, tienes razón, no es por eso, yo también pienso que es bueno, pero dame media hora, voy contigo y nos sentamos juntos para hablarlo. Veámonos antes en una cafetería, sin Suárez, él no pinta nada.

—Yo los comprendo, son detectives y así hacen, pero hay otro mundo más importante que sus investigaciones…

—Andrés, esto puede ser muy malo para Michi, ¿me entiendes?, piensa en ella, en lo que estamos buscando. Tenemos una pista muy buena…

—Mi hermano. Mi propio hermano, su tío. Usted perdone, don Ethan, pero ese chiquito… oh, alabado sea el Señor, si Él ha querido que ocurra esto será porque es mejor para nosotros, uno nunca sabe cuál es su plan, pero… —Ethan cree percibir un sollozo reprimido— yo sabía… siempre supe, y no pude reconducirlo. Tengo que ir a hablar con ese desaventurado. Él, él siempre… él no tiene culpa, se crio sin un papá y nuestra mamá no supo, pero… discúlpeme, don Ethan, tengo que arreglarlo yo.

—Hazme un favor, espérame. Voy para allá, solo dame *ese chance*, nos sentamos todos juntos y hablamos lo que tengamos que hablar, pero espérame.

—Ya casi llego, don Ethan. Platicaré con mi mamá primero, pero si no lo veo a usted, platicaré con él igual. Es la voluntad de Dios.

Ethan se agota ante esa vehemencia que parece evangelizadora. No puede evitar pensar que es el sufrimiento lo que empuja a refugiarse en las promesas de mejora, y que en ciertas realidades la única mejora posible está más allá de la muerte. Recoge su teléfono local y sopesa la pistola por unos momentos. No quiere tenerla presente con la familia de Michelle, aunque sabe que pueden acabar enfrentados a Leidy y su hermano, y no imagina cuál puede ser la deriva de los acontecimientos. La estudia y le tranquiliza la certeza de que no la necesita para dominar a Beto y al tal Jonathan juntos, y prefiere no ser el responsable de sacar un arma de fuego.

Vuela en dirección a la colonia. Frente a la casa, el cacharro de Michelle y Beto sigue aparcado junto al de Andrés, lo que le hace pensar que estarán todos reunidos y puede haber llegado a tiempo. Cuando va a llamar a la puerta observa que está entreabierta y la empuja. Un diálogo indefinido flota desde la cocina, que permanece cerrada con el resto de cuartos vacíos. Golpea pidiendo permiso y cuando abre descubre a Andrés y doña María, que le saludan con sobresalto.

—¿Le abrió Beto?

—No, la puerta estaba entornada. No he visto a Beto ni a Michelle.

La madre lanza una voz sin levantarse:

—¡Betito, hijo!

Pero el sonido rebota sin obtener respuesta. Andrés se une a la llamada extrañado.

—¡Beto! No puede ser, estaba hace un momento.

Ethan enlaza de inmediato.

—Andrés, ¿le has hablado?

—No, le esperaba como le dije. Estaba explicando a mi mamá…

Doña María intercede:

—Mire, no me gustan las acusaciones…

Pero Ethan no la escucha, se gira y corre al exterior.

—¡Vamos! ¡A la casa de Leidy!

Andrés salta impulsado por un resorte invisible y le sigue.

—Por aquí, vamos en el carro.

—¿Dónde está la casa?

—Ahí, es aquella de la esquina que se ve…

No llega a terminar la frase, Ethan se lanza sin esperarlo. Andrés trata de igualarlo, pero su resistencia no es la misma y no tardan en distanciarse. La carrera dura cinco minutos que son suficientes para atraer la atención de todo el vecindario, acostumbrado a espectáculos similares de mareros semidesnudos, no de dos adultos bien vestidos. Algunos curiosos se aproximan y, en breve, un pequeño séquito los secunda a cierta distancia.

Cuando Ethan se encuentra a casi cien metros de la casa, ve a Jonathan apostado en la entrada con camiseta de tirantes, pantalones de deporte y zapatillas de marca, en postura altanera y con mirada desafiante. Se frena consciente de que ha llegado tarde. Las cercanías se pueblan de rostros expectantes. Mira atrás y encuentra al buen Andrés al trote, transpirando y rodeado por un grupo de paisanos que hasta se animan a preguntarle. Lo deja y encara a Jonathan con ánimo dialogante.

—Buenos días, Jonathan, ¿está Beto con vosotros?

Este se separa de la pared con ánimo de cortarle el paso.

—No hay nadie, gringo, volvete por ahí que te veo sudado. Que la Michelle te haga una limonada.

—Jonathan, no quiero problemas pero es importante que hablemos.

—No le conozco. Yo no le conozco, gringo. Lo vi el otro día en un asado pero no le conozco, y no me fío. Volvete si no querés comer mierda.

Ethan observa cómo varios vecinos se le han adelantado y casi

126

llegan al porche. Duda de sus intenciones, aunque por ahora su lenguaje corporal no los dibuja como peligros potenciales. Alza las manos en señal de paz sin dejar de avanzar.

—Solo quiero hablar, Jonathan. Sé que Beto está con vosotros. Solo quiero preguntaros unas cosas y me iré.

Jontahan adopta una postura territorial.

—No. Te vas YA. Pero rapidito.

Los lugareños aguardan a varios metros sin mostrar su verdadera actitud, que sigue resultando un misterio para Ethan. La madre se asoma desde el interior desconcentrando a Jonathan.

—Volvete *p'adentro, mama.*

Sin necesidad de mirar, Ethan entiende que se han convertido en un espectáculo para la práctica totalidad de la colonia, que se va arremolinando en torno a ellos. Se esfuerza por adivinar la afinidad de ese público, pero no lo consigue. Hay algo eléctrico en la energía que desprenden que le provoca ansiedad, una agresividad casi palpable en el aire, una necesidad de violencia que se alimenta con cada nuevo espectador. Le asalta la idea de detenerse e incluso de volver, piensa que el peligro en el que se están adentrando puede ser excesivo y que no debió permitir que Andrés le siguiera, peor aún, que le animó a hacerlo; sabe que puede manejar a un par de idiotas, pero no a una multitud, y lo único que le alivia es no llevar el arma para evitar la tentación de apoyarse en ella. Si los habitantes deciden defender a su cachorro, él y Andrés pueden salir de allí muertos. A pesar de lo cual ningún esbozo se concreta en un plan porque sabe que si abandona perderá la única oportunidad con la que cuenta. Y continúa avanzando hacia el abismo.

En ese momento, del grupo de seguidores de Andrés surge un grito que apaga sus interrogantes.

—¡Dice que son halcones de una banda!

Y otra reclamación se le une.

—¡Jonathan vende nombres para que los levanten!

—¡A nuestra gente!

Nadie está preparado para esa revelación y le responde un vibrante murmullo. Jonathan y Ethan buscan el origen de las quejas con idéntica sorpresa. Es la ocasión que aprovecha el más próximo para encararse con el acusado.

—¿Eso es verdad, papá?

Jonathan lo aparta con un ademán desdeñoso.

—Quitá, muerto de hambre. —Y vuelve a centrarse en Ethan intentando desviar la atención—. Vení aquí, gringo, que te voy a reventar el hocico.

Pero sus adversarios no caen en la trampa y un nuevo vocal se une al primero.

—¡Eh, joven! Suave que le están hablando. ¿Qué es lo que dicen estos extranjeros?

Jonathan se encara con el recién llegado.

—Volvé para tu casa si no querés que te pase algo.

El visitante recula ante tal seguridad, pero su compañero da un paso al frente.

—Chiquito, no se venga tan gallito porque le han hecho una pregunta.

Jonathan cambia de objetivo invadiendo su espacio personal. Su oponente no se mueve y la distancia entre ambos se reduce al arco de un golpe corto.

—¿Ah, sí? ¿Y vos que querés? ¡Porque te lo doy ya mismo!

La madre observa desde el umbral temerosa. Las respuestas se amplifican a lo largo de la calle y no queda una puerta, una ventana cerradas. Los niños forman grupos, los abuelos se acercan con paso arrastrado. Andrés ha llegado junto a Ethan, que se ha detenido a un par de metros sin intervenir y presta atención a la vivienda, donde una sombra se escabulle. Las esposas de los interlocutores los azuzan y cuchichean entre ellas. Una furgoneta frena y el conductor apaga el motor y estudia a los participantes con descaro y pasivo. Ethan pierde interés por la distracción, atento al movimiento en el interior, y entiende que ahora que el señuelo de Jonathan parece insuficiente, su hermana puede desaparecer por detrás. El rival de Jonathan no se arredra.

—Mirá, este amigo te pregunta si sos un pura mierda que les cuenta de nosotros a unos hijueputas secuestradores.

Jonathan enrojece airado.

—¡Suave, papi! ¡Pura mierda sos vos, como este otro cagado! ¡Salí o te…!

El compañero vuelve a acercarse en un tono firme pero más conciliador.

—A mí me importa saberlo.

Andrés aprovecha ese descenso de la agresividad para meterse en pleno enfrentamiento y separarlos buscando la complicidad del tercer implicado.

—Miren, esto lo podemos discutir civilizadamente…

Pero su pretendido cómplice no colabora como esperaba.

—Eso, porque si no ya mismo llamo a la policía y ya van a ver qué tan rápido se arregla este despiche.

Ethan, camuflado entre la confusión, se dirige adentro, pero la madre se le interpone.

—¡Aquí no entrás, malparido!

Escucha un portazo y se apura, la aparta sin brusquedad y entra de un salto. Su gesto atrae la atención de los presentes y Jonathan aprovecha para tomar ventaja. Lanza la cabeza contra su antagonista hundiéndole la nariz del golpe. Cae con una abundante hemorragia y se mantiene varios segundos buscando sin comprender dónde se encuentra. Antes de que los otros dos tomen conciencia de lo que ocurre, con un eficaz tirón de la mano derecha se saca el cinturón y les asesta un latigazo con la punta. Se tapan para protegerse y en ese lapso cambia de extremo para poder golpearles con la hebilla. Ethan por su parte busca el camino que ha seguido Leidy perseguido por la madre, que chilla histérica.

—¡Corré hija! ¡Va a por vos!

Se abalanza con una agilidad impropia para su volumen y se aferra a su brazo, pero se desembaraza de ella lanzándola por el suelo. Después de soltarla se encuentra frente a frente con el bebé que vio en la fiesta, que lo observa temeroso con un Transformer destartalado en la mano. La visión de la criatura, descalzo y con solo una camiseta, le preocupa, atento a la inflamable situación, y le indica en susurros:

—Rápido, a la cocina. No salgas de allí.

Patito le obedece en silencio, como un soldadito con el culito al aire.

Jonathan lanza su cinturón en ochos marcando a Andrés y al vecino, que se cubren con los brazos e intentan esquivarlo con poca fortuna. En uno de los golpes la hebilla se engancha con el pómulo del vecino y con un fuerte revés la destraba arrancándole un trozo de carne. El atacante suelta un bufido similar a una risa. La turba que abarrota la calle va ocupando la propiedad entre preguntas y denuncias, horrorizándose y disfrutando el desagrado. Cuando salta sangre, los ánimos se excitan y empiezan las amenazas.

—¡Son mayores! ¡Pegate con chavos de tu edad!

—¡Matón! ¡Malparido!

Pero Jonathan no detiene su castigo, exultante, hasta que Andrés consigue agarrar la correa a costa de un desgarro en el brazo. Los vítores y hasta algunos aplausos llaman la atención del golpeador, que levanta la vista y descubre que el conductor de la furgoneta la ha dejado aparcada y se dirige hacia ellos a grandes trancos. Una vez fuera del vehículo le asusta su envergadura y la espalda curtida por el trabajo, que muestran la clase de enemigo que puede ser. Y va a por él. Andrés, al verlo desconcentrado, tira del cinto arrebatándoselo. Jonathan, consciente del nuevo peligro, lo suelta y se vuelve dentro en busca de un arma.

Ethan llega a la puerta de Leidy y lanza una patada confiando en que será fácil abrirla dada la mísera calidad de los materiales. Antes de que se dé cuenta de su error, su pierna atraviesa el cartón en celdilla y las láminas de contrachapado que la forman. Cae adelante preguntándose cómo puede ser tan tonto y, mientras la saca con cuidado, ve aparecer a Jonathan en el recibidor. Jonathan lo ve zafándose y cambia de objetivo ante su indefensión. Lo que no sabe es que, por rápido que sea, Ethan tiene entrenamiento y él no. El joven da tres zancadas y la cuarta la convierte en una patada a la cara de Ethan, que lee su ataque con antelación y tiene tiempo de burlarlo aún medio encajado en el roto. Se abre a su diestra dejando que pase la pierna y le clava un *uppercut* en los testículos con el impulso sumado de ambos cuerpos. Jonathan exhala y se derrumba sin llegar a quejarse.

Ethan se libera y estudia el cuadro antes de moverse: la madre, convencida hace un segundo de que su hijo le iba a hundir la cabeza, continúa sentada, conmocionada por lo que acaba de presenciar; Patito se ha escondido bajo la mesa de la cocina como le ordenó y Jonathan se encorva en posición fetal incapaz de levantarse. Un rápido vistazo por el agujero confirma su suposición, Leidy ha escapado. Sin embargo, el nivel de ruido ambiental le llama la atención en comparación al silencio que se respira en la sala, y se asoma fuera. Un tipo de dimensiones descomunales se acerca seguido de dos advenedizos. El trío invade la casa y se dirigen a por Jonathan, que sigue tumbado en el piso. Tras una primera sorpresa al verlo en esa posición y un guiño cómplice a Ethan que no devuelve, el *Maciste* de la furgoneta lo levanta sin miramientos y sus dos oportunistas secuaces lo llenan de esputos al tiempo que le estampa un puñetazo que le deforma el rostro. La madre reacciona alzándose con esfuerzo y aullando al cielo desesperada.

—¡Mi pequeñín! ¡¿Qué le hacen a mi Jonito?! ¡¡Desgraciados!! ¡¡Malditos!!

La impresión de Ethan sobre los siguientes acontecimientos se torna grave y no por la paliza que se va a producir. La actividad se ha multiplicado en torno a la fachada y por experiencia presta más atención al exterior que al interior. No se escucha gran algarabía, pero la tensión inicial ha alcanzado un punto crítico y percibe la necesidad de sangre. Los insultos de la madre se reflejan en conversaciones apresuradas que recorren la calle, el tono pasa del estupor a la indignación a medida que la sospecha se convierte en acusación y de ahí en condena, y en breves minutos la única verdad que queda es esa condena. En la sala aparece Andrés, que tras reponerse y dejar al vecino en manos de unas samaritanas, ha decidido aventurarse con los brazos surcados por cardenales y arañazos. Amparados en su sombra emergen los curiosos invadiendo el espacio con avidez. Ethan toma nota de esa imagen y decide moverse rápido. Busca los ojos de Andrés y le indica que salga, pero el atribulado creyente, olvidando sus propias heridas, se abalanza para detener la lluvia de golpes.

—¡Hermanos! ¡Hermanos, deténganse antes de que se arrepientan!

Un ladrillo atraviesa la ventana como respuesta a su llamada y se engancha en la cortina. El estruendo detiene a todos por un instante, excepto a Ethan, que ya se vio envuelto en una revuelta urbana y sabe lo que puede ocurrir. La atmósfera se encuentra a punto de arder y solo precisa una chispa que la dispare. Puede ser ese ladrillo o algo distinto, pero sabe que no deben quedarse allí para cuando ocurra. La algarada crece y se escucha con más claridad a través del vidrio roto.

—¡Asesinos! ¡Secuestradores! ¡Habéis matado a nuestros hijos!

Mezclados con la agitación general despuntan lamentos de plañideras, familiares de asesinados y algunos ventajistas que exigen justicia. Entre ellos surge una exclamación cargada de dolor real que enmudece a los presentes. Se trata de un timbre varonil, grave y recio que, sin embargo, se quiebra a mitad de la frase.

—¡Se llevaron a mi Sheila! ¡Que fueron esos malparidos hijos de la gran puta que los parió que vendieron a mi Sheila, que nos pidieron dinero y les dimos todo lo que teníamos! Y después apareció en un descampado, sin calzones, sin falda, tirada como una cosa.

La descripción se rompe en un lloro impropio de su hombría que sobrecoge a la masa. Al poco el coro reproduce sus palabras.

—¡La mataron! ¡La abusaron! ¡Malparidos! ¡Ellos mataron a Sheila!

Ethan sujeta a Andrés por las muñecas para apartarlo de la golpiza.

—¡Vámonos! Nos tenemos que ir, Leidy se ha escapado y esto se está desbocando.

—Pero le están pegando, no podemos dejarlo así.

—Eso es lo mejor que puede pasar, que lo saquen y la gente lo vea. Tal vez así se cal… —Todo ocurre en escasos segundos. La madre de Jonathan, en lugar de separar a los agresores de su hijo, ha entrado en la cocina, donde Patito sigue bajo la mesa, y vuelve con un gran cuchillo en la mano.

—¡Atrás, hijueputas! ¡Atrás que los rajo, chanchos!

El primero de los listos que se unieron al ataque se gira al verla llegar.

—¡Doña, doña! ¡Suave! ¡Suave un toque!

Pero la señora se encuentra fuera de sí y se deja caer sobre él hundiéndole la hoja completa en un costado. Él lanza un chillido de dolor y ella, con la mirada perdida, saca de nuevo el filo y lo vuelve a hundir hasta el mango. La multitud que espera fuera y la ha visto pasar irrumpe en la casa como una horda. Ethan agarra a Andrés por el brazo y lo empuja a contracorriente. El salón explota en una vocinglería seguida de golpes y quebrantos de cristales y muebles, caos y violencia. Ethan sigue arrastrando a su amigo, que se deja hacer superado por la situación. En el momento en que se escurren entre varios invasores que se entorpecen entre ellos para entrar, la ventana de la cocina estalla en mil pedazos llamando su atención. Andrés ve a su compañero indicarle a través del griterío.

—¡La cocina!

Pero él no entiende nada y se limita a soportar la presión de la marea humana. Una matrona obesa se cruza entre ellos y Ethan utiliza el empuje para soltarlo, volver por el frontal de la cocina, más liberada del gentío e introducirse por el hueco. Llega al interior, donde ocho intrusos que apenas caben se dedican a robar lo que pueden despreocupados de lo que ocurre al lado. Uno de ellos ha descubierto a Patito e intenta atraparlo con la escoba de la casa. El niño gatea entre las patas de la mesa esquivando los golpes y las patadas, y el resto de patulea los ignoran ocupados en el saqueo.

Ethan arrebata una sartén al primero de ellos y golpea con todas sus fuerzas en el oído del otro, que se hace a un lado mareado y se gira buscando equilibrio cuando recibe el segundo planchazo en la cara. Se tambalea dejando caer la escoba y se apoya con ambas manos en la pared con la nariz doblada hacia un lado. Ethan deja la sartén y le propina una patada en la entrepierna que lo derrumba. El resto de ladrones, que se han detenido ante el espectáculo, vuelven a su actividad olvidándolos de nuevo. Andrés ha conseguido entrar a través de los brazos que recogen lo que estos les van pasando y comprende el interés de su socio, que se agacha para alzar al pequeño que llora desconsolado. Ethan ya conoce la experiencia y actúa con precisa frialdad, horrorizado de ver repetir una monstruosidad que pocas personas enfrentan una sola vez en su vida. Entonces rescató a una chiquilla de quince años que se hacía la dura defendiendo a un bebé pero que habría sido noqueada e incluso muerta por una muchedumbre desquiciada, y no puede creer, se niega a admitir que esté volviendo a presenciar un linchamiento. Andrés le alcanza y se estremece al comprobar que a pesar de sus reflejos parece confuso, dirigido por un instinto de supervivencia que funciona con la precisión de un piloto automático.

—Usted es muy bueno.

Ethan no le escucha. Su actitud es distante. Su visión se encuentra en otro lugar.

—Por el patio.

Salen a un pequeño espacio pelado de apenas cuatro metros, separado de otros similares por una malla de simple torsión. Andrés se encarama al poste central y le pide el crío, que se aferra a su cuello como un monito sin dejar de berrear. Cuando consigue desenganchárselo y se lo entrega, alguien se asoma desde la cocina.

—¡Eh! ¿Qué hacen? ¿Son de la familia? ¡No van a…!

Antes de que acabe la frase, Ethan le responde con un *jab* y un gancho y salta la malla sin esperar a su reacción. Recupera a Patito, recorren un patio simétrico y abren otro endeble enrejado que conduce a un tendedero. Al entrar, Andrés ventea.

—¿Huele a quemado?

Ethan se vuelve hacia el patio. Un humo negro se alza por los intersticios de la cubierta de chapa. Sin prestar más atención vuelve a empujarle.

—Vamos, vámonos ya.

Cruzan una casucha vacía seguidos por el rumor de la masacre y salen a una callejuela. Al abrir se dan de bruces con otro espécimen con sudadera, gorra semiesférica y porte similar a Jonathan. Se detienen inseguros. Este, sin embargo, muestra las palmas con gesto pacificador.

—¿Van a salvar al bebito?

Ethan lo escudriña intentando adivinar cuando Andrés lo reconoce.

—Vos estabas en la cocina. ¡Es uno de los bandidos!

Retrocede asustado.

—Sí, es verdad, estaba allí con mis *aleros*. Pero les vi sacar al güiro y me salí para ver para dónde era que iban, me *amusgo* que no hice nada para ayudar.

Ethan responde con suspicacia.

—¿Y nos vas a ayudar ahora?

—Si no lo hago, mi abuela se pondría *arrecha*. Soy el nieto de *la* Lorena.

Ese nombre no dice nada a Ethan, pero Andrés se adelanta dándole la razón.

—Yo la conozco, me han contado de ella.

El joven sonríe.

—¿Vienen?

—¿Dónde?

—Con mi abuela, *pero por* supuesto.

Los tres cruzan la calzada alejándose de las llamas, que trepan por las paredes amenazando a las medianeras, y de las sirenas que se anuncian en la distancia. En el resto del trayecto no encuentran a nadie. Lejos de la catarsis de sangre, la vida parece haber desaparecido, aunque se saben observados desde mil rincones. No les importa, la tranquilidad de llevar a Patito, que duerme agotado por el estrés pero a salvo, los mantienen ajenos a lo que los rodea.

Se detienen ante otra cabaña que no se distingue en nada del resto. El guía les solicita cinco minutos para explicarle a su abuela y les pide permiso para mostrarle a Patito, pero Ethan se niega con una sonrisa que no necesita explicación.

—Sí, está bueno. No se *los* voy a robar. Ahora verá que digo la verdad.

Desaparece dándoles el primer minuto de soledad desde el comienzo de esa locura. Andrés lo aprovecha para hacer una pregunta que le quemaba desde la salida.

—¿Fue así?… Quiero decir, disculpe que lo diga, pero ¿así salvó a Ari?

Ethan mantiene la vista perdida. Mira hacia su pasado.

—Ari tenía más opciones de salvarse que este pobre… era muy distinto… Pero sí, con Sasha fue algo parecido. —Mantiene el silencio un largo hiato—. No creí que volvería a ver esas caras. No creí que sería tan fácil. Hay algo muy equivocado en nosotros. Da igual en lo que creas, hay algo oscuro en nosotros, en nuestros conocidos…

Antes de que siga aparece el chico y los invita a entrar. Pasan a través de unos cuartos despintados con una decoración anclada en los años ochenta. Al fondo, sentada junto a una pila con un balde de lentejas en agua, se encuentra Lorena con el gesto grave, secándose las manos.

—¿Me lo dará?

Extiende los brazos hacia el pequeño, pero Ethan no hace ademán de entregárselo. Ella no muestra reacción y los invita a acomodarse. Retoma las lentejas, que limpia de pieles vaciando el agua en tandas, y se dirige al nieto con tono imperativo.

—Tinín, no les has ofrecido de tomar.

—Perdone, abuela. ¿Quieren una cerveza o un fresco? Los prepara mi abuela.

Andrés responde primero.

136

—Tengo la boca seca. Pero yo no tomo. Un fresco sí, por favor, y gracias.

—Yo por ahora nada, gracias.

Lorena termina su labor, continúa con el guiso y los estudia sin reparos.

—¿Lo hace por no soltarlo?

Le dedica una sonrisa desafiante y declama sin mirarle.

—Patito. Patito, despierta. Patito, ¿querés venir con la abuela?

Patito reacciona a la voz antes de abrir los ojos. Su gesto se destensa y se le dibuja una sonrisa. Despierta, la reconoce y se echa en su regazo sin atender a Ethan. Ella lo abraza con cariño y le susurra algo. Él asiente. Acto seguido lo repite para todos.

—¿Querés ir a la cama a dormir un poco? Estás cansadito, ¿verdad?

Mimoso, se derrumba en su pecho y ella se lo entrega a su nieto, que sirve la bebida a Andrés.

—Vea, le va a llevar Tinín al cuarto y ahí se tumba con él y le va a dar unas galletas y se duerme en su cuarto. ¿Sí?

Patito no responde, pero se deja pasar de manos con dulzura y se marcha abrazado a Tinín sin dedicar una ojeada a sus salvadores.

—No se lo tengan en cuenta. Es un bebé.

—No era eso lo que me preocupaba. Después de lo que pasó en su casa lo veo demasiado entero. Pero ahora sí le aceptaré la cerveza.

—Tomala del refrigerador, está en su casa. Ese güiro va a tener que aprender a perdonar muchas cosas. Su mamá y su hermano están muertos, su casa quemada. La Leidy escapó, no sé dónde fue, nadie se fijó en ella.

—Es la más lista. ¿Cómo sabe todo eso sin estar allí?

—Yo sé todo lo que pasa en estas calles.

—¿Y sabía que esa familia vendía a su propia gente a los secuestradores?

—Sé lo que pasa en las calles, pero no puedo adivinar lo que *se* hacen en sus *cholas*. Las familias se vuelven horribles *por adentro* de las paredes. Con sus parejas, con sus hijos. Intento cuidarlos lo que puedo. Por eso soy la abuela de todos.

—Pero no es la abuela de Patito.

—De Patito no. Solo tengo un nieto vivo. Los otros dos me los mataron. Pero soy la abuela de todos los niños. Ellos saben que aquí la pasan tranquilos. Para algunos es el único sitio en el que se sienten a salvo. Pero si me pregunta por Patito, no era de los que sufren, su familia lo quería. Eso es lo que veo yo, lo que hacen después en secreto, *pues* eso no puedo saberlo. Y Jonathan y la Leidy, pues eran como los chamacos de aquí, ya han visto lo que hacía Tinín, y él es un gran amor, tiene un corazón gigante.

—¿Y Jonathan también lo tenía?

—Pues no. Ya imaginará que Jonathan era de los que daban problemas, pero tampoco vio su niñez, ni lo que pasó con su papá. Lo que quiero decir es que no puede juzgarlos sin saber lo que se vive en esta tierra.

—He vivido en mi tierra, y he visto suficiente. La historia es la misma en todas las ciudades, en todos los países. Los que se vuelven más retorcidos son los que triunfan, los que se unen a las bandas y las ponen por delante de su familia. Aquí pueden ser más violentos, pero el concepto no cambia.

—Eso es así, y Jonathan era como era. A pesar, no podíamos imaginar… —Se dirige a Andrés—. Vos lo mismo, ¿cómo iba a pensar que la novia de su hermano vendería a su sobrina?

Ethan se levanta consternado.

—¿Cómo sabe todo eso?

Lorena se ríe como ante una rabieta escolar.

—Ay, hijo. ¿Qué quiere? Si me contaron de lo que ha pasado, ¿no me iban a contar de lo que se gritaron? Algo ya sabía, que vino a buscar a la Michelle, que el novio de Leidy era su tío, y que le hicieron una fiesta para ponerle un ojo. Y ahora, dizque el Beto la habló por celular para avisarla. ¿Y él sabía o solo por ser su novia? Tampoco sé. Si ustedes no se dieron cuenta en ese momento, ¿cómo me daría cuenta yo, que soy una vieja?

Ethan acepta el envite y camina de un lado a otro reprochándose.

—Lo tenía delante de mis narices. ¿Cómo no lo vi?

—Yo le haré otra pregunta. ¿Cómo lo vio?

—¿A qué se refiere?

—¿Cómo los descubrió? De pronto llegó y sabía todo. Sabía más que ninguno de nosotros.

Ethan evita a Andrés para no descubrirse y vuelve a ponerse en guardia.

—Entenderá que eso no puedo contárselo a ninguno de los dos.

Lorena responde con un gesto de indiferencia.

—Tiene razón. En verdad que tampoco me importa. Se me sale el metiche, pero soy una vieja, ¿verdad? —Y le sonríe con dulzura—. Le voy a decir por qué *los dejé* entrar en mi *chola*.

—Porque traíamos a Patito.

—¡*Pero por* supuesto que no es por eso! ¿*Aónde* lo iban a llevar si no? Los habría detenido la policía o los mismos de aquí. ¿O piensan que no los vio salir nadie? Los dejaron porque iban con mi nieto. Eso no me importa, Patito llegaría a mí por ese camino o por otro. Solo doy gracias a Diosito porque no los encontró la policía. Si ellos se lo llevaban, entonces su vida sí habría sido terrible. Aquí no hay sitio para hijos sin papás, más que la calle.

—¿Y qué piensa hacer ahora con él? ¿Cree que lo voy a dejar en esta casa sin saber nada más, solo por su palabra? ¿Piensa que no me voy a preocupar más?

—Veo sus ojos y sé que es verdad eso que decís. Por eso están en mi casa y le dejé tenerlo hasta que quise. Y se van a ir de aquí y lo van a dejar. No sé cómo le vamos a hacer, pero ya es otro huérfano, y si no lo cuidamos nosotros será un marero antes de cumplir ocho. Si Jonathan ya era de la clica, solo Diosito sabe si hasta fuera peor suerte para Patito que nada *habría* cambiado. Ese *bichito* va a crecer con nosotros, y usted, papito, no va a volver a verlo nunca más, porque él vio que ha hecho que maten a su mamá y a su hermano.

¿Lo pensó bien? No olvidés eso nunca, gringo, porque él no lo va a olvidar, y no sé cuánto perdón voy a poder enseñarle.

Ethan no replica. Da dos vueltas más pensativo.

—¿Y la hermana?

—No sabemos dónde fue. Pero la conozco bien. Pensará que a él también lo *apearon*, y si no lo piensa igual tampoco va a volver, Patito está solo.

—La creo. Así que si llamo a la policía será peor para él, pero eso no significa que este sea el mejor sitio para que se quede. Andrés, tú sabrás de alguien que pueda recogerlo. Una familia, religiosos, no sé…

Andrés arquea las cejas dubitativo. Lorena se molesta y dedica a Ethan el mismo tono imperativo que a su nieto.

—Mirá, jovencito, no me haga volverme seria. Pienso que no entiende nada. Si llamás a la policía el que va a tener problemas sos vos. Te van a llevar con ellos, ¿y qué te creés que te va a pasar cuando te manden preso? ¿Con quién pensás que te dejarán? La mara no va a perdonar lo que han hecho porque es su dominio, y esas cosas las vengan. Yo sé que no es tonto, que ya sabía y por eso escaparon, y también que soy una vieja que no entiende nada, pero no me trate de *maje*.

—No quería ofenderla. Sé que tiene razón. ¿Y qué quiere que haga ahora?

—A Patito se lo dejan aquí. Y yo los voy a ayudar a salir. Vos te tenés que esconder, pienso yo, hasta que la policía *dejarán* todo cerrado. No será difícil, lo que los vecinos contarán lo que dizque sabemos, que era una familia que los vendía para unos secuestradores y los majaron y luego la *chola* se prendió en llamas y allí se quedaron atrapados, pero no los mató nadie. Y nadie hablará del gringo que llegó *antitos*. Eso no se *los* cuentan a los *chepos*, pero ya sí lo *tienen* que saber la mara. Aquí mi chiquito la tiene fácil —se dirige a Andrés—, se me marcha ahorita y no vuelve en unos días. El carro que traían sigue parqueado en el mismo sitio. Podrá sacarlo luego, no le preguntarán, no saben, pero el gringuito que venía preguntando por la niña… no se puede quedar por aquí.

—¿Y por qué me va a ayudar?

—Porque soy la abuela de todos. Ya le había mirado, ya *hicistes* algo que nadie hizo de venir a buscar a la niña. Y hoy, mi nieto me contó todo. Por eso que entraron en mi casa. Si además de lo que ya *hicistes* y después volver a sacar al niño yo no le ayudo, entonces ya no me merezco que me digan como me dicen. Por eso nadie va a denunciarlo ni le va a pasar nada para salir.

—Bueno, supongo que no tengo otra opción que creerlo. Muchas gracias.

—Gracias a vos, hijito. He visto pocas cosas igual en mi vida. ¿Aún pensás que la niña vive?

—Estoy convencido.

Lorena no responde, escruta en sus ojos con una mirada profunda que le atraviesa.

—Es verdad. Lo pensás de veras.

—Si no, no estaría aquí.

—Sos raro… Sos interesante pero raro… me da gusto de haberte conocido. Mirá, yo solo puedo darte un consejo, y si querés lo seguís y si no, pues se me marchan los dos con libertad y pueden tomar su carro.

—La escucho.

—Mi consejo es que te vayás de la ciudad ahora, sin ir a donde sea que pare ni hablar *ni* con nadie, que la gente que lo conoce no sepa decir si preguntan. Yo le puedo decir un paseo muy bonito a la playa, está cerca y salen autobuses a cada rato. Si me quiere hacer caso mi nieto le llevará a la estación, él le esconderá en su carro, y a él nadie le parará ni la policía le preguntará porque lo conocen. Se va a la playa unos días, tres, cuatro, lo que sea para que se pase, y después ya lo puede llamar el Andrés y le dirá si puede volver. Sin dirección ni nada, solo dinero, que no puedan encontrarlo si lo buscan, que no puedan decirlo sus amigos por equivocación.

—¿Que me vaya a la playa incomunicado? ¿Seguro que eso es una buena idea?

El que responde es Andrés.

—Don Ethan, con permiso, pienso que la entiendo… y pienso que tiene razón. No tiene que estar aquí para cuando las preguntas. No tienen que verlo, porque lo mejor que nos puede pasar es que lo saquen del país. Y nosotros no tenemos que saber dónde es que va. Yo llevo plata para prestarle y que no le falte, para que ni tenga que usar su tarjeta.

Lorena responde a su apoyo con una mirada inquisitiva.

—No es cualquier playa. Yo le diré el hotel al que va. Allí hay unas gentes que yo conozco. Con ellos estará cuidado. Ellos y yo sabremos. El lugar se lo diré cuando su amigo salga para que no pueda oírlo. Pueden hacerme caso o se pueden ir por su camino. Es su decisión, pero tiene que tomarla ahora. El bien se hace poco y cuando uno lo recibe debe pagarlo. Si yo los dejara ir sin ayuda Diosito me castigaría, por eso es que les dejé entrar en mi casa.

Ethan se siente trastornado por los giros que está dando la situación. Sin llegar a salir del primero se siente arrastrado por el siguiente.

—No se lo tome mal, pero no la conozco. También puede ser una trampa.

Busca apoyo en los ojos de su amigo y lo que encuentra es determinación.

—Le pido mil disculpas por replicarle, don Ethan, pero creo que tiene razón.

Él resopla.

—Está bien, está bien. —Y se lleva a Andrés a un aparte—. ¿Podemos pasar por el hotel?

—Está en dirección contraria.

—Lo tengo todo allí, con la pistola que me consiguió Calvo. Necesito que recojas mi maleta y la guardes, no puedo dejarla tres días en el hotel, y menos con un arma.

Almorzó unas arepas a la reina *pepiada* o eso le dijo el dueño del local, que decidió no visitar de nuevo. Aceitosas y pesadas, supo que le provocarían una tarde indigesta. Por fin el viejo le llamó para que se personara y allí llegó con la cabeza de su tráiler. El maldito volvió a reclamarle por no dejárselo en el taller, con lo que habría agilizado el trámite, y él volvió a excusarse y justificarle que esa vez no podía separarse de él, que bien lo sabía y lo habían dialogado y que no había entonces razón para volver sobre la misma cuenta si ya ambos la sabían. Y el viejo le rio la gracia seguro de que era un contrabando lo que transportaba, y él rio más dentro de sí pensando, si supiera este *indio*, si imaginara este sonso, pero si le confesara, ni modo, tendría que matarlo, pues.

Así que no se apartó del camión mientras le sustituían las matrículas por otras nuevas y los ayudantes del anciano le explicaban y entregaban la documentación falsa. Y tras terminar la gestión contactó con el distribuidor para preguntar si ya podía pasar a por el nuevo remolque. Apuró a los mecánicos porque le preocupaba la mercancía, no por compasión sino por las horas que la había dejado guardada, podía terminar por despertar o algo peor, pues atada y amordazada no le preocupaba el ruido que armara sino la deshidratación. Sabía que, si alguna vez perdía el bulto o llegaba en mal estado, lo que se jugaba era su vida, así que cuando las horas se sumaron y comprendió que podría asfixiarse, tragarse la lengua, agonizar por el calor o el estrés, se ofuscó y presionó para arreglarlo todo y salir de allí de una vez. Al fin le dieron el visto bueno y el dueño le repitió que era un gusto hacer negocios con él y le recordó que lo esperaban para lo que necesitara, y él lo despidió con una cordialidad igual de hipócrita.

Su agobio había alcanzado tal grado que prefirió detenerse antes de recoger el enganche y se dirigió a una zona de descanso que a esas horas se encontraba desierta. Tomó la botella de agua, se escurrió por debajo del chasis y por tacto localizó el cierre del tanque inferior. Al desengancharlo encontró el cuerpo de la pequeña encogido en el falso fondo. Respiraba acelerada pero, aparte del sudor y la orina que se le había escapado, no presentaba daños aparentes. Le retiró el saco de la cara y cabeceó desorientada, víctima aún de la dosis. Le complació darse cuenta de que no entendía lo que veía, le retiró la mordaza y le ofreció de beber, a lo que respondió ansiosa. Cuando terminó el tercer trago y se detuvo a boquear, le subió la mordaza y le cubrió la cabeza. Con esa cantidad se volvería a mear encima, pero eso la refrescaría, y se rio de su propia ocurrencia. Calculó una media hora para que el efecto de la droga se diluyera y estimó que contaba con el tiempo justo.

Se dirigió a la gran nave y allí preguntó por el capataz, que lo esperaba. Revisó el cajón, más pequeño que el que había dejado, y le entregaron el albarán firmado y sellado. Tomaba la identidad de un transporte que había viajado en sentido contrario y que tras descargar volvía, lo que le permitiría cruzar la frontera opuesta. Una vez llegara al refugio, a la nueva matrícula y permiso les añadiría un cambio de pintura, toda roja para dejar el negro que ya le cansaba; encargaría un aerógrafo de un diablo y una *pool dancer* que le había gustado mucho y tal vez hasta una modificación del morro. Ya tenía ganas de descansar unos días y en el fondo hacía tiempo que quería ponerse con ello. Pero lo más urgente ahora era subir la mercancía al camastro superior para que se recuperara y descansara antes de la aduana, para asegurarse de que tendría cuerpo para aguantar la espera.

Ethan viaja oculto bajo unas mantas camino de la estación preguntándose aún cómo ha llegado a este extremo y qué va a hacer cuando se plante en la playa sin otra ropa y con el dinero que le ha prestado Andrés. Tres días desaparecido, tres días sin dar señales de vida, sin llamar a Ari, sin responderle. Se volverá loca del cabreo antes de que le pueda explicar nada. Por fin el nieto de Lorena le retira las mantas, que ya le pesaban, y entre un caótico gentío le acompaña por una explanada repleta de autobuses escolares estadounidenses reciclados en transportes públicos, los conocidos como «*chicken bus*». Cada propietario los decora con mezclas explosivas de colores que sin embargo consiguen resultados de una alabable estética: verdes y rojos, azules y amarillos, plateados, ilustrados, rayados, impecables y relucientes, y los conductores los cuidan con esmero casi obsesivo y se preocupan con especial interés de sacar brillo a las llantas para que luzcan el metal justo antes de lanzarse a una carretera polvorienta y embarrada. Los pintan como obras de arte en movimiento y de algún modo lo consiguen; al recorrerlos por separado se puede entender la personalidad de cada uno y al alejarse apreciar el peculiar efecto conjunto. Aquellos que en Estados Unidos no eran más que un producto de desguace.

Entre los centenares de usuarios que se cruzan cargados de maletas, bolsas, bultos de todo tipo e incluso animales, los voceros van anunciando el destino de cada salida y conducen a los grupos como perros pastoreando ovejas. La efectividad del confuso sistema deja boquiabierto a cualquiera que no lo conozca, y el propio Ethan antes de darse cuenta se encuentra subido a un trasto que, sospecha, podría haber usado él mismo en su infancia. Se acomoda en un asiento continuo de dos plazas que no tarda en ser ocupado por tres. Antes de que arranque puede fijarse en el adhesivo que decora la cabina con la mustia cara de un Cristo al que acompañan las palabras: *Esta mañana salí con Jesús. Si por la noche no vuelvo es que me fui con él*. Los transportes por carretera se han convertido en las principales víctimas de la extorsión. Los pilotos que miman y vigilan su propiedad como a una mascota, que limpian y enceran las ruedas entre cada trayecto, deben pagar el «impuesto de guerra» a las pandillas que dominan su territorio. Los que se niegan son asesinados, en algunos casos tiroteados en plena marcha. Los acribillan junto a sus pasajeros para que sirvan de ejemplo. Después de leer el poco tranquilizador cartel, Ethan decide dormir.

El trayecto es largo y cómodo en función de la cantidad de viajeros. La autopista principal es correcta y fluida, pero se convierte en serpientes de doble sentido al ascender las montañas. Serpientes en las que el bus se comporta como un macho alfa de ese ecosistema, adentrándose de un carril a otro según sus necesidades y obligando a los coches que se cruza a frenar y adaptarse ante el riesgo

145

de caer por una pendiente de fondo incierto. Buscando entre las nubes, viendo otros picos en la distancia, Ethan comprueba que ese comportamiento es común en la región. La jerarquía la define el tamaño, no las normas de tráfico.

Al llegar a los pueblos la ocupación se multiplica. Los asientos biplaza se cubren hasta con cuatro individuos y el espacio de pie se convierte en una aglomeración que se ve sacudida con cada volantazo. En las cumbres más altas, cuando parece imposible recibir más pasajeros, el cobrador pide que se muevan hacia el fondo y ante la falta de reacción abre la salida de emergencia trasera empujando para que entren otros diez viajantes. El resto del trayecto lo pasan con ese portón a medio cerrar y el contador agarrado por fuera sosteniéndolo. En el momento de máxima afluencia, Ethan jura haber oído a un gallo sin haberlo podido localizar.

La parada final, que el bus alcanza casi vacío, es un poste metálico sin señales de ningún tipo que Ethan decide memorizar para la vuelta. Más allá de la población, que se distribuye en una cuadrícula de seis trazas ortogonales derivadas de la carretera principal, nace un camino exiguo que se introduce bajo un frente irregular de palmeras y discurre a la sombra de sus copas hasta perderse en la distancia. A lo lejos varias mujeres muy blancas, estadounidenses o europeas, rondando los sesenta y ataviadas con biquinis, pareos, trenzas caribeñas y complementos de influencia *hippy*, pasean en bicicleta. Entre los troncos el polvo se convierte en arena, y tras cinco o seis filas de palmeras que alfombran el terreno con ramas caídas, la arena se convierte en playa. La costa se compone de calas recoletas que forman un perfil sinuoso delimitado por los arcos del palmeral, que se adentran en el agua y que en algunos ejemplares se curvan y extienden como en una postal. Los arenales son estrechos y es fácil adivinar que en la marea alta las olas bañen los primeros árboles.

Confrontado con la exuberancia local, el poblacho carece de personalidad, como todas las villas degeneradas por el turismo. De vuelta a las desaliñadas arterias que lo componen, su ancho excesi-

146

vo parece diseñado para un tráfico inexistente y le otorga un aire adusto que contrasta con el vergel en el que se encuentra. En la zona principal, la más cercana a la carretera y la línea de costa, se alternan tiendas genéricas que incluyen ropa, artesanías, productos para surf y alquiler de bicicletas con restaurantes y hoteles, únicas construcciones de dos plantas. Las viviendas, relegadas al extremo opuesto, se hacinan junto a un supermercado oculto a los turistas. En esos apenas cincuenta metros la propia tierra cambia de color, se torna negra y la basura se extiende por los frontales entre gallinas que corretean, y por los patios, que acumulan piezas y carcasas de electrodomésticos, armazones de motos y somieres metálicos.

Ethan ha llegado en la última línea regular y el sol se pone a sus espaldas. Una farola ilumina cada esquina en la mitad comercial, por la que alternan despreocupados los visitantes. No se observan familias y el ambiente recibe un tibio ánimo por la música que sale de los bares, alegrados por eventuales reuniones de surfistas y machos locales de piel oscura y físico perfecto que buscan su suerte conquistando a las aventureras que han llegado con esa fantasía. La cantidad de extranjeros no es elevada, a pesar de la fama del Caribe la realidad es que es la costa pacífica, más controlada por los gobiernos, la que recibe la mayor afluencia de turismo. En la parte autóctona no hay farolas o no alumbran, y como todo lugar desconocido, como todo lugar en América Central, la caída de la noche le confiere una atmósfera inquietante y desangelada. Ethan observa a dos mulatos que charlan en un banco de piedra semiderruido y visten uniforme municipal, y se acerca a preguntarles. Al llegar se da cuenta de que no comprende su conversación, tratan entre ellos en garífuna u otro dialecto caribeño, pero se giran solícitos y le responden en un español poco claro y muy amable. Arrastran las palabras con el acento propio de la costa, una pronunciación diluida y difícil de seguir que confunde la vibrante «r» por la nasal «l» y diluye oclusivas y fricativas en un vago rumor, lo que unido a la incoherencia de su discurso le despista y despeña la conversación hacia el absurdo varias veces.

—Buscaba el hostal Anunga.

—¡Uyy! Uy, no, hermano, ahí no vayas.

—Muy feo, hermano, *'tá* ahí, pero es muy feo.

Señalan la parte oscura de la población.

—Ahí no vayas mi hermano, yo te llevo a uno muy bueno.

—Llévalo al Miriam.

—El Miriam no, el Caribe, mi hermano, en él le darán un desayuno mucho más rico. Ahí va a poder comer el auténtico *rice and beans*.

—Ah, sí, allí dan muy buen *rice and beans*. La cocinera es mi prima, es mejor que el Miriam.

—Puro Caribe, mi hermano.

Ambos ríen ante su propia observación y Ethan discurre que es muy probable que estén bajo los efectos de un buen *joint* de marihuana. El más juvenil parece leer su pensamiento y le ofrece con simpatía.

—¿Quiere algo bueno, hermano? También le podemos conseguir.

—Muy buena, *creepy*.

—Sí, hermano, muy buena.

Y ríen de nuevo con una complicidad que lo excluye.

—Todos los *americanos* vienen a probar nuestra mota.

—Puro monte, hermano.

—Viera que bien pega, hermano.

A Ethan se le contagia la risa de ver el vuelo que comparten los lugareños.

—Muchas gracias, pero acabo de llegar. Lo que ocurre es que tengo que ir al hostal Anunga. Me dijeron que tenía que ir a ese.

—Ay no, hermano, pero ese *'tá* muy feo, ese no es para *turista*.

—Sí, hermano, a ese no vaya.

—Me lo aconsejó una amiga de aquí. Me dijo que debía ir a ese.

—¿Y su amiga lo conoce?

—Me dijo que sí, que ella los avisaría para que me esperaran.

—¡Uyyyy!

Y los dos sacuden la mano chasqueando los dedos como señal de celebración.

—Ahí sí se la creo, hermano, ¡uy, qué bien!

—Qué triunfo, hermano, viera qué bien lo van a tratar.

—Qué rico va a desayunar.

—Muy bueno, el mejor *rice and beans*. Lo hace mi prima.

—Puro *rice and beans* con salsita de coco.

—¿Pero su prima no lo hacía en el Caribe?

—¡Les sirve a los dos, hermano! Pero ahí es más barato porque no es para *turista*.

Su juerga es tan pegadiza que Ethan, sin saber cómo, acaba compartiendo varias cervezas que traen desde una pequeña tienda, y el día termina como el reverso absurdo del comienzo, con el que solo lo emparenta la irrealidad. A una hora indeterminada lo acompañan al hostal y lo ayudan a presentarse porque las caladas a las que le invitaron han terminado de embotar su agotado cerebro. Cae como un plomo en el colchón y el sueño que le persigue se vuelve febril y claustrofóbico. Revive una y otra vez la terrible noche del tumulto con Ari, pero esta vez ella es la misma Sasha, un bebé que trata de rescatar siempre fracasando, y un sentimiento de angustia y culpa le persigue hasta hacerle llorar dentro del sueño. En algún momento tiene a Patito en sus brazos pero algo se lo arrebata, y la impotencia y desamparo crecen hasta hacerle verse incapaz, y se observa a sí mismo repitiendo la palabra como una salmodia. Impotencia. La repite sin saber si lo hace en inglés o español hasta que los propios sonidos toman forma corpórea, como un flujo de miel que escapara desde su garganta desproveyéndola de su carga emocional, y por fin descansa.

Despierta confuso y acalorado. El sol entra con fuerza y le permite estudiar la cabina en la que ha dormido, un cuarto desvencijado con una pintura verdosa que se cae a pedazos y un baño con los sanitarios ennegrecidos. Viendo que antes de las ocho ya ha empezado a sudar se pregunta cuáles serán las ventajas de haber acudido al Anunga en lugar de a un hotel de playa. En recepción pregunta si tienen cabinas con aire acondicionado y lo pasan a la planta alta, a una esquina en la que los daños provocados por la humedad son aún más patentes. Al menos en lo relativo al desayuno sus improvisados amigos estaban en lo cierto. Busca un locutorio y accede a Facebook, en el que deja aviso a Ari de que se encuentra desconectado, pero su comunicación con el mundo no va más allá. Parece que el horror que vivió el día anterior no haya existido. Por fin se relaja y disfruta de su improvisada vacación hasta que retorna al Anunga y descubre que el aire acondicionado es un refrigerador portátil empotrado con el tubo de expulsión de gases por fuera. Se arrodilla y puede ver las ruedas colgando. Se baja a la playa con el teléfono básico que le diera Andrés, su único contacto con el país y en el que solo llegó a memorizar su número. Su terminal inteligente y el privado con Suárez se quedaron en el hotel. Compra un periódico cuyo amarillismo le golpea desde la portada y en el que encuentra la noticia, solapada entre otros crímenes violentos bajo una perspectiva muy distinta: *CALCINADOS DOS EN DOMICILIO*. No explica el origen del incendio ni hace referencia al linchamiento, que queda sustituido por un *vecinos sospechan que colaboraban con banda criminal*.

Antes de que llame a Andrés, este se comunica por mensaje para tranquilizarle, todo su equipaje ya se encuentra en su casa. Mantienen una farragosa charla por SMS en la que apenas le aporta datos: él no se ha acercado de nuevo por la colonia y su madre, que aún intenta asimilar lo ocurrido, le ha jurado no saber nada de su hermano, que parece haberse esfumado con Leidy. Tras disculparse a pesar de seguir pensando que hizo lo correcto, le da muestra de un nuevo comportamiento, ha pedido a Michelle que le esperen para decidir juntos la nueva estrategia; Suárez, por su lado, parece seguir su propio camino. En cuanto a Calvo, con el que Andrés no tiene buen entendimiento, ni siquiera se ha molestado en explicarle lo sucedido.

150

Calculando el tiempo de espera para su vuelta, que estima en lo necesario para que pase el funeral y la investigación se olvide, Ethan estructura sus siguientes pasos. Deben localizar a Beto antes de que se desvanezca por completo o lo desvanezcan, y se pregunta si poner en marcha a Calvo o al impertinente de Suárez, que justo cuando debería aprovechar su capacidad de rastreo parece desinteresarse del tema. Añora tener a Ari para discutir las opciones con ella, le propondría una acción directa en cualquier sentido y él atemperaría su arranque, pero de ese choque nacería una buena idea. Como siempre.

Al otro lado de la carretera transitada por algunos coches y bicicletas, en una acera previa al palmeral, durante el día se instala una fila con algunos puestos variados: uno de cocos para beber «agua de pipa», un par de licuados de frutas, los más de bisutería más o menos artesanal y dos señoras en los extremos que trenzan cabellos y añaden extensiones. Una de ellas, pequeña y arrugada, sentada en una silla plegable junto al vendedor de pipas, silba a Ethan a través del tráfico como si llamara a un chiquillo. Él se extraña y se gira a ambos lados para ver si se confunde con alguien, pero ella no ceja y le señala inequívoca. Al final accede y se acerca afirmando que no es un buen cliente para trenzas, pero ella no le hace caso y se interesa por su hospedaje, le ha visto salir del Anunga y le hace notar que los hay mucho más bonitos.

—¿Por qué ese hostal? No tienen aire acondicionado.

Ethan resopla.

—Ando mochileando y es lo que me puedo permitir. Ya sé que el hotel Caribe es mejor, pero ese me gusta. No me interesa el aire acondicionado, contamina. Piensa global, actúa local, ya sabe.

—Diay, seguro sabe, mi chiquito. Me sorprendió porque los extranjeros no saben, solo nacionales. ¿Será que le aconsejaron?

—Suelo preguntar. Si me va a aconsejar otro, también lo miraré.

—¿Y dónde va a almorzar?

—Eso aún no lo he pensado.

—No busque. Yo le diré uno bien bueno.

—Muchas gracias, por aquí estaré.

Ethan se aleja sin dejar de sonreírle. En el Caribe encuentra dos tipos de simpatía, la auténtica y la dedicada a esquilmar turistas. Le entristece que la segunda, de la que acaba de recibir otra ración, ensombrezca la primera. Los caribeños en general se muestran airados en dos momentos particulares, con el resto de sus compatriotas, de los que les separan siglos de racismo y desconfianza, y cuando atienden como empleados públicos. La insufrible y petulante burocracia centroamericana en esta costa se viste además con unos desaires y unas formas que transitan entre lo irritante y lo kafkiano, como si los que trabajan para la administración adoptaran el papel de su propio enemigo. Esa actitud le hace rememorar el aislamiento de los ejércitos hacia su propio pueblo bajo las dictaduras. Se pregunta cómo se comportarán cuando abandonen sus ventanillas. Pero esos pensamientos apenas cruzan su mente al ir a preguntar los horarios de los autobuses, el resto de su día volverá compulsivamente a la terrible imagen de la turbamulta. La imagen de un horror demasiado cercano.

Dormita a la sombra cuando un toque en el hombro lo despierta. Abre los ojos y se encuentra con el vendedor de pipas, que adivina marido de la trenzadora.

—Buen día, si no usa bloqueador se va a quemar.

—Gracias, ya me puse.

—Me envía Rosita por el almuerzo. —Hace una pausa y repite como si fuera un increíble descubrimiento—. Ella es Rosita.

Y le ofrece un coco pelado con pajita.

—No, gracias…

—Es un presente. Rosita quiere que almuerce con nosotros. Le invita.

Ethan estudia sus ojos. Parecen bondadosos. Sin duda él entiende el ofrecimiento como un gran honor. Mientras se despabila, se dibuja un posible panorama.

—¿Sabe quién me aconsejó el hotel?

El caballero asiente.

—Lorena.

Es un ingenioso modo de comunicarse entre ellas, reflexiona, y lo sigue.

De esa manera, Ethan se encuentra comiendo con dos viejecillos en una choza destartalada, en un saloncito con una mesa para cuatro personas, un sofá desvencijado cubierto con ganchillo y un televisor de pantalla plana. El plato de pescado con arroz le resulta exquisito y después doña Rosita les sirve un café *chorreado* que le hace los honores. Tras la sobremesa le invita a pasar a un trastero que mantenía cerrado cuya decoración resulta mucho más vistosa y que ocupan hornacinas con santos y figuras desconocidas para él. Un azul celeste cuarteado domina los paramentos y un bermellón intenso los altares, creando un atractiva ilusión. La anfitriona se dedica a encender velas con parsimonia murmurando algún tipo de letanía en cada una mientras el marido se queda viendo la televisión bajo una triste bombilla. Por fin ella cierra la puerta separándolos por completo. Echa una cortina oscura en la única ventana por la que entra sol a través de una reja y el ambiente se carga con rapidez. Le invita a sentarse frente a una pequeña mesa de jardín con otro tapete de ganchillo que retira. En su lugar enciende una nueva vela.

—Ya vio que no había nada por lo que asustarse. Ahora vamos con sus preguntas.

Ethan no comprende la frase y teme que sea un localismo que no conoce.

—¿Qué… qué preguntas?

El gesto de la señora muestra la ofensa que recibe su ego.

—¿Lorena no le habló de mí?

—Conversamos muy poco, apenas había tiempo. Me indicó dónde debía alojarme, nada más.

Ella alza la mandíbula con una falsa modestia que no funciona muy bien.

—YO soy Rosita. ¿No le explicó Lorena por qué le envió conmigo?

—No me explicó nada.

Rosita no se levanta de la silla, pero Ethan puede sentir cómo crece su presencia casi llenando el cuarto. El personaje se desprende por fin de su humildad y se muestra amplia y poderosa.

—Yo puedo responder sus preguntas.

Cierra los ojos y acerca las manos a la vela musitando. Ethan comienza una pregunta pero lo calla con un dedo. El sol aún no se ha puesto y, a pesar de no recibir luz, el calor sigue atravesando la chapa de la cubierta y se concentra en torno a ellos. Ethan siente una gota de sudor escurrirse por su patilla. Después de unos extraños minutos, Rosita vuelve a hablar sin abrir los ojos, que se mueven en zigzag como si durmiera, y aun así él se siente atravesado por ellos.

—Sobre la niña. Hábleme de ella.

—¿De... qué?

—¿Por qué la busca?

—La secuestraron. ¿Le habló Lorena de ella?

—Ya vio que no platicamos. Usted carga con una presencia. Busca a una niña que se llevaron. Vino de su país a rescatarla. Eso no es fácil y los hay en contra, pocos lo apoyan.

—¿A qué se refiere?

—¿No lo sabe?

Ethan se estremece un instante que ella lee a la perfección.

—¿Quién se lo impedía, amigo? ¿A quién ha tenido que negar para llegar aquí?

—A mi novia. —Un poco impactado, se rearma—. Si sabe lo de la niña, ¿no sabe eso?

—Yo veo, pero no sé. Usted debe ayudarme a saber, y yo le ayudaré a ver.

—No creo mucho en estas cosas...

—Pero sí cree en lo que ella le dice.

—¿Mi novia?

Rosita percibe la ironía, la defensa. Se recuesta sobre el respaldo fijándole su rostro ciego y él recibe como una bocanada el poder

154

real que emana de esa persona. Se encuentra en su terreno y allí todo le pertenece.

—La niña. Le habla en sueños. ¿Por eso vino a buscarla?

—Vine porque la secuestraron y conviví unos años con ella. En parte es mi hija.

Rosita se siente más cómoda con su apertura, pero no descansa.

—¿Qué le dice ella?

—¿No ve eso?

—Lo veo a usted. En peligro. Alguien aquí le ayuda, pero no es lo que piensa.

—No la entiendo.

—Sí me entiende.

—Me ayudan su madre y su tío.

—Hay alguien más. Es un hombre.

Se mece adelante y atrás como presa de un trance.

—Lo puedo ver. Cree que le ayudará, pero no debe confiar en él.

—No lo hago.

—No me comprende. Él sabe dónde está la niña.

Ethan trata de no reaccionar, pero su espanto es intuido por la sensible bruja.

—¿Cómo lo localizó?

—¿Al hombre? —Vuelve a sufrir una impresión que no escapa a su interrogadora.

—Él lo localizó a usted. Puedo verlo. Estaba en… ¿un hotel?

El sudor le empaña la nuca.

—Dígame, ¿cómo lo encontró?

—Eh… a través de Andrés.

—Sí. Lo veo. Él le condujo hasta los que habían raptado a la niña. ¿No se preguntó cómo lo supo?

—Me lo explicó.

—¿Y le cree?

Ethan siente una gota llegar hasta su ceja y se la limpia con un dedo. Rosita no puede verlo, pero sonríe, y su sonrisa produce miedo.

—No le cree. Ve lo que yo veo. Ese hombre le ha usado para limpiar su propia pista. Ahora debo saber lo que usted sabe.

Se queda congelado, hipnotizado ante la médium, deslumbrado como un conejo bajo los faros de un coche, intimidado por su mirada a pesar de que no lo mira. Lo inunda una debilidad que le crece desde los hombros, como si estuviera ausente de sí mismo, y su voz empieza a formular el nombre. Suárez el fabulador, el que le engañó y empujó al propio Andrés a cubrir sus pistas, Suárez el traidor, que bajo la fachada de vigilante misterioso es quien él persigue y no… pero justo antes de delatarlo, en un acto reflejo levanta los dedos y apaga la vela que los separa, matando el brillo que lo ciega y desdibuja el rostro de la anciana. El resplandor de la llama desaparece y él se siente liberado de un embrujo. En un microgesto puede percibir cómo Rosita aprieta los párpados para no ser descubierta en algo que a él se le escapa, justo antes de abrir los ojos.

—¿Qué ha hecho? ¡No puede romper mi comunicación con el otro mundo! Podría ser muy peligroso para mí y para usted.

Ethan responde rápido, cohibido como un niño inseguro que quiere engañar a su maestro.

—Se llama Adrián Calvo. Es un detective contratado por Andrés, él fue capaz de encontrarlos. Ya sabe lo que yo sé. Ahora ayúdeme.

—¡Necio! ¡No puedo ayudarle así! Casi me corta el cordón de plata.

La nota colérica, lívida, expuesta.

—Usted perdió la oportunidad de saber más.

—Le pido disculpas. No sé por qué apagué la vela. Sentí miedo.

El sudor baña su cabeza. Rosita se relaja ante su sumisión.

—Le dije el nombre. Ese es el que nos ayuda.

Ella vuelve a adoptar el papel de abuela caritativa al darse cuenta de que tiene la información que buscaba.

—Tiene razón hijo, me tiene que perdonar. Me rompió la concentración y eso para los videntes puede ser peligroso, yo también me asusté. Repítame el nombre, no pude retenerlo por la interrupción del flujo con el más allá. Esta noche intentaré de nuevo comunicar con los espíritus para ver si puedo averiguar algo más para usted. Si así fuera, mañana lo buscaré y le contaré.

Ethan le repite el nombre y los datos de Adrián contando con que, sea lo que sea para lo que doña Rosita vaya a utilizarlos, él podrá adaptarse. Se avergüenza de jugarle esa mala pasada pero le ha demostrado con creces ser un superviviente, y si lo buscan le calcula más posibilidades de sobrevivir que a Suárez. Doña Rosita debe de ser la curandera, la directora espiritual de la comarca, puede que de la propia Lorena y toda su colonia, y ahora sabe que nunca habría salido de esa trampa sin dar un nombre. Posee una sensibilidad y una inteligencia emocional fuera de lo común, de eso no le cabe duda, y debe de haber perfeccionado sus habilidades de control a través de toda una vida de aprendizaje, esfuerzo y supercherías. Combinándolas con diversos trucos y enseñanzas ha conseguido pulirlas hasta crear una suerte de trance, una seudohipnosis con la que consigue lo que quiere de sus víctimas haciéndoles creer que es ella la que los ayuda. Nunca cerró los ojos del todo y aprovechaba las sombras y el destello del fuego para engañarlo. De esa manera conduce a sus adeptos, a casi cualquiera que caiga en sus manos, por el camino que a ella le conviene. El poder alcanzado a través de las creencias es el mayor al que puede aspirar un ser humano. Se despiden con falso afecto y él se alegra de poder abandonar esa jaula.

Fuera ya casi ha oscurecido y la parte trasera del poblado recupera la desasosegante atmósfera nocturna. A dos portales de Rosita, su mirada se cruza con la de un patriarca de gran tamaño y muy oscuro, con ojos muy claros, casi antinaturales, y músculos trabajados, que se recuesta en una jamba con los brazos cruzados sobre el pecho en pose territorial. Algo en su actitud hiela la sangre de Ethan, que se retira sin evitarle la mirada y convirtiéndola en saludo con una breve inclinación a la que el otro responde por cortesía.

Una vez a salvo en el Anunga, telefonea a Andrés antes de que el buen hombre se acueste y le pide que ponga sobre aviso a Calvo. Que sin darle detalles le advierta de que alguien pude buscarlo por su relación con el caso, para que ninguna visita lo encuentre desprevenido.

Al día siguiente no vuelve a tener noticias de Rosita ni encontrarla en el paseo. No ha dejado de preguntarse por sus intenciones, ¿por qué le interesaba la identidad de su colaborador?, ¿Lorena conocía esto al enviarlo con ella? Después de repasar la conversación una y otra vez llega a la conclusión de que pudo obtener sus conocimientos a través de Lorena, nada era secreto y solo ,tuvo que adornarlo para presentárselo con un aura sobrenatural como la que debe de utilizar para convencer a sus adoradores. Pero no puede deshacerse de la duda que ha sembrado en él. Aplicando sus explicaciones sobre Suárez le resulta tan verosímil la motivación de Rosita, ocultar su propio rastro, como la que le dio Andrés, la amistad. No sería la primera vez que ve a alguien aprovechar esa confianza para su propio beneficio. Hay algo inquietante en aceptar la versión de esa mujer. Leidy desapareció con Beto al mismo tiempo que Suárez dejaba de responder a Andrés centrado en su propia investigación. ¿Cuál? ¿Perseguirlos y matarlos para terminar el trabajo que ellos le dejaron a medias? Cada nuevo dato le confunde más.

En algunos países, sobre todo hacia el norte, cruzando el istmo de Centroamérica, la espera podía llegar a días completos. Días de calor pegajoso sentado en el asiento y noches tumbado en el compartimento superior sin nada que hacer más que cargarse de odio y cuidar de que los envases no se echasen a perder, sobre todo con las cámaras frigoríficas. Por suerte, la frontera que aguardaba ahora era rápida y los funcionarios competentes, una cualidad tan escasa como apreciable.

A pesar de las facilidades, su estancia allí se podía alargar hasta tres horas sin esfuerzo, y la preocupación por el estado del material, ya deficiente después de los cambios en los talleres, lo atenazaba. Se preguntaba si podría despertarse e intentar comunicarse, golpear. Le había suministrado una dosis muy reducida asustado por su lentitud en la respuesta, y ahora temía haberse quedado corto. Bajaba una y otra vez y deambulaba cerca del segundo depósito de agua aguzando el oído, intentando adelantarse a cualquier eventualidad. Pero nada salía de allí. A la altura de la segunda hora su temor se había desplazado en sentido inverso y le aterraba que la asfixiante temperatura de aquella carretera sin el amparo de una sombra le produjera un golpe de calor, pero la opción de introducirse en el hueco para observarla era un imposible. Confiaba en la regulación de temperatura del agua que permanecía en el fondo real, y aun así, como medida profiláctica, lo regó varias veces con agua del otro tanque para sorpresa de los que le vieron hacerlo, que lo catalogaron como un desequilibrado o directamente un imbécil.

En la última media hora le pareció escuchar ruidos y sus rondas se multiplicaron a medida que los nervios se escapaban de su control. Por fin le hicieron pasar por la fumigadora y el control de ingresos. No llevaba nada para declarar, por lo que los trámites se hicieron rápidos y en pocos minutos se encontró frente a la ventanilla de aduana, con la documentación de descarga y el pasaporte sellado. El funcionario lo recibió con una poco habitual sonrisa.

—¿No lleva nada de vuelta? Mal negocio, papo.

—No, jefe, a descansar una semana a casa, que ya llevo un mes fuera.

—Que descanse, amigo. Qué brava vida lleva, ya tiene que añorar a sus chiquillos.

—Así como lo dice.

—¡Dios le dé suerte!

Y tras las horas de angustia, vio la barrera abrirse ante él. «Como las piernas de una puta», pensó, «como una puta, todas sois mis putas», pero el miedo por la salud de la mercancía no lo aban-

159

donaba. Apenas tres kilómetros más adelante se desvió en una pista de frenado y reptó bajo el vientre de su bestia para encontrarla; y allí estaba, deshidratada, empapada en sudor, casi asfixiada de respirar los residuos del escape y con la cara cubierta de lágrimas y moco por encima del pañuelo que la tapaba, pero viva y saludable. La introdujo en la cabina y le hizo tomar bebida isotónica y comer unas barras de cereales. Aguardó en aquel lugar casi media hora dejando que la brisa fresca la aliviase, y unos minutos más tarde la niña reaccionaba y empezaba a estirar las extremidades. Entonces el Monstruo por fin se sintió libre del peso que lo aplastaba desde que la raptara, y le entró la irreprimible ansia de calzarse las botas. Vestirlas le ayudaba a olvidarse de sus males, de los desprecios recibidos y la falta de reconocimiento, porque le devolvían la imagen de grandeza que el mundo aún no le había otorgado. La única terapia que lo relajaba más era acudir a un limpiabotas callejero y sentarse a recibir un tratamiento completo; funcionaba como un masaje muscular, lo veía esmerarse en su calzado desde la altura y todo cobraba sentido. Admirando su perfil levantó los pies por encima del salpicadero, convencido de que impresionaban a la pequeña, como a todas las hembras que las conocían. Ese era su poder. Él era grande, era más listo que el oficial de la frontera, más listo que los oficiales de todas las fronteras, paseando su mercancía por todo el continente como si fuera su hacienda. Y acarició el repujado sintiendo el efecto en su respiración, más inteligente que todos los que se cruzaba en el camino, más que las niñas que robaba, que sus miserables familias, más que el viejo que le cambiaba las matrículas, que las mafiosas redes que le servían la documentación precisa. Pobres imbéciles, no podían imaginar lo que transportaba. Él era el Monstruo y no podían ni imaginar lo que era capaz de hacer.

Henchido de satisfacción, ufano, se molestó en abrir un paquete de toallitas húmedas y limpió la cara y los brazos de la mercancía para refrescarle la sufrida piel. Incluso le alzó la camiseta, hecha ya jirones, y le aseó el tronco. A medida que lo hacía la volteó dos veces analizando sus formas, que en un par de años podrían ser perfectas para satisfacerle. Sin pudor paseó las manos por su torso y sus nalgas mientras la giraba, y la niña, que recuperaba la consciencia con el contacto de la gasa fresca, se mantuvo inmóvil durante la inspección que invadía de manera humillante su intimidad. El Monstruo se fijó en la suave textura de su carne y le brotó la pregunta sola:

—¿Las vio, mami? —Y condujo la mano infantil hasta el cuero de las botas, ante las que tampoco reaccionó—. Tóquelas sin miedo. Son muy caras, hechas con una serpiente para mí. Su familia nunca podría pagar unas iguales.

La niña se mantenía rígida en su aturdimiento.

—¿Vio mis ojos? Mirá mi penetrante mirada. Es penetrante. —Y cada repetición de la palabra le producía un mayor placer. Sin embargo, ella seguía sin reaccionar—. Es igual. Usted ni sabe lo que significa eso, mamita.

Cuando sintió la excitación bullir, se detuvo recordándose hasta qué punto la mercancía era sagrada, se sacó las botas para evitar la tentación y la subió al camastro para que se recuperara en lo que aún quedaba de trayecto.

—Dale, putita. Ahora vas para arriba, y te quiero calladita y sin moverte si no querés tener problemas.

Ethan se entretiene con un libro de Roberto Bolaños que encontró en la única tiendecita de segunda mano que existe en el pueblo, en la que es posible comprar desde ropa deportiva a comida enlatada o música, con un aspecto encantador y algo destartalado, y que regenta un holandés medio loco que habla español a duras penas. Es noche ya cerrada y no espera que golpeen la puerta de su cabina. Al abrir se encuentra al recepcionista armado con una sonrisa.

—Buenas noches. Disculpe que lo llame a estas horas. Lo buscan abajo sus amigos.

—No tengo amigos aquí.

—Son sus amigos.

—Le he dicho que no tengo amigos aquí. Dígaselo y, si no se van, llame a la policía.

Pero en lugar de atenderle, fuerza la sonrisa y asevera con un tono que pretende ser tranquilizador y suena a charlatán.

—Disculpe que no me haya explicado. Son amigos del hotel. Son buenas *gentes*, de seguro lo van a auxiliar en sus problemas.

Ethan describe el arco de la puerta para cerrarla mientras busca el teléfono con la mirada, pero su invasor se lo impide.

—Solo tiene que acompañarlos.

—Fuera.

El recepcionista recula sin abandonar su falsa afabilidad.

—Son amigos.

Ethan da un portazo y cruza sobre la cama de un salto. Se asoma a la ventana intentando mantenerse oculto, pero la oscuridad en la calle es total y solo puede ver las copas de las palmeras iluminadas por su propia luz. No hay modo de saber si hay alguien allí espiando. Antes de soltar la cortina escucha el giro de la cerradura. No la intentan forzar, la abren con una llave que solo puede haber salido de la recepción. Se lanza para intentar atrancarla, pero cuando llega ya la han abierto. Asoma el empleado flanqueado por tres sombras y su tiesa sonrisa. La mueca se amplía con una satisfacción insultante que le deforma el gesto achicándole los ojos, convirtiéndolos en los de una hiena, mostrando toda la boca abierta con una dentadura pobre con encías gruesas, sarro y un par de decoraciones en los incisivos superiores que lo retratan como un sicario de película barata.

—Disculpe el atrevimiento. No tiene que preocuparse. Son amigos.

Ethan se da cuenta de que eso es lo que más le molesta, por encima de la emboscada y del peligro; lo que le duele es verse acorralado por un malo de telenovela con una actitud tan impostada que en vez de disimular su trampa parece regodearse en ella. Se hace a un lado y le deja ver al individuo frío y amenazante que encontrara como vecino de doña Rosita la noche previa.

—Tiene que estar agradecido. Son amigos de doña Rosita. Es el mayor privilegio.

Sin saber qué esperar, Ethan se ve conducido de nuevo hasta la cabaña de Rosita a través de un pueblo apagado y silente que no quiere descubrir lo que ocurre en sus calles. El marido le abre la puerta y sus guardianes se quedan fuera. Nadie cruza una palabra y los únicos ruidos ahogados que emiten sus pasos y las carpinterías quedan ahogados por el rumor de las olas y los murmullos de la cercana selva. La encuentra en el trastero en el que tratara de embaucarlo, sentada entre sus velas, ninguna otra luz alumbra la casa. El marido cierra tras él y ambos vuelven a enfrentarse al titilante resplandor de las llamas. Ethan se sorprende de que hayan descubierto el engaño tan rápido y se pregunta si podrá escapar esta vez sin vender a Suárez. Y la pregunta lo arrastra de nuevo a las disquisiciones que ocupan su mente. ¿Acaso no debe venderlo? ¿A quién sirve él y a quién Rosita? Pero sabe que su vida vale tanto como la información que él posea. Rosita no hace gesto alguno ni lo invita a sentarse, pero él se acomoda en la silla buscando la comunicación. Al bajar a su altura encuentra sus ojos, que esta vez no pretenden estar cerrados, y le sorprende lo que muestran. Miedo.

—¿Quién es él?

—Se lo dije ayer, un detective que contratamos. Tiene contactos…

Doña Rosita, muy molesta, con una voz tenebrosa, lo interrumpe.

—No me importa su detective ni sus ladrones. Sabe de lo que hablo. ¿Qué me ha hecho?

Y Ethan percibe una amenaza vibrante en su voz, la amenaza de un animal acorralado, y comprende que por primera vez esa mujer puede causarle daño, que su seguridad depende de lo que pida a los que esperan fuera.

—No le he hecho nada. Se lo prometo.

Ella lo escruta con una mirada terrible de la que él se abstrae y le permite fijarse por primera vez en su aspecto. La mujer parece haber cambiado desde la tarde anterior, vestida con un camisón cubierto con una bata desmadejada como si no le importara su imagen, con el pelo ralo y desabrido como recién despierta, o peor, como si no hubiera dormido. Fija en él unos ojos que parecen de fuego.

—¿Cómo me hizo soñar con ella?

El velo se levanta y la muestra como lo que es, una criatura aterrada. De pronto se convierte en la única persona de su mundo que ha compartido su experiencia, y esa experiencia parece haberla trastornado.

—¿Ha soñado con Michelle?

La anciana asiente y su gesto se vuelve infantil e inseguro.

—¿Qué vio?

—No lo sé. ¿Qué me hizo?

—Yo no le hice nada. ¿No era médium?

Doña Rosita reprime un sollozo.

—¿Usted tampoco sabe quién es él? Nunca había visto algo así. Era verdad. Oh, Diosito, protégeme, era verdad y yo lo he visto.

Las figuras de santos, las ofrendas quedan huecas, inertes. La mirada de Rosita ha perdido la profundidad y la seguridad de que presumía, y teme no ser capaz de recuperarla. Clava de nuevo sus pupilas en él, iracundas y suplicantes a un tiempo.

—¿Cómo lo ve?

—¿A qué se refiere?

—Al hombre.

—¿Qué hombre?

—Lo sabe. Sabe de lo que hablo, no se haga el maje.

—¿Dice en los sueños? No vi a ningún hombre.

—Él estaba allí. Cierre los ojos. Recuérdelo.

Ethan la obedece y le invade un cierto temor. Trata de recordar los sueños pero le resulta imposible. Se arrepiente de no haberlos anotado. La voz asustada de la chamán lo conduce por sus propios pensamientos.

—Él estaba allí todo el tiempo. Tuvo que verlo. Con la niña.

Entonces, sin poder describir el proceso, una idea se forma en su recuerdo. Algo como un rostro difuminado en un negativo. Un cuerpo que va creciendo. Una forma que no proviene de la vista sino de un instinto. Una reacción volumétrica.

—Era la presencia que veía Michelle.

La mujer prorrumpe en una risa nerviosa y le caen varias lágrimas.

—¿Lo vio? Él está ahí. Todo el tiempo.

—¿Es un hombre?

Rosita niega con ansiedad.

—No, no. Pienso que lo cree. No sé lo que es. Tiene un solo ojo. ¿Lo vio?

—No sé. Creo que sí.

—¿Cómo viste?

Ethan intenta describirlo pero es incapaz, no se trata de un estímulo visual sino de un concepto, de alguna manera tridimensional. Sabe que ella tiene razón, uno de sus ojos es ciego, pero no porque lo pueda ver sino porque es así.

—No… no lo sé.

—La chaqueta. Mire la chaqueta, el chaleco.

Esa palabra despierta una idea en él.

—Traje chaqueta completo, creo. Con chaleco y zapatos de charol. Gris perla, parece anticuado, como de los años treinta.

A pesar de describirlo es consciente de no verlo, como si repitiera una imagen leída en un libro. Doña Rosita vuelve a reír y le tiembla la mandíbula.

—Así es como lo ve ella. No quiere que lo encuentre, quiere protegerlo a usted. Ahora céntrese en él. Olvide lo demás. Olvide a la niña, el sueño. ¿Cómo lo ve?

—No la entiendo.

—Piense en ese hombre fuera del cuarto en el que la vio. Fíjese en su rostro, su complexión, la altura. Dígame, ¿si se lo encontrara en la calle podría reconocerlo?

Ethan trata de filtrar sus rasgos más comunes. Es obvio, no lo había pensado hasta el momento, un hombre con un ojo blanco debería ser fácil de reconocer, pero sigue sin ser capaz de expresar nada.

—Eh… no puede ser. No, no soy capaz de decir nada. Es falso el traje, no vi nada de él. Solo ese ojo que ha dicho.

—Es como si no tuviera cuerpo. ¿No es cierto?

—Sí. No llego a ver lo que estamos hablando.

—Porque no existe. Él se presenta así porque es la imagen que guarda de sí mismo, la crea porque es su ilusión de su realidad. La niña le fabrica un cuerpo, como todos los niños, para hacerlo más humano y aplacar su terror. Usted no lo ha visto a él, ha visto el dibujo que ella ha creado.

—No entiendo nada. ¿Y la ropa? ¿Cómo lo va a vestir una niña así?

—No lo sé, es la mente infantil. Tal vez tenga sentido, o vio una película en la que un hombre malvado vestía así.

Ethan responde como un acto reflejo.

—Es malvado.

Rosita ríe, pero su risa termina en un llanto desalentador.

—Es muy malo, es la encarnación del mal. De donde viene existen cosas mucho peores cuyo dolor y crueldad no podemos concebir, pero aquí él significa lo más terrible que pueda haber. —Tiembla al hablar—. No debe encontrarlo, ¿entiende? Es muy importante que lo entienda. Cuando la niña esté libre de esa pesadilla no lo volverá a ver porque él está prisionero de ese mundo, pero si lo halla antes de verla a ella lo matarán, ¿entiende? Es lo más importante que debe saber.

—¿Cómo lo sabe usted?

La anciana se acurruca en su silla cerrándose en sí misma.

—No lo sé. Ella me habló. Desperté y lo sabía. No sé más. No quiero volver a saber de usted ni de ella, no quiero volver a saber nunca más. —Y Ethan aguarda varios minutos hasta que se serena. Por fin alza la vista y es ella de nuevo.

—Le acompañaré fuera.

166

Salen a la puerta sin cruzarse con el marido. Fuera, los cuatro hombres aguardan sin hablar, como formas intangibles bajo la escasa luna. Los ojos claros del jefe destacan sobre ellos. A una mínima indicación de Rosita se acerca sumiso. Ella le aprieta el brazo con fuerza.

—Martín. Este hombre está bendito o maldito, pero nada podemos hacer. Nada le puede ocurrir. ¿Me oyó, papito?, nada debe ocurrirle.

De nuevo lo escoltan al hostal, con la recepción vacía y su llave en el mostrador. La toma, se vuelve y las sombras han desaparecido. Cuando entra en el cuarto todo está ordenado. Se acerca al teléfono y encuentra siete llamadas perdidas de Andrés. Extrañado, lee varios mensajes que le ha enviado:

Don Ethan, lo llamo pero no lo encuentro. Llameme *de vuelta cuando vea el mensaje.*

Don Ethan, espero que esté bien. Si no me responde llamaré a la policía. Atacaron a Michelle. La llevaron al hospital. No sé si viva. Yo voy allá pero no lo encuentro y me da miedo de que también lo hayan atacado a usted.

167

4

VERDADES INCÓMODAS

A veces, el destino se parece a una pequeña tempestad de arena que cambia de dirección sin cesar. Tú cambias de rumbo intentando evitarla. Y entonces la tormenta también cambia de dirección, siguiéndote a ti. Tú vuelves a cambiar de rumbo. Y la tormenta vuelve a cambiar de dirección, como antes. Y esto se repite una y otra vez. Como una danza macabra con la Muerte antes del amanecer. Y la razón es que la tormenta no es algo que venga de lejos y que no guarde relación contigo. Esta tormenta, en definitiva, eres tú.

Haruki Murakami. *Kafka en la orilla.* 2002

La estación de autobuses con su halo de hollín y gasóleo se le antoja a Ethan inerte a pesar del desfile de transeúntes y equipajes, que se desplazan fuera de su visión como figuras desdibujadas. Al final Andrés no pudo acudir a recogerlo y se halla en ese puerto gris y ajado con la extraña orfandad de los viajes solitarios. Sin embargo, al salir le aborda un caballero de cierto grosor que se presenta como Osvaldo y parece reconocerlo a través de una fotografía en el móvil. Ethan recuerda su nombre, es el taxista de confianza de Andrés, que con su habitual atención lo ha enviado en su lugar con las llaves de su próximo domicilio. Familiarizado ya con la ciudad en algunos puntos, conjetura que el sentido que siguen es opuesto al de la colonia de doña María, algo que le confirma el conductor, quien ajeno a sus circunstancias le pregunta si conoce a su compadre a través de una ONG o viene al país por algún negocio en común.

—Estamos colaborando en un negocio juntos.

Osvaldo lo encuentra natural, pues la comunidad a la que se dirigen está habitada casi en su totalidad por gringos y europeos que se establecen por proyectos humanitarios que él no entiende muy bien y generan un ámbito casi foráneo, hasta el punto de que en las tiendas cercanas, una regentada por una pareja italiana, es más fácil comprar comida típica de sus países que nacional, y han florecido algunos bares que por las noches son invadidos por ellos y la modernidad capitalina.

La diferencia la constata desde el acceso, con barrera y caseta con guarda uniformado con defensa y gorra, avisado de antemano de su visita y que le solicita el pasaporte para verificar su identidad. Una vez registrado le entrega la llave del Rav 4, que Andrés dejó allí el día previo. La propiedad se compone de una vía común de medio kilómetro con edificios de dos alturas en ambos márgenes, tejado inclinado a un agua y doble plaza de aparcamiento por bloque. La disposición se debe al mayor aprovechamiento residencial: cada edificación se divide en dos plantas independientes y a él le corresponde la primera sobre una baja que parece desocupada. Osvaldo le explica que es normal pues la rotación de los inquilinos es constante y la gestión de entradas y salidas la llevan las empresas que los contratan, que no liberan los alquileres en los hiatos entre sus distintos trabajadores. Andrés ha manejado su estancia con elegante intendencia: además de enviarlo al cantón más alejado de la influencia mara, lo sitúa en el único núcleo en que su presencia pasará desapercibida. Tan pronto como Osvaldo lo abandona, entra en el apartamento y recupera sus bultos, que descansan junto a la cama. Saca la ropa y la pistola. Se ducha y se prepara para salir de inmediato.

A lo largo de su vuelta la comunicación con Andrés fue continua y le detalló la evolución de lo ocurrido, que al final había quedado en un susto con ciertas secuelas si bien lejos de lo que supusieron en un primer momento. Michelle fue agredida, una señora la encontró sin conocimiento en una avenida, pidió auxilio y ante la indiferencia del tráfico se arrojó sobre un taxi por pura generosidad. El taxista dio un volantazo temiendo que se tratara de un robo o una buscavidas a la caza de una indemnización, la arrolló con el maletero e intentó darse a la fuga, pero el pasajero interpretó la situación y le obligó a detenerse. La voluntariosa ciudadana, a la que no se le había ocurrido la evidente opción de llamar a urgencias, con un traumatismo que podría resultar más grave que los de Michelle, ayudó a subirla, de nuevo sin reflexionar sobre las lesiones medulares que podrían causarle, y la dejó en manos de los improvisados auxiliares, que la trasladaron al hospital más cercano. Ese desarrollo se convirtió en otra muestra muy ilustrativa para Ethan de los mecanismos de esa sociedad.

Michelle, que no sufrió fracturas, solicitó el alta tan pronto como recobró la consciencia, pero la mantuvieron una noche más bajo observación. Ethan pidió a Andrés que le esperase para ir a recogerla, y aunque al inicio su respuesta le resultó esquiva e inconsistente, aduciendo algo de que no la recogerían ellos y volvería por sus propios medios, pues no iba a casa de su madre, tras varios mensajes cruzados acabó por confirmarle que Michelle los esperaría. Al nacer de la mañana, mientras el autobús enfilaba las cocheras, Ethan recibió un nuevo mensaje explicándole avergonzado que no iba a llegar a tiempo, y lo disculpó sin problema, Andrés había descuidado sus negocios y faltaba con demasiada frecuencia para ayudar en la búsqueda de su sobrina.

Al llegar al complejo descubre que no se trata de un hospital sino de una clínica privada. Le sorprende la calidad de las instalaciones y se pregunta si Andrés podrá hacerse cargo de todos esos gastos. Cuando se presenta, la recepcionista reacciona con la cordialidad de quien lo espera.

—Con gusto. La señorita Michelle Orozco apenas se está alistando para marchar. Si gusta puede tomar asiento y ahora aviso de su llegada.

Ethan no le hace caso y entra en la habitación donde ella le espera. O eso cree, porque al abrir se la encuentra dormida sobre la colcha extendida, algo predecible por la cantidad de calmantes que le han inyectado. Se despierta embotada y de nuevo se le muestra sin artificio, como en el supermercado, hinchada, tuerta bajo una gasa, los labios rajados y un diente partido, Michelle sin maquillaje ni protección, sin rastro de sensualidad ni coqueteo, desvalida e incluso más allá, abandonada. Ethan tiene la sensación de verla desnuda por primera vez en su vida, desarmada y frágil, libre de su propio personaje. Michelle lo ve llegar con su único ojo abierto y no se ruboriza de encontrarse en ese estado ni se ampara en la autocompasión, sonríe mostrando el hueco partido y con su boca inflamada sonríen los cardenales y los coágulos que ocultan el párpado sano. Michelle sonríe no con su compostura estudiada sino con la humilde felicidad de una niña recompensada, y cuando habla con un eco de su voz, Ethan comprende el origen de su estado.

—¡Ethan!

Se incorpora con torpeza y se expresa con ilusión juvenil.

—Esto es bueno, ¿verdad? Esto que ha pasado. Tuve mucho miedo, pero es bueno para nosotros.

La escucha perplejo y después comprensivo.

—Significa que Michi está viva, ¿verdad que es así?, lo pensé mientras me pegaban, y aquí cuando me cosían. Si no estuviera viva no harían nada de esto. Lo hacen porque les asusta, porque vamos bien. Al principio tenía mucho miedo de lo que me iba a pasar, pero cuando me di cuenta dejó de importarme. Cuando estaba en el suelo y me tiraban patadas ya nada más esperaba que se acabara, me daba igual. Vieras, no podía ni moverme, es una sensación muy rara porque pensaba en mover un brazo o una pierna para levantarme, pero no reaccionaban, y era como si soñara, pero sabía que estaba allí. La gente que me vio después creía que mi mente se había ido, pero los podía oír como a través de un tubo. Cuando me trajeron se creían que estaba desmayada, pero les oía hablar y preguntarse si me iba a morir. Me sentía feliz porque entendí que si no tuvieran miedo no me habrían hecho así, que me habrían matado de una. No me importaba porque mi niña estaba viva, y el único miedo que me dio de morir era no poder verla más.

Ethan siente cómo se le traban las palabras ante su inocente felicidad. Se sienta junto a ella y le toma una mano sin hacer otra cosa que asentir a sus ideas. Ella continúa y su tono pierde parte del brillo.

—Y al final nunca nos juntamos para que me explicaras tus sueños.

—Son solo sueños.

—Yo sé que no. Vos sabés que te creo.

Responde a su gesto apoyando su otra mano en las suyas. Ethan puede ver las uñas negras por el derrame, una de ellas casi levantada y que sin duda caerá en los próximos días, pero ella no se molesta en ocultarlas. No se molesta en ocultar nada, y a través del velo de heridas y cardenales, la encuentra limpia, ligera.

—Contame. Sé que hablaron. Contame, por favor.

Durante el siguiente cuarto de hora intenta convertir sus experiencias en un relato ordenado, pero le resulta imposible y salta de un sueño a otro confundiéndolos y mezclando. Ignora a propósito su encuentro con doña Rosita y todo lo derivado del mismo, y suaviza los términos más tétricos de las pesadillas para evitarle una imagen pesimista que sin embargo Michelle pide y afronta con entereza. Lo escucha como si le hablara de la vida de su hija en otro país, como si realmente llegara de visitarla, y sus ojos se humedecen a medida que él es capaz de repetir frases completas. Cuando ha terminado, todo rastro de alegría ha desaparecido y llora luchando por contenerse.

—Es ella. Te quiere tanto… nunca dejó de pensar en vos. No fui una buena madre, no le di lo que necesitaba. No sé por qué hago las cosas, no sé por qué…

Se abraza a él y él acaricia su nuca con ternura.

—¿Por qué contactó con vos, Ethan? ¿Por qué no me habló a mí? No soy buena para ella. Yo quiero que sea feliz, nunca le grité, vos sabés, nunca la traté mal, pero no sé hacerla feliz. No sé darle lo que quiere. Soy mala, Ethan, soy una mala madre.

Entierra la cabeza en su cuello para ahogar el sollozo, que crece como el rumor de un riachuelo hasta que el hipo entrecortado marca el punto máximo. Ethan siente que lo único que puede hacer es abrazarla mientras le empapa la camisa.

—No eres mala con ella. Vivimos juntos, yo lo vi. Yo sé de lo que eres capaz por recuperarla. Mírate. Michelle está viva, y la vamos a encontrar.

—Nunca la atendí como tenía que haber hecho.

—Pues arréglalo.

Ella se retira de su clavícula mostrándole el rostro congestionado del llanto, la gasa mojada y arrugada, la nariz amoratada y moqueante. En lugar de avergonzarse le entra la risa y rebusca un pañuelo de papel para sonarse.

—Tengo que estar ridícula. Entre tus cortes y mis golpes vaya fachas tenemos que tener los dos.

—Encantado de conocerla, señorita. Estás muy tú.

Vuelve a reír y su voz recupera la tonalidad casi cantarina de júbilo.

—Gracias, Ethan. Gracias porque todo esto es por vos. Vos me devolviste la esperanza, y ahora sé que no era solo esperanza. Vos me has traído a Michi. Ella confía en vos. Ahora estoy segura de que voy a volver a verla y todo es gracias a vos. Te quiero tanto, Ethan.

Michelle le toma el rostro y Ethan se encuentra su único ojo, semioculto por pliegues de sangre embolsada, tornasolado por un derrame, que lo observa con adoración. Con una adoración que él nunca pudo atisbar, el tipo de adoración que dedicaba a los rufianes que la usaban y por la que él habría hecho lo que le hubiera pedido. Ethan se encara con una Michelle físicamente destruida, sedada, ignorante de su cuerpo y libre de sus caretas, y por primera vez cree conocerla de verdad. Lo que encuentra en ese rostro deformado es la belleza real de su alma, la de la muchacha educada para no madurar que se siente contenta de su dolor porque le hace soñar con su hija. Y ese ser desinteresado, esa persona dispuesta a entregarse que él creyó vislumbrar al inicio de su pareja y se diluyó entre sus vivencias, lo mira con una única pupila que se abre en profundos contrastes para él, plena de gratitud y amor. Michelle, con la torpeza de un cuerpo desconocido, se aproxima, y sintiendo agujas de dolor en cada contacto, llena sus labios de pequeños besos secos como alas de mariposas. Ethan se deja besar sin llegar a responder hasta que las bocas de ambos se abren y su lengua entra en profundidad, con menos presteza que años atrás y mucho más sentimiento, hasta que él puede sentir el ligero sabor de sangre que no la ha abandonado desde el asalto. Lo rodea como puede con su brazo útil, y se adhiere a su cuerpo como una hiedra, con la necesidad de fundirse, de doblegarse a él y desaparecer entre sus músculos, una necesidad que él no había saboreado hasta entonces. Se mantienen unidos en un prolongado beso que comienza en la intimidad y, al menos para él, se vuelve una experiencia erótica. Michelle no es muy capaz de excitarse en su estado actual, pero la pulsión de someterse, de sentirse dirigida y poseída por él le dicta cuáles son sus sentimientos. Se separa con ternura y mientras acaricia sus mejillas con las uñas rotas le repite con un ronroneo que él no había escuchado antes:

—Te quiero, Ethan. Siempre me pregunté por qué no podía, pero ahora lo sé. Te quiero.

Doña María plancha mientras espera el regreso de su hija, y lo hace al ritmo de la emisora de música romántica que siempre la acompaña. Menea la cadera con diestros recortes en un vaivén rítmico que Leidy aplaude mientras recoge las sábanas y las dobla.

—Déjeme que la ayude.

—Diay, hija, no se moleste que ya tiene bastante sufrimiento. Ahora que llegará la Michelle ella me ayudará en todo. Usted descanse su pena y no trabaje más, que me lo ha cuidado todo muy bien estos días.

—No puedo hacer menos, me salvaron y yo, pues no les puedo agradecer más. Sin el amor de Beto, yo…

Leidy luce un tono demacrado, y aunque el diálogo se trufe de lisonjas y parabienes el temblor que asoma a ratos en su habla no deja duda del dramático momento que atraviesa. Por su lado, Beto se arrellana en el sofá y se centra en los resultados del fútbol esforzándose por escuchar el televisor por encima de la conversación. Se torna hacia Leidy.

—Uy, mi amor, ¿no me acercaría usted una cervecita que se me acabó toda?

—Pues cómo no, mi rey.

Aprovechando un breve intermedio abre la nueva lata e interpela a su madre con tono infantil.

—Ay, mamita, ¿cuándo es que llega la Michelle con el gringo? Estoy nervioso de ver qué dice cuando nos vaya a ver a mí y a Leidy.

—No *m'hijo*, usted no tiene que estar nervioso porque esta es su casa y a usted nadie va a echarlo de aquí, y si su hermana tiene un problema, pues para eso estamos las familias, que ella bien tiene quien la cuide y a usted quién me le va a hacer de comer y quién me le va a *chinear* si lo dejo así solo. Y a la pobre de Leidy, que con la tragedia que le acaba de pasar, que lo ha perdido todo, que eso sí que es una tragedia y no lo de la otra, que siempre ha andado buscando así, entre los hombres.

—Pero usted le dirá que Leidy nada que ver con lo que hacía su familia, ¿no es cierto?

—Tranquilo *m'hijo* que mientras sea su novia esta es su casa y ella es otra hija mía que no había tenido, ¿verdad, hija?

—Como diga, señora, y yo no tengo más que agradecimiento para usted, que aquí estoy mejor que en mi propio hogar, que de por sí... —Y descompuesta, despunta a llorar como los días previos.

—Con mucho gusto, hija, con mucho gusto, que mientras yo mande en esta casa a usted ni la va a sacar nadie *ni nadie* va a tener nada que decir sobre eso.

Alberto se acerca a su novia y le planta los labios en la mejilla, pero no le ofrece otro contacto, la deja fregando los platos como si ese fuera suficiente consuelo y mientras ella se enjuaga las lágrimas en la manga, abandona el programa deportivo, ahora centrado en baloncesto, y se sienta a la mesa, en la que un hule de plástico blanco aún mantiene una taza de desayuno con pan dulce que come acompañado por la cerveza.

—¡Mamita! ¿Y usted cree que habrán almorzado?

—A estas horas deben, y ahí tienen café preparado para los varones, que si Leidy debe hacer más, se hace en un momento, y aún queda arroz con pollo por si alguno trae hambre.

El ruido del motor aproximándose y apagándose frente a la puerta los interrumpe y la madre se vuelve extrañada. Esperan un instante y de inmediato llaman.

—¿Que no es muy pronto?

—¿Quiere que abra, mami?

—No, *m´hijo*, que su hermana se molestará. Ya voy yo, usted quédese ahí tranquilo, y vos, Leidy, hija, guardate en el cuarto hasta que ya esté todo bien hablado.

La señora desenchufa la plancha, parsimoniosa, y enrosca el cable antes de dirigirse a la puerta. Camina con su andar pesado sin atender a la espera de los recién llegados, como si disfrutara abusando de su paciencia. Michelle, Andrés y el gringo aguardan al otro lado y ella demora con desidia la respuesta hasta el punto de poder forzar un segundo timbrado que sin embargo no llega. No lo exterioriza pero le decepciona no conseguirlo, no poder abrir con un tono malhumorado por la insistencia, la falta de consideración a sus problemas circulatorios y el desprecio a su edad, como si fuera la mucama que recibe a los hacendados, a la reina que parece creerse su hija y la cohorte de interesados que siempre lleva tras de sí. Ese discurso va tomando una forma intuitiva en su mente y se agazapa para ser escupido ante cualquier excusa.

Sin embargo, cuando abre, frente a ella no encuentra a sus hijos ni al extranjero. Allí, ocupando el espacio desde el umbral hasta la calzada, una docena o más de jóvenes la retan, la faz en alto, el pecho avanzado, los hombros atrás y el gesto severo, desafiante, maligno. A medio metro apenas, casi oliendo su aliento, la observa el líder de la jauría, el que llamara un momento atrás de manera tan civilizada, en parte como señuelo en parte como burla, y aguantó con calma su largo devaneo hasta la puerta, su infinito monólogo interior, dejando que la irritación de sus compañeros se alimentase. Ese joven, que no sobrepasa los veinticinco años, cubre su calavera con poca piel marcada por cicatrices y viejo acné, surcos de violencia y dolor físico, secuelas de la pasta base de coca y un modo caótico, inclemente, opresivo e insomne de conocer el mundo, su mundo, en el que rige una ley, la que impone la clica. El joven sonríe con lentitud al ver asomar a la anfitriona mostrando los labios breves y devorados, las encías sangradas y titilantes y amplios dientes oscuros de tabaco, alcohol y otras drogas, y sus ojos vacíos la envuelven y atraviesan como los de una serpiente a un roedor. María comprende lo que se ha desplegado frente a su vivienda, demasiado tarde.

La cabeza del primer pandillero luce rapada y limpia de decoraciones, con un diminuto bigote y un mechón de barba bajo el labio, y ningún diseño delata su pertenencia en las zonas más visibles como el cuello o los brazos, pero el panorama cambia en lo que respecta a sus compañeros. Más de veinte ojos cínicos, desencantados, algunos desorbitados, enrojecidos, ebrios de distintas sustancias, carroñeros y ávidos de violencia se centran en la mujer que no puede percibirlos todos. Tatuajes intrincados atraviesan los rostros casi infantiles —su jefe es también el decano—, y describen su historia y filiación. Un chico que no supera los quince muestra un doce gigante que se extiende de la barbilla a la frente, en la que otro muchacho con un solo ojo y uno falso de cristal, tan pequeño que no completa la cuenca, luce una «M» y una «P» en una tipografía barroca y retorcida. Al fondo, un integrante más se corona con la testa casi virada al negro por la superposición de dibujos que lo convierten en una inquietante irrealidad. Los motivos a lo largo de hombros, pechos, antebrazos y manos se confunden y multiplican creando un ensordecedor retrato de voces mudas que gritan desde la tinta inyectada, una ornamentación laberíntica y siniestra que los funde en una mancha móvil que desde la distancia parece vibrar como un fluido gigante e incoherente. Exhiben con orgullo sus mancillados torsos inmaduros, descamisados o a lo sumo con una blanca de tirantes, y rematan casi como uniforme con pantalones caídos y calzoncillos sobre estos. Casi todos ellos calzan variantes de un mismo modelo clásico de Nike que contrasta con el valor del resto de su ropa. Los habitantes de las colonias ajenos a su grupo saben que no pueden comprar ese modelo, su uso se encuentra vetado para ellos y se pena con la muerte.

El líder se retira la camiseta y muestra una brutal escarificación recién terminada, un óvalo de sangre relleno por completo de minúsculas heridas con geometrías superpuestas que le cruzan los pectorales y las costillas hasta el ombligo, brillantes de carne viva y que aún esbozan un trazado confuso por la inflamación. Ríe trémulo mientras se la enseña a doña María por un motivo que ella no comprende, y ese cuadro es lo más cercano que puede imaginar al infierno.

—Buenas, señora. ¿No estará su hijo?

Doña María siente el terror desarmarla y sus rodillas flojean sin que sepa responder. En el salón Beto reacciona veloz, se levanta de la silla y, sin darles tiempo ni preocuparse por las mujeres, se lanza desesperado hacia el patio trasero. El grupo columbra algo a través de la madre y empiezan la persecución. Tres de ellos se encaraman por las rejas delanteras de las ventanas y mientras él abandona la cocina puede oír las primeras pisadas sobre la chapa. El jefe atraviesa la entrada que la mujer obstruye más por parálisis que por voluntad, la tira molesto contra el suelo y la pisa con intención. Mientras le pasea la suela por la boca, grita divertido al fugado, que ya ha salido por el otro extremo.

—¡¿Beto, qué tenés?! ¡¿Que ya no querés más?!

Varias réplicas como ecos lo secundan al tiempo que sus acólitos invaden el lugar. Alberto abraza la malla trasera y con un medio giro la salva guardando el equilibrio y cayendo al otro lado en el mismo movimiento, se levanta con agilidad en el patio anexo, se cuelga del muro lateral que cierra la choza y pasa la primera pierna con un impulso que arrastra al resto del cuerpo, colocándolo en la acera exterior en un tiempo récord. Se incorpora y arranca a correr por la paralela en sentido contrario a la fachada principal. La estrecha lengua de tierra se convierte en una polvareda a su paso en la que no penetra la partida que invade su hogar ni el coche aparcado, que nadie mueve de su sitio. Pero lejos de sentirse a salvo, no tarda en comprobar que otro coche lo espera al fondo. Ningún ruido emerge de las casas contiguas, nadie se asoma a mirar, para él la colonia donde ha crecido ahora es un desierto. Rebusca en todas direcciones analizando sus posibilidades y localiza otro patio por el que desviarse sin parar a pensar si los vecinos lo detendrán, le ayudarán o se quedarán encerrados, aunque conoce bien la situación, la ha vivido más veces, nadie aparecerá haga lo que haga. Trepa con flexibilidad sobre la pared pero el coche casi ha llegado a su altura y desde él le pita y se asoma otro chaval, con un tatuaje sobre las cejas como un grafiti y dos dibujos incomprensibles cerrándole los párpados y provocando el espejismo de una ceguera real, que parece conocerlo bien y le reclama.

—¡Quieto, Beto! ¡Loco, no jodás!

Alberto cae en el patio y brinca hacia una hoja con mosquitera para abrirla, pero descubre que alguien se lo impide desde el interior.

—¡Paso, por favor! ¡Déjeme pasar!

A través del endeble contrachapado unas voces llorosas le imploran que no siga, que tienen niños, no le pueden ayudar, que se vuelva. Toma carrerilla para tumbarla, pero antes de terminar siente los brazos que se le echan encima. El conductor y su copiloto han conseguido saltar tras él. Se revuelve y con la desesperación le clava un rodillazo al primero y lo usa como escalera, apoya un pie en su coxis, el otro en el hombro del segundo, que le agarra el pantalón, y se coloca de nuevo sobre la tapia, lanza dos pernadas al aire y su captor suelta la presa para evitarlas. Beto cae de cabeza a la tierra, se frena con las manos dañándose las muñecas pero no atiende al dolor, frente a él se encuentra el coche abierto y, si tuviera suerte, las llaves puestas.

Doña María no se mueve del suelo mientras ve cómo su hijo libra el mallado y desde el otro patio escala el muro hasta el callejón posterior, y allí lo pierde de vista antes de que sus perseguidores reaccionen. La mitad de los que han irrumpido en la vivienda parte de nuevo a la calle por el frontal, pero siente alivio y casi orgullo ante la ventaja que Beto ha conseguido con extraordinaria habilidad. Hasta puede ignorar el dolor de la cadera, solo preocupada de que su niño escape, y casi le satisface que los agresores que quedan hayan cambiado su objetivo hacia Leidy procurándole más aire, aunque siente congoja y vergüenza por lo que amenaza a la muchacha.

Leidy ha quedado atrapada en una trampa imprevista al encerrarse en el dormitorio. La ventana enrejada impide la huida, y el único camino posible es el salón, ocupado por seis pandilleros excitados. El más musculoso revienta la cerradura de un empujón y casi aterriza en el suelo por la inercia acompañado por las chanzas de los demás. Leidy, encajada en un rincón, grita del susto y los hace reaccionar como la llamada de la presa a la manada de caza. La chiquilla busca algo con que defenderse, pero solo hay ropa, una mesita y la misma cama, que intenta interponer como torpe barricada. Las alimañas se abalanzan a la vez sobre ella, la agarran y la sacan a tirones de la habitación. Ella se revuelve pero la trasladan entre todos sujetándole las extremidades como si pretendieran despedazarla. El último disfruta rompiéndole la blusa en busca de los pechos, que no consigue liberar por las sacudidas, pero la pelea enciende aún más a sus amigos.

—¡Qué rica la puta!

—¡*Ti* voy a culear!

—¡Verá el Beto que siempre fue un pura mierda!

La tumban sobre la mesa del salón para mantenerla abierta con más facilidad. Ella pide auxilio aterrorizada pero sus voces no tienen eco, no encuentran oídos que las escuchen, ni siquiera los de doña María, que prefiere mantener el silencio y aguantar esa impiedad si a cambio su hijito tiene una oportunidad. A fin de cuentas, Leidy va a pagar los pecados de su familia, de los que Beto es inocente.

Leidy ruega con angustiosos alaridos y se revuelve mientras siente las manos violando su cuerpo, buscando su sexo, hiriéndole, arrancándole la blusa y bajándole los minipantalones que vestía, subiéndole el sujetador por encima de los senos, que sacan al aire y estrujan con dureza, clavándole las uñas, arañándola. Uno de ellos se contorsiona para morderle con saña y el resto lo vitorea. La invade un terror animal, impotencia y pánico.

—¡Jajajajaja! ¡Mirá qué culo!

—¡Sacala el culo!

—¡Qué bravo el Beto!

—¿Qué tan valiente tu novio? Tranquila que aquí te salen más.

La inmovilizan mientras la manosean, pellizcan, chupan y muerden, y le sujetan brazos y piernas extendidos para tener acceso a cada pliegue. Tras el pantalón le arrancan las braguitas y exponen su pubis depilado, que les provoca gran algarabía. Lo cubren con las manos estorbándose unos a otros y recibe la humillación desamparada. El de menor rango se encarama sobre la tabla envalentonado por sus compañeros y ciego de piedra, y una pata se quiebra

181

llevándolos a todos al suelo entre carcajadas. Leidy recibe el impacto en la espalda y queda herida bajo la risa generalizada y los cuerpos amontonados.

Beto se incorpora pero le fallan las muñecas, que le arden y pueden haberse dislocado, y se escurre, reacciona rápido y consigue levantarse cuando un crujido estalla en su columna como fuego cortante y lo hunde. Los corredores del tejado han llegado hasta él y el primero se ha arrojado en su busca con ningún estilo pero con puntería, aterrizando con las rodillas en sus lumbares. Beto besa el suelo y se llena la boca de polvo, pero el cazador rueda proyectado por el choque y se aleja sin control. El instinto guía a Beto, que se pelea por alzarse de nuevo ignorando el dolor. Sube la rodilla derecha para apalancar pero es demasiado tarde, otro marero que no ve llegar se deja caer contra su rótula a peso muerto quebrándole el juego completo. Se desploma mientras una nube de piernas lo patea. La primera le acierta en la nuez y lo deja tosiendo y asfixiándose, se cierra en posición fetal, pero la mejor defensa también es la que le roba la iniciativa, le llueven los golpes por cada rincón haciéndole perder sensibilidad en los puntos alcanzados cuando, de pronto, el castigo se detiene sin previo aviso. Se mantiene inmóvil esperando unos breves segundos hasta que algo o alguien le aplasta el esternón y un tirón en el flequillo le vuelve la cabeza hacia atrás descubriéndolo a la vista. El sicario de las cuencas de muerto, al que conocía y clavó el rodillazo, se sienta a horcajadas sobre él rabioso de venganza, pide a sus camaradas que le sujeten las piernas, aunque ya no ofrecen mucha resistencia, busca una piedra que se le haga cómoda y se la estrella en la boca.

—¡Mirame, loco! ¡¿Que no me querés mirar, hijueputa?! ¡Loco, ahora sí que me emputaste!

Y baja la piedra una y otra vez buscando sus facciones, que Beto cubre con las manos como puede, estallándola en la nariz, los ojos, donde encuentra hasta que toda la cara queda cubierta por una pasta sanguinolenta que desdibuja los rasgos.

El grupo que tortura a Leidy la empuja hacia la cama de Michelle cuando nuevas vibraciones por la chapa les anuncian el retorno de uno de los suyos, que se asoma boca abajo por uno de los enrejados.

—¡Oigan, cerotes! ¡Vengan *p'afuera* que ya está el chivo!

Los menores corren como niños ante una fiesta y los dos más maduros se quedan sujetando a Leidy; el primero le estruja la melena haciéndola mirar al techo mientras el otro le dobla un brazo contra la escápula hasta que llora de dolor. Así, contrahecha y desnuda, la sacan obligándola a caminar como una muñeca con las articulaciones forzadas. Una vez fuera puede ver que han conducido a Alberto con algunas fustas improvisadas con tallos y ramas, azotándolo como a un animal a lo largo del trayecto hasta que no se ha podido mantener en pie, dejando el camino marcado por un rastro de sangre que le mana de todo el cuerpo. Lo observa pero no puede reconocerlo, su cara es una masa informe y granate. Los que lo sostienen a él y los que la sujetan a ella ríen por igual.

—¡Jajajajaja! ¡Mirá tu noviecito! ¡Jajajaja!

—¡Eh, Beto, *mirala* que guarra tu *jaima*! ¡Nos la vamos a *culiar* todos! ¡Jajajaja!

—Que la va a gozar, que ya dicen que sos un poco hueco.

—¡Y luego ya no va a querer más con vos!

Uno de ellos indica al benjamín que saque a doña María. El chiquillo entra y la arrastra hacia fuera sin darle opción de levantarse, con mucho esfuerzo, provocando la hilaridad de los presentes. El jefe habla a Beto mirándola a ella y el gregario la sostiene para asegurarse de que no pierde detalle.

—Mire a su mamá, Beto. ¡Mirala!

Beto no reacciona, alza ligeramente los párpados pero no parece distinguir.

—Puta, señora, viera que su hijo no le contó de Jonathan, puta, y los dos laboraban para unos que nos pagan, y fue muy feo lo que le han hecho al Jonathan, puta, y si el Jonathan muere, pues el *voltiado* de Beto lo va a aprender que a nosotros ni risa… Puta, Charly, cuidá que doña señora no me mira.

Charly estira los cabellos de doña María arrancando algunos y usando el movimiento para apoyarle la punta de una navaja en la comisura de los párpados.

—¡Mirá! ¡Mirá vieja malnacida o te rajo los ojos para que no podás cerrarlos!

La mujer vuelve a abrirlos y no puede desviarlos de su hijo, abandonado en manos de esos brutos como un bebé desangelado, las rótulas dobladas de manera antinatural, expulsando pompas de sangre a cada exhalación, irreconocible y casi inerte, y solloza muda, pues evita proferir ningún sonido.

—Mirá. Esto es nuestro regalo para vos, para que no nos olvidés.

Y alza la voz desafiando a toda la colonia.

—¡¿LO OYERON?! ¡PUTA, CON NOSOTROS NO SE JODE!

Y con la misma brutalidad que lo han tratado hasta el momento, colocan a Beto a su gusto, lo golpean con la culata de un revólver en la boca, que se abre casi sola dejando caer finas lajas de esmalte, le meten el cañón hasta las amígdalas, hasta que una arcada parece animar la poca vida que muestra, los asistentes se hacen a un lado y el pistolero que lo encañona dispara con un trueno opacado por el propio paladar que llena el silencio avergonzado de las calles adyacentes. El interior de sus pómulos se ilumina blanco y naranja por una fracción de segundo mostrando la carne como el plástico de un muñeco y la parte posterior del cráneo explota en una lluvia de pedazos carmesí llenos de pelo que se esparcen varios metros. Discos blancos del hueso y una masa informe se desparraman detrás de su nuca y una nube pulverizada aterriza lentamente en un arco amplio y lejano, humedeciendo el polvo de la calzada.

Leidy chilla horrorizada con un dolor que llega a asustar a los propios asesinos y doña María siente como algo denso le obstruye la tráquea impidiéndole gemir. A una señal sueltan a la madre y al hijo cayendo ambos al suelo como dos fardos, ella tratando de buscarlo, sin fuerza, tan muerta como él. Ignorando a Leidy, el principal se introduce en el segundo coche y antes de desaparecer dedica un último comentario a los ocultos espectadores.

—¡Para que no nos olviden, hijueputas! Y tú, vieja, recordá que tenés más hijos.

Los adolescentes que custodian a Leidy, que parece agotada de su propio aullido y apenas se tiene en pie, se aprovechan de su desfallecimiento y la introducen con ellos al primer coche mientras el resto se dispersa. Entonces parece comprender su destino y vuelve a revolverse pateando al aire sin emitir palabra, con un gruñido desesperado. El aspaviento los irrita y uno de ellos le responde con un fuerte puntapié en el estómago que la obliga a contraerse. Con esa posición la encajan en el piso del auto como un paquete voluminoso.

—¡Callate ya, puta! Dentro de *un* poco vas a estar como él, pero primero te vas a divertir un rato.

Y desaparecen dejando la muda tensión del miedo, que se posa a lo largo de la calle junto al *polvazal* de la carrera. María serpea hasta el cadáver de su hijo y lo coloca sobre su regazo. Un gañido fantasmal surge de su pecho.

El ánimo entre Ethan y Michelle sigue siendo de extrañeza. Ninguno supo qué hacer con esa primera oportunidad que se tornó inmanejable tras el largo beso; Michelle se encontraba demasiado dolorida y tuvo que recostarse dando a Ethan la excusa perfecta para salir en busca de una enfermera. Abandonaron la clínica sin mencionarlo y el diálogo se centró en logísticas rutinarias de la investigación, pero la semilla estaba plantada, y la tensión tímida y juguetona entre ambos aumenta con cada roce involuntario, cada cruce de miradas. Sin embargo, al aproximarse a la colonia, Michelle intuye que algo extraño ocurre. Se lo indica a Ethan, que no está familiarizado para descifrar esas señales. No se ve gente, no hay movimiento. El barrio parece tomado por una fuerza invisible.

—¿Lo ves?

—Creo que sí. Tienes razón, los otros días no era así.

—No está bien. Ay, Diosito, me está dando miedo. Protégenos, Dios todopoderoso, Virgen misericordiosa, que no haya pasado nada malo.

No vuelven a hablar. Circulan a través del silencio antinatural y su impresión se ensombrece a medida que se acercan, hasta doblar la última esquina y afrontar la visión de la casa abierta, donde nada los aguarda, ningún alma más allá del estremecedor espectáculo de la madre abrazando el cadáver de su hijo, clavada en el charco de su sangre. Nadie se ha atrevido aún a salir, nadie ha avisado a las fuerzas de orden público, que prefieren no darse por enteradas si no hay solicitud expresa. Nadie excepto María, que aún sostiene el cuerpo ensangrentado de Beto y lo mece como si pretendiera dormirlo con un gemido desgarrado que planea como un zumbido por la vecindad. Ethan estira la mano buscando el contacto inmediato con Michelle, quien sin decir palabra le indica que detenga el coche colocando a su vez su mano sobre la palanca de cambios. Él obedece analítico e hipnotizado por la situación, y se vuelve a ella decidiendo su siguiente paso, pero la mirada de desesperanza y aceptación que encuentra no le pide respuestas. Michelle lo observa desde un extraño vacío y le deposita un beso de agradecimiento antes de abrir la portezuela. Se encamina hacia su madre hasta que esta es consciente de su presencia y la detiene con un bramido inhumano.

—¡No se acerque! ¡Concubina de Satanás! ¡Todo esto es por su culpa! Tiene esa niña sin padre. ¿Cuántos papás ha tenido? ¡Tantos que no se acuerda!

Michelle no responde ante los insultos, como si existiera cierta costumbre, como si los conociera desde niña.

—Mamita, déjeme ayudarla.

Pero la mujer reacciona como una leona con su cachorro. Su gesto es tan violento que Michelle se paraliza.

—¡ATRÁS! Mirá a mi pequeño… ¡Mirá lo que le han hecho por tu culpa! Por no saber cuidar a tu hija. ¡Porque te la robaron nos obligaste a hacer todas estas cosas!

Se quiebra en tanto vuelve a mecer el cuerpo y se empapa de su sangre.

—Mirá… mirá a mi hijito…

Ethan no ha abandonado el coche para no invadir su intimidad, pero la agresividad de doña María le preocupa y desciende mientras telefonea a Andrés.

—Don Ethan, disculpe que no lo fuera a recoger, ahora mismito no puedo atenderlo, pero…

—Andrés, llama a la policía. Han matado a Beto en casa de tu madre, ven en cuanto puedas.

Cuelga e intenta alzar a doña María para acabar con el patético cuadro.

—Levante. Vamos adentro.

Michelle con una voluntad mecánica recoge la cartera de Beto, caída a varios metros, y una zapatilla que quedó a medio camino. Las acerca soportando sin queja los agravios de su madre, que rechaza a Ethan.

—¡Fuera de aquí! ¡Esta no es su casa! ¡FUERA! No la quiero volver a ver. Esa no es mi hija. ¡No es mi hija! ¡Volvete a tu casa de rica! ¡Vuélvase con su novio, el que no quería a su hija!

Ethan no decodifica esa cháchara, que se le antoja un sinsentido, hasta que la misma María se da cuenta y le vocifera a él salpicando parte de la sangre que la mancha.

—No le contó nada, ¿cierto? Le trajo con mentiras como a todos. No le dijo que vive con un ingeniero, ¡un rico!, y se vino a mi choza para engañarlos a los dos. Como al otro le contó que usted se llegaba para ayudar *en* buscarla, no para tenerlo todo *pepiado*. ¡Y se volvió con él en cuanto vos *salistes* por la puerta! ¡Por eso no lo quería en el hospital, para que no se conocieran! Pregúntele para ver qué mentira se inventa ahora. No le contó nada por si luego no venía, y al novio le dijo que vos sos un detective gringo, no su otro novio. ¡Pregúntele dónde está el dinero que le dio el otro para pagarle! ¡Es una ramera!

Ethan recibe cada palabra como un golpe que envalentona más a doña María, quien junta saliva y escupe a Michelle, que no se inmuta. Absorta, se ha arrodillado junto a su hermano y trata de limpiar el suelo acercando penosamente los pedazos de cráneo al cuerpo, intentando ordenarlos, aclararle el rostro de sangre mientras ella se moja, ajena a lo que recibe. Ethan toma a Michelle por los hombros, pero se zafa para quedarse con Beto, mientras su madre revive por el odio que la anima.

—¡Así es mi hija! ¡No la ha conocido! ¡Solo vale para hacer el mal! Desde que era una niña lo sabía. Se *los* dije, siempre lo supe. ¡Recordalo! ¡Decí si es mentira! ¡Siempre se *los* dije! Siempre lo he sabido, solo sirve para destruir, como ha hecho con nosotros, con su propia familia…

Ethan se harta, zarandea a Michelle por el brazo sano y la iza con fuerza. Ella, descompuesta, con el ojo libre enrojecido, musita sin mirarle a la cara.

—Dejame, por favor. Tengo que ayudarla…

Pero él desoye sus palabras, la empuja hacia el coche y ella se deja hacer. La sienta en el asiento del copiloto y se queda allí ausente, fija en el volumen inerte de su hermano. Se abrocha el cinturón de seguridad de manera automática. Ethan arranca observándola de reojo, pero ella mantiene la vista estática, dejando que dos líneas continuas de lágrimas le limpien la tez en franjas verticales. Lo único que Ethan puede improvisar en ese momento es llevarla a su propio apartamento y permitirle ducharse para que al menos se lave la sangre, pero cuando va a doblar en la primera esquina, ella posa sus dedos con ligereza y le murmura.

—No. Aquí a la derecha.

A partir de ese momento ella le indica la dirección con pequeñas presiones táctiles en un sentido u otro, y Ethan conduce como un robot sin que ninguno pronuncie una palabra. Por fin alcanzan el distrito financiero y, tras él, barrios residenciales de prensa rosa en los que aleatorias furgonetas de policía con cañón de agua guardan la paz de la clase alta. Ruedan hasta un cierre de ladrillo veteado con columnas lacadas y un triple portón de seis metros junto al que hay una cámara de vigilancia. Le hace detenerse frente a la misma y Michelle se asoma para ser reconocida. La sangre salpica su piel y una voz metálica responde por un interfono.

—¿Precisa ayuda? ¿Desea que llamemos una ambulancia, policía?

Ella niega con dulzura y se abre la reja principal. La urbanización se compone de chalés independientes de cientos de metros con jardín perimetral; se trata de parcelas de clase media alta, no de la oligarquía. A cien metros se detienen delante de una mansión de corte neoclásico un poco burda. Dos guardas de seguridad con las manos en las armas han abandonado una lujosa garita y caminan hacia ellos. En la mansión se abre una vidriera y corre desde el interior una criada entrada en carnes y edad que se asusta al encontrar a Michelle.

—¡Señorita! ¡Jesús bendito! El señor no llega hasta la noche, ¿quiere que lo llame?

Michelle mira a Ethan sin ahorrarse la vergüenza ni molestarse en aparentar, sin disfrazar la evidencia. Ethan no puede hablar, los estímulos se enredan como un torbellino y un nudo vuelve a asentarse en su garganta. Necesita que le explique que todo es un error, quiere despertarse como de un mal sueño, pero sabe que no puede evitarlo, solo queda pasar el dolor, como siempre con Michelle. Como siempre con ella.

Michelle le despide con un hilo de voz antes de abandonarlo.

—No quiero que me perdones. Nada más te pido por la niña.

Después se levanta, se aleja, se arrepiente y recula.

—Todo es verdad. Todo lo que te dije.

Y camina arropada por la asistenta, que indica a los guardas que vuelvan a su recinto. Ethan sale de allí perdido, noqueado, sin saber qué hacer, dónde ir.

Aparca junto al apartamento. Agradece alojarse en ese distrito, le parece cómodo y seguro. Baja a un *sport bar* igual a los que podría encontrar en Florida y se sienta a ver un partido intentando aliviarse. Andrés le telefonea varias veces pero le responde por mensaje excusándose, prefiere no hablar. Además de herido, enfadado, triste y perdido, se siente ridículo. Ese era el mágico poder de Michelle, y lo había olvidado, espolvorear con azúcar cada puñalada y después disculparse, elevarlo para que la caída fuera mayor y después abandonarlo solo y desnortado. Pero al mismo tiempo se repite que esta vez es distinta, ahora no es él quien espera en casa, ahora él es al que dedica sus palabras de rendición, para el que organiza sus desquiciados planes, después de esos años ha cambiado de papel, y se deprime aún más al verse abrazar esas fantasías y comprender que se despeña en ese juego cada vez más profundo. Y no se atreve a compartirlo con nadie porque se siente avergonzado, estúpido. Ni siquiera piensa en Ari, evita hacerlo como si invocarla fuera engañarla otra vez, y vuelve a caer en el círculo vicioso, porque lo peor es que ni siquiera hubo engaño, se asegura, hasta ese encuentro su atención había seguido en el caso, hasta ese momento no se había planteado nada, se jura, y el beso no fue más que un bello y sincero encuentro, se engaña, ¿cómo puede dolerle algo que no solo no tenía sino que no pensó en tener? Y cada vuelta lo desquicia más.

Andrés le escribe varios mensajes que responde por cortesía.

Mi hermana ya me dijo. Yo sabía que la mentira acaba mal. Le pido perdón por mi culpa, nunca tenía que haberlo permitido.

Andrés, lo que importa es tu hermano y tu madre, lo demás son tonterías. No tienes culpa de nada. Si ella te lo pidió no podías hacer otra cosa.

Dios me perdone pero ya ni lágrimas me quedan por mi hermano.

Por él ya dolí *hace mucho, cuando lo vi perderse en las garras del Enemigo y no lo supe salvar. Si no va a seguir la investigación lo entiendo y le agradezco por todo lo que ha hecho por nosotros.*

Claro que sigo. Solo necesito un día para descansar.

Calvo me contactó. Me dio información. Me pidió que no le contara hasta hablarle él.

De acuerdo. Entonces si no es urgente lo comentamos mañana.

A lo largo de la tarde recibe más llamadas de un número desconocido que opta por no responder y se rematan con otro SMS.

Don Ethan es Adrián Calvo. Ya sé todo. Le doy mi pésame pero es importante verlo. Tengo lo que busca. En este número cuando pueda.

Calvo sabe jugar sus cartas y enciende su interés. Por fin, a última hora lo contacta.

—Buenas, don Ethan. ¿Vio?, como que empezamos casi de novios y ahora de repente como que se me esfumó.

—Lo siento. He estado muy ocupado.

—Eso me parecía. Ya le di el pésame, ¿verdad? Sigamos. Viera la cantidad de novedades que tenemos para platicar. ¿Sabía que Leidy se ocultaba en casa de doña María?

—No tengo idea de nada. ¿Sabe dónde está ahora?

—Por su propio bien espero que terminada. Se la llevaron los de la Doce, lo mejor que le pudo pasar, digamos, es que durara poco. Mañana será el funeral.

—¿Por ella?

—Oh, no, para eso tendrán que encontrarla. Por Beto, y algo dirán por Jonathan. Eran buenos compas. Pero usted ya sabrá todo de eso. Espero verlo allí.

—En el funeral de Beto y Jonathan. Será una broma.

—Podría, pero no. Estaría bonito verlo. Puede aprender las tradiciones típicas.

—¿Y de paso saludo a Michelle y doña María?

—Oh, pues no van a ir, ¿cómo pensaría que lo *fuera* a llevar si iba la familia?

—Lo que no pensaría es que la familia no vaya.

191

—¿Vio como ahora sí le pinta? La clica no dio permiso para acudir, pero nosotros sí podemos, no somos vecinos. Lo que verá le enseñará más que todas nuestras vueltas, la precaución de mantenernos alejados un toque. Verá que sí merece la pena.

Abrió los ojos y supo que se había dormido. Miró el reloj, casi media hora, y aún faltaba otra media para que llegara el receptor. Se rascó el mentón y le estorbó la longitud de la barba, llevaba casi una semana sin afeitarse. Acostumbrado a la vida entre estaciones revisó en la mochila que llevara la maquinilla y la brocha y se dirigió hacia los baños, que conocía de largo. Los buses cruzaban en doble sentido y el público resultaba escaso debido a la temprana hora, aún antes del amanecer. Descendió a los aseos de las dársenas, que usaban los choferes y además de vacíos estaban limpios. Los lavabos eran amplios y se duplicaban frente al espejo corrido que ocupaba el tabique. No tenían grafitis ni pintadas y olían a desinfectante. Como había supuesto, era el único usuario, y eso le agradó. Se extendió la espuma y comenzó a recortar cuando se abrió la puerta y un tipo bajo y trajeado pasó por detrás de él en dirección a un inodoro. Le irritó la intromisión en su intimidad pero siguió con su labor ignorándolo. La pregunta sonó desde el cubículo en que se encontraba y dudó de si hablaría por teléfono.

—¿Ha traído la mercancía?

Era evidente que podía referirse a él, pero también podía tratarse de una casualidad estúpida, por lo que siguió centrado en su rasurado y la frase no se repitió. Escuchó la descarga del fluxómetro y el batiente, y volvió a presentarse el extraño, que esta vez le miró a los ojos mientras se lavaba las manos bajo el grifo del otro extremo.

—Le he preguntado si trajo nuestra mercancía.

El Monstruo le devolvió la mirada y encontró frialdad, que respondió con firmeza.

—No me hable. No lo conozco.

—Yo a usted sí. Aquí está lo convenido.

Sin atisbo de discreción sacó un paquete postal del bolsillo interno de la americana y lo arrojó a su pila. Cayó sobre los restos de jabón y pelo y tuvo que rescatarlo para que no se pringase. Atisbó el interior y los billetes aparentaban lo esperado. Ojeó al pagador, que permanecía inmóvil atento a su propio reflejo. Lo entendió como una invitación, desprecintó el dinero y lo contó dos veces. No faltaba nada. Tan pronto se agachó para guardarlo en la mochila, el personaje lo azuzó.

—Ahora lléveme a la mercancía.

El Monstruo le respondió desde el suelo.

—¿Dónde está el caballero con el que trato?

—Eso no importa. Estoy yo. Lléveme a la mercancía.

—¿Cómo sé que no me engaña?

—Ahora saldré de aquí. Si abandono la estación sin lo prometido le matarán en este mismo baño. ¿Qué más necesita saber?

Confundido, el Monstruo lo condujo a través de los grupos de viajeros hasta las populosas calles del barrio obrero en las que los olores y las voces se mezclaban de manera inextricable. Su seguidor mostraba una aparente flema que dejaba traslucir su asqueo por ese entorno, como si el propio aire pudiera mancillar su inmaculada ropa. Los zapatos y los bajos del pantalón se le habían cubierto de polvo anaranjado cuando entraron en una campa en la que dormitaban docenas de camiones articulados. Oculto entre las últimas filas descansaba el tráiler negro.

—Aquí la tengo. ¿Ha traído carro?

—No. Montaré con usted hasta un punto. Allí se realizará el canje. Maneje y yo le indicaré. Debe seguir mis instrucciones de manera correcta.

El Monstruo, inquieto ante su hierática autoridad, no puso más objeciones y se dejó guiar saliendo de la multitudinaria urbe hacia predios cada vez más aislados, bordeando favelas en las que el riesgo resultaba palpable, hasta que se detuvieron en un baldío en el que se adivinaba una ruina demolida, como la vieja factoría de un producto que la sociedad había olvidado. Le ordenó apagar el motor y aguardaron en un mutismo que le provocaba un desasosiego creciente, hasta que un traqueteo duplicado y ocho faros xenón anunciaron la llegada de dos Lexus RX que lo cegaron. Se detuvieron cercándolos y pudo ver cuatro o cinco sombras que descendían. Sin saludos ni ceremonias se apostaron junto a las manillas y su acompañante volvió a romper el silencio sin mirarle.

—Ahora puede entregarnos la mercancía.

Inseguro, se deslizó bajo la cabina y alcanzó el depósito, soltó los pernios y desprendió el doble fondo liberando el cuerpo semiinconsciente, sucio, sudado y magullado de la niña, que tomaron dos de las sombras y ayudaron a incorporarse mientras la desataban y desamordazaban. Apenas le soltaron las cuerdas de las rodillas se desmoronó y tuvieron que atajarla. Uno de ellos la mantuvo con delicadeza, pendiente de su comodidad, mientras el otro la auscultaba e investigaba señales vitales.

El cliente ordenó al Monstruo ascender a la cabina y esperar en su asiento. Comenzó a sudar pensando en lo que esa pequeña zorra podría decirles. No le había hecho nada, se había contenido y ni la había tocado, aunque la puerca se merecía que la hubiera gozado hasta matarla. Eso era lo que merecía la perra, y ahora se encontraba a merced de lo que inventara para esos pendejos. Pero a pesar de las justificaciones que se repitiera, la realidad era que estaba atemorizado. Se había excedido, la había trasladado en el tanque más tiempo del necesario como venganza por lo que le había incordiado, y sabía que no había sido correcto, se había dejado llevar, pero que hubieran pasado lo que pasó él esos depravados que le pagaban para llevarles niñas quién sabía para hacer qué. Y se recostó buscando información en el espejo lateral, tratando de averiguar qué ocurría. Pudo ver cómo, el que él imaginaba médico, terminaba de examinarle la espalda y se acercaba al negociador afirmando algo con gesto decepcionado. Sintió erizarse la piel y se inclinó para poder seguir espiándolos, pero su movimiento debió llamar la atención de un escolta que se acercó al retrovisor, desenfundó algo como un martillo y lo golpeó dos veces quebrándolo. El Monstruo contuvo el impulso de insultarlo asumiendo el mensaje. La voz surgió de nuevo junto a la cabina y tuvo que asomarse para responder.

—No se encuentra en buen estado.

—Si tienen un modo mejor de sacar a una pieza así de su casa y cruzar el continente, pueden hacerlo cuando quieran, pero si es en un camión no hay otra forma.

—Ya le dimos un aviso. Después de aquello, la última llegó en mucho mejor estado.

—Esa era más fácil. Esta es una *india* medio salvaje. No imagina dónde vivía.

El negociador le ordenó callar con un dedo. Impresionado, escuchó su timbre monocorde.

—No damos dos avisos. Devuélvame el pago.

—¡No puede!

—Devuélvame el pago.

El Monstruo tembló de frustración, impotencia y miedo, pero no se atrevió a contradecirlo. Rebuscó en la bolsa y rescató el paquete. Estuvo a punto de arrojarlo al suelo pero temió que le hicieran bajar para recogerlo, y se lo entregó en la mano. Para su sorpresa, el pagador contó la mitad de los fajos y la retiró, devolviéndole el resto.

—No aceptaremos más fallos. Decidiremos si volvemos a contratarle. Espere nuestra visita en su refugio.

—No puedo esperar nada, tengo más encargos, cosas que hacer en la semana, muchos clientes.

—Revisaremos la mercancía. Si el daño es superficial le reintegraremos el resto. La visita se producirá en cinco días.

—¿Y si me tengo que ir? ¿Eh, qué van a hacer entonces?

El cliente se dio la vuelta y se encaminó a los Lexus sin esperar a que terminara la frase, haciendo que le hirviera la sangre por el desaire. Incapaz de controlarse, le gritó a través de la ventanilla.

—¡No puedo esperar! ¡Tengo mis mandados! ¡Si quieren algo me envían un *e-mail*! ¡Ya verán cómo se apañan!

Desde el vehículo y con el mismo tono impersonal, repitieron.

—Cinco días.

El Monstruo no se atrevió a replicar. Aguardó a que desaparecieran y entonces dejó escapar la ira contenida.

—¡Hija de puta! ¡Hija de puta! ¡Hija de puta! ¡Hija de puta!

Chilló y golpeó el volante repitiendo la injuria hasta que dejó de tener sentido, pero eso no lo aliviaba. El rencor lo asfixiaba, y sabía que si la hubiera tenido allí en ese momento la habría destrozado hasta no dejar nada reconocible, pero estaba solo. Lo habían dejado solo. Por fin la acidez remitió y pudo serenarse. Lo habían amenazado. Aquel *pocapicha* lo había amenazado en su propio camión y le había arrebatado la mitad del pago que le correspondía, que se había ganado, el precio que habían estipulado, ¿o no tenían palabra?, ¿quién se jugaba el tipo, ellos o él? Le debían todo, él era el que les arreglaba los viajes, en cierto modo él era quien los había inventado, ¿o no era así?, sin él no podrían saciar sus caprichos de degenerados, sin él no eran capaces de conseguir nada y se atrevían a amenazarle, a robarle su dinero. Había fallado una vez, una sola vez en todos esos años, e incluso así la puta había sobrevivido, se lo habían dicho, tenía aquella mierda de insuficiencia respiratoria, o alergia, lo que fuera, no era culpa suya, y el siguiente envío había salido perfecto, y aun así lo habían acorralado allí para acosarle, para recordarle que ya no se fiaban de él, para dejárselo claro.

Eran unos ingratos miserables. Se atrevían porque iban muchos, pero que se le enfrentara solo aquel *playo* del *saco*; «Ya no hay hombres», se repitió como otras tantas veces, «Ya no hay hombres», y arrancó recreándose en su odio a todo. No lo despacharían, si quisieran eliminarlo lo habrían hecho allí, no le darían cinco días de ventaja, y se tranquilizó amparándose en esa estrategia. Lo necesitaban, era el único que había podido organizarles tantos viajes sin un problema en las fronteras. Maldita puta, todo era culpa suya, si pudiera agarrarla iba a pagarle todas las humillaciones de ese traslado, el peor de su vida sin contar a la otra guarra asmática. Pero no podría, esas niñas nunca volvían. Y de nuevo permitió a la ola de resentimiento romper sobre sus contratantes. Ellos lo trataban con desprecio, como si merecieran más que él, pero en el fondo eran peores, iban detrás de aquellas fulanas y ni siquiera se atrevían a hacerlo por sí mismos. ¿Por qué tanta molestia por esas putillas? No tenían aún ni tetas, ni estaban ricas, no eran distintas a cualquier otra *india* podrida de aquel continente miserable; en cualquier ciudad de las que cruzaba podría conseguirles *culos* mucho más potentes, casi en cualquier parque, y raptarlas sin moverse un kilómetro de allí, por no hablar de los propios padres que se las venderían gustosos por mucha menos plata. Esos ricos sabrían en qué se la gastaban, los europeos eran así, los conocía desde joven, viciosos, achantados, débiles, chanchos culeros y millonarios, unos endogámicos que habían esquilmado América y ahora volvían para dar rienda suelta a quien sabe qué malditas fantasías. Como para permitirse el lujo de juzgarlo como ellos hacían, como si él no fuera nadie. Cuando no los necesitara más les enseñaría quién era el Monstruo, y les haría cosas a sus esposas y sus hijas delante de sus caras que ni habrían soñado en sus mansiones europeas *en Europa*, para demostrarles a quién debían temer de verdad.

Alimentando su amargura dio gas al infernal motor de su máquina sumergiéndose en el obsesivo monólogo en el que recreaba una y otra vez planes para destruir lo que le estorbaba, fabricando un mundo en el que todos le temían, elevándose sobre sus complejos y sus carencias, la cobardía, la inferioridad, el ego y la envidia. Y tras ello, iniciando de nuevo el círculo vicioso de su enfermiza pulsión, generando el deseo de la tortura sexual, calculando la coordenada exacta, la distancia correcta para encontrar a su siguiente víctima.

La mañana es soleada y clara, impregnada por una calima que otorga un aspecto acuoso a la realidad. Ethan ya ha aprendido que eso predice un día denso, húmedo y pegajoso; un día circular como el trópico, como esa sociedad estática y urgente que corre como un rayo de luz describiendo espirales sobre sí para no desplazarse del mismo punto. Una sociedad encerrada en una guerra secreta que parece cambiar de fachada con las distintas generaciones. Y se pregunta si esa tierra está condenada a la violencia o vive una etapa, como el trópico mismo cautivo de su clima repetitivo o libre y brotando sobre su cadáver en la eterna renovación de su voluptuosa naturaleza.

El cementerio se descuelga sobre el asfalto sin otra separación que un terraplén de unos dos metros, sembrándolo de terrones que aplastan los coches a su paso. No existe acera debajo ni reja arriba; ascendiendo por una escalinata excavada en la propia arcilla se accede al descampado que lo configura, por el que es fácil encontrar paseantes y parejas de cortejo. El conjunto, poblado por lápidas y tumbas irregulares, coloridas en tonos saturados aunque despintadas, verdes, azules, rosas y amarillas, se torna caprichoso y extrañamente acogedor. Es un camposanto sin tristeza, inocente y festivo.

Cerca de una de las esquinas se agrupa una multitud con diversidad de vestuario y tatuajes generalizados. Lejos de ellos, sentado en un altarcito blanco que delata su pertenencia a un infante, Calvo los observa y chista a Ethan para que se le una. Una vez juntos le susurra de nuevo.

—Le presento mi más sentido pésame.

—Ya lo hizo.

—No, este es por Leidy. Y lo lamento *en* verdad, pudiera decirle. Ya la encontraron, cabal me avisaron mis asistentes.

La congregación bisbisea un cántico que les llega fragmentado. Calvo se esfuerza por reproducirlo.

…a veces siento que es duro si un amigo se va
y su alma camina hacia la eternidad.
Él se fue y ya no vendrá
y para siempre se fue ya.
Y su recuerdo se quedará
pero ya que descanse en paz…

Lo completa con un pleonasmo.

—Es una canción que cantan.

Los reunidos mantienen posiciones firmes dibujando símbolos de la Doce con los dedos el tiempo que dura el recitado, que cierran con un «órale» unísono. Calvo sigue apuntando.

—Es por Jonathan, todito lo dicen por Jonathan. Es un modo de empoderarse del sepelio.

Finalizado el coro, un oficiante vestido con camisa blanca reluciente, corbata azul y biblia en el regazo, toma la palabra con pasión, al modo de un predicador televisivo, y convierte el sermón en una diatriba contra la violencia, contra el abandono de las escrituras y, en última instancia y dando muestra de valor, contra el mismo concepto de la mara, apiadándose de ellos uno a uno como «corderos descarriados» pero condenando la asociación para el delito y sobre todo la venganza. Alude a su alma cristiana y les ruega compasión y piedad citando de continuo las enseñanzas pacíficas de Cristo y el poder de la Iglesia: que la única solución pasa por poner la otra mejilla como enseñó el Salvador y que, al final, sus almas pertenecen al Padre y, como tal, sus otras filiaciones son bastardas. «¡De nada sirve!» –les alecciona–, «¡De nada sirve! Entrar en un banda que solo cuida nuestro cuerpo, cuando el alma, ¡ay el alma, mis amigos!, ¡el alma solo la cuida el Señor! Porque todo cuanto tenemos, ¡Él nos lo regala! No pueden darle la espalda al Creador como no pueden olvidar el amor que Jesucristo resucitado nos ofrece. El que no sirve a Dios, ¡sirve al Enemigo! ¡Es él!, el que quiere verlos pobres y sufriendo. ¡Es él!, el que inventa para que hagan daño, y ese daño solo se lo hacen a ustedes y a los que los aman».

Ethan admira la actuación del pastor, que camina afianzado entre los fieles acusándolos con el dedo mientras ellos agachan la cabeza pero no bajan las manos, que perduran el símbolo de la pandilla para desesperación de este. Es su modo de rendir sumisión sin renegar de sus principios. A Ethan le impresiona su contradictoria capacidad para compaginar la religiosidad con la violencia extrema. Si hay algo que hermana a las víctimas y los verdugos en ese mundo es la creencia compartida, ambos ruegan a Dios o a los ángeles y ambos se apoyan en sus iglesias y, sin embargo, las leyes morales que dictan estas no parecen afectarles. Los narcos, los mareros, buscan su protección, justificación y consuelo igual que los familiares de los asesinados, y aceptarán las imprecaciones, los exabruptos de sus párrocos con la mirada en el suelo a cambio de seguir formando parte de la comunidad, pero al abandonar el recinto sagrado volverán al crimen sin vacilar. El amor de Dios resulta compatible con cualquier modo de vida siempre que sea bendecida en el momento en que se pida. En determinado punto de la reprimenda, Calvo pierde interés, se lía un cigarro y centra su atención de nuevo en Ethan.

—Lo veo un toque desmejorado. El trópico no le está cayendo bien. A veces pasa, no se acostumbran al sol nuestro, ¿usa bloqueador?

Ethan tuerce el gesto disfrutando la ironía.

—Sí, de ese que es como barro, estoy intentando que las marcas de la cara no queden indelebles. Aparte de eso, lo mismo es de no dormir. Ya sabe que no es el trópico lo que me está sentando mal.

—No sé qué le diga, primero me viene como si lo usara su gato para afilarse las uñas y después se desaparece justito cuando una masa enloquecida lincha a la familia de Leidy. Al chile que con usted las sorpresas no se acaban nunca.

—Leí de ese suceso en los periódicos.

—¿Para ver si se olvidaban de algo? Tengo un amigo periodista, si me quiere dar algún detalle yo se lo pasaré.

—¿Tan claro tiene que estuve allí?

—Con lo bien que lo trato desde que llegó y me va a venir ahora así de feo. O la hace o no la hace, pero no me tome de maje. Por si me hubiera quedado alguna duda después de conocerlo, me bastó con oír a los testigos. Ya le dije que esos cortes no eran buen camuflaje. En una plantación de caña, tal vez.

—Si lo sabe todo, sabrá que nadie iba a lincharlos, la situación se desmadró. Eso también se lo puede contar a su amigo, la prensa solo habló del incendio.

—Algo me dice que si sigue por aquí se van a desmadrar muchas situaciones, empezando por la mía.

—No creo que deba preocuparse. Usted no estaba involucrado en aquello.

—Parece que no contó eso el otro día. Digamos, fue un bonito gesto avisarme por Andrés, justo lo contrario de vender una mentira sobre mí a unos desconocidos.

—Confié en que lo capearía, y doy por hecho que no me equivoqué, pero sé que he quedado en deuda. Y le pido perdón, por supuesto.

—No entiendo esos dos pasos seguidos, pero se *los* agradezco porque de una me puso en peligro y a la *misma* vez me dio ventaja, y me gusta corresponder a la generosidad, así que tampoco tiene que agradecerme.

—¿Por traerme aquí? No se me habría ocurrido.

—No, porque su antigua novia Michelle está viva.

—No lo comprendo.

—Si hubiera estado en la casa, *andara* ahí ahora —señala el ataúd—, acompañando al hermano. De algún modo había que sacarla.

Ethan se crispa ante la velada confesión.

—¿Que quiere decir?

—Me ha entendido muy bien.

Reacciona por instinto, encara a Calvo y le prensa el cuello, pero se controla y lo suelta.

—¿Esa fue su respuesta? ¿Permitió que le dieran una paliza para castigarme?

El detective no pierde la compostura y se acomoda la solapa.

—Ni tanto. Ese es el favor, no el castigo. Me dieron el *chance* de negociar por su vida, pero no de evitar represalias. ¿Cree que se habrían conformado con dejarla ir sin más? Así al menos lo controlamos nosotros —esboza una sonrisa socarrona—, y viera que fue una golpiza pequeñita, ni de preocuparse, *por claro* que no la castigaron mareros, si no, no la *fuera* a reconocer nunca más en su vida. Me dijeron que solo le quebraron un diente, y fue sin intención. Es tan difícil *balancearlo*...

—Entonces no lo permitió, pagó para que le dieran la paliza.

—Si tenía un plan mejor me lo podía haber contado, me habría ayudado mucho, pero en ese momento andaba usted desaparecido, por cierto que no sé ni por dónde.

Por primera vez, el cinismo de Calvo le produce un rechazo casi físico.

—Pero sabía que iban a por Beto. Sabía que lo iban a matar y no hizo nada.

—Sabía lo que iba a pasar e hice lo que pude. Me daría gracia si se indigna. La iban a finar, a Michelle. Ya conoce que no dormía allí, cuando usted se marchó volvió para casa del ingeniero; eso también siento que no lo supiera antes, pero la iban a *dar baje* igual. Digamos, de veras que consiguieron molestarlos, usted y Andrés con sus fiestas vecinales.

El rechazo de escuchar la verdad y no poder negarla.

—¿Y por qué no pagó por Beto?

—Se puede pagar lo que se puede pagar, y mi opción era salvar a Michelle. Por suerte para nosotros, la MP12 no sabe nada de la hija ni les importa, por eso ella también les valía verga. A quien iban a castigar era a los compadres de Jonathan por dejarlo a su suerte, pero si yo no *tomara* cuidado de ella, habría acabado junto a los novios. Donde caben dos caben tres.

Ethan se incorpora y camina en círculos asqueado. Calvo lo detiene.

—*Suave*, amigo, aquí no son convenientes las demostraciones de ningún tipo.

Indica con discreción a la muchedumbre arremolinada en torno al féretro. Concentrados en la homilía no les prestan atención, pero la distancia que los separa no es segura. Ethan vuelve a su posición y el detective se lía otro «blanco».

—Así mucho mejor. Allí los ve. Al padre le aguantan todo, pero no pierden la vigilancia. No nos interesa que se fijen de más en nosotros.

—¿Y por qué estamos aquí entonces? Dijo que nos interesaba venir.

—Dije que podría aprender de lo que viera, y sé que no ha perdido ojo. Es listo. ¿Se fijó en esos chiquitos? Vea a los limpitos, camisa hasta la muñeca, pantalones chinos; y a los adultos, esos ya pasan los treinta, esos son *pintos*, jefes, no *se ven* como pandilleros, pero cualquiera puede ser el que lo mate.

—Ya traté con pandilleros en mi país.

—Estos se crían vitaminados, créame. Hay demasiadas formas de ser *jomboi*, yo no las conozco todas. No es que siempre vayan tatuados con el calzón asomando, el que le balacee puede tener cualquier facha. Si lo encuentran, «a lo que vinimos».

—¿Realmente cree que me valdrá de algo?

—Puede aprenderse sus caras, no le haría mal.

—Y ellos la mía si quieren.

—Eso también es cierto. Imagine que es, digamos, como los *jícsters* que van todos *chaneaditos* a los bares de moda, ¿cómo es que les dicen?, *cool*, ya sabe: vinimos para volar lengua, pero también para ver y ser vistos.

Ethan escruta cuidadoso. Nadie les hace caso, al menos en apariencia.

—¿Me ha vendido?

—Mi amigo, ¿cómo piensa eso de mí?

—¿Me ha traído para que me puedan reconocer? ¿Ese es el castigo?

—Bueno, eso puede ser más exacto.

—¿Así quedamos iguales?

—Piense que es parte del pago por Michelle.

—¿Entregarme es lo que pagó para que le dieran la paliza?

—No. Solo conocerlo. Que le pongan rostro al gringo. Crea que ha despertado su curiosidad. Es parte de lo que ofrecí para que ella siga *en* una pieza.

Ethan suspira asimilando la información.

—¿Y todo fue por Jonathan? Pensé que no pertenecía a la mara.

—Ni Beto. Y ahí los tiene, velando el cadáver, sin dejar que la familia se acerque. No se trata de pertenencia sino de posesión, territorio. Si Jonathan *fuera* mara, yo tampoco habría podido pagar por Michelle.

La ceremonia entra en su tramo final. El detective prosigue.

—Ni Jonathan ni Beto eran *jomis* de la Matapatria, pero los dos la acataban y actuaban bajo su amparo, y mire lo que hicieron a uno por el otro, por pura jerarquía. Es una lección, que no se olviden de quién manda.

Para sorpresa de Ethan, Calvo remata dándole una palmada en la espalda a modo de felicitación.

—Pero alégrese, carajo.

Lo observa con estupor pero Calvo no abandona su aire triunfal.

—Lo felicito. Tenía razón y yo no. Jonathan era un informante, fue él quien vendió las rutinas de Michelle. Mis chicos averiguaron. Un éxito para usted. ¿No me contará cómo lo hizo?

—Siguiendo sus consejos.

—¡Jajaja! Me extraña. Usted es un grande, pasó por debajo de mi radar y destapó secretos que yo no sabía. No sé qué tanto es bueno o malo. Bien. Igual lo felicito. Así fue, alguien pagó por Michelle y la Doce consintió.

—Por lo menos ya estamos en el punto de partida, la secuestraron.

—No he dicho que sepa que la secuestraron. Sé que pagaron por la información y la mara conocía.

—¿Eso es lo que ha averiguado? Eso también lo sabía yo. ¿Cómo sabe que pagaron por la información pero no por el secuestro?

—Lo que sé es lo que le cuento. Pero sé algo más que le va a fascinar.

Ethan aguarda suspicaz.

—Tengo a su villano. El que pagó a Jonathan. Un subcomisario al que Leidy y él servían como recaderos. Ya antes de Michelle espiaron a otros, y no lo va a adivinar, a todos los secuestraron.

Le entrega una nota manuscrita. Ethan la recibe inquisitivo. Un nombre con dos apellidos. Calvo sonríe, como siempre.

—Nada digital ni rastros. Si me pregunta, ni sé de dónde ha sacado ese papelito.

—¿Un grupo organizado?

—Eso parece, ¿cierto? Supimos de diez víctimas en tres años. Siete pagaron rescate y volvieron, tres no. Ese subcomisario tiene un trato directo con la Doce, no sé cómo será, pero no les abona por cada secuestro, por eso nunca encontré un pago que nos llevara hasta ella. O les hace mandados o le cobran un fijo, no lo sé. Aun así, Michelle sigue sin encajar.

—Sigue sin encajar con esos diez casos, no sabemos cuántos más pueden haber secuestrado o si tenía otros informadores.

—Pero eso no cambia mi *punto*. La niña Michelle sigue sin encajar. Esta información ya se la entregué a su tío Andrés, pero le ahorré una que sí puedo compartirle a usted. De los que volvieron, varios lo hicieron con menos dedos. Parecen profesionales y muy bravos, y el tiempo sigue corriendo en su contra.

Ethan evita descubrir el avance que le dio su amigo.

—¿Se lo dijo a Andrés?

—Le pedí que no le contara. Que me dejara hacerlo a mí.

—¿Y qué esperamos para seguir a ese individuo?

—¿No me ha oído? Son policías y tienen un acuerdo con la mara que desconozco. Y por sus gracias de bombeta, le diría, debo cuidarme de que ahora estos no me consideren un estorbo. —Calvo señala a los jóvenes tatuados que desfilan ya fuera del recinto—. No ha sido fácil sacar ese nombre. No es mi momento más saludable.

—Pensé que le pagamos para eso.

—Esa hojita vale seis veces lo que me han pagado. No puede quejarse del regalo de fin de contrato.

—¿Me dice que hasta aquí hemos llegado?

—A mí me contrató el ingeniero, un buen hombre, cabal. Lo que le puedo contar ahora, la parte que yo conocía, era que cuando ella se instaló en casa de él envió a la chiquita con su abuela. Sus razones tendría, ya sabe, se buscan una novia de presumir y les llega con «regalo», muchos escapan; esperaría a tenerlo bien atado, ese no es mi *bisnes*. ¿Entiende ahora mis reservas iniciales? Había lógica en lo que le explicaba. Igual, la pequeña no vivía con ellos cuando desapareció, y me imagino que fue el remordimiento lo que los empujó a contratarme.

Ethan sigue ordenando el doloroso torrente que recibe.

—¿Sabe hace cuándo ocurrió eso?

—No mucho, ¿un par de meses será? Ayer, cuando el ingeniero vio a Michelle encamada decidió que era suficiente. Me convocó y me planteó sus prioridades, si abandonar la investigación *fuera* más seguro para ella, y yo le contesté la verdad, que sí. Vea qué tan tonto soy por ayudarlos, pero al cabo y hasta me vino bien, esto se va poniendo un poco espeso. Ya no tenemos contrato y me tranquiliza, el terreno al que se dirige no es de mi agrado.

Ethan esgrime la octavilla.

—Pero me entrega la llave.

—Como dice, para eso me pagaron. Vea, no sé con quién se mandará en esas, pero lo he visto manejarse y *se* me da que su decisión más inteligente ha sido que su mano izquierda no sepa lo que hace la derecha, y crea que le ha funcionado. Hasta ahora. Si sigue adelante, si los encuentra y *los pelea*, si consigue detenerlos o matarlos antes de que lo maten, la mara no tendrá piedad. Ahí ya no habrá pago ni negocio, estará muerto, y todos los que lo rodean, Michelle, Andrés y quien más *que* sea. Lo aprecio, y por eso lamentaría que acabe como aquel chelillo que le expliqué.

—Ya no sé qué agradecerle y qué no, Calvo. ¿Qué gana con esto?

Adrián le dedica una pose interrogativa.

—Nada. Pensé que era obvio. Todo son servicios y pagos. La

Matapatria lo querían conocer y yo se *los* di. Vos me creaste un problema pero me *prevenistes* para salvarlo. Ahora yo cumplo mi contrato, tenés el nombre que buscabas. Y *le* prevengo: si lo usás te *fuiste p'al* carajo. Quedamos a mano.

Todo cuadra a simple vista. Calvo cierra y se despide, pero a Ethan le sigue coleando un cabo que parece suelto sin razón aparente.

—¿Y por qué se lo explicó a Andrés? Él no le pagaba. Él no pinta nada.

—¿Y qué importa eso? Lo que importa es lo que tiene, lo que sabe y lo que debe saber ahora.

Ethan lo escucha, algo le escatima en la respuesta. ¿Por qué informar a Andrés y prohibirle contárselo? No deja de darle vueltas sospechando que lo tiene delante de sus ojos.

—¿Cuál es su último consejo? ¿Qué haría en mi lugar?

—Marcharme.

—Sabe que no puedo.

—Me pidió mi consejo.

—¿Y usted, Adrián? ¿Le podrían pagar para cazarme?

—La mara no actúa así. Pero podrían.

—¿Y qué haría?

Calvo se encoge de hombros. Ethan se levanta y se despiden con un sentimiento más cercano a la amistad que al negocio. Mantiene la tormenta de ideas sobre su respuesta más vaga, la única que no le convence: Andrés. ¿Por qué darle el nombre sabiendo que a él no le valdría de nada? Calvo le ha demostrado su efectividad para obtener la información, pero sabe muy bien a quién se la debe remitir, como ha hecho incluso con él mismo para la Doce... en ese instante la respuesta se ilumina como un acertijo evidente.

—¡Para conocer nuestra fuente!

El detective reacciona despistado.

—¿Cómo?

—Por eso se lo explicó a Andrés aprovechando que yo no estaba. Por eso le pidió que no me lo contara, para ver a quién

207

más acudía, para conocer al otro, ¿verdad? ¡Ellos también lo buscan!

Calvo sonríe con satisfacción y le guiña un ojo.

Ethan se sienta a oscuras en su apartamento. El teléfono no suena. Relee el nombre escrito que no le dice nada, que Andrés ya debió pasar a Suárez, tal vez días atrás, mientras él se encontraba en la playa, ajeno a los hilos invisibles que tejían una red a sus espaldas. ¿No debió marcharse? ¿No debió escuchar a Lorena, la «abuela de todos» que también jugó con él? Bebe una cerveza y escribe en un folio datos y eventos tratando de componer una estructura que guarde algún sentido, formando patrones. Pero solo arma un gran puzle en el que Suárez es una pieza suelta que las demás persiguen. ¿Se trata de un enfrentamiento entre familias?, y si es así, ¿a cuál sirve él y a cuál Adrián Calvo? Ethan se siente arrastrado por violentas y ocultas fuerzas que pueden transformar la faz de esa ciudad, tal vez del país completo con tal de defender su poder, pero nada de lo ocurrido lo conduce hacia Michelle, como si se hubiera involucrado en una historia diferente que se cruzó con la de ella en un punto. ¿Tiene lógica seguir trabajando desde ese hoyo en el que ha caído, incapaz de abandonarlo para estudiar lo sucedido con perspectiva? Repite el nombre en voz alta. No tiene nada. Han muerto cuatro personas y no ha conseguido nada. ¿Qué clase de locura se puede desatar si avanza más? Calvo ha sido expedito, y no debe esforzarse para intuir una trampa tras ese papel, ¿que ha preparado el propio Calvo?, ¿que le tenderá Suárez si vuelven a verse?, ¿que podría organizar Calvo contra Suárez utilizándolo a él? Y detrás no queda nada, su examante de nuevo en su vida de invenciones, en la que lo volvió a involucrar cuando se creía libre, su familia desintegrada y Michi perdida. Cada vez más, interioriza el punto de vista de Ari. Y duda de su propia salud mental. ¿Cómo se lanzó a ese despropósito basándose en unos sueños delirantes que llevan semanas sin repetirse?, y en el rincón más oculto de su ser el miedo más inconfesable es no haber vuelto a soñar con Michi. No volver a hacerlo, como si eso significara perderla del todo. Dubitativo, marca el número de Andrés sabiendo que esa decisión lo encamina por un sendero siniestro cuyo fin desconoce.

—Buen día, don Ethan. Me da mucho gusto volver a hablarle. He rezado mientras lo esperaba para que todo salga bien y ya no haya más dolor ni sea más grande.

—Buenos días, Andrés. ¿Cómo está tu madre?

—Puede imaginarlo. Ella lleva su cruz, no hay arreglo en hablar de ello. Más bien yo le quiero pedir disculpas porque acepté para usted herirle con el pecado de la mentira, y paso las noches orando para que el daño que le causé ocultando las falacias de mi hermana deje libre su corazón y anide en el mío propio, pues mía es la culpa, y le pido perdón como ya se lo pedí a Cristo.

—Andrés, no hiciste nada malo. Ni siquiera creo que Michelle lo hiciera. Fue su cobardía, solo eso. Debería haberlo imaginado. Debería haberme adelantado y salvar a tu hermano.

—Mi hermano, que el Señor le perdone y lo acoja en su Gloria, se condenó por voluntad propia. Yo también *soy* condenado como pecador.

—No es culpa tuya. No teníais nada que ver. No crecisteis juntos, no compartisteis nada más que vuestra madre. Vuestra familia era la que venía de Hungría, ¿verdad?

—La de mi mamá. Mi tata es de aquí.

—Sí, vuestra familia en común; pero él, su padre lo crio, no puedes culparte por él.

—Ya sabe lo que dicen. Si no tiene padre en la casa lo encontrará en la calle.

—Has hablado de tu padre en presente. Pensaba que había muerto.

—Es igual. Hace muchos años que no lo vemos. Tenía otra familia y cuando mi mamá lo descubrió se aguantó y siguió viviendo con él. El pecado es que el que no se aguantó fue él y se fue con la otra doña, que era más joven. Ya sabe cómo me castigaba de carajillo y que yo me escapé, para allí, al norte, pero él tampoco tenía culpa, era así. Nunca lo volví a ver. ¿Y su mamá se encuentra bien? Me da pena de no haberle preguntado por ella hasta ahora.

—Hace poco fui a visitarla, está divina. Es curioso, mi padre era la sangre extranjera, pero los vuestros son los que tienen la herencia de aquí. Por alguna razón pensé que uno siempre es de la tierra de su madre, no de su padre.

—Yo le doy la razón. Vivimos donde nos trajo nuestra mamá, no el tata, eso es mucho así, los hombres aquí son así, hay pocos varones de ley como usted. Su corazón es puro como el de mi sobrina, y si me pidiera volver a pecar por salvarla, que Diosito me perdone que lo haré de nuevo.

—No, Andrés, no quiero que te mezcles con esto. Cuéntame lo que ocurría antes de que yo llegara, por favor, lo que me falta por saber. Eso es lo único que quiero.

—Yo le conté a don Calvo. Él sabe lo que yo sabía, él rio cuando Michelle le explicó lo que debía ocultarle a usted. La llamó «astuta». Se regocijó en su engaño.

—Eso es muy propio de él.

—Yo sé. Es impío.

—¿Cuánto llevaba Michelle con su novio? ¿Por qué no se llevaron a la niña?

—Yo no conocía, don Ehtan. Me contaron ella y mi mamá. Decían que se había ennoviado con el ingeniero cuente que como medio año antes. Él es uno de los dueños del *call center* en el que trabaja y se empezaron a citar. Michelle nos contó que le había inventado que la niña, primero que era su sobrina y ya después que sí, que era su hija, pero que vivía con nuestra mamá. Era mentira porque ellas vivían solas en un apartamento, pero tenía miedo de que la abandonara, y luego, él pues ya le pidió que se fuera para su mansión y así lo hizo, pero que entonces le surgía el problema con la pequeña Michi, y que le pidió a nuestra mamá que la acogiera unos meses mientras que ella ya se instalaba y lo aclaraba todo y lo convencía para llevarla, pues era muy bueno y con plata y *las* iba a dar *una* muy buena vida.

—¿Por qué no investigaron al ingeniero? Deberíamos tenerlo en la lista de sospechosos. ¿Cómo se llama?

—Ingeniero Randall Gutiérrez Ochoa.

A Ethan se le sale el corazón por la boca de oír el nombre.

—¡¿Cómo?! ¡Estás de coña!

—No. Es así, don Ethan, pero nada que ver con Randall el guitarrista que usted conoció. El otro se llamaba Randall Silva, es una tonta coincidencia.

—No me jodas, no me jodas, no me jodas.

—Sí, Michelle también estaba preocupada porque usted se enterara, por lo que pudiera pensar, pero ella decía que también, que qué podía hacer, que tampoco le iba a cambiar el nombre, y que ya son casualidades de la vida, pero es solo el nombre, del otro nunca más volvimos a saber. Lo último es que había vuelto a los Estados de mojado, pero de eso hace como cinco años.

—Está bien, sigamos adelante, es una tontería. Llamémoslo ingeniero para evitar confusiones. ¿Por qué no lo investigaron? Entra en la vida de Michelle, la aparta de la niña y la raptan. ¿No te parece relacionado?

—Él es un buen hombre. Él contrató y pagó al detective don Adrián Calvo, y es el más caro que hay.

—¿Y Calvo no lo investigó?

—Y no sé. Pero Suárez sí. Él lo hizo antes de que usted llegara, y no encontró nada. Él me dijo que más bien, que pensaba que si los secuestradores ya seguían a la niña, que Michelle lo que hizo fue ponérselo más fácil al enviarla con nuestra mamá.

—Hay una cosa respecto a Suárez, Andrés…

—Yo sé. No se fía.

—No es eso, pero ten en cuenta que todo es muy raro. No sé quién es, no sé por qué…

—Yo le di el nombre que me entregó Calvo. Él sabe ya todo.

—Estaba seguro de que lo habías hecho, pero antes quería comentarlo contigo, me gustaría que nos viéramos.

—Cuando usted guste. Y yo le contaré, pero ahora, si lo va a llamar, y para que no tema, escúcheme, por favor: yo lo conozco antes de que usted naciera, y si tuviera que dejar mi vida en las manos de usted o de él, tendrá que perdonarme, pero antes acudiría a él. Yo le contaré, le prometo, pero es el único hombre bueno en el que va a poder confiar.

Ethan vuelve a chocar con la fe ciega de su amigo.

—De acuerdo. Te entiendo. Lo llamaré.

—Y yo le contaré tan pronto nos veamos.

—Muchas gracias, Andrés. Un abrazo.

No le cuesta dar el siguiente paso, a fin de cuentas no le queda alternativa. Decide confiar en la obsesión de la Matapatria por localizar a Suárez y la pasión que le profesa Andrés. Ahora es su único enlace y, tanto si está a su favor como si le prepara una trampa, lo encontrará esperando cuando vaya a por el inspector. Desempolva el tosco terminal que los enlaza y teclea.

Debemos hablar. Sigo sus instrucciones. ¿Leerá esto?

Aguarda unos instantes como si fuera a entrar una respuesta inmediata, hasta que se abstrae con su reflejo en la pantalla y la imaginación lo coloca en épocas lejanas y difusas. Cuando retorna de su lapsus tira el teléfono sobre la cama y, tan pronto se aparta, la impertinente máquina arranca con su timbre chicharrero, con la sincronía de un gato para fastidiarle.

—Hola, Suárez. Ha visto que respeto su protocolo por tonto que sea.

—Correcto. Siempre que siga mis instrucciones al pie de la letra le irá bien.

—No esté tan seguro. ¿Andrés le pasó el nombre que obtuvieron? Era una trampa para encontrarlo a usted.

—Correcto. Los *asistontos* de su detective lo siguieron y le colocaron un localizador, los vigilé de lejos. Ellos no sabían que Andrés es sabio y también respeta mis indicaciones. Él usa otro teléfono que nadie más conoce. Aunque le hubieran intervenido el propio seguirán esperando sin éxito. Le cuento que mi investigación ha dado sus frutos.

Cada frase de Suárez es un recordatorio de su pedantería y los motivos por los que a Ethan le resulta tan difícil su trato.

—Su investigación sobre el nombre que obtuvo el detective, supongo. ¿Avanzó por su cuenta?

—Cuando hay un camino que nos puede ahorrar tiempo, es un pecado no seguirlo.

—¿Y no se le ocurre que fuera otra provocación y lo esperasen para seguirlo también a usted?

—No, a no ser que sepan que poseo el terminal de Jonathan. ¿Lo recuerda? Para el patrón de desbloqueo me bastó con una lámina de plástico como las que traen los nuevos. Admito que ese nombre también fue útil para manejarme. Su historial de chats y mensajes me permitió ver quién más tenía en común con ese personaje y descifrar los códigos que usaban para sus tratos. He aprendido que son un equipo de cinco policías comandados por él: extorsiones, secuestros y protección a ciertos narcos, profesionales pero descuidados por las facilidades, ni saben que Jonathan ha muerto ni esperan problemas, me fue muy fácil completar sus rutinas sin llegar a vigilarlo a él. Por ahí tampoco van a descubrirnos. ¿Lo quiere así o mejor?

Ethan se ve atrapado en un sentimiento ambivalente, le irritan sus ínfulas de don perfecto y que en apariencia le salga todo bien, y al mismo tiempo le invade cierta admiración por sus logros. Aun así, no puede reprimirse.

—Sí, pero no le tuvo que contar a Andrés lo de Jonathan. Eso fue una cagada.

—Puede seguir en sus disputas de colegial o acompañarme para desenmascararlos. La situación está así: la banda la tiene organizada con su novia y otros tres policías de menor rango. La pareja son el cerebro, los otros acatan sus órdenes. Rentan una bodega en un parque industrial casi abandonado donde imagino que siempre guardan a sus víctimas. Desde que los sigo retienen a una muchacha joven, no pasará los veinte. Se turnan de a uno para vigilarla, pero en las noches hasta la han dejado sola, así de confiados se ven.

La han golpeado, maltratado y el que la guardaba anoche la violó. La amenazó para que no se enteren los demás, pero ese atrevimiento me hace pensar que hayan perdido la confianza de obtener rescate y se le acabe el tiempo. Al anochecer los novios siempre los visitan para llevar compras y pedir cuentas, pero mañana es turno de día para ella y de noche para él, y el partido de la sele en la tele nos asegura tranquilidad.

—Perdón, ¿el partido de la sele en la tele?

—No es futbolero, obvio, es gringo. Mañana juega la selección, por eso ella toma ese turno. El país estará paralizado. Si ganamos, después será una fiesta, y si perdemos, un funeral. O las calles abarrotadas o vacías, las dos nos sirven. Imagino que él la sustituirá cuando acabe o tal vez acuda antes para verlo juntos, nos vale. Los que nos interesan son ellos, y el fútbol nos asegura que no tendremos visitas inoportunas. Si llegamos al inicio la sorprenderemos sola y lo esperaremos, y si ya está allí, ganaremos ese tiempo. Tendremos hasta las cinco de la madrugada para que llegue el relevo.

Ethan enmudece ante esos datos.

—¿Qué me dice?

Un escalofrío le recorre la espalda al visualizar la situación en su conjunto.

—No creo que tengamos otra oportunidad igual, ¿verdad?

—Correcto.

5

UN MOMENTO DE FURIA

Le di el cuchillo a Dick y le dije: «Acaba con él. Te sentirás mejor».
Dick probó, o fingió que lo hacía. Pero el hombre aquel tenía la fuer-
za de diez hombres, se había deshecho de la cuerda y tenía las manos
libres. A Dick le entró el pánico. Quería largarse de allí como fuera.
Pero no le dejé marchar. El hombre se iba a morir de todos modos, ya
lo sabía, pero no podía dejarlo de aquel modo. Le dije a Dick que co-
giera la linterna y enfocara. Cogí la escopeta y apunté. La habitación
explotó. Se puso azul. Jesús, nunca comprenderé cómo no oyeron la ex-
plosión todos cuantos estuvieran a menos de treinta kilómetros.

Truman Capote. *A sangre fría*. 1966

Ethan abre los ojos agitado, inseguro. No es capaz de recordar
su sueño, pero sabe que estaba relacionado con la operación de la
noche, con sus temores, con muerte. Tal vez era él, a veces llegamos
a soñar algo así, y aun después de vernos morir seguimos soñando.
Tal vez no. Tal vez él mataba a alguien. Sea como fuere, despierta
desorientado y molesto, transportado por uno de esos viajes oníri-
cos que terminamos agotados, y con una única certeza, que nada

extraño ni sobrenatural hizo presencia. Y eso resulta tranquilizador y decepcionante.

El primer pensamiento que le golpea es que es el día. Mira el teléfono, casi una hora antes de la alarma programada. Es el día. A través de la cortina llegan los pájaros matinales, un ocasional motor en la lejanía y el clareo previo al amanecer. Se da la vuelta para no desperdiciar el descanso que le resta, no se puede permitir la falta de sueño —es el día— y tiene que mantenerse relajado. Su pulso le desmiente. Pasa cinco minutos atrapado en sus propios circunloquios y decide orinar, seguro que es la presión de la vejiga lo que le impide conciliar el sueño. En el baño algún camión que circunda la urbanización traza la línea invisible de un lamento mecánico que envuelve su horizonte —es el día— y retorna al lecho engañándose a sí mismo. El engaño dura poco. Aplaza la alarma veinticuatro horas. «Para cuando todo esté decidido —le susurra la voz inaudible del desasosiego—, es el día, y la alarma avisará, a ti o a quien te mate, de que despierte cuando, triunfes o fracases, todo sea irremediable». Cuando, triunfe o fracase, no exista arrepentimiento porque no quedará alternativa, conseguir la información y convertirse en objetivo de la mara o perder a los secuestradores y tal vez la vida en un tiroteo que, da igual lo que Suárez planee, ambos aceptan como una posibilidad tangible.

Baja a la calle principal con los primeros rayos para desayunar fuera del apartamento, que le pesa como una cárcel. Pasea, compra alguna revista para leer en soporte físico y no consigue retener nada de lo impreso. Es el día.

Se pregunta cómo le puede afectar de esa manera. Ha preparado operativos igual de peligrosos, gestionado tiroteos incontrolados, organizado detenciones bajo máxima presión, pero la apuesta es tan alta y el resultado tan ingrato que no le quedan motivos para albergar esperanzas, tiene razones para temer tanto el éxito como el fracaso, y una aún mayor para el desamparo, que mantiene su cerebro bloqueado y su estómago cerrado: doblegarlos, que hablen y que le confirmen que Michi de todos modos ya está muerta, que no quede motivo para seguir en esa tierra sino volar de nuevo a casa con la sangre de la niña para siempre marcada en sus manos. Y algo dentro de él se pregunta cómo reaccionaría ante una noticia así. Cuál sería su impulso ante los verdugos confesos.

La mañana transcurre inútil y perezosa, presa del bucle que lo asfixia a medida que trata de dejarlo atrás recorriendo la ciudad. Es el día. De manera compulsiva. Es el día. Detrás aguarda Michelle, aguarda su vuelta o, más probable, una decepción y una caza al hombre de la que no saldrá vivo. Es el momento de la verdad, y sabe que no puede elegir. Si salva a la niña se condenará, si no la salva, vivirá condenado. Trata de recordar su vida con las dos Michelle. ¿Fue aquello felicidad? Y piensa en lo que ella merece, y lo que puede haber sufrido. Hay un componente instintivo en la relación con las criaturas que dependen de nosotros, un vínculo de tipo mágico que nos enfoca y elimina consideraciones lógicas. Cuando piensa en Michi desaparecen las dudas y queda la responsabilidad de su protección, la necesidad de recuperarla, y de sentir que su futuro existe. El futuro de Michi es la razón, no el suyo. Visualiza la realidad con descarnada claridad: si aún es posible recuperarla, por pago o venganza, el canje será su vida. ¿Merecería la pena? Si pudiera recuperarla, se descubre reconociendo, si pudiera hacerlo, sí, valdría la pena. Si pudiera cambiarse por ella lo haría en ese instante, sin pensarlo. Y esa afirmación inesperada y suicida le descansa. Si tuviera alguien allí con quien compartir su inquietud. Si tuviera a alguien para discutirlo, dejarlo fluir y que tomara forma. Es el día.

Vuelve al apartamento y se queda encerrado saltando de un canal de televisión a otro, y agradece que incluya la conexión de cable, poder barrer sin descanso una programación infinita sin llegar a aprehender una imagen de lo que se ha tragado. Las horas se estancan. No ocurre nada. A ratos se asoma a la ventana y el cielo azul vibra y titila bajo el sol cegador, cada nuevo vistazo no varía. El astro parece cómodo en el cénit y desde allí lo atormenta cociendo la atmósfera, matando las sombras. Porque eso es lo peor que puede ocurrir. Nada.

Ethan desea y teme que llegue el ocaso por partes iguales. Deja que el calor lo deshidrate para forzarse a comprar algo, y decide salir de nuevo caminando, ese comportamiento allí tan poco acostumbrado. El guarda le saluda con una sonrisa mercantil, se aleja del barrio llevado por la variedad visual y cuando llega a un pequeño comercio ya no recuerda lo que buscaba. El establecimiento es angosto y claustrofóbico, y la densidad del aire se hace mayor dentro que fuera, removida por un ventilador de pared que parece cumplir su cometido con desidia funcionarial. La pesadez del lugar revive su sed y se acerca al frigorífico de bebidas que luce el vidrio frontal empañado y recorrido, se diría, por el sudor de la propia máquina. Las latas, por supuesto, no se encuentran frías.

Deshace el camino agotado por la temperatura y violento por la agresividad del clima. Cruza la barrera y responde con media sonrisa al ofrecimiento del guarda, «Si quiere algo yo se lo puedo mandar traer». Se encierra de nuevo en su celda, se derrumba delante del televisor y de vuelta a pasar canales que no ve. Se descubre revisando la pistola sin recordar qué línea de pensamiento le ha transportado allí, y se obliga a devolverse al televisor después de revisar la nevera. En ese momento recuerda qué más debía haber comprado. Añora la consola y le vienen a la cabeza las infinitas partidas con Ari y los enfados de ella. Y entiende que en realidad todo lo que quiere en ese momento es tenerla allí junto a él, desembuchando las truculencias que le pasan por la cabeza y sus absurdos juicios sobre la gente. Necesita a Ari como si lo hubieran vaciado, y no puede evitar pensar que todo lo hecho hasta ese momento es un error, un error del que no podía escapar. En su interior se pelea con la idea que va tomando forma aunque la evite, que Ari no volverá, que la ha perdido buscando un fantasma, y trata de tranquilizarse ideando formas para poder cerrar ese capítulo, para poder intentar, al menos, reparar parte del daño causado, aunque sepa que eso no es posible. Nada de eso habría ocurrido si la pareja no llevase ya casi un año naufragando. ¿Qué les había llevado a ese punto? ¿Cómo saber si la amaba, si la había amado alguna vez?

218

El sol le ciega a través de la cortina. La luz es naranja y el extremo opuesto del cielo, morado. Sale de la profunda cueva de sí mismo, se lamenta de no haber aprovechado para dar una cabezada que le refrescase, se despereza, vuelve a ducharse y se dirige al punto de encuentro.

Siguiendo las habituales instrucciones de Suárez, Ethan deja el coche en un aparcamiento vigilado veinticuatro horas, acude a un centro comercial cercano, accede a las escaleras de servicio, que nadie usa, y baja tres plantas hasta la dársena trasera de descarga, aguarda cinco minutos comprobando que no lo siguen, vuelve a subir y sale por la zona de comidas entre una barahúnda de familias y parejas. Cruza la calle y se desliza por una aledaña, escueta y solitaria, en la que aguarda, tras varios contenedores de basura rodeados por indigentes que lo observan desconfiados, Suárez en un monovolumen sin matrículas.

—Veo que esto de andar sin identificación es un deporte nacional.

—Buenas tardes. Lo dice porque su detective también utiliza esta medida de precaución. Es un buen profesional. ¿Le gusta su apartamento?

—¿Mi apartamento?

—Sí. En el que duerme ahora. Verá que ahí, si no hace que le sigan, es donde más seguro va a estar.

—¿Lo buscó usted?

—Andrés preguntó, yo arreglé. No tiene sitio *más bueno* para estar en la ciudad, ahí ni la mara le llegaría tan fácil. ¿Así o mejor?

Siempre ha estado en manos de Suárez. Nada de lo que pasa por su amigo Andrés le es ajeno. Tal vez por eso Suárez cometió un error tan básico como darle la información de Leidy. Puede que la reciprocidad entre ambos sea tan íntima. Lo único que puede conjeturar Ethan es que se trata de una buena señal, en esos momentos que alguien pueda acceder a él y aún siga vivo solo puede ser una buena señal. Lo que no quita que en el operativo lo vigilará igual que al subcomisario.

—Le felicito, me parece una buena elección. ¿Ha planificado el acceso? No me gusta improvisar en una intervención.

—Estará la novia sola o con él, de seguro en la zona delantera, nunca se mueven de ahí. Delante parquean los carros y por ahí es que entran y salen, pero la bodega tiene la salida trasera que ni la bloquean, y por ahí es que los vamos a sorprender. ¿Es buen tirador?

—Sí, aunque llevo sin practicar.

—Pienso que no será necesario, pero debemos andar precavidos. Si está sola la interrogamos a ella, si están juntos los separamos y los turnamos. Acordamos que no puede hablar, ¿cierto?

—Ya he pasado por estas. Nadie va a oír mi acento, no se lo vamos a poner tan fácil.

—Si es que habla, si lo pueden reconocer, ahí mismo debemos tirotearlos y dejarlos bien muertos, ¿entendió? Serán ellos o nosotros.

Ethan se ha cruzado con seres perdidos e iracundos que asesinaron en arrebatos irracionales, adictos criminales como títeres de un deseo, pandilleros criados en la violencia convertidos en animales, ha peleado con gente que podría calificar de malvada, egos perversos y parasitarios capaces de matar por sentirse poderosos, pero Suárez solo transmite soledad y tristeza. A primera vista lo calificó como un buen hombre, el profesor que derrotaba a sus contendientes de ajedrez con parsimonia y del que no esperaría que pudiera dañar a otro ser vivo, pero ese mismo individuo sopesa la conveniencia de disparar a sangre fría a una pareja sin titubear, con el frío pragmatismo de los mercenarios. Suárez calibra en función de la utilidad, la moral no entra en su razonamiento. Cuando uno combate monstruos, ¿en qué momento se convierte en un monstruo?

—Igual, matarlos también será muy peligroso. Ya conoce la consecuencias.

—Sí.

—El ideal será interrogarlos sin que nos descubran y averiguar quién es el cliente sin que imaginen lo que buscamos.

—No dudo que ya lo ha estudiado.

—Yo lo veo así, junto con la lista de sus víctimas que nos dieron, *y yo* obtuve algunas otras, tengo más de quince. Les preguntaré por los rescates de todas, y si nos explican que alguna no era un secuestro, les pediré los clientes, eso tendría que pasar con la niña. Dios quiera y así piensen según pretendo, que somos una banda que busca robarles terreno, pero que no nos asocien con ella. Lo veo factible, no es fácil que vayan a creer que esto es buscando una niña raptada a gente sin plata.

—Puede que al final sí tengan «plata».

Suárez enarca las cejas.

—Y más no le puedo decir.

—Bueno, seamos positivos. De todos modos el móvil no era el dinero, así que por ese camino no lo enlazarán. ¿Y la muerte de Jonathan?

—Ya vio que ni saben, pero también *la* pensé. Era uno de sus informadores, y todos los casos *que* les vamos a preguntar son de él. Yo veo que cuanto más busquen más les parecerá que es otra banda, no de la niña.

—De todos modos no parece que tengamos alternativa.

—Yo eso no lo sé. Es lo que me parece mejor. Lo que más me preocupa es que no los atrapemos de una y que *puedan* haber disparos. Entonces, no le puedo decir lo que puede pasar.

Ethan coincide reconociendo el valor de la apuesta, que, sabe, puede desbordar cualquier previsión. ¿En qué momento nos convertimos en monstruos?

En un corto trayecto en el que apenas hablan, abandonan el núcleo de la capital y se adentran por regiones periféricas alternadas de poblados de infraviviendas y polígonos industriales. Los acompaña una soledad tensa: el partido acaba de empezar. Tras subir unas lomas de escasa cota descubren bajo ellos un parque empresarial con apariencia de abandono en el que Suárez le señala una nave con una amplia parcela a un kilómetro de su puesto. Con orden metódico se cambian la ropa hasta conseguir un atuendo completamente negro; Suárez le entrega un chaleco antibalas y se oscurecen las cuencas de los ojos antes de cubrirse la cabeza con pasamontañas.

—¿Vio algún rastro de otras víctimas?

—No. Saben desaparecerlas.

—No cree que esté viva, ¿verdad?

—Usted estaba seguro.

—Ya no.

Ethan comprueba por última vez su pistola y observa a Suárez dirigirse hacia el maletero, del que vuelve con lo que parece el estuche de un arma larga.

—¿Pero lleva una escopeta de caza?

—Sí, verá qué bella. Es una Beretta, un modelo muy moderno. Con toma de gases para cualquier carga. Tiene una computadora por debajo y cuenta los disparos…

Ethan se sorprende de la emoción que muestra Suárez hablando del arma. Suárez, el ermitaño impasible, ajeno al humor y los sentimientos, se excita como un niño enseñándole una escopeta de cazador, y con sus antecedentes en común no puede evitar que se le escape una risa irónica.

—¿Pero de verdad va a ir con un cacharro de matar venados? ¿No prefiere algo más… ergonómico?

—Es buena y fiable, muy rápida. Llevo ya muchos años con ella y estoy muy contento, la amo.

—De acuerdo, de acuerdo. —Ethan esboza una sonrisa malévola.

—Sí, yo sé, a ustedes los jóvenes les gusta mucho todo lo de las películas, y los hierros más padrones, de gánster, que luego no sé si los saben usar ni los cuidan ni los limpian.

—Yo he viajado con mi pistola y mi Remington corta toda la vida, y hasta ahora me ha ido muy bien.

—¿Ha tenido que matar a un hombre?

—He estado en tiroteos muy serios. No me tiembla el pulso para apretar el gatillo.

—Lo que le pregunto es si ha tenido que disparar a un hombre vencido sabiendo que lo tiene que matar. Si ha visto sus ojos cuando sabe que va a morir. No es lo mismo que tirar a la nube de polvo en medio de un gran ruido, aunque luego haya un cadáver.

Ha humillado a Suárez y este vuelve a la carga con su vertiente más amarga. Si no es por un lado lo hará por otro con tal de tener la última palabra, siempre sobre seguro, porque no fabula, no apuesta. En su mirada ahora halla un impersonal vacío, y es sincero.

—No. No he ejecutado a nadie a sangre fría, si se refiere a eso.

—Pues debe andarse preparado. ¿Ese es el hierro que anda?

Ethan muestra la automática conforme.

—Pensando que llevo un par de semanas en un país que no conozco, haberla conseguido ya me parece una opción muy respetable.

Suárez abre el estuche, perforado y acomodado, en el que guarda, además del cuerpo original, una gemela más antigua de alma recortada a la mitad como una de bombeo, con la boca limada y las estrías fresadas, y se la entrega.

—Le irá mejor con esta. No le verá la cara a nadie, solo el humo y la polvareda. Mire qué poder.

Y le entrega uno de los cartuchos con el cuerpo de plástico verde, la cabeza roma, cortada en estrella hexagonal, y un largo culote metálico color bronce.

—Es un Remington 12/89, un Supermagnum de ochenta y nueve milímetros.

Ethan lo estudia calculando el nivel de devastación que puede provocar una pieza de ese tipo con un arma preparada.

—Lo conozco perfectamente. Si disparamos con esto, pueden rezar para no estar delante.

—Yo rezo para que no tengamos que tener problema, pero si se monta balacera la distancia será corta, y en distancia corta esta amiga es mi mejor compañía. Solo le quito la fuerza de la patada, yo tengo costumbre. Espero que la conozca.

—La conozco.

—Con ese hierro tiene que apuntar menos que con pistola.

—Con esto no tengo que apuntar, solo apartarme.

Transitan por una pequeña loma cubierta de rastrojos separada del perímetro industrial hasta una malla herrumbrada en la que Suárez en algún momento perforó un hueco de paso. Desde allí el talud desciende unos cinco metros hasta la nave, que mantiene una débil iluminación desde el interior. Agazapados, escrutan la construcción desde la cumbre. Un par de ventanas a cada lado sin otra protección que unos postigos abatibles en lo que deben de ser despachos traseros, un portón principal para vehículos con acceso peatonal perfilado en la chapa plegada y, al final de un camino pedregoso, a varios metros, un par de todoterrenos negros aparcados. Suárez le remarca la innecesaria indicación de que se encuentran los dos dentro.

Esperan unos minutos mientras el cielo se oscurece por completo y descienden sigilosos. Recorren el lateral de la pendiente siguiendo lo más parecido a un camino hasta llegar al fondo y, una vez allí, se deslizan por toda la longitud de la nave, formada por bloques de hormigón, hasta la fachada trasera, en la que se abre una puerta metálica de servicio, similar a la que se dibuja en el portón delantero. Como ya comprobara Suárez en una incursión anterior, ni la nave fue construida con la menor previsión de seguridad ni los secuestradores, confiados tras años de actividad sin un tropiezo, se han molestado en mejorarla. La cerradura, no más complicada que la de una puerta de jardín, cede con facilidad, y con un estricto esmero en el silencio, Suárez abre poco a poco descubriendo el interior.

El espacio es muy amplio en todas direcciones: la cubierta metálica en dientes de sierra que hacen las veces de claraboya se encuentra a cuatro metros en vertical, dejando un gran volumen hasta el cielo de aluminio que los cubre; frente a ellos se abre un pasillo de casi un metro y medio de ancho, circundado por otros dos tabiques que mueren a dos metros de altura y que dibujan la plantas de un pequeño aseo, junto a la puerta que han abierto, y otros tres habitáculos cerrados como pequeños almacenes y que coinciden con las ventanas que vieran desde fuera. Suárez le señala el segundo a la derecha imitando unas manos atadas, la palma en la boca como una mordaza. Ethan indica haber captado el mensaje, es el que utilizan como celda para la víctima.

Al final del pasillo, a unos cinco metros, otra puerta metálica entreabierta comunica con el espacio de trabajo de la nave, rompiendo con el perfil de su marco la oscuridad en que Ethan y Suárez se amparan. Allí, donde se deben encontrar hombre y mujer, unas luces bajas, lámparas de mesa que hayan traído o bombillas conectadas con alargadores, destilan una luz amarillenta y desangelada. A una señal de Suárez cada uno avanza por un paramento revisando las estancias vacías para evitar errores antes de alcanzar su objetivo. El lugar adolece de cualquier tipo de mantenimiento, la suciedad invade los rincones y el pasillo se encuentra salpicado de objetos aparentemente abandonados: el armazón de una silla, una bicicleta, legajos de papeles húmedos y empolvados. Las ventanas correderas de cada cuarto se asoman a una oscuridad aún mayor. Como Suárez le indicó, en el segundo Ethan percibe la silueta de la muchacha atada a los dos extremos de un camastro, inmóvil. ¿Duerme? ¿Podrá vislumbrarlo con sus ojos acostumbrados a esa negrura? Tratando de evitar serle visible y prevenir cualquier evento no calculado, Ethan alcanza la franja iluminada. Al otro lado apenas escuchan ruido, nada de voces. Se mantienen atentos al murmullo y reconocen los sonidos sofocados, urgentes y excitados de una pareja en pleno juego amoroso. Suárez sonríe, no con picardía, sino con la felicidad de la situación óptima. Respiran hondo, pide confirmación con la cabeza a Ethan, que saca las esposas, y le da la señal.

De una patada baten la hoja que rebota con estruendo contra la pared y brotan de la noche como una pesadilla.

—¡Atrás, atrás! ¡Parate, pendejo, ni te movás!

Irrumpen encañonando a los amantes, que no son capaces de reaccionar ante la aparición, ante esas dos formas encapuchadas como monstruos que proyectan su sombra hasta el techo, que llenan el silencio de hace un segundo con gritos que se multiplican con el eco metálico de ese vestíbulo franco, un rectángulo de inmensas dimensiones y sin separaciones interiores, con algunos pilares de acero desnudo y bajantes de agua, que los convierten en anuncios agudos y fríos, hirientes y casi inhumanos, que rebotan y chocan unos con otros.

El hombre se queda petrificado y la mujer abre los ojos con terror y cae sobre el sofá en el que se encontraban, un sofá rojo de tapizado barato que, junto a una cama plegable a tres metros, una mesa con cuatro sillas de *camping*, una pequeña cocina portátil y una nevera de un metro y medio, ambas conectadas a una maraña de cables de los que sale también una regleta con tres lámparas de pantalla como único alumbrado, forman todo el mobiliario de la sala. El hombre, con la camisa desfaldada, se levanta acatando las órdenes de esos fantasmas aullantes.

—¡A la espalda! ¡Las manos a la espalda! ¡A LA ESPALDA, PICHA!

Rendido, une las muñecas a su mandato observado por su compañera, que sigue apoyada en el sofá sin atreverse a abrocharse la blusa abierta o volverse a colocar el sujetador. Alza un antebrazo por delante de los pechos para cubrírselos, pero de inmediato recibe el cañón de una escopeta apuntándole.

—¡Quieta! ¡Ni te movás!

Levanta ambos brazos dócil, sin preocuparse de su aspecto. Ajeno a ella, Ethan esposa al hombre y con la bota lo empuja al suelo, donde se queda inmóvil. Él y ella, curtidos en el otro bando de los asaltos, a medida que superan el impacto inicial se limitan a cumplir las órdenes de los encapuchados, conocedores de lo inútil

226

de argumentar y el riesgo de irritarlos; esas situaciones son volátiles y el mejor modo de sobrevivir los primeros instantes es no equivocarse.

Con el primero en el suelo, Ethan da la vuelta a la mujer y le esposa igualmente las manos a la espalda. El otro encapuchado agarra al hombre por los pies y lo aleja un metro para darle espacio. Acto seguido le apoya la escopeta en la cabeza para evitar cualquier movimiento. El siguiente paso de Ethan es sacar un paño, meterlo en la boca de ella y asegurarlo con una mordaza. La agarra por el codo derecho y la conduce a una de las sillas, la sienta y se toma el tiempo necesario para atarla al respaldo. Cuando termina de inmovilizarla, su respiración se vuelve más pausada, percibe la condensación de su propio aliento sobre el verdugo, las palpitaciones golpeando en el pecho, y se permite un descanso: todo está bien, hasta el momento todo está saliendo bien. Entonces se fija en el torso desnudo de ella, en su mirada desamparada, y con un movimiento impremeditado le cierra la blusa. Por un momento no recuerda a la criminal que secuestra, tortura y mata sin escrúpulo, por un momento siente su empatía como víctima, el miedo a lo que le puede ocurrir, la vergonzosa y humillante sensación de estar expuesta frente a sus asaltantes, la fragilidad y el temor a lo que esa imagen pueda provocarles. Por un momento, Ethan comprende esa situación en los ojos de la mujer, y sin pararse a pensarlo, le abrocha los botones. Ella gime aterrada al ver sus manos acercarse, pero su sorpresa ante la acción es tanta como el alivio.

Ethan se gira hacia el reo, tumbado e inmóvil con el cañón de Suárez en la nuca, pero lo que se encuentra no es lo que espera. Lo que se encuentra es una mirada grave saliendo del negro camuflaje de su socio. Suárez busca sus ojos, y cuando los encuentra niega lentamente con la cabeza como si algo estuviera equivocado. Ethan no comprende, pero antes de preguntar nada decide acabar el trabajo. Levantan al hombre entre los dos, sin cruzar palabra, y en el onírico y denso silencio que rompen solo los chirridos de las patas de la silla y los siseos de la cuerda, lo atan y amordazan igual que a ella. Entonces Suárez saca una rueda de cinta de embalar que Ethan no había previsto y les cubre los ojos dando varias vueltas, dejándosela pegada a los párpados ante el mudo desagrado de este. Cuando acaba se dirigen a la parte trasera. Caminan acercándose a sus sombras, que dejan de ser fantasmas proyectados en el techo hasta alcanzarlos y desaparecer cuando cruzan la puerta. Se introducen en la lobreguez del pasillo y cuando llegan a la salida de servicio se desencapuchan y se expresan en susurros.

—¿Qué ocurre, por qué esa cara?

—¡No es él!

—¿Cómo?

—No es el subcomisario, es uno de los otros.

—¿De quiénes, de los policías?

—¡Sí! Es otro del grupo, uno de sus esbirros.

Ethan abre los ojos como si así pudiera absorber mejor la información, como si fuera una cuestión de falta de luz.

—Uf, joder.

Se echa la mano a la cabeza y deambula varios metros antes de volver.

—Genial, o sea que se la está pegando con otro.

—Así lo parece.

—Y nosotros hemos llegado en el momento exacto. Por eso se cagaron de miedo al vernos, no sabían quién podía ser.

—Eso pienso yo.

—Hasta se habrán aliviado al ver que no era el novio… Y este no nos valdrá, claro. No sabrá una mierda.

Suárez se encoge de hombros. Sigue dándole vueltas y su frustración crece por momentos.

—Pero no era así. ¡No era así! ¡Los tengo *microfoneados*! Cambiaron el turno, tenía que estar el novio.

Le pierde la rabia del error, la desesperación del perfeccionista.

—Les voy a preguntar por qué cambiaron el turno.

—¿Y eso qué nos va a arreglar?

—Tenés razón.

Los atacantes cavilan bajo el único abrigo de un ulular solitario. Finalmente, Ethan concluye.

—Bueno, como sea tendremos que volver, si los dejamos mucho solos va a parecer más raro todavía de lo que ya es.

—Igual, ya no tenemos el tiempo que pensábamos. Lo que tarde el subcomisario. El partido, tal vez una hora más, ya no sé. No los vigilé a todos, no sé si a ese maje lo esperan, yo ya no sé si puede venir el subcomisario, ¿entendés? No sé por qué no vino, ni si luego se puede aparecer.

—Lo único seguro es que estos no estaban esperando a nadie. Eso nos da una cierta ventaja. ¿Ahora cómo nos organizamos?

—Ese pendejo no sabe nada, eso por seguro.

—¿Y ella? Puede que nos sea útil de todos modos.

—El mero mero es el cabro, pero ni modo, habrá que ir con ella.

—¿Y ahora cómo actuamos? ¿Y si les decimos que venimos a liberar a la secuestrada?

—Entonces mañana matan a toda su familia.

—Sí, no estaba pensando. Lo mejor es continuar con la misma idea, pero ahora sí que hay que separarlos.

—Más ahora. Ella le vio abrocharle la blusa. No le va a tener el mismo miedo.

—Sacaré al tipo al pasillo y le vendaré también los oídos. Tienes que ser rápido.

—Así lo haré.

—Antes de entrar, dame un momento.

Ethan deja a Suárez algo extrañado y se dirige al cuarto en el que aguarda la víctima. Se calza el pasamontañas y entra con cautela, atento a no despertarla, pero después del escándalo es evidente que no está dormida. Cuando sus ojos se acostumbran a la penumbra puede ver su rostro, demacrado, sucio y golpeado, amordazada con algo que podría ser una media y atada de pies y manos al camastro, con los tobillos y las muñecas amoratados, llagados y posiblemente infectados. La chica lo recibe con un estremecimiento, los ojos desencajados, incapaz de entender lo que le ocurre y asustada de que pueda ir a peor. Ethan se acerca y trata de resultar reconfortante, algo que con un pasamontañas ocultándole la cara y la brevedad para no ser reconocible no resulta muy convincente.

—Te vamos a liberar. Aguanta un poco más.

Le afloja un poco las ataduras de las piernas, lo que ella responde con un sordo gemido de alivio, y vuelve al pasillo, en el que le espera Suárez poco contento con su uso del tiempo. Ethan le dirige una mirada confiada.

—Debía hacerlo. No podíamos dejarla así.

Al momento, los dos fantasmas se acercan de nuevo a la pareja, que lleva unos minutos en el vacío absoluto, sin poder comunicarse ni ver y sin entender nada, abrumados por el peor miedo, el terror a lo desconocido. Tras el aislamiento escuchan cómo se acercan sus captores y les interpelan de nuevo.

—No los vamos a matar si no es necesario, y no tenemos mucho tiempo, así que vamos a arreglarlo rápido.

Suárez quita la mordaza a la mujer.

—Mirá, no quiero *problema*, así que no te molestés en gritar ni hacer feo.

Ella primero siente la liberación de los músculos faciales y los estira un par de veces antes de hablar.

—Yo… yo se *los* quiero agradecer que se han portado como caballeros. Yo me llamo Johanna, y sé que no tiene que pasar nada malo. Yo, yo solo les pido que recuerden que somos personas…

Suárez mira a Ethan y chasquea la lengua contra el paladar. Ethan asiente. Entonces toma la cinta de su sien y la arranca de un tirón, soltándola sin muestra de empatía, llevándose mechones, cejas y alguna pestaña. Johanna lanza un agudo chillido que estremece a su amante, quien se remueve nervioso. A una seña de Suárez, Ethan lo alza hasta ponerlo de pie con el asiento amarrado, obligándolo a avanzar en una posición forzada, casi en cuclillas, como un penitente.

—Sacalo, no le va a gustar lo que le va a pasar a su chava.

Al oír eso, el preso se revuelve, pero Ethan lo encañona y el otro camina como una tortuga ridícula. Suárez se centra en ella, que abre los doloridos ojos con dificultad.

—A no ser que sea la chava de otro, ¿cierto?

A Johanna le cambia el semblante de inmediato al comprender lo que él sabe.

—Mirá, seca, yo no sé si nos vio majes, pero con los dos chavalos afuera, ahora estamos solitos vos y yo, y sabés que no me va a dar pena hacerte lo que sea, ¿no es cierto? Decime, mirame y decime.

Ella no responde, manteniendo una actitud desafiante. Suárez, en lugar de emplear violencia o amenazas, echa la mano a la coronación del cubrerrostro y se lo saca por encima con un movimiento limpio.

—Si es eso lo que querés…

—¡NO! —Con un rápido giro, Johanna baja la cabeza cerrando los ojos con fuerza—. ¡No te he visto! ¡Sabés que no he visto nada!

Suárez la sostiene con firmeza luchando con su intento de clavar la barbilla en el pecho. Aprieta los párpados por los que le corre una gota de sangre de la ceja desollada. Él le requiere de nuevo sin asomo de humor, como es su hábito.

—Yo pienso que ya me venís a entender, ¿cierto?

Ella responde en un tono ronco, casi gutural, que la obliga a aclararse la garganta.

—La llave de mi carro está en mi cartera. Ahí tienen todo lo que quieran, ahí ando la plata. Agarren lo que quieran luego, y váyanse.

Suárez vacila un segundo. Acto seguido, enfundándose la capucha, se acerca al bolso, lo vacía y encuentra el llavero. Abre la puerta peatonal inclusa en el portón y se encamina al vehículo entre tinieblas. Revisa las portezuelas, el habitáculo y el maletero. Regresa con dos maletines, uno con un ordenador portátil y otro más voluminoso. Cuando entra vuelve a cerrar con llave y se acerca a la mujer, que aguarda paciente.

—Ahí les van diez mil dólares, no hace falta que los cuente, ya están revisados. Esa es mi *laptop* y mi teléfono, se los pueden guardar. Se pegaron la lotería, pero no hay más aquí, no tiene sentido seguir con la farsa.

Le admira su entereza y profesionalidad una vez pasada la primera impresión. Sabe que le sería muy fácil conseguir información exacta sobre Michelle, no dudaría en dársela a cambio de la liberación, si no fuera porque sellaría con eso el futuro de sus familiares y casi con seguridad el suyo propio. Abre el maletín grande y la vista de los billetes le produce una sensación ambivalente: es un premio envenenado que multiplicará la voluntad de la banda de perseguirlos; sin embargo, no puede abandonar ese botín después de que ella misma se lo entregue. Sigue cavilando hasta abrir el otro maletín. Enciende el ordenador y le increpa autoritario.

—Las contraseñas.

—La del correo es Mimbura14. El teléfono se desbloquea con una «L».

Suárez entra al correo y rastrea mensajes mientras sigue con el, hasta ahora sencillo, interrogatorio. De acuerdo con el plan, inquiere por sus víctimas una tras otra olvidando a Michelle. Johanna no recuerda los nombres y le propone consultar una hoja de cálculo en la que los anota junto a las cantidades ganadas, invitándole a llevársela con el portátil. Se permite incluso el lujo de bromear sobre su mala memoria y la necesidad de apuntarlo todo para después no confundirse, como si hablara de listados de compras o agendar citas olvidadas. Por fin Suárez deriva en Michelle y obtiene la respuesta que esperaban: la recuerda por lo reciente, pero no el monto.

—Aquí no pone nada.

—Me olvidaría. A veces me pasa.

—No me digás. ¿Quién fue el cliente?

—¿Qué cliente?

—Andá, seca. Ya sabemos que hacéis trabajos por encargo. Quiero la lista de clientes.

—No… no tenemos clientes.

—*Pos* vas a obligarme a ponerme duro. —Suárez deja el portátil en la silla, se levanta y tan pronto le tensa el pelo ella reacciona.

—Yo no sé, yo no sé, yo no sé. Es Greivin, mi novio, él lleva los encargos.

—¿Y qué hacés vos? No me mintás, os hemos choteado y sé que no eres una tonta.

—Yo trato con los chivatos, organizo los seguimientos y después coordino la recogida, y si hay transportes, luego. Pero son muy pocos encargos, uno un año, luego dos años y nada, no se puede saber, pero muy pocos.

—La recogida, ya.., ¿qué es eso de transportes?

—Si-si no vienen aquí o en la ciudad…

—¿Sacaron a alguien de la ciudad?

—A esa güila.

—¿Y para qué?

—Yo no sé. Había un cliente muy rico que pidió.

—Seguí.

—No sé, así decían como que unos europeos muy de dinero. No sé, unos abogados que tratan con Greivin. Se llegaron hace unos meses y se pidieron su encargo, tenían todo el dinero del mundo, y pues lo pidieron y ya está.

—Seguí.

—La güila, luego, y no sé más, no sé para qué la querían.

—No me importá tu güila, me importá tu cliente. ¿Cómo la movieron?

—Yo no sé, ellos traían su transportista, un camionero ccrotc que les trabaja. Lo traté yo y quedamos a buenas, como para, ya sabe, que si otra vez, que podemos hablar. No sé, un *man* extraño, que viaja mucho. Él me decía, que otra vez que podíamos vernos, que si tenía más *bisnes*, pues que lo hablara, casi que le digo que me echó el cuento; que él era muy importante, que nadie sabe de él, que lleva las sombras cruzando América de un lado a otro, como que el continente es suyo. Muy feo, malo, peligroso, no me gustó. Yo le di la güila y se la llevó, no sé adónde.

—Me vale verga ese *ni* la güila, quiero el cliente.

—Yo no sé. Eso es Greivin, de veras.

Suárez la estudia con detenimiento. No miente.

—*OK*. El camionero. ¿Cómo lo contactás?

—Por *e-mail*. Dice que en Colombia tiene un escondite donde responde cuando no tiene encargos. Que me podía invitar, imaginate.

—¿Quién es el cliente?

—Y no sé, ya *se los dije*, los conoce Greivin, yo no sé.

—¿Han pedido más envíos?

—No, ya no querían más.

—Es solo dinero, ¿me entendés?

Suárez revisa el reloj. El partido ya habrá concluido.

—Decime de los otros clientes.

—¿Qué querés? No los conozco.

—Tanto así como lo que me has contado. Quiero toda la información.

Johanna trata de acopiar los datos que le vienen a la mente con un ánimo de colaboración que abruma a su captor, pero este deja de prestarle atención, seguro de lo que busca en su correo, y finalmente lo encuentra: la conversación con el piloto que trasladó a Michelle a otro país. Improvisando, vuelve a tentar a la suerte para conseguir la confirmación.

—¿Cuántos encargos han tenido estos años?

—Pues… cinco, o seis. Sí, con el de la niña fueron seis.

—¿Cuáles?

Los enumera en un tono monocorde ausente de vergüenza, lástima o arrepentimiento, como el oficinista que lista las órdenes de compra para proveedores, hasta llegar al punto que Suárez esperaba.

—… y Michelle, la niña que pidieron los europeos.

—*'Ta* bien, ahora me vas a platicar de las platas.

Ethan espera inquieto junto a la puerta trasera con el prisionero derrumbado en la silla y el mentón sobre el pecho, ciego, sordo y mudo, atento a cualquier grito de su compañera, pero ninguno oye nada, la conversación que se mantiene en el otro extremo de la nave les ronda apenas como un murmullo. Ethan pasea de un lado a otro casi tentado de retirarle la mordaza por tener alguien con quien hablar, pensando en qué hacer con la víctima una vez salgan de allí, dónde llevarla y cómo garantizar su seguridad. Ethan está dándole vueltas cuando un leve rumor se va generando en sus oídos hasta convertirse en una realidad inequívoca, una frecuencia estable que crece en volumen y cercanía: el rugido de uno o dos motores que se acercan. Tan pronto reconoce el ruido, el cautivo levanta la frente como un perro aventando. Ethan lo mira y escucha con atención, ese tipo sabe que vienen, y sabe quién viene. Ethan respira acelerado con una inyección endógena de adrenalina que le prepara para lo que pueda darse. Sin perder de vista al reo, camina con extremo cuidado hacia la puerta central. Cuando llega, el anuncio claro de dos vehículos de gran cilindrada se cierne sobre ellos.

Suárez, que cerró el ordenador tan pronto como reconoció el ruido, reacciona preguntando a Johanna. Ella miente.

—No sé quién puede ser, no esperamos a nadie.

Está claro que lo sabe, y que mantuvo la conversación dando todos los datos posibles para aguantarlos hasta que llegaran. Le recoloca con toda prisa el pañuelo sobre los labios y calcula las derivaciones. Unos instantes después ve aparecer la silueta de Ethan al fondo, surgiendo a través del hueco de paso. Ethan le marca un dos con los dedos. Él le responde con gesto de retirada: no debe quedarse allí con él, deben cubrir los dos accesos y a sus dos rehenes. Ethan opina igual y desaparece de nuevo en el corredor.

Recorre el pasillo en absoluto mutismo, agachándose para evitar los haces de luz que cruzan los vidrios cuando los coches se alinean para aparcar, y llega hasta su prisionero, al que apoya el cañón en el pómulo y susurra: «Ssssh». Este asiente con cautela.

Suárez revisa sus posibilidades. No saben cuántos pueden venir, ¿llegarán dos, los tres que faltan, vendrá incluso alguien más con ellos? Sabe que si los descubren allí encerrados se convertirá en una ratonera. Llegado el caso, esa gente no negociará sus vidas por las de sus compadres, los prefieren a todos tiesos. El ralentí de los aparecidos se apaga al unísono, las líneas de luz que cruzan el pasillo desaparecen. Suárez se aleja sigilosamente de la cautiva, recoge los cojines del sofá y se dirige a una columna metálica en la que parapetarse. El silencio se vuelve opresivo. Camina contando sus pasos, revisando el suelo para evitar un falso, calculando la distancia. Revisa de nuevo la figura sentada, que no se ha movido. Alcanza la columna, que no lo cubre por completo pero le ofrece cierta protección, arma sus improvisados sacos terreros y se tumba de la mejor manera posible apuntando a la puerta. A partir de ahí, los segundos empiezan a discurrir lentos, como gotas de aceite mientras intenta dilucidar qué está ocurriendo fuera.

Ethan aguarda con atención mientras los motores se silencian. Se coloca con una rodilla en tierra detrás del rehén, apoyando el arma en su cuello para que sienta la boca de fuego, que apunta a la puerta. Se pasa la lengua por la comisura de los labios, que nota resecos, y se sume en el tenso silencio, tratando igualmente de adivinar qué se les acerca cuando escucha los portazos: uno, dos, tres. Tres portazos.

Suárez agudiza el oído a la espera de un cuarto cierre atrasado que no llega. Son los tres que faltaban, el subcomisario y los otros dos gregarios, es lo que dicta la lógica. Entonces lo escucha: un cuarto portazo. Y sin embargo ha pasado mucho tiempo desde el tercero. ¿Varias personas en el asiento trasero? No, saldrían por las dos puertas.

¿Y por qué tardarían tanto? Puede ser una cuarta persona, o pueden haber recogido algo de un asiento. Si traen ordenadores o algún bulto sería creíble. Suárez siente contraerse el cuello sin dejar de preguntarse: ¿cuántos vienen? Estudia a Johanna, que mantiene la mirada fija en el portón, inmóvil y muda, como si lo intentara controlar con el pensamiento. Ella sabe, no tiene duda, ella sabe y él ve cómo el sudor cubre su frente, ella tiene los datos y él comprende que está calculando como él, que planea algo aunque se encuentre incapaz atada a la silla.

Se pregunta si habrán podido descubrir su coche. Lo ocultaron bien, pero son profesionales. Y vuelve a apartar la paranoia de sus ideas: no lo están buscando, no tienen que encontrarlo. El silencio se hace cada vez más denso, pesado, casi palpable. Lo rompe el doble pitido de un cierre automático seguido por el segundo, ¿por qué han tardado tanto en cerrar?, y los murmullos de unas voces se hacen audibles a medida que se acercan. Suárez trata de centrarse en los pasos sobre la tierra, ignorando la conversación, que no le dice nada sobre cuántos llegan. ¿Cuánto han recorrido? Hace una estimación sobre el espacio que los separa, paso a paso, la cantidad de metros, ¿cuántos caminan? Parece imposible calcularlo. Johanna mantiene la mirada tensa a la puerta, casi obsesiva. De pronto, los pasos se detienen.

Ethan escucha los dobles pitidos de los coches. Los siguen dos voces masculinas que comentan algo y un número de pisadas indeterminadas que se alejan de él. Se dirigen a la puerta principal, como era de esperar. ¿Debería aprovechar para salir al exterior o aguantar allí con el rehén? La tensión aumenta a medida que los oye alejarse, hasta que de pronto se detienen y una de las voces vuelve a sonar de vuelta a él, bordeando la pared exterior, pasando por delante de la reja que se alza sobre la chica secuestrada.

No pueden haberse dado cuenta, cavila Suárez, no tratan de ocultar su presencia, no pueden ser conscientes, la charla parece relajada, a menos que sea un señuelo. Aguarda. Nada. El silencio lo inunda todo.

La voz vuelve a arrancar cerca de Ethan, que la sigue con la pistola a lo largo del muro, sin dejar de cubrir la puerta. Dibuja su trayecto colocando la mira donde supone el pecho, un blanco de mayor volumen. El prisionero no se mueve. La voz se aleja.

Nada. Unas pisadas que vuelven acompañadas por un comentario. Algo sobre volverse. Risas. ¿Cuántos son? Los pasos están muy cerca. En su visión periférica algo le llama la atención. Ve a Johanna balancearse como una autista, atrás y adelante sin dejar de mirar la puerta. Sus balanceos comienzan a sonar. Consigue elevar las patas poco a poco, con perseverancia, repiqueteando sobre el piso de hormigón. Quiere hacerle una señal para que se pare, pero sabe que es inútil, no puede detenerla sin hacer más ruido. Si fuera siguen hablando no le prestarán atención. Johanna se impulsa con esfuerzo, adelante y atrás. La silla cruje. Podría ser un sonido normal, no deberían fijarse. Los topes sobre el piso: Plac. Plac. La silla cruje. Los pasos alcanzan la puerta y se detienen. Plac. Plac. Cada vez más alto. Suárez mira a Johanna, maldita arpía, obsesiva en su movimiento. La silla cruje mucho, las patas parecen doblarse. Fuera no hablan. Suárez apunta al marco, al espacio que se formará si abren. Cree oír un tintineo. La silla tropieza. Una llave. Mira a la prisionera, que le devuelve la mirada con odio. Una llave que penetra lentamente, marcando cada pequeño ajuste con el perno de manera casi inaudible. La silla se comba y Johanna aprieta los ojos. El cilindro de la cerradura gira. La silla cae al suelo con gran estruendo y ella se golpea la cabeza. La puerta se abre y se detiene con el ruido, mostrando una estrecha línea vertical negra tras la que se adivinan varios cuerpos. Suárez no piensa.

La nave estalla en un trueno ensordecedor que se multiplica

con el eco metálico cubriendo el espacio como un infierno que inunda el aire. Se ilumina con un relámpago breve que alcanza a Ethan a través del pasillo. La escopeta detona con un fogonazo que ciega los ojos acostumbrados a la oscuridad y llena la nave de ruido y luz. Suárez dispara instintivamente al espacio entre la jamba y el tambor, dejando la chapa plagada de pequeños agujeros opacos por el fondo nocturno. Inmediatamente vuelve a disparar y la segunda explosión se mezcla con el eco de la primera, formando un zumbido doloroso que repiten la tercera y la cuarta. Confusión y furia. La puerta rebota contra el marco una y otra vez hasta quedar casi descolgada, con un amplio hueco graneado, como una invasión de polilla a ambos lados del cerco.

Tras el quinto disparo aguarda un segundo dejando que se aclare el humo del ataque y que se disipe la resonancia que vibra en los oídos de todos. Entre el ruido no ha acertado a oír un grito o quejido, pero está seguro de haber acertado. Sin perder un segundo del efecto sorpresa abandona su refugio para correr a la puerta y rematarlos antes de que reaccionen, pero en el estruendo general ha perdido de vista a Johanna, que arrastrándose ha conseguido bajarse la apresurada mordaza lo suficiente para hablar, y aún sorda del zumbido, grita con todas sus fuerzas.

—¡Va hacia la puerta! ¡Va hacia la puerta!

En respuesta, un disparo casi vertical cruza la nave desde el exterior hasta el techo. Suárez se deja caer y recula hasta la columna. Parece claro que se ha hecho desde el suelo, posiblemente aún están desarbolados, pero ha perdido la ventaja. Otros dos disparos erráticos acompañan al primero y Suárez gatea para evitar riesgos.

Antes de que muera el eco del segundo disparo, Johanna vuelve a gritar.

—¡Son dos! ¡Hay otro esperando en la puerta tras! —Y Suárez se gira a ella y dispara dos veces a bocajarro sin pensar, por instinto. Con un nuevo estruendo su blusa se abre como un paracaídas y parece explotar llena de pequeñas bocas; el cuerpo, sujeto por la silla, encajada del golpe contra el sofá, se arquea en un salto absorbiendo la energía cinética de las postas y cae inmediatamente como una piedra mientras pequeñas lágrimas de tela llueven sobre él.

Como respuesta, una salva completa bombardea desde el exterior obligando a Suárez a arrastrarse para buscar un espacio seguro bajo los estallidos contra la chapa. Una tormenta de chispas y explosiones multiplicadas por las paredes metálicas lo persiguen. Los impactos se multiplican, fuera hay más de una pistola, y solo le quedan dos cartuchos en el guardamano. Dispara de nuevo a la puerta para cubrirse y piensa en Ethan, que puede no estar entendiendo lo que ocurre. Escucha y registra un siseo seguido de unos pasos que se alejan a la carrera, y le grita rezando para que le entienda.

—¡Ethan, ahora! ¡Es ahora!

Ethan sopesa el mejor desplazamiento. Si entran deberá cubrir a Suárez desde el pasillo, pero si los rechaza debería cazarlos fuera antes de que reaccionen. Las líneas de acción se cruzan como rayos de luz, le quedan segundos para actuar. Abandona su parapeto y gatea hacia el cuarto anexo al de la secuestrada, el más frontal a los autos. Agudiza el oído y percibe un ligero golpeteo, como gotas de un grifo sobre loza. Se detiene extrañado, ¿qué estará haciendo Suárez? Entonces le llega un golpe sordo, como un mueble que cae y en el pasillo se hace de día, una, dos veces, una tormenta de ruido lo alcanza y corre hacia la ventana. Tiene una reja con marco a modo de contraventana, suelta la cremona que la sustenta, oye otras dos percusiones que iluminan el exterior, gritos, dentro y fuera, movimiento agitado, dudas. Busca el cerrojo de la ventana y se desespera, amartilla y reconoce una llamada dirigida a él.

—¡Ethan, ahora! ¡Es ahora!

Por suerte, se ha adelantado a su petición y ejecuta a ciegas a través del vidrio. Dispara en dirección al aparcamiento pulverizando el cristal en miles de minúsculas mariposas de brillos reflejados, espera un segundo para localizar alguna traza sin resultado y vuelve a disparar al bulto, más para cubrir a Suárez que tras un objetivo. Ethan aprieta el gatillo y truenos de pólvora encienden, rabiosos y fugaces, la noche sin permitirle vislumbrar si tiene éxito.

Suárez escucha los disparos de Ethan y aprovecha el pequeño respiro que tiene para ocultarse tras el sofá y recargar la escopeta. El espacio delantero ha vuelto a la calma nocturna bajo un mentiroso silencio que la penumbra magnifica. Nada se mueve en el reducido campo de visión de Suárez, que afina los sentidos en busca de señales. Nada. Hasta los animales han callado. Sus oídos embotados no llegan a percibir ni el viento nocturno. Todo se ha paralizado. Delante de él, el cuerpo inerte de Johanna mira al techo mientras su camisa sigue empapándose de sangre y el charco se desborda bajo su espalda con insultante pereza. Hasta ese fluir se ha ralentizado. La maldice por haberle empujado a matarla y revisa su situación, comprendiendo que ese almacén abierto es poco seguro y estimando retirarse hacia la puerta del pasillo.

El silencio vuelve a extenderse por la oscuridad y Ethan observa por la ventana tratando de calibrar la situación. Todo se ha detenido. El erial vuelve a su estado inicial de calma tensa. El vacío lo envuelve todo y el canto de unas chicharras lejanas vuelve a erigirse como única compañía. A través de la negritud se imagina las formas de los vehículos, pero no puede adivinar movimiento. Escucha sin resultado. Alguien podría estar reptando, pero es imposible localizarlo. El tiempo se desplaza denso, tangible. Algo ocurre pero no lo puede descifrar. Una falsa tranquilidad envuelve su mundo hasta donde puede entender, como si nada hubiera ocurrido. Duda de si saltar al exterior, pero sabe que es muy arriesgado sin cobertura. Por la carrera que escuchó, uno de ellos debe de andar entre los coches a menos que le acertase de casualidad, y eso sería demasiada suerte. Se mantiene inmóvil, confiando en su invisibilidad, atisbando la oscuridad en busca de formas sin éxito, hasta descifrar un apagado pitido de apertura. Y una puerta. Se asoma y arroja otra descarga para intentar detener lo inevitable. De pronto, dos luces blancas inundan el cuarto deslumbrándolo, pintando las paredes, descubriéndolo y cegándolo. Los faros iluminan su escondite y Ethan se echa al suelo con la visión plagada de moscas, a tiempo de evitar dos tiros sin continuidad que cruzan sobre su frente. Se aleja a gatas de la ventana tratando de recuperar la vista. La escopeta se pierde en algún lado del camino pero confirma que mantiene la pistola. La actividad se multiplica fuera mientras él trata de buscar refugio. Están perdiendo la ventaja inicial.

Suárez escucha los disparos, percibe el pasillo iluminado y comprende que han llegado a los coches. Se pregunta hacia dónde moverse. Su situación empeora rápidamente y no tienen modo de actuar.

Todo se paraliza de nuevo. El parque de fuera sigue sumido en la opacidad que rompen los dos haces dirigidos al lateral de la nave. Ahora ellos se encuentran en el papel pasivo, expuestos a la luz que por suerte tiene poco recorrido, atados a una nueva pausa que no les favorece, una pausa en la que ellos no pueden hacer más que ocultarse mientras sus enemigos toman la iniciativa. Considerando el riesgo del amplio y desprotegido espacio frontal, Suárez opta por dirigirse hacia la puerta central arrastrando los cojines como si fueran sus pertenencias. Desde ese punto puede cubrir ambos accesos y tener a Ethan a su espalda, permanecer en la sala descubierta es arriesgarse a una emboscada. Alcanza el umbral a tiempo de percibir la sombra de Ethan abandonando la sala iluminada y cruzando el pasillo, pero no se atreve a hablarle por no descubrirse. ¿Para qué escapa ese maldito muchacho?, si abandona el corredor, él quedará descubierto por ambos lados. ¿Al final será un cobarde? Y en mitad de ese pensamiento, percibe que se acerca la nueva oleada. Todo vuelve a arrancar.

Ethan se queda aplastado en el suelo bajo las luces de los faros y busca la puerta mientras su visión se acomoda. A su izquierda escucha a Suárez desplazarse; puede que se esté parapetando; al frente oye ruidos ahogados que terminan en el inequívoco mecanismo de un maletero abriéndose. Sea lo que sea que tengan allí, no va a ser bueno para él. Trata de pensar cómo romper el equilibrio, tienen poco tiempo y es probable que la próxima embestida salga mal para ellos. Sin planear mucho se arrastra fuera de esa estancia abarrotada de luz que lo enjaula y atraviesa el pasillo sobre su vientre buscando el lateral opuesto y retornando a la sombra. Se pone a gatas al llegar a los cuartos opuestos, justo antes de intuir la forma de Suárez junto a la puerta central. Sintiéndose más resguardado hace una respiración profunda. Su corazón galopa.

Entonces el infierno estalla sobre sus cabezas. Una cortina de fuego enciende todos sus sentidos al tiempo que los vidrios y el muro saltan por los aires bajo un martilleo que vuelve a traer el caos con el polvo y el humo cubriendo las estancias, multiplicándose y borrando su realidad; los tabiques del mismo corredor se deshilachan bajo el fuego graneado y el plomo atraviesa el edifico saliendo por el extremo contrario, el ruido les impide oírse a sí mismos y Ethan se alegra de haber salido a tiempo de la trampa, aunque las ráfagas siguen silbando en torno a él, atravesando los bloques como hojas de papel. Confiándose al efecto amortiguador de las paredes, se coloca al pie de la ventana, otra corredera estrecha que salta en pedazos bajo la barrera de fuego.

Suárez se tapa la cabeza con las manos, pegándose como puede al piso. A través del muro exterior las balas llegan al pasillo y lo cubren rociándolo de escombro. Reconoce el tableteo de los subfusiles AK-47, los favoritos de los narcos y conocidos como cuerno de chivo, pero sabe que ese barrido no tiene otra intención que mantenerlos clavados mientras planean el asalto final, y el rugido de uno de los motores encendiéndose le da la siguiente pista.

Ethan se da cuenta de que el único modo de romper ese cerco es salir para enfrentarlos desde fuera; lo ve muy arriesgado pero intuye que permanecer dentro tal como están sucediendo las cosas es esperar la muerte. El tiroteo se detiene de nuevo y aprovecha para saltar por la ventana, ignorando los cristales que se le clavan y cayendo por la fachada oculta, en la que la negrura casi no se rompe a pesar de la tupida carcoma que ha dejado el castigo del lateral iluminado. Mira a ambos lados confirmando que nadie ha decidido dar tal rodeo y se encuentra solo, suspira reconfortado y se dirige a la puerta trasera.

Cuando se detiene el fuego, Suárez sabe que ya están preparados para el ataque, y el ruido del arranque le responde. Lo escucha acelerar sin moverse hasta que salta y un estruendo devastador adelanta la destrucción del frontal. El cuatro por cuatro irrumpe desgarrando el portón acribillado. Lo atraviesa lanzándolo a varios metros seguido por una nube de polvo que desciende desdibujando las formas y se produce otro hiato que se rompe tras un breve forcejeo, cuando el conductor consigue liberarse del cinturón e inicia un nuevo fuego indiscriminado desde el asiento con su Kalashnikov. El almacén principal vuelve a ser un infierno de balas y centellas y Suárez no puede hacer otra cosa que acurrucarse en el hueco de paso mientras la carpintería se desarma sobre su cabeza, confiando en estar protegido hasta poder dar respuesta. Por el extremo posterior revienta otro vómito de balas que desintegran la puerta trasera, abriéndola como una servilleta tan pronto como salta la cerradura, convirtiendo el pasillo en una atroz trampa graneada de proyectiles que atraviesan la fábrica en todas direcciones regando piedra, astillas y metralla, obligándole a agazaparse bajo los restos de la puerta, que se vence sobre sí misma, y atrapado entre dos frentes, ciego y asfixiado, se torna como puede hacia la nueva amenaza consciente de que ese es el fin.

Ethan escucha el estruendo del coche irrumpiendo por la entrada principal y el traqueteo del primer ataque seguido por unos pasos que alcanzan la fachada trasera a la altura de la puerta, e inmediatamente se desata otro tiroteo desde allí que se acompaña del chirriante y continuo repicar de la munición contra el metal y el quejido de la chapa reventando y hundiéndose. Desde su posición percibe la sombra del atacante y el resplandor de las detonaciones hasta que el rechinar de la hoja se convierte en un violento bateo contra el paramento y el agresor da un paso al interior. Ethan sabe que es el momento y sale a descubierto tiroteándolo. El hombre se asusta y trata de ocultarse al tiempo que cambia de objetivo, pero Suárez, encajonado en su volátil refugio, aprovecha la oportunidad y lanza desde el piso todos sus cartuchos en esa dirección, casi a ciegas, mientras soporta el castigo del otro lado, uno tras otro: fogonazo, fogonazo, fogonazo, hasta no distinguir las formas. El tirador, atrapado entre dos trayectorias, recibe varias postas en el costado y sale desorientado al exterior, pero fuera Ethan ya le ha ganado la posición y lo acecha vaciándole el cargador. El emboscado recibe los disparos y Ethan no deja de caminar apuntando, viste chaleco de kevlar como ellos, que convierte los impactos en puñetazos, dolorosos pero no mortales, y Ethan, consciente, eleva la mira y la encaja entre sus ojos. Los siguientes penetran limpios por su cabeza y cae antes de poder dar un segundo paso. Mientras tanto, Suárez sigue resistiendo en posición fetal el bombardeo desde la zona frontal, pero de pronto esa salva también se detiene. Ethan resuella en cuclillas a escasa distancia del despojo, con el olor de metal soldado impregnando su nariz, la sequedad adherida a su tráquea, y carraspea levantando la mano armada para comprobar que le tiembla de un modo incontrolable. Entonces cae en la cuenta de que se ha producido una nueva tregua. Otra vez la noche. Otra vez el silencio.

La calma no aterriza por la larga reverberación que aún se mantiene del tiroteo, y ninguno se atreve a moverse, ensordecidos por acúfenos que provocan el espejismo controlado de que la locura continúa, sordos al silencio que ha vuelto a cubrir el extrarradio nocturno. Nada ocurre durante casi un minuto mientras los supervivientes esperan el siguiente movimiento. Ethan trata de controlar su temblor sin éxito, por primera vez en su vida, como si la mano no fuera suya. Finalmente un reclamo surge desde la artificial niebla.

—¡¿DIEGO?!

Pero nadie responde. La nave permanece muda otros segundos en los que Ethan y Suárez se preguntan qué hacer. Suárez gira poco a poco la escopeta hacia los faros, consciente de que no le quedan cartuchos, y Ethan, amparado en la noche a dos metros del cadáver humeante, recupera la estabilidad motriz al concretar la nueva amenaza y recarga el arma con toda la discreción de que es capaz.

De manera inesperada, mientras desarrollan su siguiente táctica, el coche invasor vuelve a revolucionarse, se pelea con la estructura retorcida en la que se ha encastrado, fuerza la marcha atrás con su sonido de cadena al límite y arranca de su posición como un animal que se libera, oyen el limpio giro sobre el terreno, el cambio de marcha y cruza el lateral de la edificación para alejarse a toda velocidad por la pista de tierra en dirección a la carretera principal, iluminando a Ethan por una fracción de segundo y quedando después como dos llamas rojas que se reducen hasta extinguirse. Tanto él como Suárez se quedan sorprendidos y Ethan se asoma al corredor, de nuevo bajo el ominoso silencio roto por el zumbido del que no se separa. Detrás deja el cuerpo acribillado y doblado sobre su arma. Dentro, el humo y el polvo flotan en caprichosas formas dificultando aún más la visibilidad: delante de él yace el secuestrador que tomó como rehén, atado aún a la silla volcada en el suelo, víctima del tiroteo iniciado por sus compañeros; siguiendo en línea, algunos tabiques ya casi no existen y el resto presenta tal cantidad de perforaciones que en ciertos puntos forman verdaderos boquetes; la puerta central pende, rajada y agujereada, sostenida por su última bisagra, y bajo ella se refugia Suárez como un gato. Por mímica, Ethan lo insta a congelarse y prosigue entre la densa atmósfera hasta alcanzarlo. Ni un ruido. Sale a la zona amplia de la nave, tan tenebrosa ya como el resto, y observa el acceso destrozado que se asoma a la negrura. Mientras Suárez se incorpora, supera la fachada y encuentra las huellas del primer ataque de la escopeta: un nuevo cuerpo tumbado a unos cuatro metros de la entrada, desprotegido y destrozado por el estómago, en posición de haberse arrastrado antes de fenecer. Ethan recorre el perímetro revisando cada rincón antes de volver al espacio de aparcamiento. Los automóviles que quedan presentan agujeros en la carrocería y alumbrando con el móvil descubre un goteo de sangre que desaparece bajo el espacio del todoterreno huido. A su espalda escucha a Suárez que se acerca desempolvándose y mostrando la escopeta con orgullo.

—Por eso escapó el cabrón. Le acertaste.

—O tú.

—Uno de los dos.

—¿Cómo estará de herido?

—Por cómo manejaba, ni tanto, pero por el rastro que ha dejado, algo le hicimos. Cuatro muertos y los dos nos vemos enteros. Pienso que hemos gastado nuestra suerte para algunos años.

—Espero no tener que volver a usarla. ¿Sabes quiénes eran?

—Por supuesto. Eran los otros de la banda. Escapó el subcomisario. Como yo lo veo, llegaron a reunirse todos, y cuando se vio solo y tocado, prefirió esfumarse. Para nosotros era el más peligroso de fugarse vivo.

—La buena noticia es que no sabe quiénes somos.

—Sí. Y por eso mismo tenemos que volar rápido, porque no sabemos qué es lo que va a hacer ahora.

—Tienes razón. Hay que salir de aquí corriendo.

—Me *salvastes*. Ha sido un gran trabajo. Muchas gracias.

Ethan no replica, tímido y recompensado ante el reconocimiento como un niño felicitado por su maestro. Pero Suárez no ha terminado. Señala al que yace arrastrado desde el portón principal.

—Ese tampoco está difunto.

Ethan vuelve a posar los ojos en la masa inerte.

—¿Le viste el vientre? No sobrevivirá mucho.

—Cierto. Pero no podemos arriesgarnos. Andá a ver la chiquita si vive. Yo me ocupo.

Ethan acata y se encamina por la salida trasera para recoger el arma extraviada.

Suárez se aproxima con desprecio al último superviviente, en apariencia inconsciente. Se agacha y lo empuja, pero no reacciona.

—Eh, vos.

No le escucha. Acerca la boca de la escopeta, aún al rojo, y se la pega al párpado quemándolo. Ante el terrible estímulo, el malherido reacciona con desmayo, entreabriendo los ojos sin comprender.

—Eh, violador. Qué tan fácil abusar de la chiquita, ¿ah? Maldito. Oíme.

Desfallecido, tratando de emitir algún fonema que se convierte en un silbido, el agonizante pretende explicar algo. Suárez le apoya de nuevo el cañón en la nariz y se incorpora para separarse.

—Quería que sepás.

Ethan escucha el estruendo al tiempo que accede a la inventada celda con el peor presentimiento, pero para su sorpresa lo que encuentra es el camastro volcado con la muchacha aún atada, inmovilizada bajo el colchón pero a salvo y sin heridas apreciables. Le suelta los tobillos y se encoge atemorizada y dolorida. Cuando la libera, el rostro desencajado y demacrado no deja dudas del horror que acaba de pasar. El sudor, la suciedad y sangre seca se acumulan por la ajada prenda que la cubre y por encima de la mordaza, que Ethan le retira con breves palabras de consuelo para evitar delatarse.

—Tranquila. Están muertos.

La chica estalla en llanto y tiembla mientras la levanta, sujetándose las manos sin abrir la boca. Ethan se da cuenta de que el terror no le ha provocado solo llanto, tiene la ropa empapada desde el pubis a las rodillas. Recoloca el somier, la deja sentada tiritando, cruza hasta el salón delantero, saca una botella de agua de la nevera y le da de beber en tanto que ve a Suárez alejarse en dirección al monovolumen. Unos minutos más tarde aparca junto a la puerta y se adentra para recuperar los bártulos con el dinero y el ordenador. Ella se deja conducir hasta el asiento trasero, donde la acomodan y la ven derrumbarse agotada. Arrancan y la trasladan sin emitir una palabra hasta la ciudad, flotando sobre la autopista vacía y silente como a través de un sueño hasta que los primeros semáforos los devuelven a la realidad. Suárez carraspea y murmura.

—Perdimos.

Ethan evita hablar, pero le golpea el hombro inquiriendo, ¿cómo dice eso después de lo que ha pasado? Intuye una sonrisa bajo la tela.

—El partido.

Y le señala las calles, solas, mudas y amargas. Ethan también sonríe.

Suárez detiene el vehículo en una esquina a dos manzanas del cuartel principal de la policía judicial.

—Es el cuerpo más respetado del país, con ellos va a estar segura. Vaya hasta allí y cuente todo lo que le ha pasado, ellos la van a ayudar.

La chica abandona su protección sumisa y atontada, incrédula aún ante lo que le ocurre, sin acertar a agradecerles o siquiera decir algo. Camina dos metros tambaleante, se detiene y se vuelve hacia ellos como un cachorro asustado, pero le indican que continúe. Asiente, los obedece sonámbula y cuando aún se encuentra a medio camino, los dos oficiales que guardan el edificio se fijan en su estado y salen corriendo para socorrerla. Antes de que la alcancen, Suárez hace cantar los neumáticos y desaparecen por el camino opuesto.

Llegan de nuevo hasta el punto de encuentro, donde Ethan desciende aún emboscado de negro, solo con la cara limpia y descubierta. Durante todo el camino los dos han respetado el mutismo y Ethan no sabe si él lo ha hecho porque aún le está dando vueltas a lo que ha ocurrido o simplemente ni lo ha empezado a digerir. Trata de recapitular sus reflexiones hasta ese momento pero no puede, como si todo el viaje hubiera estado ausente, perdido en los brillos errantes de las farolas que dejaban atrás. Cuando se separan, Suárez le despide con un movimiento de cabeza como un compañero a la salida del trabajo, pero él no se puede permitir rematarlo de esa manera, con tal frialdad.

—Vaya nochecita, Suárez. Eh… no sé, puedes venir a mi casa si quieres. Algo tendré de comida.

—Muchas gracias, pero antes pienso que tendríamos que mirarnos para ver si tenemos heridas, y más ver su brazo, lo anda repleto de vidrios.

—Eres inagotable, ¿eh?

Antes de llegar al apartamento, Ethan se apresura a sacar una copia del disco duro y del teléfono.

—Tenemos que copiar todo y destruirlos inmediatamente. Si alguien puede rastrearlos estaríamos perdidos.

Una vez en la cocina rebusca y encuentra un pan tostado, queso crema y un par de cervezas, pero Suárez las rechaza con sorprendente amabilidad en él. Ethan escudriña una nueva identidad detrás del personaje.

—Muchas gracias, para mí agua. No puedo tomar.

—¿Eres de la misma congregación que Andrés?

—No. Es solo que yo no puedo tomar. Tomé mucho. Mucho tiempo. Soy adicto.

Ethan queda obnubilado ante la aclaración y la modestia con la que la ofrece.

—Ah. *OK*, está bien. Perdón, soy un metepatas.

—No, usted no podía saber. Así está bien. Ha sido una gran redada. Una de las noches más difíciles de mi vida. Vos *fuiste* un gran compañero.

—Gracias. Yo… también admiro tu labor. No sé por qué haces esto, pero me pareces un gran detective. Y he conocido a muchos.

Suárez palpa con detenimiento a Ethan buscando daños internos. Curiosamente, después de reconocer a su compañero y practicarle diversas curas no le permite devolverle el favor. Esas rarezas de los machos latinos, supone él.

—Yo perdí a mi familia hace años. Andrés es el único amigo que me queda. Él me ayudó cuando solo tomaba, y con su piedad infinita me recogió una y otra vez de la calle. A él le debo vivir de nuevo. ¿Cómo no iba a buscar a su sobrina? Y la sacaremos del mismo infierno si es preciso porque de ahí me rescató él.

Con cada verdad, Ethan construye una nueva arista del prisma que encierra ese inefable ser.

—Me disculpo porque en un principio no quería laborar con usted, y solo *la* acepté por la insistencia de Andrés.

—Tranquilo. A mí tampoco me hacía gracia. Pero lo entiendo. Quiero decir, sé la imagen que se proyecta de los gringos, y que hay compatriotas que vienen buscando putas y droga, nos envilecen.

—No era por gringo; ya no me hago a la compañía. Es difícil fiarse. No son los gringos los que me preocupan. ¿Vio cómo hablan nuestros jóvenes? Dicen *issue* por problema, *fuck* cuando se sorprenden, les sale natural, y así con todo. Aspiran a ser como ustedes y desprecian su tradición. Esos me preocupan, no los gringos. Ustedes ganaron la guerra y nosotros aún la estamos perdiendo.

—Pero ¿hemos tenido alguna guerra?

—La guerra del pensamiento. El pueblo que gana la batalla del idioma impone su cultura al resto, y el pueblo que gana la batalla de la cultura, impone su pensamiento.

—Yo pienso igual en inglés o en español, no siento que ninguno domine.

—No conoce las reservas indígenas. No ha visto a un pueblo tener que hacer sus papeles, estudiar su historia en otra lengua. Eso lo cambia todo. Es la esclavitud de todo lo suyo. Esa es la auténtica colonización. Lo que aprenden los chiquitos es por sus películas, su música, sus *fábulas*. Por eso piensan que ustedes ganaron la guerra contra Hitler en Normandía.

—Normandía fue muy importante.

—Los rusos ganaron esa guerra, pero nadie los escucha porque nadie lee ruso más que ellos. Normandía fue una broma, solo que fue una broma muy sangrienta, como todas las bromas de los gobiernos. Nuestra vida, la de Centroamérica, es una broma de su gobierno. Nuestra sangre, la materia prima de sus drogas; nuestra miseria, el beneficio industrial de sus millonarios. Pero nuestros nietos estudiarán esa historia en inglés, y se creerán lo que les cuenten.

—¿Y la culpa de todo es nuestra? He estudiado lo que he podido América Latina y sigo sin comprenderla, pero lo que he aprendido es que el victimismo es más fácil que la lucha. Es más cómodo vivir toda la vida en una depresión que levantarse a pelearla. Puede que nosotros vivamos obsesionados con el éxito, pero me parece que vosotros vivís con miedo a buscarlo.

—En eso le doy razón. Yo tampoco lo entiendo. Latinoamérica es demasiado grande, hay muchas Latinoaméricas, hasta que hay muchas Centroaméricas y mirá el rabito de tierra que somos. Y sin decir del Caribe, las islas, que cada cual con su acento y su mundo.

—¿Y el istmo? Centroamérica. ¿Qué os ocurre? ¿Cómo sois?

Suárez murmura para sí un momento recopilando sus propias concepciones.

—Bueno… mirá, si Centroamérica fuera un condominio de vecinos, como quien dice, Panamá sería el nuevo rico que nadie sabe de dónde saca la plata, un vividor que se aparece con un carro del año cada vez y cargado de dorados; Costa Rica es la señora de una buena familia venida a menos que no falta a misa un domingo y mira a los demás por encima del hombro; Nicaragua, un carajillo que fue maltratado, aunque de aquí en adelante debería decir que todos fueron niños maltratados. Nicaragua era el chavalo talentoso que prometía llegar a algo pero acabó como el borracho del pueblo, que va dando tumbos y se pelea con cualquiera; El Salvador fue el cipote que tuvo que aprender a defenderse viendo cómo le asesinaban a la familia y se convirtió en el matón del barrio; Honduras es la mujer maltratada que no hace otra cosa que justificar a su marido, y Guatemala es el trabajador humilde y callado que cumple horarios agotadores y soporta el desprecio de su jefe sin quejarse. Todos ellos tienen sangre indígena, española y de *todo lado*, pero cuanto mayor es la parte indígena, más la desprecian.

—¿Y Belice? Parece que todos lo olvidan.

—Belice es el negro que vive al fondo de la calle y la pasa fumando mota. También es el que se la vende a los gringos, uno de los trampolines de la droga, todos lo saben pero a nadie le interesa hacer nada. Y también es un trozo de verdad: que cada Caribe es un estado independiente, con su lengua y su cultura, y que tienen más que ver los distintos Caribes entre sí que con sus propios países. Pero esto que cuento es lo que pienso yo, muchos pueden contarle otra historia.

—No parece que seas de aquí.

—En verdad ninguno somos de aquí.

—Menos los indígenas.

—Debería visitar sus tierras. No es fácil, son cerrados, desconfiados, la costumbre del victimado. No sabés nada de ellos, nadie sabe hasta que van allí. Nadie ve el trato que reciben, aislados, vilipendiados, empobrecidos, alcoholizados. Los etnocidios disfrazados de contrarrevolución han sido constantes. ¿Pero qué revolución es pedir los mismos derechos que el resto? En todas las guerras civiles, da igual quién pelee, siempre los masacran a ellos. Los usaron las empresas gringas como la Fruit Company para hacer experimentos como si fueran animales, y eso fue hasta hace treinta años, no cinco siglos. Verá a muchos quejarse de los conquistadores, pero luego la pasan peleando por demostrar que son blancos. Esa es la mentira con la que vivimos, o somos o no somos, pero aquí nadie es, ni indígenas ni *gallegos*, no aceptamos ninguna herencia. Aquí es como si los españoles se llegaron, se robaron todo, se montaron en un barco y se fueron. Y aparecimos nosotros de ningún sitio, sin querer saber ni quiénes somos.

Tras un breve silencio, Suárez vuelve al caso y desgrana los datos obtenidos: el despacho de abogados del que no saben nada y el transportista que extrajo a Michelle fuera del país y conocerá no solo el destino sino a quién la esperaba allí.

—Johanna lo contactaba por correo electrónico. Tenemos la contraseña y él no puede saber que ella ha muerto.

—Estoy de acuerdo, pero también tenemos el disco duro y el teléfono. Entre toda su documentación estoy seguro de que podremos encontrar un rastro hacia el despacho de abogados. Me parece más razonable que localizar a un camionero dios sabe dónde, y también más lógico que ellos conozcan al cliente. Tampoco he dejado de darle vueltas desde que salimos: ¿qué pensará el subcomisario? Han matado a sus amigos, le han robado el dinero y han arruinado su negocio. ¿Qué estará pensando?

—No sé, pero me alegro de no ser él ahora mismo.

Y se ríen por un asunto que no tiene ninguna gracia.

—Lo único claro es que, si es listo, no vamos a encontrarlo. Igual y la tiene oscura: se los hemos matado, a los amigos, pero aún y la chiquita los va a identificar como sus raptores, y va a ser una bomba para la prensa, oíme. Es el tipo de denuncias que buscan. El caso va a ser una bomba. A como lo veo, o es muy poderoso o anda bien *putiao*. No creo que le interese a nadie que siga libre.

Ethan se pasea por la pequeña sala formulando componendas.

—Entonces, ¿vamos a por los abogados?

—Hacé como desees. Yo prefiero intentarlo con el camionero.

—¿Buscarlo a través de varios países?

—La diferencia para mí es que a este lo tenemos y a los otros no. También entiendo que para vos cada frontera es un nuevo misterio, pero yo sí tengo *chance*. Para mí no es complicado.

—¿Me estás proponiendo irte a buscarlo solo?

—Yo soy de todo tiro menos de carreta. Igual ya lo he hecho, tengo mis contactos. ¿Qué me decís?

—¿Separarnos? No me parece buena idea.

—Con el premio que nos pegamos pienso que podemos probar. Pensá que esta harina son nuevos fondos para la investigación, lo que no tenemos es tiempo. ¿Qué ocurre si vos no encontrás ese despacho, si no me responde ese camionero? No pienso que tengamos alternativa.

Ante el cambio de rumbo en su devenir, Ethan plantea una precaución adicional. Le explica quién es Ari y le propone convertirla en el nexo en la distancia. Estando cada uno en una región diferente, ella puede coordinarlos con mayor claridad, y Suárez comparte su opinión. Le escribe un correo a esas horas intempestivas poniéndola sobre aviso y, al fin, Suárez se pone en marcha.

Una vez solo, Ethan siente el peso de todo lo ocurrido y se tumba reflexionando sobre el extraño camino que ha iniciado, y sobre a qué siniestro destino le puede conducir. Si pudiera compartir con Ari la excitación del momento...

Suárez, cumpliendo con la disciplina que lo mantiene activo desde hace años, se levanta a las cinco de la mañana, al tiempo que el sol asoma los primeros destellos, para prepararse unas tostadas y sentarse a analizar las noticias antes de que alcancen al gran público. Hace ya mucho lo convirtió en una adicción que le crea una falsa percepción de dominio, de superioridad preventiva. En el fondo sabe que es un juego, pero así se conserva vivo y en forma. Cuando salga a la calle sus pies caminarán dos pasos por delante de los otros peatones, como a él le gusta.

Esa mañana revisa los noticiarios con especial atención, buscando, sin éxito, el espacio en que puede figurar la nota. Puede que aún sea pronto, o puede que no haya nota, hay tantas razones para que aparezca como para que no, eso se encuentra fuera de su control y tiene más que ver con los contactos y las cuentas pendientes que tenga el subcomisario. Terminada la primera revisión toca ducha rutinaria, desayuno y paseo por los patios estudiando perímetros y trampas invisibles solo conocidas por él. Alguien ha saltado la valla por detrás de la choza de los Márquez, ha cruzado su jardín, desmontado ciertas señales al alcance solo de su vista y, analiza con disimulo, se ha dirigido a la puerta principal que no presenta huellas de forzado pero sí los rayones de una llave patinando sobre pintura y madera. Sin duda el hijo llegó borracho otra vez y por error o urgencia cruzó varias propiedades antes de ser capaz de reconocer la de sus padres.

Tras la patrulla retorna y vacía su buzón, del que saca otra hoja cuadriculada manchada con letra infantil y un dibujo alusivo: *INSPECTOR GACHET*, que muestra a alguien que pretende ser él caracterizado como la famosa caricatura. Suárez es el objeto de las bromas de los niños, no le preocupa y le provoca cierta ilusión de pertenencia, de realidad que agradece. Accede por la cocina y guarda el dibujo con otros tantos, otros más insultantes, algunos de inocente escatología, en un cajón vacío inferior al de los cubiertos, y retoma la revisión periodística, de nuevo sin resultado. A las 7:30 decide entregarse el tiempo que necesite para descansar sin perder de ojo la prensa, se tumba a leer hasta que el sueño le hace mella y sale de ese sopor a las nueve para zambullirse en la siguiente remesa de avances informativos.

Tras el nuevo repaso negativo y sintiéndose fresco, comienza la disección en detalle del disco duro rescatado, que resulta convertirse en una auténtica mina sobre secuestros previos, aunque nada interesante para su propio caso. Johanna había construido una base de datos para anotar los que consideraba importantes sobre las víctimas: el dinero que se podía solicitar de acuerdo con la suposición de sus pertenencias familiares, de las que nunca aporta otra fuente que sus mismos informadores, mostrando el escalofriante grado de aleatoriedad del que partían sus actuaciones, muchas veces basadas en envidias o rumores; el porcentaje que se pagaba a cada chivato, que variaba en función del rescate obtenido en caso de haberlo; los días de cautiverio uno a uno con subrayado para unos macabros envíos: dedo, dedo, oreja; y al final, en verde, la cantidad obtenida o un NO en rojo seguido por unas coordenadas. En total cuenta docenas. El listado y la documentación que lo acompaña: fotos de las víctimas durante el seguimiento y en cautiverio –sin razón aparente–, enlaces a la repercusión en red, reportajes y referencias que parecen irrelevantes, no le sirve porque la analista solo hacía seguimiento de sus propias operaciones. Piensa que probablemente no le mintió y que si alguien tiene la información que necesitan es el subcomisario huido. Tan inmediata como la lectura de las coordenadas es su reacción de definirlas sobre un mapa, y ese impulso conducirá al establecimiento de una relación con Ari que crecerá en pocos días, merced a un cruce de correos primero y después a largas charlas por Skype sobre el caso y al final sobre cualquier tema. Dos almas en soledad, una rodeada de personas y el otro alienado, que descubrirán una afinidad insospechada, una empatía que generará una amistad soterrada y marciana, como la pareja en sí misma.

Todo parte de esas coordenadas sin sentido, pares de cifras variables en las centésimas que Suárez no consigue insertar en una página como Google Maps. Le devuelve resultados absurdos y calcula que debe de estar cometiendo algún error de base. Conviene consigo mismo que tardaría varias horas en afinar esas secuencias y se le ocurre poner a prueba el contacto que le ha pasado Ethan para ahorrarse una labor que considera administrativa, de dudosa valía y un probable dolor de cabeza. Para su sorpresa, la respuesta es casi instantánea, precisa y ordenada. En ese momento se despierta un hálito de interés por esa contraparte que se tornará en respeto y admiración mutuos. Ari le remite una serie de capturas de pantalla que muestran tantas cruces como datos ha recibido y que confirman su primera impresión: todas corresponden a puntos distribuidos por una gran parcela no lejana a la nave que utilizaban. El mejor modo de recordar dónde entierras cuerpos cuando no son más que un bulto es anotarlo para evitar repeticiones y adelantarse a posibles descubrimientos. Ya no se necesitan planos ni señales, con un simple teléfono móvil se puede tener controlado el registro a lo largo de años. Como toda herramienta, las nuevas tecnologías favorecen cualquier tipo de actividad sin que la ética guarde relación con ello. Cada cruz habla de un infortunado secuestro cuyo rescate no pudo ser pagado, personas que desaparecieron un día de las que nunca se volvió a saber. El hallazgo conmociona mucho más a Suárez de lo que haría cualquier noticia sobre Michelle, porque le toca de una manera personal que Ethan desconoce, y la lectura de ese desaliñado dibujo de fosas anónimas le produce una ansiedad creciente, la necesidad de respirar y tomar aire. Se levanta para salir, lo que descubre como un error. Las piernas le flaquean y cae arrodillado mientras el cuarto se mueve ante sus ojos. Con las rodillas y los codos en el suelo se encoge hasta volver en sí, se incorpora apoyándose en la mesa y se dirige a la cocina: «Un vahído, ha sido un vahído. Necesito azúcar». Ethan nunca llegará a saber lo que ha pasado por su estómago en ese momento.

A media jornada, cuando ya tiene claro que ninguna noticia va a aparecer en los canales oficiales ni encuentra menciones en los blogs más alternativos, se sienta frente a su ordenador, un modelo ya antiguo que se mostraría obsoleto si lo usase para otra cosa que navegar, y accede a la cuenta de correo electrónico que ya no va a reclamar su dueña extinta. Tras darle muchas vueltas al modo de acometerlo y estudiar hasta el último detalle la parca forma de expresión de Johanna, opta por un texto a base de retales que le parece una impecable impostación, y coloca la primera pieza de su siguiente trama.

Mensaje de: Mimbura1983@...
Para: Monsterlatin32@...
Asunto: Nuevo trabajo

Hola de nuevo. Todo bien? Tengo un nuevo encargo para un

cliente distinto, creo que le puede interesar, contame cuando tenés libre para hablarlo.

Saludos.

Y se sienta a esperar.

A Ethan lo despierta el sol ya casi vertical y ruidos lejanos de atasco. Se da cuenta de que se quedó dormido con la ropa puesta sobre la cama y no se ha movido, bendito agotamiento. Tantea Internet por si Ari apareciese conectada pero no tiene suerte. A pesar de su imprevisible reacción ante una experiencia tan cruda, siente la necesidad de compartirlo con ella. Realmente quiere narrársela, tumbados en la cama, y exorcizar los demonios que han quedado prendidos en su retina, que le bombean la imaginación como si todas las voces de los que vio esa noche le gritaran al mismo tiempo, cada uno pidiendo ser escuchado. Y vuelve a los relámpagos, los estallidos de cada disparo, y el hombre armado girándose hacia él, el hombre armado recibiendo los impactos, cayendo sin retirarle la mirada, arrastrado y cruzado como un cristo pintado en el suelo. Ethan trata de escapar de esa noche en la ducha, pero sabe que la noche no se lo va a permitir, le va a perseguir mucho tiempo. Finalmente, decide salir a correr a pesar del fuerte sol que abrasa la calle.

A la mañana siguiente, Suárez se encuentra una respuesta tan esperable como concisa, aunque admite cierta decepción porque confiaba en un aprovechable coqueteo. El transportista no parece amigo de las palabras ni interesado en nuevas aventuras, por suerte para él, su vertiente de empresario y tal vez el interés en la fenecida le empujan a darle una respuesta de compromiso.

Mensaje de: Monsterlatin32@...

Para: Mimbura1983@...
Asunto: Re: Nuevo trabajo

No me intereza nuevo cliente grasias.

Pero Suárez contaba con ese contratiempo. Solo tiene que enviar la respuesta que ya tenía preparada.

Mensaje de: Mimbura1983@...
Para: Monsterlatin32@...
Asunto: Re: Re: Nuevo trabajo

Es nuestro cliente más viejo, total seguridad y garantía que damos nosotros, nunca han movido una mercancía a otro país y no saben hacerlo.
Les vendimos que sos el mejor y están dispuestos a pagar un 50% más que para la niña. Decime por favor si le interesa para nosotros sería muy bueno y le estaríamos muy agradecidos, y creo que van a venir cositas más ricas por ese lado si lo tomás.

Saludos.

Adrián Calvo discurre entre bandadas de jovencitos modernos y estirados que no le prestan atención, y responde deleitándose con descaro en las piernas de las estudiantes que lucen bajo mallas y *shorts* a ras de las nalgas. El acoso se encuentra tan extendido que solo dos muchachas que se toman de la mano murmuran «viejo verde», el resto lo toma por un profesor o un conserje y tolera su actitud de cualquier manera. Visita la cafetería, macilenta y solitaria, en la que la camarera sigue una telenovela, despistada, y solo dos mesas se encuentran ocupadas, la más apartada por Michelle. Calvo se admira de que incluso en ese ámbito universitario pasaría desapercibida como una alumna. Y sus piernas también, se contesta malicioso.

—Estimada.

—Buenas tardes, don Adrián. Le agradezco por venir, pero viera, me sorprende el sitio. ¿La cafetería de la Facultad de Arquitectura?

—Y además de la «U» privada. Aquí sí que no esperaría vernos ni mi abuelita. A mí también me sorprendió su mensaje. Me enteré de su «incidente», pero la veo muy mejorada.

—Gracias, sigo con dolores, pero lo peor ya pasó.

Adrián se muestra teatralmente escandalizado.

—Estos chiquitos de las pandillas son unos violentos. ¿Qué deseaba? Me gustaría acabar rápido, no es saludable que me vean en su compañía, aunque sea la más deliciosa que podría desear, se *los* aseguro. Si me oyera mi doña…

Michelle no atiende a los cumplidos de medio pelo ni a los chistes de dudoso gusto. A cambio, toma buena nota de su estatus actual de apestada.

—No volví a saber de Ethan, y me preocupa.

—Si me lo permite, creo que el chavalo necesitará un tiempo para reflexionar. Se *lo* veía afectado.

—Esto no tiene que ver con nuestra relación. Me preocupa su seguridad.

—Es una preocupación loable. A mí también.

—Pero ya no está en el caso. Randall dejó de pagarle.

—Así tal cual. Veo que no se ocultan nada. Buen hombre, su ingeniero. Me pregunto cómo pudo manejarlo tan bien. Cómo ha sabido manejarlos a los dos.

—Yo también puedo pagarle. Quiero que cubra a Ethan, no me importa lo que me pida.

Michelle le clava una mirada de intención dudosa que consigue incomodarlo. A Adrián le sorprende intimidarse ante una mujer a esas alturas.

—No puede pagarlo.

—Pagaré lo que sea necesario. Yo sabré cómo.

—No entiende. El ingeniero tampoco podría. He acudido a su

llamado por pura cortesía. ¿No leyó los diarios de la semana, no vio los noticieros?

Calvo planta en la mesa un tabloide que llevaba preparado. Despliega la portada, que comparte un amarillista titular a cuatro columnas con la foto de una voluptuosa mujer en tanga y tacones, que se acomoda para mostrar el trasero y el generoso busto y que se presenta como «Samaris, la bella del mercado». Sobre ella y sin guardar relación alguna, grandes caracteres rojos rezan:

EXTERMINAN A PLOMAZOS
POLINARCOS CORRUPTOS

Y, como fondo de la bella Samaris, una panorámica de la nave industrial de los secuestradores, acordonada e infestada de efectivos policiales.

—Me gusta este diario. No se caracterizan por ser sutiles, pero están en todas. Y por dentro hablan de una chela que tenían ahí raptada, y la lista de monstruosidades que le hacían, que, obviamente se las han inventado porque la chava no ha declarado, pero conocen, y lo demuestra su tirada. Es el titular más visto del país.

—Obvio que lo he leído, pero explicaron que fue una riña entre bandas.

—Una riña bien brava. ¿Una banda ejecutando a unos juras? ¿Y después liberando a su presa? Hacen falta huevos. Su Ethan, ninguna banda. Esos malparidos se llevaron a su Michelle, y él los ha encontrado. Quién esté detrás ni adónde la hayan mandado, eso no se *los* puedo contar, porque no lo sé. Ya sabe, como decía un griego, yo solo sé que no sé nada.

Ella no puede evitar que se le humedezcan los lagrimales, y los oculta con unas prudentes gafas de sol.

—¿Ethan… mató a esa gente?

—Pues, y su socio. Tiene un socio que se la guarda muy bien. Quién será ese pícaro. Luego estaba lo del existo. ¿Cómo es que decía?

Michelle queda descolocada ante esa incoherente digresión.

—¿Qué habla?

262

—Sí, *era que decía así*, ¿no era?: Solo sé que no sé nada, pero pienso y luego existo. Eso está muy bien, ¿lo entiende?: porque pienso, y luego existo. Es como para reflexionar.

—Me estaba contando que Ethan asesinó a esos policías. Oh, Dios mío.

—No lo vaya a ir contando por ahí. Digamos, cuantos menos lo sepan, más días de vida le quedarán a nuestro gringo.

—¿Tres? ¿Eran tres personas que mataron?

—Cuatro. Un grande este chavalo. Aún me pregunto cómo la hizo. ¿No está contenta? Se vengó de los que se llevaron a su hija. Y ahora él pues ya sabrá lo que le ocurrió. Si no la ha llamado aún, es como para pensar que siga viva. Yo no habría apostado ni un peso, pero él iba con sus ideas y se la jugó bien. ¿Lo ve?, pienso luego existo. Este Ethan sí que sabe pensar, qué gato. La felicito. Es todo lo que puedo contarle.

—¿Cómo sabe que fue él?

—Oh, eso… digamos que lo sé.

—Ahora lo necesito más. Necesito que lo proteja, no puede pasarle nada, ¿me oyó? Diga lo que cuesta eso, yo pagaré lo que sea.

—No me entendió. No puede pagarme por eso. Nadie puede. Yo ya se *los* advertí a él, y siguió adelante. La Doce va a ejecutarlo. Los criminales que despachó pagaban sus derechos, y esos se canjean en sangre. Vio cómo se los cobraron por Jonathan, vaya a ver ahora que la deuda es mucho mayor. Yo no puedo salvarlo, a su Ethan, y no sé quién pueda.

—¡Alguien podrá!

Calvo se refugia en un rictus cínico, pero no le ofrece solución.

—¿A quién puedo acudir?

—A nadie que yo conozca.

—Ethan no me responderá, desde «aquello» no dio señales de vida.

—Pero no por *emputado*, lo hará para no arriesgarla. Por ahora la veo que se le ha dado muy bien capear la tormenta.

Michelle le muestra el globo ocular aún negruzco por el derrame.

—No tanto.

Calvo sonríe con un doble sentido que se le escapa.

—La sangre de esos va a ser cobrada. Él sabía y admitió el sacrificio. Con dicha y que consiga rescatar a la niña primero. Si yo intercediera, también me *mataran*.

—No puede ser. No puede ser.

—Eso, o montalo en un avión y márchese con él, porque si no es él, serás vos. Váyanse. Hoy, mañana *por* muy tarde, no la pinto más larga. Y sin la güila, obvio. No puede esperar por su hija.

Al acceder de nuevo a su correo, a Suárez lo único que le sorprende es lo predecible del ser humano.

Mensaje de: Monsterlatin32@...
Para: Mimbura1983@...
Asunto: Re: Re: Re: Nuevo trabajo

Okis.si me envia todos los datos los revisare estare libre dia martes, cuando llego lo mirare y si me interesa le contare algo dia miercoles.

La ruindad le produce repulsión, pero se reafirma recordándose su profesionalidad. El hábito de tratar con basura de ese calibre es casi tan antiguo como su experiencia. Con paciencia burocrática pone en marcha el protocolo previsto: telefonea a su contacto panameño con el que mantiene una larga conversación sobre los buenos tiempos, esos que tal vez nunca llegaron, y le desgrana de manera sucinta sus necesidades: un camionero dedicado al tráfico de menores por todo el continente, de nacionalidad incierta pero que utiliza un escondrijo en Colombia, al que se dirige en ese momento para llegar el martes, y al que debe localizar antes. Le puede suministrar algunos datos con los que cuenta merced a la información de Johanna: el departamento territorial en el que se oculta, que va a cruzar la frontera desde el sur, calculando que aún no lo habrá hecho por las fechas que maneja, y, gracias a Ari, el rastreo de una IP. El funcionario se pone a tomar nota al comprender la dimensión de la búsqueda y discuten la dificultad, no solo ya de localizarlo sino de facilitar el paso a Suárez y suministrarle allí un arma. No tarda en ponerse nervioso y pedirle más tiempo, es imposible obtener esa información antes del martes, pero Suárez lo conoce de sobra y lo deja explayarse. Enredado en un monólogo justificativo, el interlocutor se adentra en una espiral de irritación que retroalimenta con sus conclusiones culminando en un discurso indignado que dispara, a medida que se calienta, una retahíla de quejas y barruntos sobre los imposibles que le solicita y el abuso que eso significa para su amistad, y remata prácticamente a gritos que se declara incapaz de ayudarle y le aconseja que busque a otro más adecuado para, sin solución de continuidad, recordarse a sí mismo que conoce a un gerifalte de aduanas que podría comprobar si el tal camión ya está en Colombia, y que estableciendo la ruta de entrada sí puede pedir un seguimiento como si se tratara de una cuestión interna, nada oficial y que no figure en papeles, como un favor interdepartamental, pero que signifique que de manera concreta la policía sea capaz de monitorizarlo, y el nivel de las fuerzas colombianas es tan alto como para que eso pueda darse por un hecho. Entonces lanza un gran suspiro de alivio y comienza a listar los aspectos que debe afinar para asegurarse una buena triangulación, preguntando de nuevo, casi de manera testimonial, si no prefiere que se emita una orden de detención, a lo que Suárez tampoco necesita responder.

La nueva conversación discurre hacia un fluido análisis sobre los detalles útiles de que disponen y los que puede conseguir del propio camionero, y su nuevo soliloquio, ya relajado, se convierte en una divertida sucesión de chascarrillos y anécdotas compartidas que se alarga casi otra hora, como siempre desde que se conocen. Una vez se despiden, Suárez vuelve al correo y prepara la respuesta en nombre de una mujer que expiró hace ya varios días.

Mensaje de: Mimbura1983@...

Para: Monsterlatin32@...
Asunto: Re: Re: Re: Re: Nuevo trabajo

Necesitamos la placa, bastidor y el modelo de tráiler y caja que lleva en estos momentos para poder ir preparando los papeles si acepta. Abajo tiene la plantilla para rellenar lo que me tiene que mandar.

Saludos.

Tres días más tarde, Suárez duda del éxito de su estrategia. Tal vez subestimó la inteligencia del camionero o puede que él haya intentado contactar con Johanna por otra vía y haya descubierto el engaño. Si fue así, se esfuerza por imaginar cómo podrían atraparlo, pero no teme: ha usado siempre la dirección de Johanna, y su teléfono, sus redes sociales estarán desconectadas. Su mente retorna de su breve papel de presa al más adecuado de cazador, y vuelve a trabajar sobre el modo de cercar a ese intermediario si no remite los documentos que le pidió, pero los resultados son pobres. Coteja opciones alternativas y solo se le ocurre la débil y arriesgada de volver sobre la endeble pista del subcomisario, en la que no guarda la menor confianza y que no sabe cómo estará manejando Ethan, al que, obsesionado por su investigación parcial, no ha vuelto a contactar. Le preocupa que esa búsqueda lo aproxime al radar de la Doce, y se promete dirigirlo y cubrir el rastro que pueda estar dejando cuando, como una plegaria respondida, entra la contestación que definirá el destino de su trayecto.

Mensaje de: Monsterlatin32@...
Para: Mimbura1983@...
Asunto: Re: Re: Re: Re: Re: Nuevo trabajo

Adjunto datos pedidos

No tarda en descargar el archivo, comprobarlo, reenviarlo a su contacto y acto seguido llamarle para acelerar el proceso. El interpelado se pone en marcha prometiéndole avances inmediatos. Suárez no pierde tiempo para armar el equipaje, excitado como un ludópata. En poco más de una hora recibe el reporte. Como esperaba, la identificación es positiva y estima en uno o dos días entregarle una situación aproximada. Junto con esa confirmación, el número y código para que le faciliten un arma de fuego una vez en el país, el precio es caro pero la transacción está garantizada. Suárez vuelve a agradecerle, como tantas veces, y busca un billete para el primer vuelo, expectante, redivivo. Ni se acuerda de Ethan.

«*OK*, te lo ganaste», piensa Ari, aunque solo trasluce esa gravedad, esa máscara protectora de rudeza, y su cita, a pesar de querer tomarlo en broma, se sigue impresionando con depende qué fruncimientos. «La verdad es que sí», se reafirma, la verdad es que a lo largo de esas semanas ese amigo, el dependiente de la tienda de al lado, se ha convertido en la persona que estaba allí. A fuerza de acompañarla ratos muertos en el despacho, incluso en algún trayecto a buscar un fiado, enviarle divertidos y estúpidos WhatsApp y mantenerse atento, ha conquistado su cercanía y ahora forma una presencia segura y agradable, el primero al que acude para compartir algún triunfo rutinario, los pequeños brillos que acaban dando forma a los días. Y cuando se ha armado de valor y la ha invitado a cenar, «no en plan cita sino para vernos en un ambiente distinto», Ari se ha negado con cierto desaire, pero lo ha considerado y ha concluido: «Qué narices, me lo merezco, y él también».
—La verdad es que sí —le espeta sin aclarar su tren de pensamiento, por lo que la frase suena recortada e incoherente—, salgamos a cenar. —Pero esa incorrección a él no le importa, es su triunfo. En realidad es un premio de consolación por su sinceridad, nunca ha ocultado su intención real y ella lo agradece porque le ha permitido marcar los límites y llamar a las cosas por su nombre. Esa sinceridad es también lo que lo vuelve más interesante, la naturalidad con la que se ha abierto y con la que ha asumido el desinterés

de ella. «Bueno, si nunca te conquisto al menos algún día espero invitarte a mi boda». Le agrada su sentido del humor y se dice a sí misma que existe una lógica detrás de ese acercamiento, lo diferente que es de Ethan, ignorando la evidencia, que comparte mucho más con su expareja de lo que los separa.

La salida es divertida y los dos se sorprenden de la cantidad de temas que comparten, la conversación fluye devorando las horas y ríen sin parar entre platos. Él sabe aprovechar su vis cómica y por momentos hasta le recuerda a un pelirrojo que casi le importó justo antes de comenzar con Ethan, y al que dejó de ver porque entre otras cosas era su camello y ella intentaba desengancharse. Precisamente el único momento incómodo de la velada se produce por su insistencia en ofrecerle vino, tal vez con la infeliz intención de bajar sus defensas, hasta que ella lo corta en seco y después se disculpa por una brusquedad a la que él quita importancia. Escenifica para ella sus vivencias de clase media a través de anécdotas hilarantes y Ari se ve obligada a fantasear con unas propias para no acongojarlo. Le asusta enfrentarlo a su pasado, explicarle por qué rechaza el alcohol, por qué no son sus intentos por impresionarla lo que mantiene su interés sino su cultura, y en lugar de eso dirige la charla hacia lo que él sabe de cine o música y se deja maravillar por datos e impresiones. Lo encuentra atractivo desarrollando temas de los que conoce poco y por un momento hasta su sensibilidad para hablar de una actriz malograda la conmueve. Al acabar la cena retoma la propuesta de invitarla a una copa y esa terquedad con beber la hastía matando la velada, que hasta el momento funcionaba tan bien como para que él se hiciera ilusiones; tanto como para que ella, sin admitirlo, se hiciera las suyas. Sin embargo, la molestia de tener que justificar su abstinencia sin revelarse como es, el temor al rechazo le produce una amarga melancolía y prefiere marcharse dejándolo frustrado y acomplejado, con suficiente adrenalina como para pasarse la noche entera preguntándose en qué punto estropeó la magia. Por su parte, Ari sentirá una soledad mayor al entrar en el dormitorio, y decidirá que ya debe abandonar esa casa que es una cáscara vacía, y la tristeza se alojará en su pecho no solo por la ausencia de Ethan sino por el aislamiento frente a la gente que considera «normal», y por esos años que han sido la única etapa estable de su vida, la única fructífera.

Cuando la despierta el timbre, lo que menos espera afrontar una mañana de sábado es al Oso de pie, apoyado en su muleta y embutido en el corsé de vendas, tan largo como es, contrastado por la compacta silueta de Candy, que pasaría por su llavero. Tan cotidiano es saludarlos como sospechoso recibirlos en su porche con esa apariencia casual.

—Eh, hola, chicos… vaya, menuda sorpresa, me podíais haber avisado. Pero pasad, no os quedéis ahí fuera.

—Hola, muñeca. Disculpa la intromisión. Es que queríamos charlar contigo.

—Hola, Ari. P-perdona, es culpa mía. Yo, yo le pedí a Candy venir. N-n-no quería hablar por teléfono.

—Pero entrad, joder, ¿qué pasa? Me estáis poniendo nerviosa.

—Michelle nos escribió.

—¿A vosotros? ¿Ahora qué le pica? Yo sigo en contacto con Ethan. ¿No tiene suficiente atención o es que se ha puesto celosa?

—Lo sabemos. ¿Hace cuántos días no habláis?

—Un par, tal vez. Ahora estoy hablando con su socio allí, pero creo que la divina ni lo conoce. —Ari se ilumina con su demostración de poder, pero Candy la detiene con un ademán sombrío.

—Quiere hablar contigo. Nos pidió que intercediéramos.

—Pues espero que la mandaras a la mierda, pero bien lejos.

—Ari. Tienes que escucharla.

6

CONFESIONES ROBADAS

La sicología social de este siglo revela una lección principal: a menudo no es tanto el tipo de persona que es alguien como el tipo de situación en la que se encuentra lo que determina cómo actuará.

Stanley Milgram. *La obediencia a la autoridad. Un punto de vista experimental.* 1974

Ethan despierta poco antes del amanecer con una agradable sensación de descanso. Se asoma al ordenador, coincide con Ari y tras una charla en la que ella le revela su interacción con el singular anacoreta, la despide para volcarse sobre sus otros frentes abiertos. La repercusión del tiroteo en la vida pública ha estallado. Los periodistas están aprovechando la reyerta para golpear a las instituciones en cada hueco que pueden, los términos «ignominia», «vergüenza», «limpieza» y «renovación» se repiten como lugares comunes; los rumores, a cada cual más absurdo, se superponen cobrando forma de filtraciones verificadas, y la única verdad que queda al final son los nervios de los cuerpos oficiales, del público y de los propios medios, que se sirven la venganza por mil afrentas previas. Con esos mimbres sabe que su destino está forjado, como le avisó Calvo. Solo desconoce los días que le quedan para resolver el caso y salir con vida. No sueña con que Suárez tenga fortuna con sus pesquisas y, en medio de las suyas, coordina la cita pendiente con Andrés antes de, por su propio bien, evitar que le siga por el turbio sendero por el que se adentra.

El rancho es amplio aunque descuidado. Nada se planta allí y la maleza se extiende por el cercado, invade el sendero, desdibuja la extensa parcela y trepa por las maderas. Así está bien. Siniestro como él. Oscuro como su alma. La espesura impide abarcarlo y oculta la plaza trasera en la que duerme la cabeza negra. Una cueva en la que ocultarse después de sacrificar otra vida inocente, en la que acallar los gemidos de agonía en sus oídos, que lo excitan y estremecen por igual. El enfermizo e incontrolable resultado de la violencia siempre es agridulce, como el deseo sexual; antes de iniciarlo lo devora todo y convierte el daño ajeno en placer, enciende el hambre por el sacrificio, el ansia por mancillar la inocencia, manchar lo hermoso y destruir la pureza, pero cuando ha terminado, un sórdido vacío lo engulle, y un inexplicable malestar, a veces revelado como culpa, le obliga a buscar cobijo. Es igual lo predecible que sea el final, cuando la pulsión surge todo queda supeditado a ella. El mundo es un animal rabioso y concupiscente que existe para satisfacer al poderoso y concede una única opción, ser el ejecutor para evitar ser el ejecutado. El Monstruo atesora la prenda sangrada para almacenarla con las demás, para masturbarse con ella en su soledad y para flagelarse en los escasos momentos de arrepentimiento, en los que le reconforta abandonarse en su dominio, cruento, impúdico, infeccioso como él.

Avanza hacia la cerradura con el fulgor del ocaso a la espalda, su silueta morada creciendo sobre los tablones, embriagado, no tanto de alcohol, frustrado de verse obligado a esperar a esos *bananos* que lo visitarán mañana. Al menos le traerán su dinero. Ya nada del temor inicial queda en su recuerdo. A lo largo de esa semana, su proceso de sugestión ha sido intenso y efectivo. No duda de su seguridad, ellos lo necesitan y le devolverán su estipendio, ganado con negocios aún más infernales que el suyo, para gastarlo en lo que decida con su voluntad señorial, con su grandiosa procacidad. El Monstruo lo usará para castigar a varias perras. No las matará, será consensuado, o eso pensarán cuando empiece, no cuando acabe. Y después les pagará lo acordado para apropiarse también de su vergüenza. El Monstruo sigue pleno de resentimiento después de los desprecios sufridos y no se detendrá hasta expiarlo a través de la violencia contra criaturas indefensas.

Cuando abre no se percata de las muescas en la cerradura, no hay ninguna razón que le haga sospechar que ha sido descubierto y espiado, diseccionado y juzgado. Al poner el primer pie en el recibidor su instinto sí le avisa de alguna anomalía. Nada ha cambiado, pero él sabe. Huele. Aguza el oído y con pasos quedos se encamina a la cocina, en busca del arma que oculta la superficie inferior de una gaveta. Sin embargo, lo que encuentra allí lo deja aún más descolocado. Un viejo miserable lo aguarda de pie junto al fregadero bebiendo un café que, no se ha molestado en disimularlo, se ha preparado con su propio menaje. Lo saluda con un corto ademán mostrando la taza.

—¿Le importa?

En ese momento se jura que va a matarlo. Va a agarrar a ese muerto de hambre *hijueputa* y va a acabar con él de una manera que… pero el saludo no era más que un señuelo para despistar su otra mano armada con una Taser, un aturdidor eléctrico con el que le dispara antes de dejarle reaccionar, inmovilizándolo y lanzándolo al suelo. El Monstruo se derrumba impotente pero consciente, rabioso aunque anulado, jurándose que… Una segunda descarga, dolorosa y disruptiva, lo enerva y lo borra de la realidad en el mismo relámpago.

Ethan trata de dar a Andrés una explicación sólida para no verse más pero tan genérica como para no preocuparlo, y lo que consigue es armar un galimatías que levanta más dudas que razones. Sin embargo, con la docilidad que lo caracteriza, el honesto cristiano recibe sus consignas sin queja; desde su fatal actuación frente a Jonathan y las consecuencias que trajo, Andrés no discute ni pregunta, se ofrece voluntarioso para lo que sus dos colegas dispongan y aguarda alerta para resultar útil, para cumplir su autoimpuesta penitencia. Así, aguarda con modesta paciencia mientras Ethan se enreda en sus dubitativos razonamientos hasta que lo ve perderse en el jardín que él mismo ha construido y cambia hacia el tema que deseaba abordar desde el principio.

—Don Ethan, quería hablarle con verdad de mi amigo Oliver Suárez.

—Me entero del nombre ahora. Ese es Suárez. Tranquilo, ya no hace falta que me digas nada. Ese mismo detalle lo describe mejor que un libro.

—Yo sé que al rato Suárez puede ser como sombrerito de Esquipulas, pero veo necesario que lo conozca…

—Te he dicho que no te preocupes, todos mis resquemores se esfumaron. Mi confianza en él es igual que la tuya.

—… que lo conozca, discúlpeme si soy necio, yo respeto toda su palabra que siempre es discreta y correcta, pero que lo conozca y entienda, en especial ahora que me cuenta de su marcha, y Diosito quiera que ahora que lo voy a ir a buscar antes de que parta no sea ya tarde y haya dejado esta nuestra patria. Porque Oliver no debe perseguir a un vencido por el Maligno que desaparece niñas. Oliver no debe.

Ethan recibe esa desdibujada forma de recriminación expectante.

—De acuerdo. Empieza.

El Monstruo despierta atado a una silla y amordazado con un esparadrapo. Tensa los músculos y comprueba que está inmóvil. No puede haber pasado mucho rato; si ese don nadie estaba solo, tiene que haber trabajado rápido, no le será difícil liberarse. Percibe las manos junto a sus nalgas rozando con algo metálico, están esposadas, pero cuando intenta moverlas para comprobar el grado de libertad siente un tirón en los tobillos: le han pasado los pies por debajo de la silla y se los han unido a las muñecas con una cuerda imposibilitando cualquier acción. Alguien debe haber ayudado al carcamal. Se le une un dolor agudo en los dedos meñiques, que tiene atados con una presilla tan ajustada que le corta la circulación. Se da cuenta de que los tiene hinchados, los imagina amoratados y siente miedo de quién le puede tener preso. ¿Quién ha mandado al vejestorio? Lo cree una broma cruel, una humorada sádica antes de eliminarlo, y la inquietud trepa como una hiedra. Enumera las bandas posibles, la PCC desde Brasil y allí mismo los Urabeños, los Paisas o los Rastrojos, pero nadie tiene cuentas pendientes con él, nunca ha dejado un trabajo a medias y ningún cliente se ha quejado. Además están los europeos. Esa gente lo protege, no es un secreto para nadie, y ninguna organización va a enemistarse con ellos por una bagatela. La hiedra se expande en sus bronquios y aspira con dificultad. Están los europeos. Ellos son los únicos que se han quejado, y nadie va a salvarlo de su venganza. Ellos le exigieron que esperara, y él como un bendito imbécil, en lugar de evaporarse con la plata, los esperó como un cordero al matarife. Todo cuadra y se vuelve estúpidamente obvio. Lo confinaron hasta el día siguiente, se adelantaron veinticuatro horas. El oxígeno no le llega. Con ellos no se negocia, no hay salida, no existe nadie más perverso. «Oh, Dios mío», ruega, «déjame hablarlos, déjame explicarles. Es una injusticia, es una maldita injusticia, después de serles fiel tantos años, por un descuido sin consecuencias». Un ruido lo sorprende desde otro cuarto, y la respiración no le responde. «Oh, Dios mío, Dios mío, esta vez, que solo me escuchen esta vez…». Y deja de engañarse: «Al menos que sea rápido…». El televisor. Es el televisor, funcionando. Se centra en escuchar. Alguien cambia de canal. Tal vez se ha equivocado. Ellos no harían eso, y sus alveolos se esponjan, su tráquea se aligera. Inspira. Si no son ellos. Expira. ¿Quién puede ser?

Nadie estructurado se atrevería contando con esa protección. Retrata de nuevo al tipo que le atacó. ¿Qué clase de broma iba a ser esa? Y se ríe de sus temores. Lo sorprendió porque andaba despistado, de otro modo lo habría reventado sin esfuerzo, le habría descarnado el alma. Nadie en su sano juicio iba a presentarle a un piojoso maltrecho para sacudirle una descarga, y menos los europeos, esa gente carece de sentido del humor. Por supuesto que no es un grupo formal, ¿en qué podía estar pensando? Está claro que se trata de un independiente o unos ladrones, pero unos ladrones le habrían matado o se habrían llevado lo que encontraran y lo habrían dejado allí tirado, nadie lo iba a atar así, a no ser que fueran unos idiotas que han visto muchas películas y pensaran que tiene un tesoro escondido, y con esa choza y ese camión solo lo pensaría un loco, por no hablar de que el que lo ha atado, lo comprueba cada vez que se intenta mover, sabe lo que hace. Ahora sí, todo cuadra y se vuelve obvio. Un profesional, y retoma el planteamiento previo: tiene que ser un independiente, pero no entiende nada. Por fin, tras unos minutos, la televisión enmudece y un caminar pausado abandona la vivienda. No hay otro movimiento. No parece que tuviera compañía. La misma cadencia retorna de la parcela en dirección a la mosquitera, asciende los tres peldaños y hace crujir la madera a medida que se acerca. No gira la cabeza, pero cuando su captor llega, lo estudia con disimulo y su sorpresa y alivio se multiplican: es el mismo espantajo, flácido e indefenso, con bigote como un labriego. Pero no se confía, ese *roco* no puede estar solo. Cuando le ve los ojos abiertos parece alegrarse.

—Diay, despertaste pronto, pensé que iba a tener que tirarte agua por encima. Ya revisé bien los alrededores y me gusta, elegiste bien para estar solo, y eso va a ayudarme en putas, da igual cómo grités, no hay nadie para oírlo. Pero eso vos lo sabés bien, ¿cierto? Está elegido muy al propio.

El Monstruo sigue sin dar crédito, ese pulgoso habla como si no hubiera nadie más, pero eso es imposible, a no ser que sea un campesino apestoso, padre de alguna niña que lo ha encontrado, aunque eso es más ridículo aún, y un campesino no iba a saber atarlo así. El Monstruo empieza a reflexionar que si ese idiota le ha amarrado los meñiques demasiado fuerte puede provocarle un problema de circulación, y no le gustaría tener un problema en un dedo por ese *indio* analfabeto. Para colmo, el muy pendejo se le acerca con la misma parsimonia y de un golpe le arranca el esparadrapo haciéndole daño. El Monstruo da un alarido más del enfado que del dolor. El otro lo mira extrañado.

—Te quejás muy pronto, vos.

—¿Quiénes son, viejo?

—Estoy solo, ¿o no lo ves?

—No le creo. Decime qué buscan y veré cómo puedo ayudarlos, pero antes me tiene que aflojar la atadura de los dedos o me puede hacer un hematoma, y entonces no los voy a ayudar.

Ese inútil, que cada vez más le parece retrasado, no le responde. En lugar de eso, agarra una silla y se sienta frente a él.

—Pues yo pienso que te até muy flojo.

—Bueno, *pos* nos ponemos de jodedera los dos ahora y se acabó la romería. Si se porta bien, cuando salga de aquí no le voy a desear ningún mal, pero si se quiere jugarla de vivo, cuando vaya a ser que sus amigos me liberen, no me voy a olvidar de vos.

—¿Por qué no me creés, pues?

El Monstruo lo observa y lee sinceridad en sus ojos. Su frialdad y falta de empatía son perfectas para detectar la verdad, y ese chiflado no parece mentir en nada.

—¿Siempre está solo?

—¿Por qué creés que te quiero mentir?

Y concluye que salir de ahí va a ser más fácil de lo que pensaba. Le ha atrapado un deficiente por lo emboscado, por lo impredecible de los locos, el que golpea primero lo hace dos veces, pero ahí se les acaba la ventaja; si le hubiera visto a tiempo la situación sería la opuesta, y aun así no parece que le vaya a ser tan difícil, solo tiene que conseguir que le suelte los dedos meñiques, en los que siente unas pulsaciones muy molestas.

—Está bien, le creo. Ahora decime qué querés y ya acabamos con esto pronto, y yo me quedo libre y vos con la plata y nos olvidamos de todo, ¿*OK*? Si es por eso, que no tengo mucho, soy solo un humilde camionero, pero se podrá llevar lo que tengo. De por sí, lo necesitás más vos que yo.

—¿Cuánto tenés?

—Hasta mil dólares, algo menos porque puse gas al camión.

—¿Y dónde los tenés?

—Antes va a soltarme los dedos, me duelen mucho, y así no puedo pensar.

Le responde con la inocencia de un niño.

—Pero vos no podés pedirme nada.

—¿Cómo no? Si yo le ayudo me tenés que ayudar.

Y le devuelve una mirada incrédula.

—Pero no podés pedirme nada, estás atado.

Ahora sí, está seguro de que este infeliz es un demente. ¿Cómo se trata con los dementes? Por un lado se siente tranquilo y por otro le inquieta un poco porque sabe que esta gente trastornada a veces sale por lugares insospechados. Solo teme que no sepa distinguir el bien del mal, pero no parece tan ido. Tiene que conducirlo para que le suelte y después le va a enseñar quién es el Monstruo.

—Cierto, yo estoy atado, pero me está haciendo daño, me causa dolor sin que yo le haga nada, y yo le quiero ayudar, pero así no puedo. Se *los* pido por favor, de cristiano a cristiano, que me suelte los dedos y yo le digo a dónde es que guardo mis escasas pertenencias.

—Pero la verdad es que no me importa tu plata.

Como sospechaba, el desgraciado está rematadamente loco. Se pregunta cómo puede haberle encontrado un enajenado de ese calibre, que empieza a ponerle nervioso, pero sabe que debe mantener la calma y dirigir él la conversación.

—'*Ta* bien, '*ta* bien. ¿*Pos* qué querés entonces? Yo veré cómo le puedo ayudar, nada más que me suelte los dedos y ya estamos en paz y le ayudo.

—Quiero saber todo de la niña que vos llevaste hace dos meses a Brasil.

Y el Monstruo lo ve mostrar sus bazas así de rápido. O sea que es el abuelo de una de las mercancías, la última de Centroamérica por lo que deduce, y parece evidente por cómo habla que no conoce de otros transportes. Ahora sí que sí, todo cuadra y se vuelve lógico. Agradece no haber perdido la paciencia porque de pronto el asunto se torna más complicado. Está claro que el padrecito está desquiciado por la ausencia de la puerca y va a ser más difícil manejarlo, pero también la oportunidad que se abre es más grande: tiene que convencerlo de su inocencia y en cuanto lo suelte le va a enseñar quién es el peligroso de verdad.

Andrés se remoja los labios con el vaso de agua y traga como si le costara comenzar.

—Oliver y yo nos conocemos desde muy niños, desde que tengo memoria. Si será así que recuerdo el nacimiento de Michelle, el del pobre Beto no, porque ahí ya no andaba en casa de mi mamá, pero a Oliver ni modo, no hay manera de pensar cuándo fue que lo conocí. Él estuvo siempre ahí acompañando, desde, como si le diga, bebés. Él para siempre fue mi hermano mayor.

Ethan teme la peculiar narrativa de Andrés y su capacidad para el circunloquio, pero sabe que no le queda otro remedio que soportar el cuento de amistad fraternal que se le viene encima, sobre todo después del acto de buena voluntad con el que acaba de retribuirlo.

—Así era, y desde chiquitos ya que andábamos juntos por todo lado, viera allí en el río, y dándonos pedradas con los niños de la otra rivera. Oliver era listo y fuerte, y él me defendía cuando aún yo era muy chico. Mi papá, ya sabe, no sabía ser bueno, y pues nosotros andábamos fuera de la casa el día entero, y a la escuela que tampoco íbamos mucho, aunque Oliver tenía que ir y pasarla, por su papá. Mi papá no era cariñoso y me pegaba y tomaba, como todos los machos, pero el papá de Oliver era el más extraño. Él era

278

un hombre como entonces, de los de verdad, y él no paraba en la taberna como mi papá, pero sí que tomaba en la casa. Era grande y velludo, y *fúrico*, y quiera creer que se le veía gastar en el bar ni en compañía de los otros, él se preocupaba de que sus hijos tenían que salir de aquel lugar, y los encerraba para que estudiaran, y se sentaba con ellos para obligarlos aunque él apenas sabía leer. Y también les daba el guaro para que ya lo conocieran y fueran hombres antes que nadie, y cuando era que uno venía con las notas de la maestra y estaban buenas, todos se embriagaban y celebraban, y yo iba allí con ellos, y él quería que yo tomara, viera cómo se ponía, y daba bien miedo. Era un hombre que daba *todo* el miedo, grande, *manudo*, terrible. Yo ahí también tomaba con ellos, y después mi papá me *diera* aquellas golpizas y me llamaba borracho y pendejo. Pero Oliver ya tomaba con el papá, y en aquella casa todos tomaban antes de los diez, cada día, y la mamá solo callaba y los atendía porque Dios solo la dio varones, y aquella era una casa de hombres, y su papá sí que supo hacerlos, aunque sufrieran mucho, porque todos los hermanos salieron muy bravos y muy *arrechos*. Como le dicen, ya que la pintó la hizo trompuda.

Ethan aprovecha el aparente receso para tomar ventaja, en parte para aligerar y en parte impresionado por la crudeza del relato.

—Andrés, siento de verdad esa historia, pero te digo que no hace falta, ya comprendo a Suárez…

—Si me lo permite, don Ethan, yo sé que no sé hablar como ustedes que son más estudiados, y me da pena *de* aburrirlo con estos cuentos, pero es tan importante, es tan importante…

—De acuerdo, sigue adelante.

—El que más sufrió de los hermanos fue Oliver. Él no era chico de escuela. Él era fuerte y bravío como el papá, él andaba para hacerse el jefe de los niños allí fuera, y todos, hasta los mayores, lo obedecían, pero el papá… cada vez que el papá sabía que no acudía a las clases, y se iba todas las semanas a preguntar a la maestra… él esperaba al viernes para no darle más faltas a la escuela, pero tan pronto como que volvía el viernes a casa, Oliver sabía lo que le esperaba, y después pues ya no se podía levantar ni el sábado ni el domingo. Así de mal lo dejaba, al niño, y después le daba el guaro para que recuperara. Y la mamá lo cuidaba y lo cuidaba como podía, y lo lloraba cada vez que el papá sacaba el cinto, pero ni modo. Los hermanitos estudiaron mucho a fuerza de ver lo que le pasaba a Oliver, pero él no, él cada vez menos, enfrentándose a aquel bruto que lo llevaba así. Y luego el lunes lo soltaban y no iba para la clase sino para pelearse con los del río, y ya igual le daba lo que le pegaran, nadie tenía la fuerza de su papá. Pero no creerá lo que vino a ocurrir. Doña Asunción, que así se llamaba nuestra maestra, *lo* empezó a mentir a su papá para protegerlo, porque ella decía: «Lo va a matar, a la criatura, lo acabará matando». Ella era una santa, doña Asunción.

Ethan ya se encuentra embebido por completo en la dolorosa historia, pero no puede dejar de escandalizarse.

—Perdona que te corte, pero ¿no lo denunció la maestra? Sé que la situación no era sencilla, y no digo que hubiera unos servicios sociales, pero la policía…

Solo recibe una mirada desencantada de Andrés.

—El mundo era ese, don Ethan. Ustedes ya no lo entienden, pero era así. —Y prosigue—. Doña Asunción sabía que yo era el mejor amigo de Oliver, y me pidió que lo convenciera para ir a verla después de las clases. Y aquella mujer, que era el alma más bondadosa que hubo sobre la tierra, Dios la tenga en su gloria, convenció a Oliver de ir con ella y conmigo después del horario si quería, cuando fuera que pudiera, para ella irle enseñando, porque aquel niño le daba toda la lástima del mundo. Y Oliver, pues que si era conmigo solos pues que sí, y así de a poquitos, ella le fue enseñando, y Oliver, ya lo vio usted, es muy inteligente, muy *chispa*, y a poquito que le ponía, pues ya que lo aprendía todo. Y así, ella lo fue mintiendo a su papá con que su hijo iba, y después, pues ya las notas venían como que había aprobado los exámenes, y yo le juro por lo más sagrado que era así, que aunque algunos no los hiciera, pues Oliver ya lo aprendía todo, y ya hasta le hacía las tareas de casa y se las llevaba a la maestra, y en la casa el papá empezó a estar más relajado aunque nunca dejó de sospechar del hijo, que me digo que porque eran iguales y juzga el ladrón por su misma condición, y nunca dejó de *madrearlo*, pero ya no como antes.

»Así fue que terminamos la primaria, y como ya sabe, a mitad de lo que sería la secundaria, yo ya me escapé para los Estados, y me devolvieron, y estuve unos años trabajando y haciendo lo que fuera hasta que volví a ahorrar y ya me mandé de nuevo. Esos años, por no volverme con mi mamá y el papá de Beto, me quedé donde Oliver, que me acogió, y ya éramos jóvenes, y él, pues no se lo va a creer, él se hizo policía. Vivía con una chiquita o con otra, y se pagaba un apartamentito con lo que ganaba con unas cosas y otras, casi siempre en la calle, pero ya le había agarrado el gusto a aprender, y siempre andaba preguntándose ¿y por qué esto, y por qué lo otro? Y yo me quedaba allí, donde él, y no me dejaba ni pagarle a menos que lo *necesitaba*, y lo veía que siempre ya estaba leyendo, y todo eso él siempre contó que se lo debía a doña Asunción, que su papá era un maldito pero que lo había salvado aquella buena señora. Y no creerá la injusticia como tantas que provocamos cuando nos apartamos de la senda de Él. A aquella alma pura, a aquella dadivosa en gracia de nuestro salvador, la asesinó su propio marido cuando ya era una anciana.

»Por mientras que yo me organizaba para volver a marchar. Oliver, que no andaba en drogas y conocía a la gente de la calle, ya estaba en el bar siempre con los policías, que lo conocían, y ellos le proponían hacer el examen y prepararse, que le ayudarían y pues seguro, por supuesto que lo iba a pasar y alguien con su valía les iba a venir muy bien, y así fue *p'alante*. Y los hubo que lo trataron de traidor y *vendepatrias*, y de juntarse con la *chota* que le decían que el que por su gusto muere ahí lo entierren parado, pero no le importó y así fue que ya se hizo policía, y le empezó a ir muy bien aunque es verdad que seguía tomando, pero como su papá, más en casa, y en el bar pues por seguir con los compañeros. Y yo ya me fui de nuevo y él se casó, y tuvieron a su primer hijo, Tavo, y luego uno que murió muy pequeñito y luego ya después, por fin, a la niña, Patricia, que era el ángel de su corazón. Viera cómo quiso a esa niña. La niña era sus ojos y él haría lo que fuera por ella, y ella pues además que era una coqueta y bien bonita y bien portada. Era un amor aquella niña. No le cuento más que ya para entonces, porque entre Tavo y Patricia fueron cinco años, yo ya andaba casado y regular y me vine para ser su padrino, porque Oliver y yo nunca dejamos de hablarnos y de escribirnos y de enviarnos una tarjeta por Navidad y preguntarnos por la familia y él darme cuenta de los que se quedaron y yo de los que se fueron, y él mismo ayudó a Michelle para irse a los Estados conmigo, y le pagaba el pasaje si no tenía, que luego ya yo se lo devolvería. Y la misma valía para sus hijos, que yo los hubiera acogido gustoso en los Estados junto con los míos y los habría cuidado como si los mismos fueran, que mi esposa bien sabía y bien aceptaba.

—Pero ellos no fueron nunca. Al menos yo no los vi ni me hablaste de ellos.

—Esa es la auténtica tragedia de la vida de Oliver. Sus hijos.

El Monstruo estudia a su oponente y localiza su flaqueza. Es un buen hombre, airado, confundido, pero bondadoso, no le cabe la menor duda, y como tal, fácil de manejar. Lo primero que aprendió fue a copiar los comportamientos de la gente buena, a hacerlos confiar. Nadie puede culparlo, son las tácticas de los depredadores para alimentarse, se encuentra en su naturaleza. Lo engatusará, lo convencerá, la inocencia de los buenos es su debilidad. Aún no ha respondido a su acusación, pero antes de hablar ya sabe cómo va a seducirlo. Fija una conexión entre sus miradas y le muestra su mejor rostro de estupor.

—Quiero saber todo de la niña que vos llevaste hace dos meses a Brasil.

—Oh, Jesús, qué grueso lo que dice. No sé a quién busca, pero está muy lejos, no sé quién le ha mentido así de mí. Me escandaliza tanto la calumnia. Pero va a ver ahorita que busca a otro, y para cuando quiera, ya va a ver que yo le voy a ayudar, ¿vio que sí?, porque si me suelta le voy a mostrar mi pasaporte y ya va a ver que yo nunca en todos los años de mi vida he viajado a Brasil, por Colombia no más, que ya es bien de por sí, este hermoso país es muy grande.

—Pero vos no sos colombiano.

—Pero vivo aquí desde hace muchos años, emigré buscando una oportunidad en esta bella tierra y me acogieron, y desde entonces que no salgo, apenas para visitar a mi familia. No sabe cómo los añoro dentro de mi corazón. Imagino que esa niña que decís es su familia, y si me soltás yo voy a ver en qué le puedo ayudar. Los dos vamos a buscar a ese bandido que cuenta, y si aún por más es camionero como yo, *pos* más suerte que has tenido, porque yo los conozco a todos aquí y juntos ya vas a ver que en un decir «santiamén» ya vamos a averiguar.

—Decime todo de la niña.

—Pero le juro por la Virgen santísima… Escuchá, mirame a los ojos, mirame por el amor de nuestro Señor en la cruz, yo le juro por la vida de mi mamá, que la amo por encima de todo, yo le juro por el sagrado corazón de la Virgen que no sé qué me contás, y en todo lo que alcance mi mano yo le voy a ayudar como le cuento, porque veo que sos un buen hombre y quiero ayudarlo porque si le pasara algo a mi familia, no sé lo que haría.

Para su desesperación, el mamarracho le responde con un maleducado bostezo. Un bostezo que le piensa hacer pagar llegado el momento. El imbécil se estira antes de replicar con forzado aburrimiento.

—Vea, yo sé que no me equivoco. Para ponértelo claro y no perder más tiempo, tu amiga Johanna anda muerta desde hace más de una semana. Yo escribí sus últimos correos.

En este caso el Monstruo no necesita fingir, su conmoción es real, parpadea dos veces antes de preguntar con genuina incredulidad.

—¿Qui-quién? Estás muy equivocado, no conozco a ninguna Johanna ni, ni… no sé qué decirle para que te sintás bien, pero mirá, de verdad, desde mi corazón que está equivocado, y si me soltás le prometo que le voy a ayudar en todo.

Suárez, con una parsimonia enervante, se saca una hoja de papel doblada del bolsillo superior, la despliega y le lee los últimos correos, que le alcanzan como un golpe. Al Monstruo no le cuesta mantener el gesto de sorpresa porque, aunque los reconoce de inmediato y le ayudan a comprender la frase anterior, la situación cada vez se le hace más incoherente.

—Se *los* juro por Dios que no entiendo nada. ¿Eso son cartas?

—Son sus *e-mail* respondiéndome, tenés que reconocerlos.

—Pero yo no tengo computadora, lo podés ver si querés, mirá en todos lados, no sé usarlas, no tengo nada de eso. ¿Viste que estás equivocado? Le voy a decir algo para ayudarnos a los dos: yo le comprendo y me pongo en sus zapatos y sé que lo hace de buena voluntad, pero te equivocás y mirá qué fácil lo vas a ver, buscá en toda la casa, en *todo sitio* y ya vas a ver que no hay nada de computadoras, ni de su nieta ni nada.

Suárez responde con un suspiro de desagrado.

—Mirá, ya creo que es darle vueltas a lo mismo. Se *los* voy a poner así: obvio que te voy a soltar y me voy a ir y no me vas a ver ya más nunca, pero me tenés que decir todo de esa niña, que no es mi nieta, que me pagan para encontrarla.

El Monstruo no le cree ni por un momento. No entiende cómo ese mitómano de personalidad cambiante ha llegado hasta él, y le empieza a asustar que alguno de sus giros lo vuelva más peligroso a medida que se crea alguno de sus personajes, pero sabe que lo mejor que puede hacer es seguirle la corriente.

—¿Le pagan por eso? Entonces sos un profesional, y habrás visto que solo soy un chofer honrado que intenta vivir sin molestar a nadie.

—Mirá, ahora pienso que tenés razón. Lo mejor va a ser encontrar tu computadora y también si tenés papeles de las niñas. ¿Los tenés?

—Yo le pido que busqués para que me entiendas, que veas el mal que le hacés a un hombre honrado que…

Pero Suárez no parece muy interesado en su conversación. Sale del cuarto hacia la cocina dejándole con la palabra en la boca y vuelve casi inmediatamente con un par de paños de su propia casa y su caja de herramientas. ¡Su propia caja de herramientas!

—¿Qué vas a hacer con eso? Si la querés te la podés llevar.

Suárez le responde monótono mientras revisa el interior, poniendo más atención en los objetos que en su charla.

—Mirá, ya repasé toda la casa de arriba abajo, y tenés el hocico embarrado de razón, que no vi nada.

—Porque no hay nada, ya puede ver que no le miento ¿Por qué no me soltás?, por lo menos los meñiques, me duelen mucho…

En lugar de eso, Suárez, que parece haber olvidado también la caja, le acerca uno de los paños, mojado y enrollado, con la evidente intención de introducírselo en la boca. El Monstruo la cierra y aparta la cabeza consciente de que si no le permite hablar le va a ser más fácil objetivarlo; con su larga experiencia como secuestrador y abusador sabe que ese es el peor error de sus víctimas, en ese momento se convierten en cuerpos sin palabra y sin humanidad, los títeres perfectos para sus caprichos, y ese recuerdo casi le hace sentirse bien. De repente la situación parece volverse favorable con una aparente retirada del chiflado, que parece desistir, y se siente fuerte para recuperar la iniciativa; pero entonces lo ve volver con una gubia, una herramienta con mango de madera y hoja de acero acabada en un borde romo que se usa para tallar madera, y antes de que se pregunte qué planea hacer, con una mano le tira del pelo levantándole la cabeza y con la otra le introduce la gubia en la dentadura sin ninguna delicadeza para usarla como palanca. Asustado por la peregrina idea y con dolor en los dientes que han recibido el golpe, abre la boca mientras se gira para evitar que le entre y le corte.

—¡YA, YA! Está bien, ya la abro, no me hagás daño. Cuando veas lo que le estás haciendo a un inoc… —Suárez no le deja terminar, le introduce el paño empapado, que expulsa agua cada vez que cierra la mandíbula, provocándole una fea sensación de asfixia y reflejo de trago, lo que le obliga a mantener la quijada estirada casi por completo. Lo asegura con una fuerte mordaza que se le hunde en las mejillas y mientras le ajusta una presilla en los muslos tan fuerte como la de los meñiques, se acerca a su nariz y le habla de nuevo con esa parsimonia que se está transformando en frialdad, inundándolo de peste a alcohol.

—Como yo lo veo, aún no *entendistes* nada, y yo estoy con vos para enseñarte una lección. Tengo todo el tiempo del mundo para llevarme lo que busco, y me vas a ayudar, ese Diosito por el que me pides sabe que me vas a ayudar. Y cuando lo *vas* a hacer te soltaré y serás libre, pero por mientras, me vas a tener miedo, y así voy a saber que me ayudás de verdad.

Y recupera el cajón de las herramientas. El Monstruo se desasosiega ante el aire mesiánico de su última frase. Teme que desboque en algún delirio de grandeza y se haga incontrolable al tiempo que se ve a sí mismo cada vez más vulnerable. Suárez se gira con un punzón y un martillo y el Monstruo cierra la boca instintivamente, deglutiendo agua de nuevo y volviendo a abrirla con desagrado.

—Mirá, no me preocupa el ruido, pero gritar desahoga, por eso se hace, y vas a descubrir lo terrible que es no poder hacerlo.

Mientras habla le apoya el punzón en el menisco medial de la rodilla derecha y se disculpa.

—Perdoná que lo haga así, pero tengo miedo de no acertar. —Y con la misma calma descarga con toda su fuerza un golpe con el martillo, centrado y seco, que hunde la herramienta entre los huesos de la articulación hasta separarlos.

La rótula se desarma con un dolor tan agudo e intenso como el Monstruo no ha vivido antes, y grita con todas sus fuerzas, pero el grito se queda atorado con la lengua aplastada por el paño, y la presión del maxilar le envía un nuevo golpe de agua en dirección contraria que le produce una sensación desconocida, la necesidad de toser imposibilitada mientras el agua fluye por su garganta, y empieza a revolverse presa del pánico sintiendo una asfixia mortal, un terror animal que lo supera. En ese instante Suárez le corta la mordaza de un golpe y ayuda a sacar el paño, que no puede expulsar por sí mismo. A pesar de la urgencia del grito solo tiene espacio para toser y proyectar arcadas, oscilando entre el intenso sufrimiento y la desesperación. Su torturador, impertérrito, continúa su discurso.

—Tendrás la sensación de que te vas a ahogar, pero sin el paño no es real, es puro miedo. Ahora voy a buscar tu computadora en el camión, y pensá que cuanto antes me ayudés, esto va a ser más fácil para vos. Por ahora que ya no vas a volver a andar bien nunca más, y lo de manejar, pues no sé cómo será.

Y sale de su campo de visión, dejándole solo sin haberle sacado el punzón, doblado sobre la punción, que se incrementa con cada contracción involuntaria, y el terror primario que le ha invadido. «Dios mío», piensa, «es un enfermo, un loco, ¿cómo voy a salir de esta?».

Andrés hace una nueva pausa para beber antes de volver al relato.

—Oliver, ya cuando yo me había ido, hizo muy buena carrera en la policía. Sabía de la calle, y entró en la *brigada de lo criminal*. Imagino que no la conoce.

Ethan niega con la cabeza.

—Era un cuerpo de actuaciones especiales. Contra bandas organizadas y así, pero en verdad durante la dictadura los usaron para la represión. Oliver les venía muy bien, pues conocía a la gente y tenía los contactos. Él nunca me contó lo que hicieron los primeros años, pero se iban a las reservas indígenas dizque para aplacar a los levantiscos, y él solo me contaba al hablar que le habían roto el alma. Así me dijo: que le habían roto el alma. Que solo los que la habían perdido, los desalmados, podían seguir con aquello. Por desgracia, los desalmados eran casi todos sus compañeros. Él se volvió a la capital y pidió quedarse en oficina, pero era demasiado efectivo, y aunque ya no lo volvieron a mandar fuera, ya para siempre siguió en la calle. Se refugiaba de aquello con su pequeña Patricia, porque Tavo les salió *rabón* y *empijado* como él, y no hacía más que problema con todo. Y ahí que Oliver se perdía como su papá, aunque él no quería hacerlo, y antes que ponerle una mano encima a su niño, se iba a la calle y le daba una golpiza a un maleante. Pero con Tavo no había manera, y ya como Oliver mejorara en su vida se fueron a vivir para un condominio de plata y ya se trataban con los comisarios y los abogados y los fiscales y esa gente de dinero, porque en la brigada de lo criminal donde él estaba se progresaba mucho y se ganaba mucho poder por la naturaleza de su trabajo. Y ya cuando volvió la paz y la democracia, Oliver estaba muy bien montado, y mandaron al niño a las mejores escuelas de pago, pero con ese chiquito ni modo.

»En cambio, Patricia era como la versión opuesta, y la niña, que si las princesas Disney y todo rosa y morado siempre, y que si quería ser bailarina y no recuerdo qué instrumento que la llevaban a clases y aprendió a tocar. Ella era como la hija perfecta que cualquier papá podía tener, y él viera las fotos que me enviaba, todo orgulloso con las notas, siempre las mejores, y los maestros que decían «esta niña va a llegar a algo» porque ella era como el ejemplo para todo.

»Pero no vaya a pensar que Oliver no quería a Tavo. Por supuesto que lo quería por encima de todo y sufría con él como nadie ha visto sufrir a un padre, y se contenía para no dañarlo, pero el chico solo *hacía que* empeorar. Y estando en la secundaria, empezó a moverse con unas gentes que no eran nada buenos, y uno era el hijo no sé si del fiscal general, no puedo recordarlo bien, pero era *maleado* y un *bombeta*, y ya con esos se puso a jugar de vivo con las drogas y aún antes de ser mayor de edad ya le daba a todo, y Oliver lo quería internar en algún colegio, pero la mamá se negó, y esa fue su condena. Todo fue que ese malvado que contaba con veintiuno, cuando Tavo aún no había cumplido los dieciocho y Patricia recién los trece, se encaprichó de la niña, y la rondaba con todo descaro cuando Oliver no estaba pues le tenía pánico, y esperaba a que se fuera para ir a buscarla. Y el vendido del hermano, en vez de defenderla, le hacía el favor por ganarse su amistad por poderoso y pendenciero. Y la pobre Patricia, Oliver nunca me dijo pero me contaron una vez que volví, la pobre niña, impresionada con su tierna edad por el despliegue, el acechador venía en un carro descapotable del año trayéndola regalos y promesas, se dejó engatusar y lo miraba con ojos de enamorada inocente. *Pero* ese muchacho, quiera creer, ese ya estaba vencido por el Maligno que hablaba por su boca.

»Todo fue que los papás fueron a una boda en la playa y los hermanos se excusaron con el cuento de los exámenes. De Tavo lo esperaban por lo *bueno para nada* que se había vuelto y porque ya sabían que de él nada iban a sacar; y yo sé, que el cielo me contradiga si no es verdad, que ese fin de semana Oliver habló mil veces de encerrarlo antes de que se hiciera mal y la mamá al fin accedió y ya volvían con el propósito de sentarlo para hablar y enviarlo a un colegio internado fuera del país aunque así tuvieran que venderlo todo para pagarlo. Pero lo que no podían imaginar era que la niña también iba a pedir quedarse para estudiar, y aunque de él nada se fiaban, de ella no podían imaginar algo distinto que la verdad. De lo que ocurrió después hay mil versiones y el propio Oliver nunca pudo aclarar la suya. Cuando volvieron, ninguno estaba. Habían dejado a la muchacha que tenían interna el viernes y ella juró y perjuró que el sábado cuando se fuera para su día libre los niños aún *estuvieran*. Pero cuando el matrimonio y ella volvieran el domingo, la casa estaba vacía.

»Lo primero que hicieron fue buscarlos en el condominio, *antitos* por las casas de los vecinos y después con los guardas cualquier pista en los espacios comunes. Oliver agarró el carro y buscó por todo el distrito y la mamá llamaba a cada casa de los amigos, pero ninguno sabía nada. Los dos habían contado que se iban con ellos a la playa. Oliver habló a sus amigos policías y organizaron un gran despliegue, pero no tuvieron resultados. Al revisar la casa descubrieron que los dos se habían llevado ropa y faltaban tarjetas, dinero y joyas. Tavo, que había aprendido de su papá, había vaciado las tarjetas los dos días seguidos en el cajero más cercano y había desaparecido. En las grabaciones de seguridad se le veía solo pero era suficiente para pedir una orden de búsqueda por hurto además de la fuga. Patricia no aparecía por ningún lado. Oliver siempre juró que la secuestraron, que su hermano la vendió por alguna droga, que la niña salió obligada, pero según me contarían después sus compañeros, los indicios reales apuntaban a que cualquier abandono había sido voluntario. Los guardas no los habían visto salir ni entrar ningún carro extraño, por lo que debían haber organizado un plan saltando el muro de madrugada, y nadie había escuchado ningún ruido.

»Esa misma noche, en plena ansiedad, Oliver acabó por atar cabos y se presentó en la casa del susodicho fiscal sin encomendarse al mismo Dios ni pedir ayuda. Viera lo que cuentan que fue aquello, que ni los escoltas que protegían la propiedad pudieron detenerlo, y que se plantó allí acusándolos de esto y lo otro y de mil fechorías y preguntando por su hijo jurando que era el culpable y que lo iba a matar si no le devolvía salva a su hija y que así mismo con ellos y un *despiche* que montó. Y decían que muy borracho, borrachísimo hasta que llegaron sus mismos compañeros y le pidieron que se calmase, y que iban a buscarlo juntos. Y ya se puede imaginar cuando lo redujeron la clase de barbaridades que dijo aquel señor fiscal o juez, o no recuerdo, que nadie iba a insultar así a su hijo, y mucho menos amenazarlos como un mafioso, pero lo peor, que su hijo no vivía allí con ellos sino que era un buen muchacho que ya desde hacía dos años vivía por su cuenta y almorzaban juntos cada sábado y él llevaba sus negocios propios y ¡qué manera de decir cosas lindas él y la madre, que vivían convencidos de que era el hijo perfecto!

»Oliver me confesó varios años después que ese fue el peor error de su vida, pero que nunca se había visto tan perdido, tan loco por aquella sensación de vacío. Pero esa sensación ya nunca se le iba a ir de la vida. Porque a día de hoy, nunca hemos vuelto a saber lo que le pasó a Patricia. Nadie nunca volvió a verla.

Cuando el Monstruo vuelve a oír los pasos no puede decir cuánto tiempo ha transcurrido. El padecimiento ha dejado de ser punzante y se ha convertido en una ola fija que lo recorre desde la pierna con crestas y valles, que le impide pensar con claridad y le embota la mente. No ha malgastado el tiempo en gritar, pero se da cuenta de que tampoco lo ha podido invertir en planear algo. Solo procesa desorientación y desamparo. Suárez vuelve a sentarse frente a él ignorando el charco de sangre que se forma bajo su pierna.

—Tenía razón. No encontré nada.

El Monstruo arranca a hablar, pero se le quiebra la voz.

—Se, se *los* dije, por favor, se está equivocando, no me haga más daño, yo le perdono todo, pero…

Suárez vuelve a meterle el paño en la boca, que él cierra con presteza antes de que entre la mitad, pero cuando lo ve levantar de nuevo la gubia la abre aterrado. Suárez lo felicita.

—Así mejor. Así está la vara. Ahora no me importa que hablés, porque solo me contás mentiras.

El Monstruo responde negando con la cabeza con gran nerviosismo.

—Mirá, pues por eso es que te tapo la boca, no más necesito que hagás sí o no. ¿Vas a ayudarme?

El Monstruo asiente trémulo.

—¿Dónde tenés la computadora y los papeles sobre las niñas?

Encoge los hombros mientras trata de expresar algo que suena como una interrogación de consonantes guturales. Suárez se apoya en el punzón provocándole una nueva conmoción que se multiplica al sacarlo sin cuidado alguno.

—¡NNNNNGGGGG!

—Esto siempre va a ser peor para vos hasta que no entendás que todo está en tu mano.

Mientras habla, le libera los meñiques cortando la presilla. Un alivio que se mezcla con el fuego del menisco, que aumenta a medida que siente la presión bajar de los dedos. Entretanto, Suárez rebusca de nuevo en la caja de herramientas, en la que es evidente que improvisa con lo que va encontrando, y vuelve con unos alicates de corte.

—No sé si me valdrán, me gustarían más unas tijeras de esas… ¿cómo es que dice…? Cizallas.

El Monstruo siente cómo se los coloca en la base del meñique izquierdo, que va recuperando sensibilidad, y a medida que comprende lo que va a ocurrir empieza a negar con la cabeza con toda su voluntad, alzando la lengua para implorar y atragantándose con el paño, que según pierde líquido le da más libertad. Suárez ignora su desesperación y se dispone a cortar, algo que le resulta mucho más difícil de lo esperado. Hace fuerza con ambas manos y la carne se abre sin problemas, expulsando un montón de sangre de la que aún quedaba retenida, densa y oscura, pero el hueso parece imposible de tronzar. Ignora las sacudidas y gemidos del Monstruo, que trata de huir como puede de ese suplicio, y se centra en su trabajo con la obcecación de un perfeccionista.

—Vos a mí no me vas a ganar. —Refiriéndose claramente al hueso, no al Monstruo, al que en estos momentos no presta atención.

Suelta los alicates por unos segundos para respirar, lo que provoca un alivio instantáneo del preso, se mira las marcas del mango en las palmas enrojecidas y vuelve con la misma fuerza cerca de la coronación, entre la segunda y tercera falange, calculando que ahí le será más fácil. El cálculo demuestra ser correcto y siente cómo el filo se hunde con razonable facilidad. Un inapreciable sonido de descorche le indica que ha entrado en la articulación y con gran satisfacción consigue hacer saltar el tercio superior, que aterriza en el suelo. Las muestras de horror y desesperación del mutilado, que se sacude de un lado a otro presa de espasmos, no parecen importarle. De nuevo le deja la boca libre.

—¿Vio que era más difícil de lo que pensaba? Voy a tener que enjuagar el paño otra vez.

El Monstruo no responde, resuella sintiendo las oleadas que le llegan con cada pulso desde la rodilla y el dedo. Le cuesta pensar de manera racional.

—Le voy a explicar otra vez: no me voy a detener hasta que me contés, y así tan pronto lo hagás, te dejaré libre.

El Montruo levanta el rostro congestionado.

—S...soy inocente de lo que pensás...

—Entonces voy a seguir hasta que murás. Eso es una cosa que la elegís vos.

—No, no, no, pare, pare, yo no he hecho nada malo a nadie, pero le contaré lo que quiera. No más, por favor.

—Muy bien, pienso que ahora me entendés.

—¿*Siempre* me va a soltar? ¿Me va a dejar libre?

—¿Por qué iba a mentir? No se va a poder vengar de mí.

—No, se *los* juro, no quiero hacer nada, solo salir de aquí.

—Pero no por tu palabra, sino porque no me vas a encontrar. No sabés quién soy.

—Eso es verdad, es verdad. No lo sé, no voy a hacer nada.

—¿Dónde guardás la computadora? ¿Dónde tenés los papeles de las niñas?

—Por favor, por favor, quiero explicarle, yo se *los* cuento, pero quiero explicarle primero.

Suárez, sin más, vuelve a meterle el paño en la boca. Él reacciona con pavor, intentando articular palabra, intentando pedir una prórroga, ser escuchado un momento, por el amor de Dios, ya le ha dicho que va a colaborar, ¿para qué eso de nuevo? Para su horror, Suárez vuelve a tomar el punzón y esta vez busca el menisco de la otra rodilla.

—Se *los* dije. Yo he venido para enseñarle una lección, pero tenés que seguir la disciplina. Si hago una pregunta, solo respondés a la pregunta, luego ya cuando me has dicho la respuesta, podés hablar lo que querás, pero si hago la pregunta respondés a la pregunta. ¿*Entendistes*?

El Monstruo asiente con toda su fuerza con los ojos desorbitados, buscando la compasión en los suyos.

—Creo que me *entendistes*. —El Monstruo sacude la cabeza con angustiada esperanza.

Suárez levanta el martillo.

—Pero, para esta vez, ya es demasiado tarde.

Ethan no se siente capaz de decir nada. Traga saliva y le invita a continuar la historia.

—Oliver siempre recuerda aquella noche. Aunque andaba muy tomado, él jura que recuerda cada minuto como si lo viviera en el momento, que muchas mañanas aún despierta como si estuviera allí, que cada noche se acuesta arrepintiéndose.

—¿Hace cuántos años fue?

—Ahora no estoy seguro. ¿Trece, quince? Patricia ya tendría casi treinta. Oliver siempre se reclamó por estúpido, lo viera siempre diciendo que si no lo hubiera ido a buscar a la casa de sus padres, si en lugar de eso hubiera dado orden de búsqueda del carro con la placa, habrían estado a tiempo de localizarlo. Pero no estaba de Dios, ya nada quedaba en sus manos, que también sus compañeros me contaron que aun así ya había tenido un día o más para cruzar la frontera, que con su dinero y sus contactos, si la niña estaba de acuerdo, no habría tenido problema. Claro que también, quién sabe si realmente la había cruzado y si gracias al Altísimo a esas alturas la niña *siguiera* viva. No sabemos nada.

»Lo que ocurrió fue que Oliver durmió en la cárcel, pero los papás del malvado, ya alarmados, lo llamaron al día siguiente para contarle porque consideraban que esa noche ya no eran horas para andarlo molestando, y lo que se encontraron era que ni les respondía, y cuando pidieron que lo fueran a buscar unos agentes a su apartamento, preocupados porque Oliver le hubiera hecho daño, a pesar de encontrarse encerrado y desconocer la dirección, lo que pasó fue que los agentes descubrieron muchos restos de drogas en el lugar y algunas de las cosas de la niña. Aquello fue terrible para todos, no fuera a ver a los papás cómo se vieron. Soltaron a Oliver aunque no le pidieron disculpas y también igual lo suspendieron de empleo un mes, y como descubrieron la doble vida que había llevado el bribón los últimos años, *embarralado* con el narcotráfico, ya *pusieran* toda su voluntad en encontrarlo, pero ya fue inútil.

»Nada *más malo* que darle a Oliver un mes libre sin tener otra cosa que hacer que buscarlos, no quiera creer. Para entonces yo ya me había enterado, había comprado un tiquete de vuelta y me había encontrado con él para acompañarlo, no quiera creerme ni cómo estaba, solo el Padrecito podía apiadarse de él, pero él no pidiera ninguna ayuda y se mandaba solo, parecía sonámbulo todo el tiempo, y de pronto como que hablaba solo, y sacaba conclusiones que yo no entendía y nos íbamos aquí y allá, y se juntaba y platicaba con la gente de la peor calaña que nunca podría imaginar, y sus compañeros le dejaban ir y hacer, y actuar como policía aunque en ese momento no lo era, o de una le ayudaban y se venían con nosotros. Fue una etapa muy triste y fea, la recuerdo con una horrible pena en el corazón y pido por toda aquella gente que yo no veía más que sufrir en esa vida de dolor y pecado. Lo peor fue cuando localizamos a Tavo. Sí, porque a él lo encontramos. Viera aquel muchacho. Solo había pasado un mes pero estaba totalmente enganchado, se había convertido en un *piedrero* y parecía una sombra de sí mismo. Era la época que las maras aún se estaban asentando y no era nada fácil accederlas, las manejaban pandilleros deportados y antiguos guerrilleros, y era muy sencillo para ellos mover a un joven de un lugar a otro sin que los *chafas* que les dicen se enteraran, pero no vaya a ver que las maras no solo atrajeron a los más pobres, los *fresas* como aquel rufián muy pronto la vieron como algo *cool* y se unieron a sus negocios, y el tonto de Tavo, encandilado, se había querido ir con él y hacerse narco sin importarle vender a su hermana o lo que fuera. Para lo que sí tuvo cerebro fue para entender que tenía que *desaparecerse* de su papá antes de que lo matara, y el otro lo mandó con los *jomboi*, y ya pronto este no vivía ninguna aventura, sino que estaba asustado, pero tenía aún más miedo de volver con su papá, y lo que hizo fue volverse adicto y laborarles como halcón. Pero Oliver tenía contactos y al fin que se lo descubrieron. Y allí fuimos a verlo. Yo no he pasado más miedo en mi vida, don Ethan, porque aquello era *mismito* como entrar en el infierno con su cohorte de demonios que nos esperaban, y yo no hacía más que encomendarme al más Sabio en su gloria, y allí nos mandamos Oliver, dos *compas* que eran sus más *compas* de la brigada y conocían a los *mero mero* de allí y yo, y sin armas, y rodeados de aquellos muchachos, que no eran más que niños conducidos por el Maligno, porque yo le digo que si esos niños aceptaran la Ley del Padre, ninguno de ellos *fuera más malo* que nuestra propia simiente. Me apena tanto aquel recuerdo, no le puedo pintar la cara de Oliver cuando lo vio, y eso que les había prometido que iba a respetarlo, que iba a estar protegido, que nada le *fuera* a pasar, y por eso accedieron a la entrevista aunque Tavo no quería, pero al cabo y quién era él para andarse negando. Viera su cara, y la del muchacho, que se arrodilló todo nada más verlo y yo creo que ya en ese mismo momento se había orinado, y se arrancó a pedirle perdón, «Perdóneme, padre, perdóneme, yo no sabía», como que si con pedir perdón ya había pasado todo, y allí, hecho un *lagrimero*, allí como dicen, allí sí que pidió cacao, que sus propios compañeros de verlo tan arrastrado pues fue como que sintieron asco y se apartaron. Y entonces Oliver ya no se aguantó más y allí se mandó hacia él, y cómo va a creer con qué odio lo agarró a la criatura aun siendo su misma carne, y lo empezó a cubrir de insultos y a golpearlo que a poco lo mata allí mismo sin darnos tiempo ni a reaccionar, que nos echamos los tres a detenerlo y no podíamos, que lo *desmarimbó* desde el primer golpetazo, y los otros muchachos que lo dejaron allí y no pareció importarles que fuera a matarlo en el mismo sitio. Y uno se rio y gritó: ¡un trece!, y todos lo rieron igual que una broma sin importarles lo que allí veían. Y entonces aprendí lo que era un trece, que son trece segundos en los que todos atacan y golpean a uno solo, y es la prueba que tienen que soportar para entrar en la mara, imagine qué maldad les enseñan a los pobres inocentes, y se pusieron a contarlos a coro mientras Oliver lo interrogaba, pero no le dejaba responder de la golpiza que le caía, que lo *pichació* como yo no he visto nunca, que allí le dio todas las palizas que nunca le había propinado, todas las que se había tragado él de niño de su propio papá, y le oí jurar que se arrepentía de no habérselas dado cuando aún estaba a tiempo para arreglarlo. Pero yo le puedo decir que nada arregla poner la mano encima a un niño, el árbol que crece bajo palos solo puede subir doblado y retorcido. Y mientras los pandilleros gritaban todos juntos: ¡seis, siete!, nosotros luchábamos para separarlos, y el chico cantaba todo lo que sabía con la esperanza de que así se detuviera el castigo, pero era igual porque al cabo pienso que Oliver ni lo escuchaba.

»Que al final y fue lo mismo porque aquella vergüenza de mal hermano ni sabía lo que había ocurrido con la niña. Que habían acordado él y la hermana, enamoradísima del otro, fugarse juntos, y habían hecho el plan y escapado como suponíamos, y que el domingo aún estaban juntos pero que el lunes muy de mañana lo había acompañado a la casa *destroyer* donde lo había abandonado y allí había empezado su nueva vida, de la que ahora se quería salir pero no podía, y él se había marchado con Patricia, decía que fuera del país, que tenía un avión propio, y Tavo había descubierto que a él solo lo había utilizado. Y ya nunca supo de Patricia porque ella los esperaba en el hotel en el que habían dormido y pensaba que iban a volver juntos, que el viaje lo iban a hacer los tres, porque mientras ellos habían estado juntos la había respetado, eso se lo juraba a su padre por lo más sagrado, y que mientras él había seguido con ellos, la pureza de la niña había seguido intacta y ni un beso, pues con su edad ella se conformaba con verse al lado de su enamorado y el propio tacto de cruzar los dedos era suficiente para encantarla. Y cuanto más le decía al padre, más fuerte le daba. No puede imaginar la lástima de ver aquella cara desfigurada, hasta que el *palabrero* que había allí dijo que ya basta y nos tuvimos que llevar a Oliver como pudimos, y allí quedó tumbado y desgraciado

Tavo, su mismo hijo, al que le gritó que ya nunca más lo era, y el chico lloraba y los demás reían. Pienso que es el recuerdo más feo de mi vida.

Ethan redescubre sus conversaciones previas con Suárez la misma noche del tiroteo y comprende la necesidad de Andrés de compartirle aquella verdad. Todo se ilumina con un orden distinto. Y le asusta.

Abandona un sueño agitado, deformado y lumínico para volver al mismo cuarto. Siente un dolor afilado en las sienes y un sudor frío por la nuca. Entonces vuelven a fluir por oleadas los centros de tormento de las dos rodillas y el meñique. Tiene la boca libre y puede respirar, lo que hace con todo el estómago. Siente húmedo el tronco hasta la entrepierna y puede ver rastros de vómito cayendo por la camisa. Por ahora -suspira- sigue solo.

Suárez no atina del todo con la botella y se preocupa de haber bebido demasiado, demasiado rápido. Acaba el poco *whisky* que guardaba el Monstruo y busca algo más, decepcionándose. Cansado, cambia la cocina por el baño, donde mete la cabeza bajo la ducha para espabilarse, y mientras se la seca, un nudo le atenaza la garganta. Por momentos siente dudas, horror de sí mismo. Entonces vuelve a la trampilla, al cuarto oculto en el que ha encontrado los trofeos: ropa, abalorios, siempre con sangre, de al menos doce propietarias. Fotos de adolescentes aterradas, con el miedo de morir retratado para la eternidad. Podrían ser más, podrían llegar a catorce. Utiliza ese combustible para alimentar su odio y vuelve a beber. Ahora, refrescado, le surge una nueva idea, y abre el armario de los medicamentos, donde, junto a un par de cajas caducadas, encuentra el alcohol sanitario y lo destapa.

El Monstruo ve aparecer de nuevo al demonio, un poco más confuso, un poco más agitado, y más impasible.

—Te orinaste, te *ranchaste* y te *desmayastes*, pienso que por el ahogo que da el paño, pero tranquilo, no han sido ni cinco minutos. Ya te lo quité. Pienso que ahora me entendés: tenés que responder a la pregunta, y después podés hablar lo que querás. Mirá que ya no vas a volver a andar bien nunca, porque no sé si hay operación para eso, y de manejar, ahora sí, sin dos rodillas ya te podés olvidar. Y por encima que te falta una punta de dedo, aunque eso es menos importante.

—Están… están en el depósito de agua derecho, bajo la cabina, tiene un doble fondo, la mitad es falsa.

—¿Lo ve, qué fácil? Más bien demasiadas gracias, voy a buscarlo.

Y desaparece risueño por el éxito, canturreando un bolero.

El Monstruo no es muy consciente de lo que ha respondido, solo que le ha supuesto un alivio, aunque cree que ha dicho la verdad, o una parte de él no controlada del todo por la conciencia y que ha actuado bajo algún piloto automático. Entonces por un momento piensa que se ha equivocado, que esta vez no la guardó allí porque llevaba la entrega, que tal vez lo hizo en el falso alto de la cabina, y el terror le invade como a un niño que espera un terrible castigo. Casi grita para avisarle, pero también le asusta enfadarlo, quiere explicarle que se ha equivocado, que no ha sido su propósito, que quiere colaborar, que va a ayudarle pero ha sido sin intención, que le jura… y los pasos vuelven de nuevo, ascendiendo los peldaños uno a uno, crujiendo por la madera hacia su silla, y con cada crujido siente un pavor que le inunda, el pánico al daño, y sin darse cuenta empieza a sollozar.

Suárez entra satisfecho con el ordenador bajo el brazo, busca un enchufe y conecta la batería mientras lo enciende.

—¿Lo vio, que así es más fácil? Si me seguís ayudando, esto va a acabar prontito y ya pues vas a ser libre.

Ante el ánimo casi hogareño de su torturador, el Monstruo siente que la tensión le supera y no puede reprimir un estallido de llanto. Suárez lo mira un momento con parca curiosidad y vuelve al portátil. Le pide todas las claves, que le va entregando puntualmente, y entra en su correo y en cada carpeta.

—¿A cuántas niñas te llevaste en estos años?

—¿Pa-pa-para mí?

Suárez toma nota de esa contestación, pero no lo significa.

—Para los que le pagan.

—¿Los clientes?

—Esos.

—No, no sé... son como dos cada año, a veces una, a veces tres. Al principio era otro cliente.

—¿Hace cuánto?

—No sé, diez años, creo.

—¿Y luego?

—Después fueron estos porque les habían contado de mí, y ya los otros dejaron de llamarme.

—¿Quiénes eran?

—No sé. Los primeros los conocí por el dueño de un club de chavas. Él me conocía bien, y me preguntó si les podía dar mi teléfono, y luego me llamó una mujer y me explicó lo que querían.

—¿Y qué era?

—Llevar culos de unos países a otros, más conductores lo hacen. Ellos a veces tenían que mover chicas de un club a otro sin que nadie supiera.

—¿Por qué?

—No lo sé, eran putas, a nadie le importa. Porque les habían molestado, o les pagaban por ellas, no sé, eran de ellos, yo solo las llevaba de un sitio a otro.

—¿De un club a otro?

—Sí. Nada más, nunca le hice daño a nadie, se *los* prometo.

—¿Y ya no trabaja para esos proxenetas?

—Pues no, una vez se me juntaron dos envíos y agarré el de la niña para los europeos porque pagaban mejor, y pues ya sabe cómo son la gente, ya no me dieron más trabajos. Por eso me quedé con los europeos.

—¿Y ellos solos le dan para vivir?

—Y hago más cosas, no solo ellos. Pero sí, de lo suyo se podría vivir.

—¿Cómo le contactaron?

—Cuando… ¿Puedo decir algo que no es la respuesta?

—Sí, podés.

—Me duelen mucho las rodillas, me cuesta hablar, tengo mucha sed. ¿No puede darme algo para calmarlo, algo de beber? No le pido que me soltés, no más para quitarme el dolor.

—No. Después todo va a acabar y ya te van a poner calmantes y todo, pero nada hasta *cuando* terminemos. Seguí.

—¿Cu-cuál era la pregunta?

—¿Cómo te contactaron?

—Yo no sé, eran clientes de aquellos, creo. Un día me llamó la mujer y me dijo que unos europeos que vivían en el sur de Brasil necesitaban un chofer con garantía para unos trabajos un poco distintos y que les habían hablado de mí, y que si quería, y yo le dije que sí, y luego me llamaron y me dijeron que siempre por *e-mail*, y que no iba a tener más contacto con ellos que eso, me mandaban un correo con la niña que querían, dónde recogerla y dónde la tenía que llevar. Y ya, la llevaba y tenía que esperar en una estación de autobuses o un sitio público que me indicaban, siempre alrededor de Curitiba, aunque me citaban ahí para despistarme, yo sé, y luego venían al camión y se la daba, y me pagaban de una y ya, chao, hasta la próxima.

—¿Por qué decís para despistarte?

—Ellos no las guardan ahí. Las llevan a un pueblo, unas cuatro horas al sur. Se cruzan hasta Santa Catarina. Ellos no saben, pero yo averigüé.

—Bien. Ahorita me vas a decir el sitio.

Suárez responde ya desentendido, volcado sobre la pantalla, atento a escrutar el correo, en lo que se demora una larga media hora en la que el Monstruo no se atreve a hablar más para no romper su concentración. Lo ve descargar archivos y al fin vuelve a la realidad.

—Pero aquí hay desde hace tres años. ¿No trabajaste desde antes?

—Sí, pero luego me cambiaron el correo, me dijeron que tenía que usar ese, me lo enviaron con todo y contraseña, y el otro, pues lo cerré o no me acuerdo.

—Son cinco niñas y hay una más después de Michelle.

—¿Busca a Michelle? Esa es la chiquita de Centroamérica, la recuerdo bien. No le hice nada malo, ni le pasó nada, estaba muy tranquila, y ellos yo también creo que no les hacen nada malo, son como si dijera *como* una red de adopción o algo… le puedo decir dónde la llevé.

—Eso ya lo tengo de tu correo. ¿Por qué unas niñas vienen con fotos de la casa y la familia y otras el nombre con unas coordenadas?

—Yo las llevaba, ellos tienen sus redes y me preparan el paquete. Así fue con Michelle, solo me llegué a recogerla. Pero algunas en países que ellos no tienen contactos, si no eran difíciles me pedían que las agarrara yo y me daban un plus, así en el campo y en tierras pobres que uno no se puede aparecer con unos abogados.

—Y eso lo pagaban muy bien.

—Ni tanto, viera que no… es puro por comer, la vida está muy difícil. Yo se *los* juro que si pudiera, si no tuviera que… a mí me dan mucha pena y no quiero pensarlo, pero si no soy yo sería otro…

—Entonces vos no sabés más que estos correos, ni quiénes son ni por qué las buscan ni picha.

—No, ya le he dicho todo, ya se puede ir, si quiere no tiene que soltarme, solo llamar a una ambulancia, se *los* pido por favor, para que me saquen, pero vos ya irás bien lejos para entonces. Solo le pido que los llame delante de mí para saber que es verdad, o me pasa el teléfono y ya vas a ver que no les digo nada más que ayuda, por favor. Tengo mucha sed.

—¿Y las otras niñas?

—¿*Cuáles* otras niñas? No hay más, se *los* prometo.

En respuesta, Suárez se levanta con la frialdad ya mostrada y se le acerca de nuevo con la gubia y el paño chorreando.

—¡NO! ¡Nononononono! ¡Se *los* dije todo! ¡No! ¡NO, NO, NO, POR FAVOR!

Suárez lo agarra con toda su fuerza, pero el hombre empieza a sacudir la cabeza de un lado a otro apretando los dientes. Lo irrita, suelta el paño y comienza a asestarle golpes con el filo en los labios en busca de las encías, cortándole donde le alcanza, hiriéndole por toda la cara hasta que el Monstruo, aterrado, se detiene de nuevo.

—¡Ya, ya, ya paro, no me muevo! ¡No más, no más, por favor, no más!

Pero hace caso omiso, incluso cuando abre la boca voluntariamente, ya cubierta de sangre. Apoya la media caña en la dentadura inferior con el borde en los incisivos superiores y hace palanca empujando con fuerza para arrancarlos, pero para su sorpresa se rompe antes uno de los de abajo, con un grotesco chasquido y un aullido infrahumano del Monstruo, que trata de defenderse como puede. Suárez levanta el paño del suelo y vuelve a metérselo en la boca, mezclando al contacto la carga de agua que lleva con la sangre que le brota. Después de enmudecerlo camina de un lado a otro, molesto e indeciso.

—Se *los* dije, huevón, que no me fueras a mentir de nuevo, y aún por encima lo hacés más difícil. *Pos* ahora vas a ver que lo peor aún está por llegar.

Y frente al rostro desencajado en el que se mezcla el intenso dolor con el pánico ante lo que le espera, recoge el martillo sin mucho convencimiento, vacila unos minutos dudando de qué hacer con él y, cuando se le ocurre, tumba la silla de una patada que hace que el Monstruo se golpee la sien. Con él en el suelo, corta la cuerda que une muñecas y tobillos, impulsándole las piernas adelante con el estremecedor quejido de las quebradas rótulas, que se desplazan en un movimiento antinatural. Suárez le saca los zapatos y le pega los pies al suelo.

—Vos no sabés que los pies y las manos son los que tienen más terminaciones nerviosas del cuerpo, pero lo vas a saber ahora.

Le sujeta las plantas contra el suelo dejando las uñas como

objetivo y levanta el martillo mientras el preso, desencajado, lanza un agudo chillido como el de un ratón, que se ahoga en el tejido que lo anega.

Una vez superada la experiencia de rememorar el enfrentamiento de Suárez con su hijo, Andrés encara el resto de la narración con una cierta ligereza, como si se hubiera liberado de una carga que llevaba muchos años con él, con el descanso que da compartir los recuerdos más dañinos.

—Yo me quise quedar con Oliver todo cuanto pude, el Señor sabe que es así, y le ofrecí mis bienes y mi ayuda en lo que pudiera, y venirse conmigo aunque sabía que eso era inútil, pues me tuve que volver porque en el trabajo ya había gastado todos mis días libres, y mi familia estaba allí y me esperaba, pero marché a los Estados con el dolor de quien abandona a alguien que lo necesita.

—Y al llegar a ese punto se le quiebra a voz y debe descansar unos instantes antes de proseguir—. A partir de ahí ya solo conozco por lo que me contaron, pero ya no hay mucho más. Todo mal, Tavo no tardó en aparecer baleado, que si por un enfrentamiento con otra mara o por librarse de él o como venganza a su papá, ya quién *supiera*. Oliver me contaron que empezó a tomar como nunca, y la mamá y él en poco ya se separaron y no volvieron a verse. Lo reintegraron en el cuerpo pero ya en su mente solo cabía una idea, y era su hija, pero igual, ni ella ni el otro, ya nadie volvió a saber nunca. Un año después encontraron a ese malvado en Panamá, no había durado ni tanto. Había seguido en el mundo del narco hasta que había emputado a alguien, y le hicieron una corbata colombiana, ¿conoce?

—Sí, conozco.

—Así fue. Y Oliver se fue para allá, pero también fue lo mismo, tenía sus contactos y se gastó su tiempo y su dinero, y no contó nunca a nadie qué vio ni qué ocurrió, pero se volvió igual con las manos vacías. Desde ese momento fue a peor, lo suspendieron varias veces y los compañeros lo cubrían por su amistad y dicen que también desde arriba por las cosas que sabía de sus años en la brigada de lo criminal. Y así al final lo dejaron en un despacho donde se dormía hasta que lo pensionaron, y así se fue, ya no me hablaba ni a mí ni a nadie, y pienso que solo quería morirse. Pero luego ya fue que ya nos volvimos, y yo retorné a buscarlo. Si le cuento cómo lo encontré y dónde vivía, y a la primera que yo pienso que ni me reconocía, pero yo le pedí mucho a Diosito, que me diera fuerzas, y después de trabajar allí me iba a verlo, y por fin que conseguí que viniera a casa a visitarnos, y por fin, que se quedara a dormir, que vivía en una pensión y aquello nada bueno le hacía. Y por fin que me acompañó al culto, aunque él ya nunca más creyó en nada, eso siempre me ha dicho, pero mi esposa y yo siempre rezamos por él, cada noche, y si un hombre es bueno, Dios ha de escuchar aunque no sea pío, porque Dios todo lo sabe y todo lo perdona. Y después de muchos meses, al fin él aceptó quedarse en nuestra casa, y por las noches, viera cómo lo oíamos llorar en su cuarto, y la congoja que llenaba nuestro corazón, pero le rezábamos a Dios porque lo amparara, y por fin con el rezo nos escuchó. Y yo le dije que así no podía ser y que si quería seguir con nosotros no podía tomar más, y él empezó a ir a las reuniones.

Ethan no deja de admirarse con su amigo.

—Andrés, ¿lo acogiste en tu casa? ¿Lo metiste alcoholizado con tu mujer y tus hijos?

—Mis hijos se quedaron en los Estados, ya sabe que allí viven, ya eran mayores. Y mi señora y yo, pues qué vamos a hacer si no ayudar a quien *los* necesita. Oliver siempre me cuidó y me ayudó, y me amparó en su casa cuando nada poseía. Y dice el Señor que debemos compartir y dar de beber al sediento y de comer al hambriento. ¿Y quién sería yo si hubiera abandonado a mi hermano? Un Caín. Eso sería, don Ethan.

—No pienses que era una crítica. Es un halago.

—Al tiempo ya se alquiló una casa y aunque ya su vida no tuvo luz, al menos volvió a vivirla. Por eso, don Ethan, él nos quería ayudar, y por eso y yo sé que a veces es difícil, y puede parecer un poco loco con sus obsesiones de seguridad y aquello, pero es el hombre más bueno que puede conocer, y no podemos permitir que vuelva a enfrentarse a su vida pasada, porque el Enemigo está esperando para descubrirnos la debilidad y volvernos a hacer caer.

Aún ni Ethan ni Andrés saben lo que ambos sospechan. Que cuando vayan a buscar a Suárez, este habrá partido con unas horas de diferencia. Que el futuro ya es un paso inevitable. En ese momento aún no ha cruzado las dos fronteras que lo separan de su fin, aún no ha contactado con el traficante que le proporcionará el armamento ni ha desarrollado la vigilancia que le descubrirá el escondrijo del Monstruo y sus rutinas, pero ese corto lapso de tiempo es el que define en las encrucijadas nuestros cambios de destino, y el suyo, el del Monstruo mismo, quedaron fijados cuando esa conversación se dio en ese momento y no en otro.

Suárez sale del cuarto de baño. Se ha remojado el pelo varias veces para vencer al cansancio, que empieza a ganarle. Cada retorno revive unas ciertas energías en él, aunque siempre menores. La pequeña botella de alcohol está vacía. Realmente, se dice, solo le quedaba un fondillo. Teme bajar la guardia, dejar muchas señales de su paso. Carga un cubo con agua fría, vuelve a la sala y lo deja en el suelo. Allí, tumbado con la silla, las piernas libres y retorcidas como en un garabato, los pies descalzos con varios rehundidos de los martillazos, dos dedos sin uña por los impactos, las manos atadas a la espalda y empapadas en sangre, una falange ausente por meñique, jadea el Monstruo, con la boca abierta y libre, los labios llagados por los cortes, los ojos entornados como si soñara. Suárez se acerca y le vacía medio cubo encima, que lo despierta al instante. El Monstruo se atraganta y tose varias veces intentando apartarse, pero Suárez no le hace caso, se preocupa de levantar los rollos de plástico con los que ha protegido el suelo y guardarlos en bolsas de basura para, acto seguido, fregarlo antes de que la sangre, que ya cubre una buena parte, coagule y deje una marca indeleble. A pesar de sus esfuerzos no queda convencido con el resultado.

—Mmmm, vamos a tener que tapar esto con algo.

Y pensativo, vuelve a extender unas nuevas cubiertas sobre las que arrastra el cuerpo como si trasladara un mueble. El Monstruo, pasivo, se deja hacer gimiendo con el calvario que le produce cada desplazamiento. Una vez cumplida la rutina de limpieza, que realiza ya por segunda vez, Suárez se observa la camisa con desagrado, se desabotona, se la quita y la arroja con los materiales usados.

—¿Viste? Se quedó toda para la mierda. ¡Y ojo! —Se observa el tronco con verdadera sorpresa, ahora vestido con una camiseta interior blanca de tirantes, que también aparece tornasolada en distintos grados de bermellón—. Ojo, ¡empapó hasta la camiseta! Pero ni modo, ya no me cambio, ya para después.

Bajo el algodón pasea su cuerpo ejercitado pero ya muy ajado, ancho, con los pechos caídos y una barriga no prominente pero que destaca sobre el tórax y contrasta con unos brazos delgados y rectos, sin musculatura apreciable. Claro que nada de esa información alcanza a su oyente, que trata de mantenerse lúcido entre las fuentes de dolor que le agreden y el miedo constante al siguiente movimiento de su captor, cuyo comportamiento parece caótico y ajeno a cualquier patrón, cada vez más impredecible, cada vez más borracho. Suárez vuelve a acercársele, esta vez sin ningún instrumento, y él se estremece igual ante la incógnita, la terrible incógnita de qué será lo siguiente.

—Mirá, no sé si vos estás cansado. Yo sí. ¿Verdad que lo complicamos todo mucho? Así ya podés aceptarlo: yo sé quién sos, y de nada te va a valer seguir negándolo. Si ya viste que no te va a ir peor por admitirlo; yo ya sé lo que necesitaba de este caso, ahora necesito saber de otros. Te voy a volver a hacer la pregunta, y si me decís otra vez que sos inocente y que no sabés de eso, te voy a cortar los dos dedos gordos de las manos. Pensá que aún podés agarrar cosas, después ya, pues no podrás, como los perros que no tienen dedo gordo. Eso se llama aprehensión oponible. Me entendiste, ¿cierto?

El Monstruo, que en un impulso ha cerrado los puños protegiendo los pulgares aun comprendiendo la futilidad del gesto, asiente con vehemencia.

—Está bien. *Pos* le vuelvo a hacer la pregunta: ¿a cuántas muchachas ha atacado, a cuantas *güilas* ha violado y ha matado en la vida? No por los clientes, sino por vos. Yo sé que lo hacés, no me vengás con basurillas.

El herido se mantiene mudo unos instantes y antes de poder hablar unas lágrimas brotan de sus ojos.

—Y-yo… yo…

Suárez lo reconforta amistoso.

—Ya, ya, ¿vio que es fácil? Ya estás en camino, estás en el camino de la verdad, ¿viste? Es difícil aprender, pero ya verás que cuando lo entendés te compensa de todo el sufrimiento, y vas a ver que cuando me empecés a contar todo te vas a liberar y ya se va a acabar el padecimiento.

—Yo… no sé a cuántas he atacado, intento olvidarlo después, no soy yo, es el diablo que me posee, yo intento luchar, pero es imposible, y después siento tanta pena y quiero desaparecer del mundo. No quiero recordarlo nunca, por eso nunca las he contado.

—Sí, entiendo lo que me decís, pero ¿a cuántas has matado? Eso es algo que no se olvida.

—Nnn-nnn. —Antes de responder se enfrenta a la mirada inquisitiva de Suárez y se derrumban sus defensas—. Dos —y arranca a llorar—, maté a dos, pero fueron errores, accidentes, yo nunca quise, fueron accidentes…

—Obvio, obvio, yo sé cómo pasan esas cosas. ¿Viste? Ahora ya se va a acabar la penuria porque ya me decís las verdades y te voy a dejar marchar. Ahora quiero que me digás los nombres y dónde las mataste y dónde están los cuerpos porque esas cosas no se olvidan ¿Verdad que no? Vos lo sabés tan bien como yo. Esos nombres están en alguna parte. Dale, decime.

El Monstruo duda, mira a Suárez y duda, no comprende nada pero teme que esos datos puedan incriminarle de cara a la justicia.

Vacila. Y tras unos tensos segundos de silencio, Suárez, con parsimonia, le vuelve a meter el paño en la boca.

—Tsk, yo te di chance, pero tardaste demasiado. Sabés que es por tu culpa, ¿verdad?

El Monstruo se resiste espasmódico y trata de ocultar sus manos.

—Yo no quiero esto, pero me obligás y tengo que hacerte cosas que no quiero.

Trata de incorporarse pero es imposible. Suárez le sujeta la cabeza con fuerza.

—Mirá, no quiero que perdás la senda de la verdad que estamos consiguiendo, pero te tengo que castigar. Es culpa tuya, vos sabés. Quiero que lo reflexiones para aprender. Lo que vamos a hacer es lo siguiente, te voy a cortar el dedo gordo izquierdo, que es la mano que menos se usa, y si después me decís lo que quiero, ya te salvás la otra, pero tenés que recordar que no valen ni las mentiras ni quedarse callado, que es como mentir. Las mentiras no llevan a ninguna parte.

Ethan continúa metódico y perseverante, convencido de que la falta de noticias de Suárez de los últimos días es la prueba de su estancamiento, y negándose a admitir que él también se encuentre en un callejón sin salida. Una de las cosas que aprendió hace tiempo como investigador es que la gente se expone mucho más de lo que sospecha en su relación con las redes sociales, y que la más elemental prudencia que se mantiene en la vida privada se olvida en el momento de encender una pantalla. Con el acceso al WhatsApp y al Facebook de Johanna puede hacer una reconstrucción completa de la vida de casi todos sus contactos: trabajo, vivienda, relaciones, que puede complementar con otras redes e incluso, en la mayor parte de los casos, solo con introducir el nombre en un buscador para que estas empiecen a escupir datos. Las investigaciones que antes costaban semanas, desplazamientos y riesgos, ahora se pueden reducir a días sentado en su dormitorio. Y así se mantiene a pesar de la aparente falta de avance, cruzando datos a mano y rebuscando entre miles de conversaciones, mensajes o publicaciones casuales. Ethan sabe que no se trata de un camino que se vaya iluminando, sino de un punto de luz que puede aparecer en cualquier momento. Y así, tras cuatro días apuntando nombres y espiando perfiles anodinos, la paciencia le premia. En las fotografías de una celebración aparece etiquetado un personaje que reconoce de dos comentarios del novio relativos a un pago que no había podido rastrear: Marlon Figueroa, que figura como abogado y parecía mantener relación con él pero no con ella desde fechas coincidentes con lo que Johanna explicó. Varios comentarios de muro a muro sobre la felicidad de los negocios exitosos y torpes chistes privados le convencen de que es un buen candidato. Una visita a su LinkedIn le permite localizar con facilidad su lugar de trabajo: asistente en la firma Smit & Betancourt, que se anuncia como representante de «importantes empresas europeas» y cuya actividad ha comenzado hace muy pocos meses en la ciudad. Después de descartar docenas de sospechosos, Ethan se felicita y siente la excitación de la victoria.

Suárez termina de reenviar los correos con los datos obtenidos a Ethan y Ari. Nombres, fotografías, en algunos casos la dirección de las familias y siempre el lugar de recogida, todos en el estado de Paraná, dibujando un marco alrededor de Curitiba, sin una relación clara con la población mucho más discreta en la que, aventura el Monstruo, residen sus contratantes, esos «europeos como del norte, finlandeses o griegos o así, de un país que hay gays», que le ha ofrecido como mejor referencia. Le preocupa saber que el correo esté monitorizado por ellos, lo que significa que cuando descubran su desaparición establecerán una relación directa con su cruce de mensajes con Johanna, y tardarán poco en averiguar que ya estaba muerta. Le escandaliza la inconsciencia de ese animal que no dudó en invitarla a contactarlo por un canal controlado por terceros, pero estima que cuenta con un buen plazo, pues con la reciente entrega es posible que no lo precisen hasta dentro de unos meses. Para entonces ya debería ser demasiado tarde para ellos.

Vuelve a pensar en él y en el tormento que le está infligiendo. No imaginó volver a ser capaz. Y le asusta descubrirlo, por sí mismo, que se creía curado, y porque sabe que es una demostración de lo que hasta el ser más anodino, el menos insospechado podría llegar a hacer bajo las circunstancias adecuadas. Pero no se arrepiente de lo que aún piensa provocarle, porque con cada palabra de ese vil que no merece ni respirar, su pasado vuelve a abrirse, y con cada mentira, con cada falsa excusa, cada mohín de inocente desvalido implorando la piedad que él nunca ha mostrado, el deseo de verlo sufrir se convierte en un imperativo, y cada súplica, cada aullido de terror sumado, en una descarga de la angustia que ha llenado su pecho a lo largo de esos años. Todos llevamos un verdugo en el interior que es mejor no despertar nunca.

Se incorpora y se da cuenta de que ya ha amanecido, lleva toda la noche allí sin dormir y se siente agotado, consciente de que no debe demorarse mucho más, puede cometer errores por cansancio, y aunque sabe que es poco probable, debe contar con la remota posibilidad de que alguien pudiera llegar en algún momento.

Sale de la cocina y se encamina de nuevo al salón en el que aguarda su experimento. A un lado sigue la silla volcada y sobre la mesa la caja de herramientas. A dos metros, el deformado cuerpo del Monstruo, que liberado del soporte ha tratado de arrastrarse hacia la salida, algo que no preocupa a Suárez dada su situación: rodillas y codos tronzados, pulgares y meñiques amputados y cuatro dedos más estallados a golpes en los pies. Habilidades que le enseñaron hace muchos años. Con las muñecas anudadas a la espalda y las articulaciones descoyuntadas se asemeja a un gusano enorme que deja un rastro carmesí sobre el suelo de madera. Suárez se le acerca y le apoya un pie en la cabeza.

—¿Qué hemos dicho sobre escapar?

Escucha el sollozo infrahumano y un olor conocido alcanza su nariz. Se ha orinado. De nuevo. Se agacha y vuelve a liberarle los labios.

—Esta vez le daré una oportunidad más. ¿Cuántas muchachas han sido, cuántas niñas ha molestado en su vida, a cuántas ha matado?

El Monstruo, con la boca costrada y algunas piezas perdidas, farfulla como drogado.

—No sé, se *los* dije, docenas, a lo mejor cientos, pero maté dieciocho, esas sí las sé, no las olvidaré nunca. Es un impulso, como una fuerza que no puedo controlar, yo sé que está mal, si me deja ir yo voy a ir al doctor, *les* diré a la policía para que me metan preso, y allí haré terapias para curarme, se *los* juro por lo más sagrado, por favor, yo voy a pagar lo que he hecho, le he dado todo mi dinero.

—Eran doce mil dólares, también me *dijistes* mentira.

—¡Pero ya no! Se *los* he dicho todo, no sé más, le he dado mi plata, ya no puedo hacer más, tiene que soltarme, me lo prometió.

Suárez se arrodilla frente a él y le toma la cabeza entre las manos.

—¿Por qué te seguís engañando, cobarde? Ahora ya te creo en todo, pero sabés muy bien que yo también te mentí.

El Monstruo, enfrentado a la presencia cercana pero distante, íntima y helada de Suárez, vaporosa entre los efluvios de ebriedad que exhala, empieza a llorar con la gravedad de la desesperanza.

—Y-yo se *los* dije todo, le ayudé. ¿Por qué? ¿Por qué me hizo esto, por qué me hizo creer que me podía salvar?

—Se lo expliqué, pero usted no me quería creer. Porque yo vine aquí a enseñarle. Tenía que enseñarle lo que pasaron esas chiquitas, tenía que aprender a sentirse como se sentían ellas: la desorientación y el autoengaño de que se puede salir colaborando, que es lo peor cuando se descubre que era un truco, tenía que aprender la negación y el enfado, y luego la impotencia y la desesperación, pero sobre todo el miedo y el horror, el horror que aún le queda por pasar, que es el mayor, porque aún no hemos terminado, y el miedo, que se hace grande en sus ojos cuando me oye, el miedo de que sabe que va a morir, porque para eso estoy aquí. Todas esas cosas que nunca intentó saber de ellas, lo que sufrían, tenía que aprenderlo. Tomalo como una lección de vida, la última. Vos morirás después de pasar por todo eso, y voy a verte cagarte de miedo cuando vayas a ver que ya ni podés respirar y que no tiene solución, que te vas a la nada, y que delante de vos solo estoy yo para disfrutarlo.

El Monstruo llora sin reparo, soltando mocos ensangrentados sin hilar otro pensamiento que el terror último. Suárez lo calla para continuar él.

—Ahora vamos a terminar porque ya debo limpiar y marcharme. Nada más para que sepás, ahorita te voy a andar envuelto en estos plásticos ahí, cerquita de tu tráiler, donde te abrí un hueco para enterrarte. Muy bien la parcela como una selva, ni a putas que lo fuera a ver nadie. No es gran cosa, pero así quebrado vas a entrar de maravilla, y envuelto entre tanto *film* aún te quedará un buen taco de oxígeno. Aunque no quieras respirarlo tus pulmones apurarán hasta el último suspiro, ya verás que en eso vos no mandás nada. Alistate porque ahí sí es donde te vas a agarrar a la vida. Yo me sentaré a esperarlo. Quería que esto lo entendieras bien, que no se te escape nada. Lo importante es ser consciente, para que adelantés todo antes de que te vaya a pasar, que lo podás ir esperando. Vos sabés, yo no tengo prisa.

El todoterreno va dando bandazos por la rasante más curva del camino, escupiendo una fina cama de grava a los lados. Los guardaespaldas observan con desdén a través de la película de polvo que cubre las ventanillas y sus propias gafas de sol. Cuando alcanzan la propiedad frenan y tocan dos veces el claxon en tanto se difumina la nube albera que arrastran. Ante la falta de respuesta descienden. El copiloto, alto y esbelto, pálido y rubio, ataviado con un traje chaqueta completo como si se encontraran en una oficina y no en un baldío en una perdida comarca colombiana, desenfunda un paquete de cigarrillos y pide permiso al caballero que aguarda en el asiento trasero.

—¿Le importa, don Armando?

—Como guste, mientras no sea dentro no hay problema.

Con esa respuesta, el conductor, mismo atuendo, pelo moreno y cabeza ancha, mandíbula cuadrada y espaldas fuertes, cuerpo de gimnasta y gestos más bruscos y dinámicos que su compañero, se arma con otro pitillo y ambos corren el pasador de la cerca. El alto sujeta el tabaco mientras el coche traspasa la barrera y se adentra hasta su destino. Los sigue disfrutando las caladas. En cien metros han alcanzado la construcción y el piloto le pide su cigarro. Suben al porche y llaman a la puerta. Esperan, repiten los golpes y claman a voz en cuello.

—¿Hola? ¡Holaaa! ¡Hemos venido a verle! ¡Traemos lo suyo!

Dejan correr otro minuto con idéntico resultado. Al fin prueban el picaporte que para su sorpresa no tiene llave. Desaparecen en el interior y el pasajero, molesto, consulta su teléfono desde el asiento. Tras una lectura de los correos murmura: «Mentecato». Y abandona la comodidad para reunirse con sus subalternos.

—No perdamos el tiempo, no está.

—Tiene el camión ahí atrás aparcado.

—Bien. Entonces el camión está pero él no. Tomémoslo como un mal presagio. No nos movamos para no estropear pruebas.

—¿Pruebas de qué, señor?

—No lo sé, por eso no debemos estropearlas. Prefiero que lo revise alguien que sepa. Llame y que venga el Sabueso.

—No puede haber escapado. No será tan idiota.

—Eso quiero averiguar. Salgamos de aquí y mantengamos vigilancia hasta que llegue el Sabueso.

—Pero señor, está en Brasil. Habrá que…

—¡Que venga! ¡YA!

Atemorizados corren al coche, pendientes de abrirle la portezuela.

—Por supuesto, don Armando, ahora mismo.

El aeropuerto de Panamá, luengo, estrecho, alambicado y laberíntico, se ha convertido, como la propia metrópoli, en un centro comercial gigante en el que se diría que, por casualidad, también aterrizan aviones. Se trata de uno de los centros neurálgicos entre las dos Américas, y el bullicio en los corredores, que no se detiene nunca, le otorga una vitalidad a medio camino entre una infraestructura internacional y una feria campesina de barracas. En el pasillo de restaurantes, entre las salas de desembarque anteriores y posteriores al número veinte, en la calurosa primera planta, Suárez aguarda paciente desde hace media hora. Se baja su cuarta cerveza cuando una voz femenina se anuncia a su espalda.

—Perdón por el retraso. El vuelo *iba* tarde.

—Doña Ari, es un gusto para mí poder conocerla.

Suárez la saluda efusivo, un gesto insólito en él al que ayuda el grado de alcohol en sangre. Ella ríe tímida.

—¿Doña? ¿Eso no es para persona *madura*? Algunas veces *yo duda* con mi español.

—Es un trato de… bueno, perdone, es la costumbre.

Se abrazan como viejos conocidos y ella repara en su aspecto demacrado, diferente al que mostrara por videoconferencia, en su bebida y en el olor de su aliento, y no necesita conocer sus adicciones para saber que algo no funciona.

—¿*Tú* sientes bien? Yo no *quiere decir, yo digo…* —Ari suspira—. Esta lengua es un infierno.

—No se me ve bien, ¿cierto? Las últimas dos noches como que no descansé mucho, pero ya todo bien, y ahora dormiré en el vuelo a Brasil.

—Me parece increíble el rodeo que *haces* para coincidir conmigo. Muchas gracias.

—Ni tanto. Igual debía hacer transbordo en Panamá, solo ajusté el horario. Era importante vernos. Ahí le dejo el paquete. —Le entrega un sobre abultado—. Toda la documentación que obtuve, y doce mil dólares. Al país solo puede acceder con diez mil, pero a una turista gringa no la van a revisar.

—¿Cuánto *tú* llevas?

—Yo voy bien para el viaje. Ahora importa que reúnan lo que

315

consigamos para seguir avanzando, y aún más si también se van a bajar a Brasil.

—¿Por qué no vuelves conmigo? Nosotros recogemos a Ethan y vamos allí juntos. *Yo* pienso que es mejor que ir *partidos*.

—Puede que el tiempo sea importante, no lo sé todavía. Tuve que… eliminar al transportista. No pienso que lo *van* a buscar, pero sería tonto si no les tomamos ventaja ahora. Para mí es mejor adelantarme y organizar una plataforma para cuando lleguen. Me defiendo en portugués. Todos ganaremos tiempo.

Ari no ha perdido detalle de cómo le tiembla el pulso al mencionar el asesinato. En un comportamiento insólito en ella pero que le surge de forma involuntaria, le toma la mano.

—¿Estás *tú actualmente* bien? *Yo* no pienso que *es* una buena idea.

Él le sonríe con felicidad. La felicidad de verse acompañado. La felicidad de conocer la empatía ajena. La felicidad de tener un objetivo vital.

—De verdad. Todo va muy bien. Ahora tengo que contarle lo que sé del transporte y los que están detrás de esto, que no es mucho, y explicarle cómo moverse para sacar a Ethan. Si es verdad lo que le contó Michelle, no puede seguir más tiempo allí, la mara no tardará en encontrarlo. Vuelen de inmediato, en ciudad de Panamá tienen mil hoteles para quedarse tranquilos.

Pero algo en el semblante de Suárez le preocupa. Su modo de beber, su urgencia por avanzar. Algo dentro de él parece haber cruzado una línea invisible, inmerso en un viaje que se le antoja sin retorno.

7

COLÔNIA LIBERDADE

*En abril de 1978, un grupo de nazis que vivían pública o secreta-
mente en el Brasil y en el exterior, se reunieron en el hotel Tyll del
balneario de Italia para festejar lo que hubiese sido el octogésimo nove-
no cumpleaños de Adolf Hitler. La reunión tuvo más publicidad que
la esperada, se enteraron algunos periodistas y se armó un pequeño
escándalo. El dueño del hotel era un alemán llamado Alfred Winkelmann, viejo conocido de la justicia brasileña: en 1941 había sido sen-
tenciado a dos años de cárcel por integrar una red de espionaje nazi.
Cuando la policía interrumpió el festejo, Winkelmann dijo: «El Cuar
to Reich es nuestro sueño y nuestro principal objetivo. Ellos mataron a
Hitler, pero nunca matarán su filosofía, que es la nuestra».*

Jorge Camarasa. *Odessa al sur.* 1995

El Volkswagen Touareg alcanza la cerca lejos de la visión del
tejado, camuflado tras largas hileras de arbustos silvestres. Cuando
el polvo se disipa, desciende con el peculiar manierismo de un dan-
di, ataviado con un traje de tres piezas Harris Tweed confeccionado
a medida, botón de asta de búfalo, bolsillo superior con punta de

pañuelo granate, chaleco sobre corbata malva con nudo *windsor* y zapatos *oxford*, el que se diría un pariente lejano de Dorian Gray, al que aventaja en altura e iguala en armonía de facciones. Pelo caoba, tez lechosa y una destreza juvenil que desmiente su aparente delicadeza. En un suspiro ha visitado el zarzo en toda su extensión y se reporta irónico a la ventanilla delantera.

—¿Estuvieron aquí ayer?

El conductor, un poco atribulado, se asoma y le da la razón. Sin esperar más, preocupado de que el sudor no amenace su atuendo, el imberbe *playboy* regresa al interior donde, le aguarda su patrono, al que no ofrece razones. No se siente obligado a atender a quien le paga, más atento a registrar la escena, y desdeñoso indica que arranquen.

—¿A qué esperamos? Aquí no vamos a encontrar nada. Armando, los felicito por el esfuerzo en imprimir sus huellas. Quien entrara o saliera antes por esa vereda tiene mucho que agradecerles. No puedo llamarlo eficacia alemana, pero creo que ustedes son argentinos.

—Mis padres eran alemanes, yo soy argentino, mi sangre es aria y estoy orgulloso.

Los gregarios repiten el ritual de apertura evitando como pueden la tensa relación entre los dos invitados, el jefe de seguridad y el explorador libre y autónomo.

Antes de acceder a la cabaña, el Sabueso comparte un cigarro con ellos, que lo atienden con admiración. Discurre por el recinto a solas para que nadie mancille su material: circula por el patio, rodea dos veces la cabeza de tráiler aparcada y se agacha bajo el radiador con impecable tino para no embarrarse pantalón ni zapatos. Armando consulta el teléfono en el asiento cuando su voz lo sobresalta por la ventanilla. Una impresión muy estudiada que al joven le encanta causar.

—Querido *sicherheitschef*, ¿me acompaña?

Este le sigue con poco agrado hasta el camión del Monstruo. El Sabueso le inquiere.

—¿Su transporte?

—Sí. En el que trajo la última mercancía hace una semana.

—¿Piensan que se fugó?

—Lo vemos como una posibilidad. Eso espero que me conteste.

—Podría irse sin su camión.

—De hecho, me parecería lo más inteligente.

—Pero no lo apostaría, ¿no es así?

—Él no me parece lo más inteligente.

—Propongo que empecemos a mentarlo en pasado, solo por irnos acostumbrando. —Y esboza una cínica mueca—. La cabina está cerrada y las llaves en un vaciabolsillos, el refugio en orden, por ahí nada raro. ¿Usaba el depósito de agua derecho para las mercancías? El tanque tiene dos capas bien diferenciadas de polvo, la nueva apenas iniciada, lo accionaron hace muy poco, a tientas. Quien lo hiciera palpó hasta encontrar el mecanismo. Allí tendrán un buen acopio de huellas.

—¿Huellas de quién?

—De quien lo acompañara. No estaba solo.

Suben la escalinata de la cocina y el grácil rastreador le indica que se acerque señalando los indicios. Al pisar el salón, con un golpe de efecto retira una vieja y gruesa alfombra de lana roja descubriendo una porción de tarima que no presenta el habitual cambio de tono con el resto del piso. Enciende un nuevo cigarro para desagrado de Armando, que lo soporta resignado.

—Mi apuesta es clara, lo mataron. Una o dos personas le tendieron una emboscada, tal vez pelearon o lo torturaron, porque la madera recibió mucha sangre, que se esforzaron por limpiar y después cubrieron con esta moqueta que debieron de sacar del segundo dormitorio. Fueron efectivos, a simple vista parece que lleve aquí toda la vida.

Se arrodilla sobre los tablones, que acaricia con delectación.

—¿No lo habrá hecho él? ¿Y si se trajo uno de sus «caprichos»?

—Esto no tiene nada que ver con raptar a una jovencita. Me temo que se han quedado sin transportista. Restos de sangre, golpes con un objeto contundente, cortes y hemorragias. Puede que lo asaltaran con una navaja y un martillo, pero me extraña que todo ocurriera en esta esquina. Si murió pronto y lo limpiaron, no debería haber permeado tanto, para eso se necesita tiempo. También puede que dejaran el cadáver para registrar la campiña. Cuando terminaran, volverían para deshacerse del cuerpo y expurgar la escena del crimen. Si me da unas horas, si puedo pedir un par de herramientas, le diré con exactitud qué ocurrió.

—No me importa la exactitud. ¿Con qué garantía me dice que lo mataron?

—Toda. A él o a otro, pero apostaría por él. Aquí alguien recibió unos buenos martillazos. Y sangró mucho, pero mucho. —Remarca la explicación perfilando las hendiduras de las tablas—. Y...

—Husmea ahora con un detenimiento que lo coloca alerta. Un estímulo parece despertarlo y su respuesta hace honor al apodo que lo adorna: Sabueso. Sonríe ante su propia perspicacia—. Una uña. Al menos un pedazo.

De inmediato bordea las angulosas concavidades del entablado, unas piramidales, otras cuadradas y planas, de escasa profundidad y pareadas, con patrones de separación regulares. Se le cierra el párpado inferior de manera involuntaria.

—Uno no pelea sentado.

Se levanta y rodea la mesa de comedor, ancha y guarecida por seis sillas, que primero cuenta y después vuelca sobre esta, inspeccionando las patas con detalle de entomólogo hasta detenerse en una, en la que raspa una costra. Retorna en pleno diálogo consigo mismo.

—Puede que lo ataran a esa silla, aunque eso no podría asegurarlo. Desde luego no peleó, y estaba sentado. ¿Confiaban en su discreción?

Armando responde con un bufido desencantado.

—Entonces cuídense. Estuvo sentado y algo le hicieron, no sé el qué, pero se esforzaron en ser cruentos. La sangre se filtró en líneas longitudinales, y en el exterior las hierbas marcan el camino de un bulto. No lo arrastraron para evitar el rastro, pero es igual de claro.

Imagino que lo envolvieron con plásticos o algo impermeable que se desbordó cuando el líquido se embolsó, como un borrón de tinta sobre papel. Eso no es casual ni improvisado. Diría que lo esperaban, y fueron muy cuidadosos. Uno o dos, no más. Poco espacio, sin movimiento, pocas muescas. Si eran dos, uno lo vigilaría mientras el otro buscaba. Sería lo que habría hecho yo. Deben centrarse en una pareja, asumo que hombres por la fuerza y la violencia.

Convencido, Armando comparte la información que le ocultaba.

—Encontramos unos correos cruzados con el grupo que abdujo a la niña centroamericana, le pedían con todo descaro los datos para localizarlo, y él los envió como el perfecto imbécil que era. Cuando los intentamos contactar para averiguar qué pretendían, llevaban semanas muertos. Alguien los eliminó y usurpó su identidad.

—Y de corolario, el camión aparcado, el tugurio vacío y él desaparecido. Apuesto que si lo buscamos lo encontraremos enterrado ahí detrás, en su propia parcela o en el riachuelo que cruza al fondo, hay mucha hoyada ideal para despistarlo. Quien lo haya hecho parece bastante competente, no dejaron huellas claras ni errores obvios, pero debían de tener prisa: quedan muchos restos en esquinas y huecos, las muescas visibles en el suelo que cubrieron.

—¿Cree que podamos alcanzarlos?

—Lo que creo es que mientras nosotros perdemos el tiempo en buscar los pedazos de ese infeliz en este cuchitril, sus enemigos deben de andar por São Paulo rastreando la colonia si no la han encontrado ya. Deberían alertarlos. ¿Qué harán ustedes? ¿Desplazarán a las niñas?

—Eso, sin duda, es asunto nuestro.

La torre se encuentra en el barrio financiero más moderno de la capital, irónicamente, no lejos de la oficina de Suárez. Una puerta rotatoria da la bienvenida a los visitantes y por el vestíbulo es fácil moverse sin ser molestado, cruzándose con los comensales de los dos restaurantes de bufé que se encuentran en los salones posteriores y a los que acuden muchos de los empleados de las plantas altas. Ethan se acoda en la barra del que le ofrece mejor panorama y desde allí estudia sus posibilidades, que se dibujan amplias: no localiza seguridad aparte de los dos guardas que vigilan el exterior armados con recortadas y es sencillo perderse por las escaleras o los ascensores mezclado entre la muchedumbre. Confiado, decide aventurarse a visitar el piso en que se encuentra el despacho para planificar su siguiente movimiento, pero, al asomarse al directorio de empresas, el membrete de Smit & Betancourt no existe. Contrariado, se acerca al mostrador de información pero la azafata, que no deja de lanzarle miradas coquetas desde que escucha su acento, no puede darle razón de ellos. Es nueva y, por lo menos, en el mes que lleva allí no ha oído ese nombre. Preocupada por ofrecerle una buena impresión le pide un momento y se marcha para consultar con su superior, que dirige las relaciones del edificio desde hace años. A los dos minutos un personajillo atildado se esfuerza en explicarle en un inglés correcto, ignorando que Ethan le responde en español, que la marca por la que pregunta utilizó sus instalaciones solo tres meses a pesar de dejar pagada la reserva mínima de medio año, y se esfumaron sin llegar a ocupar el despacho, que apenas visitaron para alguna reunión. Cuando pregunta por la fecha de la marcha coincide casi con la de su llegada, unos diez días después del secuestro. Ethan abandona el edificio frustrado y con el número de teléfono de la recepcionista.

Brasil es un continente en sí mismo. Es una perogrullada que se repite a menudo pero no se puede asimilar hasta visitarlo. La postal que se guarda sigue siendo la de playas sin fin rodeadas de altas torres y al fondo idílicas montañas surcadas por selvas. Brasil sigue siendo Río de Janeiro, samba y la estampa del Amazonas. Pero Suárez, que ya lo conocía, se deslumbra por su variedad al recorrer las tierras del sur en un coche alquilado, pertrechado con su mejor careta de turista y la pertinente guía de viajes como coartada. Se aburre por horas a través de carreteras llanas de meseta entre planicies de pasto y sinuosas colinas que le recuerdan las costas del Pacífico. Transita en busca de una pequeña población de menos de treinta mil habitantes conocida, como gran parte de ese estado, por su tranquilidad, y un dato aún más curioso, el predominio del fenotipo germano entre los lugareños, muchos emigrados al albur de la Guerra Fría. No puede evitar sorprenderse de la paulatina desaparición de negros y mulatos a medida que se acerca. El sur de Brasil oculta muchas sorpresas desconocidas para el gran público, las mayores le asaltan encarando su destino. Almuerza en la capital de la comarca rodeado de escaparates en alemán, retoma el rumbo y tras dejar atrás algunos ranchos desperdigados cerrando la interminable travesía en flecha, lo recibe un radar que muestra en luminoso su velocidad para recordarle que debe adecuarla al adentrarse en la villa. A su izquierda, una iglesia de corte protestante. La carretera de asfalto aún continúa un tramo parcheada y alimentada por trochas, senderos apenas transitables para tractores y móviles rurales, pero tan pronto como accede al núcleo vecinal las infraestructuras adoptan un nivel que él considera «de primer mundo»: rotulaciones impecables, el aglomerado sustituido por un característico adoquinado y una apreciable mejora en las viviendas, todas cubiertas con teja cerámica en lugar de chapa. La transformación no solo se observa en los materiales. La geometría y la estética adoptan tal carácter que él, que nunca ha cruzado el océano, puede jurar, descontando el sempiterno cableado aéreo, que se encuentra en Baviera. La urbe, pulcra, ordenada, destila paz, y los anuncios de los restaurantes, algunos ilustrados con rubicundos tiroleses, le invitan a degustar una típica pitanza montañesa. Su sorpresa no decrece al registrarse en su hotel, de corte alpino: tres plantas encaladas con balcón corrido, artesonado en maderas rojas y carpinterías de igual estilo. De mano del recepcionista, de exquisitas formas y enamorado de su aldea, aprenderá que más del noventa por cien de la población es de origen alemán al haber sido fundada por colonos prusianos en el siglo XIX, conservando aún en la actualidad su idioma primitivo como oficial. La población de ese extremo de Brasil se expresa de manera bilingüe en alemán y portugués, y para ellos es tan extraño cruzarse con un mulato como para un austriaco. Al final de su calurosa presentación, el conserje le invita a conocer las maravillas naturales de los alrededores e incluso un parque de diversiones propio. Suárez, estudioso de la historia, se siente por igual intrigado, excitado y preocupado por esas revelaciones. Recibe la bienvenida de uno de los espacios más pacíficos y seguros de Latinoamérica, y también de uno de los que guardan secretos más inconfesables.

La casa de Marlon Figueroa, el nexo entre el subcomisario y la firma fantasma, se encuentra en un complejo de clase media, de calles públicas con puestos de vigía en las esquinas y carteles de *Barrio organizado contra el crimen*, pero sin el lujo que esperaba de un individuo que se mueve en esos niveles. O tal vez Marlon solo es una pequeña rémora dentro del engranaje que se alimenta de las sobras de tiburones como el subcomisario. Estudia la casita, protegida por una valla armada con concertina, más testimonial que efectiva, y a falta de saber quién más puede habitarla establece una rutina de vigilancia. El segundo día le anuncia algo inesperado: nadie ha entrado ni salido en ese tiempo. La casa, en apariencia, se encuentra vacía. Ante esa novedad opta por arriesgarse a una incursión nocturna sin llamar la atención de los vigilantes que vegetan en su casetas de madera.

Con la oscuridad no le resulta complicado acercarse caminando y descorrer por dentro el pasador de la cancela. Dentro del jardín agudiza el oído sin recibir señal del interior, que se encuentra sumido en la misma negrura que la calle. Avizora la lejana garita, también impávida, y se adhiere a la cerradura, que no le cuesta forzar. Alza la hoja para amortiguar el salto del resbalón y se adentra, recibiendo un olor nauseabundo que le provoca una arcada. Cierra bloqueándose la nariz con la camiseta para aguantar la fetidez y con un pálpito revisa la cocina antes de seguir, humedece un paño y se tapa para soportar el hedor, que se agrava a medida que avanza tanteando hasta la última puerta, entornada. La empuja. Como suponía, un cuerpo en descomposición, no puede adivinar de cuántos días, lo aguarda tumbado en la cama, estirado como si descansara sin preocupaciones, tenuemente iluminado por el brillo de sus propios dientes a la luz de una farola trasera, mostrando una tétrica sonrisa que parece responder a sus preguntas con el cínico disfrute de quien ha guardado sus secretos para siempre. Ethan lo bordea y a medida que el reflejo se modifica, parece ofrecerle la sonrisa de medio lado como si su burla no terminara. Siente el impulso de responderle: «Ya lo sé, no hace falta que me lo restriegues». En lugar de eso, entra en el cuarto de baño, busca un desodorante sin resultado, empapa una toalla, la impregna con un jabón oloroso con el ánimo de aguantar lo suficiente para registrar la vivienda y se la enrolla en el rostro para iniciar su labor.

Tras el registro e instalación, Suárez se dedica a congraciarse con los lugareños y recorrer los alrededores de ese paraíso familiar tomando nota de todo aquello que pueda convertirse en una pista, y el resultado es siempre el mismo: nada.

No es hasta el ocaso del segundo día que uno de sus tránsitos le dirige hasta una comunidad separada del pueblo por una breve foresta a la que se accede por una escondida carretera de mimado firme, accesible por un incongruente terrario. Terminado el tramo boscoso surge un frente de hormigón con falsas columnatas que vigila el camino a lo largo de casi un kilómetro y termina en un doble portón opaco y cubierto por un techado de corte neoclásico con un rótulo en portugués y alemán. Suárez aminora la marcha para estudiarlo y lo único que puede observar es un interfono y varias cámaras de seguridad que monitorizan el paso. Evita frenar para no incurrir en indiscreciones y memoriza el nombre para escribirlo tan pronto como supere el recinto, que se prolonga otro kilómetro. La duda y la inquietud surgen de manera inmediata. La urbanización, casi fortificada en uno de los estados más seguros del país, presenta un cierre frío e impersonal, similar a una cárcel. Se pregunta cuántos habitantes puede tener, por qué no figura en ningún plano ni en las señales de tráfico, que detallan la provincia pero parecen haberla olvidado, y cuál es el motivo de ese secretismo. Se detiene en el primer colmado que encuentra y se aventura a arrojar a la tendera su descubrimiento en busca de alguna respuesta.

—¿Y ese castillo tan raro del camino? ¿Lo conoce?

—¿Castillo? Ju, ju, aquí no va a ver muchos castillos, *me digo*.

—Sí, a la vuelta del sendero, como a dos kilómetros, con un muro *muy* larguísimo. Dice allí que se llama Colônia Liberdade. No sé quién va a vivir así de encerrado en esta tierra tan hermosa.

La paisana abandona la risa y contesta seca y con pretendida indiferencia.

—Ah, sí, el residencial. Pues ya sabe, una gente; allí viven y no molestan a nadie. Cada uno es el rey en su casa y hace lo que quiere. ¿No va a llevar nada más?

—No, esto, muchas gracias.

Suárez retorna al hotel y opta por no mencionar nada al recepcionista ni a las personas que ya lo conocen. En su lugar, tras un descanso toma de nuevo el coche y se dirige hacia la capital comarcal, donde comiera el día de su llegada. Colônia Liberdade. En realidad no necesita apuntarlo. Sabe que no lo va a olvidar.

Al filo del amanecer Ethan desiste de la búsqueda y deja el túmulo antes de que el sol lo delate. El vigilante dormita. Cruza un pequeño parque hasta el lugar en el que aparcó y enfila hacia el apartamento sin más plan que ducharse y tumbarse un rato antes de tomar una decisión. Quienes organizaran el secuestro se encargaron bien de borrar su rastro, y los nodos que ha conseguido establecer parecen cortados sin solución aparente. Solo le queda investigar el origen del bufete fantasma, para lo que además necesitará ayuda externa, pero no se engaña, el mismo Marlon pudo eliminar de los registros cualquier anotación que pudiera conducir a sus jefes antes de que ellos ataran el último cabo dejándolo pudrirse en su cama.

Suárez malgasta dinero y parte de su sobriedad en antros de madera y chapa que salpican la radial en busca de un personaje útil, un estado de ánimo. Se adentra en barrios de serio peligro y grupos de hombres endurecidos le dedican groseras miradas que no son respondidas. En un determinado momento es consciente de cierto ofuscamiento y se remoja la cara, pero ya no entiende que no se encuentra en condiciones de conducir. Se engancha a los barman y les pregunta por los distintos pueblos, el campo, al final por compañía y por quién le puede ofrecer material para fiesta, pero no consigue resultados. Dos lo ignoran, uno lo expulsa, otro le da larga conversación y se pierde en ella. La música estridente maltrata las voces e impide la charla. Se alternan visitantes solitarios como él, algunos de edad similar, grupos muy masculinos y pocas mujeres, siempre acompañadas. Los espacios son umbríos, sórdidos, iluminados apenas por sartas de luces navideñas, tal vez una pantalla de karaoke en uno de los tablados verticales, espejos o algunos focos de colores que barren la pista, casi siempre vacía. En uno de ellos, una voluptuosa bailarina, con falda a medio muslo y top mostrando un profundo canalillo, sentada sobre un paisano muy ebrio, gordo y sudado que la supera en varias décadas, espera a que se vaya al aseo para deslizar una mirada nada sutil a Suárez y pasarse ambas palmas por el interior de las medias hasta la base misma de la falda, desvelando en un parpadeo su ropa interior. Él abandona la copa sin acabar y sale del bar urgido. Conoce ese patrón, excitarse provocando peleas para su macho, y no puede permitirse un escándalo. Se sienta en el coche y espera a que se le acerque el *flanelinha*, un viejo desdentado cuya vida consiste en apostarse delante del bar para vigilar los coches aparcados por medio dólar. Sin embargo, la mirada de este es distinta. Se acoda en la ventanilla.

—La captó, ¿ah?

A Suárez se le traba el portugués al responder.

—Tome, papá, dos reales. Gracias.

El enjuto cuidador no los toma, solo le mantiene la mirada picando su curiosidad.

—¿Que no le gustaba la *mina*?

—No soy argentino. Y no me gusta pegarme con nadie por un capricho.

—Aquí es peligroso, mi amigo, aquí pueden hacerle daño.

Los dos se escrutan en silencio. La música sigue cargando el ambiente y el polvo del aparcamiento rebota al ritmo de los bajos. A Suárez le incomoda sentirse borracho y duda de sus reflejos. Sin bajar los ojos le tantea la mano, le coloca las monedas y se la cierra.

—Gracias.

Pero el otro le agarra la muñeca.

—¿Qué es lo que busca?

—Nada en lo que me pueda ayudar.

—Ha merodeado toda la noche. Lo vi preguntar. Pruebe.

—No busco nada. No quiero hembras, ni varones, ni fiesta. Por esta noche va bien.

Pero no suelta la presa, y la presión de sus dedos aumenta. Suárez tantea la falda de su chaqueta en busca de la pistola Taser. El aparcacoches parece leerle la intención y afloja. Pretende mostrar una sonrisa que no le sale.

—Pruebe. Yo puedo ayudarle.

Suárez suspira, se arriesga.

—Colônia Liberdade.

El cadavérico rostro se deforma con una risa burlona. La percusión del local sigue batiendo sus cabezas.

—Jeee, je, je. ¿Vio, papi? Yo puedo ayudarle. ¿Qué quiere de la fortaleza?

—Saber.

—Algunos vecinos trabajan para ellos, son gente rara. Limpieza, jardines. ¿Cómo supo que aquí?

—No supe. Estaba probando.

—¿En qué le voy a ayudar?

—Alguien que la conozca por dentro. Deme buenas noticias y tendrá buenos reales.

Los reflejos rojos y verdes, amarillos y azules escapan a través de las rendijas de los tableros manchando el rostro de su contacto, que adopta un sesgo espectral a medida que muestra las encías.

—Yo le voy a ayudar, papi. Ya verá que lo ayudo.

Ethan desayuna en una cafetería típica en la que todo tipo de turistas se mezcla con oficinistas que bajan a tomar el café rápido de media mañana. Calcula sin definir su estrategia. Todo el movimiento no ha servido para nada. No le queda tiempo ni contactos, y no confía en que Suárez pueda resolver algo en cualquier otro punto del continente. Sabe que cada movimiento multiplica el riesgo y se debate sobre qué hacer mientras hojea un periódico que le devuelve una noticia inquietante: la policía ha encontrado al subcomisario, o más exactamente su tronco mutilado. Después del revuelo organizado por la prensa, ellos son los primeros que parecen querer arrojar tierra sobre un muerto del que también son responsables y lo relegan a una página central y par. Pero Ethan sabe lo que eso significa para él. La mara está limpiando. Se dirige a su apartamento para ducharse con la previsión de desplazarse, tal vez a otra ciudad, tal vez más lejos. Localizar a Suárez y planificar juntos.

Centrado en esas disquisiciones llega hasta la garita de su urbanización, pero para su fastidio el guarda no levanta la aguja. Molesto por si se ha quedado dormido se asoma buscando su mirada, pero el muchacho, al que saluda a diario, no se mueve de su asiento. Antes de que Ethan alce la voz, se acerca al vidrio de su puesto esforzándose por resultarle visible, y con un mínimo gesto le ruega silencio. Su desconcierto le sirve como respuesta, y siguiendo con su mímica le niega varias veces con la cabeza al tiempo que le dedica una mirada acuciante, suplicatoria. Ethan, agotado, siente la adrenalina golpearlo en el pecho, el pulso acelerarse, y comprende. Por un momento, nada ocurre más allá de los trinos de las aves tropicales, y bajo la sombra de los edificios, oblicua a los rayos del sol temprano, se establece un diálogo mudo entre los dos varones. Ethan respira hondo y señala hacia el apartamento centrado en sus pupilas, y el chico, angustiado y feliz de ser entendido, asiente con gravedad. Ethan cree ver el brillo de unas lágrimas que el cadete no puede reprimir. Sin contestar, se coloca la mano en el pecho a modo de agradecimiento y deshace el camino marcha atrás, tratando de no revolucionar el motor, dando media vuelta para huir de allí sabiendo que no podrá volver, con el pasaporte, la ropa y el dinero que lleva encima.

El bar mantiene fotografías enmarcadas desde los años cincuenta, en blanco y negro las primeras, viradas a sepia por el tiempo y opacadas por círculos negruzcos producto de la humedad, en realidad complejos universos de hongos ya petrificados, a las que se superponen otras más recientes, de revistas y periódicos que van pasando al color y se saturan al alcanzar los años setenta, y originales de clientes que las han ido llevando y las han clavado allí, las más viejas reveladas y en los últimos años impresas, una fama colectiva aparentemente al alcance del que así lo quiera. De este modo ha conservado su aspecto original y, tras décadas en franca decadencia, mantenido por la obstinación del primer dueño, ya muerto, ha recuperado su lustre de origen gracias a la melancolía generacional y se ha convertido en uno de los lugares de moda, aunando el público tradicional con los nuevos jóvenes que se reúnen allí rodeados de juguetes digitales, y los platos folclóricos con los licores de moda como el *Jagger*.

En una de las mesas de patas metálicas y superficie imitación de mármol, imitación añeja, lo que le imprime aún mayor veracidad, Suárez comparte una cerveza con un hombre mayor, menudo y avejentado por el sol, que viste un mono de trabajo que lo identifica como jardinero. Suárez lleva preguntándole tanto tiempo como cervezas ha pagado. Se trata de la tercera tentativa, y no por culpa del informante sino de él mismo, que faltó a las dos primeras, en dos lugares diferentes en los que siempre aguardó, agazapado y vigilante, para descubrir cualquier vestigio de traición. Le costó pagar por cada cita fallida, pero a cambio se aseguró de la limpieza de su confidente. Una vez juntos no le ha costado ganarse su confianza, basada en el desagrado que siente hacia sus patrones de la colonia, para la que trabaja desde hace años, casi décadas, recuerda. Tarda poco en empezar las críticas y menos en irse de la lengua cuando se la suelta el alcohol.

—¿Entonces tienen un sistema propio de seguridad?

—¡Uy, uy, uy, el sistema! Tienen hasta sus agentes, así, con uniformes y con perros.

—¿Pero patrullan como la policía?

—¿Y para qué? Allí nunca pasa nada, pero si tienen un problema no va a ir la policía. ¡Pues claro que no! Yo por lo menos no los he visto nunca, y no es porque los otros no lo hayan intentado.

—¿Qué quiere decir? ¿No los han dejado pasar?

—Es como lo del árbol, aquel árbol que se cayó. Fue como en… hace más de diez años, me acuerdo porque no llevaba tanto allí, y con la tormenta, ¡uy, uy, la tormenta!, una de las más terribles que he visto nunca, con un montón de rayos y truenos, el cielo se ponía blanco, y uno de los rayos cayó en unos columpios de una casa, en la parcela trasera, y no sé por qué el niño estaba allí, como que se les escapó a los papás o no se enteraron, ¡ay, el niño! Si lo ve al pobrecito cómo quedó, todo negrito y retorcido, y olía terrible, como a pollo y un poco dulce, pero muy fuerte, muy desagradable.

—¿Y la policía?

—Pues fue la policía para eso de la investigación, pero no los dejaron entrar. ¡Ay, toma policía! ¡Jajajajaja! —El hombre estalla en carcajadas como si fuera un desafío que él mismo lanza a la autoridad—. ¡Ay, la policía! Se creerá que los dejaron fuera, que dejaron que entrase la ambulancia para llevarse a la criatura, pero a los policías no los dejaron. Estuvieron discutiendo un rato largo en la puerta, que yo lo vi, y luego llamaron por la radio de los coches. ¡A ver si se cree que les hacía gracia no poder entrar! Pero los hombres de la puerta no se apartaban de la mitad del camino, y al final se fue la ambulancia y ellos, que no entraban, y así estuvieron un rato largo y, pues se tuvieron que ir. ¡Si ve las caras que llevaban! ¡Jajajajaja!

—¿Y cuándo ha visto entonces a sus agentes?

—¡Uy! Casi nunca. No sé de dónde salen, pero alguna vez que ha sonado alguna alarma, por una rama de un árbol que se cae, o algún grupo de chicos que quieren saltar el muro, de pronto aparecen corriendo. ¡Uy, uy, qué miedo da verlos! Con esos perrazos y ladrando, y los pobres niños que han visto eso, le puedo jurar que no les han quedado ganas de volver a intentarlo.

—¿Tienen alarma en todo el perímetro?

—Ah, pues claro. ¿Pues qué se piensa? Y cámaras de televisión, y seguro que son de las que ven por la noche, porque cuando salgo las veo que se mueven.

Suárez lo escucha atento y se recuesta en la silla cavilando sobre el mejor modo de actuar. El jardinero, envalentonado, continúa solo la cháchara.

—Pero qué bien los jardines; esos jardines sí que son de envidia. ¿Y de la tienda qué me dice? ¡Que tienen su propia tienda dentro! Que no sé lo que venden, pero se ve que son quesos y comidas de Europa que se traen. Son muy raros, no se juntan con nadie y a ver si se cree que se habla portugués allí. ¡Ja, portugués! Para darnos órdenes a los jardineros. ¡Y lo hablan pero que muy bien! Pero que no les da la gana y... —El jardinero enmudece.

Suárez comprende que eso significa un problema. Sin cometer el error de volverse, le pregunta:

—¿Qué es, qué le pasa?

—Son ellos. Son ellos. —Pestañea nervioso y la mano le tiembla. Sin embargo, su campo de visión no alcanza la salida, por lo que no los podría ver si entrasen. Suárez le pregunta perplejo.

—¿Dónde están?

—Son ellos, son ellos, vienen aquí, no les gusta que hablemos. Vienen, vienen. —El infeliz empleado empieza a hiperventilar.

Suárez se vuelve buscando su punto de vista. Una ventana lateral oculta por visillos muestra la campa que utilizan los coches, en la que ha dejado el suyo propio y en la que dos voluminosos todoterrenos negros se acomodan. Suárez vuelve a su acompañante, petrificado como un niño ante la visión de su castigo.

—Son ellos, vienen al bar.

—No los vuelva a ver, míreme. ¡Míreme! —Y le agarra la muñeca desviando su atención—. Mejor así. ¿Quiénes son?

—Son de la colonia. Unos hombres de la colonia.

—¿Y por qué se asusta? Nosotros no hacemos nada malo.

—Ay, no sé, ay, no sé. No les gusta que hablemos con extraños. ¡Ay! ¿Y ahora qué hago?

—Míreme. No está haciendo nada malo. ¿Son sus coches de seguridad? ¿De los que me hablaba?

—Sí. Sí, uy, uy, sí que son.

—Está bien. Mire, usted no ha hecho nada y no tiene razón para preocuparse. Yo voy a ir al baño y cuando salga me marcharé. Usted tiene derecho a tomarse una cerveza, y ellos no pueden decirle nada. Aún no nos han visto juntos ni van a vernos. ¿De acuerdo?

El jardinero no responde. Suárez se asoma, los vehículos se cuadran. Le aprieta el antebrazo buscando su atención.

—¿De acuerdo?

El jardinero asiente sin convencimiento. Suárez se levanta y camina hacia los aseos, inmediatos al almacén postrero. Allí corre el pasador de la puerta y busca inmediatamente una ventana. Desconoce cómo lo han localizado, pero como sea que lo hayan conseguido, el rostro de su interlocutor le acaba de expresar lo que necesitaba saber: están tras él y ha perdido la protección de su anonimato. Le asusta su efectividad. Se sube al inodoro buscando el depósito de acumulación. Se trata de una cisterna antigua, de descarga superior, un gran vaso de loza alojado a poco menos de medio metro bajo el cielo raso, comunicado con la taza por una antigua tubería de plomo que repta de uno a otra con cierto aire sinuoso. Apoya la suela en el asiento lo justo para impulsarse y sumergir el teléfono, que desaparece con un único chapoteo. Acto seguido descorre la cortina plástica que cubre la ventana y desliza la corredera traslúcida. Rejas. La ventana posee unas rejas exteriores que la cubren por completo.

Ethan descansa en una gasolinera, al límite, sin ayuda posible, y opta por quemar su último y desesperado cartucho. Marca un número y no tarda en contestar una voz conocida.

—¡Pero si es mi buen amigo Ethan! Me sorprende mucho su llamada. No le diré que me agrada, pero me sorprende. No me entienda mal, sabe que lo aprecio, pero cuando platicamos parece que se empeña en traerme malas noticias.

—Hola, Adrián. No tiene que explicarse. Le llamo porque necesito su ayuda.

—Soy todo oídos.

—¿Cuánto tiempo me queda?

Calvo suelta una risa ahogada.

—¿Pero qué pregunta es esa? Pues lo que decida el Señor, como a todos.

—La niña fue sacada de Centroamérica por un camionero, no sé hacia dónde. El encargo lo realizó una firma de abogados llamada Smit & Betancourt que desde entonces ha desaparecido, y apostaría que si acude a los registros habrán conseguido eliminar el nombre de la persona física que la constituyó. No creo que haya modo de rastrearla. Había un posible puente, un asistente llamado Marlon Figueroa, pero también está muerto. No se han olvidado de ningún detalle.

—¿Por qué me cuenta eso?

—Porque puede que sea la única información que no tiene.

—¿Por qué no viene aquí o nos vemos para almorzar? Si tiene nuevos datos podemos discutirlos, estaré encantado de volver a ayudarle. Si lo prefiere, puedo recogerlo, ¿dónde está ahora?

Calvo no refleja sorpresa en ninguna de sus expresiones, duda ni desconfianza. Ni siquiera curiosidad. Ethan traga saliva y siente la tensión agolparse en su cuello.

—¿Va a venderme?

—¡Jajaja! Pero cómo voy a venderlo. Así no es, mi amigo.

—Esta mañana me esperaba alguien en mi apartamento. ¿Sabe dónde se encuentra? La mara no sabe buscar, no se dedican a eso. Ya hablamos ese tema, ¿recuerda? Alguien debe haberlos conducido.

Al otro lado queda la respiración pausada de Calvo. Ethan continúa.

—Solo le pido este último favor. ¿Cuánto tiempo me queda?

El silencio se alarga y se carga de electricidad. Tras un carraspeo, Calvo pronuncia.

—Espere.

Ethan escucha unos pasos amortiguados por una moqueta y un pestillo cerrándose. Después vuelve la voz.

—No sé por qué le tengo tanto aprecio. Pienso que por simple. No puede ser tan simple. No en este trabajo. Tenía que haber revisado su carro, digamos, tenía que sospechar que también podía llevar un localizador. ¿Cómo no pensó eso, detective?

Ethan se abruma y se siente empequeñecer.

—No lo sé.

—Pienso que se concentra mucho en unos aspectos. Eso es bueno. Es muy bueno. Pero descuida otros. Eso sí, en lo que hace tengo que felicitarlo. Muy buen desempeño con los secuestradores. Aún no sé cómo resolvió, viera que se ve complicado.

—¿Desde cuándo lo sabe?

—Mi buen Ethan… Si sos como un elefante en un *chunchero*. Desde que mis amigos del cuerpo me invitaron a estudiar su matanza. Vos sabés, para cuestiones tan delicadas, todos los ojos son pocos.

—¿Va a cazarme, Adrián?

—Haremos dos cosas. Fingir que esta conversación no existió. Y no vernos en persona o tendré que entregarlo. Tranquilo por el GPS, solo era la dirección lo que me pedían, y ya la tienen. Se le acabó la batería hace días y no la repusimos. No sé dónde está. No quiero saberlo.

—¿Cuánto me queda?

—Nada. Salga para el aeropuerto ahora, no espere más. Ni siquiera así sé si podrá hacerlo, ya pueden haber controlado las carreteras. Se *los* advertí. En estos lugares en los que todo se mueve en las tinieblas, el auténtico peligro uno lo corre cuando sale a la luz. Para ellos vos ya estás muerto, solo necesitan el tiempo.

Suárez reacciona con velocidad y, vigilando el único paso que puede descubrirlo, se escabulle del baño al almacén, de cuya vista le protege la cocina. Se trata de un abigarrado trastero delimitado por estanterías metálicas y dos cámaras frigoríficas con una puerta de entrada de mercancías al fondo, que es lo que busca. Antes de cruzar comprueba la munición de la pistola y la descargadora Taser y se aventura al exterior, donde la noche termina de caer y el cielo muestra ya solo una franja azul que va siendo devorada por la negrura. Allí, al otro extremo del restaurante, que ocupa una amplia manzana, puede reptar por detrás de unas casas bajas en dirección a la carretera principal, junto a la que tiene localizada una parada de taxis. Ahora no puede recuperar el coche, aparcado en la planicie lateral, y debe esperar a que sus perseguidores desistan o lo busquen en otra dirección. Desecha la idea de volver al hotel hasta comprender de dónde proviene la filtración y… Se encuentra inmerso en sus planes cuando una presión como aguja ardiendo le atraviesa el hombro derecho inmovilizándole el brazo con un dolor penetrante, agudo y vibrante que conoció en su juventud y no había vuelto a sentir. Casi en el mismo instante lo acompaña un sonido como de petardo, de un arma vetusta y de escaso calibre. Suárez se siente proyectado hacia delante, cae y se impulsa para dar una voltereta a pesar del dolor y levantarse para correr. Lanza un vistazo atrás antes de ocultarse entre dos viviendas y se encuentra el semblante juvenil y descarado de un joven ataviado como su bisabuelo, una imagen que le parece una broma o una pesadilla pero que su hombro se encarga de recordarle que es bien real y peligrosa. El joven, que lo observa con la superioridad del cazador, le dedica una sonrisa y le grita con un fortísimo acento centroeuropeo.

—¡Ellos no sabían!, ¿eh, viejo? ¡Casi escapas!, pero solo tú y yo sabemos. Yo soy más listo.

Suárez no se molesta en escuchar y aprieta el paso para conseguir alcanzar los taxis y salvar la vida. El Sabueso, pagado de sí mismo, se vuelve hacia el salón, del que han salido los mercenarios que le acompañan alarmados por el estallido, y les hace señas con su humeante Luger suiza OP00 de calibre 7,65, un objeto de coleccionista que se ha convertido en su fetiche y utiliza en las ocasiones especiales. Les indica el camino que ha seguido su presa confiado de su cerebro superior. Después de verlo accionar la barra de salida adivinó que era diestro, y con esa mano inutilizada las opciones de que pueda responder como un buen tirador descienden en progresión geométrica.

—¿A qué esperan? ¡Traigan los coches! Le he arrancado el aguijón. Tenemos a un pavo corriendo, ahora hay que atarle las patas.

Como a diario en esa latitud, tras el mediodía el cielo se cubre con densas nubes de tormenta. El nivel de luz desciende casi como bajo un eclipse. Ethan se dirige al coche y busca al *cuidacarros*, esos personajes entre turbios y entrañables que cobran por «vigilar» los vehículos aparcados y no suelen encontrarse a la vista hasta que los propietarios se acercan a retirarlos, cuando aparecen prestos para cobrar una propina y colaborar con la maniobra, un gesto innecesario que suele tener más de estorbo que de ayuda. Sin embargo, esta vez no hay modo de encontrarlo, la calle se encuentra vacía y en la fila de aparcados Ethan no ve un alma. Hasta que alguien pregunta a su espalda.

—¿Ese es su carro?

Dos chiquillas, apenas pubescentes, sin tatuajes ni señas que las relacionen con ningún grupo, le preguntan con evidente malicia. Ethan se monta apresurado respondiendo con un seco «Sí». Ellas parecen reír y una corre hacia la esquina mientras la otra mantiene pícara la conversación.

—Es muy bonito.

Ethan arranca ignorándola y se lanza hacia el final de la calle. Según su cálculo se debería encontrar lejos de la zona de influencia de la Doce, mucho más cerca de sus enemigos la Diecisiete, pero la actitud de esas niñas se le dibuja casi como una evidencia. Aprieta el acelerador cuando un Nissan se cruza en la bocacalle cerrándole el paso. Se vuelve para dar marcha atrás pero un Hyundai avanza hacia él desde el extremo opuesto. Sabe que tiene segundos hasta que lo aborden, y es muy probable que porten armas automáticas, el único motivo para que no lo hayan tiroteado ya es que quieran atraparlo vivo, y esa opción es peor que una muerte inmediata. Asegura el cinturón de seguridad y hace lo único que puede hacer en ese momento, aprieta el acelerador y lo bombea, forzando, empujando los pistones, elevando las revoluciones hasta que suelta el freno, ruge como un animal furioso y se lanza como una bomba teledirigida contra la barricada que le corta el paso, sorprendiendo a los ocupantes, que abren las portezuelas del otro lado para salir sin suficiente tiempo, y entonces, antes de su reacción, el bólido de Ethan se estampa incontrolable contra el lateral arrastrando el amasijo de chapa que gira sobre sí mismo como una peonza con el estruendo de una batalla. Ethan se siente impulsado y golpea el volante, la inercia lo menea de un lado a otro y todo se mueve alrededor en un espectáculo de confusión hasta que se detiene, no sabe en qué dirección ni dónde. Intenta centrar la mirada sin éxito, los colores se mezclan y duda de la realidad que está viviendo, pero sin comprender lo que tiene alrededor, acelera de nuevo dirigiéndose a la acera, en la que se monta, renqueando. Recupera y avanza cabeceando, rogando por que el radiador haya sobrevivido al impacto y pueda seguir avanzando. Delante encuentra una avenida amplia e intenta adentrarse. Mira por el retrovisor y localiza el utilitario volcado sobre un costado y dos muchachos que caminan sin rumbo definido, como zombis. Consigue introducirse en la vía principal y avanza con el morro destrozado en pos de la escapatoria. Adivina una parada de taxis a cien metros de una rotonda, aparca en un prohibido y corre al primer taxi. Se derrumba en el asiento trasero.

—Al aeropuerto, por favor.

El taxista, que le ha visto abandonar la chatarra en la que se ha convertido su transporte, no sabe cómo entender la situación.

—¿Tan así, jefe?

—Me… han asaltado. Rápido, por favor.

—Qué *gacho*. ¿Y no prefiere *mejor* la comisaría?

—Al aeropuerto, al aeropuerto, por favor.

Ethan se hace consciente de la humedad de su frente, y se la palpa. Sangra.

—¿Tiene un pañuelo?

El chofer se preocupa por su estado.

—¿No prefiere un hospital? Le voy a llevar al hospital.

Ethan se gira.

—¡Ya están aquí! ¡Al aeropuerto!

El taxista reacciona a sus palabras olvidando sus ofrecimientos previos, y ante la etérea amenaza «ya están aquí» se pone en marcha hacia la autopista de circunvalación sin dudar ni hacer preguntas. Dos truenos golpean la atmósfera.

Suárez transita entre apriscos traseros, de espalda al sendero principal, soportando las pulsaciones que le envía el hombro derecho, hasta ganar la placita con la parada de taxis, en la que no se encuentra ninguno. En esos pueblos grandes es habitual que los transportistas entre viaje y viaje se vayan a descansar, seguros de estar localizables por teléfono, cuyo número aparece anotado en la propia parada, pero eso de nada le sirve en ese momento. Avanza sujetándose el brazo herido, aguardando a su primera oportunidad para improvisar un cabestrillo. Atisba a un lado y a otro sin encontrar signos de vida. Ante la imposibilidad de escapar por velocidad, desenfunda la pistola y cruza el círculo vacío de tráfico para emboscarse en un pinar que nace al borde del aglomerado y le puede servir de refugio. Pronto comprueba que su elección ha sido correcta. Los dos transportes negros, casi militares, se acercan por los extremos de la carretera, dieron la vuelta para interceptarlo por donde emergiera. Su única opción es atravesar los pinos obligándolos a seguirlo a pie y tal vez, considera, volver al restaurante si gira a su derecha, a por su coche o al menos a buscar asilo entre el público. Corre como puede balanceándose para equilibrar el miembro muerto, sin volverse, y a sus espalda escucha los motores detenerse.

Los seis rastreadores descienden en busca de señales. El Sabueso no tarda en indicar la dirección correcta.

—¡Los faros hacia los árboles! ¡A los árboles, inútiles! ¿No me oís?

Giran los frontales hacia la foresta indicada y alumbran la espesura, alcanzando al fondo la silueta en movimiento de Suárez, que se siente descubierto y se vuelve disparando con la izquierda, más con el ánimo de ahuyentarlos que de conseguir algún resultado. La bala surca el aire sin un objetivo concreto y se pierde varios metros por encima de sus cabezas, alegrando al Sabueso, que se congratula de su acierto y los conmina a detenerse antes de que respondan.

—Lo quieren vivo. ¡Lo quieren vivo! ¡Cuidado con el fuego!

Del interior del segundo todoterreno surge Armando, quien lo mandara llevar a Colombia y ha desandado el camino con él para localizar al incursor.

—¿Lo tenemos?

—Lo tenemos. Es él.

—¿No eran dos?

—Aquí no. Si tiene un compañero y está en otra parte lo descubriremos. Solo necesitamos unas horas con él, no importa lo duro que sea, lo dirá todo.

—Eso espero. Su labor hasta ahora responde a su fama. Deseo que siga así.

El Sabueso lo desafía con la mirada.

—Si no lo estropea la torpeza de sus esbirros.

Armando ordena con un silbido.

—¡Captúrenlo vivo!

Ethan recupera la visión por completo cuando los horizontes se aclaran de edificios y son sustituidos por pesadas nubes de tormenta, y se siente más tranquilo. Ha conseguido huir por muy poco. Por suerte conserva el pasaporte y la tarjeta de crédito. La lluvia, densa y furiosa, con la inclemencia que solo puede mostrar en el trópico, los ralentiza y les impide ver a varios metros. El tráfico circula tenso y cauteloso, y dejan atrás varios siniestros. No sabe lo que hará en la terminal, pero por ahora le relaja, como si se hubiera convertido en su último objetivo. Una vez dentro, con la seguridad aeroportuaria, podrá sentarse a reflexionar y pasar la noche si quiere mientras piensa. En su imaginación las salas de tránsito se convierten en un santuario en el que el tiempo se detiene.

—Se detiene.

Le inquiere el taxista. Él sale de sí mismo preguntándose si de algún modo la conversación tiene que ver con sus cavilaciones.

—¿Cómo dice?

—Es ya como la guerra. Oiga.

Delante de ellos los tres carriles se encuentran obturados por columnas de automóviles estancados bajo la agresiva cortina de agua, con personas aclarando las ventanillas empañadas. Por la radio de onda corta una voz farfulla mensajes que solo entiende el chofer.

—Oiga. Todo detenido. No sé qué tanta prisa tiene, pero ni a putas. No llegamos. Mire que lo siento, pero ni modo.

—¿Pero qué ha ocurrido?

En la duración de esas dos frases han sido absorbidos por el atasco y se encuentran rodeados por la marea de tubos de escape vomitando gases al ralentí.

—¡Los bandidos! Dice la muchacha que han baleado un bus por delante, ahí no más, a menos de un kilómetro y ya se montó la presa. ¿Vio qué mecha? Igual que lo asaltaron a usted, ya no se puede ni vivir en el país. Y dice que cuidado, que los bandidos han empezado a andar entre los carros. Así ya ni con el ejército, ¿me oyó?

Ethan queda horrorizado ante la noticia, porque comprende su razón de ser. Para la Doce acribillar un autocar no es algo extraordinario, se trata de una demostración de fuerza. Están recordando al estado quién tiene las riendas, y a él que no van a permitirle marcharse. Tampoco desprecia la información de que los «bandidos» buscan entre los viajeros. Es cuestión de minutos que lo alcancen.

—Me tengo que bajar. Debo irme.

—¿Pero cómo se va a bajar aquí, en mitad de la presa y con la que está cayendo?

Ethan le entrega el doble de lo que señala el taxímetro.

—Tome. Si llegan los bandidos y le preguntan, viajaba solo.

El buen hombre se asusta ante esa advertencia y no hace nada por detener a Ethan, que abandona el asiento ante la sorpresa de los que lo ven dirigirse al arcén, saltar la bionda y correr campo a través, desapareciendo entre el aguacero.

A unos cien metros alcanza una carretera secundaria de doble sentido salpicada de chabolas a ambos lados para las que no existen aceras. La gente que vive en esos lugares no sabe lo que significa llegar caminando a cualquier sitio. Continúa andando cerca de veinte minutos calado por completo hasta que la nube se desplaza y la línea de lluvia lo abandona, como una ducha gigante que apartaran, dejando visible la barrera vertical que marca el agua, nítida, concreta. Uno podría entrar o salir de la precipitación de un salto. Envuelto en el propio vaho que desprende con el calor y la humedad local, llega hasta una gravera lateral, como una falta en el alquitranado con un poste metálico que acaba en dos cabezas de tornillo arrancadas. En la base se sienta una mujer de aspecto descuidado que lo observa con desconfianza. Ethan la aborda.

—¿Aquí para el bus?

La mujer asiente sin retirarle la mirada, con la insolencia de la ignorancia.

—¿Sabe si tardará mucho?

Se encoge de hombros. Ethan le sonríe agradeciendo su inexistente colaboración y se sienta a algunos metros. No sabe cuál debe ser su siguiente decisión, ¿refugiarse en la embajada? No sabe qué va a hacer, adónde se dirige el autobús que espera ni cuánto tardará, pero al menos sabe que llegará. Ese es el límite de su futuro.

Suárez ve avanzar delante de sí su sombra proyectada por los faros, alargada como un decorado expresionista, como un dibujo infantil, y escucha los pasos a través del follaje acercándose. Cierran el cerco en torno a él, y sabe que sus posibilidades menguan con cada metro. Al fondo una luz titila entre las ramas. El restaurante. Si lo alcanza no podrán asesinarlo en público, puede que incluso la policía haya llegado por el alboroto. Se apoya en un paraná y dispara de nuevo para frenarlos, confundirlos, llamar la atención de otros oídos, dispara dibujando un semicírculo y consigue su objetivo, ponerlos cuerpo a tierra. El hecho de que ellos no respondan a su fuego le otorga esa ventaja. Comprende que con la zurda no va a hacer nada mejor y se cambia las armas de mano. Aunque tenga la diestra inutilizada, en una distancia corta resultará más efectiva, y vuelve a correr tanto como puede con la pistola pegada al pecho. Ha vuelto a abrir una brecha y aumenta su confianza. La fachada del restaurante ya se vislumbra entre los troncos.

Todos, cobardes mediocres, se arrojan al suelo como *niñas* al primer escupitajo de plomo, que para colmo les lanza un manco. Con el mínimo entrenamiento cualquiera podría ver que los balazos saltan en cualquier dirección y tienen más riesgo de matar a una vaca que a ellos. El Sabueso los desprecia. Desprecia su ignorancia, su estulticia, su cobardía. En cambio le agrada el coraje de su presa. Le sorprende su habilidad para salir de un nudo cerrado, sus agallas para no rendirse en esas condiciones, y aún más, mantenerlos a raya. Le atrae el aspecto inane bajo el que se disfraza. Lo respeta. Incluso, se dice, si solo lo persiguieran ellos, tendría una seria opción de fuga. Pero los acompaña el Sabueso. Lo siente por él. El Sabueso no deja escapar ninguna pieza.

Acomoda unas hojas para salvar la pernera y clava la rodilla derecha en tierra, adoptando una postura estilizada, buscando un ángulo de cuarenta y cinco grados respecto a Suárez, con el codo izquierdo cerca de la misma rótula sin tocarla; aguanta unos segundos sin respirar y se centra en su blanco, un móvil que corre con una mano en el pecho para soportar el dolor y amenaza sin convicción con la otra. Lo coloca en el punto de mira y mide sus zancadas. En lugar de tentar las piernas se centra en su cuello. Esa es la belleza de los calibres pequeños que los burdos pistoleros que lo siguen no comprenden. Sopesa el impulso, la distancia y acompasa su carrera, acomoda sus trancos, acompaña su resuello, antecede su siguiente pie y percute. Ellos son carniceros que usan la fuerza bruta, el atentado a quemarropa, él es un cirujano que incursiona con la exactitud de un escalpelo. Extirpa, desinfecta y sutura. Solo precisa su siete milímetros.

El proyectil alcanza el cuello de Suárez y lo atraviesa limpio, impecable, cortando las comunicaciones de sus extremidades sin alcanzar su tráquea, por la que el oxígeno sigue distribuyéndose para la agitada actividad que lleva a cabo. Suárez de repente pierde control de su columna y se siente flotar hacia adelante con la inercia de la marcha sin recibir respuesta de los pies, como si hubieran dejado de existir. Se desploma en toda su longitud como un títere al que han cortado los hilos.

En contra de lo esperado por Ethan, el autobús no se adentra en el núcleo de la ciudad. En el camino atraviesan dos chaparrones más, y el cielo no se despeja. Se aproxima a las barriadas del sur, de extrema pobreza y siempre bajo el control de alguna banda organizada. Se acerca al busero y le pregunta por el final de la línea, pero la dirección que le da tampoco le explica nada. A partir de ese momento se debate entre descender lo antes posible o quedarse y esperar a que crucen algún área más segura. La paranoia le va ganando según ve entrar y salir viajeros, cruzar miradas tal vez no casuales, conversaciones que siempre le parecen incluirlo. Por fin decide preguntarle por una parada de taxis y le responde que en la cabeza de línea, donde da la vuelta, una plaza que tiene más de descampado que de plaza, a doscientos metros al norte. Ethan sabe que en esos extrarradios doscientos metros pueden convertirse en una cuestión de vida o muerte.

Para su sorpresa una señora oronda, con gruesas gafas y vestido floreado, se le adhiere en los últimos tramos. La mujer le sonríe y él le devuelve una sonrisa de compromiso, un poco incomodado por su cercanía, el contacto de su costado sudado, pero ella no ceja y le toma el brazo.

—Buen día, *m´hijo*. ¿Cierto que busca un taxi?

Ethan balbucea una afirmación perplejo. Ella sonríe, pero le parece verla indicar algo con los ojos, vueltas rápidas al frontal, donde el conductor se entretiene en escribir en el teléfono en los semáforos rojos. Enterrado en su propia duda, no sabe si ella intenta hablarle mediante algún código o es una madraza aburrida. Cuando al fondo percibe el solar que hace las veces de plaza, ella le traza una cruz en la frente mientras murmura un rezo, y se levanta tirando de él.

—Que Dios me lo bendiga y le traiga bien en todo.

—¿Cómo dice?

—Vení.

Y desciende intentando que la acompañe. Él se resiste inseguro.

—Pero… yo no bajo aquí.

Ella, mostrando esa sonrisa en la que él lee impostura y preocupación, hace lo posible por arrastrarlo y mira de hito en hito al conductor, que los espía por el espejo, receloso. Ethan opta por dejarse llevar y descienden juntos. El bus se pone en marcha a sus espaldas y las ruedas se mueven inundándolos de polvo. En medio de la polvareda, ella, con el semblante grave, le señala una travesía perpendicular.

—Suba por ahí. Al fondo, los taxis. A veces *y* hay hasta dos policías. No vaya por la plazuela, *m´hijo*, no lo dejarán salir.

Le vuelve a santiguar y lo despide con un nuevo «Que Dios me lo acompañe». Ethan no comprende de dónde sale o por qué le ayuda, si lo hace, pero decide seguir su consejo y se lanza a la carrera por el callejón que le indica. Al fondo, el autocar arriba a su destino y puede observar movimiento nervioso en torno a él. Huye a través de chamizos y escombros hasta cruzar otra radial que parte del descampado, y atisba una docena, puede que más, de jóvenes tatuados y armados que se acercan a toda velocidad. Acelera tanto como le permiten los pulmones y se asoma a una arteria más ancha con el firme de tierra en la que aguardan tres taxis, pero los tres se encuentran vacíos. No hay rastro de vida en el lugar. La ley del miedo es más rápida que sus pasos. Ethan no se detiene, castiga a sus piernas esprintando más allá de sus posibilidades y deja atrás ese cementerio. No hay lugar al que llegar, plazo ni estrategia, solo la fuga. Corre quemando su pecho, forzando su garganta, y una nueva lluvia se abate formando una pátina escurridiza sobre la que patina, dibujando una estela de vapor al contacto de su cuerpo que lo convierte en un cometa blanquecino, como a sus cazadores, que recortan distancias paso a paso. Ethan no piensa, solo fluye con la carrera, agradecido del agua que lo refresca, ignorante del riesgo de una caída, vivo en la necesidad y el esfuerzo, vivo mientras sus pies lo mantengan. Al fondo se dibuja una figura junto a un parachoques, una bruma azul oscura tocada con gorra y, no lo puede creer, portando un arma. Delante de él se yergue un policía junto a una berlina que, su alegría muere rápido, le apunta a él. Bajo la riada desoladora, chorreando por la visera como una cascada en miniatura, con los lagrimales húmedos, disimulados por el arreciar del agua, le conmina:

—¡Deténgase, señor! ¡Quieto!

Ethan no quiere creérselo, no puede aceptarlo, y se lanza contra él con el ánimo de derribarlo, pero el agente dispara en su dirección sin darle oportunidad. La bala silba en su sien y detiene la carrera, y en el doloroso lapso en que sus miradas se encuentran, el rumor de la jauría invade sus oídos. Los ojos del oficial quieren implorarle perdón, pero no tiene tiempo, Ethan se ve superado por una vocinglería que adelanta a la horda, que irrumpe como una nube de langostas. Antes de llegar a verlos recibe un fuerte impacto en los lumbares que reconoce como una patada en salto, y se ve arrastrado por el barro, donde los golpes empiezan a caerle por los omoplatos. Se ovilla y la paliza lo cubre por completo a través del agua hasta convertirse en una ola indiferenciada que destroza su resistencia y extingue su conciencia, en la que, a través de gruñidos que se le antojan bestiales, destaca la voz que le ha traicionado.

—Lo siento, señor, lo siento…

El Sabueso sonríe sin la seguridad del acierto, con el disfrute de la delicada apuesta. Se trata de un objetivo único, en movimiento, con luz nocturna, de máximo riesgo, y la diferencia entre anularlo cortando su médula y asesinarlo se encuentra en un espacio menor que un dedo, imposible de reproducir con un casquillo mayor. Se regocija ante la incertidumbre del triunfo, por el gozo de su superioridad frente a ese atajo de patanes que pestañean deslumbrados. Ve proyectarse el cuerpo y no pierde atención a la forma del arma, que se separa de la palma y aterriza en algún punto indeterminado entre altos helechos y matojos. Alza la mano deteniendo a sus seguidores, que siguen sus órdenes como perros al amo, se sacude la tierra de la rodillera, preocupado por no dejar marcas en el *tweed* confeccionado a medida, y con cautela se aproxima al cuerpo derrumbado, con la cabeza enterrada en las raíces y el brazo izquierdo extendido en busca de la Beretta que salió despedida. No deja de apuntarlo oteando señales de respiración, que la chaqueta revuelta imposibilita. Una vez desarmado le preocupa su supervivencia, tal vez, se le ocurre, no se trata solo del calibre sino de la condición del herido, mayor y de físico abotargado, con muestras de fallidos intentos por mantener la forma. Le molesta imaginar que su acierto sin mácula se vea mancillado por la degenerada condición física de un inferior y cargar con la culpa de una muerte que no se debe a una falta de puntería sino a una naturaleza deficiente. Y su admiración por la tenacidad que demostró su rival en contra de su propia genética aumenta.

Cuando se encuentra en su vertical se arrodilla y palpa su pulso en la carótida. Su rostro se ilumina. Con pausado esfuerzo, pequeños impulsos transportan sangre a ese cerebro que necesita funcionando para el interrogatorio, y depositando su Luger entre la hierba se dispone a volver el tronco cuando su propio gesto le llama la atención hacia una forma oscura a un par de metros tamizada por los tallos. Una forma negra con bandas amarillas reflectantes, de aspecto plástico que no ofrece los brillos propios del metal, y ata los cabos en el mismo instante en que gira el torso inerte de su víctima. No se trata de una pistola sino de un disparador Taser. El bulto que soltó el fugitivo en su caída no era el arma con la que se defendía sino un aturdidor que también debía llevar encima, que tuvo que cambiarse de mano cuando corría con los brazos cruzados al pecho, que debió de aguantar con la derecha, que aún descansa pegada a su esternón, que descubre enhiesta, inútil pero con tensión aún para amartillar, enarbolando la pistola que Suárez atesora como su único bien, y reconoce el engaño que el viejo zorro aun herido de muerte ha tenido tiempo de tenderle. Y antes de que reaccione ni pueda cruzar una mirada con su verdugo, el cañón brama y a tan corta distancia la bala impacta en su nariz borrándola, y de un salto se impulsa hacia atrás cayendo en cruz con la coronilla vaciada. Por algún incomprensible reflejo, mientras sus piernas se estiran en dos fútiles patadas, se lleva la zurda para ocultar el hueco de su rostro como si lo dirigiera un cierto pudor, y expira antes de que lo alcance, cayendo sobre la boca como una bofetada, como el gesto cómplice de saberse objeto de una broma.

Tan pronto escuchan la detonación y ven saltar a su líder, el resto del comando comienza un fuego graneado sobre el cuerpo de Suárez, que rebota ante los impactos como un pelele abandonado en la campiña, hasta que Armando, el jefe de seguridad, los obliga a detenerse.

—¡Atrás! ¡Atrás, imbéciles! ¡Lo quieren vivo! ¡Lo necesitan vivo!

El angustiado mando corre hacia los dos bultos. El Sabueso yace inerte, y a unos dos metros escasos Suárez expectora vomitando sangre. Ha perdido la pistola y con la mano inmovilizada hace un último esfuerzo para llamar su atención y pedirle, con dos dedos, que se acerque. Intrigado, colocándole la boca de su cañón en la frente, se aproxima para escuchar al moribundo, que trata de expresarse sin poder articular palabra.

—H... h...

—¿Qué?

—H...

Armando se retira convencido de que no va a ser capaz de arrancarle nada cuando una fugaz mueca que podría ser una sonrisa se dibuja en la faz de Suárez.

—H... y... yo fui más listo.

Y con ese último esfuerzo los ojos se le tornan blancos y los músculos de su cuello se destensan, dejando que la cabeza rebote hacia un lado, burda e insensible. Armando se alza enfurecido y le propina una patada inútil, desahogándose.

—¡Mierda! ¡Mierda! ¡Esto no me puede pasar a mí! —Y su tono pasa de la rabia al miedo—. Oh, Dios mío... me van a crucificar.

El resto de servidores circunda los dos cadáveres y nadie hace ademán alguno, impresionados y casi embebidos por la imagen del joven rastreador en decúbito supino, tapándose la boca y con un agujero chamuscado en lugar de nariz, con un disco negro que se expande bajo su cráneo y permea la turba. Con temor supersticioso murmuran.

—Está muerto.

—El Sabueso ha muerto…

Y los rumores se extienden desde la primera impresión.

—Al viejo se le ha acabado la suerte.

—La red no le va a dar más prórrogas.

—¿Y los Schwindt? ¿Qué harán los hermanos del Sabueso?

—Es cierto, cuando se enteren…

—No van a hacer nada sin permiso de la red. Todos se adaptan a la red.

—Han matado al pequeño. No van a perdonar tan fácil.

—El viejo es más poderoso de lo que crees. Llevan cuarenta años permitiéndoselo.

—Antes era antes. Ahora llegarán los otros cuatro, y si es verdad la mitad de lo que cuentan, el viejo puede darse por muerto. Todos nosotros.

—Total, para lo que le queda.

Armando toma las riendas con tal agresividad que se ponen en marcha urgentes y acobardados.

—¡¿Pero qué es esto?! ¡Recojan los cuerpos! ¡Hay que limpiar todo ya!

Se mueven dóciles desmontando la escena con ávida competencia, regando y diluyendo la sangre en agua y desapareciendo en breves instantes todo registro de su estancia allí. Es en ese momento cuando una llamada informa a la policía local de que puede personarse en el lugar para tomar declaración de los testigos y buscar las inexistentes constancias de un crimen que descartarán por falta de cualquier otra prueba que no sea la palabra de unos borrachos de cantina.

8

LUCES EN LA DISTANCIA

Tenía catorce años (…). Era muy menor, pero alta para mi edad.
Un día, bajé en San Diego para tomar el metro. No llevaba ni dos pasos
en la vereda, cuando un hombre que iba con su hijo de al menos ocho
años me dijo parándose frente a mí: «Te chuparía todo el chorito».
Quedé pasmada, a pesar de haber sufrido acoso con anterioridad. El
hijo del hombre se puso rojo de vergüenza y le decía: «Papá, por favor,
cállate», sin embargo, mientras me alejaba, el hombre insistía en refe-
rirse a mi vagina.

Observatorio contra el acoso callejero de Chile. Testimonio
anónimo. 11 de noviembre de 2015

El vuelo desde Panamá es corto, pero cuando Ari, agotada por
el estrés de los últimos días, abre los ojos sobresaltada por el aviso
de aterrizaje, parece convertirse en una frontera entre su vida real y
este extraño presente. Se aproxima a otra tierra que en muchos niveles es como otro mundo, a una realidad que pertenece a Ethan y
en la que ella apenas se considera una invitada. De pronto, parecie-
ra que nada de lo vivido hasta hace unas horas existe, solo el sueño

inexplicable e inquietante de su expareja, que ha terminado por arrastrarla a ella también. Se le cierra el estómago, que no ha aceptado comida desde el desayuno, y crece en ella el impulso de desahogarse, de estallar. Nada ocurre.

El funcionario de aduanas le desea una feliz estancia con su mejor sonrisa y en la revisión de equipaje dos policías solícitos recogen su formulario y la despiden con una inclinación de cabeza. A pesar de la atención recibida, la ira se refuerza atada a sus tripas. Conoce lo que le espera en el espacio de recepción, y cuanto más se aproxima, más la irrita. La célula fotoeléctrica separa los vidrios y, a través de las docenas de cabezas de familiares y amigos anhelantes, reconoce la facha, la pose y el artificio; allí, de pie tras el cordón de separación, reclamando la atención de los presentes como si fuera la protagonista de una película en vez de otra figurante, con pretendido descuido, falsa inocencia y exuberancia forzada, con plena consciencia de sí misma y del efecto que causa en los varones que la rodean, exhibiéndose ante sus parejas, frustradas o molestas, Michelle se le presenta tan artificial y acartonada como la recuerda. Viste una blusa vaporosa y una falda oscura que le aportan una cierta discreción y que Ari entiende como fingida modestia, a fin de cuentas a esa supuesta discreción no la acompañan ni los tacones que usa para auparse ni su falso descuido, que en una posición estudiada, con una rodilla doblada para remarcar su cadera latina y el cuello inclinado en sentido contrario en un suspiro de princesita desvalida, provoca el deseo de los moscones que la rodean y ella ignora, oculta tras unas enormes y circulares gafas de sol con unas grandes CH como si se creyera una modelo o una estrella. A Ari le indigna todo lo relacionado con esa niñata mimada, estandarte de cada estereotipo femenino que ella aborrece.

Con la vista oculta tras esos vidrios nacarados no puede saber cuándo la descubre entre la multitud, nada perceptible se modifica en su rostro, pero la tensión que la sacude, el temblor que le adivina en las articulaciones, el temor de no saber si acudir a saludarla, se lo indican, y le producen placer. Ari se siente poderosa. Michelle por fin se adelanta un único paso tratando de mantener una pose natural que no le sale, a pesar de lo cual sigue arrastrando la voluntad del resto de anfitriones, y con la voz demudada, insegura, se aclara la garganta y la saluda.

—Hola Ari, muchísimas gracias por venir. No podés imaginar lo agradecida que estoy porque vengás.

Ari evita el contacto, que le resulta repulsivo como el de un reptil.

—Hola. ¿Sabes dónde está Ethan?

—No, desde hace días.

—Entonces, vamos a buscarlo.

—Sí, correcto.

Abandonan el aeropuerto sin tocarse hasta el aparcamiento, donde Michelle activa una llave electrónica y se encienden los intermitentes de un utilitario coreano con la decoración que desearía un pandillero de Los Ángeles sin edad para poseerlo, con adhesivos emulando disparos de balas y un vientre azul de lagarto galáctico a base de gusanos de luces led que más parecen una broma de mal gusto que un medio de transporte real. Ari siente una seria turbación por el degenerado sentido del humor que parece mostrar Michelle para recogerla.

—¿Esto es tu coche? ¿O lo haces *justo* por joderme? Porque si es por joderme…

—Sí lo es. Era el carro de mi hermano. Yo lo pagué, pero era suyo.

—¿Tu *pequeño* hermano?

—Sí.

Ari conoce todo lo ocurrido por boca de Ethan. No responde nada, se sienta y se ajusta el cinturón de seguridad adornado como una canana. Por la autopista se fija en los carriles de retorno, uno de los cuales se encuentra clausurado estrangulando el tránsito. Orillada por el exterior descansa la carcasa acribillada de un autocar. Michelle responde a su curiosidad a pesar de no haberla formulado en voz alta.

—Ayer asaltaron ese bus camino del aeropuerto. Fue terrible, vieras, asesinaron al chofer, y salieron varios heridos, y después los bandidos se metieron por *todo lado,* buscando entre los carros, hubo una gran presa, todo fue un caos, qué dicha que no llegaste en ese momento.

—¿Buscando entre los carros? ¿Qué buscaban?

—Dicen los noticieros que una pelea entre bandas. Cosas que nunca sabremos.

Michelle deja el coche en un aparcamiento vigilado para trasladar el equipaje de Ari a su apartamento. A pesar de sus quejas la conmina, al menos, a dejar la maleta en su casa y tomarse un baño antes de salir. La indignación de Ari remite a medida que se incrementa su perplejidad. A través de una reja penetran en un edificio triste y gris que ampara pequeños habitáculos a los que se accede desde un corredor al aire libre, visible desde la calle. El lugar se le antoja desagradable, sucio y peligroso, poco más que un *aparthotel,* lo opuesto a lo que podría esperar de esa pija estirada, y le hace plantearse si se tratará de otro engaño de la reina de la impostura. Pero Michelle, que saca las llaves con ademán rutinario, si no lo habita, lo disimula con maestría. Entran en un estudio con humedad en las paredes que se compone de un recibidor desvestido con un televisor en un soporte metálico, dos sillas plásticas, un sofá de dos plazas y una cocina integrada, un distribuidor de un metro, un dormitorio que resulta ser la pieza más aceptable y un pequeño baño con ducha que se asoma al corredor por una ventanita con barras. Michelle parece avergonzada y se lo muestra con humildad.

—Te pido que me perdonés porque está un poco feo. Ahora me voy quedando aquí mientras busco otra cosa.

Ari no se lo puede creer. Empieza a aceptar que no exista mala intención.

—¿Tú duermes aquí?

—Vieras que no se ve bien pero es muy tranquilo.

—¿Y me *estoy quedando* aquí yo también? ¿Dónde?

—Vos vas a dormir ahí.

Michelle introduce sus bártulos en el único cuarto y se sienta sobre la cama, rebotando para mostrar su comodidad. Ari le devuelve la nariz arrugada.

—¿Vamos a dormir juntas?

—¡No! Yo estaré en el salón, siempre lo uso cuando vienen visitas.

Ari vuelve a asomarse y en el minuto que han pasado fuera no ha crecido ningún catre ni el sofá se ha transformado. En ese mueble no hay modo de pasar una noche sin amanecer con tortícolis.

—¿Qué visitas? Si tú *justo* acabas de *trasladar*.

—Pero ya dormí unas noches en el sillón. Vieras que a mí me gusta…

Ari da una nueva vuelta al entorno y su desagrado aumenta. Se centra de nuevo en Michelle y todo se ilumina.

—¿No vivías con un ingeniero?

—Ya no estamos juntos.

—¿Desde cuándo?

—Bueno, no quería que buscara a Ethan. Le pareció demasiado peligroso para mí.

Ari la observa con otra intención. Ahora recuerda la paliza que recibió hace no tanto. Se acerca y trata de arrebatarle las gafas, pero Michelle no se lo permite.

—¿Qué hacés?

—Si vamos a dormir juntas tarde o temprano te voy a ver sin ellas.

Michelle retira las manos con docilidad y Ari le desnuda el rostro descubriendo lo que los cristales ahumados y un maquillaje perfecto disimulaban. Tiene un párpado aún hinchado y los cardenales bajo una base de color. Ari duda de si alguno no será más reciente, pero no gesticula ante su aspecto.

—Yo no voy a dormir aquí, y tú tampoco. *Nosotras vamos* a un hotel.

Michelle se encuentra cansada y desalentada. Desde que inició su descenso a los infiernos lo ha perdido todo: familia, pareja, amigos, casi la vida. No le queda nada, ni dinero, y en ese estado de desamparo acepta algo que en otro momento de su vida ni se habría planteado, y se deja conducir por otra mujer.

—Pero…

—Vamos.

Se desplazan a una zona moderna cercana al núcleo turístico, aparcan y el resto del trayecto se mueven a pie. Varios coches les pitan al cruzarse. El primero sobresalta a Ari, que teme sea una advertencia, pero en el interior solo encuentra a un tipo cualquiera sonriente por obtener su atención. La situación se repite tres veces, una de ellas acompaña de un grito obsceno en torno a chuparles la «pusota». Michelle lo ignora con la familiaridad de lo cotidiano. Ari se frustra.

—Veo que en todos lados es igual.

—No. Aquí es mucho peor.

Ari se siente apoyada por esa opinión.

—Sí, son muchos aquí, *¿no son?*

Se inscriben en un hotel de gama media con instalaciones correctas y tras desempaquetar y tomarse una ducha, Ari sorprende a Michelle mostrándose con un chándal y unas zapatillas de baloncesto. La latina no puede despegar los ojos.

—Esto era lo que necesitaba. ¿Dónde vamos?

—Andrés me dio la llave del apartamento de Ethan. Hace días que él tampoco lo encuentra. Pensamos que querrías entrar, aunque a él le gustaría que lo esperásemos, no le parece seguro que nosotras dos solas empecemos a buscar.

Ari sonríe con malicia.

—¿Y quién nos va a proteger, Andrés? *Anyway*, si ya lo habéis revisado, *yo no creo que voy* a encontrar nada.

—¿Revisado? Obvio que no.

—¿No habéis entrado?

—No sabemos dónde está Ethan, pero no es que lo han secuestrado. Puede estar escondido, él le dijo a Andrés. No vamos a entrar en su hogar sin permiso.

Ari se mantiene boquiabierta unos instantes.

—Sois increíbles… Por supuesto, no hay problema, vamos *hacia la casa*. ¿Dónde está?

—Estamos cerca.

—Entonces vamos a ir andando, prefiero. Mucho avión. Necesito caminar.

Ethan recibe la impresión helada, agresiva, aterradora. Una ola de agua fría, un balde que le han vaciado en la frente, lo arranca del turbado sueño, y embozado aún en un pañuelo que le cubre el rostro despierta ahogándose, creyendo ser sumergido, con las manos atadas a la espalda, tirado en el suelo girando sobre sí mismo. Un corto coro de risas saluda sus aspavientos. Consigue enderezarse y queda sentado sobre un pavimento de hormigón. En el momento en que se incorpora un desgarro lacerante le cruza el torso y casi vuelve a caer. No puede evitar gemir, se le clavan las costillas, olas de dolor le llegan de todos los puntos del cuerpo y, por fin, una sacudida le arrebata la venda y queda expuesto a tres jóvenes que lo retan con desprecio, descamisados, tatuados en toda la piel, caligrafiados y ocultos bajo una mitología de tinta que ellos mismos han construido. Le resulta sencillo reconocer que los niños que se escondieron alguna vez bajo esos grabados los convirtieron en una coraza para proteger su sensibilidad, a la que de ese modo, enterrada bajo su epidermis, no es posible acceder por nadie. Así esos niños de la calle han emparedado su propia humanidad bajo la violencia contra sí mismos, el infierno de la «vida loca» que los ha convertido en demonios. Para ellos no hay vuelta posible. El líder evidente, con los brazos torneados, los pectorales hinchados, un cigarro en la boca, calmado y superior, se le aproxima y con una mínima inclinación le apaga el pitillo delectándose, descubriendo la brasa para pronunciar el daño, en un pezón. Ethan aúlla y siente su boca enjuagarse en sangre, no puede evitar caer y el armazón de su costillar derecho se clava en sus pulmones impidiéndole respirar. Debe maniobrar con las piernas como un cangrejo para encontrar una postura, si no cómoda, soportable. El chiquillo, apenas mayor de edad, lo circunscribe con un caminar dominante, y a sus compañeros se unen jóvenes que disfrutan con sus quejidos y aparecen por todos los huecos del lugar: marcos de puertas y ventanas sin carpinterías, faltas en el techado. En un primer momento Ethan creyó estar en una nave industrial como la de los secuestradores, pero aprende pronto, por el mismo eco de sus gritos, que se trata de una construcción más reducida. Es muy probable que lo hayan arrastrado a una *casa destroyer*, sería incluso plausible que vecinos próximos, como lo fue doña María en su momento, pudieran escuchar sus quejidos en el aire y solo se atrevieran a encerrarse y subir el televisor. Ethan ahora es una especie de insecto gigante que solo puede girar sobre sí mismo y resuella con dificultad, rodeado por una muchedumbre que ya supera la veintena y sigue creciendo. Después de bordearlo con el ánimo de un depredador, el *ranflero* le espeta.

—Putas, perro, ya era hora. ¿A vos quién te paga, perro? Pos que tu trabajo ya vas a ver que ni pagado, perro, ni nada. Ya vas listo.

Ellos ríen. Ethan no es capaz de responder.

Ari y Michelle se personan frente al vigilante del condominio, que las recibe excitado y presuntuoso hasta que se identifican y le explican adónde se dirigen. A partir de ese momento su discurso se rompe y farfulla algo de no permitir el paso, de permisos y vaguedades que las impulsan a llamar a Andrés. Frente a su amenaza del aviso a un superior recula y se refugia en su cabina acobardado.

Ellas se encaminan al piso sin comprender esa actitud hasta que entran. La cerradura ha sido forzada y el lugar ha sido arrasado sin otro ánimo aparente que el vandalismo. No aprecian robos, muebles y lámparas aparecen cubiertos por ropa y ornamentos destrozados, y hasta los bultos de Ethan penden por algún lado, rozados y manchados por algo que, a tenor del olfato, parece orín. Varios grafitis confirman sus sospechas amenazándolo a él en persona. Michelle, horrorizada, no puede reprimir las lágrimas, pero Ari, racional, le pide calma y acude a por la maleta principal, la voltea sin asco y se centra en la costura de la base. La recorre con el dedo hasta chocar con la irregularidad que espera y con un cuchillo de la cocina la descose. En el interior, bien oculto, el dinero obtenido de los secuestradores. Se lo muestra a Michelle, no triunfante pero sí resuelta.

—Esto era. Guárdalo y vamos a llamar a Andrés y a los dueños de la casa. *Ellos* tienen que explicar ese desastre. Tranquila, *esta cosa* es buena para nosotras.

—¿Ethan está vivo?

—Al menos aquí *ellos* no lo han encontrado.

Tras las comunicaciones de rigor, Andrés y los arrendadores llegan al acuerdo de citarse allí y dejarlas a ellas fuera de la denuncia. La discreción sobre las dos investigadoras a cambio de la discreción sobre la seguridad de la urbanización.

Ari, a pesar de conocer de manera aproximada los hechos, pide a Michelle una descripción detallada de todo lo relacionado con el caso. Ethan le explicó de Calvo, Suárez la previno contra él, Michelle le confirma que es el único hilo del que pueden tirar. Aunque a esas horas su despacho ya ha cerrado y no podrán acudir hasta la jornada siguiente, por lo que su consejo es que se retiren y Ari descanse.

—*OK*, esperaremos. Ethan me habló de él. Él trata con esos «maras». Vamos *con* él. Él tiene que saber.

—Pero ya no tenemos contrato.

—Yo traigo dinero, y puedo ser persuasiva. Mañana, antes de ir a verlo, tenemos que buscar una tienda de deportes.

—¿Una tienda de deportes?

—Exacto.

Ethan es el centro de un circo. Han organizado una pista y él es la atracción principal, la criatura deforme que el público admira. Él es el prodigio, y rodeándolo con su charla se mueve el maestro de ceremonias, el *palabrero*, que se exhibe para los suyos. Para sorpresa del prisionero, ha renunciado desde el comienzo a interrogarlo, a obtener cualquier información. En lugar de eso, ha construido un cuento explicándole su inmediato futuro para impresionar a su grey.

—Putas, perro, vas a hablar, perro. Cuando el pozolero *ti* haga, vas a querer haber muerto antes de nacer. Le vas a contar la primera paja que te echaste, perro.

El anuncio levanta una exclamación general de sorpresa, admiración y respetuoso escalofrío. Satisfecho por la reacción obtenida, el *mero* la repite dirigiéndosela a sus *batos*.

—Putas, perro, el pozolero. Van a traer al pozolero para vos, perro.

El más cercano, con certeza su lugarteniente, el *segundas palabras,* se convierte en la voz discordante.

—¿*Pos* no que el pozolero le trabaja a la Diecisiete?

—Perro, pero callá si no sabes, cerote.

—Ay, no jodás, pues; eso cuentan, pues.

—Mirá, perro, el pozolero es pozolero, es mago, perro, él es mago, putas. Él, ¡bah!, el pozolero la cobra, perro, y la misma quien le llame, él la cobra, putas.

—¡Entonces es un *volteado*!

—Perro, ¿pero que no te callás? ¿Ah, y quién le da... vos?

Todos ríen disfrutando la humillación. Ethan se agarra a la consciencia gracias al dolor constante, tratando de no desvanecerse, temiendo que eso signifique su muerte segura.

—¡Pos sí! Yo le *doy baje*, pues. ¡Por la Doce!

—No chingues, ni sabés, perro. Cuando lo vas a ver, putas, qué miedo da. Ya lo vas a ver, perro.

Se gira a Ethan, que apenas puede oírle.

—Gringo, no tenés suerte, putas. ¿Sabés por qué lo llaman pozolero?

—¡*Pos* porque los hace pozol, pues!

Carcajadas generales. Ethan no sabe de quién hablan, pero no le cuesta adivinarlo. El pozol es una sopa a base de maíz en la que queda deshecho en forma de grumos. Ese tipo de sistemas con ácidos para librarse de enemigos es utilizado por algunos gánsteres muy bien considerados entre las familias más cruentas del narcotráfico. La mara ha decidido que ese sea su destino, para asegurarse de arrancarle cualquier información que posea, y para exponerlo como un castigo ejemplar.

—¡Pues tan así! ¡Putas!, *ti* van a *pozoliar*, perro, y ni que espera a que estén muertos. Ya lo vieras, perro. Putas, yo se *los* vi hacer una vez y me *huacalé*. No vieras, perro, cómo gritan, hasta cuando no les queda boca. Pero ya, putas, lo vas a ver, y no lo vas a olvidar, perro. Que ni lo llamaron, que él dio aviso, si daban con el gringo, que era suyo, desde semanas. Que nadie más puede tocarlo.

Los *jomboi*, envalentonados, se unen en un griterío similar al de una hinchada de fútbol, como una de las *barras* que dominan las ciudades latinoamericanas: «¡Po-zo-lero! ¡Po-zo-lero!». Ethan recorre con la escasa visión que le queda, cortada por una hemorragia, esa grotesca reunión de imberbes psicópatas que disfrutan con su sangre y la piden, esos entes sin alma que celebran la tortura y el asesinato, que se consideran superiores por pertenecer a una mafia paramilitar, y aprende que las pequeñas robadas como Michi no son las únicas niñas desaparecidas. Todos estos muchachos, asesinos consumados, violadores orgullosos, agresores sin empatía capaces de la mayor crueldad por su pandilla, no son más que niños perdidos. Se ve rodeado por rostros demacrados y envejecidos de menores de edad que conocen de nacimiento el sabor del abuso soportado y ejercido, que aprendieron que era mejor maltratar que ser maltratado, que el cuerpo de una chica bonita se puede conseguir con dinero o a punta de pistola, que ellos mismos no alcanzarán los treinta, y que fuera de su grupo valen tan poco para los demás como cualquiera ajeno a su *familia* para ellos. Ethan está rodeado de cadáveres prematuros y no consigue sentir odio a pesar del que recibe, porque entiende que jamás tuvieron otra oportunidad que convertirse en eso. Ellos son los auténticos niños robados y envilecidos, desde el embarazo y por su propia gente, como los bebés que sostienen tras ellos otras niñas, sus esposas, con las caras tatuadas con sus mismos emblemas. Todas ellas conocen igual la experiencia de ser violadas por sus familiares, todas ellas basan su futuro en la ayuda de la mara que las esclaviza, de sus otras compañeras, de su marido que con seguridad no verá crecer a su descendencia, que ellas condenarán igual que ellas fueron condenadas, porque cuando solo se ha vivido en el infierno, solo eso se conoce. Ethan está rodeado por una generación secuestrada, arrancada e irrecuperable, y esos pobres niños dignos de compasión son los mismos delincuentes sin conciencia que martirizaron al hermano de Michelle y degollaron a su novia, ya moribunda, con la misma frialdad con que van a presenciar su lenta ejecución como un espectáculo de feria.

La caminata se vuelve un incordio para Ari, que llega a arrepentirse de haberla pedido. Michelle lo justifica: es algo habitual, no hay que darle importancia, y además, la mayor parte no son ofensivos, y como muestra menciona al anciano que las ha felicitado por su belleza con amabilidad. Ari, que se siente más ofendida por su pasividad que por el acoso, le grita que no quiere la opinión de nadie, que ella no les va diciendo a los demás lo que piensa de ellos. El viejo galante, el viandante que les ha silbado, el ejecutivo trajeado que les ha murmurado algo muy sucio y los dos amigos de ojos turbios que han hecho una invitación tan terrible que habría asustado a Michelle de encontrarse sola. Todo en menos de media hora. Ari vuelca su frustración sobre ella:

—¿Pero qué les pasa en este país? ¡Esto es estúpido! ¿Por qué *aceptas*?

Las dos se mantienen en un silencio incómodo hasta que otra moto les pita y el motorista, sin casco, les saca la lengua de manera obscena.

—Está bien. Es *mi* culpa. ¿Hay un bus que nos *lleva* a la tienda deportiva?

Michelle le señala una moderna ménsula bajo la que se resguarda del sol un gran gentío. Varios autocares la han enfilado y han abierto las puertas al tiempo causando un cierto caos de viajeros.

—Es ese de ahí, pero también podemos tomar un taxi.

Ari la arrastra buscando la fila correcta y chocan con la riada de pasajeros que se mezclan, las evitan como pueden y se disculpan con cortesía en algunos casos. Concentrada en el ascenso, y por fin divertida por el color local, Ari no es consciente del individuo alto y atractivo, bien vestido y con maletín en la mano que circula por la acera y desvía su caminar con aparente descuido para acercarse a ellas y tener un encontronazo frontal. Ari recibe el tropiezo como una simple falta de educación hasta que percibe con claridad cómo mantiene el contacto un segundo más de lo imprescindible y cómo su mano, con mal forzada inercia, entra en su entrepierna y agarra su pubis, rápida, casi fugaz. Se paraliza atribulada, avergonzada sin entender por qué, por qué es ella la que debe avergonzarse, pero por desgracia es una emoción que ya conoció con una edad indebida, y enciende demonios que aún la hacen sangrar cuando muerden. Michelle, al final de la escalinata, se extraña de verla detenerse, y el depredador, ignorante de su víctima, continúa caminando ajeno a su existencia, triunfal y excitado. Pero Ari se gira buscándolo. Michelle no sabe qué está mirando y la llama desde lo alto sin obtener respuesta. Ari lo localiza, ya apartado de la multitud, y lanza un grito de rabia que vuelve muchas cabezas.

—¡...THE FUCK!

El peatón sigue su camino, no sin antes dedicarle un vistazo de soslayo cargado de desprecio y prepotencia que aparenta desinterés pero en el que ella lee regocijo. Ari conoce bien a los acosadores. La agresión no tiene que ver con sexo sino con poder, dominio y en última instancia destrucción. No corresponde a un tipo de hombre sino a una clase de sociedad, a un rol de posesión, y cualquier persona criada bajo esos parámetros acabará repitiendo el esquema. Michelle la ve correr, e incapaz de descifrar su comportamiento lucha para deshacer su camino y seguirla. Ari alcanza al agresor, guapo y con porte, que sigue su ruta pletórico.

—¿POR QUÉ?

La pregunta lo sorprende, y aún más los ojos de la jovencita, que lo escrutan llenos de lágrimas de rabia que ella se niega a liberar. El tipo la mira, deja caer una interjección indulgente, como si le perdonara el sobresalto que le acaba de causar, y camina más rápido. Ari bulle con el fuego de todo lo malo, todo lo angustioso que le lleva ocurriendo las últimas semanas, y la falta de respeto, la suficiencia que muestra ese bastardo ayudan a degradar su baja autoestima. Lo agarra de la manga y se detiene perplejo. Él alza la voz y ella se bloquea.

—¡¿Pero qué le pasa?!

El español de Ari se traba por los nervios, y eso le molesta más aún, le crea una mayor sensación de vulnerabilidad.

—Al menos… al menos… *tú* te disculpas.

Algunos transeúntes se vuelven curiosos y la atención lo incomoda. Se zafa de una sacudida y vuelve a su marcha ignorándola.

—¡Soltá, loca!

Y acompasado con su encanto personal, se dirige al público improvisado:

—Son histéricas, ¿vieron? Están locas.

Varias personas de ambos géneros le ríen la ocurrencia. Michelle ha llegado hasta Ari y la toma por el hombro.

—Dejalo, no merece la pena.

Ari se siente pequeña, ridícula, burlada, y ve cómo el macho crecido se aleja mientras los escasos espectadores murmuran o le dedican sonrisas cínicas. Pero no se resigna, y se suelta de Michelle para abordarlo de nuevo. Él la ve acercarse y la encara antes de que llegue, intimidándola.

—¡Pero qué querés!

Ari tartamudea. Intenta un último acercamiento aplicando las técnicas que ensayó mil veces con Ethan para controlar su ira.

—Me… te disculpas.

Él busca complicidades en las que apoyarse y se expresa hacia los oyentes casuales.

—¿Pero qué decís? Está loca. Vos lo que tenés es síndrome de FDP.

Un par de tenderos le ríen la gracia y Ari busca atónita a Michelle porque teme no entender la jerga. Michelle, muy apurada, con la mirada en el suelo, le explica:

—Es una grosería. Síndrome de falta de picha. *He means you need a dick.*

Ari pestañea incapaz de creerlo, mucho más allá de contrariada, estupefacta, trastornada. El sujeto se crece ante su incredulidad, que toma por debilidad. Seguro de sí mismo, con un ademán que cambia de insolente a amenazador, da un paso adelante invadiendo su espacio personal, que ya es mucho más reducido para los latinos que para los estadounidenses, y se dirige a ella salpicándola con una burbuja de saliva que se le escapa al pronunciar la labial «p».

—Primero lo buscan y luego lo denuncian. Si no lo querés no lo provoqués. Sos una puta.

La chiquilla que encontrara al comienzo no es la que despierta en su desafortunado último avance. La paciencia de Ari, artificial e inestable, cuenta con varios resortes de apagado de no muy difícil acceso, todo hay que decirlo. En este caso, por encima de ese abuso permitido y alentado por toda una sociedad, por encima del ataque a su libertad para mostrarse, para existir en público, el contacto frío y húmedo de un salivazo que va a aterrizar en su labio inferior, como una afrenta más a su integridad, como una nueva invasión, sucia y vejatoria, es la gota que colma el vaso. Un vaso que el interfecto ha llenado de su viscosa baba. Y Ari responde antes de decidirlo.

En la fracción de un parpadeo, con una agresividad para él inédita en una fémina, recibe un cabezazo en la nariz que lo congestiona como si le hubiera entrado agua de mar. El daño no es tan intenso como el resultado, pues de pronto se descubre sentado en el suelo y desorientado. Tarda un segundo en reproducir toda la secuencia de eventos, como si hubieran desconectado su cerebro el tiempo que ha tardado en caer, y un fortísimo picor viaja desde su puente nasal, del que fluyen dos líneas de sangre que llenan de sabor su boca. Se lo palpa y en ese mínimo toque, ahora sí, le estalla un abanico de nervios inflamados, como si su tabique fuera un horrible incendio. El puro roce lo marea hasta desequilibrarlo. No está seguro de si eso significará que se lo ha roto, pero la furia lo impulsa con la energía de un pistón. Se incorpora iracundo y la observa dar un saltito atrás y alzar los brazos en guardia, pero no hace caso a sus aspavientos feminoides y se dispone a darle una lección.

Ari ve al macho injuriado tambalearse en su busca con una intención en los ojos que la preocuparía si la sustentara con alguna demostración real. En lugar de eso, vuelve a insultarla soltando pompas bermellón por las fosas nasales. Los transeúntes aguardan con expectación.

—¡Puta! ¡Puta vieja!

Ari, harta, aprovecha su lentitud de reflejos para girar sobre sí misma describiendo un arco de tres cuartos y le planta una patada circular en la sien que lo arrastra dos metros hasta el suelo, de donde no se levanta a pesar de seguir consciente. Acto seguido hace un par de sentadillas descontenta por forzar los ligamentos sin estirar primero. Se acaricia los pantalones de deporte y se dirige a Michelle con su falda y sus tacones.

—¿Ves? Con estos sí.

Feliz a pesar de todo por poder utilizar un golpe muy vistoso pero que sería demasiado arriesgado frente a un profesional, se aproxima al guiñapo que se enrosca como un bicho bola, tapándose el rostro al verla llegar.

—¿Quién es puta, eh?

Sin responder, el vencido se acurruca en posición fetal.

—¡Tú, puto…! —Le escupe apuntando al rostro y el esputo queda enganchado en su pelo, escurriéndose hacia la mano con la que se cubre, pero no se atreve a moverla.

De pronto, varios mirones, los mismos que lo arropaban a él, estallan en vítores, risotadas nerviosas y aplausos. Ari se gira hacia Michelle, que la observa fascinada.

—*Yo tuve que* hacerlo con el primero que nos gritó. Con esta basura no *es valor* contenerse, solo los hace crecer.

El rostro de Michelle luce de felicidad.

—Gracias.

Ari vacila un instante.

—¿Ustedes dicen «puto»? Ethan no dice «puto». *¿Yo lo inventé?*

—No, obvio que se dice. Hay esa cosa de que el papá de Ethan era español. Por eso que habla tan raro.

Adrián Calvo se arrellana en su sillón y observa la ciudad a través del ventanal. Ha visto crecer la violencia en las últimas décadas pero él sigue manteniéndose por encima. Columbra las pequeñas figuras que cruzan al fondo como detalles en una maqueta, y no puede evitar pensar que los tiene a sus pies. En realidad odia la soberbia y los aires de superioridad, pero su reflexión, ultima, está justificada. Conoció a los militares, terratenientes y dictadores que se jactaban de aterrorizar a sus conciudadanos y ahora a las bandas criminales con aspiraciones oligarcas. La misma violencia, la misma crueldad. La faz de los poderosos, ha aprendido, no cambia, solo varía el modo de accederlos, y esa ha sido siempre su mayor habilidad, la que le ha mantenido con vida, la que le ha permitido medrar. Por eso mismo él, que viaja con chofer, visita caminando desde hace treinta años a doña Amelia, la abuela que aún palmea tortillas frente a su horno para comprárselas, para no olvidar quién es ni de dónde ha salido. De la misma cuadra que ella. Por eso cada vez que pasa por una experiencia difícil, cada vez que una mara se muestra agresiva y consigue capear la situación, se permite el lujo de mirar al resto de la ciudad desde lo alto y repetirse a sí mismo que se encuentra por encima de ellos. No a un nivel clasista o racial. A un nivel de supervivencia. Ha cruzado otro abismo. Y a ese respecto, nadie puede discutirle.

Los malhechores de la Doce capturaron a su gringo y él recuperó sus buenos términos. ¿Lo sintió por él? Sin duda. A pesar de su experiencia, Calvo mantiene un claro concepto de la moral que no compite con su pragmatismo, y le duele de cada vez. El gringo era una buena persona, sin rastro de malicia. Le advirtió y le explicó las consecuencias. Y una vez más, él ha sobrevivido y los demás no. Se acerca al minifrigorífico que dormita en el armario de cerezo y cubre un vaso bajo con hielos para degustar un *whisky* etiqueta azul, el de los negocios de éxito, pero también de los amargos.

Entonces escucha la pelea. Viene de su propia oficina. Pero eso es imposible. Y siente la adrenalina subir. Sigue una carrera por la moqueta y todo acaba tan rápido como ha comenzado. Se acerca al interfono y pregunta a su secretaria, pero no le responde. Abre el cajón de la mesa y saca la pistola, aunque sabe que si han venido a por él no le valdrá de nada. Se la ajusta al cinturón por la espalda, se dirige a la puerta preguntándose qué ha podido salir mal y duda de si telefonear a su esposa antes de abrir, para despedirse. De inmediato entierra los pensamientos funestos. Ha sobrevivido a las cárceles de la dictadura, a los escuadrones de la muerte y se ha sentado a dialogar con los líderes de las peores maras. Si no es capaz de sobrevivir a lo que sea que le espere ahí fuera, es que no lo merece.

Antes de arriesgarse se fija en que no ha oído disparos, lo que aumenta su esperanza. Tal vez se trate de un secuestro, tal vez vienen a llevárselo. Si es así puede que sí merezca la pena atrincherarse y contactar con la policía. Y recuerda a sus ayudantes y lo que les ocurrirá si no sale. No puede ocultarse previendo las consecuencias, su vida no vale la de ellos. Se arma de coraje y recorre el breve sendero que lo deja expuesto. Para llevarse una de las más graciosas sorpresas de su vida. Frente a él se encuentran los escritorios de sus empleados desarmados, y entre los escombros lo que parecen ellos mismos derrotados, dos intentando recomponerse y otros dos sin sentido. Junto al recibidor, su secretaria arrodillada en posición de tortuga con los brazos por encima de la cabeza, y reinando en el caos, volcando la gaveta de una de las mesillas, una joven armada con un bate de béisbol que lo fulmina con la vista y lo recibe con un español casi correcto y un acento macarrónico.

—Lo que se puede hacer con un palo —asevera señalando su arma. Y de inmediato se la arroja sin intención de herirle, para confundirlo mientras se arrodilla para recoger la pistola que acaba de encontrar. Calvo se aparta un poco para ver cómo el bate abolla su puerta y en el mismo instante se encuentra encañonado por la muchacha, que no parece tener ánimo de bromas. Sin embargo, él sí.

—Hola. Mmmm… vos debés de ser Ari.

Ari se le acerca con pasos decididos sin dejar de tenerlo en la mira. Él sonríe.

—¿Cuánto le paga Ethan? La verdad, no sé por qué no te mandó a vos primero.

Ella lo alcanza sin despegar los labios, y cuando le apoya el cañón en la cara, él lo aparta con un dedo.

—Ni te molestés. No tiene munición. Nadie las va a guardar cargadas.

Ari le corresponde con un gesto de incordio y la deja caer. Sin que la vea venir lo toma por el pulgar derecho y en un abrir y cerrar de ojos se encuentra con la mano en la espalda, el codo en postura de luxación y la cara apoyada contra la jamba.

—Diay, sí que sos buena. ¿Aceptás ofertas?

La fiera lo registra, le saca la Glock de la espalda y se la encaja en la mejilla.

—Esta no *es* descargada.

—No, esa no lo está. Y cuidado que las carga el diablo.

—¿Dónde está Ethan? ¿Quién lo tiene?

—No lo sé. No sé tantas cosas…

—Toma tu *cel* y llama a quien *lo tiene*. Ahora. Y vas a venir conmigo a buscarlo.

—No se lo tome a mal, pero si lo capturó la mara a estas alturas ya debe de estar muerto, y si vamos a por él, los muertos vamos a ser los tres.

—Tú vas a morir igual.

—Sí, qué picha, le he dado el pase de gol para la frase. En fin. Qué buen gusto *que* tiene Ethan para las hembras.

Ari no entiende la socarronería de ese personaje ni la mitad de sus chanzas, pero sí que la extorsión no funciona con él. Lo suelta y se aparta un metro. Él se frota el brazo y se dirige a su secretaria.

—Ángeles. ¿Me haría el favor de traernos dos cafés? —Retoma hacia Ari—. Negro, ¿cierto? Estamos en la tierra del café. ¿Azúcar o sustituto? —Y de nuevo hacia la secretaria, que con el moño despeinado dibujando una espiral se dirige a la pequeña cocina con toda la dignidad de que es capaz—. Y los chicos que vayan al seguro, a ver si alguno se *han* hecho daño. Menos Wilmer, creo que lo voy a necesitar. ¿Y llamaría al carpintero para ver si podemos salvar este desastre sin comprar nada nuevo? ¿Haría eso por mí? Se *los* agradezco.

Doña Ari, la invito a pasar a mi despacho. ¡Ah!, antes de que se me olvide...

Ari aguarda recelosa mientras él se rebusca por los bolsillos.

—Tome, mi tarjeta. Adrián Calvo para servirla.

Ethan no podría decir dónde se encuentra, pero sabe que ha sido arrastrado a un sótano. Perdió la conciencia por el camino pero eso no amilanó a sus captores, que lo rodaron dentro de un bidón para facilitarse la labor. El dolor domina cada palmo de su piel, y las costillas no le permiten erguirse ni tumbarse. La desconcentración que le provoca su estado le impide calibrar la gravedad de su situación, y aunque es consciente de lo que va a ocurrir, se le presenta como un hecho fantástico, algo que no tiene que ver con él. Su percepción es de completa irrealidad, el fluir de los hechos, una serie de estímulos inconexos. De pronto se ve a sí mismo de nuevo ante los tres principales de la clica, lejos del coro de voces, que no sabe cuándo desapareció. De algún modo, lo que planean hacerle es demasiado horrible o exclusivo para el resto. En un golpe de razón puede percibir que se encuentran más nerviosos que él, acongojados. No le cuesta entenderlo. Ellos saben, él no.

Por fin, un eco anuncia al pozolero, un verdugo al que esas mismas bestias temen. Eso le debería bastar para imaginarlo. Tras su propio preludio, surge de las sombras como un coloso negro y brillante al resplandor de los faroles que apenas tiñen el local. Los tres pandilleros tiemblan como cachorros y se arrodillan ante él sin murmurar palabra. Ethan, desesperanzado, resignado, no tiene problema con mirarlo. Sus ojos se cruzan con los de esa escultura viva, pétreo, impasible, frío, demoniaco, azabache como una tintura, alumbrado por unos iris casi diría albinos, que taladran el espíritu. Y Ethan los reconoce. Por un segundo se establece un diálogo espectral entre ambos, y Ethan comprende por qué ha ido en persona. El pozolero se sabe expuesto ante él, y su mirada se apaga como una llama que se desvanece. Se encamina hacia ellos, aparta con un pie a sus adoradores, que saltan a su contacto prestos a obedecerle, toma con sumo cuidado a Ethan y trata de ponerlo en pie, pero él solo puede gemir y se excusa.

—No… no soy capaz…

Los mareros los atisban de reojo, inseguros de lo que está ocurriendo. El pozolero carga a Ethan y lo transporta a la única silla que hay en el subterráneo, donde se alivia ligeramente. Al fin el trío de jefecillos alza las testas, desconcertados por ese trato benevolente, y Ethan, al cabo de la ironía que a ellos se les escapa, trata de reír, pero el ronquido que emite retumba como una tos rota. El pozolero es Martín, el ayudante caribeño de Rosita que le condujese a su choza, y desde que saliera del Caribe se encontraba bajo su protección. Su presencia heladora muestra su razón de ser. Martín se le dibuja como un diablo al que no dudaría en otorgar poderes paranormales, y sin embargo ella, su ama, es un fraude. Un fraude al que además sirve ese gigante que representa la pureza del mal al tiempo que ella funcionaba como rectora moral de Lorena, una anciana que Ethan consideró casi santa, y que se enfrentaba a la misma mara para la que Martín trabaja. Ethan es consciente de que nunca deshilará el intrincado tejido de relaciones que pueblan ese universo, ni la complejidad ética de sus habitantes. Ahora solo sabe que esa red inasible le ha salvado la vida igual que antes le condenara. Martín, el pozolero, se interpone entre él y sus ejecutores, y ellos no saben cómo reaccionar. Dubitativo, el *palabrero* se incorpora.

—Entonces… ¿qué?

Martín muestra los dientes y responde con un habla gutural, se diría surgida de un abismo.

—Este extranjero fue bendecido por Rosita, la bruja. No ha de ser dañado. Yo lo avisé. ¡Han cometido pecado en herirlo! No debe ser profanado. Bajo ningún concepto puede morir. Su labor ahora va a ser salvarlo. Yo platicaré con quien deba. ¡Ustedes sirvan!

Los tres quedan petrificados como gazapos, estupefactos y consumidos. Cruzan vistazos entre ellos sin saber cómo responder. El segundo se encoge de hombros.

—¿Es… es…? Putas, ¿es broma?

Calvo ha logrado un entendimiento conciso tras la breve exposición de Ari.

—Entonces, si lo he entendido todo, vos lo que pretendés es irrumpir en territorio mara disparando a todo el que se ponga por delante, digamos, hasta dar con Ethan, ¿cierto?

Ari pendula la cabeza de un lado a otro dando a entender que se aproxima bastante. Calvo se sirve un nuevo pelotazo.

—Ya veo por qué ustedes forman equipo. Él organiza los planes, ¿cierto?

Ari cree entender su humorada, y no está para gracias.

—¿*Tú* tienes miedo?

—Oh, yo siempre tengo miedo, mi apreciada. No debe subestimarlo, es buena cosa. Nosotros hemos evolucionado de los monos que escapaban, a los valientes se los comió algún tigre. Hablando de todo, me dice Ángeles que doña Michelle aún la espera en la recepción del edificio. Podemos invitarla a unirse.

—Que se joda.

—Veo que las expresiones importantes las aprende rápido.

Calvo reconoce en esa luchadora una cualidad tan rara como valiosa: una determinación que no se detiene en trabas ni dudas morales. Le sorprenden sus diferencias con Ethan: donde él mostraba nobleza y casi bisoñez en ella encuentra una voluntad salvaje de alcanzar su objetivo, sin atender a estrategias ni plantearse el futuro. Ese modo de actuar puede convertirse en un grave problema sin alguien que la dirija, pero en las distancias cortas la considera uno de esos aliados que a uno no le gustaría encontrar en el otro bando.

—Le voy a explicar lo que puedo hacer por usted. Uno de mis muchachos hará por averiguar dónde retienen a Ethan. No es sencillo, y para mí sobre todo, no es seguro. Su socio me ha puesto en algunos aprietos y, digamos, volver a mentarlo no me va a dar alegrías, pero al menos no podrá decir que no hice todo lo que estaba en mis manos. Mi opinión es que ya está muerto, pero el intento, de que va, va. Mi tarifa serán dos mil dólares, en billete y ahora.

—¿Va a cobrar dos mil dólares por usar el teléfono?

—No le parece justo, ¿cierto? Mire, yo llevo cuarenta años mirando a la Justicia y cada vez me da más miedo. Es un engendro que solo tiene bocas y ortos, y cuando te parás delante no sabés si te va a comer o cagar. Yo con gran pesar la voy a enviar a buscar su justicia, pero no me niegue la mía. Le estoy ofreciendo mi cabeza, y me parece un precio barato. Además, cuando vaya usted a que la maten sé que se acordará de ese dinero y se dirá: mejor que lo tenga Calvo a que me lo roben estos pendejos. —Y pulsa el interfono—. Doña Ángeles, ¿tendría la amabilidad de hacer pasar a Wilmer a mi oficina, por favor?

Ari abandona el despacho y antes de sentarse en la recepción escucha la, para ella, afectada y sensiblera voz de Michelle. Su sorpresa por encontrarla acaba al cruzarse con el vengativo gesto de Ángeles, la recepcionista, que con el moño compuesto de nuevo ofrece a la recién llegada un café. Sin embargo, la respuesta de Michelle no termina, el despacho de Calvo se abre de nuevo mostrando al detective desorientado y pensativo; ellas se abalanzan temiendo lo peor.

—¿Qué ocurre? ¿Dónde está?

Él arquea las cejas como si no las esperara, como si las hubiera olvidado en los pocos minutos que ha durado su reunión. Al fondo, Wilmer, su auxiliar, se disculpa por mímica. Calvo recupera parte de su compostura para responderles.

—Dicen que está vivo y sin daños graves, y que están dispuestos a liberarlo, hoy mismo. Pidieron cinco mil dólares pero los rebajamos a tres mil.

Ellas no comprenden su pesimismo.

—Pero eso es bueno, ¿no?

Su rictus se dibuja grave, severo, pesaroso.

—La condición es que debo recogerlo yo. Solo. Wilmer es el contacto, él resuelve con ellos, pero esta vez no han permitido. Debo marchar ahora, me esperan.

Ellas enmudecen. Wilmer, al fondo, se tapa los labios con el mismo presentimiento. La mara no juega. No proponen ese tipo de tratos. No hay nadie a quien recoger, pero si ahora Calvo no va, ellos acudirán a buscarlo. Michelle intercede.

—Pero podría ser verdad. ¿Y si fuera verdad?

—Aunque estuviera vivo, aunque lo soltaran. La mara no perdona una vida sin reclamar otra a cambio. Pero ojalá y él sí esté vivo. Así al menos ustedes lo recuperarían. Ahí tiene su Justicia. A mí me ha tocado que me coma.

Calvo las abandona sin despedirse. Aturdido, desconectado. Fallecido.

Michelle y Ari aguardan desde hace una hora juntas pero solas. No han hablado en todo ese tiempo, cada una inmersa en su interior. Ari, indescifrable, como una esfinge. Michelle la escruta con disimulo sin poder adivinar, buscando una justificación para salir de sí, para no enfrentarse a la oscuridad que devora sus entrañas. Lo ha perdido todo. Y ella es la única responsable, sus decisiones han arruinado su vida y la de los que la rodeaban, como siempre le advirtió su mamá. Ella siempre supo de su egoísmo, su indisciplina. Todo esto solo tiene una explicación, es un castigo por su maldad. Pero ella no comprende por qué otros inocentes deben pagar por sus pecados, por qué sus ofensas a los ojos de Dios descansan sobre otras espaldas. Quiere pedir al Señor intercambiarse por los que sufren por ella, como ya hizo en otras ocasiones, pero sabe que sus oraciones nunca han sido escuchadas, porque es impía y no lo merece. Entiende por qué Dios maltrata a otros en su lugar, para mostrarle su propia cobardía, su ruindad. La mente de Michelle se resquebraja y pierde asidero. No sabe qué puede hacer, qué va a ser de ella. Destruye lo que toca. Ella destruye lo que toca. Es lo que ha hecho toda su vida. ¿Qué ocurrirá cuando abandonen ese lugar con un nuevo fracaso? Ari la odia, y regresará a su país para pasar su duelo. ¿Y ella? ¿Cuál debe ser su castigo? Una idea definitiva, sin marcha atrás, se abre paso entre sus pensamientos. Ella ya está condenada, no importa que provoque su final...

El timbre de su móvil la sacude y la arroja a la realidad, avergonzada, como si algún presente pudiera leer sus reflexiones más íntimas. Descuelga a Andrés, que suena extasiado.

—¡Michelle! ¡Michelle, vení, Ethan está en el hospital! ¡Está bien, lo tienen sedado pero está bien!

Ante la impensable noticia, ante la ventana de esperanza que se abre, ella misma queda atónita por su propia reacción, preocupada por casi un extraño.

—¿Y el detective? ¿Sabés dónde está Adrián Calvo?

Andrés replica despistado.

—Aquí, celebrando. Ha traído una botella de champán. ¿Por qué lo preguntás?

Hasta el día siguiente no les permiten visitar al paciente, pero no les importa, el hospital se vuelve una fiesta, al menos para ellos. Calvo ha tenido la ocurrencia de comprar billetes de lotería y se los frota por la espalda a Ethan, que permanece atontado. Ante su desmayada reacción se los muestra.

—Son boletos para mañana. No se queje y comparta un poco. Créame que no he conocido a nadie como usted, no hay que desperdiciar estas oportunidades.

A través de su visión nubosa Ethan adivina dos formas femeninas que se aproximan. Delante de él, si lo que ocurre es cierto, se encuentran Michelle y Ari. Pestañea y se limpia las legañas para dilucidar qué pertenece a la vigilia y qué a la medicación. La escena no ha variado. Michelle y Ari. Ambas lo miran compungidas sin atreverse a molestarlo. Las dos juntas, frente a su cama.

—Ah... entonces sí que debo de estar muerto...

Ari le abraza y él siente hundirse algo en su ánimo. Consternada, palpa las cicatrices de su rostro con las yemas como si temiera abrirlas. Michelle se hace a un lado para darles espacio. Calvo, que con su peculiar idiosincrasia ha colado varias botellas de vino, reparte copas sin preocuparse por quebrar la emotividad del reencuentro.

—Apenas tiene unas fisuritas de nada en las costillas, es usted un duro, amigo. Ya platicamos con su seguro de viaje; la vara se puso fea, demasiada mala suerte les parecía, primero los cortes y luego esto, pero con la declaración de mi oficina y de dos oficiales de la policía turística ya todo quedó arreglado. El atestado describe un asalto, su carro fue sustraído y él agredido de manera brutal. Fue rescatado en colaboración con nuestro equipo y trasladado al centro sanitario correspondiente. Se comunicaron con el agente de su compañía y ya se han hecho cargo del expediente, eso sí, con la condición de repatriarlo mañana para tenerlo en observación. No quieren más bromas.

Ethan se reincorpora alarmado y desorientado.

—¡¿Cómo que me van a repatriar?! No pueden, no puedo dejar de buscarla ahora.

Ari se indigna y le increpa. Casi le matan y él habla de seguir adelante como si fuera una aventura. Se enzarzan en una fea discusión en inglés y Calvo tiene que sacar a la temperamental muchacha antes de que lleguen a las manos. Una enfermera invita a los presentes a abandonar el cuarto y Michelle sale sin haber podido saludarle. Debe pasar una hora antes de que les permitan pasar de nuevo, y en esta ocasión entra Ari sola. Se cruza de brazos y Ethan, que lucha por asumir su situación, se disculpa.

—Ari, perdóname, es mucha información. Yo… no puedo… no puedo dejarlo ahora. Yo… ¿Por qué? Por… De pronto me sorprendió tanto verte, me siento tan feliz de verte, pero no lo entiendo. ¿Cómo…? ¿Por qué has venido?

Ari tarda en responder intentando ordenarse.

—Porque te iban a matar, imbécil. Porque Michelle me llamó. Porque Suárez estaba preocupado. —Se ofusca—. Porque tenía que hacerlo. Yo… —Suspira, traga, y se le quiebra la voz, así que opta por cambiar de tema detallando lo que ha averiguado por Suárez: el Monstruo, sus pagadores y su destino en Brasil. Sus averiguaciones fascinan a Ethan devolviéndole esperanza y se vuelven a encontrar en el cómodo y predecible terreno laboral—. Suárez ha hecho avances. Encontró un lugar llamado Liberdade, piensa que puede ser el origen de todo. Está solo allí. Tengo que reunirme con él, no podemos perder tiempo y tú necesitas varias semanas de recuperación, no sabemos si meses. No puedo esperarte. Esto es un caso, Ethan, no tiene que ver con tu ego. Va más allá de ti.

Ethan enmudece. Siente una presión en la garganta y no puede ordenar sus ideas. Se cubre el rostro con las manos y pide perdón a Ari por todo lo que ha provocado.

—Lo siento, lo siento de veras. —Y empieza a repetirlo afectado por la sedación, una y otra vez, una y otra vez, como un mantra.

Al verlo tan perdido ella quiere abrazarlo, pero su carácter se lo impide. Se agacha y le aparta las manos.

—¡Eh!

Ethan pestañea y suspira rendido, como si acabara de despertar. Se recompone.

—No… no puedo hacer nada.

Ari carraspea.

—Hay algo más. Hay algo que vi en los datos que me dio Suárez que afecta a las dos Michelle. Algo muy grave. No sé qué hacer al respecto.

Hablan durante horas y, aunque no existe contacto físico, la conexión crece asentando una esquiva intimidad como hacía meses que no tenían, y que evitan mencionar por temor a romper la magia. Ari sale cuando acaba el horario de visitas. Michelle ha esperado fuera todo ese tiempo con estoica paciencia y se marcha con ella sin haber saludado a Ethan.

A la mañana siguiente acude de nuevo, se anuncia y aguarda, pero las enfermeras no reciben la invitación de él para entrarla y se queda en el pasillo. Pasa varias horas en una silla plástica hasta que llevan una camilla para recogerlo. Lo transportan a una ambulancia y lo ve pasar entre los paramédicos sin que le dirija una mirada. Se levanta y camina al exterior para seguirlo al aeropuerto con Andrés y Ari. A distancia. Sin cruzar una palabra.

Yarlín pretende mantenerse despierta aunque sabe que no podrá, la inyección siempre es más fuerte. Quiere llorar y gritar, añora a su mamá, pero se contiene. Y la oscuridad la absorbe hacia ningún lugar. Hacia el mismo lugar. Se ve trasladada de nuevo a través de un pasillo que a sus ojos se torna indescriptible y galáctico. «Así es un hospital», elucubra, y trata de retener cada detalle para compartirlo después con sus papás, cuando le permitan volver. Se materializa una pared de cuarterones decorados con princesas de Disney que la emocionan, una amplia sala en tonos rosados y malvas con camas relucientes a ambos lados y una zona de juegos con suelo acolchado que comprende todo lo que podría soñar, incluido un castillo de Cenicienta tan grande que puede acogerla y que incluye hasta una mesita con dos sillas. Ella ya ha visitado esa estancia, no sabe si en sueños o despierta. Los estímulos le hacen olvidarse de su tristeza, hasta que le sobresalta otra voz infantil detrás de ella.

—Hola, Yarlín.

De un salto se esconde en el interior del castillo en posición defensiva.

—No tengás miedo. Yo también soñé contigo. Por eso te conozco.

De alguna manera Yarlín se siente acompañada, comprendida. Mucho más que en todo el tiempo que lleva allí encerrada.

—¿Tú también estás enferma?

—No estamos enfermas. No les creo. Nos guardan por algo. Dicen que son buenos, pero el que manda es malo. ¿Lo conoces, al Abuelo? Él es malo. No está aquí, pero yo lo he visto. Es muy viejo, más que nadie en el mundo, pero creo que no lo sabe.

Yarlín no comprende esas palabras y en el fondo tampoco le importan. Siente más curiosidad por su nueva compañía, y se asoma a través de la falsa arpillera de la almena plástica para descubrir a una niña mayor que ella.

—Cuando sueño con él me parece que tiene un ojo, pero yo sé que no. ¿Tú has soñado con un viejo con un ojo?

Yarlín, intrigadísima, niega con la cabeza.

—Estoy muy contenta de verte, ¿sabés? Odiaba estar sola.

La imagen se desdibuja.

Fuera, por el pasillo, un ama desbordante y rubicunda como una modelo de Rubens realiza la visita rutinaria bandeándose a cada paso. Se asoma a la ventanilla y le escandaliza ver a la pequeña incorporada en la camita decorada como en un cuento. Descorre el pasador y entra con tono amantísimo.

—Buenas noches, mi cielo. ¿Qué hacés despierta tan tarde? ¿No te dieron la medicina? ¿Ha sido una pesadilla?

La niña, mayor que Yarlín, se vuelve a ella con una seguridad que le impone.

—No. No ha sido una pesadilla. Hay otra niña. Sé que hay otra niña. La he visto.

La cuidadora traga saliva.

—¿Cómo otra niña? Tú estás sola, sabés que no puedes ver a nadie porque tu enfermedad es contagiosa.

La pequeña replica con un rotundidad agresiva.

—Hay otra niña. Se llama Yarlín y la robaron de sus papás en un país que se llama Colombia, como me robaron a mí de mi mamá. La han traído aquí y la he visto en el salón de juegos.

—¿Có-cómo la has visto? No has salido de tu cuarto, no. Te has confundido…

—Hablamos en su sueño. Se llama Yarlín. Y la robaron.

Su semblante se torna casi adulto. El aya palidece y recula.

—Tra-tranquila, Michelle, ha sido una pesadilla, bonita. Voy a buscar ayuda y ya verás cómo todo se soluciona. Ahorita voy a buscarla, Michelle, nada más espera.

9

LA RUTA DE LAS RATAS

El Vaticano, por supuesto, es la mayor organización involucrada en el movimiento ilegal de emigrantes. (...) Las justificaciones para su participación incluyen su deseo de infiltrar no solo Europa sino Latinoamérica con personas de cualquier creencia política siempre que sean anticomunistas y proiglesia católica. (...) En esta categoría existen todavía grandes grupos de nazis alemanes que llegan a Italia con el único propósito de obtener documentación falsa, pasaportes y visas, y salir inmediatamente vía Génova y Barcelona hacia Latinoamérica.

Memorando de Vincet La Vista, agregado militar de EE. UU. en Roma, para Herbert J. Cummings, secretario de Estado, fechado el 15 mayo de 1947. Documento sellado como alto secreto y desclasificado en 1984

GÉNOVA. 1947

Hacía dos años que había terminado la guerra y la vida de muchos cargos del partido se había convertido en una huida constante, aunque para Walter Stobert su huida personal había comenzado doce años antes, en la ciudad que nunca había vuelto a visitar: Viena.

Resultó afortunado tras la caída de Berlín. Capturado por soldados estadounidenses junto a miembros de un *Volkssturm*, el caos inicial y su circunstancial falta de tatuaje le permitieron confundirse con los milicianos y ser liberado antes del invierno. Los aliados apenas contaban con documentación para sus investigaciones y la escasez de alimentos con los campos de detención llenos les hicieron ser más generosos y permisivos de lo que hubieran deseado.

Una vez libre habría vuelto a Austria, pero consideró que el riesgo bajo la ocupación soviética era mayor, por lo que buscó suerte en un pueblo al sur de Múnich donde trabajó durante un tiempo como panadero. A pesar de los bombardeos, el frente de batalla no había alcanzado el sur y las comunidades de fieles al régimen eran mucho más fuertes, invisibles y organizadas. A lo largo de 1946 le habían llegado rumores sobre *Die Spinne*, la red local de ayuda para la fuga, y los juicios de Nuremberg le habían convencido, como a tantos otros, de que solo abandonando Europa podría alcanzar la seguridad.

Por las noches inciertas pesadillas le acorralaban, y agradecía levantarse de madrugada, agradecía trabajar junto al horno para recibir parte del calor que su cuerpo parecía ceder poco a poco. Al fin, a principios de 1947 una llamada resultó efectiva y recibió la visita de un cliente que no había visto hasta entonces. Tocado con un fedora verde olivo y una gabardina en la que una manga yacía plegada y cosida al costado, extendió su brazo útil y pronunció una sola palabra.

—Odessa.

Después de que Ethan atraviese el arco de seguridad se quedan en la cafetería del aeropuerto un rato, como si ese impás atenuara de algún modo su separación. Andrés, Michelle y Ari observan los aviones que despegan y fantasean si alguno de esos será su vuelo.

Andrés pregunta a Ari, con todo el respeto, si su lugar en una situación de esa gravedad no es cuidando a su novio, así en lo malo como ha sido en lo bueno. Ari toma bocanadas de aire y cuenta diez antes de responderle que ambos han decidido que es más útil buscando a Michi, obviando explicarle que además ya no son pareja gracias a su hermana allí presente, y lo despide sin previo aviso, levantando a Michelle y llevándosela. Andrés no sabe nada de su trato con Suárez y ella prefiere mantenerlo en esa ignorancia. El pobre evangélico queda atribulado ofreciéndoles su ayuda y rogándoles que le tengan al tanto.

Ari calla durante el retorno y Michelle no necesita preguntarle para adivinar que algo la angustia. Por fin le pide que se desvíen hacia un Denny's a medio camino. Después de ordenar se aíslan en una burbuja de silencio tenso y expectante. Al final de un largo paréntesis, Michelle pregunta.

—¿Qué es lo siguiente, por dónde se sigue ahora? Decime qué puedo hacer yo.

Ari se humedece la garganta y utiliza el inglés insegura de su español.

—Hablé con Ethan. Él quería hablarte, pero era estúpido si se iba a ir igual. No sé por dónde empezar... ¿Volviste a saber del padre de Michi? Quiero decir, ¿mantenéis el contacto todavía?

Michelle cavila unos largos y pesados segundos antes de responder.

—Sí, un poco. ¿Qué es lo que ocurre?

Ari se rasca el mentón insegura.

—Supongo que sabes algo del otro detective que nos ayuda. No digo Calvo.

Michelle asiente recelosa.

—Ahora se encuentra en Brasil. El padre de Michi es brasileño, ¿no?

Michelle se encrespa como un gato.

—¿Qué estás insinuando? ¿Que ha sido él? —Ríe con sorna—. Eso es imposible, no sabés...

—Escúchame. Michi no es la única niña desaparecida, se trata de una red. Conseguimos documentos de otros secuestros, siempre niñas. Yo conocía el nombre del padre de Michi por Ethan, Suárez no, por eso no pudo atar cabos. —Le entrega unos papeles—. Eran unas carpetas desordenadas, en algunas solo figuraba una foto de la cría y en otras estaba incluso el libro familiar. Henrique Teixera es él, ¿verdad? —Michelle afirma ansiosa—. Él figura como padre en al menos cuatro partidas de nacimiento. Son documentos oficiales, no son cartas privadas ni inventos. Él es el padre al menos de otras cuatro de esas niñas, en distintos países de América Latina.

Michelle entreabre la boca dibujando una negación. Frunce los labios y los destensa. De pronto otea en torno suyo como si no supiera dónde se encuentra y disimula una hiperventilación.

La vida de Walter Stobert era austera y metódica. Se despertaba de madrugada, trabajaba en el horno y, a media mañana, cuando había terminado el despacho, acudía sin variación al equipo de voluntarios para pelear junto a viudas, ancianos y lisiados en desescombrar solares, allanar caminos bombardeados, rastrear metales para fundir; dar de nuevo forma a la normalidad. En silencio, agotados y culpables, sin permitirse el llanto, la debilidad, como les habían enseñado. Para borrar tan pronto como pudieran las cicatrices del recuerdo.

Los vecinos admiraban su tesón, la energía inagotable que parecía animarlo, y nadie preguntaba. Nadie hacía preguntas nunca. Una gruesa matrona llegada de Berlín de gesto endurecido y caminar renqueante se apiadaba de su destructiva entrega y le servía generosos cazos de caldo en los escasos momentos de asueto. Se sentaba a su lado y sin cruzar palabra ambos devoraban la sopa con los mendrugos de centeno que él repartía. Y al entregarle y recoger el cuenco, único momento en que se rozaban, le estremecía el frío tacto de ese extraño que parecía no poder templarse ni empapado en sudor.

Walter había olvidado el calor. Aunque lo intentara no era capaz de imaginarlo, como un ciego enfrentado a los colores. Podría acercar la mano a la llama del horno y solo cuando su piel se chamuscara recordaría una tenue tibieza. Así se había provocado las quemaduras que deformaban su antebrazo sin que hubiera servido de nada. Desde aquella noche en Viena, hacía ya doce años, había ido perdiendo la percepción de su propia temperatura. El cambio, paulatino, había quedado amortiguado en sus temporadas en el este, pero le había resultado evidente a su retorno. La rara cualidad por la que empezaban a conocerlo y que horadaba su cerebro como una obsesión. Su vida se había convertido en una pelea contra el frío y el miedo que crecían en su interior. El miedo a ese frío que, suponía, le acercaba a la muerte. El miedo a morir atrapado en ese extraño sueño en que ahora vivía. El miedo a dormir y soñar. Ante todo a soñar. Por eso dormía apenas cuatro horas, no necesitaba más. Vivía escondido en su propia rutina, del ejército de ocupación, de la realidad de Europa y de lo que no quería averiguar de sí mismo. Y una madrugada primaveral de 1947, con la misma ausente efectividad que había dedicado a su anónima existencia allí, recogió las pocas pertenencias que podían interesarle y sin despedirse de nadie empezó a caminar hacia el sur, a treinta kilómetros, donde le esperaba su primer contacto. Había sido amparado por la organización clandestina Odessa.

Michelle deambula por el aparcamiento, sonámbula. Cuando Ari le confesó la vinculación del padre de Michi pareció desorientarse pero no reaccionó, como si no fuera con ella. Ari se lo volvió a explicar temerosa de que no hubiera comprendido, pero Michelle con clara molestia le pidió silencio gestualmente y se excusó señalando el baño. Se encaminó en sentido opuesto y salió al exterior tropezando como si anduviera ebria.

Después de pagar, Ari corre a su encuentro preocupada. Michelle trastabilla a varios metros del paso de cebra y un coche la sobresalta con un pitido. Se queda observándolo sin comprender mientras el conductor le recrimina el hecho de ser mujer. Ari la alcanza y la aparta.

—¡Michelle! Michelle, sé que es imposible de creer, pero tienes que decirme cómo encontrarlo, tenemos que hablar con Henrique, el padre de Michi. Él es el único que puede saber…

Michelle le dedica su mirada confusa y se desplaza hacia su coche. Se apoya en el capó y parece redescubrirlo. Responde en español.

—Era… le encantaba a Beto… su carro era lo que más apreciaba.

Ari la sigue en silencio. Michelle sonríe para sí.

—Beto y Henrique. Qué ironía. Nunca se me había ocurrido, ellos no se conocieron. Henrique nunca se molestó en conocerlo. Él me dijo… él decía que iba a llevarnos a la niña y a mí… —Se le quiebra la voz y una nueva resolución asoma a sus pupilas. Enfrenta a Ari con los labios secos y recupera su inglés.

—¿Y Ethan? ¿Él lo sabía?

—Lo hablamos.

—¿Y se fue para que me lo dijeras tú?

—Ethan casi no podía hablar…

—¿Se fue para que me lo dijeras tú? Ethan lo sabía pero se fue.

—Michelle, imagino cómo te sientes, pero…

Michelle se desfigura.

—¡No te imaginas cómo me siento! ¡No te imaginas nada!

Los camareros se asoman al exterior extrañados.

—¡¿Me dices que mi hija, mi hijita es como de una fábrica?! ¡¿Que Henrique las hacía por todo el continente y ella es una más?! ¡¿Y Ethan no ha tenido los pantalones de venir a decírmelo él?! ¡LE ESPERÉ HORAS! ¡Tanto que la quería!

Ari no sabe cómo calmarla, si moverse, si hablar. Nada de eso es lo suyo y en su fuero interno odia a Ethan por no estar allí, a pesar de haber sido ella la que lo organizó. Michelle da dos vueltas convenciéndose a sí misma de algo. Clava ojos furiosos en Ari.

—Ella no es un producto, ella tiene una luz. ¡Ella tiene luz!

Se monta en el coche sin invitarla a entrar. Su rostro aún enrojece más.

—Ella es especial, ¿lo entiendes? ¡Es especial!

Varios clientes se han juntado a los camareros ávidos de captar esa conversación en inglés que no entienden pero les recuerda a una telenovela. A Ari, celosa de su intimidad, le incomodan más esas presencias que la desesperación de Michelle, que no presta atención a unos ni a otra y arranca. Ari, estupefacta, la ve perderse en la autopista y se mantiene firme sobre el asfalto por no acercarse al público improvisado. Espera a que todos hayan entrado y con la dignidad que le queda se dirige de nuevo al interior, la única sombra en la que resguardarse en ese descampado.

El trayecto no era sencillo y el riesgo era constante. La primera noche Stobert durmió en un granero y la segunda al raso, pero la situación mejoró cuando cruzó la frontera de Austria, donde fue recibido en un monasterio de franciscanos que le facilitaron un transporte hasta Italia. Cruzaron el paso de Berno y por fin dejó atrás los Alpes, engañándose a sí mismo con la esperanza del calor mediterráneo. Nadie le hizo preguntas en el camino. Nadie preguntaba en aquella Europa. No existían las respuestas.

A pocos kilómetros de la costa se reunió con su contacto en una habitación de una posada rural y le explicó cómo se desarrollaría el último tramo del viaje. Al norte de Génova esperaría unos días en el campo de tránsito que había organizado W. Rauff, hasta que su documentación fuera confirmada. Después de barajar varios destinos utilizados por los excombatientes como Egipto, Líbano o Siria, decidió encaminarse hacia el sur del Atlántico, hacia Argentina. La comunidad alemana allí era extensa y el flujo de capital había sido constante desde antes de la rendición, lo que sumado a la gira que llevaba a cabo Eva Perón por Europa, donde se había entrevistado con el papa, creaba un ambiente muy favorable para la emigración.

En cuatro días recibió un pasaporte blanco sellado por el Comité Internacional de la Cruz Roja. Lo revisó detenidamente, era auténtico, ninguna falsificación. La Iglesia Católica intercedía por los estatus de refugiados políticos y la Cruz Roja emitía centenares de salvoconductos sin comprobaciones, abandonándose a la garantía vaticana. Su última gestión consistió en la visita al consulado argentino, donde recibió el visado de entrada y el certificado de identidad. A partir de ese momento pasaría a llamarse Fausto Aspiazi.

Finalmente, el 3 de octubre arribaría a Buenos Aires como pasajero de segunda a bordo del vapor Veneto. No volvería a Europa hasta treinta años más tarde.

Armando, el jefe de seguridad de Colônia Liberdade, desciende del Mercedes secundado por Lucas N., el jefe de protocolo y sus respectivos guardaespaldas. Ante ellos se alza imponente el rascacielos que ocupa en Ginebra la sede de SCHWINDT WORLD-WIDE, una de la principales empresas de seguridad privada del mundo y matriz del emporio Schwindt de servicios jurídicos y legales de todo rango. El aspecto intimidatorio cumple su función y acuden a la reunión acongojados y serviciales. Son gentilmente conducidos al piso 22 e instalados en una sala de doce por seis metros presidida por una mesa de vidrio negro templado para veinte asientos construida de una sola pieza. Una solícita azafata les ofrece bebida y los deja a solas quince minutos. Lucas y Armando están devorados por los nervios pero no se atreven a comentar entre ellos por si fueran grabados. No les fue comunicada la razón de la convocatoria, pero tampoco era rechazable. Desde la muerte del Sabueso esperaban las represalias, y ellos son las cabezas principales detrás del intocable «abuelo». No saben qué esperar de aquello. En su interior, Armando solo reza por que no se personen los hermanos Schwindt, cuya fama les precede. Al fin, por la misma puerta entran una serie de ejecutivos que ocupan parte de los asientos vacantes. Por último, una mujer en los cuarenta, con impecable vestido de Armani y rubia cola de caballo que pone a los asistentes en pie. Ocupa un espacio predominante e inicia las presentaciones en un diplomático francés que rebota en los paramentos y se mantendrá como idioma el resto de la conversación, forzando a un considerable esfuerzo a sus dos invitados.

—Permítanme darles la bienvenida en nombre de Schwindt Security, subsidiaria de Schwindt Worlwide. Les presentaré a los oficiantes en nuestra parte: el ilustre letrado Barnes, de la firma asociada Barnes & Barnes, y el ilustre Trujillo, representante en Ginebra de Smit & Betancourt, firma que les ha prestado servicios jurídicos en los últimos años. —Los invitados asienten nerviosos—. Al otro lado nuestros representantes del departamento de Relaciones Internacionales y mi ayudante personal, la señorita Barraud. Yo soy Monique Lombard, gerente de Schwindt Security.

Armando titubea presentándose, pero su interlocutora lo corta sin miramientos.

—En breves instantes nos acompañarán los dueños de nuestra firma matriz, los hermanos Schwindt. Hasta entonces esperaremos.

Y los recién llegados instalan un denso silencio que dura otros diez minutos y atormenta a los colonos, que siguen sin atreverse a comentar entre ellos. La incomodidad se difumina cuando empujan una puerta artesonada de caoba en el extremo contrario. Se difumina o se transforma. A través de esa boca triunfal un edecán acompaña a cada uno de los hermanos Schwindt a un asiento principal, presididos por el primogénito, de gafas ahumadas y pelo canoso. Los tres mayores visten trajes de chaqueta a medida que no los diferencian de sus empleados, el cuarto, se diría en los treinta, se cubre con una informal cazadora de cuero cuyo valor supera los diez mil euros. Ocupa el penúltimo asiento libre y frente a él dejan uno vacío que carga aún más el ambiente. Ninguno habla. A una señal invisible para el resto, Monique Lombard se levanta y reverberando sobre el oprobioso silencio se acerca al presidente, que bisbisea algo a su oído. Asiente y repite en voz alta.

—El propietario les recuerda que han sido invitados a una reunión al más alto nivel, a la que han acudido los principales cargos de un grupo empresarial para el que su colonia no merecería, como cliente, la atención ni de un director regional, y que tal deferencia se debe a las tradicionales relaciones de confianza con su líder, Fausto Aspiazi, y por tanto se pregunta por qué este no ha acudido como se convino.

Lucas, jefe de protocolo, acepta el envite e inicia la defensa con su mejor rostro. Sus palabras rebotan contra los pulidos paramentos como si hablara desde una montaña.

—Como, ejem, expresamos en nuestras comunicaciones, agradecemos la oportunidad de venir para explicar los sucesos y nuestro ánimo es de completa colaboración, pero debido a la avanzada edad y la frágil salud de nuestro mentor... —Monique se dirige a su asiento sin dejarle terminar, marcando los tacones para cohibirle.

El opresor vacío se apropia de nuevo de la sala hasta que los tres hermanos mayores se incorporan y la abandonan por la misma entrada por la que llegaron. El cuarto se mantiene en su sillón. El desaire mella la moral de los negociadores, que se encogen. Las suelas contra el mármol resuenan aún varios minutos después de que hayan desaparecido. Por primera vez el hermano que queda, al que han oído mencionar en rumores como Chacal, habla.

—Igualdad de condiciones.

MISIONES. 1951

Buenos Aires había sido un hervidero de espías desde el comienzo de la guerra, y aunque la vida resultaba fácil para la cantidad de fugados que la hormigueaban, la impunidad no era completa y los nervios afloraban con facilidad. Stobert, ahora Fausto Aspiazi, trató de encontrar trabajo de acuerdo a sus estudios como maestro en alguna escuela alemana. Sin éxito y en perenne estado de ansiedad, decidió partir. Un nutrido grupo de familias se estaba instalando al sur, en Bariloche, y otros se encaminaban a las sierras de Córdoba, espacios cuyo clima en muchos aspectos les recordaba los paisajes alpinos, pero él decidió dirigirse hacia la selva, de camino a la frontera con Paraguay y Brasil, donde las comunidades germanas eran exiguas. Su marcha no fue objeto de tristeza. Nunca se había integrado por completo y, aunque bienvenido en las reuniones, resultaba retraído, distante y sin embargo rodeado por un extraño magnetismo que envolvía a algunas mujeres, y ese atractivo en aquella circunstancia pasaba con facilidad de molesto a sospechoso. Él era igualmente consciente y por su propia seguridad decidió aislarse, alejarse del trato social. Ansiaba la soledad tanto como el calor, y sufría sin poder explicarse su mal. Se desplazaba empujado por una rueda enfermiza que no le permitía parar, como si solo el movimiento pudiera dejar su miedo atrás.

Al descender del autocar en su destino en Misiones, la temperatura se acercaba a los treinta grados y la humedad impregnaba el ambiente. Su anfitrión lo recibió divertido ante su aspecto: «¿Usted lleva abrigo hasta en la selva?».

Tras dejarles saborear el desprecio de los tres Schwindt ausentes, la gerente Monique Lombard expone a los colonos.

—Se han detectado graves irregularidades en el contrato de servicios pactado para su institución en Brasil y que condujo al deceso de Stefan Schwindt, director de operaciones a tal objeto. —Levanta un iPad y enumera—. Dicho Stefan fue reclamado para nuevas labores de rastreo en Colombia sin conocimiento de la firma, contando esta con especialistas que podían haber ocupado su lugar, misma labor que lo devolvió a Brasil con las consecuencias ya especificadas y, a tenor de los datos recabados, en términos de absoluta ilegalidad.

Armando queda lívido al comprender que han sido conducidos a una encerrona. El jefe de protocolo ruega calma.

—Se trató de extensiones de contrato contempladas, aceptadas y facturadas por el señor Stefan Schwindt, que actuó en nombre de su empresa. Desconocemos sus cauces de comunicación interna, pero como se expuso en el memorando…

Monique no le permite terminar.

—Insuficiente a todos los efectos.

Sus abogados la relevan.

—Se pueden adoptar medidas legales para concluir en el cierre de sus instalaciones.

—Y el cese de toda actividad comercial.

Lucas, con visible inquietud, retoma la palabra.

—No entendemos. Presentamos nuestras disculpas y nuestra disposición para negociar la compensación necesaria en sus términos. Somos los primeros en sentir la pérdida de un colaborador tan estrecho, pero se debió a riesgos lógicos tomados por él con plena libertad. Su firma ha sido garante de nuestra colonia durante décadas, no pueden…

—Así fue hasta hace un tiempo. Este desdichado incidente marca solo el final de una situación muy deteriorada. Ahora mismo solo vemos una salida aceptable.

El Chacal, ausente de todo lo dicho, vuelve a entrar en el juego.

—Queremos al viejo.

Los dos colonos lo observan estupefactos. Monique puntualiza.

—Es la única salida viable. Este evento solo la ha acelerado. Las, digamos, «extravagancias» de su líder pudieron ser obviadas por sus relaciones con las dictaduras durante la Guerra Fría, e incluso resultarían atractivas para algunos de esos trasnochados de la New Age, pero esas ideas cayeron en desuso hace más de veinte años. Hace tiempo que grandes empresas de la red han expresado su desagrado ante personajes de esa calaña, y el temor de que alguno de sus escándalos salga a la luz y dañe la respetabilidad de importantes marcas comerciales pesa más que su hoja de servicios, muy anticuada, por cierto. Es el momento de pasar página y elegir a alguien más adecuado. Alguien adaptado a estos tiempos, no un remanente de ideologías del siglo pasado. Esa persona podría encontrarse en esta sala ahora mismo.

Otro colaborador la secunda.

—Es ridículamente viejo, ¿no es verdad? Dicen que pasa los noventa, no le puede quedar mucho. Nos interesa recibirlo con vida, nada más. Por lo demás, solo van a acelerar lo inevitable.

Armando se enerva.

—¡Es una farsa! ¡Por eso lo querían aquí! Pero él es más listo que ustedes. ¿Quieren comprarnos con su puesto?, eso es que no han entendido nada. No pueden hacer eso, no comprenden su poder. Es capaz de cosas que dan miedo. Él… él tiene acceso a mundos que no imaginan. No han visto… yo he visto lo que puede hacer.

—No nos interesan sus supersticiones. Hace años que ciertos clientes se sienten atraídos por esa vertiente suya tan… esotérica. Algunas familias de renombre internacional están dispuestas a pagar unas cantidades irracionales por tenerlo. Es así de sencillo, la red ya no lo quiere, pero hay otros que sí.

—Tiene fieles que morirán por él. No sospechan las implicaciones de su lealtad.

—Como en todas las sectas. Nosotros sabremos manejarlo.

Lucas realiza su defensa postrera.

—¿Y si rechazamos su oferta?

El Chacal se pasa la lengua por los dientes y da su tercera y última respuesta.

—No es una oferta.

La experiencia en Misiones a lo largo de cuatro años derivó en una epifanía que daría rumbo a su vida. Alternaba oficios manuales con ocasionales clases de alemán para hijos de emigrados, y aunque las pesadillas no habían variado, aquel espacio le ofreció una tregua. La temperatura selvática parecía, si no remitir, al menos sí ralentizar el enfriamiento de su cuerpo dándole un temporal alivio, y los cambios que conllevó —mayor crecimiento de la barba, una retardada madurez en sus facciones— le permitieron profundizar en la observación de sí mismo, a lo que ayudaron las largas horas de madrugada y la soledad de su distante cabaña, la única que mantenía una estufa prendida todo el año. Tal vez su pérdida de temperatura no fuera síntoma de su próxima muerte, como había sopesado hasta entonces, sino de una anormal longevidad.

Sus actividades como profesor le facilitaron descubrir y probar unas aptitudes de las que no había sido consciente antes, que por falta de estímulo no había experimentado y ahora se evidenciaban. La pasmosa facilidad con que sus alumnos avanzaban en el idioma, la pasión que hasta los más desinteresados mostraban por sus lecciones, extendió su fama como maestro y en unos meses no pudo aceptar más trabajo. Antes de un año su dedicación era exclusiva y obstinada. Sin otro fin en su vida ni necesidad de descanso se enfrascaba diez, doce horas en su labor con tal de dar horario a su abrumadora clientela. No solo en alemán, su milagrosa capacidad docente abarcaba cualquier asignatura, y los escolares acudían a él como embrujados. Recibía regalos de las familias y ofertas de lejanas escuelas que rechazaba para orgullo de sus vecinos, que bien sabían que ni todas las horas del mundo de un maestro rural podían equipararse al sueldo de un instituto urbano. Pero a Stobert no le importaba el dinero ni el éxito. Él, primer sorprendido de tal prodigio, experimentaba y aprendía. Aprendía que no precisaba ningún sistema de enseñanza, y que le bastaba con leer una página para fijarla en la memoria de sus pupilos siempre que conectara con su mirada. Así definió su extraordinaria cualidad: fijación.

Durante dos años su ascendencia sobre los alumnos fue alcanzando cotas de las que él mismo dudaba, y aprendió que con un determinado tiempo y esfuerzo sus voluntades se doblegaban ante él como juncos tiernos, desplegándose el oscuro carisma que había causado inquietud en Buenos Aires y que no había sabido explotar. A cambio, aquellas aldeas perdidas le servían ahora el campo perfecto para la ejercitación en forma de lecciones. Los siguientes cursos los dedicó a otorgar a su autoridad hechuras de liderazgo y, por fin, dotarla de aires casi mesiánicos. Pero aún debía aprender las consecuencias de su juego. Por un lado, en paralelo a su evolución, las pesadillas se concretaban y el horror se aproximaba, despertaba vomitando y recordando una presencia real, unos ojos ardientes en el vacío que lo escrutaban y dominaban. Por otro, algunos padres recelaron y otros decidieron enfrentarlo, no les gustaba la ceguera con que sus hijos aceptaban sus opiniones, la adoración que le mostraban a pesar incluso del tacto frío, «como de un pez seco», que les había atemorizado al conocerlo.

En la primera discusión con un matrimonio decidió probarse y les espetó en dos frases cortantes que los niños eran mejores gracias a él, y que no debían poner en duda sus métodos. El marido, un exparacaidista endurecido, no admitió la insolencia y de un puñetazo lo tumbó jurando no volver a mandar a su hijo con ese mercachifle. La esposa, sin embargo, se arrodilló para socorrerlo apiadada y comprensiva. Especuló que durante la corta charla solo había tenido tiempo de dirigir su convicción a ella, y disfrutó satisfecho de la sangre que fluía entre sus dientes, aun sabiendo que su crédito entre esas cobayas se había agotado.

La oportunidad definitiva le llegó en 1955, cuando la caída de Perón era casi un hecho, y esta vez no la dejó escapar. Friedrich, un antiguo auxiliar de campo reconvertido en contrabandista con Brasil, ahora Federico, le habló de una colonia menonita que buscaba un profesor de su misma fe y había oído de su fama, y supo en ese instante que allí le aguardaba su destino. Se declaró anabaptista de inmediato. Sentía avidez por medirse ante una comunidad inocente, y como último ejercicio antes de partir decidió ensayar con un regalo para el padre que le había golpeado. Tomó a solas al mejor amigo de su hijo, centró toda su voluntad en su mirada y le entregó su compás repitiéndole que no se lo daba sino que él lo robaba, y que cuando se encontrara con su amigo le desbordaría la ira y se lo hundiría en un ojo. Que nunca entendería por qué lo había hecho.

La falta de respuesta del chiquillo le demostró que había tenido éxito.

Calvo se embute las mangas de la chaqueta camino del vestíbulo. En la sala principal sus ayudantes comparten dos tablas sobre borriquetas en tanto reciben el nuevo mobiliario.

—¿Oyeron, niños? ¿Nadie va a ir a almorzar? Se *los* aviso que luego no me lleguen tarde. Vamos: saliendo, saliendo…

Como una mamá pata va recolectando a los cuatro, dos de los cuales aún muestran moratones.

—Luego cuando están de vigilancias bien que me reclaman las horas de comida, y una vez que tienen el tiempo se quedan aquí hablando paja. Yo me voy a almorzar a la choza, pero cuando vuelva los quiero a todos aquí.

Ángeles cuelga el teléfono interno del edifico y le anuncia.

—Disculpe, don Adrián. Está subiendo la señorita Ari.

Calvo se vuelve fastidiado.

—Esta chiquita siempre llega sin avisar. ¿No le dijo que salimos a almorzar?

Ángeles se encoge de hombros.

—Está bien, está bien. Vayan todos, yo la espero. Aguarde usted también si no es molestia, Ángeles.

El ascensor cromado se abre y Ari se cruza con los ayudantes de Calvo, que la evitan bajando la mirada al suelo. Ella, embebida en su ira, no les presta atención. Calvo la aguarda con su mejor sonrisa.

—Qué inesperada sorpresa… ¿En qué puedo servirla? Pensaba que no nos quedaban negocios pendientes. Ejem, viera que salíamos justo para almorzar en este instante, ha sido por un pelo que…

—Le pido perdón. Michelle me abandonó en *el camino* y entonces *realicé* que no tenía celular ni sabía dónde es la casa que ella tiene, y allí están mis cosas y mi pasaporte y todo. Y *yo estaba mirando por* un taxi, pero esta dirección era la única que tenía —le muestra la tarjeta que le entregó días atrás— y he venido a pedirle ayuda para volver.

Calvo se rasca la frente.

—Ángeles, ¿quiere avisar a mi mujer de que no voy a poder almorzar con ella? Y trate de localizar a doña Michelle, hágame el favor. Dígale que la esperamos aquí. —Toma a Ari por el hombro—. Acompáñeme a mi despacho. Conoce el camino, ¿cierto?, es la puerta quebrada.

Para sorpresa de Calvo, una vez en el interior Ari desgrana prolija los avances de la investigación: la red de transporte, la conexión brasileña, la existencia de la colonia y su intención de viajar para reunirse con su contacto. Todo excepto la identidad de Suárez. Calvo toma nota de cada detalle con admiración.

—Ese amigo suyo me fascina. No recuerdo ver un trabajo tan fino. Pero no me cuenta esto por hacer tiempo, ¿cierto? ¿Qué necesita de mí, mi buena Ari?

—Hace dos días que no envía información, no ha respondido mis correos ni se ha vuelto a conectar a WhatsApp. Ha desaparecido.

—Ya veo. Tiene miedo por si avanzó demasiado solo.

Ari se muestra perturbada.

—Entiendo. —Y comienza a canturrear con ritmo de salsa—. «…mal anzuelo que tiraste, en vez de una sardina un tiburón enganchaste…». Déjelo, cosas mías. En fin, ¿qué quiere hacer? En esta no sé si podré ayudarla.

—Yo voy a Brasil. Y si algo pasó a mi contacto necesito más ayuda, allí no, aquí. ¿Tiene contactos *desde aquí hacia* Brasil?

Calvo silba ante la pregunta.

—Mi pequeña, Brasil no es como decir Costa Rica. Brasil es un continente, es como decir Europa. Me halaga su confianza, pero tenga bien claro que los contactos que le puedo ofrecer de Brasil serán… absolutamente ninguno, no soy tan poderoso. Para empezar, habría que pensar en Santa Catarina, no en todo Brasil. También es verdad que desde que existe *la* Internet ya no es necesario conocer a la gente en persona. Mis chicos podrían tratar de averiguarle si me explica qué es lo que tenemos que averiguar, aunque no le prometería nada. ¿Quiere buscar a su amigo?

—Quiero alguien que me ayude a encontrarlo a él y a la niña. Debo volar ya para allí.

—¿Un detective?

—No. La investigación ya está hecha, tengo una idea clara de dónde buscarlos. Necesito alguien que *va a entrar* allí conmigo, alguien con armas. *I need a hitman.*

Calvo silba por segunda vez.

—Se me había olvidado que usted no se anda con chiquitas. ¿Quiere un mercenario? Aquí podría ser, pero tan lejos…

Los interrumpe Ángeles por el interfono.

—Don Adrián. Aquí se encuentra doña Michelle.

—Mire qué bien, ya estamos toda la familia. ¿Le importaría pedirnos unos *sanguches*, también para usted, Ángeles? No sé usted, doña Ari, pero yo me estoy palmando del hambre.

Santa Catarina. 1955

La comunidad lo recibió con la curiosidad, el interés y el recelo propios de unos campesinos aislados e inseguros, que se negaban a actualizar costumbres y ropaje desde su llegada, ochenta años atrás, y él los tomó como tales de inmediato, decidiendo que merecían y necesitaban su liderazgo. El frío de su piel ya asqueaba al contacto, pero su carisma se había fortalecido y la seguridad en sus capacidades lo mostraba invulnerable. La primera semana percibió un defensivo rechazo, pero no se atreverían a expulsarlo tan pronto, al menos sin justificación, y ese plazo era todo lo que necesitaba. Le incomodó conocer la existencia de una villa próxima en la que, le informó el contrabandista, residían otros dos camaradas llegados en el cuarenta y cinco. Le rogó discreción pues temía, le explicó, que si se relacionaba con ellos su filiación no fuera bien vista por los menonitas, y acordaron que mantendrían su identidad oculta ante aquellos dos compañeros. Se tomó el primer mes para ganarse a los feligreses y se fijó en una joven atractiva que lo rehuía con desagrado pero que, ella no podía sospecharlo, no tendría una oportunidad. No le dedicó muchos pensamientos ni deseo, se limitó a decidir que ella sería su entrada social, acto seguido se volcó en sus padres y por último se centró en quebrar su voluntad.

Sin embargo, su presencia no pasó tan desapercibida como esperaba. Una mañana, caminando de vuelta por la foresta, dos uniformados se cruzaron con él y le saludaron en portugués. No había encontrado policías ni militares hasta el momento y la presencia le acongojó. Les devolvió un gesto amable y continuó su camino, pero uno de ellos le preguntó algo que no comprendió. Trató de expresar su desconocimiento del idioma con mímica, pero no los convenció. El que le había replicado dio una orden a su subalterno, que marchó presto en dirección desconocida, y una vez solos, para sorpresa de Stobert, le contestó en un alemán correcto y muy acentuado.

—Usted no habla portugués. No tenga problema, me gusta su idioma. Mi abuelo era bávaro, él me enseñó. Mi padre, mi familia, honramos su historia. Me llamo Marcelo Rocha, soy el jefe de la policía federal. Me contaron de su llegada y pensé en presentarme. No se producen muchos cambios en esta provincia.

—Gracias. Un placer. Vuelvo a mi casa, si me disculpa.

—Fausto Aspiazi.

—Sí, así me llamo.

—Raro nombre para alguien que no habla más que alemán.

—Lo nacionalizaron en Argentina. Llegué antes de la guerra.

—Ya… Bueno, pues encantado.

Stobert aprovechó la despedida para tratar de dejarlo atrás, pero el oficial no se movió de su sitio y le azuzó de nuevo.

—Sin embargo no ha visitado a sus dos compatriotas en el pueblo.

Stobert se volvió.

—No... los conozco.

—Ya... Ellos en cambio vinieron después de la guerra.

Se encogió de hombros. Marcelo le disculpó.

—Tal vez no comparten ideas.

—No puedo saberlo.

—Sin embargo, yo pienso que ellos tienen algo importante que contar. Hay muchos negros por aquí ¿sabe?, indígenas, más judíos ahora. El gran Brasil tampoco está a salvo. Los colonos prusianos levantaron este territorio, no era más que campo muerto. Y yo honro la memoria de mi abuelo, de su gente. Yo los admiro.

—No sé decirle. Yo solo pretendo ayudar a unos honrados cristianos.

Marcelo se encendió un cigarro e inspiró antes de seguir.

—Se avecinan tiempos de lucha, y entonces no será bueno andarse con remilgos. Vigile a los jóvenes. Los sionistas están jugando sus cartas y algún día vendrán a buscarlos, a usted y a sus colegas. Tiene madera de líder, dominará a esos *cometierras*, pero cuando llegue el momento le vendrá bien contar con un socio. Mi pregunta es: ¿podrá el Brasil contar con usted?

Stobert se mantuvo circunspecto, preocupado por sus palabras. Asintió y el jefe de policía soltó ceniza y sonrió antes de marcharse.

—Lo celebro, Aspiazi. El día se acerca y hay que elegir bando. Si me necesita, sabe dónde contactarme. —Y le despidió con el brazo en alto.

Tardó en olvidar ese inquietante encuentro y empezó a tomar nota de la evolución juvenil. Desde el final de la guerra el equilibrio mundial se había volcado; ideas como la pureza de la raza eran ahora anatema y el ubicuo cine funcionaba como altavoz de la nueva potencia hegemónica, Estados Unidos, que modelaba medio planeta de acuerdo a su propia mitología. Nada de la cultura europea quedaba, y lo poco que le alcanzaba, una errática intelectualidad atea y con una perniciosa simpatía por la izquierda, le preocupaba más aún. Aquella tierra se encontraba aún aislada de esas corrientes, pero llegarían, y la propia radio mostraba sus avanzadillas en forma de la música negroide que llamaban *jazz*. Marcelo lo sabía. En el futuro los aguardaba otra guerra.

Medio año más tarde se celebraba la boda, último requisito para considerarse un miembro completo de la congregación. Se había convertido en el nuevo maestro de alemán de la *colônia Irmaos menonitas,* y ese era solo el comienzo de su plan.

La atmósfera se electrifica tan pronto como Michelle y Ari comparten el despacho, pero para sorpresa de Calvo, que espera un drama, Michelle se dirige conciliadora y en inglés a Ari.

—Fui a buscarte al Denny's pero ya no estabas. Tenía que pensar.

Ari no contesta, no sabe manejarse en esas situaciones. Calvo solo caza palabras al vuelo. Michelle se sienta junto a Ari y le entrega una hoja impresa.

—Compré dos boletos de avión, de hoy en cuatro días. Para entonces ya habré hablado con Henrique. A lo que yo sé, vivía en Joinville.

Ari lee incrédula y responde en sorpresivo español.

—*What?* Yo voy a ir sola.

Pero Michelle no mantiene su habitual pasividad. Le arrebata el papel y cuando contesta le traiciona el tremor de la emoción.

—Es mi hija. Y ni usted ni Ethan tienen derecho a guardarse lo que averiguan de ella y tratarme como a una idiota, ¡¿lo entendió?! Y ni conoce a Henrique ni nadie más va a hablar con él *más* que yo. ¿Lo oyó? Y si quiere, pues no viene. Se acabó.

La tensión emocional se extiende unos largos minutos. Ari ha entendido más la intención que el mensaje, y Calvo se debate entre la curiosidad por la información faltante y las ganas de encontrarse muy lejos. Finalmente opta por terciar.

—Doña Michelle, como ustedes resuelvan no es algo en lo que yo deba entrometerme, pero doña Ari me hablaba hace un momento de encontrar ayuda en Brasil para localizar a su hija. No sé si…

¿querría seguir con eso? —Busca la conexión de ambas—. ¿Deberíamos… sí? Bien, de acuerdo. Si van a ir a Joinville, ¿eso es en Santa Catarina? —lo busca en su teléfono— …sí, está bien, ya tenemos un núcleo urbano más o menos grande, nos puede facilitar la labor. Doña Ari, el pueblo en el que desapareció su contacto no se encuentra lejos, podría ser un buen centro de operaciones.

Michelle se alarma.

—¿Quién desapareció?

Calvo resopla.

—¿No podrían ponerse de acuerdo antes de venir a verme? Ese detective suyo tan secreto ha desaparecido, y doña Ari con buen criterio me pedía buscar más ayuda antes de lanzarse a que las desaparezcan igual. Lo que me recuerda que aún no hemos tratado estos nuevos honorarios.

Ari expresa su disgusto inflando las aletas de la nariz. Michelle, atenta a su réplica, no añade nada.

—Hace una semana le pagué dos mil dólares por una llamada de teléfono. *Whatever*. ¿Cuánto va a ser ahora?

—No se lo tome mal. Usted me pagó por devolverle a Ethan y se lo llevé como nuevo, con el pequeño detalle de que me podían haber matado. No lo habrá olvidado tan pronto, ¿cierto? Igual, no les voy a cobrar nada por estas gestiones, ya hemos vivido mucho juntos y, como bien dice, me han pagado. A esta, digamos, invita la casa, lo único que me importa es sacarme el clavo que aún me queda.

Ari y Michelle aguardan intrigadas.

—Es simple. Dígame el nombre de su contacto. No pensará que si aún está vivo lo va a encontrar *junto* con la niña. Así también puedo buscarlo a él.

La fortaleza de Ari se resquebraja y es Michelle la que se alza con una resolución inaudita para sus interlocutores.

—Váyase *p'al* carajo. Aprovechando para conseguir por chantaje lo que no pudo como detective. Mediocre. Vámonos, ya haremos de otro modo.

Calvo la intercepta sumiso.

—Doña Michelle, aguarde, por favor, no pretendía molestarla. —En un parpadeo Michelle le ha desmontado la sorna que Ari y Ethan han soportado desde su llegada—. No piensen mal, no pretendo vengarme ni entregarlo a la mara, a nadie le importa de quién se trate más que a mí, nadie más sabe de él. Es demasiado bueno, es brillante —su tono se trufa de admiración—, ha pasado por debajo de todos los radares como un fantasma. Quiero conocerlo, y si acepta, ofrecerle negocio. Me fascina. Y si está en problemas, ¿qué mejor modo de ayudarle? No lo tomen a mal, pero si ese carajo fracasó allí con lo que consiguió aquí, puede que vayan de camino al infierno. Déjenme ayudarlas, obtener toda la logística de que sea capaz. Saben que me necesitan. ¿No ven que soy el más interesado? Quiero a ese huevón cerca de mí. ¿Qué me dicen?, ¡es un regalo!

Calvo las avasalla con su pícara sonrisa. Ari capitula.

—Solo quiero que le *ayudará*.

Calvo asiente con fervor infantil.

—Y si falto a mi palabra, Ari vendrá y me matará. ¿Pero no hemos vivido esto ya antes?

En el ascensor, Michelle dedica una única sentencia a Ari.

—Mi hija es única, no la conocés. Ella es especial, no una de tantas que engendró un desgraciado, ¿lo entendés? ¡A cagar lo que digan los papeles! Yo soy una fracasada, yo sé, pero ella... ella es única.

Y retorna a su gélido mutismo. En los siguientes días se refugiará en una distante cordialidad que Ari no se atreverá a importunar, dejándose guiar por esa latina que hasta ese momento había juzgado tan severa y que, muy a su pesar, empieza a despertar en ella un halo de respeto.

Ángela, la flamante novia, hacía honor a su nombre bajo el parco vestido –la ostentación no era bien vista entre los fieles– y explicaba a sus amigas que él era un buen hombre a pesar de su frialdad, física y emocional. Ellas saludaban su alegría, aunque su rostro no la mostrase, y la felicitaban por la fortuna de unirse al que sin duda era un maestro de almas, no siendo ella más que una humilde costilla. La idea, que el propio Stobert llevaba implantando con estudiada paciencia, quedó fijada en la sencilla mente de la joven. Él sería un gran pastor para los suyos.

La noche de bodas fue una prueba más desagradable de lo que había esperado. Aunque vistieron los camisones en todo momento y él resolvió rápido y contenido, el frío de su cuerpo traspasó la recia tela y le produjo pavor y desagrado. Fausto estableció que dormirían separados y ella se llenó de gratitud por ello. Los primeros meses fueron tranquilos y las arremetidas del varón escasas y breves, lo que agradecía a Dios porque su contacto le resultaba insoportable, algo que a su vez la llenaba de culpa. Como parte inconsciente de su expiación, la fantasía sobre el *pastorado* de su marido tomaba forma en su cabeza, y así se lo hizo saber en una conversación íntima al servirle la cena. Él se desmarcó con pretendida ignorancia: era cierto que los menonitas elegían al ministro entre sus miembros, pero debía ser nombrado candidato y votado después de un tiempo de oración y discernimiento, y no debían ser ellos dos, pecado de soberbia mediante, los que lo propusieran.

Meses más tarde los visitó Friedrich, Federico el Viajante, bajo la excusa de felicitarlos y entregarles un regalo, pero Stobert leyó la zozobra que lo conducía hasta él y lo apartó para interrogarle. Una vez a solas comprobó que el contrabandista se hallaba fuera de sí.

—Estoy acabado, ¡acabado! Tengo que salir de aquí, desaparecer. —Los ojos le deambulaban en busca de una imagen que no existía—. Ninguno estamos a salvo…

—Friedrich, cálmese. ¿Qué ha ocurrido?

—La vi en la recepción. La muy perra no me quitaba la vista de encima. Primero dudé si sería una prostituta, pero su mirada era desasosegante, me disgustó. La evité un momento y cuando me di la vuelta ya no estaba por ningún lado, como un fantasma. ¡La muy zorra! Era un maldito fantasma del pasado…

—¿Qué quiere decir?

—Estaba tatuada, Walter. Era una puta judía. Tardé un segundo en entenderlo, y ya había volado. Hay muchas comunidades en el país, llegan más cada año, como una plaga. Huyen de Europa y se auxilian unos a otros ocultándose en Sudamérica como cucarachas.

—¿Fue en Brasil?

—Sí, fue aquí. En Florianópolis. Me encontraba en un hotel, invitado a una recepción...

—¡Maldito estúpido! ¿Ha olvidado su disciplina, su juramento? ¿Cómo acude a una actividad pública de esa manera? ¿De qué la conocía? ¿Sospecha que ella le reconoció?

—¿Cómo lo voy a saber? Podría haber estado en cualquier vagón, en cualquier transporte, ¿acaso iba a reconocer al ganado? ¡Quién sabe! Pero ella... esos ojos...

—Nos puede haber comprometido a todos. —Stobert deambulaba urdiendo un plan cuando Friedrich despertó de su autocompasión.

—Debo avisar a los dos camaradas del pueblo. Debemos abandonar esta provincia. Hacia el norte, a São Paulo puede ser...

—No. No avise a nadie. Voy a intentar solventarlo. Espere aquí y ante todo no se comunique con nadie. Si su torpeza llega hasta Odessa tal vez ellos no sean tan magnánimos.

Cuatro horas antes de tomar el avión, Ari y Michelle se reúnen con Calvo, que les ha pedido hasta el último minuto para avanzar en sus pesquisas. Las recibe con su habitual simpatía y le sorprende el sutil cambio de roles que percibe, como si ahora Ari esperara el beneplácito de Michelle antes de tomar cualquier decisión. Las convida a un brindis.

—Señoritas, a lo que se ve esta puede ser la última vez que nos veamos, espero que por un muy breve periodo de tiempo, y que la próxima sea con los mejores augurios. Brindo por su éxito. Empezando por mi parte, les tengo malas y buenas noticias. Las malas

404

provienen de su socio. Investigamos todas las opciones que me dio, averiguamos por reservas en hoteles y entradas o salidas de aeropuertos, pero nada, o ese Suárez viajaba con pasaporte falso o, digamos, no lo hemos sabido buscar. Pero la suerte a menudo es la paciencia disfrazada. Lo que encontramos fue una denuncia de una empresa de renta de autos. A lo que se ve, no le fue tan sencillo falsificar una tarjeta de crédito y el carro lo alquiló con su nombre verdadero. Hace unos días encontraron el carro hundido en un río, y de feria, cuando lo buscaron a él no hallaron registro de su entrada ni salida del país, así que la policía se desentendió alegando tarjeta duplicada, y los de la agencia se la van a ver con su seguro porque se niegan a cubrirlo. No se crean que fue muy difícil de investigar, apareció en la prensa local y está en *la* Internet. Esas son las noticias que le gustan a la gente, una pizca de morbo, misterio y conspiración. Apenas hay que leer un poco de portugués.

—Son malas noticias.

—Viera que las peores. Según la prensa se alojó en el pueblo que usted me dijo, por donde está lo que llaman el valle de Europa, muy cerca de una vieja colonia de emigrantes alemanes, ya saben, protestantes, luteranos, lo que sean.

—¿Colônia Liberdade?

Calvo sonríe con suficiencia.

—¿Cuál si no? Mis chicos la rastrearon pero como grupo se ven bastante discretos, no hay rastro en la red más que en páginas gubernamentales por escrituras y herencias. Parece que también la mencionan en algún libro de investigación periodística, dizque por colaboraciones con la dictadura hace unos cuarenta años, como que más tarde les abrieron alguna causa por la desaparición de varios opositores, pero todo se archivó en medio de un escándalo judicial y al fin cayó en el olvido. ¿Adivinan el nombre de la firma de abogados que los representa? Smit & Betancourt. No les gusta que se hable de ellos.

Ari contrae los labios con amargura.

—Suárez no se merecía eso.

—Yo lo siento tanto como usted, pero me preocupa más que ustedes acaben igual. Mi consejo sería que no se acerquen a ese pueblo bajo ningún concepto, para eso les conseguí su *hitman*. Le dicen Caimão, no sé si nombre o alias. Es oriundo de Joinville, lo contactamos a través de una empresa de escoltas y guardaespaldas, se dedica a organizar seguridad en conciertos y eventos, pero nos dieron buenas referencias de otras actividades. Por desgracia no les puedo dar garantías directas porque no lo conozco, pero es lo más seguro que les puedo ofrecer. Hablan bien de él, dicen que es cumplidor, leal al pago y sin miedo, puede conseguir armamento y parece serio. Si les interesa, él ya sabe que van a ir, la naturaleza aproximada del encargo y que no hablan portugués, y parece que no hay problema con el inglés, trata con muchos artistas extranjeros.

Ari y Michelle le muestran gratitud e incluso Ari le ofrece un breve abrazo. Cuando desaparecen, a Calvo le invade una abstracta melancolía y se pregunta en qué momento se ha encariñado con una gente que no ha hecho más que joderle.

Stobert circulaba en bicicleta hacia la pequeña capital comarcal tratando de ordenar sus ideas. Armaba un plan tras otro pero se desmembraban antes de terminarlos. Chispazos de soluciones destellaban para apagarse de inmediato, todos inútiles, todos erróneos. El maldito Friedrich había arruinado su vida. Tras veinte años de fuga obtenía un posible futuro y se esfumaba por el error de un necio. Lo devoraban el odio y la frustración. ¿Cómo resolver ese desafío? ¿Podría encontrar a la judía, podría dominarla? Su persuasión precisaba tiempo, esfuerzo y una mínima predisposición; se veía incapaz y la ansiedad lo dominaba como en Argentina… De pronto, un susurro. Frenó y atisbó a los lados. Estaba solo. Le sacudió el mismo pánico irracional que lo despertaba a diario y pedaleó sin volverse, como si algo real se pudiera materializar en aquella explanada. Era la primera vez que sus terrores nocturnos saltaban a la realidad.

En la comisaría no supo presentarse en portugués, pero ante la sola mención de Marcelo lo condujeron a la planta superior, donde lo esperó media hora. Cuando este volvió y lo encontró sentado, se iluminó. Lo tenía donde quería.

—Sigo sin hablar portugués.

—Mejor así. Siempre es un orgullo practicar mi alemán.

—Me advirtió de los sionistas. He venido a verle porque puede que necesite su ayuda. —Esa confesión captó la atención del jefe de policía.

—¿Ha tenido algún encuentro con ellos? Me precio de conocer a fondo las comunidades judías bajo mi jurisdicción…

—Yo no lo he tenido. Un antiguo camarada puede haberlo tenido, y no es en su jurisdicción sino en Florianópolis, en un hotel cuyo nombre traigo apuntado.

—¿Y en qué puedo ayudarle con eso?

—Vengo a interesarme. ¿Se podría averiguar si alguien ha dictado una denuncia falsa? Una *vendetta* para calumniar a un ciudadano mediante insidias, inventando falsedades sobre su pasado.

—¿Ante la policía?

—Me preocupa por igual que haya contactado con alguna organización extranjera.

—Para eso debería haber realizado una llamada internacional. En el hotel tendrán sin duda registro. Por sus preguntas adivino que se trata de un asunto urgente. Espere en la sala exterior, haré unas consultas.

Stobert le agradeció sus gestiones y aguardó en un cuarto acristalado, sucio y húmedo en el que comenzó a tiritar. La ansiedad acrecentaba el frío. En un vetusto mueble descansaba un hornillo eléctrico con un cazo. Sus nervios aumentaban. Lo encendió. Buscó con la mirada, estaba solo. La resistencia vibraba y chisporroteó sobre viejas esquirlas antes de alcanzar el rojo. Nadie lo veía. La tiritona cada vez era más violenta. Nadie podía verlo. Plantó la palma sobre el hierro candente.

Marcelo abrió la puerta y olfateó una traza dulzona, como de piel chamuscada.

—Qué raro. ¿Se ha quemado?

Stobert pasó al despacho obviando la pregunta.

—Hice mis averiguaciones. La denuncia de la que hablaba… ¿podrá ser de una mujer?

—Sí, pienso que hablamos del mismo caso.

—Traté con el mando local. Tiene suerte de que dentro del cuerpo nuestra red es extensa. Conversamos sobre rechazos románticos: las retorcidas venganzas de las hembras despechadas, y los agravantes por la raza. Le pedí que imaginara la malicia femenina unida al rencor, la avaricia y la bellaquería propios de los judíos. Una semita que buscara redimir su sangre mezclándola con un ario, ¿no era esa la historia de la que vino a hablarme?

Stobert mantuvo un discreto mutismo.

—Dígalo, Aspiazi, maldita sea, llevo un año esperando oírle. Sé que usted no viene a mí por razones egoístas, sé que lo hace por ayudar a otro y su altruismo le honra, pero debe sincerarse si aspira a mi confianza.

La espera se extendió como una bruma que ocultaba a ambos. Una bruma que lo alejaba de tierra firme, desde donde Marcelo sonreía cínico sosteniendo el único farol que lo alumbraba. La única luz que le podía guiar, pero la misma que lo expondría.

—La raza judía es el cáncer de la tierra. Ellos son origen del mal porque el odio los gobierna. Su motor es la envidia y su herramienta la copia de las razas superiores, únicas generadoras de cultura.

Marcelo contuvo un escalofrío. Encendió un cigarro.

—Hay amigos en altas instituciones que celebrarán conocer que nos entendemos. Amigos que podrán ayudarnos en futuras ocasiones. Amigos a los que usted ayudará por nuestro bien común. Efectivamente, una maldita judía ha denunciado a un refugiado bajo la acusación de ser un criminal de guerra.

—Entenderá que se trata de ignominias.

—No estamos aquí para juzgarlo a él sino a ella. Es la pestilencia que puede extender lo que me preocupa. No nos consta que hiciera contactos exteriores, pero solicitó que se diera cumplida cuenta a la embajada de Israel. Han paralizado el canal por el momento, pero es evidente que hará comprobaciones y lo averiguará.

—¿Qué pueden hacer al respecto?

—No hay nada que podamos hacer como agentes de la ley, pero si la denunciante no volviera a aparecer no habría motivo para avanzar el expediente. Eso sí, deberíamos tener la garantía de que su retorno no es posible.

—¿Y cómo le ofrecería esa garantía?

—Me han informado con detalle sobre el hotel en el que se hospeda, un lujoso palacete al alcance solo de visitantes adinerados. La dama viaja sin compañía y suele acudir a cenar a la isla. Se trata de un paseo solitario que circunda una sima profunda a pocos kilómetros. Con el atardecer el rocío humedece los limos poco prensados y el tramo se vuelve resbaladizo y arriesgado. Se han perdido no pocos viajeros allí, sobre todo turistas descuidados. El gobierno local sabe que debe vallarlo, pero por ahora solo cuenta con un letrero de advertencia.

—A partir de este momento cuenta con mi lealtad de caballero como usted me ha otorgado la suya.

Ari y Michelle toman el vuelo rumbo a Brasil. Andrés las conduce de buen grado, como hiciera con Ethan, y las despide con una ternura poco acostumbrada en él y que les provoca una cierta congoja. Les recuerda lo que las quiere, da todo su apoyo y confianza a su hermana, mucho más de lo que ella está acostumbrada, y agradece a Ari por su desinteresada ayuda. Ellas lo despiden con el corazón en un puño por esa inesperada muestra de cariño y le dedican dos grandes abrazos a través de las mamparas que ya las separan de esa nación.

Ari observa una fragilidad diferente en Michelle desde que abordan, como si necesitara separarse de su tierra para encontrar algo de sí misma. Michelle pide tres copas de vino fortaleciéndose frente a algún fantasma que solo ella percibe y a mitad de vuelo, cuando se ha embriagado lo suficiente, desata una narración murmurada y alterna en inglés y español sin mirar una sola vez a Ari.

—Yo nací muy pobre. Yo sé que cuando le explico a alguien del primer mundo no comprenden la diferencia; nuestra pobreza es distinta. Mi papá era malo, por eso Andrés se escapó. Y después mi papá se marchó y mi mamá se juntó con mi padrastro y le hizo a Beto, y después también se marchó. —Michelle suspira y deja que caiga una lágrima—. Mi mamá a lo mejor no era buena, pero ella siempre me dejó ir a la escuela. Yo era bonita y me molestaban y... otras chicas de mi edad ya con los novios y embarazadas, pero yo nunca me eché novio, yo quería estudiar, yo quería salir como Andrés. Andrés siempre fue el que más me ayudó, y yo solo soñaba con huir, pero tenía la suerte de que mi mamá me dejaba estudiar, otras no lo hacían. Y yo sacaba las notas, siempre para la mejor, y no temía a los chicos porque lo que me tenía que pasar ya en casa me había pasado. Por eso solo a estudiar, y a soñar con que me iba con Andrés, que vivía en otro lado. Soñaba que era feliz algún día.

Ari no muestra la empatía que por primera vez le inunda.

—Entonces apareció él en el colegio. Tenía el pelo negro pero se veía europeo, por la familia. Era muy guapo, imponente, lo que le decían que tenía percha. Hablaba muy bien español, casi como nativo, pero con el acento brasileño, y para mí era romántico y misterioso, como un viajero que lo sabía todo de la vida, siempre con ropa de marca, con reloj deportivo y una BlackBerry de entonces que era el celular de los ricos, yo nunca había visto una. Y entre las niñas se contaban que era hijo de diplomático, aunque sabíamos que era una fantasía, pero ¿y quién sabía? Yo recién cumplía diecisiete y me encontraba para marcharme o pagarme una universidad trabajando, cualquiera de los dos me valía. No recuerdo cómo lo conocí, si presentados o qué, no lo sé, pero él desde el principio venía a buscarme, por la fama de guapa decían mis amigas, y otras que por buscona con envidia; como sea que llegaba a recogerme al colegio en su Lexus, delante de las compañeras, y se bajaba a abrirme, y me prometía que yo era su único amor y que para siempre mi amor y mi corazón y que si no me veía un día se moría y... —Michelle mantiene la cabeza baja y no enjuga las lágrimas, que caen lentas sobre sus rodillas—. Yo tenía diecisiete y él como treinta o más, y yo iba con el uniforme porque no tenía más ropa, y entonces él me besaba y yo ya no veía otra cosa en mi mundo. Yo no quería nada más que a él, que me llevara donde quisiera, para servirle y bendecirle el resto de mi vida. Y cuando me quedé embarazada yo tenía terror de que mi mamá me golpearía hasta matarme, pero él se llegó delante de ella como un caballero y le contó que se hacía cargo y de una sola le dio quinientos dólares «para que se vaya comprando ropita para el bautizo», y yo me sentía muy desgraciada pero me decía todos los días que tenía que ser feliz por afortunada, con tal galán que me amaba de esa manera aun después de preñarme, pues bien había visto a los novios de mis amigas escapar a la primera sospecha, y un hombre así de verdad que se responsabilizaba y me traía regalos. Pero yo sufría porque sabía que era todo culpa mía por estúpida y que él me había pedido hacer el amor sin nada porque el gorro no era de enamorados sino de prostitutas, pero yo ya sabía que también había pastillas, y en el colegio se arrancaron a decir que si no era que lo había hecho al propio para cazar al macho, y que qué bien que la tenía organizada. Él me cuidaba, me decía que el bebé era lo que más deseaba en el mundo, y me hacía mil promesas para casarnos, y debería haber sido la época más feliz de mi vida, pero yo lloraba por las noches porque me sentía muy desgraciada, porque todos me señalaban, por concubina y aprovechada. Yo le pedía que nos casáramos y él que sí, pero que quería hacer una boda especial para que todos me vieran como el ángel que él veía, que quería que fuera la novia más bella, pero yo no quería casarme con el niño nacido, y menos aún con toda la barriga, que ya me asomaba por *todo lado*, y él no hacía más que prometerme y jurarme que todo andaba bien y que tomaría cargo de todo y me iba a convertir en su reina, y me llevaba a los mejores ginecólogos a hacerme las pruebas y me quería sacar del colegio aunque yo no quería. Y fue así hasta que me hice no recuerdo la

411

prueba, creo que con cinco meses, que ya corroboraron que era niña sin ninguna duda, y él le hizo repetirlo al doctor mil veces y explicárselo con la ecografía, y que pagaría las que fuera necesario para estar seguro, y a mí me repetía «mi amor, mi dulce, mi princesa» y lo feliz que le hacía porque una niña era lo que él deseaba. Y desde allí se fue a pagar la cuenta mientras yo me vestía y... fue una de las experiencias más patéticas de mi vida. Y yo me senté a esperarlo con mi ilusión, para abrazarlo y sobre todo que me abrazara y me diera fuerzas porque yo sentía que todo eso era mucho para mí, pero no volvió. Fue tan así. Yo salí al pasillo y me senté a esperarle, y allí me quedé media hora, primero tranquila y ya más preocupada, y me daba vergüenza porque las enfermeras pasaban una y otra vez y me sonreían, con otras parejas, con mujeres mayores que yo que me miraban, y yo me moría de la vergüenza, y me preocupaba mucho porque no entendía nada, pero no me atrevía a moverme de allí por si él llegaba en ese momento, ni me atrevía a ir al baño, hasta que cuando pasó una hora una enfermera ya se me acercó y me preguntó: «¿Espera a alguien?». Yo me quería morir, sentía que me ardía la cara, y le expliqué que a mi novio, que había ido a pagar la consulta. Y ella se extrañó pero me dijo que me acompañaba y me llevó a la cajera, y la cajera me dijo que el chico que decía yo había pagado hacía una hora y se había marchado, que ella le había visto montarse en el carro y marcharse, que no le había dicho nada de mí ni ella sabía. Hasta ese momento nunca pasé tanta vergüenza. Yo no tenía ni dinero, no tenía más que mi cédula y mi ropa y no sabía qué hacer, entonces me inventé que era que él había ido a comprar algo y me había olvidado, que ahora volvía a por mí, y me ofrecieron que le esperara en la sala de visitas, que desde allí lo vería llegar, pero les dije que no, que prefería fuera, que muchas gracias, y entonces la enfermera me dijo que me acompañaba, y me preguntó si no tenía dinero y me dio un billete, me dijo que para mientras lo esperaba, que por si necesitaba algo. Yo quería ponerme a llorar, quería morirme, pero solo le dije que gracias y que en cuanto él llegara se lo iba a devolver, y ella me dijo que no era necesario.

Pero ni siquiera me fui, aún me quedé otras dos horas esperando en el parqueo fuera, como una idiota, viendo los carros entrar y salir sin saber qué hacer, inventando mil razones para que él se hubiera ido y volviera, llorando, imaginando. Y al final vi a la enfermera que ya salía vestida de calle y me escondí detrás de un auto para que no me viera. Ya era de noche y la calle se iba vaciando, y entonces, al verla a ella irse a su casa, fue cuando entendí que él no iba a volver, y con el billete que me había dado tomé dos buses para volver a la mía.

Stobert no llegó a formular una estrategia, improvisaba tratando de acomodar las incoherencias que él mismo provocaba y que podían arrastrarlo a prisión, o en el mejor de los casos arruinar su imagen frente a la comunidad, no podía aspirar a más. Había ordenado a su esposa mantener a Friedrich en la cabaña, ocultando su ausencia, y había vuelto en secreto para recogerlo y partir con discreción a Florianópolis, pero sabía que el rumor se extendería y si no justificaba esa falta antes de que se hiciera pública, su estancia con ellos quedaría condenada. A pesar de haber resuelto el problema de la delatora el riesgo para él seguía siendo igual de alto.

Los acantilados batían traslúcidos y fantasmales bajo la luna creciente. Así los recordaría desde entonces, nunca volvería a verlos. El arreglo fue agrio, trabado, sucio, atroz. La mujer chilló y lloró enloquecida por su pesadilla rediviva, rogó y maldijo, luchó y perdió el sujetador en la pugna, aterrizando semidesnuda en una postura grotesca e indecente.

Era cerca de medianoche y aún les quedaban sesenta kilómetros por delante cuando Friedrich se orilló con la excusa de estirar las piernas. La realidad era que no había parado de temblar y conducía como un borracho. El muy cobarde no solo no le agradecía su ayuda sino que parecía irse a hundir en cualquier momento. «No es como antes», le repetía, «no es como entonces». Friedrich se había reblandecido, lo había demostrado con sus recepciones y sus hoteles caros, se había aburguesado y ya no era confiable. Empalmaba un cigarro tras otro con pulso temblequeante y rezongaba para no volver a la cabina del automóvil. Stobert sintió asco por su antiguo camarada. Asco y vergüenza. Y ese repudio le iluminó. La idea tampoco surgió como una respuesta estructurada. No sabía cuál sería su siguiente paso, solo cuál debía ser su reacción en ese momento, tal vez su última oportunidad para eliminar al que se había convertido en el peligro más inmediato. Friedrich no era confiable. Se descorrió el cinturón de la gabardina y preparó un nudo centrado. Friedrich no era confiable.

Michelle ha tenido que tragar saliva dos veces para continuar, pero su voz no emite un gemido ni una queja.

—Henrique ya nunca más volvió. Yo me quedé sola y entonces toda mi vida sí que se me fue por el caño. Ya al día siguiente que él no vino al colegio todo el mundo sabía, todo el mundo hablaba y yo lo sentía. Mi mamá fue la peor, ella me decía y me llamaba perdida y que todo era mi culpa y él me había huido, y tuve que abandonar los estudios y me puse a trabajar porque ella decía que no iba a mantener otra boca más en su casa porque yo fuera una floja. Después nació Michi y ya el resto no tiene relación con él. Bueno, aún sí. Antes del parto yo lo buscaba como loca, y hasta ese momento caí que no tenía modo de encontrarlo, que él era siempre el que había manejado la situación. Me llevaba a un *loft* alquilado en la ciudad y siempre íbamos en su carro y yo no sabía llegar, y mis amigos que lo conocían en verdad tampoco sabían localizarlo; había cambiado de número de celular y ya con eso había desaparecido. Era así de fácil entonces. Pero yo no paraba de buscar y hasta que encontré su apartamento, claro que él ya no vivía allí, y me contó el conserje que lo había alquilado antes de conocernos y lo había dejado como al día siguiente de mi prueba, pero él sí tenía otro número suyo. Yo se lo pedí y le llamé en el mismo momento. Entonces yo ya estaba de ocho meses y ya no me hacía más pruebas que las de la salud pública, que eran muy pobres y muy pocas porque no podía pagármelas, y andaba de aquí para allá con mi uniforme del colegio y una panza que era el doble que mi cuerpo, y era muy niña y me sentía terriblemente sola e infeliz. Le llamé y cuando escuché su voz empecé a llorar. No sabía ni por qué, no podía sentir alegría ni tristeza ni odio, solo lloraba. Él me reconoció pero no cortó la llamada, me dio unas explicaciones muy vagas y me preguntó dónde estaba para irme a buscar. No sé, no recuerdo con claridad, me contó alguna justificación que yo elegí creerme y me repitió las mismas promesas dobladas, y que me iba a mandar no sé cuánto dinero a casa de mi madre solo para que viera su interés. Yo le quería ver en ese mismo momento y le pedía su presencia, era lo que necesitaba, no el dinero, pero me explicó que no estaba en la ciudad y que le esperara, que volvería mañana, y para demostrarme que no mentía me enviaría el dinero esa misma tarde. Yo volví a la casa porque no tenía elección, porque no sabía qué hacer ni cómo reaccionar. Y allí de nuevo me senté a esperar, hasta quedarme dormida. Ese fue su último contacto, cuando lo llamé al día siguiente el número ya lo había anulado y cuando volví al apartamento no tenían más datos. Después de parir ya pude encontrar trabajo. Cuando Michi tenía algo menos de dos años pude irme de casa de mi mamá y cuando Andrés me invitó con él en Estados no lo dudé. Andrés fue siempre el único que me ayudó. Esa fue la historia.

Ari guarda silencio ante la desgarrada sinceridad de Michelle, que se limpia una gota de la nariz.

—Unos años después unos conocidos me dieron una dirección en Florianópolis, la capital de Santa Catarina. Él había seguido en contacto, no era que intentase borrar todo su rastro, solo me había dejado tirada como un trapo, pero con diecisiete años yo no había tenido herramientas para buscarlo. ¿Y de qué me serviría aquello entonces? En realidad yo no sabía nada de él más que, que era un vividor que me había usado y abandonado. Aproveché para escribirle una carta liberando todo lo que sentía; no sé si la recibió pero al menos me ayudó a superarlo. Mucho después, hace como tres años, de pronto recibí un correo electrónico suyo pidiéndome perdón. Fue demasiado raro porque no parecía la misma persona, me decía que estaba arrepentido y que en verdad me había querido y se preocupaba, pero que entonces no controlaba su vida, y me pedía mi dirección actual para enviarme dinero para ayudar con la niña, porque quería tomar responsabilidad de sus actos. Yo se la envié y empezaron a llegarme cien, cincuenta dólares cada dos o tres meses, siempre avisándome primero. Yo les pregunté a mis conocidos y me contaron que ya no lo veían, que había ido a vivir a Joinville y había entrado en una congregación pentecostal, la Iglesia Universal del Reino Celestial y que no habían vuelto a verse. Él me sigue enviando algo, imagino que cuando puede. Después de irme el otro día le escribí pero no me respondió. En la página de su Iglesia encontré el templo de Joinville, el oficio es los sábados y los fieles no pueden faltar, si no la abandonó lo encontraremos allí.

Ari solo afirma, insegura de qué contestar.

—Hay algo más. Pensé en todo ello. En lo que yo he provocado y lo que es mi culpa. En lo que tengo que hacer.

Ari no la sigue.

—He traído el pasaporte de Michi. Si la encontramos lo necesitaremos para sacarla del país. Y esto. —Le entrega un documento sellado y timbrado—. He pensado en lo que puede pasar, por lo que le pasó a Beto, en cuando yo me quedé sola. No sabemos dónde vamos y... es mi declaración ante notario, te nombré tutora legal de Michi. Solo estamos nosotras, no sé si Ethan volverá, y me dio miedo de pensar si me pasara algo, que se tuviera que quedar con un papá que nunca la quiso, que ni la conoce. Te pido disculpas por no decirte antes, es solo un trámite de seguridad. No quiero que Michi se quede nunca sola.

Ari trata de reconfortarla pero le traiciona la voz. Emite un lacónico «Claro».

Ángela se despertó cuando lo escuchó entrar en plena madrugada. Se levantó para prepararle una sobrecena o calentarle agua para un lavatorio, pero lo que se encontró le encogió el corazón. Educada en la contenida tradición de su Iglesia, reprimió cualquier sonido y se aproximó para auxiliarlo: era evidente que había sufrido violencia. Ninguno habló. Lo desvistió, llenó varias palanganas y con serena prudencia retiró la sangre seca y el barro y fue lavando, curando y cauterizando cada herida. Una vez terminado observó que la mayor parte eran superficiales y que el único daño visible cuando se vistiera sería una hemorragia ocular.

Stobert a su vez resultaba ajeno a los cuidados de su mujer, como si aún no hubiera alcanzado la casa. Su parte racional sabía que su situación se había agravado y no tenía escapatoria, pero su mente seguía atrapada en un bucle que no se terminaba de cerrar. Le resultaba imposible reconstruir sus actos posteriores a pesar de haber conducido junto al cadáver sesenta kilómetros, como si nada hubiera quedado de aquello. Sabía que había limpiado las huellas y que lo había acomodado para la vuelta, pero no era capaz de evocar ninguna imagen del trayecto. Podría repetir con precisión la ruta como si recitara un examen, pero ninguna sensación acudía a su cabeza, como un relato leído en un libro imaginario. Su espíritu volvía una y otra vez al calor de la frente de Friedrich contra la suya, los pelos desabridos introduciéndose en su boca y la tensión del cinturón que parecía desgarrarse. La idea que le abrumaba en ese recuerdo era el miedo, el terror de ambos y la increíble fuerza que desarrollaba el moribundo. El miedo compartido, y en esa comunión monstruosa, el calor de Friedrich que de algún modo le había irradiado. Toda esa peripecia se reducía ahora a un forcejeo ciego en el que solo sus arañazos, solo su bufido, solo su abrasión eran reales. Nunca antes lo había percibido con aquella intensidad y nunca lo volvería a conseguir. A partir de entonces su obsesión empeoraría con los intentos siempre fracasados por replicarlo, su convicción de que no se había transmitido por el tacto sino por un sentido desconocido para la ciencia, un sentido que en su interior había trazado un mapa preciso de su víctima: la violencia de los espasmos, las extremidades como motores encendidos, dibujadas por su emanación sin siquiera rozarlo. Sabía que aquello no había sido una sugestión circunstancial, no era un recuerdo inventado. Friedrich decayó sin cejar la lucha: los manotazos inútiles, las rodillas buscándolo, las uñas hundidas en su cara dejando cicatrices que nunca se irían. Y Stobert unido a él por el pánico a soltarlo, a perder la soga, a quedar doblegado en aquella agónica demostración de supervivencia, como un acto sexual inhumano.

Fue su cuerpo el que ganó la batalla, no él, fue el pánico animal el que tensó sus músculos y le inmunizó al dolor de la uña atravesando el párpado, desgarrándolo y arañando el globo, el que le mantuvo firme hasta que las garras cedieron evaporando en el aire el calor que exudaban, que llegó a quemarle justo antes de expirar. Y la voz ajena, como el susurro en el camino, que se regodeó en un lenguaje inasible por el sufrimiento de ambos. La voz que le mostró los dos miedos, el suyo que ya conocía y el de Friedrich a través de la asfixia. La voz, siempre lo supo, que abrió un canal entre los dos solo para compartirle el horror del absurdo, el vacío de la muerte. Solo por mostrarle. Hasta que Friedrich se aflojó y se hizo blando y pesado, descolgándose sobre él como un envoltorio vacío que diluía su contenido en la nada, una bolsa desaguada en el mar. La voz, que por primera vez había oído fuera de sus sueños, le había obligado a seguir hasta ese punto y perderse por ningún motivo. Por multiplicar el terror que ya nunca le abandonaría.

Stobert había limpiado el asiento, acomodado el cadáver, conducido con él y abandonado el coche en el pueblo para volver caminando a la colonia. Había compuesto la narración que construiría al siguiente día a sabiendas de que no funcionaría, que los vecinos hallarían el muerto y lo buscarían, pero nada de aquello se registraba en su memoria. En su recuerdo volvía una y otra vez a esa agonía que no acababa nunca, como el preludio de su propio infierno. Que no acababa nunca.

Stobert no durmió. Le obsesionaba esa breve radiación tras más de veinte años de frío. Le obsesionaba la presencia que le había rondado, la agonía y la muerte, y con el amanecer, la realidad que volvía para hacerle pagar los errores que había acumulado. Ahora, que como en una resaca constataba la endeblez de sus premisas, la imposibilidad de que funcionara nada de lo planeado, como si lo hubiera ideado borracho.

Ángela despertó antes del amanecer y le preparó el desayuno sin una sola cuestión, cumpliendo con su deber. Él, agotado, enjuto y ojeroso, le encargó solicitar una reunión a los decanos de la comunidad a primera hora, antes de que les llegaran noticias de sus movimientos furtivos por otras bocas. Resignado, prefirió seguir adelante con el plan para ganar tiempo de cara a una fuga.

Cuando lo sentaron frente a los mayores en el amplio salón vacío, inició su relato como lo había construido en origen, antes de que la situación se retorciera, y lo fue completando con agujeros y absurdos para los que no tenía respuesta. Repitió la pía descripción que conocían de él mismo y de Federico, y argumentó que este había acudido a pedirle consejo porque había descubierto que sus dos coterráneos del pueblo eran criminales de guerra fugados, y temía por su vida. Stobert sabía que la mayor parte de las congregaciones alemanas del extranjero habían apoyado el nacionalsocialismo, y que era una cuestión de suerte la reacción de aquellos supuestos sabios, así que arrojó el dado confiando en que su persuasión pudiera forzar la cara que necesitaba. Para su alivio, acertó. Aquellos cristianos, poco conocedores de lo ocurrido y menos habituados a la mentira, no vieron motivo para no creerle y se espantaron del término «criminal de guerra». Le preguntaron por Federico y rogó perdón en nombre de los dos por no compartir tan dolorosa verdad hasta esa misma mañana, aduciendo que él mismo se lo había pedido para poder enfrentar a esos dos malvados a solas, guiado por la fe de Dios y con la confianza de arrastrarlos al arrepentimiento. Por supuesto, la candidez de esa gente no alcanzaba para creer que aquello tendría un buen fin, y escandalizados enviaron de inmediato un carro al pueblo para informarse de lo ocurrido y, en su caso, contactar a las autoridades.

Stobert observaba incrédulo su éxito inicial. Calculó que el viaje y el revuelo le darían un par de horas de cobertura para desvanecerse, suponiendo que Marcelo tampoco pondría interés en encontrarlo por lo que a él también le convenía callar. En el último momento se recriminó por no haber dejado el cadáver tirado y haber escondido el automóvil, que ahora podría utilizar en la fuga. Se acercó a su cabaña para hacerse con un cuchillo y calibró la posibilidad de robar un caballo, pero la desechó para evitar dar a los menonitas un motivo para buscarlo. Sin embargo, algo no funcionó como esperaba y, cuando se disponía a marcharse, el único coche de policía de la región surgió por el camino principal, empolvando los márgenes y atrayendo la atención de niños y mayores, nada habituados a esa imagen. Detrás, a base de látigo, rodaba el carro. Stobert se detuvo consciente de la futilidad de cualquier gesto. Las portezuelas se abrieron y descendió Marcelo con dos oficiales. Se le aproximaron y Marcelo le saludó con sorprendente afabilidad.

—Buenos días, Aspiazi. Usted aparece en todos los caldos.

—Me temo que no le comprendo.

La población se concentró en torno a ellos. El rostro de Ángela asomó entre otros manteniendo su mutismo.

—Nos cruzamos con la carreta que enviaron llegando al pueblo. Nos repitieron lo que usted les había contado y nos ha servido de gran ayuda.

—Sigo sin comprenderle.

—Una vaquera se encontró con el cadáver de su conocido Federico, el tratante, cuando sacaba el ganado antes del amanecer. Nos llamaron desde el teléfono del pueblo y cuando nos personamos, sus dos compatriotas, con los que sabemos que usted no guardaba contacto, habían desaparecido. Con su declaración, que si tiene a bien procederemos a tomarle en la prefectura, todo se aclara y podremos emitir la orden de captura.

Sus vecinos escuchaban admirados. A él le costaba creerlo. Se había convertido en un héroe. Había abandonado el cuerpo con la imprecisa y ridícula idea de implicarlos en el crimen, por proximidad a falta de una mejor lógica, y aquellos soldados, de sentidos más afinados que los granjeros, habían sido los primeros en hallarlo. Lo habían leído como una amenaza sionista: que aquel entorno ya no era seguro, y con disciplina militar, antes de que nadie despertara, se habían esfumado.

Marcelo inquirió después a Stobert, que adaptó para él el relato. Habían desaparecido a la incómoda testigo (que le había herido en el ojo) y Federico había decidido compartirlo con sus camaradas, que por algún motivo habrían desconfiado y lo eliminaron. Como suponía, no se tramitó ninguna orden de búsqueda. A nadie le interesaba. Aquel exiliado descansaría en una de tantas tumbas anónimas.

A raíz de aquella concatenación de hechos: la guía espiritual solicitada y prestada a su amigo, el respeto a su voluntad y al secreto rogado y los valores morales mostrados, el consejo le comunicó que había sido considerado como candidato al *pastorado* y era invitado para ofrecer una homilía a la congregación. Del modo más insensato, su momento había llegado.

El portón principal de Colônia Liberdade se abate mostrando sus entrañas: un doble carril conduce a una plazoleta con barrera que marca el acceso original. El coche de Lucas y Armando avanza y dobla a la izquierda, hacia el centro comunitario donde se estructuran las viviendas de las principales familias, los diversos salones de reuniones, la iglesia y la escuela y, encuadrado por esos edificios, el insólito palacete de cristal que hace años se convirtió en residencia fija de su líder. Muy lejos se asoma el perfil del antiguo hospital, hoy en desuso.

El palacete se compone de dos plantas, la baja cerrada por muros de ladrillo enfoscados y ornamentados con murales infantiles, y en la primera, accesible por las escaleras interiores, el invernadero vivienda del «abuelo». Este peculiar diseño obedece a una lógica bien definida: el invernadero se edificó sobre la sala de calderas que abastece a todo el complejo, de este modo su sistema de calefacción quedaba sobredimensionado, como Fausto Aspiazi había previsto. En los años ochenta, cuando abandonó su labor pastoral, trasladó allí su oficina y en los últimos quince años apenas la ha abandonado. Todo el personal cumple desde entonces visitas obligatorias y los niños una clase semanal para mantener su impronta, pero, a su pesar, esta se diluye y los más pequeños odian acudir a aquella sauna acristalada.

Armando y Lucas se acomodan del mejor modo posible para aguantar los más de cincuenta grados y abren la cristalera empañada. En el interior, cubierto por una voluptuosa flora que lucha por abrir la cubierta, atestado de insectos que acribillan al que entra e ignoran a su bienhechor, y regado por una condensación que por momentos semeja lluvia, un tenue camino ya casi borrado por las matas que se desbordan conduce al espacio central, en el que parece haberse instalado un cuarto de hospital. Desde la cama de sábanas húmedas, una endeble figura empuja un andador hasta una mesa de despacho con un gotero conectado al brazo. Una vez allí se desploma con esfuerzo en su sillón ejecutivo. Walter Stobert, Fausto Aspiazi, los espera. Su cuerpo semeja un esqueleto cubierto por una piel colgante y ajada, y los dedos huesudos tiemblan como si no soportaran su propio peso, como un cadáver que ha sobrevivido demasiado. El cráneo dibuja las fisuras bajo múltiples manchas y eventuales pelusas grisáceas, y los ojos, blancos de cataratas, parecen atravesar lo que observan. Alza la testa como si aventara, y de hito en hito se gira como si una voz le dictara. A veces le hace reír y a veces le aterra. Esos son los momentos que más incomodan a sus acólitos, cuando parece olvidarse de ellos. Ahora, con su voz atiplada e inaudible invita a pasar en alemán, la única lengua aceptada en su presencia, y a pesar del bochorno reinante, exhala vaho como si se encontrara en la tundra.

—Entrad, hijos míos, pasad, no os quedéis ahí. Esperaba con ansia vuestras noticias.

Recién llegados de Ginebra, ambos se encuentran al borde de una lipotimia. Lucas, como corresponde a su grado, le rinde cuentas tal como quedó acordado, explicando que los hermanos se avinieron a un acuerdo y el cuarto de ellos viajará en unas semanas para firmarlo en nombre de la empresa. Su amo parpadea dos veces con inusitada lentitud, con unos pliegues sin pestañas que no llegan a cerrarse por completo, dejando un brillo lechoso visible, como dos conchas nacaradas. Al alzarlos de nuevo, la superficie traslúcida, rugosa, rayada de cataratas de los globos, parece iluminarse con una sonrisa. Los labios, escasos, acartonados y resecos se separan apenas dejando ver las encías huecas a través de varios hilos de baba y con un ademán le invita a salir. Cuando Armando se levanta con él, le detiene.

—Tú no, hijo mío. Tú no.

Cuando se quedan solos recupera la feliz mueca.

—La tengo. La suerte, por fin, me es propicia. Una de ellas dos es la niña.

—¿Es seguro?

—No habrá más niñas. Una de ellas es la respuesta.

—Las visité antes de venir, seguían sedadas.

El rictus se vuelve tenso.

—Lo sé. Por supuesto que lo sé, necio.

Armando se postra evitando su mirada. Él sabe lo que puede hacer, ha visto a hombres arrancarse su propia lengua por la orden muda de esos ojos. Su amo se incorpora sobre el asiento y se recoloca la manta.

—¿Qué ocurrió en la reunión?

Armando titubea. Traga sabiendo que cualquier lealtad, a esas alturas, costará un precio, pero su voluntad, como en todos estos años, sigue sin ser suya.

—Se… se nos acaba el tiempo, señor. Nos han traicionado.

La calavera dirige su mirada a una brugmansia, una colmena de flores anaranjadas que cuelgan como cascabeles y que sirven de soporte para una tela de araña.

—Qué extraño… Siempre las circunstancias se alinean, a favor o en contra. Unos eventos parecen empujar a otros así no tengan relación. —Señala a la planta—. ¿Cómo las llamaban?

—Campanitas o trompetas. Mi padre las conocía como reinas de la noche.

—Es un bello nombre. Deben prepararlas para administrárselas a las dos niñas. —Por un momento se excita—. Se visitaron en sueños. ¿Lo entiendes, hijo? ¡Una niña encontró a la otra! Hablaron entre ellas. —Ríe emitiendo una bocanada blanquecina—. Después de tantos años, por fin tengo una respuesta. Una de ellas es el canal, aunque no sabemos cuál, debemos preparar a ambas. Qué me importan sus traiciones si puedo realizar el tránsito. Puede que todo esté relacionado. Debemos apurarnos. ¿Quién acudió a la reunión?

—Fue… fueron los hermanos.

—¿Los cuatro? ¿También el mayor?

—Sí. Todos estaban allí.

—Entonces es cierto. Ingratos. Los recuerdo desde niños. Su abuelo y yo tuvimos una recia amistad. Él construyó su imperio. Su hijo aprendió de él y me respetaba, pero murió joven, y los nietos… ellos heredaron sin comprender nada, unos mimados corrompidos por el capital. ¡Vergüenza!

—La red ya no nos apoya. Hay entes muy poderosos dispuestos a pagar por usted.

—Eso no es nada nuevo. Hace años que los hay. Estúpidos nuevos ricos, arrogantes aprendices de brujo que creen que pueden obtener mis poderes si me encierran como un animal de feria. ¡Desgraciados!

—Los Schwindt han aceptado el encargo. Vendrá a por usted el que llaman Chacal.

—Ah, el ritual del nombre verdadero. ¿Lo ves, hijo mío? Ese también lo aprendieron mal de su abuelo. El nombre debe ganarse por desempeño, debe ser otorgado por un superior y debe ser secreto. Mira cómo nadie conoce los de los dos mayores.

—Pensé que no tenían.

—¡Por supuesto que tienen! Precisamente, son los únicos que los merecen. Los otros son apodos: el Mastín, que basta con verlo, el Sabueso, que si lo mataron dudo que alcanzara los méritos necesarios, y este, el Chacal, que ni siquiera sé si se lo ganó. ¿Sabes de dónde le venía la idea? Del apócrifo atentado contra De Gaulle. ¡De una película! Menuda ridiculez. ¿Cuándo llegará?

—Aún no lo sabemos. Si... si averiguan que le he avisado... si...

—¡Petimetre! Sabes que tienes mucho más que temer de mí que de ellos. ¡No podrán acceder! Les costará más sangre de la que pueden imaginar. Solo necesito realizar el tránsito. Después, seré libre... y tú también. Yo te daré la libertad. Ahora marcha.

Y Stobert queda de nuevo solo, rodeado por sus propios fantasmas.

COLÔNIA LIBERDADE. 1964

En la siguiente década los acontecimientos se asentaron. A partir de su primera liturgia Stobert vio multiplicarse sus poderes, en poco tiempo nadie osaba disputarle. Su rumbo se mantuvo constante y su palabra pasó a ser ley, pero su temperatura siguió descendiendo y la voz abandonó del todo sus sueños para torturarle a su antojo cuando menos lo esperaba. Stobert sabía que a veces no estaba solo, y ninguna experiencia en la vida de cualquier otro podría ser tan aterradora. En ocho años Ángela le dio dos hijos y su porte lozano y juvenil quedó arruinado hasta parecer una anciana. Por su educación nunca dio muestras del horror de su pareja. Ya nadie en aquella congregación parecía verlo.

A partir de 1960, cuando la captura de Adolf Eichmann copó la prensa mundial, Stobert prestó especial atención a los movimientos juveniles. La influencia sionista se acentuaba como había pronosticado Marcelo, músicas aún más degeneradas eran importadas y crecían rumores de cambio social de manera soterrada. Grupos cada vez más extensos de niñatos adinerados se dedicaban a jugar a la contracultura y desafiar el *statu quo* y en su propio distrito surgió una organización de apoyo a los indígenas: compartían su alimento, estudiaban su agricultura y hasta planearon construir una escuela para ellos. Muchos feligreses acudían a él escandalizados, pero entre otros tantos despertaban simpatías. Hablaban de cristianismo original, de igualdad y reparto entre semejantes, hablaban de devolución a los legítimos moradores, del mensaje de Dios actualizado. Pero él sabía que sus buenas razones escondían el proselitismo de sus ideas subversivas. Los mensajes de amor extendían como un virus la enfermedad del socialismo.

Por fin, en 1964 Marcelo se reunió con él para cumplir su parte del trato: «¿Recuerda mi advertencia? Ya los vio con sus guitarras y su dedicación a la disidencia, la desestabilización; se están convirtiendo en un problema. Nadie quiere otra Cuba. Todo está preparado. Es el momento de involucrarse».

Stobert asumió su compromiso y con grave preocupación preparó el que consideraba el sermón más importante de su vida. Hasta el momento había dominado a su rebaño, pero no les había forzado a traicionar su moral. Comenzó elogiando la labor de los recién llegados.

—Todos hemos oído de estos visitantes que, es comentario común, vienen para aplicar la caridad con los desfavorecidos. Yo también lo he oído. Yo también lo veo, hijos míos, pues nada debe ni puede escapar a los ojos del pastor. Y me congratulo. Me congratulo de la bondad sin doblez. De la entrega sin recompensa. Nuestro deber cristiano es ayudar al necesitado, dar de beber al sediento y de comer al hambriento. Todo eso es caridad, hijos míos. Todo eso no es solo justo sino necesario a los ojos de Dios. Pero ¿quiénes somos nosotros para decir qué más es necesario? Yo os lo pregunto, ¿qué libro necesita leer aquel que trabaja con sus manos? ¿Qué libro le ha de ayudar más que el libro sagrado, que siempre les ha sido enseñado y no ha de faltarles? Yo os quiero preguntar: ¿qué otra filosofía se ha de conocer para laborar el campo?, ¿qué otro pensamiento que desafíe la Verdad debe imprimir el alma de unos niños en la escuela? ¿Acaso no es la arrogancia disfrazada de caridad la que impone cualquier pensamiento? Yo os digo: ¿qué beneficio ha de obtener el salvaje, el bruto bondadoso de unos estudios que solo corrompen su feliz inocencia? ¿Qué luz han de aportar a su vida cualesquiera ideales foráneos, que se basan en el rechazo al orden establecido, orden creado bajo los auspicios del Padre? Esas falsas promesas de igualdad que no pueden ocultar su origen, que no es otro que ¡la envidia! ante los bienes a vosotros otorgados en su infinita misericordia, y ganados según su mandato. La envidia que les hace anhelarlos por la insidia sin merecerlos por derecho. Yo lo sé bien, hijos míos. Yo los conozco.

Los creyentes murmuraban molestos con el discurso. Un mar de ojos lo juzgaban seguros entre la multitud, protegidos por la masa.

—¿Y cuál es el origen de esa envidia sino la soberbia? Declarándose depositarios de aquello que solo la gracia Divina, ¡solo el Misterio distribuye como el Orden Celestial ha establecido! ¿O no me preguntáis con curiosidad por sus distintas ideas, sus extrañas enseñanzas? —Y señaló con el dedo sabiendo a quienes acusaba, forzando a algunos a bajar la vista avergonzados—. ¡La avaricia!, pues su único fin, camuflado por su verbo florido, no es repartir, sino apropiarse de vuestras posesiones en su propio beneficio. ¿O acaso *sus indios* os han devuelto la ayuda que prestasteis generosos para su campo? —Y señaló ahora a los que más habían colaborado un tiempo excesivo hasta atraer otras miradas que los humillaron—. ¡La ira!, pues solo a través del enfrentamiento conciben sus objetivos. ¿O no han dividido vuestras opiniones? ¿O no han introducido la semilla de la duda entre vosotros? —Y se dirigió a los decanos, árbitros de las discusiones que esa nueva influencia generaba—. ¡La lujuria!, pues los habéis visto convivir en concubinato, aunque evitéis hablarlo. ¿Y cuál creéis que será su exigencia una vez se impongan? El amancebamiento con vuestras mismas hijas. —Y recorrió con la mirada a las madres, que se santiguaban o tapaban los oídos de sus retoños—. ¡Sin sagrado sacramento! ¡Condenadas! —Reiterando hasta que, atribuladas, las señoras asentían—. ¡Y la pereza!, pues ninguno de los fines que persiguen esperan ganar con el sudor del trabajo, sino arrebatado al buen rebaño, que no son otros que vosotros, hijos míos. —Se detuvo para tomar aire dejando a los feligreses aterrados—. Siendo todos ellos pecados capitales. ¡Una doctrina cuya base son los pecados capitales! —Y ya solo su propio eco resonaba.

»Nosotros sabemos qué es lo que exponen al hablar de sus ideas, las calumnias que expresan en sus libelos, la impostura con la que a más de un hermano, ¡bien lo sé!, han engañado, aprovechándose de su buen corazón. —Y buscó con la mirada a aquellos que de mejor grado habían aceptado a esos pacíficos revolucionarios. Pero ninguna cabeza seguía en alto. Bajo él, solo la vergüenza, solo el temor quedaban. Había comenzado una nueva guerra, y la guerra no acepta disidencias.

»También sabemos qué es lo que quieren exponer en realidad. ¿Es esta la enseñanza con la que les dejaremos contaminar el simple espíritu de los indígenas? ¿Es así como les permitiremos emponzoñar sus aniñadas mentes? No solo debemos salvar nuestras posesiones, no solo debemos defender el orden natural establecido. También es nuestro deber proteger su felicidad inmaculada. Es hora de hablar en nombre de nuestro bien y el suyo, de todas las comunidades de hijos del Padre. Es hora de nombrar en voz alta los peligros que nos aquejan y se ocultan bajo las sombras de falsas buenas voluntades. Nuestro enemigo no es la libertad ni la justicia que hipócritamente prometen, hijos míos. Nuestro enemigo no es su escuela pues nosotros somos los más fervientes defensores de la enseñanza; no en vano yo mismo he sido vuestro maestro. Nuestro enemigo se oculta bajo términos como «razón» y «ciencia», que ellos pervierten en su uso, pues nada es la razón sin la palabra de Dios, nada puede la ciencia sin su voluntad. ¿Cuál es nuestro verdadero enemigo, hijos míos? ¡El comunismo! —Y gran parte de los presentes se santiguaron ante la sola mención—. ¡Esa ignominia se oculta tras sus bondadosas palabras! ¡El engaño! Y no hay más que una forma de combatirlo como a la mala hierba que invade el campo, ¡extirpando su raíz desde la misma tierra! —La congregación se revolvió y Stobert los contuvo con los brazos en alto—. ¡Es hora de tomar partido, yo os digo! ¡Es hora de colaborar con el Orden en aquello que el Orden nos exija! Y de involucrarnos con la verdad de Dios como Él nos dicta. Y por ello, ante estas aciagas pruebas que nos están por llegar, no podemos cruzarnos de brazos. Por ello, en la humildad de nuestro servicio al más Alto debemos cambiar el nombre de nuestra comunidad, ofreciéndonos a los designios que el Padre exija, y expresando el bien por el que nos van a ser requeridos los próximos sacrificios, de modo que bajo su bondad divina pasemos a denominarla ¡COLONIA LIBERTAD!

Y los corderos aplaudieron, haciendo suyo y despojando de significado el lema de los que ya eran sus enemigos, sin comprender siquiera la extensión de sus concesiones. Solo él las comprendía.

Una semana más tarde se producía un golpe de Estado, y cuando se anunciaran las primeras ejecuciones ya no habría preguntas ni dudas. En pocas semanas el edificio construido como hospital por los primeros colonos se convertiría en un centro de detención ilegal y Stobert se vería fuerte para deformar aquella comunidad religiosa a su imagen y semejanza. Se aceptó la reclusión de los jóvenes para evitar la contaminación externa, se crearon las cercas, después las vallas y por último los muros con las puertas vigiladas. Disidentes de toda la nación eran transportados en vehículos sin ventanas y tras los interrogatorios eran enterrados en los sótanos. Las milicias, las patrullas y la seguridad privada llegarían en pocos años. Ángela, la primera en sufrir lo que él llamaba la «dieta de calor», moriría en 1968. Se ahorraría la peor parte. La militarización, las desapariciones y la disciplina. La estricta disciplina que le permitiría extender sus experimentos a los niños, crecidos en el terror a sus castigos, en especial el que acabarían conociendo como «el abrazo frío».

En 1976 supervisaba la construcción del invernadero cuando recibió el aviso más inquietante desde que desembarcara en América.

—Disculpe, amo. Un caballero pregunta por usted. Ha llegado en un Mercedes, parece muy rico.

—¿Y no se ha presentado? ¡Que espere!

—Es que… Le dijimos que no podía recibirle, pero se rio y dijo algo que no entendimos. Dijo que no sabía quién era Fausto Aspiazi ni le importaba, que él venía a ver a Walter Stobert. Dijo que su nombre es Helmut Schwindt. Que fueron amigos hace muchos años.

Su corazón dio un vuelco.

—¡¿Qué más ha dicho?!

—Que recordara Viena en 1935. Que él tiene las respuestas.

La panza plateada del avión se convierte en un espejo blanco que refleja un sol deslumbrante, y Andrés se retira satisfecho porque ya todos han partido. Una informe melancolía hace presa en él. No se trata solo del vacío que surge cuando los seres queridos se marchan, abandona la terminal inmerso en sus propios pensamientos y reflexiona sobre su familia destruida, las posibilidades de que encuentren viva a su sobrina y la luz que esa niña desprende, y no se arrepiente de su idea, que todo el sufrimiento ha valido la pena. Ella hará más por la humanidad de lo que habrían hecho juntos los que fallecieron por venderla, igual que el propio Judas por sus treinta monedas de plata. Le asalta la duda sobre la justicia de su propia conclusión, si ese planteamiento será compatible con su creencia. ¿Quién puede decidir quiénes merecen vivir más que otros? ¿Quién puede decidir si los más sabios, los más guapos, los mejores? ¿Mejores en qué? Los más buenos, se dice, pero en el fondo sabe que también esa definición es variable, e incluso su respuesta de manual, «eso está en manos de Dios», se le antoja huérfana ante lo que ha ocurrido los últimos días. Son personas siempre las que escogen, y a menudo malvadas. Sabe que si preguntara a cualquiera, todos establecerían una jerarquía: primero mi familia, los que quiero, después los que son similares a mí… en realidad, piensa, la vida ya le ha enseñado, y la respuesta siempre arranca por ahí: los que se parecen a uno. Vivió como emigrante lo suficiente como para entender eso: da igual el lugar al que se vaya, ese es el núcleo, como una manada. Pero sonríe para sí mismo: «Creo que ya sé quién puede decidir, puede decidir el que se sacrifica. Cuando das tu vida por aquellos que más merecen vivir, entonces no te queda nada que perder, no hay engaños ni promesas ni egoísmo. Así lo hizo nuestro Señor cuando se dejó crucificar. Él desde la cruz nos mostró quién debía vivir y quién no, y a su imagen y semejanza mi elección es la correcta». Y relajado, en paz consigo mismo, deja el coche donde siempre y se dirige a su última tienda de *pacas*, sabiendo que cumple con lo debido. Y aunque le atormenta una aguda aflicción por su esposa y sus hijos, ellos también han vivido ya, y él les ha dejado el camino resuelto, mientras el de la pequeña Michi está comenzando. La niña aún debe aprender, aún puede hacer algo bueno, sabe que hará algo bueno. Beto, Jonathan, ellos habían abrazado al Maligno, y en su pecado encontraron la penitencia. Quien a hierro mata... Él mismo, aunque no haya sido malo, tampoco ha sido suficientemente bueno en la vida, no como ganarse el perdón, y eso es lo que más le satisface frente a su destino. Su última acción ha sido poner las cosas en su sitio, ayudar al que lo necesitaba, seguir la ley de su conciencia, y esa elección le regocija ahora que todo ha terminado. Él telefoneó a don Adrián a escondidas, él se interesó por los planes de esa plaga maligna llamada mara, que harían pagar a su hermana y su sobrina, estaban decididos. Si Ethan se les hacía intocable buscarían en su entorno, su rencor nunca olvida. Él sabía, y no podía permitirlo. El propio Calvo no estuvo seguro de lo que le ofrecía, y aun así tardó en asumirlo, y aún más en aceptarlo.

Un rato después, la puerta de la *paca* se abre y entran dos niñas de aspecto *ladino*, dos *patojas* que no sobrepasarán los quince, y se duele de comprobar que comiencen tan jóvenes, que las arrastren a su pozo de odio y dolor aún tan inocentes. ¿Quién habrá decidido su asesinato? ¿Otro güiro de su misma edad o un adulto cuya vida solo está poblada de muerte? Un sátrapa que elige quién puede vivir en función de a quiénes considera suyos, e incluso dentro de estos, de quienes más le plazcan cumpliendo sus caprichos. Imbuido por un repentino arrebato de empatía hacia esos corderos convertidos en lobos, Andrés se levanta de la silla, se dirige a ellas y alza la mano derecha como símbolo de perdón y misericordia.

—Aún podéis decir que no a Satanás.

Las niñas cruzan una mirada cómplice y se echan a reír con histeria pubescente, la risa que las separa del gris mundo de sus mayores. Y comprende que hacen lo mismo que los demás, ellas nombran quién merece vivir y quién no. Qué importa quién diera la orden. Sin abandonar la burla sacan sendas automáticas de sus pantalones de deporte y apuntan a Andrés, que mantiene su actitud paternal, indiferente a la amenaza. Descerrajan seis tiros atravesando su mano, boca y abdomen, pestañeando con los estallidos, y tras ver caer el cuerpo inerte descargan un último disparo de seguridad para borrar su faz, arrebatarle el último atributo humano y grabarlo de ese modo en su memoria, un pelele vacío y sin rasgos, una existencia huera, carne y sangre, como ellas mismas atrapadas en la «vida loca». Desvalijan la caja y se marchan para rendir cuentas a su *ranflero,* sin otro planteamiento moral que la satisfacción de haber cumplido la misión, eliminando a un viejo del que ya no recuerdan ni el gesto piadoso que les dedicó en sus últimos instantes.

10

LAS SOCIEDADES SECRETAS

Sé que durante esa larga y extenuante marcha de treinta y seis horas por las montañas y glaciares sin nombre de Georgia del Sur, a menudo me pareció que éramos cuatro personas, no tres. No comenté nada a mis compañeros en aquel momento, pero después Worsley me dijo: «Jefe, tuve la curiosa sensación durante la marcha de que había otra persona con nosotros». Crean se confesó en el mismo sentido.

Ernest Shackleton. *Sur. Relato de la expedición del Endurance (1914-1917)*. 1919

«No sufra más» no es más que otro de los eslóganes de la Iglesia del Reino Celestial, si bien se ha convertido en el más famoso. Ari y Michelle la buscan en Internet para descubrir que se trata de una controvertida confesión oriunda de Brasil y expulsada, bajo acusaciones de secta, de la Unión de Iglesias Evangélicas, la creencia que profesa Andrés y que se enfrenta al más oficial y menguante catolicismo, dentro de la caótica proliferación de cultos y confusión doctrinal que bulle en Latinoamérica. El historial de esa Iglesia se completa con denuncias y procesos por lavado de dinero, fraude y falsificación en diferentes países, lo que no ha impedido que su poder alcance para influir en las elecciones presidenciales y su expansión sea exponencial en el resto de continentes, con millones de seguidores diseminados por el globo.

Tras alojarse en un discreto apartamento, menos expuesto y más barato que un hotel, compran comida, tarjetas telefónicas y preparan la visita. El estrés de Michelle aflora como si se enfrentara a un examen. No encuentra su ropa, se tensa y por momentos tiembla. Pasa horas acicalándose y Ari observa que se maquilla un eccema nervioso en el cuello. Una vez en la calle no prestan atención a la ciudad, de fisonomía similar a las conocidas por Suárez, y persiguen el local religioso, que encuentran sin esfuerzo en pleno centro frente a una moderna estación de autobuses, en una de las rúas principales, con una visibilidad y situación inmejorables. El templo, de dos alturas, se mantiene en la media de la zona, pero la fachada, compuesta de ladrillo con una lejana inspiración neoclásica, ventanales con vidrios espejados y un inmenso porche sostenido por cuatro columnas dóricas, atrapa de inmediato la mirada resaltándolo sobre sus vecinos. Este cierre se completa con un frontispicio que anuncia el nombre a sus fieles en letras azules: *Igreja Universal do Senhor*. Acceden a la veranda en la que les dan la bienvenida varios colaboradores con camisa blanca y corbata roja, sonrientes y muy cordiales. En un tablero se anuncian oficios diarios casi a cualquier hora disimulados como seminarios sobre la felicidad y el triunfo: *congresso para o suceso, descarrego para a cura do corpo e da alma*, y así hasta completar la semana. Ari y Michelle, contrariadas ante tantas variantes, sonríen a los anfitriones y se retiran a la acera opuesta.

—Parecen las tandas de una película. ¿Qué hacemos, cuándo vendrá?

—Tampoco lo sé. ¿Y si no viene los sábados?

—Entonces no nos queda otra que venir a diario hasta encontrarlo. Entremos.

Los auxiliares se les aproximan con la misma simpatía pero más inquisitivos.

—*Boa tarde, irmãs. É a primeira vez de vocês?*

Ari, que no ha entendido nada, no abre la boca. Michelle se defiende respondiendo en español, pero ha perdido su aplomo y parece una adolescente.

—Venimos de viaje pero no queríamos faltar a la celebración. Y por eso veníamos...

La respuesta les causa más extrañeza aunque se mantienen relajados. ¿Qué hacen allí sin hablar portugués? En el ínterin, Ari salta por instinto con su absurda pronunciación.

—¡No sufra más!

El rosto de los porteros se ilumina, y los más alejados se vuelven a la llamada en un español acuoso de fuerte acento luso.

—¡No sufra más! ¡No sufra más! *¡Deus seja bendito!*

La ola de simpatía los envuelve y las aceptan felices. La fe no precisa entendimiento.

Ari y Michelle acuden a la Iglesia toda la semana. La reiteración, lejos de relajar a Michelle, incrementa sus ansiedad. Vomita antes de cada visita. Su piel parece envejecer y su personalidad retraerse, lo que paradójicamente contribuye a integrarlas bajo el favorable auspicio de los oficiantes, en especial desde que entregan el diezmo, algo por otro lado de difícil renuncia, pues es solicitado a los quince minutos del primer acceso y se repite una media de tres veces por sesión.

Lo primero que les sorprende es la naturaleza del salón, que recuerda más a un auditorio que a una iglesia. Un volumen diáfano con dos alturas, suelo cerámico, paramentos blancos, un falso techo desmontable con neones y centenares de sillas rojas, siempre ocupadas, más otros centenares de fieles que van llegando a lo largo del evento y aguardan de pie. Michelle se centra en peinar fisonomías y reconocer rostros sin perder su invisibilidad, algo que no le resulta fácil, y Ari no tiene otro remedio que atender a lo que ocurre sin comprenderlo, primero con aburrimiento, en breve con irri-

435

tación. El proceso se replica una y otra vez. Frente a ellos, una tarima alzada que cruza el fondo a modo de altar, con varios músicos que amenizan la velada y decoración inexistente aparte de un falso vitral y un púlpito de metacrilato con una cruz de led azul. En todo momento hay personal recorriendo ese frente de un lado a otro, conduciendo a creyentes, atendiendo al pastor, controlando al público y preparando las ofrendas, que pueden ejecutarse en metálico, en saquitos de terciopelo, o con tarjeta. Michelle y Ari acaban pagando una media de treinta dólares por misa que les aseguran una aparente inmunidad ante sus inspecciones visuales.

El pastor, de blanco o con pantalón de pinzas gris, parece anunciar siempre algo importante a su llegada, lee una frase de un libro que Ari supone una Biblia y que nunca mueve del atril y después, como si de un espectáculo de variedades se tratara, se dedica a invitar a los presentes a subir para dar testimonios, a proyectar imágenes y cada veinte minutos a justificar un fin social distinto para pedir la limosna que va a servir para nuevos templos, comunidades pobres o mujeres y niños en estado de necesidad. Cada petición tiene un motivo igual que cada historia aleccionadora tiene su protagonista. El primero es un hombre vulgar con camisa de rayas que describe con desinterés algún tipo de adicción que le ha llevado hasta allí. Ari, indignada por lo que ve, cree entender que habla de marihuana. El personaje, alentado por el pastor como un presentador televisivo, se extiende ante el micrófono desarrollando todo tipo de desgracias. Ese pozo insoldable que resulta ser la marihuana le ha llevado a perder trabajo, familia, amigos e ilusión por vivir. El pecador lo explica con la misma atonía que un burócrata enumerando normativas municipales, es el pastor el que añade pimienta con interrogantes, reflexiones y exclamaciones que el público celebra. Por fin le pregunta si está dispuesto a curarse y tras cuatro minutos de rezo e histrionismo lo declara sano. Un asistente le entrega algo que él le da a oler y el arrepentido se aparta, argumentando con su tono monocorde y aburrido que no puede soportarlo, que no sabe lo que es pero le provoca náuseas. Para alborozo general, el pastor anuncia que se trata de ¡marihuana!, que este adicto gracias a la oración ya no puede aguantar. La frontera entre religión y magia se difumina, el rebaño entra en éxtasis y les solicitan el siguiente diezmo.

Las ceremonias se convierten en una sucesión de milagros y pagos salpicados con actuaciones musicales que en ocasiones acaban en bailes espasmódicos en las primeras filas. Una joven supera un cáncer terminal, un gris oficinista consigue un negocio espléndido y una madre soltera atrapa de nuevo a su pareja, un vividor que abandona amantes y fiesta por la palabra de Cristo. Ari aprende rápido la razón del éxito, la promesa que no pasa de ser un intercambio; cuanto más paguen, mayor será la posibilidad de ser beneficiados. El tercer día oye cómo lo llaman «la teología de la prosperidad». Le invade una frustración creciente y una dolorosa necesidad de desenmascarar ese circo. Pero no hace nada. Michelle, ausente por completo de las liturgias, barre cada día el lugar sin ningún resultado.

El cuarto día resulta ser el sábado. Ari, amargada, espera una nueva tanda de milagros de andar por casa, pero esta vez, con una asistencia mucho mayor que las jornadas previas, el pastor anuncia con solemnidad que el demonio se encuentra entre ellos. Tras la intensiva inmersión lingüística, Ari va chapurreando algo y sabe que no se ha equivocado. El pastor acusa a alguien, y su nuca se eriza al escuchar la sentencia. ¿Las han descubierto? Para su alivio, el mismo pastor, calculado y desafiante, invita al demonio a mostrarse ante todos y le hace indicaciones para acudir a él. Y entre medias del público, cuatro mujeres de todas la edades se alzan sobre un murmullo general y son conducidas por miembros del equipo hasta la tarima. Desde el momento en que las ha invocado, las poseídas caminan con grandes aspavientos, gestos animales y miradas al techo, más o menos como cualquiera imaginaría a un endemoniado estándar, y aunque se presentan como el mismo diablo, aguardan dóciles al fondo del escenario a que las vaya entrevistando, una por una, micrófono en mano. La cuestionada retuerce brazos y tronco, sacude la cabeza adelante y atrás y contesta con voz gutural, entre risas demoniacas, desarrollan-

437

do cada respuesta con total educación, detallando cómo y en qué momento se apropió de su víctima –a causa de un malvado amante que la inició en un vicio o por prácticas paganas– y cuál es su objetivo –causar sufrimiento, enfermedades y matar a los jóvenes– para después ser exorcizada con sorprendente pasividad, en especial cuando ha visto antes a tres demonios seguir el mismo camino. Junto a la liberación, cada beneficiada se gana la cura de una enfermedad mortal que arrastraba. Por fin, Ari decide no aguardar más, si Henrique no ha aparecido tampoco ese día no hay motivo para seguir esperando. Pero el paroxismo de esa bacanal de impetraciones alcanza cotas que no habían vislumbrado: las danzas rituales se multiplican y cada vez se unen más acólitos que se desploman por el suelo y se revuelcan en tanto el satisfecho pastor los invita a aceptar a Cristo. Uno de los personajes más patéticos es un escuálido mutilado al que le falta una pierna a la altura del muslo, viste pantalón y chaqueta caquis raídos, zapatos de suela perforada y, apoyado en unas ajadas muletas de madera, salta hasta que se derrumba con los otros y recibe la bendición del padre. Michelle palidece.

—Es él. Oh, Dios mío. ¡Oh, Diosito, no puede ser!

Michelle desfallece y Ari la sujeta, enfila su mirada pero solo encuentra al infeliz despojo que se entrega con triste pasión a su consuelo. Michelle, recomponiéndose, lo mira y contiene una arcada.

—No, Padrecito, por favor Virgen santísima, no puede ser él. No puede ser.

Colônia Liberdade. 1976

Helmut Schwindt vestía la guayabera desabrida como un turista fuera de lugar, lo que sin duda era. El saludo de los antiguos amigos no mostró un especial afecto, Stobert se presentó como Aspiazi y se estrecharon la mano, se apartaron de los guardaespaldas y pasearon con la excusa de mostrarle el predio.

—¿Cómo me localizó?

—Me fue muy bien después de la guerra, viajé a África donde instruí tropas indígenas, obtuve pingües beneficios y me instalé en Suiza, donde fundé mi empresa de seguridad privada. Mantenía buenas relaciones con los pies negros argelinos, que se convirtieron en mi puerta de entrada a Francia; Odessa me abrió el camino de vuelta a Alemania. Me siguieron reclamando como instructor con el surgimiento del Viet Minh y así diversifiqué mis inversiones. Mis contactos con las OAS y el régimen español fueron cruciales. Hoy manejo una red en Europa que financian estos chicos de la CIA —sonrió cínico—, los comunistas me han hecho ganar mucho dinero. Como puede imaginar, localizarle no fue problema. Me sorprendió descubrirlo en este rincón perdido.

—Pero no le sorprende mi aspecto ni mi temperatura. Es el primero.

—Estudié mucho estos años. Dedicarme a la protección me ayudó, establecí contactos con familias de largas tradiciones, viejos aristócratas, banqueros holandeses y suizos… El pasado militar del que huíamos en público, en privado es una garantía. También se corrió la voz de mi interés por el esoterismo.

—No recuerdo que lo tuviera. Era yo el que les habló de…

—Así es. Era usted, hasta la noche que asesinamos a su tío. Nuestro jefe de sección no lo entendió, era un botarate, un mendrugo con la sensibilidad de una tubería, pero yo sé lo que vi esa noche. A partir de entonces desarrollé una… pasión por el tema que acabó por antecederme.

—¿Quiere decir que entró en algún culto como mi tío?

—No, eso no era posible. Pero sí aprendí muchas cosas. Existen círculos del más alto nivel que prodigan creencias ancestrales, rituales que se remontan al Neolítico. Ni usted ni yo podríamos acceder nunca a una de esas sociedades, el derecho por nacimiento es estricto. Escúcheme, durante años investigué los círculos secretos: rosacruces, espiritistas, magos como Alester Crowley, todos embaucadores a la caza de incautos, charlatanes disertando sobre vacuidades. Pero cuando mi empresa alcanzó su mayor estatus recibí un encargo a través de un viejo contacto: ciertos grupúsculos pretendían servicios especiales, exclusivos y discretos. Hablo de familias principales, apellidos que conoce por anuncios y revistas, gente con un poder insano. Me convertí en vigilante de lo que llaman sus «vetustas adoraciones». Ellos me hicieron multimillonario.

—¿Conoció a alguien como mi tío?

—No. Nunca presencié uno de sus rituales, no podría ser invitado. No conozco los pormenores. Y aun así puedo decirle que su tío era temido en esos ambientes. Todavía en ciertos pasadizos se susurra su nombre con cautela. Piense que ninguno de ellos sabe lo que nosotros vimos, si entendieran lo que ocurrió esa noche, si supieran de usted, lo cazarían en cualquier punto del mundo, no dudarían en pagar más dinero del que pueda imaginar por poseerlo. Por estudiarlo.

—¿Qué ocurrió aquella noche?

Schwindt frunció el entrecejo como si le hubiera hablado en otro idioma.

—¿Cómo dice?

—No recuerdo nada. ¡No recuerdo nada de la maldita noche de Viena!

Henrique, desangelado y anónimo, abandona la parroquia y se pierde por callejuelas traseras con un trabajoso cojear. Varias manzanas más allá, un tono femenino y extranjero lo reconoce.

—¡Henrique!

Dos desconocidas llaman su atención. La más baja le habla en español.

—Hola, Henrique. ¿Te acordás de mí?

Una turba de recuerdos culpables lo asalta, pero no sabe a cuál corresponde. Ella se acerca y le toma la muñeca. No encuentra rencor en su mirada, solo compasión.

—Soy Michelle, Henrique. Tenía diecisiete entonces. ¿No me recordás?

Henrique balbucea.

—M… Michelle…

—Usted me manda dinero para la niña.

—Sí. Sí. *Eu…* Yo se lo mando. *O* que puedo.

Michelle no reclama, solo transmite consuelo. Le acaricia el rostro.

—Yo sé. Muchas gracias.

Y Henrique, sobrecogido, vierte dos líneas de lágrimas. Agacha la tez evitando sus miradas y gime hacia sí, emitiendo un zumbido entrecortado.

—*Sinto muito.*

Michelle le alza el mentón.

—Yo lo perdoné hace muchos años. Solo queremos que nos cuente. ¿Quiere contarnos?

—Sí… ¿De qué?

—¿Vive cerca?

—Vivo cerca, en un cuarto…

Michelle se lo piensa mejor.

—¿Quiere comer algo? Nos gustaría invitarle a comer algo, si le parece bien.

Henrique se deja conducir a un bar restaurante cercano donde pide un vaso de agua. Michelle y Ari deben insistir largos minutos hasta que accede a comer un plato, que devora con hambre atrasada. Sus cuencas hundidas transmiten miseria y resignación. Michelle le describe vivencias juntos para ayudarle a memorizar, pero él la detiene explicando que la recuerda muy bien, y que sigue siendo tan bella ahora como entonces. Y vuelve a proferir un corto sollozo que ella calma acariciando su rala testa.

—¿Por qué, Henrique? ¿Puede ayudarnos con eso? Sabemos que es papá de más niñas como mi hija, solo queremos que nos explique por qué.

Ari se estremece con su paz y su templanza. No encuentra rencor en ella, sino piedad por quien destruyó su futuro, y que ahora no es más que un espectro que apenas vive. Y se pregunta cómo habría reaccionado en su lugar. Piensa que lo habría matado.

Henrique inicia una parca narración que corta de hito en hito, mascullando algo para sí antes de reintegrarse, recuperando con presteza su dominio del idioma.

—Michelle, yo *sinto muito* porque no nos *conecemos* de *verdade*. Yo mentí, falté. Yo hice mucho daño, a *você* y a más personas. Más *meninas*, pobres, jóvenes, inocentes. Yo soy culpable, criminal. —Se abarca el muñón con los dedos—. Yo soy *punido* por Dios.

Una desgarradora mezcla de futilidad y nostalgia se adueña de Michelle ante la desoladora visión del que fuera el amor de su vida.

—Yo *nascí* en una *villa religiosa,* de una *herencia alemana.* ¿Conocen las emigraciones alemanas a Brasil? Muchos *vinierom no* siglo XIX y creaban sus colonias.

Ari le interrumpe.

—¿Colônia Liberdade?

Henrique se encoge ante la mención, pero de inmediato recupera la compostura.

—Antes no se llamaba así. Mi abuelo cambió el nombre. No sé cuándo *ele hiso,* yo *siempre* recuerdo que él era el jefe. La población perdió su religión y él era jefe de todo. Aún es allí, *yo sei.* Aún vive. Él podía decidir *en todo,* él decía quién pecaba y *ele puniu...* él castigaba. Era mesías, profeta, todos le obedecían. Mi hermano y yo vivíamos muy bien porque *los nietos,* ¿me entiende?, mi mamá era uruguaya y nosotros aprendimos *bien* español con ella. Mi abuelo daba permiso para casarse o tener hijos, *era* prohibido sin su permiso. A nosotros nos pagó muchos estudios para aprender más español, *porque* después nos envió a buscar a las chicas que no eran de Brasil.

—¿Yo era una de esas chicas?

—*Você foi* la segunda. Nos *educarom* para eso. —Se cubre el rostro evitando sus miradas—. Nosotros *nascimos* como reyes, cinco primos y cuatro primas, de mi papá y su hermano. Nosotros éramos los nietos del *senhor,* y todo allí era para nosotros. Decían que éramos puros, pero era mentira, los nietos varones teníamos todo, había drogas para nosotros, mucho dinero, las *garotas* no podían negarse, teníamos derecho *de* tomarlas. Vivíamos en continuo pecado y no nos importaba. Íbamos a la ciudad con auto de *luxo*, gastando como ricos sin pensar en nada, solo en nosotros. Mis primas en cambio estaban encerradas, ellas no podían salir, solo rezaban, y ya con ocho años casi ya no las vimos más. —Henrique se detiene y emite un llanto ridículo, como un pitido, sin descubrirse el rostro ni ser interrumpido por ellas, que lo escudan a la vista de otros clientes. Retoma el hilo casi inaudible—. A mis primas ya no las vimos. Yo lo aprendí muchos años después, todos éramos objetos para mi abuelo. Él estaba obsesionado con tener *prole* femenina, solo las *meninas* importaban. Empezó con mis primas, experimentaba con ellas, usaba drogas para dormirlas y hablarles en sueños. Las dos primeras murieron por las mezclas, las otras dos hicieron un plan y se *suicidaram*, su vida había sido *el* infierno. Nosotros no sabíamos entonces, no nos importaba, yo era mayor y ya vivía fuera de Brasil. Todo eso lo *descobriú* mi hermano muchos años después. Mi papá lo sabía, mi tío lo sabía, y permitían. Cuando mi hermano *descobriú*, me contó y después él se suicidó también. No lo pudo soportar. Él sabía más cosas que no me contó, y *matose*.

Henrique respira entrecortado. Michelle no comparte lo que bulle en su interior, los terrores que le provoca. «Michi está bien», se convence, «Ethan la vio y ella estaba bien, no le ha ocurrido nada, ella se lo dijo». Reacciona como si no le afectara y ofrece a Henrique más comida. Él les pide ir a otro lugar.

—¿Quieres ir a tu casa?

—No. Solo aire. Necesito aire.

—Pero escucha las voces, ¿o me equivoco?

Stobert respondió agarrotado.

—No hay ninguna voz. No hay nada.

—Tiene los sueños Walter, lo sé. A mí también me impregnó, aunque fuera un eco. Nada entró en mí y sin embargo las escucho desde el vacío, me persiguen en sueños, tiemblo de recordarlo. Las presencias se refugiaron en usted, no tenía otro receptor, solo pueden transmitirse con cierto grado de parentesco.

Stobert se revolvió como un animal malherido.

—¿Cómo sabe eso? ¿De qué habla? ¡Está loco! ¡Los dos enloquecimos aquella noche! Es un delirio de adolescentes que no hemos superado. ¿Y nuestro jefe de sección?, él estaba allí, ¿acaso él vio algo?

—Él no podía ver, era un obtuso, carecía de capacidad.

—Es una cháchara de asustaviejas. Ha caído en sus propias supersticiones.

—Su aspecto, Walter, sus capacidades. No crea que no he oído hablar de su extraña secta, de su antinatural magnetismo.

—¡Se llama histeria colectiva!

Schwindt alzó el mentón como si recibiera una orden. Su voz también se tornó más pausada y cavernosa.

—¿Sabe por qué no le he entregado a aquellos que me aceptarían en su núcleo si lo hiciera? ¿A aquellos que me incluirían entre la oligarquía que dirige este planeta?

Y Stobert, que no quería oír nada de aquella locura, no pudo cerrarse al monstruoso tremor que resonó desde más allá de la realidad, de un abismo que había encontrado un paso en el interior de su alma. Ese lenguaje preternatural e incomprensible que jugaba con él, que le dirigía. Un escalofrío sacudió su columna.

—Porque las voces le ordenaron servirme.

Schwindt perdió su altivez y pareció convertirse en un pequeño roedor.

—Entonces sí lo sabe. No puede negar la verdad, Walter, no es a usted a quien obedecen, es a las presencias. Igual que yo, maldito. Igual que estoy poniendo a su servicio el imperio que he levantado, con fines que en nada me benefician. Nos maldijo aquella noche. Nos maldijo a los dos.

—¡Yo solo quería servir al Partido! Si nos hubiéramos llevado el libro nos habríamos convertido en…

—¿En qué? ¿Qué éramos? Dos imberbes estudiantes de magisterio, con ínfulas por demostrar algo en la célula más miserable del partido y dirigidos por un borracho de taberna que roncaba mientras lo ideábamos. ¿Sabe en qué nos habría convertido?, en lo que somos, unos parias. Tardé en aprender, pero lo hice. No existía ningún libro. ¿De dónde sacó aquellas tonterías? ¿Quién se lo enseñó?

—No lo recuerdo. Yo era huérfano, me crie con mis tías, no tenían relación con él, murmuraban, le temían. ¿De dónde saca que no había libro?

—Pasé lustros buscando el supuesto grimorio, y no hay un solo libro de «artes arcanas» que no sea falso, inventos, estafas.

—¿Y los círculos secretos de los que me habla?

—Su tío no pertenecía a esos grupos. No sé nada de su filiación ni su procedencia. Sospecho que se tratara de una tradición oral, como la druídica, por linaje directo, y esto es lo que nos importa. ¿Su tío no tuvo hijos, nietos? Tras la guerra no hallé registros. ¿No recuerda algún primo?

—Tal vez… tal vez sí, algo me suena, pero si fue así, murieron por la gripe española.

El semblante de Schwindt se ensombreció.

—Entonces escúcheme, Walter, porque de esto depende algo más que su vida.

Caminan con exasperante lentitud hasta la orilla del río, donde Henrique se relaja. Una vez allí buscan asiento y se esfuerza por continuar su historia sin ocultarse.

—Yo vivía como un niño rico, era caprichoso y egoísta. Me gustaba seducir *garotas*, tenía dinero, era guapo, me lo daban todo. Casi no veía a mi abuelo pero no me importaba, *fuera* criado como un rey. El abuelo era siniestro y no verlo nos daba felicidad. Cuando fuimos mayores de edad nos explicaron nuestra obligación como nietos. Él tenía una lista de familias y nosotros las buscábamos, teníamos que darle hijas de las mujeres *de esas familias*. Como hice contigo. Debíamos conquistar la *garota* y asegurar que era niña *que* nacía. Si era niño habría que buscar de nuevo niña. Ellos no querían niños, entonces había que hacer aborto o cualquier cosa para tener niña. Eso era difícil, muy duro. Vivíamos así y yo no pensaba. A veces la soledad, a veces tristeza, pero teníamos todo lo que queríamos.

Michelle se eriza ante la confesión.

—¿Qué lista? ¿Yo estaba en la lista?

—Ellos me *dieran* el apellido de tu abuela, estatus de tu familia en América, país, ciudad. Sabían todo, yo solo debía buscar descendientes femeninas. Tu mamá ya se veía mayoł para mí, yo tenía veintidós o veintitrés años. Me decidí por ti. Así era con todas, nunca supe más, solo el abuelo sabía. Nuestro mundo era eso, no se preguntaba, nunca pensamos en no cumplir. Luego ya, después de muchos años *ficiendo* igual, teníamos dudas. Ya no estábamos en la colonia y *pensáramos* distinto. Uno de los primos quiso casarse con la novia que le dio varón, y prometió dar una hembra a cambio, pero los mataron como enseñanza para nosotros. A ella le sacaron el niño *da* barriga delante de él, para dar ejemplo. Mi hermano era más listo, él *descobriú* lo que ellos no querían, él *descobriú* de mis primas. Me buscó para explicarme y me dijo que éramos monstruos por *nacer* niñas así, que éramos igual que ellos. Él aprendió más cosas que no me quiso contar, pero me *fizo* jurar que ya nunca más, que no haríamos más hijas. Después se suicidó. Yo tenía ocho hijas que no conocía y todo empezó a ser más complicado. Pensaba mucho, sufría mucho, no sabía cómo seguir y, al fin, *el accidente.* —Palpa de nuevo el muñón—. Ya no les fui más útil. Volví allí pero me rechazaron. No les importaba. Me expulsaron. Sin trabajo, sin saber hacer nada, sin experiencia. Acabé mendigo y *dormindo* en *caixas* electrónicos. Por suerte, mi amigo me encontró y me ayudó.

—¿Qué amigo? ¿De la colonia?

—Sí. Yo volvía a sus muros muchas veces, a pedir ayuda. Días me daban y días no. Día me dijeron que si volvía no me perdonarían más. Mi amigo Santiago vive allí y me ayudó. Ellos le permitieron porque soy un nieto. Me trajo a Joinville y me enseñó para solicitar subsidio del gobierno, después a buscar pequeños trabajos, unas clases de español, *un atendimiento a* cliente, y me trae un poco de dinero *de ellos* cada mes para que yo nunca vaya. Yo sé que ellos le permiten así, que aceptan porque no me quieren volver a ver. Intenté suicidarme también, pero *el miedo*. Entonces empecé a venir a la Iglesia y recordé de mi hermano y mis primas, que nadie los ayudó, que yo nunca ayudé a *ningún*. Y busqué a las mamás de mis hijas. Encontré a cinco, pero dos habían perdido a las niñas y nunca más me contestaron, y a las otras tres les empecé a enviar la ayuda que podía. Y mi vida cambió. Trabajo cuando puedo y el dinero que tengo va para el diezmo y mis hijas, yo guardo para pagar el cuarto y un poco de comer. Así compenso tanto mal y pecado que *fice*. Ahora tengo mi fe en Dios.

—Las dos que perdieron las niñas. ¿Te contaron cómo fue?

—No. Nunca supe. Conocidos me contaron, como cuando te busqué, me dijeron que ya no tenían las niñas. Les escribí pero *nunca nada*.

Michelle se esfuerza por mantenerse ecuánime.

—Henrique. Hay algo que no sé si tu hermano sabía. Pienso que tu abuelo siempre hizo lo mismo. Secuestraron a mi hija y la trajeron, puede que también a las otras dos niñas, puede que a todas. Pienso que ellos las espían, las roban y las traen. Conseguimos una lista, quiero que la veas para que me digas si están tus otras hijas. Necesito que me digas todo lo que sabes, Henrique, todo lo que nos pueda ayudar. ¿Me entiendes?

—Eso no… Eso no puede ser verdad. No puede ser verdad. No puede. —Henrique se sacude como ante un insecto. Un insecto que conforma su culpa y se introduce en su cerebro—. *Não pode. Não pode.*

El cielo se ennegreció en un macabro guiño a Schwindt. El celaje se arremolinaba mientras él seguía su historia.

—A lo largo de los años escuché mitos, leyendas que desechaba y que en esos niveles se tomaban por ciertas, aunque le juro que nunca encontré pruebas. Mascullaban sobre nigromantes, conciliábulos que conjuraban entidades incomprensibles, secretos ominosos anteriores a la escritura que pasaron por la sangre hasta la caída de los últimos imperios europeos, hasta que las dos grandes guerras borraron sus últimos vestigios, supercherías como otros cientos que me llegaron. Hasta que un coleccionista me condujo a un viejo campesino polaco. Él me describió un ritual impío dirigido a su hermana por un noble bajo la gran Rusia, cuando aún era un niño, y era el recuerdo más vívido que guardaba. Aquel ritual, Walter, era el mismo que vi hacer a su tío la noche de Viena. Aquel campesino, medio loco, había quedado marcado como yo.

Stobert sentía vértigo.

—¿Quién era mi tío? ¿Una especie de brujo?

—No lo sé. No sé ni si existieron. Y si lo fuera, ¿por qué dejarse matar? Piense en su propio poder, Walter, en alguien que lo dominara. Nos habría hecho devorar nuestras entrañas antes de amenazarle. Esa incoherencia me persiguió por décadas, pensé si le habrían podido los lazos familiares, la debilidad por su sobrino. O tal vez le decepcionó y ese fue su castigo.

—Apenas conocía a aquel viejo siniestro.

—No tengo respuestas, solo elucubraciones. Escuche, no existen papeles, nada sobre esa gente, solo habladurías, cuentos de vieja. Crucé el telón de acero en mi búsqueda, y en las granjas más apartadas de Ucrania es donde obtuve más relatos, fragmentos de recuerdos previos a la revolución. No se hablaba de esos extraños ni al calor de la lumbre, se los temía más que a la nobleza, con la que guardaban cierta relación que no descifré. Dominaban algún tipo de... artes negras que se transmitían por vía directa, a hijos, nietos, sin importar el género, lo imprescindible era no romper la línea. La enseñanza se basaba en la transmisión de... una presencia del maestro al discípulo antes de su óbito. Piense en un domador que controlara al más ignominioso ser que haya existido, que le surtiera de conocimientos y poderes inenarrables, pero cuya única voluntad siempre fuera escapar y devorarlo.

La garganta de Stobert se secó y el frío se multiplicó.

—La transmisión a la propia sangre, y la capacidad de controlarlo a través de abominables enseñanzas. El mayor riesgo, lo único que los aterraba, era morir sin haberlo expulsado de su interior, pues en tal caso... —Schwindt tembló— debían transmitirlo, el acólito lo recibía y transmutaba en nuevo amo. Eso me abrió los ojos. Si su tío había perdido su descendencia directa, ¿podría habérselo transmitido a usted, Walter? ¿Podría habernos provocado él? Y si usted muriera sin transmitirlo a otro...

—¡Calle! ¿Cree que no lo pienso a diario?

—Sin embargo, eso no respondía todas mis preguntas: usted no era línea directa y no podría ser receptor, y eso me llevaba a otra más inquietante: ¿Qué ocurría en casos como el de su tío, que perdieran toda su progenie?, no era algo tan raro. Ahí es donde sus sirvientes, los vasallos, entraban. Uno de ellos me entregó un viejo manuscrito que atesoraba. No era más que una lista, una enumeración de lo que llamaban «depositarios».

—Dijo que no dejaban escritos.

—Y este podría ser una falsificación, pero quiero que lo observe.

Le entregó con respeto reverencial una cuartilla amarillenta y mohosa.

—Son nombres enlazados. Parecen árboles familiares.

—Exacto. Para ellos el resto de humanos no valdrían más que ganado, y eso incluye sobrinos o incluso hijos que no hubieran sido iniciados. Por eso criarían una descendencia paralela con muchachas a su servicio, campesinas, huérfanas, no importaba, les surtían de bastardos, recipientes vacíos a los que transmitir la presencia hasta que otro maestro la recuperara: los depositarios. Y si el depositario moría sin transmitirla, si se condenaba, ¿a quién más le importaría?

—Me está diciendo que yo fui el depositario de mi tío.

Stobert volvió a presentir la cercanía de las voces. Voces que

449

surgían de un infierno helado más allá de cualquier comprensión. Schwindt aireó el papel.

—No se ha fijado en la lista. ¿No le recuerda a algo?

—Mi tío… ¡¿Mi tío tenía una lista?!

—Eso es lo que creo. Fue el único documento que obtuvimos aquella noche.

—¡¿Dónde está?! ¿Acaso la guardó usted? No, hará décadas que no existe. —Su cerebro relampagueó en busca de una solución—. Olvídela, tengo dos hijos y un nieto en camino, ellos se convertirán en mis recipientes.

—Debemos conseguir la lista. Su tío debió ser un gran maestro para poder usarlo a usted, pero dudo que nosotros podamos. Sus hijos están muy alejados del origen, no podemos arriesgarnos. Debe recuperar la rama troncal, debe mezclar de nuevo las dos sangres, unir las dos líneas: sus descendientes engendrarán hijos con los descendientes de esa lista. Porque esa lista no se perdió, sabe muy bien quién la guardó, el que se vendía como nuestra autoridad.

—Nuestro jefe de sección. ¿Está vivo? ¿Lo localizó?

—Fue mucho más fácil que a usted. Nunca entró en combate, nunca se movió de su pueblo, y como Austria no fue desnazificada no sufrió persecución ni se tuvo que ocultar. Continuó engordando como un cerdo y ahora es un venerable concejal. Debe viajar conmigo a Europa, Stobert.

—Me preocupa pisar Austria.

—Nos encontraremos en Suiza. Haremos que él se mueva.

Michelle y Ari vuelven al apartamento sin hablar y cada una se encierra en su cuarto. El tiempo se alarga y endurece, los minutos se rompen como punzadas y el sueño nunca llega. Michelle no duerme, la angustia le mantiene la garganta obturada y su dolor es tan grande que ni siquiera puede llorar. Henrique se bloqueó ante la nueva información y fue incapaz de decirles más; por si acaso le dejaron su número con nula esperanza. Después contactaron con

Caimáo, el mercenario, y se citaron para el día siguiente, pero nada de eso la aparta del pozo en el que se encuentra. La imagen de las niñas encerradas para servir de madres le acelera las pulsaciones hasta sentir asfixia. Se incorpora ahogada y desea morir en ese momento. Quiere sacar a su hija incólume de esa prisión, pero si ha sufrido el menor daño solo puede pensar en morir. Ella destruye todo lo que toca. Aún es peor, su vida no es más que un engaño, todo lo que ha hecho ha sido una labor en beneficio de otro, dañando lo único puro que ha encontrado. Ella destruye todo lo que toca, lo corrompe y lo arruina. Nada en ella es útil ni sano. Y solo atina a pensar en recibir el castigo, sea el que sea, pero no los que la rodean. Michelle se enrosca en la sábana pensando en dolor físico, en la muerte. Piensa en padecer el daño que ha causado, en salvar a Michi o desaparecer, ser consumida por la oscuridad. Disiparse.

En mitad de la madrugada una sombra en el umbral la asusta. Ari, somnolienta, se apoya en el quicio.

—Sé que no duermes. Te revuelves mucho.

Michelle no sabe responder y Ari no sabe acercarse.

—No sé lo que sientes, pero sí imagino lo que piensas. No creo que sea fácil racionalizar en esta situación. A mí me cuesta. Pero lo que me quedó claro es que no llevaron a Michi para… Esperaron a que tú… tuvieras edad para… ya sabes. No te buscaron con doce años. Sea lo que sea, no tienes que temer por Michi, se tomaron muchas molestias, debe de ser muy valiosa para ellos.

Y se retira del mismo modo. Sin embargo, sus secas palabras funcionan como un bálsamo, que no quita la angustia a Michelle pero la reduce a un nivel en que puede expresarla. Y consigue llorar tapada por la almohada el resto de la noche.

LA GRANDE DIXENCE. 1977

A las seis de la mañana, la impactante vista desde la represa de Grande Dixence resultaba aún más grandiosa. Envuelta en las densas brumas del amanecer y vacía por completo de visitantes se asemejaba a un complejo futurista que hubiera sido abandonado por una civilización desaparecida entre aquellas montañas. Se alzaba como un muro fantasmal sobre centenares de metros de caída hasta un valle imaginario. Las procelosas lluvias de las semanas previas habían acelerado el deshielo y las esclusas de seguridad se habían abierto desaguando millones de metros cúbicos con el estruendo de una estampida. Con las compuertas a pleno rendimiento se había transformado en una furiosa cascada que se precipitaba como un embudo y se perdía en una pavorosa sima blanca, un torbellino de rabioso fragor que proyectaba espuma por encima de sus mismas cabezas, a cientos de metros de altura.

En la orilla del desplome aguardaba aparcado un Citroën DS, el conocido Tiburón, y un BMW E21 amarillo surgió entre la nube pulverizada que creaba el mismo embalse para detenerse a pocos metros. De él descendió un orondo tirolés calvo, rubicundo, con bigote corto y circunspecto. Se abrigaba con gabardina y sombrero de ala que debía sujetarse para evitar que volara con los vientos de la garganta. Acodados en la baranda sobre el torbellino le aguardaban dos individuos, uno sin sombrero, el otro tocado con una *ushanka* y guarecidos con abrigos Barbour de tiro largo. Se saludaron en la distancia pero el bramido del agua bajo sus pies les impedía escucharse con propiedad. El mayor se aproximó a ellos, teniendo que gritar aún a medio metro de distancia para entenderse. Schwindt y Stobert le estrecharon la mano. A pesar del frío reinante sudaba nervioso.

—¡Por favor, no he hecho ningún mal a nadie! ¡Mi vida, mi familia, todo se desmoronaría si sacan mi pasado a la luz! ¡Soy una persona respetable!

—¡¿Tiene la lista?!

—¡Sí, aquí la traigo como me pidieron!

—¡¿Cómo la guarda aún?!

—¡No lo entiendo, a decir verdad! ¡No la llevé al partido, todas aquellas mierdas suyas de cultos mistéricos no eran más que tonterías! ¡Su tío era un masón y bien muerto quedó! ¡Sin embargo, nunca tuve el ánimo de arrojar estas míseras cuartillas! ¡Mi mujer, con lo ordenada que es, me lo preguntó varias veces, pero me enfurecía con la sola mención!

Schwindt y Stobert las revisaron. Su antiguo jefe les palmeaba buscando su simpatía. Sincronizados, lo agarraron por la solapa y lo arrastraron hacia la barandilla.

—¡No, no! ¡¿Qué hacen?! ¡¿Qué hacen?! ¡Yo cumplí! ¡No! ¡NO!

El cuerpo cayó hasta fundirse con la espuma que bullía del abismo y el grito fue engullido por el bramar de las compuertas. Antes de impactar ya nada de él quedaba allí. Los dos compañeros se refugiaron en el Tiburón a leer las hojas. Unas anotaciones les dieron la respuesta.

—Esto era con lo que no había contado su tío. Mire: campesinos, jornaleros, unos perdedores. Pero después del desmembramiento del Imperio austrohúngaro se produjeron grandes movimientos migratorios, partían pueblos completos hacia América. Aquí lo anotó: cuando fue a recoger a sus depositarios, no quedaba nadie.

Como cualquier expectativa, el apolillado papel decepcionó a Stobert. Apenas cinco nombres cuando había imaginado docenas.

—¿Sabe cómo lo haremos?

—Sé poco más que usted. Apenas conozco los términos del ritual. Debe mezclar las sangres y probar después con cada niña a través del sueño hasta encontrar una suficientemente receptiva para que la transición ocurra de manera natural.

—¿A qué se refiere con una niña? ¿Y los niños?

Schwindt se replegó ante la pregunta.

—¿Cómo que los niños? ¿Es cierto que no recuerda nada de Viena?

—No, no entiendo a qué se refiere.

Schwindt se estremeció al recordarlo.

—El palacete ardió hasta los cimientos, no recuerdo cómo se inició el fuego, la situación era demasiado tensa; su tío amenazó con un arma y nos trató de rufianes, necios y bandidos, nuestro jefe de sección le disparó y usted quiso socorrerlo, pero él se le aferró como una sanguijuela y pronunció algo ininteligible, gestos que yo aún no entendía. Los dos cayeron como dormidos varios minutos y cuando usted despertó él había muerto. También... —titubeó— no... no estábamos solos, vi a alguien más, una figura traslúcida. Oh, Dios, había una niña allí con nosotros, algo como el fantasma de una niña. No tengo explicación, pero solo funcionará con una niña.

La reunión con Caimão se concreta a media tarde en el parque *da cidade*, un rincón verde con unos árboles apartados que ocultan su extensión más allá del punto de encuentro, un círculo de pavimento con lo que parece un mapamundi rodeado de bancadas de piedra. Un cielo plomizo anuncia tormenta y las nubes oscuras lo recorren como manadas de animales imaginarios. En una de las bancas consulta su iPhone un hombre joven de gran envergadura y aspecto impactante, cercano al metro noventa, torso musculado en gimnasio y depilado, cabello cortado en dibujo, camiseta ajustada sin hombros embutiendo sus excesivos pectorales, y pantalones y zapatillas de marca. Un personaje muy atento a su imagen que copia actitudes de futbolistas famosos, seguro y soberbio, que se sabe atractivo. Al verlas acercarse entrecierra los párpados como un cazador y las recibe con una sonrisa dentada en impecable inglés.

—Bienvenidas. Yo soy Caimão. No me dijeron que tenía clientas tan bonitas. Esperaba a dos gringos blancos como la leche.

Ari, despreciativa, suelta un salivazo a la arena antes de hablar.

—Es así, supongo. Que si mencionan dos clientes asumas que son varones y blancos, no que esperes a una latina y una negra. ¿Eres racista tú, negro? Porque mi padre, además, también era latino, así que yo tampoco te valgo. Si te molesta nos vamos.

La piel de Ari es brillante al sol, oscura y tersa, y el pelo rizado le cae en guedejas por los hombros, elástico y en parte caótico. Su rostro armonioso, con los ojos separados y los labios carnosos, muy a su pesar muestra las suficientes concomitancias con el de Michelle para establecer un patrón en la atracción de Ethan. No es alta pero sus piernas de atleta son largas y fuertes, ayudando a magnificarla. Su cuerpo, definido y fibroso, el pecho escaso y los abdominales marcados por naturaleza. Todo en ella reza su condición de guerrera.

El interpelado ríe con forzada alegría.

—No te pongas así, dulzura. Solo me alegraba de ver que sois tan guapas. Las blancas son blandas y tiesas, su carne es fofa y se mueven como madera. Es una suerte para mí tratar con clientas tan bellas, a las que me gustaría enseñarles también las playas de este hermoso estado además de resolver el encargo.

Ari ha entrado a la defensiva en barrena.

—Hemos venido a hacer negocios, pero veo que eso no va a ocurrir. —Indica a Michelle la media vuelta. Caimão les corta la retirada, divertido.

—¿Pero dónde vais? No sabía que eras tan sensible. Sentémonos, ¿o mejor tomamos algo en algún lugar bonito? A mí me conocen en todos lados, soy amigo de todos y en cada bar me invitan; por la música; soy amigo de muchos artistas, ¿sabéis?, gente famosa. También podemos hablar en el parque; es peligroso, aquí asaltan, pero conmigo no debéis tener miedo, todo está en orden.

Ari escala en su agresividad y empieza a desear que le dé una razón para desatarla.

—Mira el miedo que me da, mamarracho.

Él se encara con las casi dos cabezas que le saca.

—Pues debería. No es lugar seguro para dos gatitas.

Michelle intercede y el solo roce de su pulgar sobre el bíceps lo engatusa de nuevo. Es un donjuán de libro aunque le falta cierto encanto de perdedor para interesarle. Barrunta que el aura de este macho alfa es de un azul tan marino que casi se hace opaca, y esa oscuridad le resulta desagradable.

—¿Me disculpáis un segundo? No me creo que ni nos hayamos presentado. Yo soy Michelle y ella es Ari. ¡Uy, el burro delante!

—Y ríe con un tono una octava más agudo que el suyo. El desprecio de Ari se traslada a ella de manera instantánea y el interés de Caimão también—. Perdona Caimão, ¿es así?, no sé si lo pronuncio bien.

—Lo pronuncias como un hada del bosque.

—¡Ay, jaja!, qué tonto. Cariño, es que no nos has dado ni oportunidad de presentarnos, eres demasiado «lanzado». —Y le dedica una mueca infantil.

Caimão ríe orgulloso.

—Soy de sangre caliente.

—Nosotras venimos de muy lejos y esto para nosotras es muy importante. —Oculta un suspiro que Ari a su vez sabe que es falso. Caimão se azora.

—*OK*, tienes razón. Tanta belleza me vuelve loco. Pero después me prometes que me acompañarás a enseñarte los mejores lugares de todo Santa Catarina.

Michelle le acompaña a sentarse y Ari los sigue de pie y en silencio.

—Me contaron que queréis entrar en una agrupación de menonitas para robarles.

—¿Menonitas? No lo creo. Ellos nos robaron a nosotras.

Ari apunta:

—No son menonitas. Tuvieron relación con la dictadura y sabemos que son peligrosos.

Caimão guiña un ojo y arruga la nariz.

—Eso ya cambia el cuento. ¿Y qué es lo que queréis recuperar?

—De eso me encargaré yo. Necesito que me introduzcas y la cobertura habitual. Me gustaría contar con armas largas, ¿existe la opción?

Caimão se golpea la rodilla como si fuera un chiste hilarante.

—¿Vas a entrar con nosotros?

—¿Qué nosotros? Solo necesito un guía.

—No, amiga. Yo no te conozco y si vamos a una propiedad relacionada con los años de plomo no pienso ir solo. Ya sé quién nos puede a acompañar, 4:20. —Hace un guiño a Michelle—. Es un loco que te va a encantar, y colecciona armas, no vais a encontrar mejor potencia de tiro que no sea de bandas. Tiene un 47 que es el suyo con un GP25. —Y les aclara—: Lanzagranadas, por si hay que tumbar algún muro. Yo lo voy a llamar y nos reunimos esta noche los cuatro. Os voy a enseñar sitios bonitos.

Ari y Michelle debaten la amarga decisión de cuánto deben aguantar a cambio de la ayuda. Michelle comparte la frustración de Ari y defiende su desplante ante Caimão, pero tampoco duda en aceptar su ofrecimiento. En realidad, argumenta, no es diferente a lo que ha vivido toda su vida, por lo que se ofrece a acudir sola a la falsa reunión; ha librado trampas peores. Ari se desespera ante su contumacia y acaba con ella en un bar tropical en lo que a todas luces es una doble cita. Caimão no deja de presumir saludando a todas las chicas del local con especial énfasis en las más sugerentes, que se esfuerza en pasear delante de ella.

—¿Viste mi amor? No me interesan las blancas. Son poca cosa.

4:20 es mucho más bajo que él pero igual de ciclado, y se maneja en el mismo inglés de conquistar turistas. A pesar del apodo, desde el comienzo deja entrever el ofrecimiento de coca para hacer la noche memorable, y aunque la insistencia de Ari le obliga a garantizar el allanamiento de la colonia y el suministro de subfusiles para todos, incluido su lanzagranadas, del que lleva fotos y vídeos como de un bebé, muestra tan poco interés por la misión como Caimão, que solo pretende sacar a Michelle a bailar. Le dirige una frase que abarca a las dos.

—Lo que vosotras necesitáis es que os bailen. A vosotras no os han bailado bien todavía, pero nosotros somos los mejores bailarines del mundo. No te puedes imaginar lo bien que baila 4:20, él se puede bailar a tu amiga la arisca toda la noche, la va a dejar agotada.

Michelle se mantiene en su bobo papel esquivando cada ofrecimiento. La velada no tarda en convertirse en dos diálogos diferenciados a medida que cada seductor se centra en avanzar con la que se ha repartido. La música y las luces cumplen su papel de atontamiento. Caimão y 4:20 tratan por todos los medios de invitarlas a copas pero Michelle se encarga de comprar refrescos para ellas. Ari no ve el momento de marcharse pero los dos camaradas evitan concretar nada para alargar la noche. 4:20 resulta más agradable y liviano que Caimão, su charla no es tan egocéntrica y casi se hace ameno, pero empieza a visitar el baño y con cada viaje su insolencia y arrogancia aumentan. Ari no necesita preguntar el motivo y a la tercera vuelta marca mucha más distancia. Busca la complicidad de Michelle, que soporta estoica el autobombo de Caimão, pero le sorprende 4:20, que aparece con una bebida no alcohólica para ella. Parece haberse hecho consciente del alejamiento que ha provocado y trata de congraciarse. La música sigue aturdiéndola. Michelle recibe la mano de Caimão en la cadera al tiempo que le explica algo de la sensualidad que destila. Los bajos levantan la mesa en rítmicas vibraciones. 4:20 sonríe surcado por islas de luz magenta y amarilla entre la oscuridad reinante, y ofrece la copa a Ari, que la recibe agradeciendo el cambio de actitud. Él la invita a brindar con modestia. La percusión machaca sus oídos. Michelle centra su atención en ellos. Ari levanta la copa y una mano femenina la frena en seco vertiendo parte del líquido. Michelle luce desencajada.

—¡Ari! ¿Has comprado tú ese trago?

4:20 la intercepta apurado.

—¡No es alcohol!

Ari ha leído a Michelle y empuja a 4:20.

—¿Qué has puesto, hijo de puta?

4:20 boquea sin hablar y suelta una risotada. Caimão observa distante y las mesas de alrededor se silencian. Ari señala la bebida.

—¡Bébetela!

4:20 se azora.

—¿Pero de qué hablas?

Ari se la planta delante de la nariz y él la agarra como aceptando un desafío.

—¡Pues me la bebo! —Pero en lugar de eso la baja—. No sé qué ha pasado, pero si queréis podemos salir de aquí.

Ari no llega a saber si es culpable o no, la excitación le domina. Antes de que 4:20 se dé cuenta le descarga el anverso del codo como una cuchilla, arrastrando la mesa al suelo con gran estrépito. 4:20 se lleva las manos a la sangrante nariz cuando recibe un rodillazo que lo desestabiliza, choca con la espalda de otro cliente que se vuelve furioso y lo empuja. Caimão llega a tiempo de golpear a este, que patina por el suelo casi hasta la pared. Ari y 4:20 son alzados por tres gorilas que los expulsan sin miramientos, Caimão se disculpa con otro y Michelle corre detrás de Ari. El grupo del agredido también sale al exterior, donde se caldean las expectativas, pero Michelle, actuando con increíble reflejo, se tira delante de un taxi, lo abre y empuja a una despistada Ari dentro. 4:20 las insulta furioso. Caimão sale con él pero le impide perseguirlas.

El Chacal baja molesto del avión. No le gusta el aeropuerto, no le gusta el país y no le gusta el clima. Le espera Thiago, el que también fuera asistente del Sabueso. De camino al hotel le va poniendo al día.

—No tenemos noticias todavía. El tipo que tienen de protocolo no hace más que marear la perdiz. Me parece que tienen una importante crisis interna.

—El viejo aún debe de mantener su ascendencia. Recuerdo el miedo que le tenían mi padre y mi abuelo. Preparemos un equipo con los mejores mercenarios, calcula para cuatro SUV por si acaso.

Thiago sonríe.

—¿Entonces vamos a montar fuegos artificiales, jefe?

—No, pero es una secta, y con las sectas hay que ser precavidos. Doblen, tripliquen el soborno, a los jefes, a los guardias, a todo el que se deje comprar para estar de nuestro lado, no tenga límites;

además, quedan pocos. Y mantengan la vigilancia, no quiero que salga ni entre una bicicleta sin saber quién es ni adónde va. Quiero que entreguen al abuelo, no una carnicería.

A la mañana siguiente Michelle explica a Ari que Henrique le ha enviado un mensaje y va a ir a visitarlo. Ari no le pregunta por su seguridad, con el pobre Henrique no existen dudas. Ari en realidad no habla, toma una taza de café con el rostro contraído por haber arruinado su única opción. Michelle busca sus ojos.

—Hiciste lo correcto. Tú tenías razón.

Ari no responde. Desolada, imagina nuevos caminos sin resultado. Deambula por el pequeño comedor cocina y piensa en salir a tomar el aire. Pasa de un canal a otro de la televisión abierta y acaba escribiendo a Ethan para interesarse por su estado. Ethan le pregunta por los avances y la fecha prevista para la incursión, pues su rehabilitación se acelera y no ha variado el plan de incorporarse. Ella se desahoga sobre el fallido encuentro con los dos aventureros, obviando los detalles más chuscos, y él le da la razón igual que Michelle, justificando y alentando su comportamiento, pero tampoco aporta ideas y la solidaridad no reconforta a Ari, que al despedirse se siente más fracasada y más vacía. Por fin encuentra su respuesta. No se trata de tener razón, se trata de enfrentar las dificultades de cara. Es lo único que siempre ha sabido hacer.

Michelle se asoma a un apartotel de tres plantas en forma de «U» sobre un aparcamiento, con escuálidas habitaciones en racimo desde distribuidores externos, conectados por una escalera de incendios. La fachada presenta rotos, humedad, faltas en el revestimiento, marcas de orín y vómito, una bombilla por pasillo y un aspecto general insalubre y desangelado. Allí, entre cuartos de prostitutas y adictos, habita Henrique en la planta baja, a pie de calle y con la puerta entornada. Michelle repica con los nudillos y la empuja.

—¿Hola?

Un pequeño corredor en el que se abre la puerta del baño conduce a una sala con cocina francesa, una mesa con dos sillas y un televisor de tubo. Tras ellos, un tabique sin puerta da limitada intimidad a un camastro individual, que se adivina a través de las sombras. Sentados a la mesa, sin nada en las manos, aguardan Henrique y un compañero de edad similar pero mejor salud, física y económica. Henrique sonríe a Michelle con dulzura. Nada en ese gesto le recuerda ya al *playboy* que la deslumbró en su adolescencia.

—Te presento a mi amigo Santiago. Él me ha ayudado estos años.

Ari llega al parque *da cidade* donde la misma monolítica figura aguarda, pero esta vez no atiende su teléfono, ni le dedica una sonrisa ni una bienvenida. Sin levantarse, inquiere:

—Me llamaste. Aquí estoy. No trajiste a tu amiga.

—Ni tú a 4:20.

—Me dijiste que querías hablar. Así será más fácil.

—Sigo necesitando armas y ayuda. No sé si tú me darás otro contacto fiable, pero no tengo nadie más a quien acudir.

Caimão chifla empujando los incisivos superiores con la lengua y esta vez es él el que suelta un salivazo.

—Tienes bolas, eso no lo puedo negar. Te vi tirar codo y rodilla. ¿Muay Thai?

—También Kajukembo, y otros.

—Y sabes disparar, lo tengo claro. ¿Eres como una especie de fiera?

—Si hubiera sido hombre no habrías tenido que comprobarlo, me habrías creído.

Caimão se encoge de hombros.

—No voy a darte otro contacto, yo estoy dispuesto a seguir adelante. El precio se mantiene, 4:20 sigue dentro y cobra lo mismo que yo, las armas son suyas.

—No voy a fiarme de ese después de haberle golpeado.

461

—¿Aún piensas que te echó algo?

—Eso ya no importa. Me la debe.

—Después de verte saltar de esa manera, quien me parece menos fiable eres tú. ¿Eso está claro?

—No sé si formamos el equipo adecuado.

—4:20 y yo sí, eso me basta, lo tomas o lo dejas. Puedo empezar a estudiar el lugar ya, lo que dijiste de la dictadura me dio ideas. Mucha de esa gente tiene relación con gimnasios de artes marciales, puedo conseguir información.

—Y también puedes cobrar de los dos y venderme.

Caimáo le devuelve su sonrisa ambigua.

—No lo había pensado. Sería un buen negocio.

Ari no sonríe. Caimáo se pasa la mano a las lumbares, saca una pequeña Walther P99, la sostiene por el cañón y se la entrega dejando que ella la tome por la culata. Ari la agarra con el dedo en el gatillo. Caimáo no pierde la sonrisa.

—Está cargada. Es tuya. Puedes decidir cuánto te fías.

Él la suelta y Ari le apunta. Le replica como si hubiera pasado por alto una obviedad.

—¿Pero por qué te preocupa que os fuera a vender? A fin de cuentas, ellos no son más que unos blancos. —Y su sonrisa trufada de brillos multiplica su indefinición.

Cuando Ari regresa, se encuentra a Michelle abrumada. Al verla llegar da un saltito tratando de mostrar una explosiva alegría, pero no funciona, su felicidad es impostada, sus gestos vacíos.

—¡Está viva, Ari! Está viva y está bien. Está viva.

Ari le sigue la corriente simulando un optimismo que tampoco comparte. Michelle desgrana con detalle: Santiago, el amigo de Henrique, le ha explicado lo que sabe, que mantienen a Michi y otra niña en un antiguo hospital al que nadie tiene acceso, que flota una tensa preocupación por el futuro de su líder, tanta que varias familias se han fugado, y la fecha más adecuada para una incursión. Ari se deja abrazar y le relata a su vez su reencuentro con Caimão. Todos los motivos son de esperanza y Michelle baja a comprar una tarta para festejar, pero las dos se sienten más cómodas mientras se encuentra en la tienda, mientras no están juntas. Mientras no actúan. Y Ari lo siente más por Michelle que por ella. ¿Por qué no puede disfrutarlo? ¿Ha visto demasiada podredumbre para aceptar lo positivo? ¿Qué es lo positivo a esas alturas?

Michelle sube y prepara unos mantelitos como si fuera a celebrar un cumpleaños. Un cumpleaños en soledad en un espacio neutro. Y Ari se responde al ver su voluntad por mejorarlo, por maquillar el engaño: la soledad es más dura en compañía. Desearía saber llegar a ella, saber establecer contacto. Se pregunta si serían amigas. Si alguna vez, en algún mundo, eso habría sido posible. Acepta el paripé y se une a la falsaria celebración, que dura hasta que llama a Ethan para ponerle al tanto y Michelle se retira. Desde el hogar, él aporta la satisfacción que necesita, la elogiosa admiración que le reconforta. Son sus avances lo que aplaude, no la noticia. Y es ese retorno a la cruda realidad lo que anima a Ari, la siguiente planificación lo que la empuja. Como si no quedara espacio para hacerse ilusiones. Como si fuera un privilegio que ya han perdido. Lo único que importa son los pocos días que restan. Es lo único que la serena. Cuando confirman la fecha, Ethan compra el billete sin aceptar una duda ante su vuelta. Pero nadie la plantea.

Santiago, el amigo de Henrique, se detiene en el camino de vuelta para auxiliar un Toyota cruzado que interrumpe el trayecto. Le asaltan y le noquean.

Varias horas después, el Chacal recibe a Thiago en su *suite*.

—¿Y bien? ¿Con quién se entrevistó, qué pretendía?

—Vio a uno de los nietos, uno de esos que había usado de semental y ahora es cojo.

—No me interesa su historia. ¿Por qué lo vio?

—Parece que se visitaban con frecuencia, viejos amigos.

—Supongo que le pidió que se esforzara con la inventiva.

—No se crea, nos hizo sudar, no parecía tan duro.

—¿Cuánto aguantó?

—Casi tres horas. Cuando me fui aún respiraba, pero le quedaba poco.

—Vaya, nos encontramos con un recio. ¿Vio cómo los adiestran?

—Que va, no era duro, es que a veces la realidad es muy rara.

—Me tiene en ascuas.

—Pues al final no tenía nada que ver con el viejo. Parece que una de las mujeres del cojo ha vuelto porque tienen a su hija, es una de las niñas que aún les quedan. Y el cojo le quería ayudar a recuperarla.

—No me contará que se creyó eso.

—Yo me quedé igual al principio. Y fue una lástima porque lo dijo antes de empezar, claro que quién se lo iba a creer. Pero sí, era así de estúpido.

El Chacal ríe.

—Está bromeando.

—Pues no, no mentía. Al final no le quedaba otra, ya no tenía ojos. Resulta que la señora quiere colarse en la colonia para rescatarla. Él les describió las medidas de seguridad y les aconsejó aprovechar la fiesta de aniversario para intentarlo.

El Chacal suelta una franca carcajada.

—¡Jajaja! Esta sí que es buena, es de las mejores anécdotas que me han pasado. ¿En serio va a entrar a por la hija? —Y cavila unos instantes—. Nos puede hacer un favor. Me parece una buena fecha, me están mareando con sus negociaciones internas y hay que ponerles un límite. La fiesta es un buen momento, diluirá la oposición, nos permitirá sacarlo con discreción mientras andan en el banquete y tendremos a sus guardas entretenidos con los intrusos, serán una buena distracción. Informa a los colonos de esa intromisión, nos lo agradecerán, y pon vigilancia al cojo, quiero saber hasta cuándo caga, que no se quejen de que no se los servimos en bandeja.

Al día siguiente Michelle visita de nuevo a Henrique, por agradecimiento, y descubre que ese rato de charla para él es el momento de mayor felicidad de su triste rutina. En los ojos de esa soledad que una vez representó las ilusiones de su vida encuentra paz con su pasado, y las visitas se convierten en diarias. Comparten cada vez más horas y el cariño que desarrolla por él calma algo del vacío interno que la atormenta. Sin la atracción física ni el interés ve generarse una relación pura, por primera vez libre con un hombre, sin tener que agradarle ni rechazarlo, sin temor a ser acosada, perseguida. Al contrario que los libros de autoayuda que ha devorado estos años, Henrique no le brinda ninguna respuesta, ninguna solución; nada de su vida depende de ella más que lo que pueda agarrar con los dedos, nada va a conspirar a favor ni en contra y nada le va a regalar lo que necesita. En Henrique encuentra un ser más perdido aún que ella, y su compañía la coloca en un simple presente continuo. Su cariño tiene sentido en ese momento, hasta que Michi vuelva. Nada más existe. Incluso planea presentársela, aún sin desvelarle su identidad. La niña tiene derecho a conocer, y tal vez en el futuro saber la verdad y decidir por sí misma.

Los últimos días pasan blandos y tensos, perezosos y acelerados hasta la llegada de Ethan, la mañana previa a la fecha prevista para el asalto. Alquilan un coche para recogerlo, pero después de la experiencia en el hospital, Michelle prefiere no acudir y Ari no la contradice. El vuelo se retrasa y ella deambula una hora por el vestíbulo hasta que las puertas correderas se llenan de viajeros. Cuando ve a Ethan, con el rostro aún surcado de marcas, su caminar denota molestias. Ari se aproxima para coger su mochila, él lee su preocupación y sus primeras palabras no son un saludo.

—He mejorado a una velocidad sorprendente. He probado con una faja de compresión y corro y salto sin problemas, me sujeta y el dolor se reduce a unos pinchazos.

Acto seguido busca con la mirada.

—¿Y Michelle?

—Prefirió no venir.

Se quedan tiesos, frente a frente sin siquiera tocarse. Entonces, tras unos segundos absurdos, él titubea y la abraza, y ella lo huele. Solo lo huele. Es Ethan.

Ari no admite lo que le tranquiliza tenerlo a su espalda en la incursión. Aprovecha para llevarle directo a la última reunión antes del operativo y de camino le aclara su temor, no tiene claro de qué lado caerá la moneda de Caimão y 4:20, y no quiere arriesgarse sola con ellos.

En su almacén, Caimão recibe a Ethan sonriente y amigable y lo trata con simpatía, como el macho alfa que no se siente desafiado por su intromisión. 4:20 se mantiene en un discreto segundo plano. Ethan trata de analizarlos, averiguar qué se oculta bajo sus óptimas caretas, pero solo asoma su experimentada chispa latina, su saber actuar en público. Los dos amigos son un enigma. Caimão despliega varias fotos aéreas del área con los elementos bien diferenciados y ríe.

—Con Google Maps todo es más fácil. La propiedad tiene como dos kilómetros de fondo por seis de largo, aunque la mayor parte no nos interesa porque son cultivos y graneros. A la carretera da un muro con cámaras de vigilancia, pero el resto del perímetro, que da a monte puro, está cerrado por triple alambrada de espinos con postes de hormigón cada dos metros, y ni siquiera está electrificada. Eso es más que nada disuasorio para ganado y curiosos, no le veo modo de que tengamos complicaciones, —cruza un guiño con 4:20—, hemos penetrado fortalezas mucho mejor defendidas.

Ethan tercia.

—¿Y la vigilancia, el personal?

—Esa es buena. Ojo con la gente que quieren meterse, amigos.

Hablé con un viejo capitán y me contó que en tiempos eran muy malos, que el mismo ejército evitaba enfrentarse, decían que si un soldado desapareciera allí, nada les pasaría, tal era su conexión con el alto mando. Pero eso fue antes de nacer todos nosotros, ahora parecen más un perrillo de aguas con careta de león que impresiona por las reminiscencias. Dicen que hay poco más de cincuenta colonos ahora, de los casi mil que tuvieron, y que como quince han huido en el último mes. La mitad de las cabañas están deshabitadas. No sé qué personal de seguridad tendrán, pero es imposible que controlen el perímetro.

Va marcando puntos en las imágenes de satélite.

—Esta es la entrada principal desde la carretera. Desde allí se pasa al centro, donde están los edificios sociales, y esa explanada de la derecha es donde montarán la fiesta de aniversario. No sé lo que son esas casas, pero el antiguo hospital es ese edificio del fondo, casi a un kilómetro a la izquierda. Eso es muy bueno para nosotros, podemos acceder por aquí, por esta zona boscosa. Antes del hospital están estos cobertizos.

—¿Almacenes tal vez?

—No lo sé, pero son un buen sitio para ocultarnos y vigilar antes de entrar. No creo que vayamos a ver a nadie, pero será bueno tener un espacio seguro. Supongo que habrá un par de guardias, nada complicado de reducir. Lo más problemático será devolverse con el bulto.

—¿Y si no estuviera en el hospital?

Caimão ríe de nuevo:

—Es vuestra información, amigo, vosotros nos diréis. 4:20 y yo improvisamos, se nos da bien. —Chocan el puño entre ellos—. Lo que más importa es dar toda la vuelta para entrar desde el monte, por aquí detrás. Si pasamos por el pueblo o la carretera se enterarán de nuestra llegada antes de vernos, sus vecinos llevan viviendo de ellos medio siglo y no perdonan. Es gracioso porque son los mismos a los que sonsacamos todo. Es más fácil comprar la conciencia de la gente que su silencio.

Y esas palabras resuenan en la cabeza de Ethan hasta su vuelta. Comparte la desazón de Ari. No sabe para quién trabajan.

Ari detiene el coche junto al edificio y le da las llaves del piso.

—Es el tercero, no sé si Michelle habrá salido. Yo voy a revisar municiones con ellos y necesito que descanses.

Ethan se decepciona.

—¿Pero te vas? ¿Ahora? ¿Cómo te vas a ir?

Ari se frustra ante esa nueva demostración de inoperancia intuitiva, y casi le resulta tierna. Ethan sigue sin entender y se apena.

—No sé, había pensado... estos días pensé y me gustaría poder hablar... contigo...

—Vamos a tener mucho tiempo para hablar. Seguiré viviendo en la misma ciudad.

—¿Y... seguir trabajando juntos? ¿Lo has pensado?

—Sí. Y no. Eso no va a ocurrir y lo sabes. Lo pensé mucho, y se acabó. Se acabó ese mundo para mí, Ethan, se acabó todo aquello. Quiero seguir estudiando, quiero acabar la carrera, pero ese es un capítulo cerrado.

Ethan se descompone ante la esperada contestación.

—Lo siento. Yo lo jodí todo.

Ari se muestra extrañamente serena, como si el proceso la hubiera obligado a madurar ciertas heridas.

—Después de lo que he visto no te puedo echar la culpa. Era todo tan absurdo y al final tenías razón. No sé qué pensar, no le he dado más vueltas, creo que simplemente no lo entiendo. No sé, Ethan, no sé qué estamos haciendo, pero hay que terminarlo, y no creo que sea bueno hablar de otras cosas antes. En realidad ahora lo veo como algo bueno. Pienso que nos vino bien, nos ayudó a limpiar nuestra vida.

—Yo... ¿no volveremos a vernos?

Ari se encoge de hombros

—Y yo qué sé. No sabemos ni lo que puede pasar mañana.

Cuando Ethan sube las escaleras le atenazan los nervios de enfrentarse a Michelle de nuevo, y de pronto, como un relámpago, le ilumina la idea de que Ari se marchó a propósito, y se molesta de no preverlo nunca, de ser tan obtuso como ella le decía. Tras la puerta, Michelle aguarda por primera vez más nerviosa que él. Ethan le tuvo esperando durante horas y no le dirigió la palabra, no la miró a la cara. Ahora siente el peso de todo el daño que le ha causado, y teme otro castigo. Y algo dentro de ella, casi lo desea. Pero Ethan abre la puerta con su mirada de niño. Y antes de que ella pueda hablar, baja la vista con vergüenza.

—Yo… no me porté bien, Michelle. Sé que te hice daño, pero no fue por lo que había pasado. No fue por… Fue cuando me contó Ari. Yo… estaba muy débil, y quería contártelo, pero ella me dijo que no estaba fuerte, que no iba a poder, que… y ya no pude mirarte.

Michelle no habla, le deja expresarse y espera a que acabe. Siente desatarse un nudo en su esófago con esa extraña disculpa, que recibe como un regalo. Y no pide más. Ni quiere darlo. Sin saberlo, Ethan la ha liberado del ciclo de culpa y resentimiento en el que vivía. Del nuevo episodio que aguardaba pasiva. El círculo vicioso que ha sido su vida. Y verlo desde fuera le permite admitir su agotamiento. Se aproxima y le acaricia los golpes con ternura maternal.

—¿Qué importa? Nunca te di las gracias por todo, Ethan, en todos estos años.

—Lo de no dirigir la palabra, yo sé que es horrible. Yo sé…
Michelle le calla. No le da importancia.

—Todo está bien. Siempre fuiste conmigo mucho mejor de lo que me merecía. Yo sé. Todo lo que siempre hablé era basura. Si me arrepiento de lo que hice es por Michi, porque no merecía perderte. Fuiste el único papá que tuvo en toda su vida.

Ethan se apoya en ella atribulado. No sabe qué responder. Con Michelle nunca lo supo. Se apoya en su hombro y le toma la mano. Una moto con el escape abierto truena por la avenida. Le toma la mano y la acaricia. Se siente transportado. Y Michelle se abandona a la nostalgia del remordimiento, a la antigua herida de aquello que abandonamos. Piensa en retirarse, pero Ethan le acaricia la mano. Y flota un viejo recuerdo, no sabe si inventado, de la olvidada intimidad de lo que pudo haber sido, de una verdad lejos de su presente. De la necesidad de afecto, confianza. De un asidero. Como entonces. Y abre los ojos ante sí misma. Nada queda de entonces.

Tras la llegada de Ari se organiza una larga discusión por las camas. Michelle se empecina y duerme en el sofá para ceder la suya a Ethan. Él y Ari son los que la necesitan. Ethan no pelea, entra al cuarto, se cambia y se deja caer seguro de conciliar el sueño, pero el aroma de Michelle lo impregna todo, y le turba. La visualiza horas antes, junto a él, y se pregunta si debió hacer algo. Si ella lo esperaba. Le asaltan memorias confusas. Visualiza su piel canela, su cuerpo pequeño y curvo, como tantas veces hizo. Y sabe que nada ha terminado. Que nada ha terminado a su pesar. Nada hay cerrado entre ellos tres. La vida no nos ofrece esas treguas.

Por la mañana, cuando Ari y Ethan entran en la cocina, Michelle ha preparado un desayuno que ninguno prueba. Evitan las despedidas por un ánimo supersticioso que no admiten y ella les agradece con toda su alma.

—Nos veremos en unas horas. Que tengan mucha suerte, todo va a salir perfecto.

Ari se retrasa a propósito para verla a solas.

—¿Qué vas a hacer hasta que volvamos?

—Estaré con Henrique. Él me reconforta.

Y, por primera vez, Ari la abraza.

—Voy a sacar a esa niña de allí aunque tenga que arrasar el puto Infierno.

Lo último que ve Michelle es la estela de un vetusto Suzuki Santana con los cuatro incursores. Le avergonzó decirles que su actividad con Henrique consistirá en rezar, resguardarse en él convencida de que su fe combinada los ayudará en la distancia. Es lo que aprendió a creer desde niña.

Michelle llega a la puerta del apartamento, siempre abierta en ese barrio inseguro, y saluda al abrirla acostumbrada a que Henrique responda cuando se encuentra a la vista. El televisor emite algún programa, pero al acceder al salón no lo encuentra sentado a la mesa.

—¿Henrique?

Columbra algo antinatural en la situación. Se asoma a través del medio tabique y adivina su escorzo tumbado en el colchón. Le asusta su pasividad conociendo su frágil salud, y se adelanta rogando que el destino no le juegue una broma tan cruel, justo en ese momento. Le llama todo el recorrido pero él no reacciona. Su preocupación se multiplica a medida que se acerca hasta entrar en el recoveco que hace las veces de dormitorio. Cuando sus ojos se adaptan a la penumbra puede discernir con claridad una mancha negra que empapa la sábana, bajo el volumen inerte de Henrique. Se aproxima rogándole respuesta, le posa la mano en el hombro y ya sabe lo que ha ocurrido, pero debe volcarlo igual, tiene que cerciorarse. Tira girando el tronco que se desmadeja como un títere, aún caliente pero tieso, y se enfrenta a la mirada del amigo que aprendió a querer los últimos días, despersonalizado, vacío. Un corte le abre el cuello de un extremo a otro a la altura de la nuez, y cuando lo vuelca ya no mana sangre. Michelle llora con el corazón roto y le acaricia el pómulo.

—Por favor, que tengás paz ya. Por favor, Jesús, que haya sido perdonado.

Las patas de la silla rechinan a su espalda. Se vuelve y un hombre de aspecto ario sonríe con hipocresía e inquiere con un español torpe.

—¿La mamá?

Michelle comprende que no tiene opción, pero no se plantea rendirse. Salta y corre aprovechando que se ha sentado, empuja la mesa a su paso y se lanza al pasillo sin que él llegue a levantarse, gira la esquina junto a la puerta del baño pero choca con otro cuerpo emboscado. El Chacal estudia el reloj sentado mientras Thiago le tapa la boca con una mano. Michelle trata de revolverse y percibe el filo en su esternón. Thiago empuja con fuerza y le espeta:

—Demasiado tarde.

El puñal atraviesa su carne y una pompa de sangre escapa entre sus dedos. Michelle no puede emitir sonido. El filo le atraviesa la boca del estómago; lo saca y vuelve a clavarlo acertando en los pulmones. La suelta y se desploma. La ignora acercándose al Chacal.

—Ya salieron para allá.

—Es hora, debemos irnos.

Pero Michelle no expira, se incorpora sobre las rodillas y se arrastra hacia la puerta para sorpresa de los asesinos, musitando un aviso que solo puede escuchar ella.

—Ethan, cuidado, Ethan…

La observan con admiración y curiosidad, preguntándose de dónde saca la fuerza sobrehumana para mantenerse en movimiento. Thiago incluso duda si rematarla pero el Chacal lo detiene. Michelle se agarra al picaporte, se empuja contra la pared con el hombro y usándola como soporte se impulsa con las piernas hasta colocarse de pie. Rebusca en su bolso empapándolo de sangre y saca el móvil, pero los dedos dejan un rastro rojo por la pantalla táctil, que queda mojada y no reacciona. Intentando desbloquearla vuelve a derrumbarse. Observa la manilla de la puerta como una meta inalcanzable. No es consciente de que el móvil se le cae de la mano. No es consciente de que se escurre en su propia sangre, ni del pitido que emite con cada respiración, del borboteo que exhala de sus pulmones encharcados. Michelle llega a creer que ha marcado el número que buscaba y en el murmullo que solo reciben sus oídos repite:

—Ethan… Ethan… Ari…

Y su cara queda enterrada en la mancha que brota de su pecho.

El Chacal se levanta admirado por su voluntad y se turna con Thiago para salir por la ventana trasera evitando la hemorragia que cubre el piso.

11

LA BOCA ABIERTA DEL INFIERNO

Tal vez seamos aquí tributarios de nuestro lenguaje. El tiempo no es la eternidad, ni el eterno retorno. Y no es solamente irreversibilidad y evolución. Quizá necesitemos hoy una nueva noción del tiempo capaz de trascender las categorías del devenir y de la eternidad.

Ilya Prigogine. Conferencia en Roma el 12 de febrero de 1987 y recogida en el libro *El nacimiento del tiempo*. 1988

VIENA. 1935

Viena era la gran capital del Imperio austrohúngaro en la bisagra del siglo XIX al XX, un momento único en el que se gestaba el futuro. Nuestra sociedad actual, nuestro modo de ver el mundo, nació entonces. La exuberante Europa de los descubrimientos se reflejaba en París y Londres en tanto que en la Viena de las secesiones y los grandes palacios engalanados la rabiosa modernidad de Loss, Klimt o Freud chocaba con la historia que se negaba a morir, que se refugiaba en la mórbida belleza de la decadencia. Europa, en realidad, era aquello. Treinta y cinco años más tarde el imperio no era más que un recuerdo y Austria una pequeña nación que pedía ser devorada por el Reich de los mil años. De una manera muy sicoanalítica, la nostalgia por la grandeza había sido más poderosa que el raciocinio.

Todo eso lo supo Michelle al abrir los ojos en ese salón cubierto de humo. Que se encontraba en uno de los escenarios del suicidio de la democracia; ella, que nunca antes había oído hablar de esa ciudad ni de ese periodo de tiempo. El incendio había arrasado la parte trasera del palacete consumiendo pasillos y cuartos de la servidumbre, y se apropiaba de los paramentos uno por uno, imparable y en breve insalvable. Los libros de la estantería se arqueaban bajo las llamas hasta consumir el lomo y entonces, ingrávidos, alzaban el vuelo como anchas mariposas encendidas trazando un arco antes de desintegrarse en escamas negras. El grueso del fuego provenía de un comedor separado por una cristalera emplomada a punto de estallar, y la humareda, negra y densa, flotaba bajo el techo como un mar de petróleo invertido. Frente a ella, cuatro figuras se disponían como actores esperando el inicio de la obra, y de pronto cobraron vida, se movieron como si unos hilos invisibles se hubieran tensado. De los cuatro personajes el mayor yacía en el entarimado y no era distinguible si aún respiraba. Vestía un traje gris perla con chaleco y zapatos de charol, pero su mayor distintivo era el parche que cubría su ojo derecho. Bajo la tela negra se ocultaba la cuenca vacía. Michelle supo que ya lo conocía. Ya lo había soñado y sin embargo no era el mismo. De los otros tres, el jefe de sección, bajo y convexo como un cervecero, flequillo encerado y bigote corto, de apenas treinta años pero apariencia mayor, reculaba en dirección a la salida y llamaba a sus cachorros, les ordenaba seguirle sin éxito. Ellos eran menores de edad y exudaban la soberbia, la insolencia, la credulidad, la inocencia, la audacia y la camaradería propias de la tardoadolescencia que les habían conducido a afiliarse en una organización subsidiaria del nacionalsocialismo, proscrita y terrorista. Uno de ellos no parecía recuperarse de un desmayo, abrazado al agonizante anciano, y el otro, más fiel a su amistad que al partido, se negaba a abandonarlo en aquella trampa mortal. Un gesto que iba a cambiar la vida de todos ellos y muchos otros. Un gesto que era inevitable como si hubiera sido escrito. Michelle sabía que aquello era un sueño y también era real, en aquel año lejano que al mismo tiempo es el mismo instante que ella vive. Ahora.

El Suzuki destaca con su amarillo flúor sobre la vegetación, desciende la vaguada a trompicones y se detiene. Se arman con unos chalecos ajados y pesados de cuya funcionalidad Ethan desconfía, un pequeño botiquín que cada uno carga en las bolsas de los pantalones, más pensando en la niña que en sí mismos, dos viejos fusiles FAL aceitados para Caimão y Ari, una Beretta para Ethan, que no dispone de otra arma, y el Kalashnikov de 4:20. Su confianza es no darles uso. Avanzan un kilómetro hasta la alambrada exterior. Las aves cantan sobre ellos y unas profusas líneas de árboles ocultan la distante comuna. De acuerdo con sus mejores expectativas, no encuentran más presencia que la suya. 4:20 corta los alambres y penetran con sigilo. Una cama de helechos los baña hasta la cintura y las islas de luz que permiten las ramas recorren sus pieles dibujando su camino. En cinco minutos el área se ha clareado, los troncos se distancian y el barro se cubre de hojas muertas, indicando que el tránsito se incrementa. A sus ojos se asoman las primeras barracas indicadas en el mapa, a unos cien metros detrás se alza imponente la silueta decimonónica del hospital, un bloque industrial de cinco plantas con grandes ventanales, en su mayor parte sin vidrios, y los engalanamientos propios de la primera escuela de Chicago. Por delante de los primeros chamizos, unos caminos de grava y diversos aperos de labranza descuidados. Estudian la situación un minuto sin hallar señales. 4:20 esprinta en solitario y se expone. Corre agachado hasta la primera caseta, se coloca bajo un vierteaguas y se asoma encontrando un interior vacío. A su seña se reúnen con él. La rodea y comprueba que está cerrada con un candado. De ahí al hospital la aproximación es más arriesgada, un camino de tierra pisada rodea cada almacén para el acceso de pequeña maquinaria y no existe ningún árbol, pero la tranquilidad reinante los anima.

El Chacal viaja cómodo en el segundo Range Rover de la caravana de cinco. Le gusta alardear de su estatus igual que a su hermano menor, pero él resulta más tosco, más agresivo. Más burdo, se habría burlado el Sabueso. Sin embargo, en esta misión no se trata de un gesto gratuito y le tendría que haber dado la razón. Van a meterse hasta el centro mismo de una secta para arrancar de allí al fundador, un peligroso sociópata que ha vivido como un mesías demasiadas décadas para entregarse sin presentar batalla. Por eso, a pesar del acuerdo con la cúpula política, por el fabuloso valor de ese objetivo y el riesgo que significa, no puede dejar nada al azar. Junto a Thiago viajan dieciséis de sus mejores comandos. La extracción se producirá con la colaboración de los habitantes o sin ella.

La fila de automóviles se detiene delante del portón y se activa la apertura electrónica. Ante ellos continúa el asfalto unos cincuenta metros hasta una plazoleta en la que un conserje los invita a aparcar. Tras esta, una caseta con barrera, el acceso original que aún se mantiene. El Chacal ordena descender al equipo por un golpe de efecto que surte el resultado deseado. Un segundo conserje, este en el interior de la caseta, llama por teléfono. Al Chacal no le agrada esa reacción. Frente a ellos, a unos doscientos metros, unas palmeras protegiendo las viviendas y locales principales de la comunidad, cruzados por guirnaldas y decoración festiva. Niños disfrazados de antiguos colonos guiados por maestras se pierden con bandejas hacia la derecha. Uno de ellos se fija en esos amenazantes adultos, embozados y armados, y enseguida es reprendido por la profesora. A una distancia prudencial se prepara una gran fiesta; al otro lado de una frágil barrera, se presentan los emisarios de una realidad siniestra. Thiago murmura al conserje.

—No nos haga matar a su gente.

Michelle se encontraba paralizada como secreta espectadora de un hecho innombrable que no debía presenciar. Pero no podía moverse, no podía despertar porque comprendió que esa división había dejado de tener sentido, ambos estados ya eran el mismo. Entonces el joven caído convulsionó y su terror aumentó. Porque aquella imagen ya la había visto, porque aquella imagen la esperaba desde 1935; porque lo indescriptible tomó forma cuando ese muchacho, del que supo que se llamaba Stobert, abrió los párpados hacia ella y sin que su cuerpo se moviera del suelo se levantó sonámbulo, como un zombi. Michelle temblaba al verlo alzarse, traslucido, ciego a todo, ignorado por su amigo que trataba de despertarlo, y supo que estaba atrapada como una mosca ante una araña. El sueño y el tiempo eran su tela. El titubeante fantoche se aproximaba a ella con los ojos blancos, opacos, y a un tiempo la cuenca derecha vacía, el traje con chaleco, los zapatos de charol, como si sobre la imagen del joven se superpusiera la del anciano muerto. Y entendió que el ente que lo habitaba no sabía en qué anfitrión se encontraba, desorientado, confuso durante ochenta años. Pero le era imposible sentir lástima por él porque representaba un pozo de maldad extrema que la amenazaba, que deseaba consumirla, porque el ser que confundía la forma de los dos hombres, que absorbía su energía y su vida sin ser ninguno de ellos, la buscaba, venteando el cuarto, y sus pasos torpes lo dirigían errantes y sin camino. El viejo muerto era su dueño, aprendió en un instante como si ese conocimiento siempre se hubiera encontrado en ella, él poseía el arcano conocimiento para invocarlo y manejarlo, heredado solo por la sangre, controlado solo por el minucioso estudio a través de generaciones, el estudio del que carecía el infortunado muchacho, que lo había recibido como una maldición con su último suspiro, y ambas líneas de sangre confluían en ella. Todo eso aprende Michelle en su sueño de sí misma, de su memoria genética. «Tú has nacido para ser una gran maestra», le parece escuchar. Y en ese momento comprende horrorizada que ese ser incomprensible que se alza ante ella, en un recuerdo que está viviendo, también la ha escuchado. Y el ente, como el diablo que asustaba a su abuela, que rasgado entre existencias resulta hueco, desvalido, alza su testa a ella como un perro que encuentra el rastro, y absorbe sus conocimientos al mismo tiempo: que necesitará la vida completa del tal Stobert, su propio bisabuelo, para preparar su posesión, que precisará las próximas décadas, las niñas asesinadas, las torturas, maltratos y experimentos fallidos, como ensayos para volver a ese mismo instante e inocularla en su presente, cuando él mismo se enfrente a su muerte. Y Michelle sabe lo que va a ocurrir, paralizada, mientras la sombra camina hacia ella arrastrando los pies entre muebles que le son invisibles, y las aletas de la nariz se abren reconociendo su perfume, estableciendo un lazo con su piel que nunca se romperá. Desde ese mismo instante en 1935 ella es su próximo anfitrión y sobre ella crecerá para expandir su poder. Una futura maestra que lo recibirá sin el conocimiento para defenderse, y esa suerte de animal de otra realidad construido de puro infierno se relame ante su sabor. Michelle tiembla y el frío que lo antecede le hiela la piel, le alarma el vaho que ella misma exhala, y quiere despertar jurándose que es un sueño, aunque sabe que no es cierto. Esa es la realidad y los dos momentos se confunden porque son el mismo, la misma fecha, el mismo instante con ochenta años de diferencia. Y la horrible garra, enfundada bajo el disfraz de dos manos confundidas, se alza hacia ella borrosa, húmeda y gélida como el mismo tacto del horror. Michelle grita.

4:20 circunda el primer cobertizo y cruza con cuidado el camino de tierra. La segunda fila de edificaciones es más sólida, se trata de almacenes originales de material médico con paredes de ladrillo

478

y ventanas de madera circundados por aceras de un metro. Se resguarda en una de ellas e indica a los demás que se acerquen. Un estrecho pasillo entre los dos almacenes parece el camino perfecto para acceder al descampado que desemboca en el hospital. Confirma que está libre. Se asoma atento a cualquier detalle. Nada se mueve. Caimão avanza ya con despreocupación seguido por Ethan, que sí mantiene el cuidado. Ari marcha la última. Los tres se encuentran en mitad del camino entre casetas, desprotegidos y expuestos. 4:20 percibe un brillo. Algo destella a través de una ventana. Se gira sin levantar la voz.

—Atrás, atrás.

Todo sucede como un relámpago. Con un bramido el interior se ilumina y una lluvia de balas se abate sobre ellos. Al fondo del pasadizo una sombra escupe una ráfaga sobre 4:20, que recibe media docena de impactos, sale proyectado atrás con la potencia de un atropello y se desplaza casi dos metros antes de caer. Ethan reacciona buscando el suelo bajo trazas silbantes, su maquinaria se activa sola y recula rastreando los puntos de ignición, pero la polvareda le impide atisbar. Las líneas de fuego cruzan sobre ellos. Ari corre hacia la esquina para cubrirse cuando un hierro candente le atraviesa la muñeca izquierda; un aullido surge por sí mismo de su garganta. Caimão ríe como un maniaco, es el único que no se ha movido del lugar. Dos proyectiles rebotan en su kevlar sentándolo, pero no parece importarle, levanta el subfusil y acribilla el frente del almacén sin apuntar. Su tosca estrategia silencia en parte el estruendo, pero sigue llegando desde el pasadizo. Ethan se arrastra hacia él y lo agarra por detrás.

—¡Vámonos! ¡¿Estás loco?!

Él carcajea enloquecido:

—¡Dispara, gringo, dispara!

Una tercera fuente de problemas se une por el otro lateral, alguien los barre cerrándolos en un complicado fuego cruzado. 4:20 intenta recuperarse, alza el AK-47 y riega como puede incorporándose, pero el castigo sobre él no cesa y el nuevo ataque le hace mella:

una punta le atraviesa el trapecio y dos se alojan en su ingle, reventando la femoral y abrasándolo desde dentro. Se retuerce y cae sin dejar de disparar percutiendo por un acto reflejo. Sus rodillas dobladas quedan por encima del arco de tiro y las barre cortándolas por la rótula. Baladra con la falange agarrotada en el gatillo, sin control de sus actos. Ethan apunta con mayor discreción en busca de aros de pólvora. Caimão cambia el cargador sin prisa. Nuevas fuentes parecen añadirse a las existentes. Ari, encajonada en una esquina, esquiva los silbos y se estudia la muñeca, atravesada de punta a punta. La buena noticia, se dice, es que tiene orificio de salida. La presiona y la cubre con una venda. Su brazo izquierdo está muerto. Suelta el cañón largo, inútil ahora, y desenfunda la P99. Le impresiona no sentir más dolor gracias a la descarga de adrenalina, y se asoma disparando sin tener claro el objetivo. Desde su esquina avista a 4:20, que ha entrado en *shock* y se impulsa en violentos espasmos que apenas lo desplazan de su charco de sangre. Ethan y Caimão disparan al bulto cada vez más cercados, Ethan trata de tirar de él, pero el guardaespaldas disfruta el insensato intercambio forzando su suerte. Un proyectil tumba a Ethan. Caimão se alza y camina en medio del fragor tirando despreocupado. Es el único de los cuatro que queda en pie.

Lucas, el jefe de protocolo, se acerca apurado. Como en un chiste, camina disfrazado de campesino tradicional provocando hilaridad entre los comandos. Lo secundan cuatro guardias armados que no representan ninguna amenaza para el equipo. El Chacal le espeta indignado:

—¿Acaso no nos esperaban?

—Por supuesto, pero no… no había hora, pensaba que llegarían más tarde, en la celebración, para ya sabe… ser más discretos. Tampoco… tampoco sabemos nada de los asaltantes de los que nos advirtieron.

—Ah, ellos deben de andar por ahí. Pensamos en coincidir por si se les resistían.

—Los encontraremos. No es fácil cubrir toda la extensión, pero nuestros hombres la peinan desde la mañana. Tan pronto...

Un ahogado tiroteo reverbera lejos a su izquierda, como un eco violento del bosque. Los *walkie-talkies* se activan al unísono acoplándose.

—Fachada oeste... rrr-localizados- zzz-fachada oeste hospital... apoyo.

Thiago y el Chacal sonríen.

—Parece que han llegado los invitados.

Un poco más allá, en el jardín, bajo guirnaldas y lámparas chinas, los púberes y los niños que quedan, con sus vestidos de época, se emplean en servir las largas mesas para el banquete. La sacudida los alerta, pero las comadronas que dirigen su actividad los tranquilizan indicándoles que no hay nada de lo que preocuparse y los devuelven a su labor con estricta disciplina. Desde la altura del invernadero de Fausto Aspiazi se aprecia la simple geometría de los preparativos. En el acceso el jefe de protocolo mantiene su sumisión ante el Chacal.

—Les agradecemos la información. Nos han salvado de una amenaza.

—Perfecto. Ahora condúzcanos con el viejo. Acabemos el trámite rápido.

—Hay... —Titubea—. Ha habido discrepancias al respecto. —El Chacal se impacienta—. No me entienda mal, tal como se acordó, *herr* Aspiazi les será entregado puntualmente tan pronto como se neutralice a los intrusos.

—Ese es su problema, no el nuestro. Lo quiero ahora.

Los dos grupos se colocan en guardia. Lucas trata de templar los ánimos.

—He... hemos llegado a un acuerdo con el equipo de seguridad. *Herr* Aspiazi pidió unos minutos para culminar un experimento... será cuestión de media hora. Tiene mi palabra...

—¿Qué clase de estupidez me está contando? No hemos venido a negociar nada. ¿Dónde está Armando, su jefe de seguridad?

—Él no… él no… él está con *herr* Aspiazi.

A un gesto de Thiago diez armas les apuntan a él y a los guardas que lo acompañan.

—¿¡Me dan garantías de la entrega y no tienen al jefe de seguridad con ustedes!? ¡Él es el único que vale para algo entre su hatajo de incompetentes!

Envuelta por el humo, Michelle se estremeció y gritó una súplica que ningún dios iba a escuchar. El aire se giraba en vagos remolinos que delataban su presencia, la garra tanteaba en torno a ella y la nariz, como el hocico de una fiera, se deleitaba en el aroma de su carne, que poseería ya para el resto de la eternidad. Michelle lloraba y su alma se desgarraba de pavor pidiendo ayuda, llamando a la única persona con la que había vivido protegida. Y una voz la alertó desde su espalda: «Michelle. Michelle, ¿dónde estás», y tras de sí descubrió a Ethan muy lejos, caminando a través del pasillo de un hospital abandonado, en ese mismo instante, acaso unos minutos en el futuro o el pasado, y en un sueño inquieto hace meses, al tiempo que en aquel suntuoso palacete en llamas de un país que no conocía.

«Michelle, ¿dónde estás?».

Y las lágrimas cubrieron sus mejillas deseando recibir su abrazo, sabiendo que aquello no era correcto, que no debía llamarlo, pero solo acertó a pronunciar entre hipidos: «No estoy muerta».

Ari observa con impotencia la debacle. Ethan inerte, 4:20 convulsionando y Caimão por delante del pasaje esquivando el tiroteo con pequeñas fintas que más parecen la suerte de un loco. Por fin alcanza la caseta opuesta y se apoya en el muro, pero su táctica solo sirve para ocultarlo de los dos primeros tiradores. Se acoda para contestar a los nuevos atacantes que surgen por el costado con una posición demasiado inestable; el tiroteo ha convertido el terrario en una nube de polvo que ciega a todos y esa puede ser su única venta-ja. Ari corre hacia 4:20 sin un plan preconcebido. Algo la descentra a su derecha: Ethan parece recuperar la consciencia y se incorpora. Los dos tiradores originales vuelven a ellos y Ethan se arrastra por debajo de una niebla albera. Ari avanza desequilibrada con el brazo rebotando como un apéndice molesto que le estalla de dolor con cada paso, se tira junto a 4:20 y le arrebata el Kalashnikov, pero tiene el cargador vacío. 4:20 espuma por la comisura de los labios y parece hablar a alguien con los ojos desorbitados. La mano no suel-ta la empuñadura. El emboscado del pasadizo le apunta y ella se parapeta como puede contra su cuerpo. La polvareda le protege de su puntería y queda enterrada por pequeñas olas de arcilla. Alza el subfusil en dirección al único objetivo que se le ocurre y planta el dedo en el gatillo del lanzagranadas rogando que esté cargado. Aprieta y el clic vacío le da la respuesta. Varias detonaciones a su espalda ahuyentan al tirador. Ethan, recuperado, se acerca cubrién-dola. Ari consigue sacar una granada del cuerpo, carga el GP25 y gatilla hacia la ventana. Un golpe metálico anuncia el salto y de pronto una explosión los sacude. Los vidrios revientan y la onda los impulsa, todos ensordecen y las armas callan. Una densa humareda brota del interior. Ethan tira de ella.

—¡Por la ventana!

Lucas busca el diálogo con el Chacal cuando un estallido leja-no los revuelve. Una tenue humareda se adivina en la distancia. Bandadas de pájaros se elevan. Lucas se vuelve escandalizado al foco, se gira al Chacal pestañeando, no controla la situación. El conserje parece desenfundar algo y el Chacal no le da opción de dudar: su unidad acribilla en el instante a los presentes atronando el bosque circundante, los guardias no tienen tiempo de reaccionar y son abrasados por las armas largas, el conserje se refugia en la caseta, que pulverizan al unísono, se astilla con las trayectorias de entrada y salida, dejando huecos del tamaño de un puño, y se descompone. Lucas soporta un par de segundos suspendido por los impactos y cae entre los demás. La refriega dura segundos. La sangre discurre por las canaletas de desagüe hasta fundirse en una charca sobre la rejilla de la arqueta, atascada por las hojas. La plazoleta queda enmarcada por una flor bermellón que se abre bajo la indiferencia de los asesinos.

A unos cientos de metros, los niños gritan aterrados por la tormenta de ruidos. Las maestras los empujan para sacarlos sin entender lo que ocurre y los conducen a la iglesia por prevención, junto al invernadero. Unos fieles se asoman para averiguar y otros se ocultan en sus hogares. La confusión se extiende por la propiedad.

El Chacal recoge el *walkie-talkie* de Lucas.

—Soy Andreas Schwindt. El lugar se encuentra bajo mi gobierno ahora. ¿Qué ha sido esa explosión?

Una voz se atraganta antes de contestar:

—No lo sabemos, los refuerzos están acudiendo todavía.

—Vamos a hacer la extracción. Dé las órdenes precisas, quiero el camino despejado.

En Viena el incendio se expandía y unos vecinos alarmados habían llamado a los bomberos. Michelle respondió dos veces entre lágrimas «No estoy muerta» y algo en esa proyección interfirió el suceso. Michelle se halló de nuevo mirando a su presente, hacia el futuro. Y ante sus ojos se encontró la celda en la que la han sedado, a un extremo el apagado corredor por el que Ethan transita, a través de plataformas invisibles, en un sótano varias plantas abajo, y en otro el ser, individual y múltiple, aún vestido de humo, aún náufrago entre esas líneas de tiempo. Esa difracción disminuye su dominio sobre ella. Esa difracción es Ethan, y Michelle intuye que no debe involucrarlo, pero está demasiado aterrada para reaccionar y el egoísmo infantil puede más que su fortaleza. Ethan se vuelve hacia una ventana que conduce a la nada y responde a una voz que solo él puede escuchar:

—No lo es. Ella está viva, ahora, en este instante, encerrada en aquella prisión.

Y su rostro mana sangre. Michelle llora al escucharlo, porque no debe responderle, no quiere condenarlo, pero ese horror es excesivo y lo llama como una niña a su papá en una pesadilla. Él avanza por el pasillo inconsciente del peligro y Michelle le advierte confundida por las figuras reales e imaginarias:

—No avances más o te descubrirán.

Ethan la mira sin verla. Y el ser reacciona a esa presencia. Ethan se inquieta.

—Tú voz, Michelle. Te oirán hablar.

—Ahora no pueden. Ahora están ciegos, preocupados por el fuego.

La conversación fluye sin que ella misma se entienda, engañada por la multiplicidad de ideas.

—¿Esos son los hombres que te han secuestrado? ¿Son los hombres que te asustan?

—Me da miedo el otro. El otro me da mucho miedo.

Y Michelle sabe que actúa mal pero no puede evitarlo, en el fondo no es más que una niña. La realidad parpadea. Ethan se vuelve a la ventana, al lugar que no existe para responder una pregunta que no se ha hecho.

—Ahora mismo yo estoy allí. Con ellos.

La caseta vomita una humareda negra y las armas se han silenciado. Ethan apenas oye más que un zumbido, como imagina que les ocurrirá a sus enemigos. Se encarama por el hueco de la ventana y salta al interior. Se clava varios vidrios en la palma que no llega a sentir. Ari le sigue, él la toma por las axilas y la ayuda a pasar. Ella gime de dolor y se enrosca sobre el brazo izquierdo, Ethan ve su sangre mojando la venda. El almacén está cubierto de una niebla oscura y un olor dulzón a carne quemada los incomoda. Aplastado contra una pared yace el despojo de un muchacho con el costado carbonizado, y junto a él un subfusil M16 que Ethan recupera. Lo dirige a la ventana pero no se asoma nadie. En el exterior se reinicia el tiroteo que envuelve a Caimão, pero suena lejano. Ethan estudia la muñeca de Ari.

—¿Estás bien? ¿Puedes usar mi pistola? Debemos salir rápido, esto es una ratonera.

—Sí, tranquilo. No es nada. ¿Y tú? Te vi caer y levantarte como un monigote.

—Fue como si me dieran con una barra de acero en la cabeza; abrí los ojos y estaba tumbado junto a una ojiva y el loco ese gritando como en una fiesta. Creo que un cartucho rebotó en mi sien.

Ari resuella y agarra la culata con la mano derecha.

—Esta vez nos han jodido de verdad, amor.

El sistema de megafonía de la colonia emite un acople que desemboca en unas trémulas instrucciones:

—Vuelvan todos a sus hogares. Repito: vuelvan todos a sus hogares o refúgiense en la iglesia, sufrimos una emergencia que será en breve controlada. Contamos con la ayuda de unos visitantes, deben colaborar con ellos.

Los anuncios se multiplican por el aire seguidos por una sirena que flota como reminiscencia de las viejas guerras, como el aviso extemporáneo de un ataque aéreo. Thiago pone en marcha cuatro de los todoterrenos, que circulan lentos cubriendo el paso de los comandos. El camino se encuentra en su mayor parte despejado, pero al aproximarse a las construcciones centrales, figuras difusas se van dejando ver por los huecos y se aproximan. Un grupo silencioso los va cercando como sonámbulos. Los altavoces repiten el aviso como una advertencia que cae del cielo. Thiago grita en portugués.

—¡Apártense! ¡Están oyendo al pastor! ¡Vayan a la iglesia!

Uno de los curiosos al fin salta.

—¡Mátenlo! ¡Maten al monstruo!

De alguna ventana suenan unos disparos que lo alcanzan y cae inerte.

—¡Allí! ¡A las tres!

Un total de doce cañones enfila una ventana de la que surge una tenue voluta, concentrando un castigo que en pocos segundos la desintegra. El pandemónium se mezcla con el griterío de los civiles, que huyen en desbandada. Apoyados por la cobertura, dos mercenarios discurren por la fachada y se introducen. Antes de un minuto indican por radio: «Abatido». Thiago ordena: «Humo». El equipo se coloca visores de infrarrojos y sueltan docenas de botes de humo que cubren la plaza central con una neblina color pizarra.

Michelle se vio obnubilada por unos fogonazos de luz y repitió unas consignas inefables que, supo, auxiliaban a Ethan. Y desde un espacio oscuro e indeterminado, Ethan la mira, y desde su pasado ella encontró el amor de toda una vida, y su cercanía la reconfortó. Pero sabía que él tampoco podría contenerlo, que se prestaría al sacrificio, y esa cantidad de información la superaba.

La figura alzó algo como una garra, una imagen que solo existía en su mente, y Michelle vio ante sí una uña que se aproximaba. Ethan no sabe nada de eso.

—Tranquila, Michelle, nadie te va a llevar a ningún lado. Voy a ir a buscarte.

Michelle quería callarse, soportar la presión, ser fuerte, ignorarlo. Contuvo el aliento un momento, pero la necesidad de refugio le pudo.

—¿Vendrás a buscarme?

—Claro, pero necesito que me ayudes, necesito saber dónde estás. Algo.

Michelle se arañó sabiendo que era incorrecto. La vibración de otro tiempo rompió cierta frecuencia desnortando a la entidad, que alargó la garra atravesando la burbuja, alcanzando el hospital.

—Ahora él se acerca. ¡Te tienes que ir!

—Michelle, escucha, no va a pasar nada. Lo estás soñando.

Y ella quiere advertirle, pero sabe que es demasiado tarde. El mal trata de alcanzarla pero se pierde, no sabe dónde se encuentra. Entre Ethan y ella. La sala se diluye, el recuerdo se diluye, la forma se aleja y entra en el hospital. Ella grita.

—¡VETE!

Y el ente, disturbado por esa nueva presencia, alzó los párpados desgarrando sus pupilas ante la luz de esas realidades cruzadas, para hallar al elemento que deshilaba su enlace. Stobert despierta.

Ethan indica a Ari que le cubra y repta hacia la puerta que se abre al pasadizo. Ari empuña la P99 a la espera de movimiento. Ethan toma aire, alza el brazo y abre. Fuera no hay nada. Asoma el arma y después se escurre él. Tampoco oye disparos. Un lejano megáfono alcanza sus oídos, presta atención pero no comprende, reconoce algún tipo de salmodia, como un muecín llamando al rezo. Se desliza a la siguiente caseta y abre. El único sonido que llega es el altavoz en lontananza. Entonces recibe el eco claro de un tiroteo del mismo punto, el centro de la comunidad, como a un kilómetro. En paralelo, toda la actividad ha cesado en torno a ellos. Cada vez se le hace más extraño. Se apoya en el cierre de la barraca, se adhiere al pomo y abre. Es simétrica a la anterior, con el mismo portón en el extremo opuesto. Dentro no hay más que maquinaria y herramientas, parece haber quedado desierta. Escucha un susurro a su espalda: Ari se asoma desde su caseta y le inquiere por gestos para, acto seguido, cruzar los metros que los separan y reunirse con él.

—Prefiero un cobertizo sin cadáver.

—Se han ido. Algo ocurre. Por ahora nos beneficia, sea lo que sea.

Pero ella le tapa la boca y le señala el portón. La ranura inferior de luz se corta por una sombra que cruza de un extremo a otro. Ethan se desplaza hacia la ventana del siguiente paño y Ari cubre la entrada. El intruso debe pasar delante de él si quiere ganar la puerta. Ethan se coloca tras el vidrio para emboscarlo.

Los tejados principales de la comunidad han quedado anegados por los botes de humo, que han sumido el mundo en una fantasmagórica calima gris que se arremolina en torno a los objetos como si estuviera viva, los dibuja y distorsiona como las lentas fluctuaciones de un huracán en miniatura. Los niños atisban desde las vidrieras de la iglesia y los comandos avanzan rápidos amparados en los visores nocturnos. Thiago asciende las escaleras del invernadero. Arrastran fuera a los dos últimos guardias que lo vigilaban, que se arrojaron al suelo gimoteando sin presentar batalla. Los conducen al Chacal, que aguarda junto a los coches, y los arrodillan a sus pies encañonando sus espaldas. Les pregunta despreciativo:

—¿Y bien? ¿Dónde está Armando?

—En el invernadero, nuestra obligación era protegerlo.

—¿En el invernadero? ¿Se encerró con Aspiazi?

En paralelo, Thiago irrumpe en la pequeña selva sobrealimentada por los inmensos depósitos de propano, y le es imposible discernir el calor corporal. Se aparta el infrarrojo y su vista se adapta al ambiente. Al fondo aguarda una figura.

Fuera, los guardias rendidos continúan su delación.

—No, *herr* Aspiazi no está en el invernadero, se lo llevaron al hospital, con las niñas.

Y señalan al imponente y lejano edificio. El Chacal se muestra estupefacto.

—¿Ese era su brillante plan, esconderse más lejos?

En el invernadero los soldados rodean al individuo que aguarda dócil con las manos en la nuca en gesto de entrega voluntaria. Thiago se le aproxima y reconoce a Armando. Se fija en sus pómulos: está llorando. Le va a preguntar el motivo cuando su lugarteniente grita:

—¡Detonador! ¡Tiene un…!

No termina la frase. Los explosivos conectados al sistema de calderas y tanques de gas bajo sus pies provocan una reacción en cadena.

Ethan se parapeta detrás del vidrio esperando al intruso cuando un fogonazo lo ciega. El cielo se vuelve blanco y un segundo y medio más tarde una atronadora deflagración los ensordece al tiempo que una brutal onda expansiva sacude el suelo como un seísmo y revienta los vidrios de la ventana sobre su cara. Cae dejando un rastro de sangre y Ari se abalanza sobre él.

—¡Ethan!

Lo toma entre sus brazos y lo vuelve, pero al verle el rostro se le reseca la garganta y el labio inferior le tiembla. Ethan abre los ojos y olvida su dolor al encontrarla a punto de perder el control.

—¿Qué... qué ha pasado? ¿Han volado la selva? ¿Por qué me miras así?

Ari, con un nudo en la garganta, ignora la pregunta mientras delimita los cortes de Ethan con su dedo, como siguiendo un diseño premeditado.

—Ethan... Dios mío. Ethan, los cortes que te hiciste dormido, ¿qué soñabas?

Ethan parece abstraído, le cuesta responder.

—No lo sé, Ari. Joder, ya te lo conté, ¿cómo quieres que recuerde eso ahora?

Ari no sabe explicarse, toma su teléfono como espejo y le muestra su imagen. Las lajas de cristal lo han cubierto de llagas, tajos sangrantes que coinciden al milímetro con los que él había diseñado a golpe de navaja, sus cicatrices se han abierto con exactitud sobre las mismas marcas, como si él mismo las hubiera delineado. Ethan tampoco responde. Ari le toma la muñeca y lo mira como hacía años no lo miraba.

—Perdóname. Por no haberte creído todo este tiempo. Lo siento. Yo... no entiendo nada, perdóname, por favor, todo esto me da mucho miedo. —Y le besa la mano furtiva y atenazada. Ethan se incorpora y le devuelve el beso. Ari gime acongojada y se abandona a su abrazo, pero él percibe algo distinto dentro de sí, imágenes inconexas pueblan su cabeza y se siente transportado a un raro trance que le aleja de ella.

Antes de llegar a percibir el sonido en el resto de barracones, una luz blanca lo inunda todo, como si el sol se encendiera en una noche sin luna, como si la atmósfera se borrara. El bramido más inimaginable se expande como una onda, allana el terreno, hunde las paredes y pulveriza los vidrios en varios kilómetros a la redonda. Una vorágine barre, levanta, vuelca, expulsa, destripa y aniquila todo lo que encuentra. El invernadero queda desintegrado en una décima de segundo y los edificios cercanos son demolidos, los mercenarios son proyectados a docenas de metros, rompiéndose cuellos y espaldas, aplastando sus órganos internos, vomitando su sangre por todos los orificios, una llamarada que calcina todo a su paso se alza como un hongo de medio centenar de metros y una lluvia de metralla incandescente cubre los alrededores taladrando cubiertas y empalando cuerpos. El edificio principal queda reducido al cono ardiente de un volcán que proyecta flamas periódicas y se adentra en la tierra en la que los metales se funden sobre los cimientos y se pierden en un agujero informe que exhala una humareda negra y vapores sulfúricos. Como la boca abierta del infierno.

A una veintena de metros, un cuerpo ceniciento se sacude en espasmos hasta que las extremidades recuperan la movilidad y, bajo los copos grises que nievan, se incorpora perdiendo el equilibrio por tres veces, preso de la borrachera de la onda expansiva. Un pitido muy doloroso le taladra las sienes y trata de gritar sin oírse a sí mismo. El Chacal se palpa las orejas húmedas de sangre y tras varios minutos, cuando algo del entorno se acopla con su acúfeno, acepta que su oído derecho, el más expuesto, no va a recuperarse. A un par de metros, los restos de los dos soldados y los guardias rendidos que le apantallaron y lo salvaron. Se sienta y busca los coches, que saltaron unos sobre otros dejando solo el último intacto. Casi de inmediato le alcanzan los conductores que cubrían la retaguardia. Tiznados y llenos de astillas se aprestan para auxiliarlo.

—¡Señor! ¡Gracias a Dios que está vivo!

Les obliga a repetirlo porque no oye nada. Gesticulan grotescas muecas que no descifra.

—¡Griten, maldita sea!

—¡SEÑOR! ¡NO HEMOS ENCONTRADO MÁS SUPER-VIVIENTES! —Asiente más relajado—. ¡Estamos trayendo el último vehículo! ¡Quedan dos funcionales!

Trata de recomponerse. Le alcanzan una botella de agua con la que se enjuaga, se lava y bebe. Le arde la tráquea despellejada.

—Qué desastre… es el peor desastre… ¡¿Cuántos quedan?!

—¡Somos seis, señor, los dos que guardaban la entrada y nosotros!

—¡Enciendan los motores! ¡Vamos al hospital, el viejo está allí! Caímos en su trampa como novatos… ¡Vamos a por ese hijo de puta!

Una nube carbón oculta el sol como un eclipse que los baña con la luz naranja y ominosa de una premonición apocalíptica. El paisaje asemeja a un desierto volcánico, poblado por edificaciones abandonadas cubiertas de partículas gruesas y plomizas. Los incendios alumbran el interior de cada construcción y la atmósfera resulta irrespirable.

El vidrio espejado vibra hasta saltar la masilla elástica, pero no llega a rajarse. Stobert inhala recuperando la realidad, o cambiándola. Ha vuelto al viejo hospital, a su presente, aunque aún le cuesta diferenciarlos. La agitada respiración le impide reaccionar. Aprieta la perilla con insistencia pero nadie acude, le han dejado solo, los miserables han huido, sin duda por la sacudida de la explosión. «Vuestro sacrificio no ha sido en vano, hijos míos» es el único pensamiento que dedica a los rehenes que le han servido medio siglo. Su mente viaja a otro lugar. «La niña te ha arrancado», apunta una voz desde el vacío, y él sabe que es así. Uno de sus moradores se muestra muy inquieto: «¿Cómo podría ser de poderosa para atraer a un extraño, para expulsarnos?», y los parásitos que lo habitan se revuelven. Stobert por primera vez consciente, comunicado con ellos, percibe cómo transitan en su interior, y todo el horror de su vida previa no es nada contra este nuevo descubrimiento. Porque la transición fallida le ha iluminado y los conocimientos acumulados a lo largo de su existencia ahora cobran sentido: la noche de Viena, borrada de su memoria porque en realidad es esa misma mañana y uno no puede recordar su futuro. La muerte es la liberación, aprende, la transmisión solo se realizará cuando su fin sea inminente, y ese momento está llegando. Su vida previa no fue más que un ensayo, un aprendizaje, un paréntesis para volver a ese mismo instante, y esa niña no es un contenedor, él fue el contenedor de su tío hasta alcanzarla. Qué importa ahora, ¡ha estado tan cerca! Sin embargo sonríe, ella sigue sedada, apenas dos plantas por encima, conoce su ubicación exacta y ya nada interfiere entre ellos. Debe liberar a los fantasmas para que puedan cazarla. Revisa el gotero con la solución y con gran esfuerzo lo abre para aplicarse una dosis mortal. Tardará horas en fenecer pero no más de diez minutos para poseerla, y se desvanecerá en un descanso por primera vez libre de pesadillas. Debe provocar el sueño. El sueño…

Ari atiende a Ethan curándole las sajas con dedicación y ternura, y musita términos de comprensión y lealtad, frágil y crédula, a merced de fuerzas que la superan. Él por su parte parece abstraerse por momentos, como si soñara. La impresión recibida ha hecho olvidar a ambos al merodeador que los amenazaba. La puerta revienta y alguien irrumpe en la caseta, Ari reacciona pero el intruso ya la apunta.

—Pum. *Voce está morta*. ¡Jajajaja!

—¡Caimão! ¡Puto loco! Vas a atraerlos a todos. ¿Has visto lo que ha pasado? ¿De dónde sales?

Caimão, despistado, señala a ningún punto específico.

—De donde estaban los pistoleros. Intercambiamos un rato, luego sonaron los altavoces, se fueron y los perseguí un poco, pero me volví y la explosión me sorprendió. ¿Lo vieron? Se habrá enterado todo el estado.

—¿Pero para qué los persigues, mala bestia? ¿Le diste a alguno, estás bien?

—No sé. Puede que sí. Corrieron entre los árboles. ¡Cobardes!

Ari se acerca y le palpa el chaleco.

—Estás sangrando ¡Estás herido!

Caimão se contraría.

—¡Mierda! ¡Lo sabía!

—¿No te habías enterado? ¿Tú qué te has metido, anormal?

Caimão no responde, ríe como un crío travieso. Ethan acompaña su risa como si acabara de aterrizar y no entendiera la gravedad de la situación. Ari da dos gritos para callarlos y convencerle de desvestirse.

—¿Qué viste de la explosión? ¿Sabes algo?

—No, pero fue acojonante, con un hongo que subía, como que volaron el pueblo entero. Menos mal que estaba volviendo.

—¿Encontraste a 4:20?

—Sí —muestra algún tipo de pesar dentro de su sobreexcitación—, desangrado. Es el momento de retirarnos.

—No hemos cumplido el objetivo.

—¡Hemos cumplido el de estar vivos! ¿Para qué pensáis que vengo a recogeros? Mira a 4:20. ¡Nos esperaban!, hemos tenido la suerte del demonio.

—Tú sobre todo; tienes una entrada de bala bajo la clavícula, creo que sigue dentro. ¿Cómo coño puedes levantar los brazos?

Caimão vuelve a reír obtuso. Ethan tercia.

—No sé qué habrá ocurrido pero para nosotros es un regalo. ¿Creéis que alguien nos va a prestar atención ahora? Es el momento, aprovechemos el caos para sacar a Michelle. —Se le cuelan imágenes borrosas de una vivencia que no sabe si es imaginada. Evita mencionarlo—. Yo voy a seguir, Caimão. Tú decides.

—De acuerdo, vamos hasta el final, pero cobraré también la parte de 4:20. Esto es mucho peor que lo acordado.

Ari le espeta:

—¡Menudos huevos tienes! ¿Pero qué acordado? ¡Eras tú el que lo veías todo fácil! Da igual, tampoco vamos a discutir el precio ahora, eso ya era tuyo.

Ethan pestañea en exceso, los colores se le deslucen como si la luz bajara y se recuperara en olas que se alargan, se desconcentra como si le venciera el sueño y las llagas del rostro por momentos parecen latir expresándose en una lengua inexistente. Se recompone y dirige a sus compañeros, ambos peor heridos que él.

—¿Podéis avanzar los dos? Tengo un plan.

Stobert ve nublarse la habitación a medida que la droga surte efecto, pero el recinto no desaparece, solo se transforma, las paredes ahora emiten su propia luminiscencia y dos frecuencias llaman su atención sobre su cabeza, las dos niñas en sus celdas. Ahora sabe cuál debe entregar al sacrificio. Y se ve a sí mismo caminar, volverse, mirar su cuerpo postrado y salir. Y sabe que no es él quien avanza, son los entes que adoptan su forma, anclados aún a su tío en Viena, que rastrean el aroma infantil del miedo, que se desplazan libres por los pasillos abandonados como espectros en pos de su nuevo parasitado.

Ari bufa ante la idea:

—¿Pero tú estás loco? Si andas peor que nosotros. Separarnos solo servirá para que nos maten uno a uno.

Pero Caimão no lo ve tan mal:

—Si nos esperan, sí sería más peligroso, pero después de lo que ha pasado coincidido con el gringo, no creo que quede nadie. Nuestra urgencia es volar de aquí antes de que aterrice la policía, y en dos grupos reduciremos el rastreo a la mitad.

Ethan ha propuesto dividirse: Ari y Caimão revisarán las plantas superiores y él los sótanos. El razonamiento es sencillo, ellos dos no suman uno, y él puede llevar la cara marcada, pero es su único daño, ha sido el más afortunado. Se lleva a Ari a un lado para tener cierta intimidad. Ella se niega a discutirlo, el plan contradice la lógica que él siempre ha defendido, pero él le ruega confianza ocultándole que su motivación es otra y tiene más que ver con la perpleja intuición que le guía. A Ari le parece encontrarse con el Ethan de sus recuerdos más antiguos, y su timbre, su honestidad, la impulsan a creerle en contra de todo sentido. Él la abraza y ella roza con delicadeza sus heridas.

—Las cicatrices sanarán rápido y no te quedarán tan mal. Hasta te harán guapo.

Ethan balbucea una disculpa que ella corta.

—No es el momento.

Él la detiene y continúa.

—Nunca lo es, a la mierda eso. —Y apoya la palma de la mano en su pómulo—. No he querido a nadie como a ti, Ari. Nunca. Todo lo aprendemos tarde.

El Chacal debe encaramarse hasta el espacio del copiloto. Sabe que sufre hemorragias internas y alguna costilla rota, apenas puede caminar sin sentir los pinchazos. Los supervivientes del operativo se entretienen en sacar los parabrisas triturados, para lo que tienen que enrollarlos como alfombrillas e ir tirando para despegarlos. Los restos del convoy se ponen en marcha. Él se sujeta las sienes preso de un dolor punzante en los oídos como no había conocido. Circulan en los dos vehículos sin cristales. En la entrada al bosque se cruzan con dos guardias que retornan. Al verlos, estos alzan los brazos pidiendo auxilio. Los ametrallan sin piedad y se detienen para rematarlos. Recorren la trocha hasta que el antiguo hospital se yergue frente a ellos amenazante. Descienden y, antes de tomar más medidas, despliegan el humo para envolverse. Diezmados, adoptan todas las precauciones a su alcance.

El trío se introduce por un portal secundario que accede a los almacenes en la fachada sur y allí se separan. Ethan peina la planta baja mientras Ari y Caimão suben las escaleras. Los árboles mecidos por la brisa y los trinos de las aves son los únicos sonidos que los rodean. Algunas ventanas desencuadernadas se baten y diversas goteras marcan ritmos atonales y fluctuantes. Cruzan oficinas y recepciones chapadas en madera que llevan años desiertas, baños y laboratorios cuarteados, hasta dar con una sala adornada con motivos infantiles que distribuye una serie de celdas con camillas e instrumental reciente. Se sienten afortunados. Las revisan una a una hasta que en una de ellas, la única cerrada con llave, descubren un bulto en un catre. Ari se excita ante la expectativa, Caimão la fuerza y entran. Una niña con una sonda yace desplomada como muerta, Caimão comprueba sus signos vitales y la desconecta.

—Respira lentamente, pero respira.

Ari la confronta con las fotografías de su teléfono conteniéndose para no saltar de alegría, cuando recibe la mayor decepción desde que se inició el caso.

—No es ella.

Caimão se revuelve como si le tomaran el pelo.

—¡¿Cómo?! ¿Qué me dices, mujer?

—Míralo tú, no tiene nada que ver, es otra niña.

—Ah, no, se acabó. Ahí tienes a tu *menina*. Nos vamos.

—No puedes dejarme ahora, no hemos encontrado a la niña.

Caimão está furioso.

—Yo veo a una niña.

Unos motores cortan la discusión. Amparados por las sombras, espían los dos Rover, que aparcan en la puerta norte y desembarcan

497

a seis hombres pertrechados con armamento de última generación y visores térmicos. Antes de desplegarse, crean un gran torbellino de humo que los difumina y se filtra sinuoso hasta alcanzar la planta en la que ellos se esconden. En unos segundos solo pueden oír los pasos que se avecinan. Caimáo susurra nervioso.

—¡Vámonos! Volvamos por donde entramos antes de que lleguen, es nuestra única oportunidad.

Pero Ari responde con la terquedad de Ethan.

—Ella está aquí. No podemos dejarla.

—¿Tú los has visto? ¡No tenemos ninguna opción! He cumplido mucho más de lo pactado, mataron a mi compañero y no me retiré, pero no voy a seguir más, es un suicidio. Tú tampoco tienes que morir.

Ella apenas procesa sus palabras, sus ojos enrojecidos transmiten una determinación animal.

—Por lo menos salva a esta niña.

Caimáo observa a la pequeña y se odia a sí mismo. Sin pronunciar palabra, se la carga en el hombro sano y cojea hacia la escalera opuesta. Ari revisa el pasillo de las celdas, ya parcialmente ahumado, y se dirige en ominoso silencio a la planta superior seguida por el creciente rumor de las botas.

Ethan inspecciona cada espacio como un autómata, seguro de cuál va a ser la señal que le marque las coordenadas a pesar de no conocerla. No se preocupa en exceso del sigilo, pues una abstrusa intuición le marca que no hay nadie más allí aparte de su objetivo, que como una llama helada arde cerca en algún lado. Lo percibe desde fuera de sí mismo, transportado, lúcido y disperso, dirigido por un pensamiento que le conduce, que le ha conducido desde siempre, que le dicta el sitio de Michi y también la amenaza que le acecha. Y su tarea si quiere salvarla, como una iluminación, como un conocimiento oculto que sus heridas han desbloqueado. En su interior se repiten ecos de sus sueños: reflejos de Michi y una forma abstracta con un ojo que... de súbito le sacude un escalofrío como si se hubiera cruzado con algo, pero en esa planta no hay nadie más. Su mirada se dirige por instinto a las escaleras y sabe que su tiempo se agota. Ya no lee la premonición de la falsa chamán como una advertencia sino como una súplica. Ha cubierto la mitad de la planta cuando un recuerdo de Michi restalla como un látigo: «No avances más o te descubrirán». Por la fachada principal entra un sonido de frenadas seguido en breve por unas serpientes de humo que se ensortijan en las columnas. Ethan busca a ambos lados y se refugia en las escaleras de bajada. Al pisar el primer peldaño le marea un vértigo frío: él ya ha estado allí, introduciéndose en la oscuridad, alejándose de los ruidos y las luces, dominado por el fantasma de dos voces femeninas que adelantaban el peligro. Ethan desciende con cuidado, sabiendo que es su destino lo que persigue, como si ya todo estuviera escrito pero dependiera de igual modo de que él lo cumpla. Ethan desciende a las tinieblas de lo desconocido.

El Chacal distribuye sus mermados efectivos: envía a una pareja a rastrear los sótanos y los otros cuatro le acompañan para peinar la vieja clínica. Las órdenes sobre cualquier encuentro son claras: disparar primero. Van proyectando por delante una pantalla de humo bajo la que se camuflan para superar la arcada de entrada. El lugar parece encantado pero por suerte se encuentra vacío: no hay trazas de calor humano. Tras el vestíbulo principal la puerta trasera de un mostrador conduce a un distribuidor lateral que recorre en una de sus paredes un vidrio espejado. El Chacal comprende que han hallado algo importante y busca el interruptor del cuarto vigilado. Enciende y al otro lado surge frente a ellos algo similar a una camilla incorporada, algo que se asemeja al enfermizo trono de un moribundo, y sobre ella descansa el cuerpo horriblemente deteriorado de un anciano que se diría salido de un campo de concentración: el esternón brilla bajo la piel y los espacios intercostales se hunden buscándolo, el abdomen arrugado asemeja una bolsa vacía y las extremidades, luengas y huesudas, exponen venas y arterias como un macabro mapa; la piel verdosa y manchada, la postura y la desnudez provocan asco y rechazo. El siguiente en la línea de mando se alza el visor.

—Señor, no irradia. Tiene la misma temperatura que los muebles. Debe de llevar muerto varios días. ¿Era nuestro objetivo?

El Chacal no escucha. Ha oído las historias del viejo y tiene un lejano recuerdo de su infancia. Un recuerdo espeluznante que le cuadra con lo que observa.

—Entren y comprueben sus constantes.

Los especialistas, por primera vez, tardan en acatar la orden. Se miran unos a otros sobrecogidos y al fin el de mayor rango se decide a entrar. Nadie le sigue. Camina apuntándolo hasta quedar a su altura. Le apoya el cañón en el pecho sin obtener reacción, y con desagrado y recelo se quita el guante y le busca la carótida. La carne fluye entre sus dedos como una medusa, y un inesperado temor se junta con su repugnancia. Da un salto atrás que impresiona a sus compañeros; alzan las armas y él les indica que las bajen mientras recupera el aliento.

—Está… está… tiene pulso. Está helado. Parece en coma, tal vez un coma inducido.

El Chacal sonríe.

—¡Vamos! ¡¿A qué esperáis?! Coged una manta, lo que sea. Sacadlo.

Los reluctantes raptores entran y lo alzan con supersticioso respeto.

—Joder, es un puto cadáver viviente.

Ari asciende sin preguntarse cómo va a salir de allí rodeada por enemigos. Le preocupa Ethan, pero en la planta baja él tenía mejor oportunidad que ellos para escapar. Se detiene pero no escucha nada. Aún nadie ha subido ni hay señales de enfrentamientos. Replica el camino que los llevó a la celda de la otra niña en el piso inferior y la táctica se demuestra acertada: otra sala más amueblada que la previa, con camas infantiles y un castillo de princesas Disney que hace poco tiempo ha sido utilizado, incluso con juguetes por el suelo. Desde ese núcleo otra distribución de celdas vacías, y de nuevo, la única con candado. Lo revienta y entra corriendo para desconectar la sonda del bulto que descansa. La vuelve para encontrar por primera vez ante ella el rostro de Michelle, la niña, que duerme agitada. Michi suda y sufre espasmos, y entre ellos vomita frases inconexas que sin embargo Ari comprende, y eso la asusta.

—¿Lo ves? Te paraste. Pero si te mueves ellos te encontrarán. Y no volverás nunca.

Y Ari actúa como no se le habría pasado por la cabeza.

—Michelle. Michi. Soy amiga de Ethan. He venido a rescatarte. ¿Es él al que hablas? Michi, ¿hablas a Ethan?

La niña parece relajarse ante su presencia y su respiración se vuelve pausada. Ari se convence de que solo era un sueño y se ha dejado llevar por los sucesos extraños de los últimos días. Cavila cómo cargarla cuando Michelle vuelve a abrir la boca y emite una voz neutra que le eriza el vello.

—Sí. Hablo con Ethan. —Y de nuevo a un interlocutor imaginario—: Vienen dos y buscan el pasillo, pero yo los veo por ti. No tienes que tener miedo de ellos, no saben que te hablo.

Ethan se enfrenta a la tenebrosa soledad de los sótanos. A su espalda los ruidos de la realidad se ahogan y distorsionan como si se alejara de una fiesta. Frente a él, la oscuridad. Frente a él, su destino. Y sabe que solo él puede cumplirlo, que debe cumplirlo. El recuerdo late en su sien. «No avances más o te descubrirán». El pasillo desemboca en un cuarto de recogida de basuras. «No puedo parar, no puedo evitarlo». «Sí puedes, eso es parte de tu sueño. Si no lo haces te encontrarán». Fuera de sí, como hipnotizado, Ethan observa, al fondo, la desembocadura de ese corredor en un resplandor titilante. La luz solar se filtra lejana. Dirigido por su cuerpo como un autómata busca un viejo cubo de goma negra, lo abre y, soportando el añejo olor a podredumbre, se esconde dentro. «Vienen dos y buscan el pasillo. Pero yo los veo por ti. No tienes que tener miedo de ellos, no saben que te hablo». Ethan sabe que son dos voces femeninas, pero, ¿quién es la otra? Unos instantes después, unos pasos quedos delaan una presencia. Deja la tapa cerrada y aguarda. En su mente puede describir el trayecto de dos asaltantes armados.

La pareja que el Chacal ha enviado por el sótano descubre el cuarto de basuras. La impronta calórica de unas suelas todavía se mantiene a lo largo del corredor que se abre ante ellos, aunque se extinguen con velocidad. Parecen cruzar desde la esquina en que se amontonan viejos contenedores de basura. Al final intuyen unas escaleras que suben.

—¿Qué piensas? ¿Alguien huyendo?

—Sigamos las huellas.

Y deshacen el camino de Ethan perdiéndose en la negrura. Él espera el plazo que le parece seguro y sale asqueado. «Me da miedo el otro. El otro me da mucho miedo». Ethan quiere que la otra voz la proteja, pero sabe que no es posible. «Es uno de ellos. Dice que es un hombre, pero yo sé que no. Es uno de ellos, y si me encuentra me llevará». Es su última oportunidad y se lanza a la carrera.

Ari se encuentra atrapada en una sensación de irrealidad que la enajena. Escucha a Michelle decir frases inconexas que sin embargo especula que llegan a Ethan, tal vez ahora o hace tiempo, no puede decirlo porque algunas incluso las recuerda. Acierta a pedirle que le ayude, que le llame para que escape:

—Dile que yo estoy contigo, que yo te cuido, que salga de allí abajo antes de que lo encuentren.

Pero la respiración de Michi se entrecorta y su voz se atraganta.

—Me da miedo el otro. El otro me da mucho miedo.

Ari le acaricia la frente y la besa para calmarla, pero la niña se endurece y emite un ronquido angustiado.

—Es uno de ellos, y si me encuentra me llevará.

Ari le dicta palabras de consuelo que no atraviesan el muro de su terror. Por un segundo su tensión parece decrecer.

—¿Vendrás a buscarme?

—Yo estoy contigo, pequeña, yo estoy aquí contigo.

Ari llora por la impotencia de no poder sacar el dolor de ese cuerpecito y se esfuerza en mostrarle cariño, en ampararla. Pero algo surge a su espalda. Se gira pero no hay nada. Se vuelve a Michelle. La niña deja caer su cabeza en dirección a la puerta. Abre los párpados y muestra los ojos vueltos, los globos blancos, y llora. Su voz infantil implora.

—Ahora él se acerca.

Y Ari, de una manera que le eriza la piel, comprende que ya no están solas. Algo ha entrado allí, algo que ella no puede percibir y de lo que no puede protegerla. Ari siente el frío envolverla y Michi, enfocada en ese vacío, empieza a exhalar vaho cuando respira. Entonces centra sus ojos huecos en Ari y le advierte:

—Te tienes que ir.

Ari se siente helada, aterrada ante algo que no existe pero las rodea. Se gira a todos lados buscando.

—¡SAL DE AQUÍ! ¡DÉJALA EN PAZ! —ordena a su propio miedo, luchando contra nada. Y una porción de la nada toma forma sobre Michi, que llora con la piel fría.

Ethan corre hacia la fachada rogando por llegar a tiempo, olvidando el dolor, olvidando las heridas. Y cuando patea el portón del sótano encuentra frente a sí al grupo de paramilitares, que empujan lo que parece un cadáver al interior de un coche. Y el tiempo por un instante se detiene. Él ya conoce esa figura.

Ari abraza a Michi con la inútil intención de sacarla de allí, pero la niña se enfría por momentos. Le frota las manitas llorando sobre sus brazos.

—No, bonita, por favor, no me dejes.

Michelle, inerte, le ruega con un hilo de voz.

—Te tienes que ir. Él te llevará conmigo.

Ari apoya la cabeza en su pecho.

—Yo iré contigo, no estarás sola.

El pecho de la niña se hincha y su voz se transmuta en un aullido inhumano.

—¡VETE!

Ari cae devorada por un pánico desconocido, pero vuelve a ella temblando.

—No. Estoy contigo.

Ethan observa el orden del equipo y su afinada máquina de supervivencia entra en funcionamiento. Analiza su única salida: disparar al más cercano y volver al corredor antes de que respondan —el viejo cae en el asiento—, sabiendo que los supervivientes no le seguirán —el coche está en marcha—, pues tienen lo que buscan y él no les interesa —cierran la portezuela—. Y ese mismo plan se convierte en la señal, restallando con la advertencia de Michi en su memoria, «¡Vete!», para darle la respuesta. Los dos saldrán de allí vivos, o ninguno. No hay alternativa. Ethan asume la cruel verdad y Stobert, que de pronto reconoce su existencia, también. Y en ese instante eterno una inquietud lo remueve en su sueño. Ethan percibe la cuenca hueca del tránsito incompleto, la angustia de la víctima atrapada, y en lugar de abatir a sus enemigos lanza su ráfaga contra el vehículo taladrando la carrocería, alcanzando al conductor, al que revienta el hígado y el pulmón derecho fulminándolo en el acto, y en el mismo arco cruzando la yugular y la quijada del anciano, cuyas arterias se obliteran junto a la mandíbula cortando el riego entre cabeza y columna, anegando el sistema respiratorio y provocando el colapso inmediato. Stobert salta como un muñeco electrocutado y se desmadeja hacia el tapizado. Y en su descenso escucha las voces. Las voces que ríen y le llaman por primera vez por su nombre: «Walter», liberadas de la forma de su tío. Las voces que ríen y dejan que las oiga, entiende de pronto, como entiende todo. Porque siempre ha sido ese instante preciso. Ese instante desde hace ochenta años en que se jugó su destino. Siempre su perseguidor lo localizó para matarlo y la fina hebra de tiempo se tornó en su contra por la última decisión de un peón que había ignorado. Y las voces saben que han perdido entonces, allí y en Viena, y el mundo entre medias sucederá y sucedió así porque así lo quisieron ellas, y ahora ríen como reirán cuando lo devoren por toda la eternidad. Y en la lucidez de su expiración quiere explicárselo: que nunca tuvo una oportunidad como ninguno de ellos porque nunca fueron más que juguetes de su venganza, que él siempre estuvo condenado porque no aprendió a tiempo, que esa décima de segundo fue el lapso que le faltó para conseguir la transmutación, y que ellas lo juzgaron allí y ochenta años atrás y su camino no fue más que una burla, una grotesca y humillante burla. Todo lo aprende ahora, en la brevedad de un relámpago porque ellas también así lo han decidido. Y desde el abismo más allá de su alma surge un horror de tales dimensiones que no puede enfrentar. Que se deleita antes de engullirlo.

El comando responde al fuego. El cadáver de Stobert rebota en el respaldo y un aterrador chillido preternatural surge de su garganta, aun cuando no le quedan cuerdas vocales, compitiendo con las armas de fuego hasta que un mercenario pierde el control a pesar de su entrenamiento, dirige su subfusil y descarga medio cargador en su cráneo, que revienta como una calabaza impregnando la cabina. El resto dispara sobre Ethan, que recibe el castigo sin oponer resistencia, atravesado por cientos de líneas como los hilos de las parcas, que convergen en él y en la caída de Stobert, al que ve arrancado del mundo con un chirrido que los demás confunden con un grito. Ethan avizora ese horror supradimensional porque a él mismo le abandona su energía a medida que las balas horadan su cuerpo, satisfecho de todo lo que existió una vez en su vida y de que le condujera allí, a las trayectorias de los proyectiles que dibujan su destino, un destino que los ataba a él, a Michi y su bisabuelo, en ese parpadeo en que todo ocurre como siempre debió ser. Como siempre para toda la eternidad porque es lo único que existe, más allá del tiempo. Y Ethan cae muerto.

Los soldados detienen el baleado y retiran el esqueleto decapitado. La pareja del sótano se reúne con ellos y rodean al Chacal, incapaz de reaccionar ante el atroz fracaso. «Fue un segundo», musita, y se deja llevar por sus protectores.

Ari abarca a Michelle templándola cuando la niña reacciona recuperando su temperatura corporal. Se alza gritando.

—¡Mamá, Ethan! —Y el llanto estalla en su garganta—. ¡No! Ellos, ellos…

Ari la abraza sin saber consolarla.

—Lo sé. Lo sé. Estoy contigo.

La deja sollozar unos minutos y la alza para llevársela. Un chasquido la sobresalta y se vuelve a la entrada protegiéndola con su cuerpo. Una sombra aguarda fuera.

—¡Soy yo! No dispares.

La voz de Caimáo resuena. Ari baja el arma recelosa y él se asoma cargando a Yarlín, que sigue inconsciente.

—Se han marchado. Vi que los coches salían y volví para ver qué. Encontré el cuerpo de tu amigo. Lo siento. Pero ahora tenemos que salir pitando. Debemos llevarlo a él y a 4:20, tienen que estar al caer la policía, el ejército y el sursuncorda.

En Viena, Stobert abrió los ojos desde la negrura. La ceniza se posaba sobre él y a su lado yacía el cuerpo de su tío. Junto a él, Helmut miraba hipnotizado hacia una cortina.

—Dios mío. Había una niña.

—¿Qué dices? ¿Qué ha ocurrido? ¡La casa arde!

Helmut salió de su trance y le ayudó a incorporarse. El patán de su jefe de sección rebuscaba en los cajones, vaciaba librerías y se guardaba los objetos de valor que encontraba. Le respondió con ira no contenida.

—Por suerte, creí que habías muerto. ¿Y bien? ¿Podemos irnos ya? ¿Estos son los fabulosos secretos con los que vamos a sacudir el partido?

—Los tenía mi tío.

—Ese viejo no tenía nada, está muerto y antes de morir se molestó en maldecirte. No parecía una familia muy unida.

—¡Su pistola no estaba cargada! Os dije que no era peligroso, yo podía manejarlo.

—Era un librepensador, un masón, y desenfundó, ¿qué esperaba que hiciéramos?

—No era masón.

—Teosófico, espiritista, ¿qué más da? Cultos decadentes, afines a los judíos. Basura que debemos barrer de Europa. Tenemos que huir antes de que llegue la policía.

Helmut Schwindt tomó el arma del suelo. Era una preciosa Luger P00 incrustada que se guardó en el bolsillo. Walter recorrió los anaqueles con ansiedad.

—¿Y la lista? Puede que nos ayude, puede que figuren otros cargos superiores de su congregación.

—¿No le oíste? Fugados, muertos, renegados, ¡están acabados! Esos conocimientos suyos no son más que delirios familiares. Esto me ocurre por fiarme de un húngaro. —Introdujo los dedos en el bolsillo interior de su chaleco—. Esta es la lista. ¿Qué cargos superiores? Son nombres de granjeros. Esa aristocracia corrupta caerá como un castillo de naipes ante el empuje de la nueva sociedad. Y esta basura —señaló las cuartillas anotadas con pluma en exquisita caligrafía—, la llevaré a la sede del partido. Dudo que sirva para algo.

EPÍLOGO

En Santa Catarina el estupor de las autoridades pronto se ve desbordado por la avidez de la prensa, que enloquece con la noticia. Las agencias internacionales se apuran a emitir notas y se viraliza en pocas horas. Resulta demasiado jugosa: *Héroe anónimo salva a niña de suicidio masivo en secta religiosa*. Caimão, simpático organizador de espectáculos y eventual naturalista (para sorpresa de sus allegados), se vio sorprendido en uno de sus habituales paseos por el monte (mayor sorpresa de sus allegados) por la brutal explosión que sacudió la provincia, confundida por muchos con un terremoto y que resultó en la destrucción de la hacienda provocada por unos fanáticos, al parecer convencidos del inmediato fin del mundo. Caimão, alentado por su generoso y aguerrido espíritu, en lugar de huir se acercó para auxiliar a los supervivientes, se enfrentó con uno de los asesinos y retornó herido con una niña que se acabaría descubriendo víctima de un secuestro en Colombia. La Colônia Liberdade inscribe su nombre junto a casos estremecedores como el Templo del Pueblo de Jim Jones o La Orden del Templo Solar. El morbo que despiertan las sectas y los secuestros multiplica la atención durante semanas y crea otro foro más de conspiranoicos que no quedan satisfechos con las respuestas. Las redes sociales se centran en el aspecto humano y devoran las imágenes de la humilde madre abrazando a su hija.

Al día siguiente la policía encuentra los cuerpos de Ethan y 4:20 en un coche en Joinville y, a tenor del historial de 4:20, el caso se archiva como un ajuste de cuentas por drogas. Los restos mortales de Ethan y Michelle son repatriados.

Caimão, por su parte, vive un momento dulce: ha devuelto la felicidad a una familia desesperada ante el planeta y se pasea por los platós narrando su aventura, que gana detalles en cada entrevista. En pocas semanas firma un contrato para protagonizar un programa de telerrealidad sobre el peligroso mundo de la seguridad en los conciertos. Es fuerte, guapo y tiene labia y carisma. Los productores se frotan las manos.

De vuelta a Centroamérica, Ari se entera del asesinato de Andrés. Calvo estudia sus papeles y la informa de que tiene todas las opciones para adoptar a la niña, que ha quedado sin tutores. Es un proceso largo, engorroso e incierto, pero como siempre, cuando él anda por medio, todo se puede arreglar fácil y en poco tiempo. Aun así, Ari observa que no hace una sola de sus bromas, algo en su interior parece haberse apagado. Cuando se despiden, él la abraza por primera vez y ella siente el corazón de ese cínico. A Calvo le falla la voz.

—Nunca dejaré de preguntármelo. ¿Mereció la pena? ¿Las muertes, el dolor por salvar a esa niña?

Ari justifica su amargura.

—No *es* mereció la pena. Era lo que *nosotros* debíamos hacer. Era eso.

Ari intenta no separarse mucho de Michelle, y aun así lo necesita. Lo necesita para que no la vea resquebrajarse. Se va al gimnasio del hotel para encerrarse en la ducha y llorar bajo el chorro de agua. Para llorar hasta agotarse, hasta vomitar, y después volver para hablar con esa niña anormalmente madura.

Las dos se sientan en la cama. Ella siente que no sabe aproximarse.

—¿Qué *yo* te voy a decir? No sé qué decirte. ¿Que vengas conmigo? Yo… tengo una *pequeña* hermana. Ella vive con mi hermano mayor. Hace años… cuando yo tenía que adoptarla no me atreví, no me sentí *mature* o preparada, y es estúpido porque siempre habíamos vivido juntas, siempre la había cuidado. Pero de pronto al *convertirse* legal, al aparecer papeles… de pronto me pareció que venía grande *para mí*. Desde entonces no dejé de pensarlo un solo día. Tal vez… *vosotras* a lo mejor *podrían* ser amigas. Yo sé que eres… desamparada, pero a lo mejor yo no soy buena para esas cosas…

Michi se hace un ovillo en su regazo.

—Ari, ¿las dos estamos desamparadas?

Ari la abraza e intenta imitar los abrazos de Ethan, aquellos que como un arco la protegían del dolor de su vida, pero, aunque lo ha ensayado, se ve incapaz y el gesto le recuerda su ausencia, se le forma un nudo en la garganta que no puede controlar y llora. Las dos lloran. Michi empapa su pecho y Ari sabe que nunca podrá separarse de ella.

Más tarde cenan en una hamburguesería. Ari le recuerda a Candy y al Oso y la ilusión con la que ellos la esperan. Por primera vez también sonríen. Michi termina sus patatas sorteando la tristeza.

—Cuando veía las películas al final todos estaban contentos. ¿Este es el final? ¿Son así los finales felices?

—No lo sé, Michi. Yo nunca he sabido nada. Solo sé que perdimos a la gente que más queríamos, pero *la horrible cosa* que perseguía a tu familia también se acabó. Todo se acabó, y ya nada va a cambiarlo.

El tiempo también acaba. Vuelven al cuarto. Michelle entrecierra los párpados y siente que una frase emerge de sus labios sin haberla pensado, como un problema matemático sobre el que ha reflexionado durante meses y del que encuentra la solución de manera inconsciente.

—Nada acaba nunca del todo.

Y a través de la ventana, las palmeras se mecen a la luz del ocaso surcadas por pájaros que hablan en idiomas extraños y melancólicos de eras extintas que nunca supimos que llegaron.

www.ingramcontent.com/pod-product-compliance
Lightning Source LLC
Chambersburg PA
CBHW012149260626
47155CB00020B/3511